LES ÉCORCHÉS VIFS

Nyguen RUBERNIC

CRÉPUSCULAIRE
- Tome II -
Les Écorchés vifs

nyguen.rubernic@gmail.com

SOMMAIRE

Précédemment publié

Crépusculaire – tome I : *Les Damnés du pouvoir*
ISBN 978-2-95-670820-9
Disponible en livre broché sur Amazon

À paraître au dernier trimestre 2020
Crépusculaire – tome III : *Les Nouveaux Conquérants*

Si, comme on le dit, le ridicule ne tue pas,
Si tout ce qui ne nous tue pas nous rend plus fort,
Alors n'ayons pas peur d'assumer tous nos choix
Assumons-les plutôt deux fois qu'une, et encor !
Surtout ne nous refrénons pas, soyons nous-mêmes.
Laissons donc les standards régir la vie des autres,
Laissons la misère, la guerre à ceux qui les sèment,
Et jouissons de la paix dans ce cœur qui est nôtre.
Mais n'oublions jamais de respecter l'humain :
Car c'est avec lui que nous bâtirons Demain.

N. R.

Avertissements

Ce second tome connaît des variations de couleur de l'encre à partir de la page 217. En effet, la police de caractères s'éclaircit pour passer du noir au gris. Ceci n'est pas un défaut d'impression, mais une figure de style qui a pour but de créer une immersion du lecteur dans les brumes grisâtres d'un passé lointain sans avoir à changer les temps de conjugaison du discours narratif. Ces passages rétrospectifs se répéteront par la suite et pourront également se retrouver dans le troisième tome.

Certaines scènes peuvent heurter la sensibilité des lecteurs ; aussi cette œuvre est-elle destinée à un public majeur. En effet, certains dialogues en discours directs contiennent des injures. Aussi, des passages portent-ils un caractère sexuel ou explicitement pornographique. Enfin, des descriptions macabres sont susceptibles de répugner les plus sensibles. Toute ressemblance avec des personnes existantes ou ayant existé ne saurait être que fortuite.

Chapitre VII
UN AUTRE MONDE

Marc estimait n'avoir rien d'un homosexuel, sans pour autant se faire une idée des caractéristiques précises de la communauté gay, si tant est qu'il y en ait, se disait-il : il n'était attiré que par les femmes, et bien que le souvenir de Sandra n'ait jamais été aussi présent dans son esprit et dans son cœur qu'en ce mardi 12 juin, il n'en était pas moins qu'il lui arrivait encore de dévoiler aux inconnues qu'il rencontrait dans les bars quelques-unes de ses cartes dans des jeux de séduction toujours plus ludiques et divertissants. Jamais avec des hommes.

— Qu'est-ce que je vous offre ?

Certains soirs d'une déprime qui l'engloutissait amoureusement et le noyait sur fond de complaintes de saxophones mélancoliques et d'imposantes contrebasses au son chaud et rond qu'il entendait résonner entre les murs du cabaret l'Ange de la Nuit, il se laissait aller aux bienfaits superficiels de dialogues intéressés et creux, et aux plaisirs éphémères des femmes qui ne concevaient de lui offrir que ce qu'elles-mêmes désiraient recevoir. Il passait alors la nuit avec l'une de ces créatures sans visage à la condition formelle d'avoir avec elle un contact suffisamment prolifique pour promettre d'engendrer des plaisirs charnels aussi intenses que son désir, et ce dès les premiers instants. Et pour rester enlacés jusqu'au petit matin dans l'une des chambres sans âme de l'hôtel de la Source Rose. Marc convenait implicitement avec ses partenaires de ne jamais se revoir ; leurs lignes de vie devaient s'éloigner l'une de l'autre aussi rapidement qu'elles s'étaient croisées, comme deux droites qui ne fléchiraient jamais.

Il lui était déjà arrivé de se faire draguer par un ou deux hommes à l'époque où, heureux avec Sandra, il soignait encore sa conduite et son apparence, mais jamais il n'avait eu envie de franchir le pas : pour lui, l'homosexualité, qu'elle soit masculine ou féminine, était tout simplement contre-nature, et il préférait rester célibataire que de découvrir quels étaient les plaisirs que deux hommes pouvaient partager.

Dans le pire des cas, en période de vache maigre, la succube – telle était appelée chacune des douze prostituées à mi-temps qui exerçaient dans l'une des quatre résidences privées de la ville – Nathalie Coyle, qui travaillait au Sunset en journée et sous la responsabilité d'Angelo Bouglioni trois soirs par semaine, était toujours prête à le recevoir pour lui offrir ses faveurs. Il irait lui rendre visite sur place un peu plus tard et négocierait un moment d'extase et de plénitude : il se sentait cruellement en manque, cet état de fait étant mis en lumière par le trou noir dans lequel il se sentait sombrer. Il oublierait, dans les bras de cette doucereuse et plantureuse femme dont il aimait la longue chevelure, toutes les misères que sa vie actuelle lui balançait dans les dents. Et se viderait la tête de ces pressions perpétuelles aussi violemment qu'il se répandrait en elle. Nathalie avait le don de l'exciter à un point tel qu'il lui sembla, dans son souvenir, ne jamais avoir connu d'orgasmes aussi puissants que ceux qu'elle lui faisait ressentir. Mais ce n'était pas tout. Marc lui trouvait toutes les qualités qui soient : grande avec la beauté intrinsèque d'une déesse de la mythologie grecque, elle avait l'avantage de savoir y faire avec les hommes. Nulle autre femme ne l'avait jamais hissé dans les cimes d'une indicible euphorie qui ne pouvait s'expliquer qu'en ayant été vécue, pensait-il. *Les vacances, c'est partir loin de soi-même. Mais une nuit avec Nathalie, c'est ne plus exister soi-même.*

Et si, à défaut de Sandra, Nathalie parvenait à lui apporter un semblant de bien-être, les autres femmes, elles, n'auraient jamais droit à davantage qu'à des parties de jambes en l'air qui ne l'emmèneraient ni ne le hisseraient jamais plus haut que leurs talons aiguilles. Alors un homme, qui qu'il puisse être, ne l'attirerait jamais.

Pourtant, il reconnut que l'apparence gracieuse et avenante de Silène le troubla intensément quand il passa à côté de lui pour aller s'asseoir dans le canapé sur lequel il s'était allongé tantôt. Le dieu dégageait naturellement une profonde gentillesse et fleurait bon le don de soi comme s'il était empreint d'un sens du sacrifice sans limites. *Il doit sans doute être bien plus humain que la plupart des gens qui peuplent la ville*, pensa Marc. Et, ce qui ne gâchait rien, il était beau et semblait assumer un côté efféminé qui fleurait bon les phéromones. Et sa voix...

— Donnez-moi donc un verre d'eau, s'il-vous-plaît. Je préférerais quelque chose de désaltérant et de sain.

— La vodka est pour moi ce qu'il y a de plus sain ! rétorqua Marc en allant dans sa cuisine, sans relever le don de télépathie dont était apparemment pourvu Silène.

— Vu l'intensité de votre addiction à l'alcool et l'état de votre foie, je vais considérer que vous ne pensez pas ce que vous dites.

— Le temps ne nous est-il pas compté ? demanda-t-il pour changer de sujet de conversation et ainsi se détourner lui-même de son propre ridicule.

— Non, la situation est actuellement gelée, répondit la voix claire de Silène dans son dos. Les trois colocataires de la résidence de monsieur Barnier qui sont actuellement sur Diadem 13 sont hors de danger, dans l'immédiat. Le premier, Antoine, est en sursis, tandis que Sidonie, la blonde que vous avez déjà rencontrée, est entre les mains de Capella. Mais il ne lui fera rien avant d'y être contraint. Quant à Suzanne...

Marc revint avec un grand verre d'eau, sur le fond musical de son lecteur VHS qui balançait toujours sur l'écran de son téléviseur des vidéo-clips sans interruption, et c'est sur *Alive & Kicking* de Simple Minds [99] qu'il le tendit à Silène. Le dieu s'en saisit et le porta à ses lèvres sans témoigner aucune attention à la chaleureuse mélodie jouée au piano par Michael MacNeil. L'officier en profita pour essayer de comprendre ce qu'il se passait.

— Quel risque représentent ces trois individus pour Max et Wilfried ?

Le dieu reposa son verre sur la table basse et répondit sans regarder son interlocuteur.

— Il faut savoir, commença-t-il avant de passer le revers de sa main sur ses lèvres, que Suzanne a désormais des pouvoirs identiques aux miens, quoique moins puissants, et que, bien qu'elle ne les maîtrise pas encore brillamment, elle représente, d'une manière ou d'une autre, une menace potentielle pour eux et pour leur souverain Capella. Personnellement, je pense que je pourrais tenir tête à Max et peut-être le supprimer avec un peu de chance, mais Wilfried est bien plus fort et il est certain que j'aurais le plus grand des maux à le terrasser. Suzanne, elle, serait bien incapable de m'inquiéter, ce qui la place donc à la base de l'échelle de la pétulance.

— Et pourquoi ne reviendrait-elle pas ici pour que nous joignions tous nos forces afin de les supprimer ?

— Parce que Suzanne, tout comme ses deux amis, ne peut pas

traverser librement l'espace-temps Crépusculaire comme Max, Wilfried ou moi-même. Elle en est incapable. Par ailleurs, je ne peux pas la ramener : en terrassant Polyphème, elle a scellé ses molécules dans une configuration qui ne peut accepter d'être désagrégée pour être ré-agrégée ailleurs. En tout cas, pas tant que Capella sera en vie. Mais de toutes manières, elle nous est bien plus utile là-bas puisqu'elle a éliminé le premier des sept dignitaires qui assurent sa survie, bien que cela ne serve plus à rien, précisa Silène en regardant Marc dans les yeux.

— Comment ça ?

— Suzanne vient de massacrer la créature qui lui assurait une chance de vaincre le deuxième des sept dignitaires, et dans de telles conditions, notre victoire à tous est fortement compromise.

Marc, à présent fortement incommodé par la musique, se contenta de ramasser la télécommande du téléviseur et de l'éteindre, clouant le bec de Kimera and the Operaiders qui interprétaient *The Lost Opera* [100] d'une voix qui contribua largement à l'agacer. Mais le bruit des roulis du magnétoscope et le désagréable bourdonnement de son bloc d'alimentation continuèrent à se faire entendre dans la maison.

— Mais pourquoi a-t-elle fait ça ? demanda-t-il en reposant la télécommande.

— Je ne le sais pas vraiment ; je crois qu'elle l'a fait accidentellement.

— Alors que va-t-il se passer, maintenant ?

— Je l'ignore également.

— Et de quelle manière souhaitez-vous nous aider, alors ?

— Capella, Max, Wilfried, tous les autres natifs de Diadem 13 dotés de pétulance et moi-même sommes voués dans les trois prochaines semaines à mourir.

— Quoi ??

— Ce délai est approximatif, d'après la prophétie qui a scellé notre destin. Mais sans rentrer dans les détails, tout sera bientôt fini et vous serez débarrassés de la menace qui plane sur votre ville. Ceci étant dit, le but est donc de minimiser la casse, c'est-à-dire d'empêcher Max et Wilfried de faire de nouvelles victimes. Seul, je pourrais vraisemblablement supprimer Max, comme je vous le disais à l'instant, mais je sais qu'aussitôt que je lui aurais porté le premier coup, il alerterait Wilfried qui rappliquerait aussitôt et face à eux deux, je n'aurais aucune chance. Sachant que nous devons les neutraliser, il faut avant tout trouver un moyen de les isoler l'un de l'autre.

— Un autre dieu pourrait-il se joindre à nous ? Un de vos amis ?

— Non, répondit simplement Silène. Mon meilleur ami, qui était bien plus puissant que moi, a malheureusement succombé sous les coups conjugués de Max et Wilfried. Et les autres déesses et dieux suffisamment puissants pour inquiéter nos ennemis sont de leur côté.

— J'en suis désolé, Silène...

— J'ai un compte à régler avec Max et Wilfried. Surtout avec Max !

— Je comprends... Mais que se passerait-il si c'était vous qui mourriez avant eux ?

— Alors votre ville serait en proie à une indicible menace...

— Et cette menace est-elle exhaustive ? Enfin, je veux dire, une fois que tous les dieux seront morts, les autres natifs de Diadem 13 pourraient-ils prendre la relève et débarquer ici pour poursuivre leur œuvre ?

Silène s'enfonça bien profondément dans le fond du canapé en prenant un air désinvolte, mais son regard ne trompait personne et Marc détesta la lueur qu'il vit passer dans les yeux vert clair du dieu.

— Comprenez bien, commença ce dernier après avoir bu le fond de son verre d'eau, que c'est vous, les humains, qui avez été les premiers à faire irruption dans notre monde. Ce sont eux, Suzanne et Antoine, les envahisseurs qui se sont imposés sur Diadem 13 : ils n'auraient jamais dû venir chez nous. Mais pour répondre à votre question, non, les natifs dénués de pétulance ne peuvent pas représenter pour vous une menace sérieuse... du moins, pas plus que les meurtriers, les voleurs et les trafiquants qui pullulent dans votre ville.

— Silène... Dois-je vous rappeler que vous êtes le premier, si j'ai bien compris ce que m'a dit Max hier, à vous être téléporté à Sanlys-sur-Mer ? Apparemment, vous étiez dans notre ville bien avant que les deux pensionnaires de la résidence n'utilisent la disquette rouge pour s'introduire dans votre monde.

Le dieu avança le buste et posa d'un coup sec son verre sur la table.

— D'accord, vous avez raison, reconnut Silène.

— Et maintenant, que préconisez-vous ?

— Si vous croyez en un dieu, alors le moment est venu de le prier.

Marc fit un sourire jaune dont Silène ne comprit le sens que lorsqu'il l'entendit lui dire :

— Je ne crois en aucun dieu... et sans vouloir vous manquer de respect, quand je vois ceux qui viennent de chez vous et terrassent des innocents dans ma ville, j'ai encore moins envie de m'en remettre à eux !

***

Les chairs déchirées qui cuisaient progressivement sous le joug de la chaleur dégagée par Sleipnir à quelques dizaines de mètres du cadavre de Pirène soulevaient des odeurs qui obligèrent Suzanne à se détourner du spectacle de cette erreur fatale qu'elle avait commise, puis à se relever pour s'éloigner de lui. C'est alors qu'elle tomba par hasard sur son carré de tissu rêche et poisseux et le ramassa pour l'enfiler. Devant elle, l'issue ne semblait pas vouloir se dessiner : Monocerüs et Sleipnir étaient de constitution similaire, et l'extraordinaire résistance du cheval de feu ne semblait pas plus vaciller que la pointe de la licorne ne fléchissait.

Et maintenant, que vais-je faire ? se demanda-t-elle. *J'ai tout gâché...*

C'est alors qu'elle entendit des pas devant elle et se tint sur le qui-vive, prête à générer une attaque. Malgré les éclairages dansants projetés sur l'herbe dans son dos par Sleipnir qui esquivait vaillamment les attaques répétées de Monocerüs, Suzanne estima ne pas bénéficier d'assez de lumière pour être certaine de voir distinctement ce qui sortirait de là.

Ou qui.

Les pas se rapprochaient. Se pourrait-il que Mutine soit revenue avec du renfort pour l'empêcher d'accomplir sa mission ? Non. La démarche semblait franche et ne souffrait aucune volonté de se faire discrète ; la présence qui en était responsable ne pouvait être qu'amicale.

Et effectivement, Bérénice sortit des broussailles ; le soulagement que ressentit Suzanne domina amplement sur l'effet de surprise et elle fit intuitivement un pas vers la jeune romancière en désintégrant son attaque.

Elle n'en fit aucun autre, se figeant sur place : l'air mauvais qui avait pris possession du visage de la nouvelle venue ne la rassura pas.

— Qu'as-tu donc fait ?

— Bérénice ?

— Pourquoi as-tu massacré Pirène ? demanda-t-elle sur un ton qui indiquait clairement qu'elle ne s'attendait à aucune réponse valable. Pourquoi l'avoir assassiné froidement alors qu'il était notre seule chance de pouvoir venir à bout de Sleipnir ? ajouta-t-elle en s'arrêtant devant la brune.

— Écoute... C'était un accident...

Bérénice détourna son regard en passant derrière elle et posa ses yeux tantôt sur le cheval de feu, tantôt sur la licorne.

— Que va-t-il se passer, maintenant ? Vont-ils cesser de s'affronter ?

— N'y aurait-il pas une autre solution ? demanda Suzanne dans son dos.

— Une autre solution ? répéta Bérénice en beuglant sans prendre la peine de cacher son courroux, se retournant d'un coup pour faire volte-face. Tu te moques de moi ?

— Mais non, je...

— Non, Suzanne, dit-elle plus calmement, soudain consciente de s'être laissé emporter par son désarroi et revenant se poster en face d'elle en se détournant expressément de la vision du cheval mort qui gisait à proximité. Je ne vois pas d'autre solution. Comme je te l'ai dit, commença-t-elle en insistant bien sur ces mots, l'objectif était de neutraliser Sleipnir grâce à Pirène et...

— Je sais, Bérénice... Je suis désolée... Vraiment...

— Nous pouvons dire adieu à notre retour en France, maintenant ! cracha-t-elle avec un ton de reproche évident.

— Et si nous nous rendions directement là où se trouve Capella pour essayer de le raisonner. Après tout, nous sommes des intrus pour lui. Il ne peut souhaiter que notre retour chez nous.

Bérénice ne prit pas la peine de réagir aux paroles de Suzanne qui lui semblaient si dénuées d'intérêt qu'elle estimait ne pas avoir à gaspiller ses forces pour répondre. Après tout, il allait leur en falloir, de l'énergie, pour qu'elles tiennent le coup jusqu'à ce qu'un miracle se produise.

Mais elle ne croyait plus en ce genre de choses depuis bien longtemps.

***

Le soleil dardait ses rayons sur la ville depuis un bon moment désormais et les teintes du ciel qu'il illuminait dans toute sa splendeur changeaient progressivement pour passer d'un bleu lumineux à un violet aussi léger que les pétales des fleurs de lavande. Le crépuscule s'annonçait déjà, bien que les températures ne semblassent pas vouloir descendre elles aussi vers un niveau plus doux, et cette journée qui annonçait enfin son déclin avait paru interminable à Émmanuelle qui s'était sentie stressée au cours des six heures qui avaient précédé son entretien. Mais elle en était sortie victorieuse : l'entrevue avec le D.R.H., un certain Donald Risolus, et le responsable de la communication des 3

Suisses, Grégoire Buck, avait été plus prolifique qu'elle n'aurait pu se l'imaginer dans ses rêves les plus fous.

Conformément à ce que lui avait dit Suzanne, Émmanuelle avait de grandes chances d'obtenir une belle place dans le monde du mannequinat ; c'est du moins ce que lui avaient assuré les deux hommes avec lesquels elle venait de passer trois quarts d'heure. Ils lui avaient explicitement offert une promesse d'embauche au terme de l'entretien qu'elle avait toutefois jugé ardu, de son propre avis.

Elle avait dû, dans un premier temps, se présenter devant eux et répondre à toute une batterie de questions sur son passé, ses motivations et ses aspirations, avant de leur montrer les cinq photos de son *book* qu'elle estimait être les meilleures, en leur en expliquant les raisons. Par deux fois, elle avait bafouillé, trop nerveuse pour parvenir à aligner deux mots, d'autant plus que les deux hommes n'avaient pas exprimé plus de ravissement que de mécontentement : leurs visages impassibles étaient restés fermés jusqu'à la fin de l'entretien, lequel s'était poursuivi par une séance de poses devant un photographe qui les avait rejoints entre-temps. Cette session avait eu pour but de mesurer la compréhension, l'assurance et la spontanéité d'Émmanuelle face aux consignes d'un professionnel lui demandant d'exprimer tel sentiment ou de prendre une position bien spécifique. C'est là qu'elle avait excellé, réagissant du tac-au-tac, sachant comment se cambrer, où placer ses mains, faire le sourire adéquat, à quel moment remonter ses cheveux en palmier ou tendre les lèvres pour intimer le désir. Ce fut au terme de cette série de clichés qui avaient pris naissance par dizaines sous l'œil expert du photographe et sous l'objectif de son appareil posé sur trépied qu'elle s'était retrouvée ensuite dans un grand bureau, seule avec monsieur Risolus, celui-là même qui l'avait intimidée à son arrivée. C'est alors qu'elle avait été surprise d'entendre que son collègue et lui avaient tous deux été satisfaits d'elle et qu'ils lui avaient promis qu'ils travailleraient ensemble. Elle avait lu et signé le contrat de pré-embauche qui la mènerait dans quelques jours, lorsqu'ils la rappelleraient, vers un contrat à durée déterminée pour une saison. Elle figurerait assurément dans le catalogue printemps-été 1991, la maquette de celui de l'automne-hiver 1990 étant déjà terminée et validée.

Son bonheur inocula l'innocente beauté d'un sourire radieux sur son visage et c'est comme émerveillée qu'elle rentra à la résidence. Il était 18 h 15 lorsqu'elle referma la porte, gardant la main sur la poignée en s'écriant :

— Il y a quelqu'un ?

De légers bruits à l'étage lui confirmèrent la présence d'une âme qui avait ouï sa question et c'est la voix de Sabine qui lui répondit d'en haut.

— Émmanuelle, c'est toi ?

— Oui, répondit l'intéressée en sortant du hall pour se diriger vers les escaliers tandis que son interlocutrice sortait de sa chambre. Qu'est-ce que tu faisais ? Je te dérange ?

— Non, ne t'inquiète pas, va ! fit la Néerlandaise qui apparut soudainement sur la petite plate-forme qui marquait le virage de l'escalier. Je bouquinais.

Elles se firent la bise et allèrent spontanément dans la cuisine.

— Tu as fini de préparer ton entretien de demain ? demanda la rousse.

— Oui, ça y est, fit Sabine en prenant un pot de yaourt Chambourcy [101] dans le réfrigérateur et une cuillère à café dans un tiroir. Et toi, comment s'est passé le tien, aujourd'hui ? demanda-t-elle ensuite en s'asseyant en face de sa colocataire de l'autre côté de la petite table.

— J'ai signé un contrat de pré-embauche : ils me veulent dans leur catalogue printemps-été 91.

— J'en étais convaincue ! fit Sabine en commençant à manger.

— Merci. Jack dort toujours ?

— Je ne sais pas, mais je ne l'ai entendu qu'en début d'après-midi. J'ai eu l'impression qu'il ne s'était uniquement réveillé que pour aller aux toilettes parce qu'il est aussitôt retourné dans sa chambre. Après, je n'ai plus rien entendu. On était vraiment exténués tous les deux, ce matin : cette nuit a vraiment été cauchemardesque et je n'ai tenu que sur les nerfs.

— Tu ne parais pas comme ça mais tu tiens plutôt bien le coup, physiquement et mentalement, contrairement à lui, remarqua Émmanuelle.

— C'est curieux que tu m'en parles ; je venais juste de me faire la réflexion, souligna Sabine en se levant pour jeter son pot de yaourt à la poubelle. On a bien failli y passer, tu sais ? Encore Max et Wilfried...

— Max, celui-là !! pesta la rouquine. Espérons que la situation s'arrange rapidement, ajouta-t-elle en se levant à son tour pour suivre sa colocataire.

Avant que chacune d'entre elles ne rentre dans sa chambre respective, elles échangèrent un silencieux regard. Bien naïves eurent-elles été si elles s'étaient imaginé que les choses en resteraient là.

Mais elles n'étaient pas dupes.

Si les natifs de Diadem 13 n'avaient pas fondamentalement besoin de se nourrir quotidiennement, leur organisme étant bien assez résistant pour soutenir aisément le poids d'une semaine de jeûne, il n'en était pas moins que leurs besoins en eau étaient assurément supérieurs à ceux des humains, les cellules qui composaient leur méristème ne supportant pas le manque d'eau en-deçà d'un seuil déjà inférieur à celui des Hommes. Plus sensibles à la déshydratation, ils avaient rapidement soif et pouvaient, en cas de forte canicule, s'abreuver de six, voire sept ou huit litres d'eau par jour.

Maintenant qu'il était 19 h 00, cela faisait un bon moment que Wilfried, installé sur le toit de la Résidence du Coucher de Soleil, n'avait rien absorbé. Il en ressentait un certain malaise. Pourtant, il résistait.

Son esprit ne cessait de cogiter, faisant diversion à son inextinguible soif. Depuis le retour d'Émmanuelle à la résidence, le train de ses pensées avait quitté les affres de ses interrogations sur le bien-fondé de sa mission pour en venir à des choses plus pragmatiques. Il avait l'impression que Max et lui perdaient leur temps alors que la prophétie de leur mort prochaine exigeait d'eux qu'ils parviennent à leur but avant de rendre l'âme.

Il sentit qu'il devait faire quelque chose au plus vite ; cela ne pouvait plus attendre.

En lui-même, très naturellement, il comprit soudainement qu'il devait une nouvelle fois sonder l'esprit des colocataires présents sous le toit sur lequel il se trouvait. Il sentit intuitivement qu'une information leur avait échappé, à Max et à lui : attendre de mettre la main sur la disquette et retrouver Silène qui devait vraisemblablement se cacher quelque part parmi les quarante-cinq-mille-trois-cent-vingt-six habitants qui peuplaient cette ville n'était assurément pas la meilleure méthode. *En tout cas, pas la plus rapide*, se dit-il en se redressant sur ses jambes. Il leur fallait aller au-devant de leur mission, la prendre à bras le corps pour mieux l'accomplir. Capella ne le contredirait sans doute pas et Wilfried sentit que son allégeance quelques heures plus tôt bafouée par ses doutes venait de se parer à nouveau dans ses plus beaux atours, comme s'il venait de jurer fidélité à son seigneur.

Il se servit alors de ses dons télépathiques pour accéder *aperto libro* à l'esprit de Sabine mais n'y trouva pas grand-chose de bien intéressant : la jeune Néerlandaise, à présent dans la pièce vide du rez-de-chaussée, se demandait de quelle manière elle allait pouvoir aménager cet espace en chambre d'amis, comme le lui avait suggéré Jack à son arrivée ici. En attendant le retour de Stéphane qu'elle se sentait apprécier de plus en plus et qui devait théoriquement rentrer dans près d'une heure, et plutôt que de se morfondre d'inquiétude pour Suzanne, Antoine et Sidonie, elle considéra qu'il serait amplement plus profitable de commencer à penser faire quelque chose d'utile dans ces quarante-cinq mètres carrés que les quatre murs délimitaient.

Wilfried se détourna d'elle et passa à Jack.

***

Rien de tout cela n'était censé être possible : le tube cathodique du Goupil G4 qui avait fondu, l'ouverture sur une nouvelle dimension – avec trois mondes accessibles, l'attraction qu'elle avait exercé sur Suzanne et lui, de même que la guérison de son hypermétropie qu'il aurait qualifiée de miraculeuse s'il n'avait pas été aussi rationnel, étaient du domaine de l'irréel pour Antoine. Il n'en revenait pas. Mais le plaisir physique que lui avait fait ressentir Clotho à deux reprises, alors qu'il avait été conscient et n'avait su résister aux sensations voluptueuses que la bouche et l'intimité de l'attirante créature qui le retenait captif lui avaient prodiguées, lui semblait encore si intense et envoûtant que c'était avant tout ce qu'il ne parvenait pas à s'expliquer.

Pourquoi n'ai-je pas connu ça avant ?

— Tu en veux encore ? lui fit-elle alors qu'il émergeait une nouvelle fois d'un profond sommeil.

— Vouloir de quoi ? répondit-il en la découvrant assise sur le bord du lit à sa gauche, vêtue comme elle l'avait été la première fois qu'il l'avait vue mais pourtant bien plus excitante encore sans qu'il ne s'explique cette différence de *sex-appeal*. De me faire violer ? ajouta-t-il sans s'étonner qu'elle ait pu lire dans son esprit.

— Dis-moi que tu n'as pas apprécié mes caresses pour voir, le défia-t-elle en étrécissant ses yeux noirs.

Il se redressa tout à fait et alla pour sortir du lit avant de s'arrêter net et de ramener la couverture sur lui pour cacher sa nudité.

— Donnez-moi des vêtements, Clotho. J'aimerais pouvoir me lever, si vous permettez...

Elle s'exécuta sans s'inquiéter de ce qu'il pourrait chercher à faire maintenant qu'elle avait levé le pouvoir qui le gardait sous son emprise : en contrepartie, non seulement elle avait scellé porte et fenêtre afin qu'il ne puisse pas s'enfuir, mais elle ne pouvait être surprise par une quelconque tentative d'évasion qu'il pourrait attenter, pouvant sonder son esprit sans aucun problème pour anticiper toute décision inconsidérée. Il était donc libre d'aller et venir dans la petite bâtisse sans pour autant être capable de s'en évader.

Antoine commença à s'habiller aussitôt qu'elle lui remit des vêtements grossièrement pliés et empilés et il lui tourna le dos pour enfiler un slip en laine de coupe grossière, masquant ses parties intimes dont elle connaissait désormais chaque parcelle de peau mais exhibant un fessier musclé et haut perché qu'elle n'avait pas encore pris la peine de découvrir. En aurait-elle seulement le temps avant qu'elle ne meure ?

— Puisque vous avez l'intention de me tuer, commença Antoine en continuant à se vêtir, j'aimerais au moins passer de vie à trépas avec ma chevalière au doigt.

— Je vais te tuer avant de te dévorer, mais tu vivras à travers moi, souligna Clotho d'une voix monocorde en le regardant faire.

— Ah oui ? Et comment pourrai-je vivre à travers vous une fois que, selon votre prophétie, vous aurez péri comme les autres prétendus dieux de votre monde ?

Elle éluda la question et lui dit :

— Ta chevalière est sous bonne garde, entre les mains de Falken. Il me l'apportera bien avant que je ne te consomme, sois tranquille.

Une fois vêtu, il vint s'asseoir sur une chaise en bois à proximité de Clotho qui se tenait debout, adossée à un grand buffet rustique aux formes irrégulières, et se tourna vers elle.

— Écoutez...

— Je te suis toute ouïe, Antoine, précisa-t-elle avec un sourire mutin aux lèvres et la malice dans les yeux. Je bois tes paroles...

— Arrêtez donc vos simagrées !

— Je te bois tout entier...

— Alors dites-moi ce que j'ai la liberté de pouvoir faire ! J'en ai assez d'être enfermé ici. Voudriez-vous avoir l'amabilité de me laisser prendre l'air et peut-être voir mon amie Suzanne une dernière fois avant de crever ?

— Capella détient ton amie. Je te laisserai bientôt passer un moment d'intimité avec elle pour que tu puisses comparer mes talents à ce qu'elle sait faire.

— Vous êtes dingue ? s'écria Antoine en se redressant violemment, faisant tomber sa chaise derrière lui. Suzanne est mon amie ; je n'aurais pas idée de...

— Je te parle de Sidonie, jeune crétin !

— Quoi ? Sidonie est ici ??

***

Stéphane avait mis plus de temps à fermer la boulangerie-pâtisserie qu'il ne l'avait prévu : il ne baissa le rideau de fer qu'à 19 h 50. Il eut cependant l'impression qu'il n'était pas encore si tard que cela car le soleil couchant qui tissait dans les cieux un voile de couleurs chaudes encore bien lumineuses donnait l'illusion d'une fin d'après-midi automnale, bien que le début de soirée était déjà entamé. Accroupi devant le centre de la devanture du commerce qu'il avait tenu seul toute la journée, il ferma le verrou en pensant avec une certaine délectation au bain et à la bonne nuit de sommeil qu'il allait s'octroyer aussitôt rentré.

Dans son dos, les passants évoluaient vers un but dont il ne connaissait rien, mais il se dit en lui-même qu'aucune de leurs destinations ne pourrait jamais lui apporter autant de plaisir que le réconfort et le bien-être qu'allaient lui prodiguer sa chambre et la salle de bain qu'il investirait bientôt. Reprenant au sol le sac plastique qui contenait la disquette rouge, il se redressa en se languissant d'être déjà couché, glissa les clefs dans la poche avant de son pantalon et commença à faire route vers la station de bus de l'école maternelle Marie Laurencin lorsqu'il s'arrêta net avant d'arriver au passage piéton qui permettait de traverser l'avenue Leclerc.

Stéphanie était là.

Elle était toute seule, à une quinzaine de mètres de lui, pieds joints, appuyée contre un réverbère, ses yeux mélancoliques plantés dans ceux du jeune homme, exprimant encore cette profonde tristesse qui faisait luire son regard bien plus que toutes les lumières qui s'y reflétaient. Il s'approcha d'elle pour réduire la distance afin qu'elle puisse l'entendre au-delà de la cacophonie urbaine et, sans vouloir réagir à la surprise de sa présence, préféra jouer la carte de l'humour.

— Tu n'as pas eu assez de guimauve pour aujourd'hui ?

Elle ne réagit pas autrement qu'en le laissant venir jusqu'à elle et permit à un flottement de s'installer entre eux, bien que leur proximité induisait de briser la glace d'une manière ou d'une autre. Il aurait pu la prendre dans ses bras sans faire un pas de plus mais n'en fit rien et laissa de nombreuses interrogations le gagner. La jeune fille, sentant le malaise se répandre dans l'esprit de l'homme qui lui faisait face, rompit enfin le silence.

— Je n'ai pas envie de retourner chez moi ce soir...

— Pourquoi ça ?

— Je n'ai pas franchement le moral, vous savez...

— Ça, j'avais remarqué ! osa Stéphane. Tu es toujours si mélancolique.

— C'est un reproche que vous me faites, là ? demanda-t-elle en élevant la voix plus que de raison.

— Mais non, Stéphanie, mais je cherche au moins à te faire réagir pour mieux comprendre quels sont tes problèmes. C'est la deuxième fois que tu viens me voir aujourd'hui et j'ai encore l'impression de ne pas bien savoir à qui j'ai affaire, malgré notre accord de cette après-midi.

— Je veux rester avec vous.

Stéphane ne comprenait pas. Tout du moins avait-il peur de comprendre.

— Depuis que je vous ai quitté tout à l'heure, je ne pense plus qu'à vous, ajouta-t-elle pour dissiper tout doute sur ce qu'elle tentait timidement d'exprimer.

— Moi, je pense que tu interprètes mal les choses. En fait, comme il te semble que je t'apporte quelque chose dont tu manques cruellement, tu fais un amalgame et prends le plaisir que tu as à être avec moi – je veux dire en ma présence – pour un sentiment qui n'a pourtant rien à voir.

— Non ! s'écria-t-elle en avançant son visage vers le sien avant de s'arrêter brusquement pour revenir à une distance respectable. Je crois que je vous aime vraiment.

— Je sais que tu le crois, Stéphanie, fit-il en posant ses mains sur les épaules de la jeune fille.

— Comment ça, vous savez ? Toutes les filles tombent-elles aussi rapidement amoureuses de vous ?

— Non, ce n'est pas ça...

Il ôta ses mains et recula d'un pas pour s'appuyer contre une barrière en métal sur le bord du trottoir.

— Ce que tu prends pour de l'amour n'est ni plus ni moins qu'une profonde affection que ta mélancolie et ton sentiment de solitude exacerbent.

— Qu'en savez-vous ?

— Je te l'ai dit tout à l'heure : j'ai moi aussi été adolescent et il est très courant, durant cette période, d'avoir l'impression de tomber amoureux de quelqu'un de plus âgé que soi. C'est tout à fait naturel, crois-moi.

Stéphanie allait réagir lorsqu'un homme métis d'une quarantaine d'années passa si près d'eux qu'elle se demanda s'il ne l'avait pas fait exprès. Puis elle dit :

— Si je comprends bien, quand on est adolescent et que l'on éprouve des sentiments pour une personne plus âgée que soi, ce n'est jamais qu'un amour irréel qui ne s'explique que par notre âge, notre faible maturité, notre manque d'expérience ! C'est ça ?

— Pas toujours, mais souvent.

Stéphane commençait à se sentir incommodé par cette conversation.

— Et pourquoi mes sentiments pour vous seraient-ils illusoires ? Pourquoi ne ferais-je pas partie du pourcentage d'adolescentes éprouvant un réel amour pour une personne plus âgée qu'elles ?

Sans attendre de réponse, visiblement contrariée, elle se renfrogna, constatant que les sentiments qu'elle ressentait n'étaient pas pris au sérieux. Elle passa devant lui, grincheuse, et alla jusqu'à la devanture du Salon des Petits Pains. Là, elle posa son sac à dos au sol et s'assit tout contre le rideau métallique, jambes fléchies ceinturées par ses bras, pieds ramenés contre elle, menton posé sur ses genoux, le front soucieux et le regard courroucé.

Stéphane se rapprocha d'elle et s'arrêta dans son champ de vision.

— L'histoire du grand-frère que tu souhaites avoir, c'était un prétexte pour te rapprocher de moi ou tu étais sincère ?

— J'étais sincère ! répondit-elle du tac au tac.

— Donc tu veux un frère et un petit ami, tous deux plus âgés que toi. Et vu ta réaction, tu n'as pas l'habitude de ne pas avoir ce que tu veux. Je me trompe ?

Elle releva les yeux vers lui et il ne put ignorer les émotions qui perlaient sur ses joues humides. Décontenancé, il allait faire un pas vers elle pour la consoler quand elle lâcha, comme un cheveu dans la soupe :

— Je vous aime...

***

— Salut toi !

Sabine se retourna d'un bond, comme effrayée par cette présence qu'elle n'avait pas sentie derrière elle.

— Jack ?? Tu t'es enfin réveillé, on dirait.

L'homme était en forme, contrairement à ce que ses cheveux ébouriffés et sa nudité que seul son slip entravait laissaient transparaître.

— J'ai dormi comme un loir, fit-il en regardant l'intérieur de la seule pièce du rez-de-chaussée qui n'était pas encore meublée.

Il passa une main dans ses cheveux. Sabine fit une drôle de grimace.

— Tu aurais pu mettre quelque chose sur toi, dis donc ! fit-elle avant de se retourner pour lui cacher sa gêne, ayant eu le temps de remarquer les plis de drap qui avaient strié la poitrine de son ami.

— Oh, ça va, eh ! On s'est déjà découverts tout nus, quand même !

— Jack ! s'exclama-t-elle en lui faisant à nouveau volte-face. On avait six ans, ajouta-t-elle en lui tournant une nouvelle fois le dos après avoir constaté qu'il se grattait les fesses de l'autre main sans aucune retenue. Si tu veux me parler, mets quelque chose sur toi !

— Qu'est-ce que tu fabriques ? demanda-t-il pour éluder l'injonction.

— Rien de bien particulier. Je prends les mesures de la pièce afin de faire ensuite mon choix en termes de meubles : comme toi, je la verrais très bien en tant que chambre d'ami.

Il regarda par-dessus son épaule les mesures qu'elle avait prises et notées sur un petit carnet à spirales.

— Et pourquoi tu as écrit « Stéphane » dans le coin de la page ?

Sabine referma son carnet en piquant un fard malgré elle, bien qu'il fût trop tard pour dissimuler quoi que ce soit, et décida :

— De toutes manières, j'arrête pour aujourd'hui ; je vais préparer à manger. Tu as faim ?

Jack referma la porte de la pièce après avoir laissé Sabine en sortir et répondit :

— J'ai une faim de loup.

— Alors va prendre une douche et habille-toi ensuite. Le dîner devrait être prêt pour le retour de Stéphane. Il mangera avec nous. Angélique n'est pas encore rentrée de l'hôpital. Apparemment, elle devait aussi faire une déposition au commissariat pour donner sa version de ce qu'il s'est passé la nuit dernière aux Bains Publics. Quant à Émmanuelle, elle est dans sa chambre : je ne sais pas ce qu'elle a prévu pour ce soir. Quand tu seras là-haut, tu pourras lui demander si elle veut dîner avec nous ?

— Bien sûr, répondit Jack en s'engageant dans les escaliers. Conformément à ce que nous avions convenu la semaine dernière, elle est censée t'aider à préparer à manger, non ?

— Certes ! Mais vu que nous ne sommes pas au complet, chacun fait un peu comme il lui plaît, Jack.

— Ça me va !

Il gravit quelques échelons et s'arrêta net quand elle le rappela.

— Qu'est-ce qu'il y a, fillette ?

— Ne m'appelle plus *fillette*, s'il-te-plaît !

— D'accord, fit-il en soupirant avec une certaine résignation. Qu'est-ce que tu voulais me dire ?

— Ce que tu as dit tout à l'heure m'a rappelé quelque chose. Tu te souviens lorsque tu me chantais *Souricette* [102] pour me consoler quand je pleurais.

— Oui, je m'en souviens, Sabine...

Il laissa passer un instant avant de reprendre son ascension, ajoutant par-dessus le bruit de ses pieds nus sur les marches de l'escalier :

— Mais ne disais-tu pas à l'instant que nous n'avions plus six ans ?

***

Sans perdre une seule minute, Wilfried s'était élancé vers le sud, sautant au sol depuis le toit de la résidence aussitôt que Jack, sans même avoir pu s'en rendre compte, lui avait laissé lire dans ses pensées que Stéphane détenait la disquette et que celui-ci travaillait jusqu'à 19 h 30 dans la boulangerie-pâtisserie située au 1 boulevard Alexandre Dumas. Cela faisait donc vingt-huit minutes qu'il était supposé avoir fermé et pendant ce laps de temps, il s'était peut-être éloigné à un point tel que Wilfried aurait bien du mal à retrouver sa trace. Une fois de plus, le dieu se maudit, mais cette fois-ci, il s'en voulait cruellement d'avoir mal calculé son coup et de s'être laissé distraire par Émmanuelle. C'était une erreur qu'il ne ferait pas deux fois.

Il usa de ses pouvoirs télépathiques pour demander à Max de le rejoindre de suite et, plutôt que de perdre davantage de temps à sauter d'un point culminant à un autre, comme le faisaient les guerriers furtifs du Japon féodal en allant de toit en toit, il se téléporta directement dans le centre-ville. Bien qu'il possédât l'adresse exacte de sa destination, il ne pouvait se téléporter qu'à un endroit qu'il visualisait. Or, il ignorait à quoi ressemblaient les abords de la boulangerie-pâtisserie. Du moins ne connaissait-il pas le quartier. Il apparut donc entre deux voitures garées sur le parking du cinéma Sigma 9, coincé entre les rues Cassiopée à l'ouest et de Paris à l'est, mais dont l'entrée et la sortie, se trouvant du côté sud de l'aire de stationnement, donnaient sur le boulevard Alexandre Dumas. Sans viser un quelconque passant, il laissa sa télépathie fureter l'esprit de ces quidams afin de savoir si l'un d'entre eux, éventuel client de Jack et Stéphane, savait dans quelle direction il devait se précipiter pour rallier leur lieu de travail. C'est ainsi qu'une multitude de pensées de toutes sortes, interrogations, prières, réflexions et autres raisonnements, s'accumulèrent dans sa tête comme s'il se trouvait au cœur d'une foule dont chaque personne ne parlait que pour elle, sans aucune volonté d'interagir avec autrui. Ainsi, une femme, qu'il n'aurait d'ailleurs su localiser parmi celles qui déambulaient autour de lui devant l'entrée du cinéma, lui fournit la précieuse information : il devait aller droit vers l'est, sur sa droite. Le Salon des Petits Pains se trouverait sur le trottoir opposé, côté nord, à près de huit-cents mètres de sa position actuelle. Wilfried se mit à courir dans cette direction pour ne pas perdre davantage de temps tout en regardant autour de lui s'il ne voyait pas le jeune homme aux cheveux verts dans les parages : il aurait vraiment de la chance si celui-ci se trouvait encore dans le secteur.

Et de la chance, il en avait.

Wilfried, bien qu'il n'était encore qu'à une quarantaine de mètres de la devanture, remarqua bien rapidement que Stéphane était là, assis contre le rideau baissé, juste à côté d'une jeune fille avec laquelle il semblait discuter, immergé avec elle dans une sphère d'intimité qu'il ne comprenait pas. Apparemment, au vu de ce que chacun d'entre eux disait tout bas, ils conversaient au sujet de sentiments qu'elle ressentait véritablement pour lui et qu'il ne partageait pourtant pas. En ralentissant, Wilfried sentit soudain qu'il avait envie d'en savoir plus sur cet amour sincère et exponentiel, et souhaita rester là, à quelques mètres d'eux, caché dans un recoin entre deux boutiques, pour les écouter en deviser. Mais l'arrivée de Max brisa les ondes télépathiques qui le reliaient aux cerveaux des deux cibles qu'il avait délicieusement sondées et Wilfried fut bientôt rejoint par son complice qui semblait contrarié d'avoir été dérangé pendant sa surveillance des services de Police municipale.

— On avait convenu de rester chacun de son côté !

— La disquette est là, dans le sac que tient cet homme. Tu le reconnais ?

— Bien sûr ! C'est l'un des colocataires de la résidence de ces chiens !!

Wilfried regarda Max attentivement et lui trouva une mine résolument exténuée à laquelle s'ajoutait une mauvaise humeur apparente.

— Allons voir ça, fit le blond en s'éloignant de son complice.

— Non, attends ! ordonna vainement Wilfried en lui emboîtant le pas.

Stéphanie remarqua les deux hommes s'approcher d'eux sans les perdre de vue, mais elle ne leur prêta aucune attention supplémentaire bien qu'elle les trouvait lugubres avec leur capuche relevée et leur long manteau noir. Par contre, le fait qu'elle ait arrêté sa phrase en plein milieu fut comme une alerte qu'elle donna implicitement à Stéphane qui regarda aussitôt dans la direction où s'était posé son regard. Et il se releva d'un bond avant de se tenir au-devant de Stéphanie pour faire barrage.

— Wilfried ! Max ! Qu'est-ce que vous venez faire ici ?

La lumière du crépuscule déclinait progressivement en vives teintes à dominante de parme s'étirant en un camaïeu qui le faisait glisser vers un orange incandescent à l'horizon, créant un contraste soutenu dans les rues de la ville. Le visage des dieux, plongé dans l'ombre par le contre-jour que leur capuche accentuait, se cachait derrière un voile opaque masquant leur physionomie singulière. Pourtant, Stéphane savait quels en étaient les traits et il ne pouvait ignorer non plus le sourire qui se devinait sur les lèvres du plus jeune des dieux. Celui-ci répondit, alors que l'adolescente se relevait en passant son sac à dos sur l'épaule et en s'emparant de la pochette :

— Nous sommes venus récupérer la disquette. Vous l'avez bel et bien, n'est-ce pas ?

Stéphane ne répondit pas, confirmant par cette réaction ce que les deux hommes savaient déjà.

— Qui sont-ils ? demanda la jeune fille.

— Des raclures de fond de tiroir. Passe-moi mon sac ! ordonna-t-il sans détacher son regard des visiteurs.

— Je suis sûr qu'elle est dedans ! persifla Max en regardant Stéphanie s'exécuter tout en restant derrière son nouvel ami dont elle tenait le tee-shirt au niveau de la taille. Donne-la-nous gentiment et nous ne vous ferons aucun mal, ajouta-t-il en ricanant.

Stéphane empoigna fermement la hanse de la pochette qu'il venait de reprendre et porta son regard sur Wilfried, essayant de savoir si ce dernier, compte tenu de sa magnanimité supposée, se joindrait ou pas à son complice pour lui dérober la disquette. Mais il ne put percevoir quoi que ce soit sur ce visage presque intégralement dissimulé dans le noir de sa capuche. Il décida donc de les considérer seuls contre eux deux.

Mais Stéphanie était aussi exposée que lui.

— Rentre chez toi ! lui ordonna-t-il. On se reverra quand tu reviendras demain.

— Non, je veux rester ! rétorqua-t-elle en se serrant contre lui.

— Demain, tu seras aussi froid que ce rideau de métal, Stéphane ! cracha Max. Parce que si tu refuses de nous obéir, c'est sur ton cadavre que je m'emparerai de la disquette.

— Rentre chez toi !! répéta-t-il plus fermement à l'attention de la jeune fille. Tu ne m'aides pas, là !

Wilfried fit un pas en avant et, sans attendre, créa une sphère d'énergie dans sa main droite. Stéphanie écarquilla grand les yeux ; par quel miracle cette sphère d'un vert lumineux était-elle apparue ? Max le regarda, surpris.

— Eh bien, que t'arrive-t-il donc, Wilfried ? Tu m'as l'air bien impatient d'en découdre...

L'homme arqua son bras sur le côté sans même porter un regard à son complice et dit sans plus de formalités :

— Finissons-en !

D'un geste vif, Wilfried décocha son tir comme s'il lançait une balle de base-ball, d'un geste courbe et leste mais rapide, et Stéphane n'eut que le temps de lever ses deux mains devant son visage en reculant, heurtant la jeune fille qui était restée derrière lui et qui, sous le joug du poids de ce que contenait son sac à dos, cria en basculant elle aussi en arrière.

Elle ne ressentit pourtant aucun impact sur le sol, pas plus que lui. Ils ne perçurent qu'une sorte d'explosion devant eux avant que le noir total ne les envahisse.

— Que s'est-il passé, Wilfried ?? hurla Max tandis que les passants autour d'eux se demandaient s'ils n'avaient pas rêvé ce qu'ils venaient de voir.

Ils se tenaient tous deux seuls devant le Salon des Petits Pains, regardant avec effroi l'endroit où Stéphanie et Stéphane s'étaient trouvés un instant plus tôt.

Ils n'y étaient plus.

***

Une obscurité presque totale régnait impitoyablement dans l'Ostium et, la plupart du temps, seul le magma bouillant formant de grosses bulles de lave éclatant à la surface de bassins rocailleux plongés dans une vapeur opaque contrecarrait la sombre teinte de cette noirceur humide dans laquelle ruisselaient des filets d'eau brûlante, creusant dans les murs d'obsidienne de profonds sillons. Mais lorsque le gigantesque miroir dont le cadre à frise d'arabesques de fleurs et de feuilles d'or s'élevant en forme de triangle isocèle dans la paroi rocheuse projetait de la surface de sa vitre une lumière éblouissante, c'était tout l'intérieur de la cavité qui s'illuminait uniformément comme un éclairage halogène qui dissipait la vapeur.

Une voix tonitruante et naturellement altière s'éleva du miroir.

— Quel est ton rapport, Magdalena ?

La déesse, prosternée en bas des marches qui menaient à l'abside dans laquelle le miroir avait toujours été, redressa le visage sans étrécir les yeux et répondit :

— Max n'est pas étranger à la mort de Polyphème, Mon Seigneur : il sait qu'il devra répondre de ses actes devant vous aussitôt que Wilfried et lui auront mené à bien la mission que vous leur avez confiée.

— Ce n'est pas ce qui m'intéresse ! s'écria-t-il.

Clotho, un genou posé à terre, située à gauche de Magdalena, frémit en entendant gronder la voix de Capella.

— Les as-tu bel et bien remis sur pieds ?

— Oui, Mon Seigneur. Et ils sont retournés dans la ville pour mettre la main sur Silène et le châtier, conformément à vos ordres.

— Et qu'en est-il de cette disquette qui nous cause tant de soucis ?

Magdalena ressentit une montée de chaleur qui s'empara de son visage, lequel s'empourpra sans délai. Les hautes températures dégagées par les nombreuses mares de magma n'en étaient pourtant pas la cause.

— Nous ne savons pas où elle est, Mon Seigneur. Mais nous...

— Comment cela se fait-il ? Mes injonctions n'ont-elles pas été assez claires ?

La femme se tourna sur sa droite et posa ses yeux sur Mutine qui tremblait comme une feuille morte. Néanmoins, cette dernière prit la parole pour lui venir en aide.

— Nous sommes à peu près certains que plus aucune intrusion sur Diadem 13 n'aura lieu, Mon Seigneur.

— Continue...

— Max et Wilfried viennent de perdre la disquette de vue, c'est juste ; ils étaient à deux doigts de la récupérer pour la détruire afin de parer à toute intrusion intempestive à venir mais ils ont échoué.

— Cela ne m'étonne guère de Max, cracha Capella dont la voix semblait venir d'un monde dissimulé derrière la surface du miroir, se propageant ainsi dans les roches alentour comme une caisse de résonance. Mais je suis surpris que Wilfried ait pu être assez maladroit pour se laisser duper par ces viles pourritures de terriens qui sont autant de cloportes qu'il y a de raisons de les haïr. Comment as-tu pu supporter de partager ta couche avec ce diable de Max, Clotho ?

L'intéressée baissa davantage les yeux en grinçant des dents sans piper mot, mais le poing qu'elle serra plus encore en contact avec le sol devant elle trahissait sa honte.

— Je ne lui ai jamais accordé ma confiance, fit Capella, que parce qu'il est pourvu de pétulance et parce que j'ai foi en la tolérance de Wilfried à son égard...

Clotho ne desserra pas les lèvres et resta dans cette posture.

— Mutine !

— Oui, Mon Seigneur...

— Me confirmes-tu que le détenteur actuel de la disquette n'a pas franchi Crépusculaire ? Je ne ressens aucune nouvelle présence dans les régions de Cléo, mais tes pouvoirs de perception des humains sont bien supérieurs aux miens.

— Je vous le confirme, Mon Seigneur. Ils ne sont manifestement pas sur Diadem 13, répondit-elle en toute hâte comme pour annoncer une bonne nouvelle.

— Voilà qui est regrettable, déclara le voix du miroir, brisant en morceaux le sourire de soulagement qui avait commencé à se dessiner à la commissure des lèvres de Mutine.

— Je ne comprends pas, Mon Seigneur, osa remarquer Magdalena, à la surprise de Clotho et Mutine qui demeuraient immobiles à ses côtés. Je croyais que vous souhaitiez que plus aucun être humain ne foule du pied nos terres.

— C'est exact ! C'est pour cela qu'il faut retrouver la disquette : pour s'assurer de la détruire nous-mêmes. Néanmoins, nous devons partir du principe que ces humains sont plus vulnérables ici dans un milieu qui leur est inconnu et hostile que dans leur ville où ils se trouvent sous la protection de Silène. Les six dignitaires encore en vie ainsi que Nectarine, Max et Wilfried qui peuvent revenir sous nos latitudes si nécessaire, sans oublier vous deux – Mutine et Clotho, êtes autant d'ennemis qu'ils ne sauraient vaincre, même avec l'aide de Suzanne. Ainsi, ces mécréants sont en position d'infériorité dans cet environnement qui leur est étranger : d'une certaine manière, leur impudente présence ici les rend plus faibles.

— Devrons-nous supprimer la jeune fille qui était avec le détenteur de la disquette au moment où ils ont disparu, Mon Seigneur ?

— Absolument ! Ne faites donc preuve d'aucun discernement entre les uns et les autres. Je les veux morts. D'ailleurs, tu tâcheras de te débarrasser de ton prisonnier aussitôt revenue chez toi, Clotho.

Elle tressaillit et garda baissé son visage chafouin qui mettait en exergue la longueur démesurée de ses cils.

— Tes sempiternelles et perverses élucubrations, si elles ne sont que divertissement pour toi, ne servent pas notre cause à tous, expliqua-t-il sur un ton las mais non moins acerbe. Débarrasse-toi de lui dans la nuit et reviens ici à l'aube pour me faire ton rapport. Je te donnerai alors d'autres instructions.

— Bien, Ô Mon Maître.

Ni Mutine, ni Magdalena n'avait jamais apprécié la manière par laquelle Clotho s'exprimait lorsqu'elle s'adressait à leur souverain : tout en elle sentait l'hypocrisie, la perfidie et la vilenie. D'ailleurs, de vieux griefs de femmes jalouses, honteusement empruntés à la race humaine comme de pathétiques atavismes, fulminaient entre l'anthropophage nymphomane et belliqueuse et la sorcière espiègle aux terribles pouvoirs préventifs et curatifs.

— Mutine !

— Oui, Mon Seigneur.

— Je veux que tu poursuives ta surveillance de nos régions, mais sans intervenir. Compte tenu que tu n'as pas su empêcher Bérénice de s'évader de la plaine de Chronopolis, je ne puis désormais faire confiance qu'en tes aptitudes de clairvoyance et de furtivité. Tu viendras ici me faire ton rapport dès qu'un évènement notable se produira. Mais j'insiste : tu n'interviens pas !

— C'est entendu, Mon Seigneur.

— Quant à toi, Magdalena, reste aux monts de Sheeba et tiens-toi prête à accueillir et à soigner les nôtres si besoin est. Suzanne ne devrait pas survivre à Sleipnir, surtout maintenant que Pirène est mort. Mais je ne ferai jamais l'erreur de sous-estimer mes adversaires et je préfère donc parer à toute éventualité. Si l'un de nos dignitaires se rend chez toi au cours d'un combat, soigne-le rapidement et renvoie-le toi-même dans son secteur aussi vite que possible, de sorte à ce qu'il garde ses forces pour reprendre la lutte. Je compte sur toi !

— Il en sera fait selon vos désirs, Mon Seigneur.

— Vous pouvez disposer.

Les trois femmes se redressèrent sur leurs jambes, levèrent simultanément les bras à dix heures dix, paumes vers le haut et se prosternèrent respectueusement en croisant les avant-bras devant leur poitrine, yeux fermés.

Enfin, la vive et éblouissante lueur qui irradiait du miroir mourut diffusément, plongeant la grande cavité dans cette profonde obscurité à laquelle seul le magma effervescent opposait une résistance. Mutine, à son tour, disparut aussitôt. Magdalena et Clotho, elles, s'en allèrent, s'enfonçant ensemble dans le couloir qui, le long du ruisseau qui prenait vie dans ce lieu retiré à l'entrée de la salle de conseil, s'étirait en direction de l'ouest vers la sortie de l'Ostium. Aucune d'entre elles ne dit quoi que ce soit.

Sous le plafond brûlant d'une petite cavité excentrée de la salle de conseil, dans une cage suspendue par une lourde chaîne métallique, demeurait une présence féminine isolée dans cet espace clos depuis trop longtemps à son goût. Elle avait tout entendu mais rien ne pouvait lui permettre d'agir et elle détesta ce sentiment d'impuissance qui la taraudait comme une migraine récurrente qui n'offrait de répit que lorsque la douleur sourde disparaissait pour mieux revenir ensuite. D'une manière ou d'une autre, la chaleur étouffante et pesante qui régnait dans cet endroit sombre et inhospitalier lui ôtait toute capacité de se concentrer sur autre chose que sur son mal-être, bien qu'elle ne portât qu'un vêtement simple qui ressemblait étrangement à une ample stola de l'Antiquité romaine, faite d'une soie si légère qu'elle donnait l'impression à la personne qui en était vêtue d'être nue. D'ailleurs, à la lumière des capricieuses mares de magma, la silhouette svelte de la captive se voyait aisément à travers le tissu devenu humide de transpiration. La femme suait à grosses gouttes et cette fine pellicule qui glissait le long de son corps et se perdait en flaques ruisselantes autour de ses pieds nus plaquait ses cheveux blonds sur son visage, l'empêchant, tout autant que l'obscurité, de voir distinctement quoi que ce soit.

Dans cette inconfortable situation, Sidonie parvint toutefois à focaliser ses pensées sur celui pour qui elle était venue sur Diadem 13.

Si leur amour était si puissant qu'elle s'était elle-même lancée à la recherche d'Antoine au péril de sa vie, elle ne pouvait douter que la force de leurs sentiments triompherait toujours. D'ailleurs, comment pourrait-il en être autrement maintenant qu'ils étaient sur le point de former une famille ? La gynécologue, à la mi-mai, avait été formelle, confirmant ce que le retard dans le cycle menstruel de la jeune femme et le test de grossesse qu'elle avait fait avaient laissé supposer : Sidonie était enceinte, avec une datation à six semaines et trois jours. Le sac gestationnel de 22 mm, l'activité embryonnaire de 6 mm et la vésicule vitelline de 4,6 mm, mentionnés sur le compte-rendu radiologique suite à la première échographie, ne laissaient aucun doute.

Antoine serait bientôt père. Un papa gâteau, assurément.

Sidonie ne lui avait pas encore annoncé la nouvelle car elle avait eu peur de sa réaction, peur qu'il la rejette malgré l'amour qu'il ressentait pour elle. Mais aussi peur qu'ils se réjouissent tous les deux pour finalement être déçus en cas de fausse couche.

Plus pessimiste qu'optimiste, Sidonie imaginait le pire au détriment du meilleur. Mais à présent que leur vie était menacée par les sbires de Capella et que ces épreuves la poussaient dans ses dernières limites, elle comprenait qu'il ne lui fallait plus perdre davantage de temps : la vie était précieuse. Et Antoine serait le plus heureux des hommes.

Ce qui était certain, c'est qu'aussitôt qu'elle le reverrait, elle l'en informerait sans délai, et il la prendrait dans ses bras et l'emmènerait dans sa chambre pour honorer avec fougue et passion la future mère de son enfant.

Sidonie avait hâte de le retrouver : Antoine serait aux anges.

***

Furibond, Sleipnir cracha une langue de flammes. Monocerüs, impavide, esquiva en se déplaçant vivement sur le côté dans un lourd grondement de sabots qui arrachèrent des brindilles éparses calcinées, et se jeta sur la bête incandescente. La pointe torsadée fit mouche, s'enfonçant mollement entre les côtes avant de se retirer aussitôt dans une effusion de sang tandis que l'animal reculait pour contrer une ruade. Deux des huit sabots de feu frappèrent violemment la licorne au niveau de l'encolure, mais elle se jeta une nouvelle fois vers son ennemi sans montrer aucun signe de faiblesse, mue par une détermination qui anesthésiait la douleur que lui faisaient ressentir ses blessures. Alors que le précédent trou qu'avait percé Monocerüs se refermait progressivement, elle en fit un autre au niveau de la base du poitrail, entre les membres antérieurs. Sleipnir hennit en se cabrant, comme pour exhiber sa puissance qu'aucun coup subi ne pouvait faire vaciller. Mais la licorne, depuis une vingtaine de minutes, ne montrait pas, elle non plus, le moindre signe de déficience et aucun des deux équidés ne semblait en mesure de pouvoir mourir : les flammes apparemment inextinguibles ne craignaient nullement la menace de la corne inaltérable qui luttait pour les éteindre en provoquant la mort de celui qui les faisait vivre.

Bérénice, qui n'avait pas bougé d'un iota, se leva enfin, érigeant sa silhouette au-devant du brasier, théâtre d'un combat acharné qui se déroulait dans le reflet de ses yeux vitreux, et s'avança vers Suzanne qui, prostrée autant dans l'herbe que dans une profonde aboulie, ne donnait plus aucun signe de conscience. Elle lui mit la main sur l'épaule et la secoua légèrement. Mais la brune, à l'acmé de son désarroi, n'exprima aucune réaction face à ces sollicitations. Alors la romancière la força à se relever en la prenant par-dessous le bras et l'emmena lentement à deux-cents mètres, profitant de cet état de catatonie dont découlait une extrême passivité pour la tenir à l'écart du périmètre à l'intérieur duquel la température était si excessive qu'elle en devenait insupportable. Ainsi, atteignant une zone de fraîcheur qui fit le plus grand bien à Bérénice, cette dernière s'assit enfin au sol en tirant le bras de Suzanne vers le bas pour la pousser à s'allonger avec elle dans les herbes si hautes qu'elles masquaient la vision du violent spectacle du duel qui se poursuivait au loin. Ne plus voir ni cette joute, ni le cadavre de Pirène permit à l'une de tourner le dos à la triste réalité en l'ignorant tandis que l'autre, mentalement enfermée dans une geôle dont elle seule détenait la clef, visiblement hagarde, se laissait doucement glisser dans les eaux troubles d'une léthargie sans repos, d'une inconscience sans fin, mais qui, paradoxalement, mettait enfin un terme à sa passivité.

Bérénice la serra contre elle en se collant dans son dos, froissant le carré de tissu qui entravait la nudité de Suzanne, et passa ses bras au-devant pour généreusement lui donner du réconfort et prendre un peu de chaleur humaine. Elles ne se connaissaient que depuis peu et rien n'avait laissé présager qu'elles en viendraient un jour à partager les mêmes inquiétudes, mais les caprices de leur destin, les poussant dans leurs derniers retranchements et leur imposant le lourd fardeau d'une horrible tragédie, avaient au moins l'avantage de les rendre plus unies qu'elles ne le seraient jamais, de leur permettre de s'apporter mutuellement la force et le courage dont elles pouvaient avoir besoin dans un moment de découragement. Et à cet instant, tout en ramenant plus encore le corps de Suzanne contre elle, en chien de fusil, plaquant sa tête dans le tissu crasseux qu'elle devinait devant ses yeux, l'infortunée créatrice d'un monde virtuel qui menaçait de devenir le lieu de son trépas comprit que le désespoir était leur pire ennemi.

— Je suis désolée, Bérénice...

Suzanne, à nouveau en pleine possession de sa conscience, sentit que la main qui étreignait la sienne devant sa poitrine la serrait plus fort encore. Elle perçut très distinctement de la peur dans ce geste mais également une certaine force ; celle de ne jamais renoncer à l'espoir de quitter Diadem 13.

— Ne t'inquiète pas, mon amie. Ne songe qu'à te reposer, pour l'instant. Endors-toi sur des pensées positives et nous réfléchirons à de nouvelles dispositions à notre réveil.

Obéissant aux conseils de Bérénice, Suzanne essaya de se remémorer d'heureux souvenirs mais aucun ne lui vint à l'esprit : tout ce qu'elle percevait n'avait rien de bien agréable.

Elle repensa au plaisir d'avoir réussi son entretien à Euromarché, mais se souvint aussitôt qu'elle était coincée ici et ne pouvait donc pas prendre ses fonctions, ce qui lui assurait, avant même d'avoir commencé à exercer, d'être mise à la porte si elle revenait un jour à Sanlys-sur-Mer.

Elle revint plus en arrière dans son passé et son meilleur ami Jérémy sortit à la surface de sa mémoire. Cet orphelin de trois ans et demi son cadet, résidant dans une vieille ferme abandonnée aux abords du camping *Les Vignes* situé dans la commune de Lit-et-Mixe, au sud-est de la ville, lui avait donné un coup de main pour s'installer à la résidence ; la Résidence du Coucher de Soleil et sa chambre numéro trois qui abritait depuis tout récemment son univers bien différent de celui institué par son appartement de la rue des Jardins Dorés. Jérémy était, comme elle, victime d'une vie qui l'avait privé de l'amour de ses parents sans lesquels il avait dû composer. L'amitié et la liberté en étaient devenus les maîtres-mots de son existence.

Suzanne poursuivit ses réflexions. La passivité de sa mère, la relation incestueuse que son père lui avait imposée dès ses six ans, ses nombreux ex qui n'avaient jamais pu supporter son côté sombre pas plus qu'ils n'avaient décelé la jeune femme fragile mais fidèle que des travers torturés masquaient... Ces jeunes imbéciles qui ne pensaient qu'à ajouter une nouvelle conquête à leur tableau de chasse et auxquels elle avait offert son corps en pensant, naïvement, se laver de la souillure dont son père l'avait chargée, se joignaient à ses parents qui n'avaient, eux aussi, jamais vraiment su la comprendre ni lui apporter le bonheur auquel elle avait aspiré.

Elle pensa enfin à son ami Antoine, qui – lui par contre, avait su l'apprécier à sa juste valeur dès leur premier échange à la soirée donnée chez les parents d'Émmanuelle. *Antoine*, répéta-t-elle plusieurs fois en elle-même.

Ne parvenant pas à trouver de pensée positive dans sa jeune existence et ne pouvant plus combattre les flots menaçants qui s'élevaient comme une lame de fond dont la crête écumante charriait d'incommensurables larmes qui s'y mélangeaient, Suzanne se noya dans ses pleurs.

Pour elle, son pire ennemi n'était pas le désespoir. Non.

C'était elle-même.

Elle ne pensait plus qu'à mourir en se donnant elle-même la mort. Et le plus ironique, c'est qu'elle ne parvint à trouver le sommeil qu'en imaginant les différents moyens qu'il lui était possible d'user pour en finir avec la vie.

La pendaison ? Les barbituriques ? Les veines tailladées ?

Suzanne, l'écorchée vive.

***

— Que faisons-nous, Wilfried ?

Depuis que Stéphane et Stéphanie avaient disparu sous leurs yeux dans le quartier du Centre-Commercial, aucun des dieux n'avait plus décroché un mot devant cette sourde interrogation que l'évènement avait soulevée à la surface de leurs âmes. Ils s'étaient aussitôt téléportés dans l'appartement du cinquième étage du numéro six de la rue Bleue pour s'y cloîtrer entre ses murs tout autant que dans un mutisme qui imposait un silence pesant que toute personne aurait rompu sans plus attendre. Mais aucun d'entre eux n'en avait cure, pas plus que de l'odeur nauséabonde du cadavre du propriétaire des lieux qui gisait toujours dans la cuisine. Depuis trois jours.

— Faisons un rapide état de la situation, répondit-il à Max qui examinait précautionneusement des morceaux du poste de télévision qu'il avait fait imploser. Capella vient de se retirer dans ses quartiers suite au rapport qu'il a exigé, et il tient toujours Sidonie captive dont Nectarine est responsable. Clotho va se débarrasser d'Antoine d'ici peu, Magdalena se tient sur ses gardes en attendant qu'on ait besoin de ses services et Mutine conserve une vue d'ensemble sur tout ce qu'il se passe dans nos régions. Sabine, Émmanuelle et Jack viennent à l'instant de retrouver Angélique tout juste rentrée de son travail et ils commencent déjà à s'inquiéter du retour tardif de leur ami Stéphane. Le combat de Sleipnir et Pirène vient à l'instant de s'arrêter, chacun d'entre eux s'étant éloigné de l'autre, mais ils savent tous deux que leur lutte reprendra dans quelques instants au terme de cette trêve. Avec Suzanne dans les environs, la reprise de ce combat est inévitable, surtout si Bérénice continue de lui venir en aide. Mais quoi qu'elles fassent, elles ne pourront jamais vaincre Sleipnir vu que Pirène est mort. Nous sommes donc tranquilles. Cependant, deux choses me préoccupent.

Max détourna ses yeux du tube éclaté dont les débris s'étaient amoncelés à l'intérieur du coffrage sur le châssis et, attendant la suite, regarda son complice qui, appuyé au mur, laissait l'animation des rues de la ville dans cette nuit naissante s'immiscer dans sa mémoire visuelle.

— D'abord, nous ne savons toujours pas où se cache Silène et ce diable d'homme pourrait survenir à n'importe quel moment pour compromettre nos plans dès l'instant où nous serions sur le point de trouver et détruire la disquette. Il ne saurait être ailleurs que dans cette ville ou sur Diadem 13. Le localiser nous permettrait au moins de pouvoir le surveiller, voire de le neutraliser.

— Nous finirons par lui mettre la main dessus, Wilfried !

— En es-tu si sûr ? Et qu'en est-il des policiers, tant que j'y pense ? Tu as passé une bonne partie de la journée à les surveiller, non ?

— Oui, et ils ne nous opposeront aucun résistance, désormais. Chacun d'entre eux a reçu du commissaire des consignes strictes ; je ne pense pas qu'ils dérogeront à la règle. C'est que les cadavres que nous avons semés sur notre passage les ont résolument dissuadés de toute résistance. D'ailleurs, j'y pense : j'ai été attaqué par Silène.

Wilfried détourna son regard vert vif qu'il avait laissé se perdre de l'autre côté de la vitre dans les innombrables lumières qui dansaient dans les rues et se renfrogna en plantant ses yeux étrécis sur le blond qu'il lui arrivait de détester, comme ce fut le cas à cet instant.

— Rassure-toi, Max : je n'ai pas eu l'inconscience de croire que tu m'en aurais informé aussitôt blessé à l'épaule.

— Épargne-moi tes sarcasmes, Wilfried, et venons-en au fait ! Je me doute bien que la seconde de tes préoccupations est la disquette. Silène d'un côté, Stéphane et la fille de l'autre. Il nous faut les retrouver.

L'aîné s'approcha de son complice et lui mit une main sur l'épaule, se penchant au-dessus de lui comme un père contraint d'expliquer à son fils qui vient de commettre une bêtise qu'il ne doit jamais plus recommencer. Max détesta regarder Wilfried d'une hauteur inférieure à la sienne et se releva d'un bond ; ce dernier n'en garda pas moins sa main où elle était, conservant une certaine condescendance que le blond n'ignorait pas.

— Alors ça y est, tu te mets à réfléchir, Max ?

— Arrête ça ! hurla le dieu blessé dans son orgueil. Ne te moque jamais plus de moi. J'ai bien plus de cervelle que tu ne le penses ! ajouta-t-il avec acrimonie en prenant Wilfried par le col de son imperméable noir.

— N'oublierais-tu pas, mon cher Max, que la plupart du temps, ton esprit baigne pitoyablement soit dans ta cruauté, soit dans le creux des seins de toute femme que tu croises ? C'est juste une question que je te pose, hein !? Ne t'offense pas, mon petit...

— Tu fanfaronnes, Wilfried, mais en termes de cruauté, tu n'as pas eu l'air d'y être étranger quand nous étions devant Stéphane et la fille ! Cette cruauté que tu portes à mon crédit t'est aussi familière qu'à moi ! Alors ferme-la ! ordonna Max en lâchant l'imperméable qu'il avait froissé.

— Hin hin... Cela n'a rien à voir avec de la cruauté ; c'était de la fermeté. Nous étions en face du détenteur de la disquette et devions le tuer sans préavis. Tu ne peux pas te vanter d'être aussi prompt...

Wilfried retira sa main à son tour et retourna près de la fenêtre en riant tout bas. Mais la foule des passants parmi lesquels Silène se cachait peut-être le ramena à des considérations plus sérieuses.

— Max !

Le blond se tourna vers son complice qui ajouta alors :

— On devrait retourner au commissariat pour sonder les agents de police et voir s'ils ne peuvent pas nous mener à la disquette, à défaut de nous dire où se terre Silène. S'ils ne nous apprennent rien, nous retournerons à la résidence, puis sur Diadem 13.

— Et pourquoi pas ?

***

Les cheveux au vent, leurs visages hagards levés vers le ciel obscur d'un bleu profond, Stéphanie et Stéphane, côte à côte dans la noirceur de la nuit qui ne leur laissait voir que de furtives silhouettes sombres, ne parvenaient plus à aligner deux mots dans leur tête, tant ils étaient incapables de comprendre ce qu'il venait de se passer. Le jeune homme s'était senti obligé, dès leur apparition dans ce nouvel environnement, cinq minutes plus tôt, de faire à son amie d'infortune un bref exposé de la situation depuis que la disquette rouge était entrée dans la vie des colocataires de la résidence : tant de choses inconcevables s'étaient produites depuis quelques jours que Stéphane s'était de suite dit que cet objet ne pouvait être étranger à ce qu'ils venaient de vivre. Mais la jeune fille, elle, ne montrait ni frayeur ni surprise, pas plus qu'elle n'exprimait ses propres interrogations. Elle ne pouvait que résumer la situation aussi simplement que possible : ils avaient disparu de Sanlys-sur-Mer pour réapparaître dans un lieu inconnu.

Jamais Stéphane ne se serait douté que la mystérieuse et non moins mignonne adolescente avec qui il n'avait longuement discuté que quelques heures auparavant n'aurait aussi bien réagi en de telles circonstances.

Pourtant, ils étaient tous deux perdus.

Stéphanie se trouvait désormais aussi informée que lui sur le potentiel manifeste de cette étrange disquette dont s'étaient servi Suzanne et Antoine, puis Sidonie.

À présent, ils étaient aux premières loges pour attester de la véracité de ce que les autres et lui avaient supposé. Mais ils n'auraient su dire s'ils étaient réellement sur Diadem 13. Tout ce qu'ils parvenaient à percevoir autour d'eux, outre les quelques formes diffuses de la végétation autour d'eux, c'était le chuchotement des vagues qui glissaient sur un rivage.

— Je ne comprends pas comment cela est possible, Stéphane. Je veux dire... On dirait qu'on est en plein milieu de la nuit alors qu'il y a encore un instant, c'était le soir.

Debout à une centaine de mètres de la rive d'un plan d'eau apaisée qui s'étendait sur près de cinq kilomètres et demi de large et dont le pourtour cursif avait l'air suffisamment régulier pour que l'on puisse deviner sa forme ovale, Stéphane et Stéphanie, portant des vêtements qu'ils n'avaient pas quittés et détenant avec eux les affaires qu'ils avaient tenues en main avant de se retrouver ici, tentèrent enfin de comprendre dans quelle région du monde ils pouvaient bien se trouver.

— Schématisons, suggéra-t-il. Il était à peu près 20 h 15 quand Max et Wilfried ont attenté à notre vie. Maintenant, il doit être entre 1 h 00 et 5 h 00 du matin.

— Cela fait une moyenne de près de sept heures de décalage horaire, conclut Stéphanie d'une voix posée qui contrastait avec sa fragilité apparente. En plus de notre fuseau horaire calé sur une heure supplémentaire à celui de Greenwich. Nous devrions théoriquement nous situer au niveau de la Chine ou de l'ouest de l'Australie. Mais cela ne ressemble absolument pas à l'idée que je me fais de la Chine.

— C'est également le fuseau horaire du centre de l'U.R.S.S. [103] et des Philippines. Tu crois qu'on a avancé dans le temps ?

— Je ne sais pas, mon chéri, dit-elle en lui ceinturant la taille. Mais je suis très excitée par ce qu'il nous arrive.

— Ne m'appelle pas comme ça, s'il-te-plaît, exigea-t-il en se soustrayant à l'étreinte qu'elle refermait autour de lui pour s'approcher du rivage. Tutoie-moi si tu veux, mais évite d'aller plus loin !

Stéphanie, contrariée, lui emboîta le pas et ils marchèrent ainsi pendant un petit moment dans l'herbe avant qu'il ne se tourne vers elle qui avançait derrière lui. Il la regarda avec insistance sans piper mot, ramena ensuite ses yeux devant lui et les baissa, devinant la végétation qu'il piétinait l'instant d'après.

— Je m'interroge sur ce que tu peux bien avoir dans ton sac ; il me semble bien lourd...

— C'est une simple information ou une question, dis-moi ? l'entendit-il demander dans le vent qui leur soufflait dans le dos.

— C'est une question, Stéphanie.

— Des rollers et une bouteille d'eau.

Ils arrivèrent enfin à deux pas du rivage, là où l'herbe laissait place à une plage de galets, et le bruit de leurs pas créa dans le paysage sonore une profondeur plus soutenue.

— Pourquoi les as-tu toujours dans ton sac ?

— J'aime bien circuler en ville avec : ça me fait pratiquer une activité physique, je double les passants et même les voitures bloquées dans la circulation et je déteste les transports en commun.

— Ta sœur doit s'inquiéter de te savoir absente, non ? demanda-t-il en s'arrêtant là où les flots venaient régulièrement lécher la pointe de ses baskets.

Stéphanie le rejoignit aussitôt après, se postant à côté de lui.

— Ne t'inquiète pas ; c'est tout juste si elle fait attention à moi en ce moment... Est-ce que tu as soif ? poursuivit-elle comme pour changer de sujet de conversation.

— Non...

Il se tourna vers elle et remarqua qu'elle avait eu le temps de sortir la bouteille d'eau de son sac. Sans qu'elle s'y attende, il la prit dans ses bras et elle lui répondit aussitôt en calant son visage contre sa poitrine, humant ainsi les fragrances que ses vêtements dégageaient.

— Sois sans craintes, Stéphanie. On va s'en sortir.

— Tant que je suis avec toi, ça me va, souffla-t-elle.

— On va bien tomber sur un bourg ou une ville dans les environs : je suis certain qu'on va trouver de l'aide dans le secteur. On va rentrer chez nous. Il le faut.

Il se dégagea de son étreinte pour la regarder bien dans les yeux.

— J'espère... Mais tu as remarqué ? On dirait qu'il n'y a pas un seul poteau télégraphique, ni pylône électrique dans les environs.

— J'ai remarqué, oui, sauf qu'il fait encore suffisamment nuit pour qu'on ne puisse voir distinctement ce qu'il y a autour de nous. Et puis quand bien même, ça ne veut rien dire...

Inopinément, le vent redoubla de puissance ; ce fut si soudain que les deux amis comprirent de suite que ce n'était pas naturel. Stéphane glissa rapidement sa pochette dans le sac de Stéphanie qu'il referma aussitôt dans son dos alors que la bouteille d'eau minérale Evian qu'elle tenait lui fut arrachée des mains par le courant qui évolua en bourrasques successives de plus en plus rapprochées, si bien qu'elles en devinrent ininterrompues.

Pour être moins exposés à la force continue qui semblait capable de les emporter au loin, tous deux s'agenouillèrent pour abaisser leur centre de gravité avant de s'asseoir tout à fait, blottis l'un contre l'autre. Stéphanie tenta de dire quelque chose mais sa voix se perdit dans le sifflement grave d'un souffle qui semblait ne jamais vouloir cesser. Au moment où Stéphane vint dans le dos de l'adolescente pour ouvrir à nouveau son sac et s'emparer de l'un des rollers, elle sentit une nette différence de pression sur son corps que la tempête tendait à repousser en avant. Elle aurait voulu lui demander ce qu'il allait faire avec le lacet qu'il était en train de défaire mais elle n'en fit rien, consciente qu'il ne l'entendrait pas. Toutefois, elle comprit quelle était l'idée de Stéphane lorsqu'il lui prit le bras avant qu'ils ne soient tous deux repoussés. Rapidement, il lui noua le poignet gauche en précipitant ses gestes avant de lui donner l'autre extrémité pour qu'elle en fasse de même aussitôt qu'ils s'allongèrent sur les galets : quoi qu'il se passe, il leur fallait rester ensemble et ce lien devrait pouvoir tenir le coup. Stéphanie, tout en espérant que son lacet ne cède jamais (*quand donc les ai-je changés pour la dernière fois ?* s'interrogea-t-elle), ne lésina donc pas sur le nombre de nœuds, refusant l'éventualité de se retrouver séparée de lui. Elle eut juste le temps de nouer le dernier avant qu'ils ne soient tous deux repoussés dans l'eau du lac : les souffles capricieux changeaient fréquemment de direction et bien malin qui aurait pu anticiper sur la provenance des vents puissants par lesquels les deux amis étaient balayés. L'espace d'un instant, elle sentit une violente douleur lui arracher un cri sourd qui l'étouffa presque au moment où elle ouvrit la bouche pour le pousser, le vent s'engouffrant entre ses lèvres tandis qu'elle sentait le lacet lui maintenir douloureusement le bras.

La suite des évènements eut lieu si rapidement qu'ils n'eurent droit à aucun temps d'adaptation : ils furent soulevés des eaux peu profondes du rivage comme des araignées d'eau prises dans une forte brise, retombèrent lourdement au centre du lac près de deux kilomètres plus loin, eurent le temps de boire la tasse en tournant sur eux-mêmes tout en ricochant au-dessus des flots, leur visage fouettant la surface liquide dans laquelle leur tête s'immergea brièvement, avant d'être élevés dans les airs comme de vieux journaux trempés soumis aux vents automnaux dont Éole pourrait être l'instigateur.

Bientôt, ils disparurent dans la nuit au moment même où un rire strident, s'élevant en une seule voix faite de multiples tons graves qui résonnaient en canon dans les hauteurs reculées qui séparaient le sol des nuages les plus bas, prit possession de la région du lac du Mercator.

Et le terrifiant visage du Foëhn apparut, blafard, sarcastique, victorieux.

***

Depuis que Clotho avait libéré Antoine du lit où elle l'avait maintenu prisonnier de sa pétulance de longues heures durant, il se sentait moins angoissé, ayant enfin la liberté de pouvoir se mouvoir dans la maison de sa geôlière, bien qu'il lui était impossible d'en sortir. Il avait bien essayé, par acquis de conscience, d'ouvrir la porte et de briser la fenêtre, mais un mur imperceptible et pourtant bien présent était dressé à l'intérieur même de l'enceinte de la maison, à un point tel que les vitres s'étaient avérées incassables. Naturellement, il en avait rapidement déduit qu'un pouvoir aussi puissant que celui qui avait guéri son hypermétropie le maintenait captif dans cet intérieur auquel il avait fini par s'habituer : la pétulance, comme un esprit farceur, jouait avec lui en lui donnant autant qu'elle reprenait par l'intermédiaire de Clotho.

Assis sur une chaise devant le feu qui se consumait dans l'âtre de la cheminée, il se battait contre les démons qui assaillaient son esprit en le torturant, lui rappelant qu'il avait – au diable la peur des mots – été violé par Clotho. Mais il avait bien du mal à admettre qu'il y avait pris un certain plaisir, ne serait-ce que parce que jamais aucune femme ne lui avait offert des orgasmes si exponentiels. Pas même Sidonie qui, d'après ce que lui avait dit Clotho, avait elle aussi tenté l'expérience de la disquette rouge et était arrivée ici, sur Diadem 13. Où donc pouvait-elle se trouver ?

C'est alors qu'Antoine se sentit sombrer dans un profond désespoir, comme si sa vitalité mentale était drainée puis évacuée de son esprit par la seule force des choses, comme une conséquence inéluctable de sa situation. Heureusement, il n'eut pas le temps de s'y noyer : Clotho le détourna de ses pensées noirâtres aussitôt qu'elle se matérialisa soudainement devant lui.

— Déshabille-toi et allonge-toi sur le lit ! ordonna-t-elle sans préavis tout en ôtant la longue cape parme qui lui couvrait les épaules.

Il ne bougea pas. Elle le regarda un instant de ses yeux presque intégralement cachés par ses longs cils d'un noir de jais et remarqua :

— Alors ça y est, tu te désespères ?

— Vous allez me tuer maintenant, c'est ça ?

Pour une fois, elle fut surprise, stoppant immédiatement sa main qui allait poser son vêtement sur le bord de la table. Antoine avait été sincère, ne s'exprimant nullement avec un espoir, aussi infime soit-il, d'avoir tort ; il ne croyait plus en rien et certainement pas en sa survie. Il acceptait sa mort et, d'une certaine manière, la souhaitait : peut-être le délivrerait-elle de ses tourments ? De toutes manières, comment pourrait-il retourner avec Sidonie, celle à laquelle il avait l'impression d'avoir toujours rêvé sans oser l'espérer, après avoir si effrontément apprécié les caresses que sa geôlière lui avait récemment offertes ? Comment sa promise, cette grande femme, blonde, svelte, sensuelle, mais surtout intelligente, cultivée, généreuse et joviale, avait-elle pu s'intéresser à un homme trop cérébral pour laisser s'exprimer ses sentiments et relâcher le contrôle qu'il avait toujours souhaité avoir sur les élans de son cœur ? Antoine avait été conquis par sa moitié bien plus qu'il ne l'aurait imaginé et il avait longtemps estimé ne pas la mériter. Et finalement, par ironie du sort, sa mort prochaine ne lui donnerait-elle pas raison ?

— Oui, tu vas mourir d'ici peu, répondit Clotho d'une voix qui, même doucereuse, aurait semblé tranchante à l'homme qui se leva alors pour commencer à se déshabiller, acceptant la fatalité qui l'attendait, résigné, abattu. J'ai reçu l'ordre formel de Capella de me débarrasser de toi, poursuivit-elle, et d'aller ensuite lui faire un rapport à l'aube. Je m'accorde donc quelques instants avec toi avant que la nuit ne touche à sa fin, pour t'attendrir davantage. Puis j'arracherai tes artères carotides et tes veines jugulaires d'un coup de dents bien placé avant de te laisser te vider de ton sang : ta mort sera alors lente, douloureuse et inévitable et je pourrai m'en aller auprès de mon Maître. À mon retour de l'Ostium, tu auras trépassé mais demeureras encore assez chaud pour que je puisse prendre le temps de savourer chaque membre, chaque organe de ton corps.

Aucun incident de son passé n'avait jamais préparé Antoine à la frayeur qui s'empara de lui. Les pires moments d'effroi qu'il avait connus dans sa vie avaient puisé leur source dans des évènements qu'il avait choisi d'oublier mais qui, en cet instant-là, resurgirent à la surface de sa mémoire et empoignèrent son cœur : son appréhension à l'idée de faire l'armée en était un exemple frappant. Heureusement, sa peur irrationnelle ressentie à la simple éventualité d'aller servir la France sous les drapeaux avait été avortée par son exemption en raison de ses problèmes de reins et de son hypermétropie.

Toutefois, une autre terreur, tout aussi viscérale, l'avait étreint les premières fois où, des années après une morsure au mollet gauche qu'un chien domestique lui avait infligée lorsqu'il était en cours préparatoire, il s'était retrouvé en face de Jecky dont Sidonie ne lui avait d'ailleurs jamais parlé à ce moment-là. Il avait vainement tenté de cacher sa peur irraisonnée mais elle avait rapidement compris que son petit ami, qu'elle ne voyait ce jour-là que pour la quatrième fois, était un cynophobe profondément marqué par son angoisse. Une longue thérapie, plus proche d'un travail fantaisiste qu'elle avait elle-même mis en place pour lui et dont son boxer était l'outil, que d'un traitement dispensé par un professionnel, avait néanmoins porté ses fruits et Antoine n'avait jamais plus ressenti aucune crainte vis-à-vis des canidés, quels qu'ils soient.

Mais rien ne l'avait jamais préparé à envisager sa mort prochaine. Pour ainsi dire, il n'y avait jamais pensé. Abattu, il dut se rasseoir sur la chaise.

— Je n'ai plus de temps à perdre !

La voix sifflante de Clotho le tira de ses réflexions et il leva vers elle des yeux qu'il étrécit, plus pour se donner lui-même une certaine assurance que pour cacher sa frayeur à la créature qui, de toutes manières, pouvait sans effort lire en lui.

Complètement nue, elle grinça des dents et son visage se plissa en un rictus qui exprimait à la fois dégoût et colère. Elle n'en garda pas moins sa sensualité innée.

Antoine hurla de surprise lorsque les vêtements qu'il lui restait encore se déchirèrent en lambeaux, lesquels s'éparpillèrent tout autour de sa chaise comme s'ils avaient été arrachés par d'innombrables hameçons invisibles. Sans rien dire, il se regarda en baissant les yeux avant de se lever silencieusement, faisant tomber au sol les derniers morceaux de tissu qui, l'instant d'avant, masquaient encore ses épaules et son bas-ventre.

Sentant son cœur battre la chamade dans sa poitrine suintante de sueur, il fit quatre pas pour s'approcher du lit, marchant sur les bouts de laine et de coton épars qui jonchaient le plancher, et s'arrêta, exhibant aux yeux de Clotho la largeur d'un dos qu'elle se repaissait déjà de lécher, mais surtout le galbe d'un fessier qu'une alimentation saine et une pratique régulière de sport avaient musclé et affermi. Elle planterait ses canines acérées dedans sous peu, pensa-t-elle en passant sa langue vorace sur ses lèvres humides.

— Allonge-toi, j'ai dit !

Plutôt que de parler au risque d'entendre sa propre voix secouée de soubresauts et du trémolo que ses émotions y mettraient assurément, Antoine prit le temps de renoncer à lui obéir en fermant les yeux et en respirant profondément pour retrouver son calme. En lui-même, une effervescence telle qu'il aurait pu chanceler de peur à l'instant où il s'était dressé sur ses jambes se propageait dans tout son corps partagé entre une sensation d'incandescence et une anesthésie générale. Il devait tenter de se contrôler davantage et ne pas montrer son appréhension.

Le trépas ne serait qu'un mauvais moment à passer.

***

Personne n'avait décroché le téléphone au Salon des Petits Pains. Et Jack n'était pas parvenu à persuader Sabine de ne pas s'y rendre pour voir ce qu'il en était. La jeune femme souhaitait retrouver Stéphane au plus vite, coûte que coûte, et comprendre ce qui expliquait son retard inattendu. Jack avait développé un argumentaire incisif pour ne pas que la Néerlandaise se fasse du souci pour le jeune homme qui lui manquait intensément, mais il n'avait pas réussi à la convaincre. Au fond de son esprit, il s'interrogeait lui aussi, inquiet comme elle l'était, mais il refusait de le lui montrer pour ne pas augmenter son angoisse. Toutefois, elle avait été à mille lieues d'y croire, assurant qu'elle sentait que quelque chose de terrible venait de se produire et qu'elle en aurait le cœur net sans plus attendre.

Par chance, Suzanne avait laissé les clefs de sa Seat Ibiza dans l'un des tiroirs de son bureau et Angélique était la seule des quatre colocataires présents à détenir le permis de conduire. Du coup, Sabine et elle se préparèrent à partir en toute hâte par cette nuit naissante, bien que personne n'ait encore dîné. Par chance, il n'était pas incommodant qu'une salade composée refroidisse.

— Si vous le retrouvez, vous le ramenez directement, recommanda Jack alors qu'Angélique sortait la voiture du garage tous feux allumés, dévalant à une allure réduite l'allée qui menait au large portail qu'Émmanuelle ouvrit de chaque côté.

— Et pour quelle raison ne le retrouverions-nous pas, Jack ? demanda Sabine sur un ton de mépris en entrant dans le véhicule.

— C'est bon, calme-toi. Avec tout ce qu'il se passe en ce moment, je préfère partir du principe que rien n'est gagné tant qu'il n'est pas avec nous. S'il n'est pas au Salon des Petits Pains, vous ne perdez pas une minute à le chercher et rentrez. Nous aviserons ensuite. Vu ?

— Jack, fit simplement Angélique en arrêtant la voiture à hauteur du portail ouvert pour le regarder s'approcher du côté droit du véhicule. Fais-nous confiance, tu veux ?

Il passa devant la proue pour faire le tour, vint jusqu'à la portière et se pencha en avant, ce qui eut pour effet de pousser l'infirmière à tendre ses lèvres. Ils s'embrassèrent furtivement et Émmanuelle les invita enfin à ne plus tarder en donnant deux coups du plat de la main sur le toit de la Seat. La voiture s'engagea alors sur sa gauche, se retrouvant aussitôt dans l'avenue Leclerc à hauteur du carrefour avec celle de Victor Hugo. Le feu était rouge.

Jack et Émmanuelle laissèrent le portail ouvert et firent demi-tour pour rentrer dans la résidence.

— Tu pensais que notre vie serait aussi mouvementée que ça, toi ? demanda Angélique en regardant les deux amis d'enfance fermer la porte du pavillon derrière eux.

— Non, absolument pas, répondit Sabine, passablement angoissée par son stress vis-à-vis de Stéphane. J'aurais préféré que les choses soient plus calmes, ajouta-t-elle sans quitter le disque écarlate des yeux en attendant que le feu passe au vert. Il m'est d'ailleurs arrivé, ces derniers jours, de regretter d'avoir quitté les Pays-Bas.

— Moi aussi, j'ai repensé à ma vie d'av...

Sabine se tourna vers Angélique et lui demanda aussitôt :

— Qu'est-ce que tu as ? Le feu vient de passer au vert.

— Tu connais ce type ? J'ai l'impression de le connaître mais...

La Néerlandaise s'avança un peu en décollant son dos du siège passager et regarda dans la direction indiquée par sa colocataire sur leur gauche, le long de la clôture de la résidence. Un homme, campé dans une posture d'attente immobile, était tourné vers elles.

— Le type, là... ajouta Angélique.

Il était à deux pas du poteau télégraphique auquel Antoine avait attaché la corde du grappin que Sidonie avait retirée.

— J'hallucine... C'est Marc Swift, le flic ! s'exclama Sabine.

En effet, le lieutenant de police K912 était là, planté sur le trottoir à une dizaine de mètres d'elles. Elle le reconnut de suite et se souvint aussitôt de sa rencontre avec lui à l'aube, alors qu'elle était accompagnée de Jack. Comme à son habitude, il était peu avenant, se contentant de les regarder fixement. Enfin, sans dire un traître mot, il leur fit signe de venir.

— Tu as raison, c'est lui. Il était aux Bains Publics, souligna Angélique avec émotion. Qu'est-ce qu'on fait ?

— Faisons demi-tour et garons la voiture en face de la résidence, répondit Sabine. Il nous faut savoir ce qu'il nous veut avant de nous en aller, sinon il ne nous lâchera pas. Et puis je m'inquiète pour Stéphane et il a peut-être des nouvelles à nous communiquer. Roule ! ajouta-t-elle sans quitter des yeux le lieutenant de police.

— Je ne peux pas !

C'est alors que Sabine vit, tout comme Angélique, quelqu'un d'autre : un homme inquiétant bardé dans un long imperméable noir, debout devant le capot de la Seat, posté sur le passage piéton.

— Qui est-ce ?

— Je ne sais pas, mais vu son accoutrement, il me semble venir...

— ...du même fichu endroit que Max et Wilfried, oui ! conclut

Angélique en passant la marche arrière pour se garer en créneau sur le trottoir opposé à celui de la résidence. Je le sens mal, ce type...

— Regarde... Il rejoint le policier...

En effet, l'homme en noir aux cheveux d'un bleu lumineux, sous les yeux de Sabine dont le regard figé de l'autre côté de la partie gauche du pare-brise passa ensuite derrière le montant, approchait du policier d'un pas nonchalant. Angélique effectua une grossière manœuvre afin de stationner le véhicule hors de la chaussée. Sans prendre la peine de remettre les roues droites, elle coupa ensuite le moteur après être revenue au point mort et avoir tiré le frein à main. Puis elle défit sa ceinture de sécurité tandis que Sabine était déjà à l'extérieur, faisant le tour de la voiture par l'avant pour traverser l'avenue.

— Qu'est-ce que vous nous voulez ? demanda-t-elle en approchant de Marc. Et qui est-ce ? ajouta-t-elle en désignant d'un coup de tête sur le côté l'homme qui, vu de près, n'avait finalement pas l'air si inquiétant qu'elle se l'était figuré.

— Nous avons tout lieu de croire que Max et Wilfried vont vous rendre visite incessamment sous peu, répondit le policier dont un léger vent tiède venu de l'ouest souleva les cheveux dans son dos. Nous sommes ici pour assurer votre sécurité tout autant que celle de notre ville.

— Trop charmant ! persifla Angélique qui les avait rejoints. Et vous, vous êtes qui ?

L'homme auquel elle venait de s'adresser se contenta de planter sur elle ses yeux d'un vert clair si profond qu'elle se sentit soudainement mise à nu et, l'espace d'un instant, une forte impression de malaise s'empara d'elle avant de s'évanouir diffusément. Puis il dit d'une voix grave et monocorde :

— Je viens du même monde que Max et Wilfried et dispose de pouvoirs équivalents aux leurs. J'ai grandi à leurs côtés mais ai fini par me rebeller pour des raisons qui n'appartiennent qu'à moi. Ils ont scellé leur statut d'ennemis à abattre le jour où ils ont massacré mon meilleur ami Virgil. Vous n'avez rien à redouter de moi, Angélique. Je m'appelle Silène Dorthos.

— Nous pouvons lui faire confiance, assura Marc d'un air véritablement sincère, comme s'il se portait garant de la bienveillance du dieu. Où sont vos amis ? Pouvons-nous entrer ? J'aimerais autant que vous nous le permettiez.

— Est-ce que notre réponse pourrait influer sur votre décision de...

— Non !

Sabine s'était attendue à cette réaction et leur désigna la résidence.

— Allez-y ! Deux d'entre nous sont à l'intérieur. Prenez au moins la peine de sonner. Nous, nous devons nous rendre en ville de toute urgence, dit-elle en retournant vers la voiture, laissant pourtant Angélique avec eux.

— Pour quelle raison devez-vous vous y rendre ?

— Notre ami Stéphane aurait dû être rentré depuis un petit bout de temps désormais et il n'est toujours pas là. Nous sommes inquiets.

Angélique ressentait un mal profond à faire confiance aux deux hommes et elle leur parlait avec une véhémence manifeste qu'elle semblait assumer.

— Attendez ! trancha Silène.

Marc fit quelques pas et entra dans le périmètre de la propriété par le portail resté ouvert, mais Angélique ne le regarda même pas. Face à face avec le dieu, elle tentait de comprendre quels étaient les véritables desseins de cet inconnu sans se douter un seul instant que ce dernier lisait en même temps dans son esprit. Il rompit une nouvelle fois le silence que Sabine, près de la voiture, n'avait pas osé briser.

— Je vais y aller moi-même : vous m'avez fait un portrait de Stéphane et du quartier du Centre-Commercial où il travaille. Il ne m'en faut guère plus. Si je le trouve, je vous le ramène.

Sabine fit un pas pour revenir vers eux tandis qu'Angélique, stupéfaite, ne savait plus où se mettre. Silène ajouta, avec un inconsistant sourire aux lèvres :

— Et peut-être alors me ferez-vous confiance !

Puis il disparut soudainement, laissant à l'endroit où il s'était tenu d'étranges vaguelettes qui firent onduler les formes de ce que l'infirmière voyait à travers. Un nouveau coup de vent balaya le parfum de l'homme qui venait de s'en aller et Angélique se tourna vers Sabine qui la rejoignit.

— On ne s'habituera jamais à leurs pouvoirs, s'exclama Jack qui venait d'ouvrir la porte à Marc et qui, en le laissant entrer, avait parlé à l'attention de ses deux colocataires. J'espère qu'il va le retrouver.

— Je l'espère aussi, répondirent-elles d'une seule voix en revenant.

Émmanuelle descendit du premier étage en reconnaissant la voix d'Angélique et de Sabine qui, pensait-elle, étaient supposées être parties au Salon des Petits Pains, ce qui n'était visiblement pas le cas. Elle fut plus surprise encore lorsqu'elle trouva dans la cuisine ses trois amis en présence de Marc, cet agent de police qui, la veille au matin, s'était invité ici-même sans préavis ni commission rogatoire et avait clamé avoir tous les droits.

— Une vodka, monsieur l'agent ?

Tous les regards se tournèrent vers la rousse qui se trouvait dans l'encadrement de la porte, mais seul l'intéressé sembla percevoir la pique qu'elle venait de lui adresser et à laquelle il ne répondit que par une moue fermée.

— Monsieur Swift est venu avec un dénommé Silène, un dieu lui aussi, mais de notre côté, semble-t-il, précisa Sabine en se tournant vers Marc. Il vient de se... téléporter en ville pour retrouver Stéphane et le ramener.

De l'autre côté du mur, des bruits de pas inopinés alertèrent tout le monde d'une présence dans le hall d'entrée. Angélique se leva la première, rapidement suivie de Jack qui ne supportait pas beaucoup la présence de l'agent de police depuis que ce dernier l'avait alpagué le dimanche précédent à la gare. Ils eurent à peine le temps de sortir de la pièce que Silène apparut, exprimant par ses halètements un état de fatigue dont personne ne se serait jamais douté de la part d'un dieu.

— Stéphane n'était pas là-bas, dit-il particulièrement à l'attention de Sabine qui se dressa d'un bond sur ses jambes et se tourna aussitôt vers Angélique. La boulangerie était fermée.

— Viens !

Les deux femmes sortirent de la cuisine et tout le monde les imita en les suivant à l'extérieur devant le pavillon.

— Où allez-vous ? demanda Marc dont la fierté avait pris un sacré coup depuis qu'il avait reconnu en lui-même avoir besoin de l'aide de Silène.

— En ville, n'importe où, répondit frénétiquement Sabine en se retournant vers le petit groupe sans pour autant cesser de suivre Angélique en direction de la voiture.

Le dieu disparut soudainement et réapparut juste en face d'elle, si bien qu'elle lui fonça dedans. Elle recula d'un pas tout en dégageant de son visage ses franges bleu foncé et le regarda en fronçant les sourcils.

— Je veux bien croire que vous ne l'ayez pas trouvé, mais Stéphane est forcément quelque part en ville et je préfère partir à sa recherche plutôt que d'attendre les bras croisés.

— Pas forcément !

La nuit gagnait peu à peu du terrain sur le crépuscule mourant à l'horizon en de chaudes couleurs qui laissaient progressivement place au voile constellé d'étoiles qui n'apportaient pour ainsi dire aucune luminosité à la région. Les réverbères venaient de s'allumer, baignant partiellement le visage d'Émmanuelle et de Jack, restés en retrait sur le perron. Marc se tenait debout à deux pas de l'allée de dalles, devant eux, et trois mètres devant lui, Silène et Sabine se faisaient face. Plus loin, au bord du trottoir, Angélique attendait mais elle entendit très distinctement la question que son amie posa dans un murmure.

— Comment ça, *pas forcément* ?

Silène tourna la tête de côté et baissa les yeux, répondant à Sabine sans la regarder.

— Je vais me rendre sur Diadem 13, là où vos trois amis se sont rendus grâce à la disquette rouge. Avec un peu de chance, Max et Wilfried n'y seront pas et j'aurai le temps de prendre un peu la température de ce qu'il se passe là-bas. Et si je retrouve Stéphane, je tâcherai de revenir avec lui.

— Qu'est-ce qui vous pousse à croire qu'il est là-bas ?

— Rien, en effet. Mais j'aimerais m'en assurer.

— Vous avez l'air épuisé, Silène, souligna-t-elle enfin.

Il la regarda et une goutte de sueur qui coula de son front dégringola sur son arcade sourcilière et chuta lourdement au sol.

— Me téléporter me demande beaucoup d'énergie et j'ignore si je ne devrai pas me reposer un peu là-bas afin de pouvoir vous le ramener s'il y est.

Sabine reconnut à cet instant que Marc n'avait eu aucun tort de venir ici avec ce dieu : sans doute avait-il senti sa bonté d'âme et en avait-il été touché. Cet homme venu d'un monde dont elle n'aurait jamais soupçonné l'existence était prêt à donner de lui-même pour réunir deux inconnus auxquels il ne devait pourtant rien.

— Ramenez-le, murmura Sabine, touchée. Je vous en prie... Je l'aime.

Le visage de Silène exprima une circonspection à laquelle la jeune femme ne s'était pas attendue mais lorsqu'elle lui prit la main et la réchauffa entre les siennes, son visage prit des couleurs sous le joug d'une émotion qu'il n'avait pas ressentie depuis longtemps désormais. Il lui dit simplement :

— Je vais faire mon possible pour vous le ramener, Sabine... Je vous le promets.

Jack s'approcha, suivi d'Émmanuelle qui s'arrêta néanmoins à côté de Marc, et s'adressa à Silène qui le regarda d'un air dubitatif.

— Nous vous faisons tous confiance.

— Alors je tâcherai de ne pas vous décevoir.

Silène regarda Marc qui, ne le quittant pas des yeux, hocha la tête.

Le dieu lui répondit par un sourire avant de dire à tous :

— Je dois y aller, à présent.

— Bonne chance, dit enfin Angélique qui s'était rapprochée au moment même où l'homme disparut en utilisant la pétulance dont Diadem 13 l'avait pourvu à sa naissance.

Une voix criarde s'exclama :

— Le scélérat !

Angélique n'eut que le temps de voir furtivement apparaître les visages patibulaires de Max et Wilfried à la seconde même où Silène s'était volatilisé sous les yeux de ses colocataires, de Marc et des siens. Ils disparurent aussitôt.

— Est-ce qu'ils ont pu le voir ? demanda Émmanuelle à voix basse.

— Vu leur réaction, cela ne fait plus aucun doute, répondit Marc. Silène risque d'avoir fort à faire là où il est désormais. Et *merde*...

L'absence inopinée de Silène créa un silence étrange qui accentuait lui-même le vide que laissait son départ qui leur sembla amer à tous. Mais la brève présence des deux dieux antipathiques fit peser une lourde angoisse à laquelle Jack tenta de se soustraire en s'approchant du policier.

— Est-ce que vous allez retourner au commissariat ? lui demanda-t-il, sincèrement désireux de savoir ce qu'il en était.

Marc tourna vers lui un visage qui n'exprimait rien.

— Non... Si vous permettez, je vais rester ici avec vous jusqu'à ce que cette affaire soit terminée. Je dois tirer tout cela au clair et, comme je vous l'ai dit il y a un instant, assurer votre protection et celle de la ville. Si vous en êtes arrivés à me dissimuler des informations capitales ce matin lorsque nous avons discuté devant le commissariat, c'est que vous estimez avoir de bonnes raisons pour cela et je ne vous blâmerai pas là-dessus : Silène m'en a assez dit sur la disparition de vos trois amis pour comprendre quelle est votre délicate position à tous. Mais cela met plus encore en évidence l'inextricable situation dans laquelle nous sommes tous, et cette nécessité de veiller les uns sur les autres. Je préfère donc rester à vos côtés si vous n'y voyez pas d'inconvénient, cette fois-ci. Rassurez-vous, je comprendrais que vous refusiez. La vodka a bon dos, précisa-t-il en jetant un coup d'œil à Émmanuelle, mais vous avez le choix d'accepter ou pas ma présence, cette fois-ci. C'est à vous de voir...

Jack se tourna alors vers Sabine qui, plutôt qu'un long discours, se contenta simplement d'opiner du chef. Il se retourna ensuite vers le lieutenant et dit :

— Très bien ! Vous pourrez prendre le canapé du salon cette nuit et disposer de nos commodités à votre convenance. Mon Amour ? Est-ce que tu peux rentrer la voiture de Suzanne dans le garage ? On ne peut pas la laisser dehors toute la nuit.

— Je m'en occupe, fit Angélique en se précipitant à l'extérieur vers le portail ouvert.

— Me permettez-vous de passer un coup de fil ? demanda Marc. Je dois contacter le commissaire.

— Faites donc, dit simplement Jack qui trouvait l'homme résolument bien obséquieux depuis un moment, avant de suivre Émmanuelle dans la résidence.

Marc lui emboîta le pas, suivi de Sabine que Jack, qui l'avait attendue, accosta dans le couloir.

— Ce n'est pas trop tôt, dis donc !!

— Qu'est-ce que tu marmonnes encore ? cracha-t-elle, visiblement agacée.

— Tu reconnais enfin que Stéphane a conquis ton cœur, huh ? À quand le mariage ?

— Je te promets de l'épouser, Jack...

Elle le dépassa, ne porta pas même un regard à Marc qui, installé dans le canapé du salon, passait son coup de fil, et ouvrit la porte-fenêtre de la terrasse pour prendre l'air. Jack s'approcha à sa suite. Elle referma l'accès devant lui. Il resta un bref instant interdit devant la vitre avant de se retourner pour monter à l'étage attendre Angélique. Il entendit néanmoins Sabine qui, dans son dos, poursuivit d'une voix qui lui parut lointaine :

— Je l'épouserai le jour où je serai sûr que tu ne pourras pas venir au mariage ; comme ça, je n'aurai pas à te supporter.

C'est de bonne guerre, pensa-t-il en s'en allant avec un sourire en coin.

***

Rien ne pouvait plus enrayer la marche de son inéluctable trépas, pensait Antoine qui, maintenu allongé sur le lit par le pouvoir psycho-kinésique de Clotho, la regarda se dresser debout au-dessus de lui. Elle ne portait sur elle qu'un simple pendentif en forme de croix byzantine argentée qui, lui ceinturant largement le cou, avait tout le loisir de retomber dans la vallée opulente de ses seins aux tétons durcis de désir.

Elle allait profiter de lui sans vergogne, lui offrant à nouveau des sensations qui le hisseraient dans les cimes d'une merveilleuse plénitude avant que ce plaisir mirifique ne devienne plus qu'agonie au moment où, conformément à ce qu'elle avait prévu, elle lui arracherait la gorge.

— Profite de ces derniers instants ici-bas, ignoble intrus que tu es, tout autant que délicieux repas tu seras ! cracha-t-elle de sa voix étreinte par l'émotion que ses appétits sexuel et gustatif faisaient monter en elle. Tu vas t'attendrir encore un peu en te vidant entre mes cuisses, précisa-t-elle en se baissant, fléchissant lentement les jambes aux mollets démesurés pour que le sexe dont elle s'empara d'une main et redressa vienne effleurer les discrets replis de son intimité cachée par un léger mais très sombre coussin de poils noirs comme ses yeux, malgré de jolis reflets mauves.

Antoine sentait l'excitation gagner du terrain sur son corps dont tous les capteurs se mettaient sur le qui-vive à mesure que sa libido s'accroissait tout en gorgeant de sang son pénis dont la sensuelle créature faisait langoureusement passer le gland entre ses grandes lèvres. Déjà trempée et visiblement incapable d'attendre plus longtemps, elle se laissa tomber sur le bas-ventre de l'homme, son triangle pubien donnant l'impression d'engloutir sous ses yeux le vît par lequel elle se laissa pénétrer, et ses parois vaginales brûlantes d'excitation épousèrent les reliefs de la colonne de chairs dilatées qui ne firent plus qu'un avec elle. Soumis et passif, allongé les bras en croix, le corps d'Antoine se trouvait complètement à l'horizontale, comme s'il se fondait avec le lit dont la surface plane semblait fusionner avec lui. Pourtant, il avait la nette impression que Clotho était le prolongement de son corps, comme s'il visualisait en lui-même son sexe traverser les entrailles de la geôlière à un point tel qu'il atteignait sa boîte crânienne : une kyrielle de sensations voluptueuses diffuses, comme une myriade de petits orgasmes, envoyait d'innombrables signaux à son cerveau, lui donnant l'impression que toutes ces pulsations qui le traversaient depuis son bas-ventre ne pouvaient venir que de ce qu'une verge démesurément grande provoquait au contact de celle qui allait et venait sur lui, inlassablement. Mais il n'en était rien : Clotho se mouvait de haut en bas sur un vît loin de mesurer quelque quatre-vingt centimètres dont Antoine avait l'impression d'être pourvu en cet instant. Et pourtant...

Arquant son corps en avant pour se blottir contre lui sans cesser de remuer, Clotho laissa la lourdeur de ses seins comprimer la poitrine d'Antoine, l'empêchant de respirer un bref instant avant qu'elle ne repousse chacun d'eux sur le côté d'un geste mesuré. Les tétons d'un rose vif, devenus turgescents par excitation depuis un bon moment désormais, retombèrent sur la paillasse, frottant la surface du tissu qui la recouvrait à chaque fois qu'elle ondulait du bassin pour aller profondément chercher le plaisir d'Antoine, et cela l'excita plus encore que s'il les lui avait caressés.

Il eut un geste de dégoût et détourna vivement la tête au moment où elle haleta lourdement, exhalant la fétidité d'une haleine dont la répugnance le refroidit pendant suffisamment de temps pour que son érection en soit affectée.

— Je ne te sens plus, souffla-t-elle entre deux mouvements avant d'accélérer la cadence comme effrayée qu'il ne perde ses belles mensurations.

— Vous puez de la *gueule* ! cracha Antoine, aussi insolent par méchanceté qu'impétueux de désespoir.

— Noooon ! rugit Clotho en redressant d'un bond son tronc pour se tenir assise sur les fesses, à califourchon sur son esclave. Je ne te laisserai pas saboter notre œuvre !

Par la pensée, elle le força à empoigner à pleines mains ses seins, les tétons dépassant entre les majeurs et les annulaires, et à les lui titiller frénétiquement pour augmenter son excitation et le contraindre à retrouver sa vigueur.

— Tu ne vas pas me lâcher, pauvre cloporte ! s'énerva Clotho avant de sentir que le pénis sur lequel elle remuait reprenait du poil de la bête.

Elle lui cracha au visage pour lui exprimer sa colère et il ne put rien faire d'autre que de laisser la salive blanchâtre et mousseuse lui couler dans les yeux et se glisser entre ses lèvres qu'il tenta de maintenir hermétiquement fermées. Mais ses efforts pour ne pas absorber les sécrétions buccales de Clotho furent anéantis au moment où, à nouveau soumis à une inextinguible envie de jouir, il ouvrit la bouche pour gémir irrépressiblement.

— Non, pas maintenant ! ordonna-t-elle d'une voix de stentor. Tes chairs ne seront jamais assez tendres !

Mais, sujet à cette envie folle de se laisser aller au plaisir que Clotho avait longuement et profondément fait remonter à la surface, Antoine ne put résister à ce signal qu'il ressentit depuis sa prostate, à ce plaisir qui poignait à l'horizon des prochaines secondes. Elle le laissa onduler légèrement du bassin en amenuisant sa pétulance, et il remua sur ses fesses enfoncées dans le lit pour pénétrer plus en avant la créature qui l'avait sauvagement violé. Laquelle avait dorénavant franchi le point de non-retour et était devenue une partenaire dont il voulait être acteur des orgasmes qu'elle pouvait lui offrir.

Cet homme qui avait été si épris de Sidonie pour laquelle il aurait tout donné n'avait finalement pas été en mesure de résister aux plaisirs du fruit défendu et avait noyé sa fidélité et son amour dans les remous que la perte de sa vertu avait provoqués. Il ne voulait penser à rien d'autre qu'à jouir entre les cuisses de cette perfide vamp qui se repaîtrait de son corps tantôt et souhaitait inonder de sa semence les zones les plus reculées de celle qui se mettait elle-même à sa disposition et dont il souhaitait à présent user et abuser. Pour ce faire, Antoine se cambra vers le haut. Soulevant son bas-ventre, il se libéra enfin de la pression qui s'était accumulée en lui, projetant puissamment au fond du fourreau qui enserrait son sexe de nombreuses et abondantes salves uniformes et chaudes à mesure que son esprit se laissait aller sous les élans de l'exultation qui l'enveloppait. Clotho exprima son euphorie en proférant des borborygmes si bas qu'elle-même ne les entendait pas, ne se concentrant que sur les sensations vigoureuses qu'elle ressentait comme une douce et enivrante exaltation. La béatitude dans laquelle elle baignait amoureusement lui fit perdre la tête l'espace d'un instant, et si Antoine n'avait pas été aussi esclave de ses propres pulsions, il aurait pu en profiter pour tenter quelque chose afin de se soustraire à cette femme qui se servait de lui comme d'un homme-objet. Au lieu de cela, il se contenta de râler en interrompant ses gémissements graves de respirations profondes tandis que les dernières dizaines de millilitres de semence coulaient sur les chairs turgides de Clotho dans la douloureuse chute de son allégresse.

— Qu'est-ce que c'était que ça ? hurla-t-elle entre deux soupirs, déchirée entre le ravissement de l'orgasme qu'elle venait de ressentir et la détestable retombée de plaisir qui avait suivi.

— Quoi donc ?

Antoine aussi avait l'impression de remettre les pieds sur Terre après avoir caressé les somptueuses hauteurs d'un plaisir paroxysmal. Clotho s'arrêta de remuer tandis qu'il était encore en elle et retomba lourdement sur lui avant de se retenir au dernier moment pour éviter de comprimer sa poitrine. Elle se blottit alors contre le corps qui lui avait tant donné, qui venait de lui faire découvrir pour la première fois le plaisir d'une jouissance sans bornes, et murmura :

— Ce que j'ai ressenti à l'instant...

— Quoi ? L'orgasme ?

Il tourna la tête à gauche pour dégager son visage des longs cheveux mauves que Clotho laissait négligemment retomber sur lui et regarda les flammes danser à mesure qu'elles consumaient quatre bûches de bois dans la cheminée.

— Vous ignorez ce qu'est un orgasme ? ajouta-t-il en finissant par ricaner.

— Ne te moque pas de moi, sale avorton ! Concentre-toi plutôt : j'en veux encore !

— C'est hors de question, pauvre chienne que vous êtes !

Clotho se redressa à nouveau et hurla comme une furie si bien qu'on aurait pu l'entendre à deux kilomètres à la ronde. Effrayé, Antoine releva la tête et la regarda secouer son corps sur lui et remuer spasmodiquement la tête dans tous les sens, lui donnant un aperçu de ce que pouvait être une femme possédée, pensa-t-il. Ses cheveux virevoltaient de chaque côté de son visage tandis que ses seins ballottaient dans tous les sens comme gonflés à l'hélium. Ce faisant, il sentit son sexe ramollir à mesure que cyprine et sperme mélangés coulaient sur ses testicules et son pubis.

Clotho cessa d'un coup d'être hystérique et le regarda.

— Si tu refuses de m'obéir..., commença-t-elle.

— Si je refuse, alors quoi ? fit-il en la regardant d'un air courroucé qui masquait un profond désarroi. Vous avez déjà prévu de me tuer et je sais que vous le ferez. Alors que voulez-vous que ça me fasse ?

Sans aucune parole de semonce, elle se pencha au-dessus de lui et approcha son visage de l'épaule gauche de l'homme avant d'ouvrir sa bouche et de caler la pointe de ses dents dans la peau de son trapèze. Elle mordit aussitôt dedans et Antoine poussa un cri terrifiant qui lui arracha des larmes de douleur. Les canines et les incisives acérées creusèrent de profondes marques dans la chair mise à vif par cette pénétrante morsure qu'elle poursuivit plus en avant dans les tissus du muscle qui se déchira dans une légère effusion de sang tandis que de lourdes gouttes rougeâtres ruisselèrent rapidement sur la peau charcutée avant de finir sur le tissu.

Antoine, noyé par ses pleurs, hurlait en remuant vainement pour se soustraire à cette femme qui le dévorait amoureusement, mais lorsqu'elle put enfin fermer la bouche, ce ne fut pas sans avoir emprisonné un gros morceau de chairs et de muscles humides qu'elle commença à mâcher énergiquement, pour son plus grand plaisir. La mémoire de l'homme n'était plus en état de penser correctement, assaillie par les géhennes qui le privaient de toute possibilité de se focaliser sur une réflexion, quelle qu'elle fût. Pourtant, en lui-même, il jura intuitivement que jamais de sa vie il n'avait connu douleur plus insupportable que celle-ci ; il aurait préféré mourir que de la ressentir.

— Ferme-la ! ordonna son bourreau par-dessus ses hurlements après avoir enfin avalé les derniers morceaux de muscle encore trop élastique pour elle.

Mais Antoine, revenu en position de crucifixion par la seule volonté de Clotho, serrait les dents de toutes ses forces en essayant de résister aux affres de sa blessure dont la douleur lui accordait de brefs moments de répit entre deux battements de cœur. Elle se pencha sur lui pour glisser doucement sa langue dans la bouche entrouverte de l'homme meurtri et étouffa ses cris qui devinrent sourds pendant un moment, le temps qu'elle laisse couler un fil de salive qui ruissela au fond de la gorge offerte.

Puis elle descendit du lit sans quitter des yeux la grimace plaquée comme un masque sur le visage d'Antoine, passa sa main entre ses cuisses avant de les porter humides à sa bouche dont elle se pourlécha les lèvres et lui dit :

— Encore un peu de patience, mon grand. Je n'en ai pas fini avec toi...

Tels furent les derniers mots qu'Antoine entendit avant de tourner de l'œil.

***

Stéphane ouvrit les yeux et vit devant lui de longues brindilles couchées sous le poids de son corps qui les écrasait lourdement. Il cligna alors des paupières pour faire une mise au point et se redressa en tentant de rassembler ses souvenirs : la boulangerie-pâtisserie, Stéphanie, Max et Wilfried, le lac...

Autour de lui, le paysage lointain d'un jour se levant subrepticement à l'horizon, en direction de l'est sur une vaste plaine, se laissait recouvrir par le voile lumineux des premières lueurs de l'aube. Mais il faisait encore frais en vertu de la nuit qui vivait ses derniers instants, et un long frisson lui parcourut l'échine juste avant qu'il ne devine la présence de Stéphanie à trois mètres de lui, allongée à même le sol, dans une obscurité encore trop présente pour la discerner tout à fait. Il se traîna aussitôt à quatre pattes pour venir auprès d'elle en répétant son prénom. Le visage de l'adolescente se trouvait couvert de rougeurs et de griffures éparses qui avaient lacéré sa peau. Son genou droit était également écorché. Pourtant, malgré son air salement amoché, elle semblait avoir connu plus de peur que de mal. Il remarqua également que le lacet fixé à son poignet était cassé, ce qui lui rappela que l'autre extrémité était autour du sien. Sans s'attarder sur ce détail, Stéphane voulut la prendre dans ses bras mais s'abstint au dernier moment en sentant distinctement une vive douleur dans le dos. Il passa une main derrière lui et perçut très rapidement une entaille dans sa peau au niveau de la colonne vertébrale : se tenir debout lui sembla si douloureux qu'il préféra rester agenouillé à côté de la jeune fille.

— Stéphanie ! fit-il en lui tapotant la joue. Réveille-toi...

Elle remua lentement la tête et murmura :

— J'ai... froid...

— Attends !

Aussi soumis qu'elle aux vents frais qui soufflaient par vagues successives, Stéphane décida malgré ses frissons récurrents de retirer son tee-shirt pour le donner à l'adolescente aussi infortunée que lui. Il eut pourtant bien du mal à l'ôter, son corps tout entier lui semblant être un savant mélange entre une sculpture tortueuse d'Art nouveau et un vieux lit à ressorts en métal rouillé, mais il y parvint malgré les ecchymoses et les petites plaies ouvertes ici-et-là qui l'agressaient intensément à chacun de ses gestes. En dépit de ces vives douleurs, Stéphane l'aida à se redresser en lui disant :

— Tu vas mettre mon tee-shirt par-dessus les tiens. C'est un manches courtes mais tu conserveras un peu mieux ta chaleur corporelle quand même.

Stéphanie émit un faible gémissement en le laissant lui lever les bras et ouvrit ensuite les yeux. C'est alors qu'elle le dévisagea entièrement, de bas en haut ; un léger rictus apparut sur son visage et lui redonna ainsi du baume au cœur.

— Qu'est-ce qui te fait sourire, jeune fille ?

— Vous, répondit-elle tandis qu'elle battait des bras pour l'aider à la vêtir plus chaudement. Vous êtes encore plus beau torse nu...

— Tu peux marcher ? demanda-t-il aussitôt pour noyer le poisson, non sans avoir remarqué la tache brune de sang qui démarquait les contours d'un trou dans le dos du tee-shirt.

— Je ne sais pas... Où est mon sac ? demanda-t-elle en dissimulant sa panique derrière un calme olympien qui remplit admirablement son office, Stéphane ne se doutant pas que la jeune fille qui, à présent, se tenait enfin debout, angoissait à l'idée d'avoir perdu ses rollers.

— Il ne doit pas être loin, répondit-il en se redressant douloureusement. On va le retrouver, ne t'inquiète pas. J'aimerais autant qu'on ne l'égare pas : la disquette est dedans.

— Quoi ? La disquette dont vous m'avez parlé ? Alors ces deux hommes en noir avaient raison : on l'a vraiment ici avec nous ?

— Une fois qu'on aura retrouvé ton sac à dos, oui ! Mes colocataires me l'ont confiée. Max et Wilfried, qui veulent la récupérer, n'étaient pas censés savoir que c'est moi qui en ai la garde, ni que je travaille au Salon des Petits Pains. Du moins, c'est ce que je pensais.

Stéphanie vint auprès de lui et passa sa tête sous son bras pour l'aider à se déplacer, faisant des courbes en spirale pour s'éloigner progressivement du lieu où ils avaient été en ratissant les alentours. Dans le lointain, l'aube commençait à changer les couleurs du ciel au-dessus de l'horizon.

— Vous êtes sûr de ne pas avoir froid, dites ?

— Certain ! Il nous faut retrouver ton sac de toute urgence ; si Max et Wilfried le retrouvent avant nous, alors la disquette sera entre leurs mains et ils pourront la détruire.

— Et en quoi est-il préférable qu'elle ne soit pas détruite, Stéphane ?

— Cette disquette est manifestement le seul moyen de se rendre à Diadem 13. Pour ces dieux, son existence augmente les risques d'intrusion dans leur monde, ce qu'ils ne souhaitent évidemment pas. Suzanne, Antoine et Sidonie ont outrepassé leurs règles. Le but, désormais, est que nos trois amis reviennent à Sanlys-sur-Mer sains et saufs, mais si Max et Wilfried trouvent la disquette avant qu'ils ne soient revenus parmi nous, ils seront sans doute coincés dans cet autre monde pour l'éternité.

— En êtes-vous certain ? demanda-t-elle en observant curieusement le bout de lacet qui pendait à son poignet. Comment le savez-vous ?

— Je le suppose, simplement. Je présume surtout qu'ils n'ont pas pu revenir à la résidence parce qu'ils n'ont pas la disquette avec eux. Au moment de faire l'expérience, elle se trouve insérée dans son lecteur et y reste naturellement jusqu'à ce que quelqu'un l'en retire.

Stéphanie réfléchit un instant en continuant de marcher avec lui, tous deux appuyés l'un sur l'autre.

— Là ! s'exclama-t-il soudain en s'avançant tout seul sur le côté et tombant lamentablement par terre dans les hautes herbes. Ton sac !

Il rampa sur trois mètres avant d'agripper l'une des deux anses défaites du sac à dos et tira dessus. Stéphanie s'accroupit auprès de lui et ils l'ouvrirent ensemble avant d'en extirper le sac plastique de la mercerie des Cailloux Gris. En posant ses doigts sur les losanges bleu et rose vif imbriqués les uns dans les autres imprimés dessus, Stéphane sentit aussitôt la présence de l'enveloppe et la disquette qui se trouvait glissée à l'intérieur. Pour s'en assurer, il la retira pour la regarder et l'exhiber aux yeux de son amie qui était en train de vérifier l'état de ses rollers d'un bel orange flamboyant marqué par deux lignes noires.

— C'est donc la fameuse disquette, supposa-t-elle en regardant attentivement ce support de stockage d'un écarlate rougeoyant.

— Oui, c'est elle, précisa-t-il en la tournant dans tous les sens. C'est peut-être la porte de sortie de Diadem 13 pour Antoine, Sidonie et Suzanne.

— Et pour nous aussi !

Le sourire de soulagement qui avait précédemment élargi les lèvres de l'homme disparut aussitôt de son visage qui exprima une moue perplexe.

— Qu'est-ce que tu veux dire ?

— Je vais être franche avec vous : je ne pense pas que nous soyons sur Terre...

Il dressa un sourcil.

— Au vu des évènements qui sont survenus dernièrement dans vos vies depuis que cette disquette y est entrée, poursuivit-elle, je me demande s'il ne serait pas possible que nous soyons nous aussi à Diadem 13. Après tout, nous nous sommes volatilisés sans raison, sommes réapparus sept heures plus tard dans ce qui semble être un autre continent et avons été emportés par une tempête pour nous retrouver ici. Emportés par une tempête, quoi ! C'est dingue ! Sans compter que nous n'avons vu aucun signe de vie, cela ne concernant pas seulement l'absence d'êtres humains, mais également de tout témoignage d'une quelconque civilisation.

Stéphane remit la disquette dans l'enveloppe qu'il glissa à nouveau dans la pochette avant de remettre le tout dans le sac à dos et se redressa.

— Peut-être nous sommes-nous endormis et avons-nous été enlevés ? On nous aura alors emmenés dans une zone entièrement rurale soumise à de violents caprices météorologiques et laissés pour morts.

Stéphanie se redressa à son tour en remettant son sac sur le dos.

— Et vous y croyez à ce scénario ?

Stéphane se gratta la tête, regarda tout autour d'eux et se figea d'un coup, poussant la jeune fille à regarder dans la même direction.

C'est alors qu'elle aperçut à son tour – à l'opposé du soleil levant qui, dans leur dos, poursuivait lentement son ascension dans le ciel – deux énormes collines demi-sphériques qui leur donnèrent l'impression d'être soudainement sorties de terre. Le jour naissant, apportant la lumière à l'environnement dans lequel ils venaient de se réveiller, avait dévoilé dans la clarté de l'aube ces deux monts dont les cimes, à présent caressées par le franc rayonnement de cette matinée qui commençait, devaient bien culminer à une altitude de quatre-mille mètres, estima Stéphanie. Elle qui avait déjà vu des photos du parc régional d'Auvergne et se souvenait précisément de l'apparence des volcans de la chaîne des Puys y repensa aussitôt en se rendant compte que ces deux proéminences géologiques montagneuses semblaient couvertes de verdure, comme une couche d'herbe aux brins vigoureux et abondants donnant l'impression d'une moquette souple apposée sur les courbes de la poitrine d'une femme.

— D'accord, murmura Stéphane, j'admets qu'un tel paysage ne me semble pas avoir grand-chose de naturel. L'horizon est complètement plat à l'exception de ces deux monts qui paraissent anormalement identiques.

— Ça vous dirait qu'on aille voir ça de plus près ? proposa Stéphanie sur un ton enjoué qui le surprit.

— Et pourquoi pas ? répondit-il en soulevant son bras pour inviter l'adolescente à passer sa tête en dessous et à l'aider à marcher. Peut-être y verrons-nous plus clair une fois au sommet. Par contre, nous en avons pour des heures.

— L'ascension du mont Fuji, le Fuji-san au Japon, précisa-t-elle, peut prendre cinq heures jusqu'à son sommet à 3776 mètres d'altitude. Ces monts me semblent sensiblement plus élevés. On y sera dans la matinée.

Stéphane sembla soudain penser à quelque chose.

— Au fait, jeune fille. Il me semblait bien t'avoir suggéré de me tutoyer.

Stéphanie esquissa un magnifique sourire en lovant son regard sur le visage de l'homme qui poursuivit :

— Il te faudra t'habituer au tutoiement si tu dois un jour accueillir un inconnu dans ta famille et le considérer comme ton frère...

Ravie, elle roula des yeux dans leurs orbites et fit claquer sa langue.

Ils marchèrent d'un pas lent et lourd vers l'imposant dôme le plus au sud sur leur gauche, mettant patiemment un pied devant l'autre en ne les quittant presque jamais des yeux, et remarquèrent bientôt que le soleil dans leur dos raccourcissait peu à peu l'ombre que leurs silhouettes mouvantes projetaient dans les herbes devant eux. Ce détail seul semblait leur indiquer que le temps passait car les monts, eux, ne paraissaient pas plus proches que lorsqu'ils avaient commencé à marcher. En définitive, ils leur parurent si éloignés qu'ils comprirent finalement qu'il leur faudrait plus de temps que prévu pour les atteindre. Sombrant dans une sorte de demi-sommeil qui apportait du repos à leurs esprits sans les faire cesser d'avancer, ils ne furent conscients de l'augmentation soudaine de température qu'une dizaine de minutes après être entrés dans un périmètre où la fraîcheur matinale n'était plus qu'un lointain souvenir.

— Tu as remarqué, cette chaleur ? demanda Stéphane aussitôt qu'elle lui parut trop soudaine et intense pour être la conséquence d'un phénomène naturel.

— Oui, je m'en suis rendu compte aussi, reconnut-elle tout bas. Et ça sent l'herbe brûlée, comme s'il y avait eu un incendie dans le secteur. Ça me rend nerveuse...

— Je ne pense pas que cet incendie se soit déclaré ni n'ait été éteint tout seul : un facteur de nature humaine a dû y jouer un rôle essentiel, d'après moi. Gardons le dôme de gauche en vue mais essayons de tirer ça au clair : si le feu a été éteint, c'est indubitablement parce que quelqu'un s'en est chargé. Autant dire que cette personne peut nous être d'un grand secours.

Stéphanie n'était vraiment pas du même avis que le jeune artisan boulanger qui avait l'air de continuer à croire qu'ils étaient encore quelque part sur Terre, contrairement à elle qui en était bien moins convaincue. Elle ignorait tout du monde dans lequel les trois colocataires étaient supposés se trouver, mais elle se figura – bien qu'elle fût consciente de risquer de passer pour une folle – qu'ils avaient traversé une autre dimension, comme s'ils se trouvaient sur une autre planète ou une seconde Terre d'une chronologie parallèle aux passé, présent et avenir différents. Elle se demanda également s'il n'était pas possible d'avoir vécu une espèce de voyage spatio-temporel et d'être revenus à une lointaine époque où les cinq continents ressemblaient à autre chose qu'à ce qu'ils étaient devenus à la fin du vingtième siècle. Tout avait l'air de n'être que plaines, champs, lacs, forêts, marécages, collines, déserts, océans, sans autre forme de vie humaine qu'une parodie d'être bipède primitif qui évoluerait encore dans les rudiments d'un mode de vie austère où tout serait basé sur des lois élémentaires. Elle s'attendait bien davantage à trouver un membre de la famille *Pierrafeu* [104] ou le viking *Hägar Dünor* [105] qu'un artisan ou un paysan des siècles passés, au mieux.

— Tu as raison, dit Stéphane sans que son interlocutrice ne s'y attende.

Elle s'arrêta de marcher, lui imposant par là même une halte.

— À quel sujet ?

— Au sujet de notre situation géographique... si je puis dire. Nous sommes bel et bien à Diadem 13.

— Qu'est-ce qui te le fait croire, maintenant ?

Stéphane regarda les deux montagnes aux formes arrondies, lui-même caressé par un vent identique à celui qui avait vraisemblablement effleuré les reliefs imposants de ces dômes impressionnants, et expliqua :

— Nous avons aperçu Max et Wilfried devant la boulangerie et ils nous ont attaqués. Je me souviens avoir eu le temps de voir un projectile vert filant vers nous avant que ce soit le trou noir.

— Moi, j'ai juste eu le temps de te voir lever les mains devant ton visage avant que nous nous retrouvions ailleurs.

— À mon avis, commença Stéphane en reprenant sa marche, ils ont essayé de nous tuer et ont échoué, mais je ne comprends pas pourquoi ils nous ont téléportés ici, d'autant plus que si j'ai bien assimilé leurs motivations, ils sont supposés empêcher tout étranger de venir ici.

— Ils sont si forts que ça ? demanda-t-elle en s'accrochant à son bras après lui avoir emboîté le pas.

— Apparemment, l'étendue de leurs pouvoirs est indicible et inconcevable, d'après ce que m'a dit Jack. Sabine et lui les ont vus... massacrer un agent de police par la seule volonté de l'esprit, sans intervenir physiquement de quelque manière que ce soit. Le pauvre type était en charpie, manifestement, mais ni Sabine, ni lui ne nous ont donné plus de détails sur cet incident et je n'ai pas jugé utile de leur demander : cela ne sert à rien et ils étaient bien assez secoués comme ça. Je sais qu'Angélique aussi a été témoin d'un massacre mais elle a refusé de nous en dire davantage. Ce qui est certain, c'est que les forces de police, suite à cette tuerie, ont dû mettre en place une cellule psychologique et Angélique y a été prise en charge, si j'ai bien compris. Bref, Max et Wilfried sont des prédateurs sanguinaires qui n'auront de cesse de nous harceler jusqu'à ce qu'ils retrouvent et détruisent cette disquette.

— Disquette dont nous sommes en possession, précisa-t-elle, réalisant trop tard qu'elle aurait mieux fait de tenir sa langue pour ne pas incommoder Stéphane en lui faisant sentir le poids du danger qu'il lui faisait courir.

— J'aurais aimé éviter de te mêler à nos histoires, Stéphanie.

— Ne t'en fais pas. Je t'avoue sincèrement que si je m'étais retrouvée ici avec ma sœur, je ne me serais pas franchement sentie en sécurité, mais avec toi, c'est différent, pas seulement parce que tu es un homme – qui plus est l'homme que j'aime – mais aussi parce que tu m'as l'air bien plus débrouillard qu'elle et plus mature, malgré ses vingt-trois ans et demi.

— Tout est question d'expérience, Stéphanie. Une fille de vingt ans, par exemple, qui serait née dans la misère, aurait connu la maladie, le deuil, la solitude, la dépression et aurait malgré cela appris à positiver, à espérer, à se battre pour réaliser ses projets, à tirer le meilleur de toutes ses expériences, bonnes ou mauvaises, serait bien plus mature qu'un homme de trente ans qui n'aurait jamais connu cela. L'âge ne signifie rien, tu sais... ?

— Je te comprends... et j'espérais bien que tu me dirais ça, mon chéri !

— Pourquoi ça ? demanda-t-il intrigué, posant sur elle des yeux étrécis dans leurs paupières.

— Parce que nous avons six ans d'écart, et si l'âge ne signifie rien, tu ne verras donc pas d'inconvénient à ce que nous sortions ensemble, expliqua-t-elle sur un ton espiègle.

Stéphane s'arrêta d'avancer d'un coup. Elle fit deux pas supplémentaires avant de remarquer la raison pour laquelle il ne bougeait plus.

Quelque chose ressemblant à un corps humain gisait à une dizaine de mètres d'eux sur leur droite. Tout semblait indiquer qu'il s'agissait d'une femme : un soutien-gorge blanc dont ils ne pouvaient voir que l'agrafe dans le dos et une culotte d'une couleur qui se voulait être assortie se démarquaient sur le fond brunâtre d'une végétation à moitié calcinée.

— Reste ici...

Stéphane avança prudemment dans les herbes qui lui arrivaient au niveau de la taille et remarqua très vite qu'une autre femme se trouvait blottie dans le creux du corps de celle qu'ils avaient vue en premier, toutes deux en position de chien de fusil. Il fut rassuré de constater qu'elles avaient l'air de dormir, bien que tout en elles paraissait hurler les vives douleurs de leurs blessures.

Rassuré, il fit signe à Stéphanie de s'approcher tandis qu'il contournait les deux corps en passant à côté de leurs pieds.

Puis il poussa un soupir ému en tombant à terre, ses genoux s'échouant lourdement dans la terre sèche, et s'approcha de la jeune femme aux cheveux courts et sombres dans lesquels des brins d'herbe cassés s'étaient pris. L'adolescente sentit que quelque chose n'allait pas.

— Stéphane... Ça va ?

Incapable de répondre, il se releva avant de retirer ses chaussures et son pantalon sous les yeux ébahis de la jeune fille qui s'en inquiéta, bien loin de se réjouir de ce spectacle qu'il lui offrait et dont elle aurait été ravie en d'autres circonstances. Elle osa encore moins s'approcher de lui.

— Est-ce que ça va, mon chéri ?

En l'appelant ainsi, elle espérait qu'il réagirait d'une manière ou d'une autre. Mais au lieu de cela, il se prosterna à nouveau et disposa tant bien que mal son jean's sur le corps de la jeune femme qui avait dû se recroqueviller sur elle-même dans la nuit. Dans ses mouvements, les pans de son vêtement de fortune s'étaient écartés, dévoilant les flancs sales marqués de taches de crasse et de terre. Ne portant pas même un regard à l'inconnue qui s'était blottie contre cette amie qu'il n'avait jamais cessé d'espérer retrouver depuis qu'elle s'était lancée dans la folle expérience de la disquette avec Antoine, Stéphane lui secoua lentement l'épaule sur laquelle il venait de poser une main amicale et chuchota son prénom à son oreille pour la tirer de son profond sommeil.

Pour sa part, plutôt que de rester plantée à ne rien faire, Stéphanie décida de s'occuper de l'autre femme sans vraiment savoir comment s'y prendre : elle s'accroupit derrière elle et lui prit le bras pour légèrement le lui remuer.

Les deux femmes sortirent progressivement de leur léthargie en gémissant tout bas. Aussitôt que la brune ouvrit ses grands yeux mauves qu'elle posa sur l'homme qui aurait pu illuminer la terre entière si son sourire eût été un soleil, elle lui murmura, sans vraiment réaliser elle-même ce qu'elle disait :

— Stéphane... Tu es venu me chercher...?

Malgré l'émotion qui transparaissait dans sa voix et les larmes qu'il n'aurait pu retenir plus longtemps, il la regarda profondément et lui dit :

— Souviens-toi que je t'avais promis de te prêter mon sweat-shirt orange, Suzanne. Nous devons retourner chez nous pour que tu puisses me l'emprunter. Je ne pouvais pas te laisser risquer ta vie.

*

Chapitre VIII
MYSTÈRES

S'il *doit en être ainsi, je vais considérer qu'à défaut de me redonner l'opportunité de goûter ce que tu appelles « orgasme », j'aurai au moins le loisir de connaître le meilleur des repas qui soit.*

Plongé dans une inconscience qui le délivrait des affres d'une douleur provoquée par une blessure qu'elle-même lui avait faite, Antoine n'avait pu ignorer les paroles que Clotho, qui l'avait grossièrement soigné suite à sa perte de connaissance, venait de lui adresser par télépathie. Un bandage entourant toute la partie qui allait de son épaule gauche à son cou en passant sous son bras témoignait des soins qu'elle lui avait prodigués. L'onguent qu'elle avait appliqué sur la large blessure ouverte qui s'étendait sur près de six centimètres avait non seulement provoqué une cautérisation qui avait aussitôt stoppé l'hémorragie, mais également une cicatrisation précédée par une nouvelle formation des tissus qui avaient été arrachés. Moins douée que Magdalena pour soigner, Clotho était au moins parvenue à faire de cette vilaine blessure ouverte une simple tache brunâtre entourée d'une croûte circulaire qui, se disait-elle, n'aurait pas le temps de disparaître avant qu'Antoine ne soit mort. La plaie encore vive le lancerait aussitôt qu'il serait réveillé et seule Magdalena avait les aptitudes nécessaires à la guérison complète d'une entaille de cette envergure : elle seule aurait pu accélérer le processus de cicatrisation à un point tel qu'Antoine n'aurait ensuite jamais pu apercevoir une quelconque trace de ce que l'anthropophage carnassière lui avait faite. Mais cette dernière refusait de faire appel à Magdalena avec laquelle elle avait échangé de nombreuses insultes à plusieurs reprises. De plus, Capella avait ordonné à Clotho de se débarrasser de l'homme et non de le soigner.

Pourtant, en lui caressant les flancs, elle sentit qu'il était plus tendu et ferme encore qu'auparavant, ce qui n'était pas pour la ravir : elle n'appréciait que la viande tendre et molle qui s'arrachait facilement à la moindre morsure, et non les chairs filandreuses qui la forceraient plus à broyer les morceaux avec ses molaires qu'à les percer et les cisailler avec ses canines et ses incisives dont la disposition inversée sur ses mâchoires l'obligeait constamment à extirper les tissus en y plantant ses dents avant de les trancher ensuite. Mais elle n'aurait pas le temps de suffisamment attendrir Antoine pour qu'il atteigne une qualité satisfaisante, se dit-elle en lui mordillant les genoux, penchée au-dessus de lui, d'autant plus qu'Alnitak avait atteint une belle altitude au-dessus de l'horizon. Clotho voyait très clairement le halo de lumière éblouissante traverser la fenêtre de sa maison et lui rappeler qu'elle avait un rapport à faire à son souverain aux premières heures du jour. C'est la raison pour laquelle cette clarté de l'aube la dégoûtait. Elle sentit que son destin lui jouait un bien vilain tour : jamais auparavant elle n'avait eu entre les mains une victime dont les chairs semblaient receler une viande des plus tendres et savoureuses. Elle ne pourrait en profiter à sa convenance, malheureusement.

Elle malaxa amoureusement les testicules et la verge de l'homme pour l'exciter dans son sommeil et décida qu'elle en finirait avec lui lorsque le jour serait suffisamment levé pour qu'elle ait eu le temps d'attendrir son festin, de le blesser mortellement et d'aller ensuite dans l'Ostium. Antoine serait peut-être encore vivant à son retour et elle pourrait à nouveau bénéficier de quelques morceaux d'une viande de qualité.

Ou peut-être pas.

En tout cas, Clotho fut surprise de constater qu'il se retrouva très rapidement en érection et que cette dernière semblait assez vigoureuse et confortable pour qu'elle la savoure pendant suffisamment de temps pour en profiter à outrance.

C'est alors qu'elle eut l'idée d'essayer quelque chose. Max n'avait jamais osé se servir d'elle de la sorte et ne s'était jamais contenté que d'honorer sa poitrine sans profiter des autres zones érogènes et charnues de son corps. Pourtant, si son sexe et sa bouche pouvaient apporter du plaisir comme le lui avait démontré Antoine précédemment, alors pourquoi n'essaierait-elle pas avec l'orifice que cachaient ses fesses remontées et outrageusement sensuelles ? *Après tout, peut-être s'en trouverait-il attendri*, supposa-t-elle. *Tous les moyens sont bons pour disposer d'un mets de premier choix*. Cette pensée l'excita.

Les quelques précédentes victimes qu'elle avait eues depuis sa naissance, qu'il s'agisse d'elfes, de naïades, de sirènes de Voyelle 9½, d'androïdes, d'êtres mi-hommes mi-bêtes, de chasseurs de primes, de cyborgs, de femmes polymorphes, d'individus hermaphrodites ou d'autres créatures sans nom d'Yf-6 – accidentellement venues des deux autres mondes de l'espace-temps Crépusculaire BKX 9352, lamentablement échouées sur Diadem 13 et que Mutine lui avait amenées en personne – n'avaient jamais été capables de lui promettre ne serait-ce que la moitié de la qualité qu'Antoine lui assurait d'avoir. Elles avaient toujours été meilleures que les animaux qu'elle chassait régulièrement aux abords du labyrinthe du Dedalesk, certes, mais aucune de ces victimes ne lui avait fait découvrir les joies enivrantes d'un festin aux saveurs dont elle ne tarirait pas d'éloges. Elle les avait égorgées, démembrées ou leur avait quelquefois sucé le sang jusqu'à ce que leur corps exsangue soit plus proche de l'insecte victime d'une araignée qui l'aurait complètement vidé que d'un vulgaire gibier pris dans les filets d'une tribu de cannibales affamés, leur chair étant si mauvaise qu'elle ne les consommait que par besoin pour sa survie.

Cependant, jamais Clotho n'avait eu l'occasion de goûter aux plaisirs d'une proie qui lui insufflerait la passion de la gourmandise. Jamais elle n'avait eu à préparer scrupuleusement son repas en cherchant les moyens de donner à la viande qu'elle avait à disposition toute la saveur, toutes les richesses gustatives qu'elle pouvait offrir ; elle ne s'était jamais contentée que de se soucier des propriétés nutritives de ce qu'elle ingurgitait par nécessité.

Antoine lui avait fait perdre la virginité de sa langue et de son palais qui n'avaient jamais connu qu'une nourriture insipide. Désormais, elle avait en sa possession une victime qui lui promettait l'accession au plaisir de consommer ; même sans ressentir la faim, elle dégusterait chaque partie de l'homme qu'elle maintenait sous son emprise et se promit d'aller jusqu'à ne rien perdre de la moelle dont recelaient ses os. Ainsi, tout autant parce qu'Antoine serait sans nul doute sa dernière victime que parce qu'il était la source de plaisirs addictifs et inconnus, Clotho devait innover, se creuser les méninges pour exacerber jusqu'à son paroxysme le goût qu'il donnerait en bouche.

Et c'est sa virginité anale qu'il lui ferait perdre, cette fois-ci.

Un feu intérieur lui sembla brûler en elle à mesure qu'elle se délectait d'avance à l'idée d'atteindre les plus hauts sommets du bonheur de la gourmandise, et ce brasier lui intimait d'attendrir le corps d'Antoine avec originalité.

Elle monta donc sur le lit, posant ses deux pieds aux orteils crochus de chaque côté des cuisses de l'homme qui, allongé sous elle, demeurait à sa disposition de manière si vulnérable qu'elle en fut excitée en le regardant de dessus, et s'abaissa enfin de sorte à sentir le gland érigé et gonflé buter contre l'œillet discret que sa raie culière dissimulait.

C'est alors qu'elle descendit dessus, sentant une certaine résistance qu'elle s'empressa de lever en insérant elle-même deux doigts humides de salive dans son anus qu'elle écarta ensuite pour libérer l'accès à ce feu interne qui se consumait ardemment en elle ; le pénis d'Antoine s'y insinua lentement à mesure qu'elle poussait son fessier vers le bas. Elle retira ensuite sa main, laissant le sphincter anal se resserrer autour du frein emprisonné et se laissa complètement tomber dessus, s'empalant d'un coup sec qui lui arracha un cri de plaisir.

Clotho décida de prendre le temps de hisser sa victime jusqu'à l'orgasme, patiemment, consciencieusement, se dressant et redescendant sur le vît au garde-à-vous pendant une dizaine de minutes, accélérant ensuite ses mouvements quand elle sentit le confort de savoir que l'excitation d'Antoine ne pourrait plus faire machine arrière. Accentuant ses allées et venues sur la colonne de chair qui la fourrageait délicieusement, elle ferma les yeux, se sentant exulter rien qu'à l'idée que l'homme déverserait au fond de son boyau toute cette tension qui libérerait son corps et permettrait à ses chairs de retrouver toute l'onctuosité d'une viande qui lui ferait découvrir la béatitude d'un orgasme gustatif.

Concentrée sur ces délicieuses pensées, elle ne sentit pas venir la présence qui fit voler la fenêtre en éclats dans une explosion de verre qui dispersa des bris, des échardes et des morceaux de mur alentour.

— Qu'est-ce que... ?

Elle se retourna vivement, l'esprit aussi martelé par le plaisir physique qu'elle ressentait que par la colère à l'égard de la présence qui avait brisé le cérémonial qu'elle avait longuement pris la peine de préparer, et ne vit que trop tard la sphère d'un orange lumineux qui venait droit sur elle, masquant la silhouette qui en était responsable. Elle n'eut que le temps de tourner rapidement la tête avant de sentir un violent impact percuter son crâne et lui arracher une partie de sa tempe gauche qui alla éclabousser le mur au-dessus de la cheminée. Elle fut projetée sur le côté lorsque son tronc fut emporté par la force de l'attaque, rompant tout lien physique avec Antoine, et elle chuta lourdement au sol dans une effusion de sang. Elle rampa aussitôt vers l'angle du lit dans un râle de terreur, regrettant de s'être laissé emporter par son avidité, par ce simple plaisir de se préparer un riche repas. Tandis que ses seins raclaient les lattes de bois contre lesquelles ses genoux cognaient irrégulièrement, elle sentit alors la présence qui pénétrait tranquillement chez elle par la baie de la fenêtre unique réduite en morceaux.

Cela lui sembla faire une éternité qu'elle n'avait pas vu la silhouette qui tournait le dos à la lumière confidentielle d'Alnitak, mais elle la reconnut aussitôt malgré les lueurs de l'aube naissante qui, autour du contre-jour dans lequel le visage du dieu était plongé, l'éblouissaient profondément. Elle tenta de se concentrer pour créer une sphère d'énergie destructrice dans sa main, mais n'y parvint pas, réalisant que sa blessure à la tête, si elle ne lui avait pas été mortelle, avait suffisamment affecté son cerveau pour la priver de la pétulance dont elle avait toujours été pourvue.

— Silène... beugla-t-elle sous la douleur.

Le dieu s'approcha du lit et considéra brièvement le corps blessé d'Antoine avant de s'approcher de lui pour apposer deux doigts sur sa jugulaire.

— Je ne l'ai pas encore tué, souligna Clotho en s'accrochant au bord du lit pour se relever péniblement.

— Que lui as-tu fait ? Je présume que c'est toi qui l'as blessé.

— Je l'ai attendri, surtout...

Elle se dressa sur ses jambes en ricanant, entièrement dévêtue, et tenta insidieusement de faire bouillir le sang qui irriguait le cerveau de Silène.

— Inutile d'essayer, chienne sodomite ! Je peux lire dans ton esprit et tu n'as de toutes manières plus les moyens de résister. Remets tes vêtements : te voir exhiber ta laideur me débecte !

Malgré le temps qui jouait contre tous les dieux et déesses de Diadem 13, Silène prit un instant pour pavoiser devant Clotho, la narguant d'un sourire qui la répugnait effrontément.

— Qu'est-ce que tu vas faire ? lui demanda-t-elle.

— Je vais ramener Antoine là d'où il vient, parmi les siens. Il est en perpétuel danger ici, et sa présence risque de nous compliquer les choses.

— Qui ça, *nous* ?

— Eux et moi, bien sûr, répondit-il en rabattant sur le corps d'Antoine les quatre angles de la couverture qui recouvrait la paillasse du lit, afin de masquer sa nudité et pour lui éviter de prendre froid une fois à l'extérieur. Tu as beau détester Max depuis qu'il s'est refusé à toi, tu es encore de son côté, dans le camp des capellans. Toi et moi ne sommes pas de même religion, et donc pas du même côté non plus, ne l'oublie pas.

— C'est pour ça que tu vas me tuer ? Maintenant que je suis à ta merci...

Silène se mit très sincèrement à rire, ce qui l'obligea à cesser d'emmitoufler Antoine pour librement se laisser aller à une hilarité à laquelle il n'aurait jamais cru pouvoir se soumettre en ces temps de conflit. Elle le regarda avec plus encore de dédain et plaqua une main sur sa tempe ruisselante en prenant de l'autre son soutien-gorge de calicot noir et sa robe rouge qui traînaient sur le plancher.

— Je n'aurais jamais cru que tu reconnaîtrais un jour ta position de faiblesse en face de moi, reconnut-il. Mais rassure-toi, je ne vais pas te tuer.

— Quelle magnanimité, persifla-t-elle en ajustant les deux triangles noirs de son soutien-gorge qui souleva et ceintura sa poitrine lorsqu'elle le noua dans son dos.

— Ne prends pas cette magnanimité pour de la faiblesse, Clotho. Je ne te laisse en vie que parce que je n'ai pas le droit de te tuer. Quelqu'un d'autre s'en chargera.

Après avoir enfilé sa robe, elle s'assit sur le lit, devenant soudainement si proche de Silène qui examinait le visage d'Antoine qu'elle aurait vendu son âme au diable pour pouvoir lui porter une attaque mortelle ; de si près, elle n'aurait jamais pu le rater si elle avait pu se servir de ses aptitudes surnaturelles. Renonçant à y penser davantage, elle enfila ses bottes à hauts talons et se dressa à nouveau sur ses jambes.

— Votre cause est déjà vouée à l'échec, Silène ! Bien que Suzanne avec laquelle est venu cet homme soit parvenue à vaincre Polyphème, elle ne pourra jamais terrasser ni Sleipnir, ni Cerbère. Et quand bien même elle nous tuerait tous, elle ne pourrait jamais inquiéter Capella.

Il souleva Antoine du lit et le chargea comme un sac de pommes de terre sur son épaule avant de revenir devant la fenêtre aux vitres brisées dont le verre s'était répandu épars sur le plancher de la maison.

— Une fois que tu auras trépassé, Clotho, tu finiras dans le Neither où plus rien de toi ne subsistera.

Elle lui fit face en se tenant la tempe à deux mains, la douleur de sa tête amputée d'une grande partie de son os et de son lobe pariétaux gauches devenant insupportable, et s'écria :

— Alors nous nous y retrouverons !

Silène détourna la tête en s'esclaffant et s'en alla.

Clotho savait très bien qu'elle n'était pas dans le bon camp : elle n'avait jamais vraiment considéré que les citoyens de Diadem 13 nés dans la faiblesse que l'absence de pétulance leur infligeait ne méritaient pas de vivre, mais, par facilité, son esprit veule l'avait poussée à se rallier aux plus nombreux et puissants. Elle avait souvent donné dans le panurgique, avec zèle et célérité, et savait pertinemment bien que Silène, qui avait grandi sous la coupe de Virgil – lequel avait été le plus vertueux des dieux, avait développé à son contact un sens profond et équitable de la justice. Elle n'ignorait pas que, décédé à son tour, il finirait par rejoindre son mentor dans l'Æther, le royaume des morts pour les natifs de Diadem 13 jugés dignes d'accéder à une vie astrale éternelle dans un environnement sain et abstrait. Par contre, elle savait aussi que, pour sa part, son âme quitterait son enveloppe charnelle et croupirait *ad vitam æternam* dans les sombres limbes du Neither, ce lieu qui ne semblait promettre que vives et infinies souffrances dans un monde obscur, froid, où la solitude, la douleur, le désespoir, le chagrin, les regrets et la haine régnaient en maîtres absolus pour le plus grand malheur de ses hôtes.

Mais elle aurait bien le temps d'appréhender son trépas le moment venu. Pour l'heure, un autre problème exigeait une solution d'urgence. Comment allait-elle annoncer à Capella que non seulement Silène était intervenu, mais aussi qu'elle n'avait pas tué Antoine et qu'il le lui avait enlevé non sans l'avoir blessée au passage ? Sans compter qu'il lui fallait d'abord se rendre chez Magdalena pour y être soignée et le trajet à pied entre le labyrinthe du Dedalesk et le mont de Sheeba méridional promettait d'être pénible, aussi court soit-il. Il lui faudrait assurément ravaler sa rancœur et sa fierté pour demander à la sorcière de lui prodiguer les soins nécessaires à sa guérison. Nul doute qu'elle en rirait.

***

— Pour quelle raison ces sales cafards perdent-ils leur temps et leur énergie à enterrer leurs morts ? demanda Max en observant les débris de roche qui formaient dans le sol un rectangle d'un mètre de large sur deux de long et dans lequel Suzanne avait enterré le corps de Barbara. Cela ne sert à rien.

— Cela leur sert à témoigner un tant soit peu de respect à l'égard de leurs défunts, répondit Wilfried qui éclairait d'une sphère lumineuse la cellule qui s'en trouvait baignée d'une vive teinte verte. N'avons-nous pas nous-mêmes à la périphérie nord de la cité de Falken quelques tumulus qui remplissent le même office, Max ? demanda-t-il sans attendre de réponse valable.

— Barbara est morte, un point c'est tout ! Allons-nous-en !

Max s'éloigna vers la sortie de la cellule que Suzanne avait créée en désintégrant un segment de barreau et regarda le cadavre de Polyphème qui, en cendres, n'attendait qu'un courant d'air pour redevenir poussière.

— Cette odeur putride m'incommode fortement. Rendons-nous de suite dans la plaine de Chronopolis ; il y a de grandes chances que Silène y soit allé, vu que c'est la région dans laquelle se trouvent Suzanne et Bérénice.

— J'aimerais d'abord que nous nous rendions auprès de Mutine.

— Pour quoi faire ? demanda Max en s'approchant de son acolyte.

— Pour savoir si elle a remarqué de nouvelles intrusions sur Diadem 13. Stéphane et la fille sont forcément quelque part et j'ai bien peur qu'ils ne se soient retrouvés ici.

— C'est impossible !! Comment auraient-ils pu se téléporter ? Crois-moi, Wilfried, s'ils avaient été là, Mutine serait venue nous en faire part aussitôt qu'elle nous aurait sentis dans le manoir.

— J'aimerais m'en assurer. Téléportons-nous dans la cité pour aller chez elle et ensuite, nous irons à pied jusqu'à la plaine.

— À pied !? Es-tu devenu fou ? s'écria le jeune dieu qui n'avait pas souhaité revenir dans les prisons du manoir de Cardonthöl. Te rends-tu compte de la distance que ça représente ? De la cité à la plaine, il y a plus de douze kilomètres de marche. Nous sommes des dieux, nous n'avons pas à nous fatiguer ni à perdre notre temps de la sorte. Pourquoi ne pas nous téléporter dans le secteur de Sleipnir depuis le domicile de Mutine ?

— Parce que nous perdrions beaucoup en pétulance et ne gagnerions que très peu en temps. Et nous allons avoir besoin de tous nos pouvoirs si nous nous retrouvons nez-à-nez avec Silène.

— Admettons... Mais nous pouvons toujours créer un portail, dans ce cas-là. C'est bien moins exigeant en énergie !

Wilfried décrocha ses yeux du spectacle consternant de la sépulture de fortune de Barbara et mit sa main sur l'épaule de son complice, laissant son regard se perdre sur les cadavres de femmes en putréfaction.

— Virgil a toujours été le meilleur de nous quatre pour générer des portails qui ne nous emmenaient pas n'importe où, pour le coup. Même si en créer un nous demande beaucoup moins de pétulance, nous risquerions de nous retrouver dans un lieu inconnu. Souviens-toi : la dernière fois que nous en avons ouvert un, nous avions échoué sur Voyelle 9½... et je déteste Voyelle 9½. Ne prenons pas ce risque.

— Je reste convaincu qu'à ce moment-là, nous pourrions nous téléporter pour rallier la plaine, souligna Max.

Malgré son visage baissé et ses yeux fermés, le jeune dieu exprimait d'un sourcil dressé le plus fervent des désaccords.

— Ne t'entête pas. Et dis-toi bien qu'en scrutant nos régions à pied, nous aurons plus de chances de tomber sur Silène plutôt qu'en gaspillant notre énergie à nous téléporter. Il suffit qu'il soit suffisamment proche de nous pour que nous sentions sa présence, ne l'oublie pas. Nous passerons ainsi au peigne fin tous les endroits, ratisserons toutes nos contrées.

Max grogna mais finit par capituler.

— Il se pourrait bien, commença-t-il, que Mutine sache quelque chose que nous ignorons...

— Oui, peut-être...

***

Ce serait son dernier coup.

La silhouette sombre qui venait de poser les pieds sur le toit de l'hypermarché Le Coq Étoilé se contorsionna en réprimant un hurlement et tomba sur un genou en haletant. Jamais douleur ne lui avait été plus insupportable que celle causée par la balle de neuf millimètres qui, deux jours plus tôt, avait traversé son flanc droit avant de ressortir par devant. La blessure n'était pas mortelle et n'avait touché aucun point vital, mais certains mouvements lui étaient insupportables et les plaies ruisselaient parfois d'un sang qui imbibait ses vêtements noirs. Seul le masque blanc en forme de cœur sous un large chapeau de mousquetaire du xviie siècle ressortait dans l'obscurité, donnant à ce personnage une apparence inquiétante et malsaine. Mais il regretta son erreur d'avoir sous-estimé le policier B707, Boris Lascerpe, et se jura de cesser ses méfaits aussitôt qu'il en aurait fini avec ce dernier larcin. S'il pouvait repartir du rayon hi-fi/vidéo avec un magnétoscope et un amplificateur pour sa platine vinyle, il s'en satisferait volontiers et prendrait une retraite anticipée avant que ses actes interlopes ne fertilisent le terreau d'une faute qui le démasquerait et l'enverrait croupir derrière une porte en acier de onze centimètres d'épaisseur. Toutes les forces de l'ordre étaient sur lui depuis six semaines et il en avait assez de mentir à ses proches et de risquer la virginité de son casier judiciaire. Et cette blessure achevait de le convaincre de raccrocher les gants dès l'aube.

La Police municipale n'entendrait plus parler du Marquis Noir.

Il repéra une bouche de ventilation à une soixantaine de mètres, mise en lumière par l'éclairage que dispensaient les néons rouges et orange de l'enseigne et par la puissante lampe fixée sur le toit du cinéma Sigma 9 qui, plus à l'ouest, offrait un éclairage ampliatif qui tombait à point nommé.

L'individu accourut jusqu'à son point de repère et s'accroupit tout à côté pour ôter son sac à dos et sortir ses outils afin de dévisser le coffrage de l'aération. Il se faufila ensuite à quatre pattes dans le conduit tout en tirant péniblement ses affaires à sa suite dans cet espace exigu. Quelques longues minutes plus tard, assailli par sa blessure qui le rendait fiévreux et brisait sa vigilance par intermittence, guidé par sa torche électrique à travers les câbles et les tuyaux sous le plafond, il arriva à une trappe qu'il libéra avant de s'y glisser, les deux pieds devant. Il retomba ainsi dans une pièce qui s'apparentait à une réserve. De grandes gondoles métalliques contre les murs supportaient des cartons contenant des consommables : ampoules, produits ménagers, rouleaux de caisse, rames de papier, paquets de stylos Reynolds par dizaines. Dans un coin, une petite boîte à pharmacie en métal jouxtait un carton éventré contenant des articles de Noël tombés dans la désuétude de la période estivale.

Le Marquis Noir alla à la porte qu'il ouvrit doucement de ses mains gantées de cuir et se retrouva dans un très large couloir qui partait sur sa droite. Il s'y jeta, éclairé par le faisceau de sa torche et bifurqua au fond à gauche, tournant le dos à une large double porte qui, il s'en doutait, menait au quai et à la réserve. Avançant d'une vingtaine de mètres, il se retrouva enfin dans l'un des angles de l'hypermarché, pratiquement là où la dernière allée et la ligne de caisses se joignaient. Sur sa gauche, le rayon des liquides s'étendait si loin dans l'obscurité que sa lampe ne pouvait en éclairer l'extrémité. Il s'y engagea d'un pas incertain d'abord, puis plus assuré par la suite. Bien qu'il n'ait pas prévu d'ajouter à son tableau de chasse le vol d'alcools, il se laissa aller à une envie de rhum des Antilles plus par désir d'ivresse que par soif véritable : il aurait pris de l'eau minérale s'il eût souhaité se désaltérer. Il choisit donc une bouteille qui lui sembla prometteuse et l'ouvrit sans tarder. Ôtant son chapeau pour pouvoir relever son masque, il fit tomber devant son visage quelques mèches d'une teinte châtain dans la pénombre, et porta le goulot à ses lèvres. Sept gorgées ruisselèrent abondamment dans sa gorge. Il referma la bouteille qu'il posa tout simplement sur son étagère avant de se passer le revers de la main sur les lèvres. Puis il remit son masque en place, cala son chapeau sur sa tête et s'en alla vers les rayons opposés où se trouvait celui conjuguant l'électroménager, la hi-fi, la vidéo et la micro-informatique.

Sur place, il sentit son excitation reprendre le dessus et la vivacité de sa blessure perdre du terrain tandis que l'alcool se répandait progressivement dans son sang. Il choisit très naturellement un modèle de magnétoscope qui semblait répondre à ses critères, mais eut plus de mal à se décider sur un amplificateur sonore à connecter à son tourne-disque. Il jeta toutefois son dévolu sur un modèle attractif dont il retint la référence, comme pour le lecteur-enregistreur VHS, et fit ensuite le trajet inverse pour revenir à son point de départ dans l'optique, ce coup-ci, de s'immiscer dans la réserve et prendre les deux cartons correspondants.

Sous son masque, un irrépressible sourire anesthésia toutes ses peurs lorsqu'il arriva à destination ; toutes ces marchandises lui étaient accessibles, à portée de main.

Il jubilait.

**

Suzanne ne chercha pas à expliquer le miracle par lequel Stéphane était là, penché au-dessus d'elle dans cet univers si lointain de la ville landaise où ils s'étaient connus. Naturellement, sans porter aucune attention à sa nudité cachée par le morceau de tissu et le pantalon qu'il avait posé sur son corps, elle se redressa et le serra tendrement en pleurant à chaudes larmes toutes celles que ses yeux rouges de fatigue avaient dissimulé jusque là.

— Oh Stéphane, l'entendit-il gémir d'une voix étouffée par son visage plaqué contre la peau de celui qu'elle n'avait plus osé penser revoir un jour, pas plus que les autres colocataires.

— Comment te sens-tu, dis-moi ?

Elle murmura d'une voix que ses émotions rendaient chevrotante :

— Je n'en peux plus...

— Je suis venu ici pour te demander si ton invitation à prendre une douche avec toi tenait toujours.

La jeune adolescente fronça les sourcils, mais le jeune homme ne lui prêta pas la moindre attention.

— Parce que là, j'en meurs d'envie, ajouta-t-il.

— Oh, Stéphane... fit Suzanne.

Il lui caressa le dos sous le tissu poisseux et perçut à travers les terminaisons nerveuses de ses mains tous les frissons de chaleur humaine qu'elle ressentait et qui parcouraient son corps.

— Je ne dois pas être bien belle à voir, ajouta-t-elle très sincèrement.

— Qui est-elle ? demanda-t-il en observant Bérénice. Tu te fais des amies partout où tu vas, décidément, ajouta-t-il avec malice en desserrant son étreinte.

Bien que Stéphane ne la regardait pas afin de ne pas la gêner, Suzanne se recroquevilla sur elle-même en restant assise sur les fesses, jeta un rapide regard à Stéphanie qui lui fit un sourire amer de jalousie et saisit le pantalon qu'il lui avait gracieusement prêté pour l'enfiler. Elle jeta un coup d'œil à la romancière qui somnolait encore et s'habilla en disant :

— Elle s'appelle Bérénice. C'est elle qui a créé Diadem 13. La disquette rouge lui appartient.

— Tu confirmes donc que nous sommes dans cette autre dimension ?

— Bien sûr...

Stéphane ne sembla qu'à moitié surpris, ayant beaucoup de mal à porter une certaine crédibilité à ce qu'il avait vu ou entendu ces derniers jours mais ne pouvant toutefois nier que d'étranges évènements sans explication scientifique plausible s'étaient curieusement enchaînés depuis soixante-douze heures. Il se retourna vers l'adolescente et lui demanda d'approcher, ce qu'elle fit timidement avant de s'agenouiller auprès d'eux. Il ouvrit alors son sac qu'elle portait encore dans son dos et sortit la pochette plastique dans laquelle se trouvait l'enveloppe contenant la disquette. Il exhiba cette dernière à la vue de Suzanne qui eut un mouvement de recul.

— Tu l'as ici avec toi ?

— Oui... Savais-tu que Sidonie avait fait la même expérience qu'Antoine et toi ?

— Je sais, oui ; je l'ai croisée hier soir mais nous avons été séparées par le Foëhn, une sorte d'esprit qui domine les cieux et a fait lever une tempête qui nous a emportées dans deux directions différentes. J'ignore où elle est.

— C'est certainement ce qui nous a balayés aux abords du lac et emmenés ici, supposa Stéphanie qui ôta le tee-shirt que Stéphane lui avait prêté pour le tendre à Suzanne, laquelle se leva pour aller à l'écart retirer son carré de tissu et le passer sur elle à la place.

— Et où est Antoine ? demanda-t-il avec appréhension. Tu l'as vu ?

— Non, pas depuis que nous avons fait l'expérience, répondit-elle de loin en finissant de s'habiller. Mais pourquoi as-tu la disquette ?

— Parce que depuis votre départ, nous sommes surveillés au mieux, menacés de mort au pire, par deux dieux, Max et Wilfried, qui veulent la récupérer. Jack a donc décidé que nous la garderions à la boulangerie pour ne pas mettre tous les colocataires en danger.

— Max et Wilfried... Il faut se méfier d'eux comme de la peste !

Bérénice s'était doucement réveillée sans que Suzanne, enfin vêtue, et Stéphane ne lui portent aucune attention, bien qu'ils l'aient vue remuer et se redresser dans leur champ de vision. Seule l'adolescente lui avait adressé un sourire auquel elle avait timidement répondu par un discret hochement de tête avant de prendre part à la discussion des deux colocataires.

— Cette disquette est à vous ? demanda Stéphane en s'adressant à elle.

Bérénice la saisit et la détailla sous tous les angles. Stéphane jeta un regard intrigué à Suzanne, laquelle perçut la perplexité dans les yeux de l'homme mais ne fit qu'une moue ne signifiant rien de particulier.

— Oui, on dirait bien celle sur laquelle j'ai enregistré la description des mondes virtuels que j'ai conçus. Mais nous ne devrions pas nous attarder ici, fit-elle en rendant la disquette à Stéphane avant de se lever, rapidement imitée par les autres. Nous devons trouver un endroit isolé pour mettre un plan au point ; il est fort probable que Mutine, et peut-être même Max et Wilfried, aient perçu votre arrivée ici.

— Comment êtes-vous venus ici, tous les deux ? demanda Suzanne.

— Stéphanie est une cliente ; elle était avec moi devant la boulangerie au moment où Max et Wilfried m'ont retrouvé et nous ont envoyés ici, sans que l'on sache pourquoi. Nous nous sommes réveillés près d'un lac.

— C'est grâce à la disquette, annonça Bérénice. Et non de leur fait.

— Comment est-ce possible ? demanda Stéphane qui se sentit

curieuse de comprendre comment une simple sauvegarde avait le pouvoir de faire disparaître des êtres humains pour les faire réapparaître ailleurs.

Tous les regards se braquèrent sur la jeune romancière qui leur dit, en leur intimant implicitement de la suivre en commençant à s'éloigner :

— C'est aussitôt après avoir sauvegardé mon texte sur Crépusculaire BKX 9352 que je me suis apparemment retrouvée ici, précisa-t-elle en regardant la petite troupe marcher derrière elle. Des bugs informatiques semblent être à l'origine de la création des trois mondes virtuels décrits dans mon fichier sauvegardé. Je ne saurais comprendre ce qui a réellement pu se produire pour que l'impossible ait lieu, mais ce qui est certain, c'est que ma disquette est l'objet concret qui semble contenir toute l'énergie qui a permis à ces mondes de prendre vie. Il me paraît donc évident que c'est grâce à elle que vous avez été sauvés en étant téléportés ici. D'autant plus qu'en principe, vous n'auriez jamais dû parvenir sur Diadem 13 avec vos vêtements et effets personnels : ce détail prouve bien que vous n'avez pas utilisé cette disquette en lançant le programme expérimental via un ordinateur comme toi Suzanne et vos amis Antoine et Sidonie l'avez fait.

— Pensez-vous que cette disquette soit magique ? demanda Stéphanie, de plus en plus intriguée.

Bérénice émit un petit rire qui détendit légèrement l'atmosphère trop pesante en regard de ces nombreuses spéculations, et répondit :

— Quelque chose comme ça, oui...

— Attendez ! ordonna sèchement Suzanne en s'arrêtant.

— Qu'est-ce que...?

— Chut !

Le visage de l'adolescente qui s'était illuminé d'un sourire qui avait irradié de lumière comme un soleil prit une teinte aussi blafarde que le minois de la lune. Mais elle fit silence, comme les autres, et écouta.

— Je n'entends rien, reconnut Stéphane.

— Moi non plus ! ajouta Bérénice.

Devant le groupe à l'arrêt, dans la lumière de l'aube, la plaine semblait s'étendre à l'infini mais la ligne d'horizon parut si indistincte que personne n'aurait pu faire la différence entre terre et ciel, non seulement à cause de l'obscurité de la nuit peu à peu dissipée par le jour se levant, mais également par une brume qui semblait engloutir la région dans un lointain diffus. Sur leur droite s'élevaient fièrement les deux monts de Sheeba et Suzanne les trouva si proches qu'elle se demanda comment elle avait pu les situer à une distance aussi éloignée qu'elle se l'était imaginée la veille. La pente de la montagne courbe mais imposante située au nord relevait doucement le niveau du sol à près d'un kilomètre d'eux et, couverte de verdure apparente, remontait progressivement en surface cursive avant de s'arrondir plus régulièrement à son sommet. Derrière eux, le sol descendait peu à peu pour finir en paroi qui se perdait dans les vertigineuses altitudes qu'une brume donnait l'impression d'engloutir continuellement, si bien qu'il était impossible d'estimer la hauteur de cette abrupte descente.

La brise venant du sud adressait au groupe des bruits réguliers semblables à des frottements et tous les quatre zieutaient dans cette direction, aux aguets, l'oreille dressée, concentrés sur le moindre son. À leur gauche, Alnitak se levait progressivement et l'immense paroi rocheuse dont la forme et l'impressionnante verticalité du triangle isocèle qu'elle formait rappelait les pignons d'une maison leur apparut distinctement en contre-jour, à plus de cinq kilomètres de là. La manoir de Cardonthöl faisait corps avec cette paroi.

Mais les frottements se précisaient devant eux, légèrement à droite, et ils comprirent tous que ce qu'ils entendaient régulièrement et toujours plus perceptiblement à chaque seconde étaient des pas. Quelqu'un approchait.

— Là !

Ils virent enfin la sombre silhouette située à près de trois-cents mètres approcher, partiellement dissimulée dans les herbes si hautes qu'ils ne pouvaient apercevoir que le buste.

— Quelqu'un arrive, c'est vrai. Nous devrions peut-être nous cacher, non ? suggéra Stéphanie.

— Non, ce n'est pas la peine, répondit Suzanne. Il nous a déjà repérés.

— Dis-moi, pourrais-tu me prêter un tee-shirt ? demanda Bérénice.

— Bien sûr ! répondit l'adolescente qui se demandait pourquoi Suzanne n'avait pas l'air de craindre la personne qui arrivait.

Elle retira l'un de ses deux tee-shirts et le tendit à la romancière qui s'en saisit et l'enfila aussitôt.

— Combien de tee-shirts as-tu ? lui demanda Bérénice.

— Celui que j'ai passé à Suzanne, c'est Stéphane qui me l'a prêté. Quant aux deux autres, ce sont les miens.

Suzanne vint aux côtés de Stéphane qui ne décollait pas ses yeux de l'inconnu qui s'approchait tranquillement et lui dit :

— Après ton pantalon, j'ai donc le plaisir de porter l'un de tes tee-shirts...

— Ce n'est pas celui que je t'avais promis de te prêter, mais je pense que tu auras la patience d'attendre que nous soyons rentrés.

Un regard complice passa entre eux, mais soudainement, le visage du jeune homme redevint très fermé quand il posa à nouveau ses yeux sur la forme anthropomorphe qui approchait.

— Comment se fait-il que tu aies pu l'entendre alors qu'il était si loin qu'aucun de nous trois n'a pu percevoir sa présence ?

— Ce serait trop long à t'expliquer, mais je crois que ça fait partie des aptitudes surhumaines qui m'ont été léguées par une femme que j'ai rencontrée à mon arrivée ici et qui a donné sa vie pour moi.

— Elle t'a légué comme... des pouvoirs ?

— Exactement ! En l'occurrence, c'est apparemment ce dont disposent Max et Wilfried ; ils appellent ça « la pétulance ». Je ne suis pas aussi entraînée qu'eux mais je peux développer différentes compétences.

— C'est l'un des deux dieux ! pensa-t-il à voix haute.

— L'homme qui vient, Max ou Wilfried ? Non, je ne pense pas. Aucun d'entre eux ne marcherait aussi calmement que cela, crois-moi, *vieux* ! Je devine plutôt une personnalité amicale...

Stéphane sourit très franchement. Suzanne lui répondit d'un regard aux yeux rieurs.

— J'ai l'impression que ça fait une éternité que l'on ne m'a pas appelé comme ça...

— Il porte quelque chose sur l'épaule... non, quelqu'un.

— Un corps humain ?

L'homme, désormais à cinquante mètres, s'écria d'une voix basse mais puissante :

— Ne craignez rien...

Personne ne dit quoi que ce soit, souhaitant le laisser venir jusqu'à eux. Mais l'homme s'arrêta à une trentaine de mètres du groupe, là où la végétation envahissante était moins élevée, se prosterna en maintenant précautionneusement la tête de la personne qu'il avait sur l'épaule et la fit basculer vers l'avant afin de l'allonger au sol avec une respectueuse dextérité et une magnifique prestance dans ses gestes.

— Qui êtes-vous ? lança Suzanne qui n'avait jamais vu cet homme aux vêtements de même acabit que ceux de Max qu'elle avait croisé au manoir de Cardonthöl.

— Suzanne ! s'écria Stéphane en arrivant auprès du blessé. Regarde, c'est Antoine !

Elle rejoignit aussitôt son colocataire qui examinait l'homme allongé et l'aida à le redresser sur son séant tandis que Bérénice s'approcha de l'inconnu d'un pas sûr, suivie de Stéphanie qui restait en retrait.

— C'est vous, Silène, je présume ! fit-elle.

— Et vous, vous êtes Bérénice, à l'origine du monde qui nous entoure...

— C'est ça... D'où débarquez-vous ainsi ?

— Je viens des abords du labyrinthe où j'ai sauvé cet homme d'une mort certaine.

— Que s'est-il passé ? cracha Suzanne.

— Je n'en suis pas sûr... Disons que je l'ai trouvé comme ça, prisonnier d'une créature anthropophage qui lui en a apparemment fait voir de toutes les couleurs.

— Anthropophage ? Ne s'agirait-il pas de Clotho ? supposa Bérénice. Si c'est elle, elle ne s'est certainement pas contentée de le garder captif. Je me trompe ?

Silène approcha son visage de la romancière.

— C'est clair, chuchota-t-il. Mais nous passerons sous silence la liste des sévices qu'il a dû subir, par respect pour lui, mais également pour ses amis ici présents.

— Dans quel état est-il, réellement ?

— Il respire encore et son pronostic vital n'est pas engagé, mais il aura besoin de nombreux soins et d'être épaulé, expliqua Silène en parlant plus fort, poussant Stéphane et Suzanne à s'approcher. Je perçois dans son esprit un profond trauma autour duquel il a dressé une épaisse barrière lui permettant de refouler l'atroce réalité de ce qu'il vient de vivre. C'est une sécurité mise en place par son système limbique : il pensera avoir cauchemardé, avoir été l'acteur d'un film ou la victime d'un canular. Pour lui, ce qu'il a vécu ne se sera jamais passé, ou tout du moins n'aura pas la portée d'une réelle tragédie. Mais maintenant qu'il est en sécurité, il va lui falloir prendre le temps de déconstruire ce mécanisme avant que le barrage ne cède de lui-même et libère des émotions trop brutes et violentes. Assurément, il est profondément affecté... et peut-être ne sera-t-il jamais plus le même après ce qu'il a vécu.

— *Putain de merde* !

— Antoine...

— Qui lui a fait ça ? Qui est cette Clotho ? demanda Suzanne en sentant une profonde rage bouillir en elle.

— Une créature que j'ai neutralisée pour avoir une chance de fuir avec lui. Mais elle se dressera encore sur notre chemin.

— Alors pourquoi ne pas l'avoir tuée, dans ce cas, si vous êtes vraiment des nôtres ? demanda Stéphanie en regardant étrangement le visage d'Antoine.

— Je ne peux pas ! lui répondit-il sans détour avant de poursuivre en regardant Suzanne. Si je l'avais tuée, je vous aurais privée de toute chance de pouvoir retourner ensuite à Sanlys-sur-Mer. Elle fait partie des sept dignitaires qui surveillent les régions de Diadem 13 et le labyrinthe du Dedalesk que vous devrez traverser une fois que vous l'aurez vaincue est donc sous sa gouverne. Si je l'avais supprimée, vous n'auriez jamais pu avoir la chance de détenir entre vos mains la doloire Capellarys car elle ne peut être saisie et utilisée que par une seule et même personne qui aurait vaincu les sept gardiens.

— Je n'y comprends rien, fit Stéphanie.

— C'est ce que m'a expliqué Barbara, remarqua Suzanne. Une seule et même personne doit tuer les sept dignitaires pour que Capella puisse être vulnérable. Comme j'ai tué le premier des sept gardiens de Diadem 13, il n'incombe donc plus qu'à moi de nous débarrasser des six autres ; personne d'autre ne peut plus le faire car si Sleipnir ou Clotho étaient tués par quelqu'un d'autre que moi, cela annihilerait toute chance de partir d'ici et nous serions condamnés à rester dans ces régions pour toujours.

— Pas tout à fait ! signala Silène.

— Comment ça ?

— C'est pourtant simple ! Vous êtes la seule ici à ne pas pouvoir retourner dans votre ville sans avoir vaincu Capella. Mais vous quatre, précisa-t-il en regardant Stéphane, Bérénice, Antoine et Stéphanie, pourriez très bien quitter Diadem 13 et retourner chez vous. Dès maintenant.

— Quoi ?

— Suzanne, dites-vous bien que dès l'instant où vous aviez pénétré dans ce monde, vous acceptiez une malédiction qui, soit vous assurait une mort certaine en restant dans les prisons du manoir du Cardonthöl, auquel cas vous auriez été dévorée par Polyphème, soit vous obligeait à accepter la mission que vous a confiée Barbara. Même Antoine avec qui vous étiez lorsque vous avez réalisé cette expérience de la disquette n'est pas sujet à cette malédiction. À l'exception de Sidonie et de vous trois, aucune terrienne n'a jamais foulé le sol de Diadem 13, et c'est une chance. Car si quelqu'un d'autre était venu à bout de Polyphème, s'il avait péri, vous n'auriez eu aucune possibilité de partir d'ici. Vous auriez été condamnée.

— Mais alors, pourquoi moi ?

— Parce que vous êtes une femme, ce qui induisait fondamentalement que vous échoueriez dans les prisons du manoir, comme l'atteste la présence de votre amie Sidonie qui, après avoir fait la même expérience que vous, s'y est retrouvée aussi. Et aussi parce que vous avez accepté de vous battre contre Polyphème et de le vaincre. C'est tout !

— Antoine et moi n'aurions jamais dû faire cette expérience, dit-elle en le regardant.

— C'est certain. Cette disquette est maudite, conclut Stéphanie.

— C'est la mienne ! trancha Bérénice. Je ne sais pas comment j'ai pu...

— Ne regrettez rien, lui intima Silène. Les raisons pour lesquelles Crépusculaire s'est réellement matérialisé, plus que d'être indépendantes de votre volonté, exigent des compétences que vous êtes loin d'avoir, sans vouloir vous offenser.

— Mais alors, comment se fait-il que je ne me sois pas retrouvée dans les prisons ? demanda enfin Stéphanie. Je suis une fille venue de l'extérieur, comme vous Suzanne.

Silène soupira et répondit :

— Je ne sais pas ! Mais théoriquement, vous auriez dû vous retrouver dans les cellules de Cardonthöl. Et je dirais même que vous n'auriez pas dû pouvoir garder vos affaires non plus ; c'est ce que je vous disais tout à l'heure.

Suzanne réprima un frisson en se souvenant de ces lugubres prisons.

— Se pourrait-il que le fait que nous ayons la disquette sur nous y soit pour quelque chose ? questionna Stéphane.

— Comment !? s'écria Silène. Vous l'avez ici ?

Stéphanie vint spontanément au plus près des autres et retira son sac à dos pour en extraire une nouvelle fois la pochette contenant l'enveloppe de la disquette qu'elle leur montra. Silène allait s'en emparer lorsque Bérénice, plus rapide, s'en saisit la première et la détailla longuement.

— Au risque de me répéter, je suis convaincue que c'est la mienne... Elle lui ressemble trait pour trait. Mais plus que tout, je sens que c'est elle...

— Je confirme ! affirma le dieu en la prenant enfin. Je le sens moi aussi rien qu'en la regardant.

— Ce serait donc grâce à cette disquette que nous aurions pu éviter l'attaque de Max et Wilfried en nous volatilisant pour nous retrouver ici ? demanda Stéphane. Si c'est le cas, elle ne serait donc pas maudite, en définitive.

— Non, répondit Silène. Elle possède même sans doute un potentiel bien supérieur à ce que l'on pourrait imaginer. Suzanne ! Vous devez la garder avec vous à partir de maintenant. Elle pourrait vous aider à vaincre Sleipnir. De plus, si quelqu'un d'autre que vous l'avait en sa possession, cette personne serait en danger, attirant à elle Max, Wilfried et les autres serviteurs de Capella qui ne veulent que la détruire. Ne la quittez jamais, ajouta-t-il en la rendant à Stéphanie qui avait gardé enveloppe et sac plastique.

— Et vous, qu'allez-vous faire ?

— Dans un premier temps, votre ami Antoine a besoin de soins urgents ; il me faut donc le ramener dans votre résidence pour que les vôtres puissent s'occuper de lui. Je vais m'y téléporter avec lui. Ensuite, je reviendrai vous chercher tous les trois à tour de rôle pour vous y ramener. J'aurai peut-être besoin de me reposer entre-temps car ces téléportations requièrent une grande quantité de pétulance et je présumerais de ma résistance si je prétendais pouvoir enchaîner les déplacements entre Diadem 13 et Sanlys-sur-Mer sans reprendre mes forces. En attendant, vous resterez ici même.

Silène, le visage marqué par des plis de fatigue accumulée, se tourna vers Suzanne qui enfilait le sac à dos que Stéphanie venait de lui tendre pour qu'elle conserve la disquette, conformément à ce que le dieu avait dit.

— Je vous confie mes rollers ; je ne veux pas les garder avec moi et mon sac à dos leur est dédié, signala Stéphanie. Prenez-en soin.

— Je te remercie, fit la brune intriguée par cette adolescente que Stéphane semblait bien connaître.

— Je suis désolé, mais je ne pourrai pas vous ramener, répéta Silène. Mes pouvoirs ne pourront aller contre cette malédiction. Je sais d'emblée que la téléportation ne fonctionnerait pas car nul ne peut s'opposer à la marche du destin établi, pas même un dieu. Mais avec la disquette, vous avez toutes les chances de réussir à défaire Capella.

— Je vais rester avec elle ! annonça Bérénice.

Tous les regards se tournèrent vers elle. Elle ajouta :

— Je me sens responsable de ce qui vous arrive à tous, surtout à Antoine et à toi, Suzanne. Je vais donc rester...

— Non, tu ferais mieux de rentrer. Tu donneras bien plus de bonheur à ton père en revenant auprès de lui après deux ans d'absence qu'en étant ici à m'apporter ton soutien. Il en a davantage besoin que moi.

— C'est hors de question, Suzanne ! Accorde-moi cette chance de racheter ma faute avec les faibles moyens qui me sont alloués. C'est une question d'amour-propre. S'il-te-plaît... Et puis je connais bien Diadem 13 et les informations que je te donnerai te seront des plus utiles, sois-en certaine.

— Alors c'est d'accord, décida-t-elle avec un sourire affable.

Silène prit quelques instants pour réajuster correctement la couverture dans laquelle Antoine était emmitouflé. Stéphanie lui donna un coup de main en prenant soin de ne pas dévoiler la nudité de l'homme et lui demanda :

— Dans combien de temps reviendrez-vous nous chercher ?

Le dieu ne comprenait pas vraiment ce que cette adolescente pouvait bien faire avec Stéphane et, dans le doute, il se dit qu'elle était peut-être un membre de sa famille, bien qu'il n'en connaissait pas davantage sur les liens de sang qui pouvaient unir des êtres humains. Les natifs de Diadem 13 ne naissaient que seuls la plupart du temps, sans parents ni frères ni sœurs, mais il comprit que la nature humaine, au sens propre du terme, était très différente de celle que les habitants des trois mondes de Crépusculaire connaissaient. Il lui répondit :

— Le temps est décalé de près de six heures entre ton monde et ici, mais je devrais être de retour rapidement, sois-en sûre. Je te promets de te ramener auprès des tiens dans très peu de temps, ne t'inquiète pas.

Les pensées de Stéphanie, si débordantes de son esprit, jaillirent naturellement hors d'elle-même et furent comme aspirées par le dieu sans qu'il puisse y faire quoi que ce soit. Ses dons de lecture télépathique étaient si puissants qu'il lui arrivait parfois de les laisser s'exprimer en lui indépendamment de sa volonté – comme un éternuement que l'on ne peut refréner, et il eut connaissance du profond désarroi de l'adolescente lié aux détestables tourments qui assaillaient son moral comme si elle était dans une détresse si forte que tout en elle transpirait le besoin de s'en délester. Alors que Bérénice, Stéphane et Suzanne bavardaient de la suite des opérations à l'écart, Silène lui dit tout bas :

— Au vu de la souffrance qui grandit chaque jour en toi et de l'intense solitude dans laquelle ta dépression t'immerge, commença-t-il avant de la voir plonger un regard de stupéfaction dans ses yeux, je peux te dire que tu ne devrais pas baisser les bras. Et si tu sens que ta sœur t'échappe, sache toutefois qu'il n'en est rien. D'ailleurs, je t'invite à partir du principe que tu es plus forte que tu ne le penses toi-même ; ne te sous-estime pas.

Se redressant en portant le corps d'Antoine et sautant sur place pour bien équilibrer ce poids sur son épaule, il ajouta :

— Tu finiras par avoir un grand frère...

— Mais vous... !

— Stéphane te sera un allié de choix dans ta croisade. Mais il ne sera jamais plus que cela. Comprends-le pour ne pas souffrir davantage. Tiens-toi à l'écart d'une désillusion qui ne ferait que te plonger dans la peine.

Elle se releva à son tour et lui montra une mine perplexe qui finit par s'élargir en un sourire. Il le lui renvoya et se tourna enfin vers les autres qui s'approchèrent.

— Je vais y aller, dit-il en parlant bien haut. Je reviendrai incessamment sous peu chercher Stéphanie, puis ce sera votre tour, Stéphane. Restez tous les deux dans le secteur et tâchez de vous reposer. J'ai senti la présence de Max et Wilfried au moment où je suis parti de chez vous, et il est probable qu'ils me recherchent : à l'écart de la disquette et moi, vous devriez donc être moins exposés. Quant à vous deux, commença-t-il en fixant Suzanne et Bérénice, vous devez impérativement trouver une solution pour vaincre Sleipnir ; la mort de Pirène ne peut sceller celle de notre cause. Il y a certainement une alternative, bien que je n'en voie pas les contours. Mais je connais peut-être quelqu'un qui pourrait nous aider, Améthyste, et que j'irai voir entre-temps. Nous nous reverrons donc tantôt.

— Essayez de rassurer nos amis lorsque vous serez chez nous à la résidence, demanda Suzanne.

— Je n'y manquerai pas. Bonne chance !

— Merci.

Inopinément, la présence du dieu et d'Antoine s'effaça, disparaissant sans nulle trace.

Bérénice et Suzanne exigèrent que Stéphane et l'adolescente se tiennent à l'écart et ces derniers obéirent docilement en réalisant qu'ils étaient tous les deux, malgré les paroles rassurantes du dieu, aussi vulnérables que des agneaux cernés par une meute de loups affamés. Les cibles potentielles de Max et Wilfried. À coup sûr, chacun risquait au moins d'être la victime de Max. L'agneau d'un dieu. L'agneau de Dieu.

Agnus dei.

Suzanne, sceptique malgré tout, n'avait pas complètement foi en les pouvoirs extraordinaires de la disquette, bien qu'elle souhaitât y croire. Du moins, pas en l'éventualité qu'elle lui soit d'un grand secours. Bérénice, encore moins optimiste, émit également des réserves sur la question, ne souhaitant pas être déçue face à de cruelles déceptions. Pourtant, Suzanne, malgré ses doutes, semblait envisager l'éventualité que le support magnétique, s'il avait été capable de provoquer le transfert de Stéphane et de l'adolescente hors du giron de Max et Wilfried, ait la faculté d'opérer d'autres phénomènes paranormaux salutaires.

Malgré les sourires que Suzanne lui avait adressés depuis qu'ils s'étaient retrouvés et l'attitude avenante qu'elle avait eue à son égard, Stéphane avait la nette impression qu'elle avait changé, qu'elle était peut-être moins agréable qu'à l'accoutumée. Il la trouvait aigrie et plus renfermée qu'il ne l'avait été jusque là, bien qu'il sût qu'elle était de nature solitaire et taciturne. Aussi porta-t-il ces changements au crédit d'un stress évident en regard de la périlleuse mission qui lui incombait, et d'un souci de concentration pour rester focalisée sur ses impératifs. Parler avec lui mettrait indubitablement en lumière ce qu'ils avaient partagé pendant cette dernière semaine, ce qui risquait de la rendre nostalgique de cette vie qu'elle avait laissée de l'autre côté de l'espace-temps Crépusculaire BKX 9352 et d'exacerber le manque.

Depuis qu'elle s'était réveillée dans la cellule du manoir de Cardonthöl, Suzanne avait non seulement connu des moments d'angoisse, comme le décès de Barbara et le sang de Pirène qu'elle avait sur les mains, mais tout ici l'avait obligée à faire face à ses démons, comme le sentiment d'échec perpétuel, l'inceste et la solitude, le tout ajoutant de l'eau au moulin de son manque d'assurance. Elle n'avait donc pas souhaité se réhabituer à Stéphane qui retournerait très bientôt à Sanlys-sur-Mer en laissant un nouveau vide en elle : il lui valait mieux garder ses distances avec lui. Naturellement, elle souhaitait qu'il comprenne l'écart qu'elle mettait entre eux par une attitude impénétrable et atrabilaire, et ne nourrissait aucun doute quant à la grande perspicacité et présence d'esprit du jeune homme.

— Ce sont tes amis ?

Stéphanie, assise dans l'herbe, ne cessait de penser à ce que lui avait dit Silène et elle ne parvenait pas à comprendre comment il avait pu connaître autant de détails sur ses pensées intimes. Qu'il soit parvenu à lire à livre ouvert dans son esprit la perturbait inlassablement et elle n'arrivait plus à se laisser aller à d'autres réflexions. Avec un peu de chance, Stéphane ferait diversion.

— Oui... Du moins, Suzanne et Antoine, précisa-t-il. Comme je te l'ai dit tout à l'heure, elle a trouvé une disquette dans notre propriété, la semaine dernière : la disquette que tu as pu voir il y a un instant. Loin de se douter de ce qui les attendait, ils l'ont tous les deux fait fonctionner sur le micro-ordinateur de chez nous dans l'espoir de savoir ce qu'elle contenait. C'est alors qu'ils ont été attirés dans l'écran et se sont retrouvés ici, à Diadem 13. Ne me demande surtout pas par quel miracle ils sont passés à travers le tube cathodique et ont débarqué dans ce monde, je ne saurais te le dire. Mais c'est l'apparente réalité : l'écran a fondu, ils ont rapetissé et ont été aspirés. Pour sa part, Bérénice, elle, ne vit pas avec nous ; c'était la première fois que je la voyais. Suzanne semble bien la connaître et si j'ai bien compris, elle serait la génitrice de cet univers. Je n'en sais pas plus que toi...

***

De leur côté, les deux femmes avançaient d'un pas décidé en direction de la dépouille mortelle de Pirène dont elles avaient mémorisé l'emplacement en se repérant aux monts de Sheeba sur leur droite, mais surtout à la tâche brune que représentait à distance le périmètre dans lequel avait eu lieu le combat de Monocerüs et Sleipnir la nuit précédente. Les herbes calcinées en expliquaient la couleur.

— Je ne t'en aurais pas voulu si tu avais accepté de me laisser seule, tu sais !?

— Oui, je sais... Mais je me sens responsable de toi, Suzanne.

— Oublie ça... Tu es romancière, pas tutrice.

— Oui, mais quand bien même : la mort accidentelle de Pirène montre bien que tu ne te contrôles pas encore assez pour être indépendante et te passer de mes conseils et de mon soutien. Tu ne peux rien faire sans moi, railla Bérénice avec amusement.

— Aide-moi déjà à tuer le canasson pyromane, ce sera un bon début...

Elles n'eurent aucun mal à retrouver le cadavre de Pirène et s'en approchèrent avec une certaine appréhension : l'équidé n'avait nullement été épargné, ni par les blessures mortelles que lui avait infligées Suzanne, ni par l'embrasement de ses chairs qui avaient rôti à un point tel qu'elles en étaient carbonisées. Le corps de l'animal exhalait encore de longs et abondants filets de fumée nauséabonde remontant ici-et-là de la cage thoracique éventrée. La gueule béante de Pirène exhibait deux rangées de dents noirâtres qui se confondaient avec les formes torturées des gencives qui avaient brûlé, emportant dans le sillage du passé la beauté de cette bête fabuleuse désormais éteinte. Autour de ses yeux dont le globe oculaire avait bouilli avant de fondre s'étendaient des cloques de tissus organiques, lesquelles avaient durci en refroidissant dans la fraîcheur de la nuit qui laissait progressivement place à des températures aussi élevées que l'horreur du morbide spectacle qu'elles avaient devant elles.

Malgré l'odeur fétide qui régnait et que le vent tentait vainement d'emporter au loin, Suzanne s'approcha plus encore du corps avant de s'accroupir dans le creux d'une aile aux plumes racornies et de poser une main délicate et aimante sur le dos couvert d'une rugueuse peau noire et grillée : elle frissonna un instant en ressentant une tiédeur qui la dégoûta. Puis elle se pencha en avant et ne put réprimer ses vomissements. Horrifiée, Bérénice vint derrière elle et lui permit de s'appuyer sur son épaule plutôt que sur le cadavre en attendant qu'elle termine de régurgiter tout ce qu'elle pouvait encore évacuer au sol en salves grumeleuses. La puanteur de la mort était si concentrée et pénétrante que la bile orange dans laquelle baignaient d'abondants morceaux brunâtres n'eut pas plus d'effet qu'une senteur diffuse incapable d'altérer les relents pestilentiels qui sévissaient.

— Suzanne...

L'intéressée fut incapable de répondre, secouée de soubresauts que lui faisait subir son appareil digestif. En conséquence de quoi elle ne se contenta que de lever vers Bérénice un visage noyé de sueur et de larmes de douleur, laquelle lui dit alors :

— Regarde...

Suzanne, les paupières vacillantes et le souffle court, arracha d'une main tremblante toute la végétation asséchée qu'elle pouvait atteindre à proximité et se servit de cette grosse touffe pour se débarbouiller le pourtour de la bouche comme s'il s'agissait d'un mouchoir ou d'une serviette de table. Puis elle la jeta négligemment. Elle regarda ensuite dans la direction indiquée par la romancière.

C'est alors qu'elle vit.

Les chairs brûlées de Pirène commençaient à ramollir sans raison, se mettant même à suinter de sang à mesure qu'elles perdaient leur état rigide et leur couleur charbon. Le cadavre reprenait ses couleurs, les tissus des muscles se reformant mystérieusement comme si tout le corps du cheval cicatrisait à un rythme si élevé que les deux femmes eurent pu penser que la course du temps s'inversait. Pourtant, aucune d'entre elles ne douta un seul instant de ce qui était en train de se produire devant leurs mines pantoises.

— La disquette !

Bérénice se jeta dans le dos de Suzanne et ouvrit le sac pour arracher la poche plastique afin d'en extraire l'enveloppe contenant le précieux support magnétique. Elle l'en sortit et perçut aussitôt de doux picotements semblables à ce qu'elle ressentait parfois dans son bras lorsque son sang se remettait à circuler correctement après une hypoesthésie due à un mauvaise position du corps. Le fourmillement qui se propageait dans son avant-bras inoculait en elle de chaudes sensations qui lui confirmaient que quelque chose d'extraordinaire était en train de se produire. La disquette reprenait possession de sa détentrice originelle, créant une alchimie en elle et insufflant l'énergie d'une nouvelle vie à Pirène, gisant à proximité.

Les tissus sanguinolents à vif se recouvrirent enfin d'épiderme, les plumes des ailes déployées retrouvèrent leur blancheur virginale et la souplesse de leur tige, et toute la noirceur des combustions qui avaient emporté la magnificence de la bête disparut à l'instar des plaies béantes creusées par les redoutables pouvoirs de Suzanne qui parvint enfin à se relever, rapidement imitée par Bérénice.

— Il revient à la vie...

— C'est incroyable !

Bientôt, le cheval ailé retrouva intégralement son apparence habituelle et ne donnait plus l'impression que de dormir, malgré sa position étrange. Suzanne appliqua une main sur le flanc de la bête.

— Son cœur a l'air de battre... mais surtout, il respire...

Pirène releva enfin ses paupières en soufflant puissamment par les nasaux et se redressa sur ses jambes, battant des ailes au sol et obligeant les deux femmes à s'écarter pour lui laisser la place de reprendre ses aises dans ce corps soumis à une résurrection à laquelle elles ne s'étaient pas attendues. Suzanne vint devant lui et il la fixa de ses yeux d'un marron brillant qui conférait à son regard l'expression d'une vive émotion. Elle lui caressa le chanfrein, silencieuse, et se lova contre lui en se collant ensuite à son poitrail, enserrant son cou dans le manteau de ses bras.

Et pleurnicha comme une enfant.

— Je suis désolée de ce que je t'ai fait, Pirène...

***

— Quand donc m'emmèneras-tu aux Rochers de la Morte, Jack ?

L'homme ne répondit pas immédiatement et se contenta de se détourner de Sabine qui s'était elle aussi installée sur une chaise longue de la terrasse. Les vingt-et-une premières minutes de ce 13 juin venaient de s'écouler et Jack n'était pas parvenu à s'endormir, ayant déjà passé une grande partie de la journée dans les bras de Morphée. Sujet à un décalage dans son horloge circadienne et résolu à ne pas davantage essayer de trouver le sommeil, il avait eu envie de descendre au rez-de-chaussée pour boire quelque chose dans la cuisine et avait spontanément décidé ensuite d'aller prendre l'air sur la terrasse, passant par le salon dont le canapé accueillait l'agent de police Marc Swift qui dormait du sommeil du juste en élevant contre le silence la mélodie monotone de ses ronflements.

Quelques instants plus tard, Sabine, aussi insomniaque que son ami, l'avait trouvé sur la terrasse, le regard perdu dans l'obscurité du bosquet et des étoiles en aplomb, une canette de *1664* à la main. Elle s'était religieusement installée à côté de lui, vêtue de son pyjama rose en coton alors que lui avait pratiquement passé la journée et la nuit en caleçon et tee-shirt à manches courtes. La jeune femme n'avait rien dit pendant un moment avant de lui poser cette question. Il desserra enfin les lèvres.

— Sabine... Je n'ai pas été travailler aujourd'hui parce que je n'avais pas la tête à ça. Alors crois-moi : je ne suis pas du genre à perdre une journée à courir après des chimères. Tu ferais mieux de remonter te coucher : tu as ton entretien au Musée des Beaux-Arts dans près de quatorze heures, je te signale.

— Je le sais bien... mais cela n'y change rien : je n'arrive pas à dormir...

— C'est sans doute parce que tu penses trop à Stéphane, ricana-t-il.

— Tu es un imbécile. Je n'espère qu'une chose : que Silène nous le ramène sain et sauf, c'est tout.

Il but une gorgée de bière.

— Tu leur fais confiance ?

— De qui parles-tu, Jack ?

— De Marc et Silène, pardi !

— Je pense qu'on peut leur faire confiance, oui. Pourquoi ? Tu doutes d'eux ?

— Bah... commença-t-il avant de reprendre une gorgée. Concernant Marc, je t'aurais répondu oui jusqu'à hier soir où il m'a enfin semblé être plus humain que le sale flic qui m'a alpagué dimanche dernier et que nous avons vu hier matin devant le commissariat. Quant à Silène, aucun risque.

— On verra bien...

Sabine se leva et ajouta :

— Tu as raison, finalement : je ferais bien de remonter dans ma chambre pour essayer de dormir un peu. Tu restes là ?

— Oui, je prends le frais. Ça me fait du bien. J'irai me coucher plus tard.

Elle se pencha en avant au-dessus de la chaise longue du jeune homme qui y était allongé et saisit sa bière pour la porter à ses lèvres.

— Tu te dévergondes, dis-donc, remarqua-t-il tout bas.

— C'est vrai, mais c'est pour ton bien. Tu as dorénavant moins de chances de finir saoul.

— Ce n'est pas avec une *Seize* [106] que j'aurai des chances de rouler sous la table...

— Bonne nuit, Jack !

— À demain, fillette.

Elle fit un sourire en le regardant par-dessus son épaule et ricana avant de rentrer dans le salon. Dans la pénombre de la pièce qui portait encore les stigmates d'un récent emménagement, elle observa Marc qui avait l'air de prendre un repos bien mérité et regarda en détail la saillante musculature qui sculptait son corps. Il avait tombé son imperméable gris poussiéreux qui traînait au pied du canapé et elle put distinctement voir sur son tee-shirt noir estampillé d'un « 13 » orange sur la poitrine son holster qui retombait lourdement sous son bras droit avec son revolver dedans.

Silène se matérialisa soudainement devant elle, sans un bruit, de l'autre côté de la table placée au centre de la salle à manger. Sabine, qui avait tressailli, remarqua de suite le corps d'Antoine sur son épaule et se précipita auprès d'eux.

— Comment va-t-il ? demanda-t-elle, inquiète.

— Rassurez-vous, il est hors de danger, répondit le dieu en jetant un coup d'œil à Marc qui poursuivait son concerto pour léthargie en ronflements majeurs. Où dois-je le mettre ?

— Ah, pardon ! s'exclama-t-elle. Suivez-moi à l'étage. Nous allons le mettre dans sa chambre et je vais demander à Angélique de venir l'ausculter.

Ils allongèrent le blessé toujours emmitouflé sur son lit et Sabine alla de suite réveiller l'infirmière pendant que Silène redescendait au rez-de-chaussée prendre une douche avant de se reposer. D'ici peu, il réveillerait Marc pour prendre sa place sur le canapé, conformément à ce qu'ils avaient prévu ensemble. De prime abord ronchonne lorsqu'elle fut tirée de son sommeil profond, Angélique changea du tout au tout quand elle sut qu'Antoine avait été ramené dans sa chambre et se précipita auprès de lui.

L'effervescence qui régnait dans la résidence en plein cœur de cette nuit réveilla Émmanuelle qui se joignit aux autres pour être utile là où cela était nécessaire. La salade préalablement préparée, composée de laitue et de tomates accompagnées d'œufs durs, fut honorée par Silène qui en mangea une petite assiette dans la cuisine une fois sorti de sa douche, et par l'agent de police K912, désormais réveillé. Jack fut sollicité par Angélique pour faire la toilette d'Antoine dans la baignoire pendant que Sabine et elle préparaient son lit ainsi que les soins dont il avait besoin, lesquels ne consistaient qu'à désinfecter sa plaie comme ils pouvaient et à lui faire un nouveau bandage. Mais l'infirmière recommanda de l'emmener à l'hôpital La Samaritaine dès l'aube pour une batterie de contrôles, d'analyses et d'examens de rigueur : elle précisa qu'elle s'en chargerait elle-même. Silène, avant de s'allonger sur le canapé, expliqua à Sabine qu'il ignorait les épreuves par lesquelles Antoine était passé pendant son séjour sur Diadem 13, taisant ses doutes sur ce que Clotho avait dû lui faire. Il ajouta qu'il irait chercher Stéphanie – une amie de Stéphane – aussitôt remis d'aplomb et s'excusa de ne pas être en état de faire l'aller-retour de suite, mais elle le rassura en le remerciant de ce qu'il faisait pour eux tous. Enfin, elle lui souhaita une excellente nuit avant de refermer la porte vitrée du salon qui donnait sur le couloir.

Marc, en montant à l'étage, eut des réminiscences de la fois précédente où il avait gravi ces marches. Il repensa à l'escalier détruit puis reconstruit sous l'influence de Max, à Bérénice dont il avait aperçu l'image dans le boîtier vide du moniteur du Goupil, à son sentiment d'échec face au dieu.

Il chassa rapidement ces pensées et, en prenant soin de ne pas faire de bruit avec ses lourdes chaussures d'hiver aux semelles crantées, rejoignit Angélique qui bordait Antoine dans son lit.

— Je sors, murmura-t-il simplement.

— À cette heure-ci ? Où allez-vous ?

— J'ai besoin de... prendre l'air mais je reviendrai vers huit heures.

— Bien... Alors à plus tard.

— C'est ça, à plus tard.

Il fit un pas en arrière pour revenir vers l'escalier quand elle le rappela.

— Qu'y a-t-il ? fit-il en passant la tête dans l'encadrement de porte.

— Merci pour tout...

Intimidé par ce témoignage de gratitude, il lui fit un sourire qui lui coûta tellement d'efforts qu'il n'aurait pu paraître plus coincé avec les lèvres gercées. Il retourna en bas.

À l'extérieur, il marcha prestement jusqu'à sa voiture de service, une berline Peugeot 405 à l'effigie des services de Police municipale et se mit au volant pour démarrer aussitôt et s'en aller dans les profondeurs de la nuit en direction de l'ouest, l'esprit chamboulé par les récents évènements auxquels rien ne l'avait préparé. Le commissaire Morgane qu'il avait appelé dans la soirée lui avait intimé de se rendre au poste dès que possible mais Marc eut d'abord envie de passer par la résidence privée des Crocus pour voir Nathalie qu'il n'avait pas pu rencontrer la veille.

Il ne mit que quelques minutes pour rallier sa destination et se gara en créneau sur le trottoir à l'opposé du grand pavillon dont les fenêtres luisaient à la faveur de lumières diffuses que des rideaux filtraient pour préserver l'intimité de ce qu'il se passait en ses murs. Il claqua la portière, traversa l'avenue Victor Hugo entre deux voitures qui venaient de se croiser et sonna à l'interphone attenant au portail.

— Bonsoir, fit la voix monophonique d'Angelo.

— C'est Marc. Ouvrez !

L'homme de l'autre côté de l'appareil laissa passer un silence agacé.

— Vous n'êtes jamais à l'heure, Marc. Ou en avance, ou en retard...

— Ouvrez-moi, c'est un ordre ! beugla-t-il.

Un son grave retentit et l'officier poussa aussitôt la porte avant d'avancer jusqu'au perron sans porter un seul regard aux magnifiques plantes de chaque côté de l'allée et dont les feuilles luisaient à la lumière des réverbères. La porte du pavillon libéra son accès, projetant à l'extérieur un rectangle de lumière dans lequel un homme d'une quarantaine d'années, plus petit que Marc, apparut. Il s'écarta pour le laisser entrer et referma la porte derrière lui, empêchant la chaîne hi-fi rivée sur les ondes FM de diffuser *Living in the Plastic Age* des Buggles [107] à l'extérieur de la résidence : la musique demeura confinée dans le hall et le couloir.

— Nathalie ne vous attendait plus, souligna Angelo en regardant de ses yeux fins et rouges enfoncés dans leurs orbites l'homme qui s'était naturellement invité à l'improviste.

— Elle est disponible ?

— Attendez-la dans le petit salon. Je vais voir...

En observant le décor familier de cet intérieur qu'il connaissait bien, Marc se sentit rasséréné et beaucoup mieux qu'il ne l'avait été à la Résidence du Coucher de Soleil où il n'avait que trop peu de repères et qui n'évoquait pour lui que de mauvais souvenirs. D'ailleurs, il lui plut de retrouver son autorité et d'en faire usage, contrairement à ces dernières heures où il n'avait été qu'un accessoire passif qui avait tout perdu de l'homme sûr de lui qu'il avait été. Il ouvrit donc la porte sur la droite du hall, à l'opposé de la réception, et entra dans la pièce où tout intimait au confort et le bien-être : meubles chaleureux, plantes vertes abondantes, canapé accueillant en cuir, tableaux de nus, meuble-bar dans un angle et cendrier en cristal au centre de la table basse. Il se servit un verre de vodka en prêtant l'oreille aux bruits de pas étouffés par la moquette et s'installa dans un confortable fauteuil pour siroter son alcool de prédilection. Il n'eut toutefois pas le temps de le boire entièrement, le responsable de l'établissement revenant peu de temps après en lui demandant de se rendre dans la suite numéro deux dont Marc connaissait parfaitement la localisation. Il se releva et prit son verre avant de s'y rendre.

Sur place, Nathalie l'accueillit d'une belle et chaleureuse étreinte qu'elle referma autour de lui avant qu'il ait le temps de fermer la porte. C'est elle qui s'en chargea en lui demandant de se mettre à l'aise ; il s'y refusa et garda son imperméable dans lequel il avait abondamment transpiré. Elle insista et lui demanda d'aller prendre une douche : cette fois-ci, il ne chercha pas à lui résister. Et quelques instants plus tard, lorsqu'il sortit de la salle de bain privative, il remarqua que la femme s'était changée.

Casimir Bouglioni, l'un des hommes les plus puissants de la ville et connu des services de police pour tremper dans des dossiers frauduleux et des histoires aussi douteuses qu'illégales, avait bâti son empire sur des affaires dont il avait tiré de considérables dividendes, *bien qu*'il ait de sérieuses accointances avec la pègre d'Aquitaine et *parce qu*'il avait de sérieuses accointances avec la pègre d'Aquitaine : il s'y était fait des ennemis mais avait brillamment réussi, en contrepartie, à tirer son épingle du jeu. Les autorités n'avaient jamais pu prouver ses implications dans les affaires de proxénétisme, de blanchiment d'argent, de trafics de stupéfiants et d'armes qu'on lui imputait, les présomptions n'étant pas suffisantes pour l'inculper. De plus, depuis que sa famille et lui avaient quitté Toulouse où ils avaient allègrement gravi les différents niveaux de l'échelle sociale à un point tel qu'ils étaient tous à l'abri du besoin pour le restant de leurs jours, ils avaient tous mis un frein à leurs activités et ne se contentaient plus que de petits forfaits sans grande envergure pour entretenir leur fortune.

Propriétaire du casino, Casimir avait rapidement acheté quatre belles propriétés réparties au sein de la ville et, malgré les lois en vigueur qui interdisaient le proxénétisme et la prostitution, les autorités de Sanlys-sur-Mer fermaient les yeux sur ce commerce lubrique qui, malgré l'image dégradée de la femme qui prenait des airs de marchandise en location, limitait un développement illégal du marché du sexe qui serait hors de contrôle. Décriminaliser la prostitution au sein de la ville permettait en outre d'octroyer aux travailleuses des conditions d'exercice dans l'hygiène, la sécurité et, surtout, la dignité. Certes, la plupart des habitants avaient manifesté leur colère devant de telles dispositions, mais le maire n'avait pu résister aux arguments affûtés de l'homme d'affaires qui avait le bras suffisamment long pour atteindre les hautes sphères politiques. Le réseau très fermé et discret des clients fidèles qui venaient régulièrement se soumettre aux services des douze femmes réparties dans les résidences privées entretenait une intimité et une furtivité qui n'avaient d'égal que la volonté de chacun de préserver le bon fonctionnement de ces havres de paix dont chacun tirait parti. Et Casimir, très inspiré par les mythes et les légendes qui avaient bercé son enfance, avait lui-même décidé de féminiser le terme « succube », un substantif originellement masculin.

Nathalie Coyle, l'une d'entre elles, se présenta donc à Marc dans une tenue qui l'aurait ravi en d'autres circonstances, sachant ce que dissimulait cette nuisette en satin dans laquelle elle s'était drapée, et un bref instant, il eut envie de lui faire l'amour. Cette succube avait gravé au fer rouge son empreinte sur le corps de l'homme comme s'il ne pouvait désormais plus exprimer sa virilité que lorsqu'elle s'adonnait à lui, obéissant au moindre de ses ordres. Mais sur le court trajet pour se rendre aux Crocus, l'agent de police avait finalement senti qu'il avait besoin d'autre chose.

— Je ne souhaite que bavarder.

— Ce souhait t'empêche-t-il de venir t'asseoir près de moi, Marc ? demanda-t-elle d'une voix aiguë en s'installant elle-même sur le bord du lit.

Il s'exécuta et se confia à elle en toute honnêteté, lui parlant longuement de ses doutes qui ne lui accordaient aucun repos, de ses craintes le poussant à l'insomnie, de sa dépendance à la vodka qui l'aidait à oublier ses soucis tout en l'enfonçant graduellement dans les affres d'un alcoolisme sauvage, de ses souvenirs de Sandra qui le tiraient vers le bas, de la perte de sa propre estime qui avait rongé le cuir de sa peau. La femme sensuelle qui avait toujours su tirer avantage de sa plastique sculpturale et de sa passion pour les plaisirs de la chair se surprit à ressentir une sincère empathie pour l'homme qu'elle écoutait respectueusement sans l'interrompre.

Elle lui avait toujours voué une profonde déférence, en regard de la vertu qu'elle avait perçue derrière l'épaisse carapace qu'il avait dressée autour de lui pour cacher sa sensibilité. Malgré les égards que tous les clients des succubes leur témoignaient, rares étaient ceux qui savaient être suffisamment francs avec eux-mêmes pour ne pas se voiler la face derrière les orgasmes qu'offraient ces douze femmes, et plus rares encore étaient ceux qui reconnaissaient n'avoir besoin que d'être accompagnés par quelqu'un pour ne pas faire face à leurs démons seuls. Les succubes ayant des notions de psychologie ou s'y intéressant étaient tout aussi courtisées que celles qui n'avaient que leurs charmes à offrir.

Quelques instants plus tard, Marc regagna sa voiture avec l'impression d'avoir passé un bon moment et se félicita de cette décision d'aller voir Nathalie qui avait refusé de lui faire payer quoi que ce soit. Malgré cela, il était retourné voir Angelo et, par nécessité, lui avait donné trois billets de cinq-cents francs avant de refermer la porte derrière lui. Par principe aussi.

Il démarra et continua en direction de l'ouest jusqu'à l'angle de la rue des Cascades Bleues dans laquelle il s'engouffra en tournant à gauche et dévia aussitôt dans la rue de Chantepuits qui filait plein sud. Comme allégé d'un poids qui l'avait handicapé pendant de nombreuses semaines, estimait-il, il se mit à sourire et baissa la vitre pour s'imprégner d'un vent tiède qui secoua ses longs cheveux noirs et l'obligea à étrécir ses yeux d'un mauve vertigineux qui se perdait dans les confins abyssales de la nuit.

La ville plongée dans un sommeil aussi profond que l'obscurité qui engloutissait le secteur du Second District sous le regard de Marc se laissait bercer par le rythme lancinant des brises qui soufflaient de l'ouest où l'océan se balançait dans le Golfe de Gascogne et fouettait de ses incessantes vagues les plages du littoral de la Côte d'Argent.

Le *talkie-walkie* fixé à droite de la console centrale du tableau de bord brisa en morceaux la douceur de l'atmosphère.

— Morgane appelle K912. Tu me reçois, Marc ?

Swift décrocha l'appareil en ralentissant sans rétrograder et s'arrêta au feu rouge à l'angle du boulevard des Effluves.

— Je vous écoute, commissaire.

— On a repéré le Marquis Noir !

— Quoi ?

— Il est aux abords du Coq Étoilé. J'ai envoyé Éric et Géraldine là-bas, mais ils risquent d'avoir du mal à lui mettre la main dessus. Va les rejoindre.

— J'y vais de suite ! Terminé !

Marc repositionna le *talkie-walkie* à sa place, mit la sirène du véhicule en marche et démarra en faisant crisser ses pneus, soulevant un épais nuage de fumée qui amplifia le halo des lueurs dansantes de ses gyrophares. Il prit rapidement de la vitesse en passant la quatrième après avoir slalomé entre les quelques voitures qui n'eurent pas le temps de manœuvrer pour dégager la voie. Puis la cinquième.

Cela faisait maintenant plusieurs semaines que cet étrange personnage auquel on prêtait le surnom de Marquis Noir narguait les forces de l'ordre en investissant les boutiques d'honnêtes commerçants qu'il délestait d'articles dispendieux avant de repartir à la faveur de la nuit pour disparaître sans laisser de traces. Catherine, la cleptomane en rollers, faisait bien pâle figure face à cet olibrius étrangement vêtu : on estimait à près de cent-trente-six-mille francs le montant de son butin et il n'avait pas l'air de souhaiter en rester là. L'agent de police B707, Boris Lascerpe, en était arrivé à faire feu sur lui près de deux jours plus tôt, dans la matinée du dimanche 10 juin, le blessant méchamment. Pourtant, la silhouette était parvenue à se dérober au nez et à la barbe des forces de l'ordre, en dépit de tous leurs efforts. Toutefois, il ne pourrait pas s'enfuir ce coup-ci, se promit Marc. Galvanisé par une énergie nouvelle que lui avait insufflée Nathalie et par son souhait de retrouver l'estime de lui-même, il se jura de mettre cette ordure derrière les barreaux avant l'aube.

Les deux fois précédentes où la police était parvenue à apercevoir le malfaiteur dans sa fuite, Marc avait été absent, occupé en paperasses au commissariat ou en vadrouille dans la ville sur quelque intervention que ce soit, mais les témoignages de ses collègues avaient tous été similaires : l'homme s'était enfui sans problèmes en escaladant les murs à l'aide d'arbres, des réverbères, des poubelles et des gouttières, en bondissant au sol d'une hauteur qui aurait suffi à briser les chevilles les plus solides, en courant si vite et si furtivement qu'il avait semblé s'évanouir dans les airs. Les descriptions, elles, correspondaient à un point tel qu'aucun doute n'était possible : le Marquis Noir portait une tenue unie sombre avec des bottes à revers semblables à celles des mousquetaires du xviiᵉ siècle, une grande cape dans le dos, des gants luisant dans la nuit et un large chapeau à calotte plate et à plumes. Jérôme Legall, massacré la veille par Max et qui serait inhumé dans deux jours à Sartrouville dans les Yvelines, conformément à ses dernières volontés, avait jusque là été le seul à avoir pu apercevoir le masque d'un blanc livide qui cachait son visage. C'était lui, avec son coéquipier Boris Lascerpe, qui lui avait donné le surnom de Marquis Noir.

Filant à vive allure en direction du sud-est dans l'avenue Jean Jaurès, Marc reprit son *talkie-walkie* et appela ses collègues Éric et Géraldine pour connaître leur position exacte et avoir la localisation de l'aigrefin. Ils se situaient à hauteur de la caserne de pompiers et roulaient en direction du sud dans l'avenue du Plein Ciel tandis que le fuyard avait été aperçu un peu plus loin, bien qu'ils ne l'aient plus en visuel. Marc balança son dispositif de communication qui rebondit sur le siège passager avant de finir sur le tapis de sol et maugréa quelques borborygmes qui ne lui firent pas desserrer les dents. Pour être plus discret, il coupa la sirène et décida ensuite de faire un petit détour pour essayer de prendre leur cible à revers. Pour ce faire, il tourna à droite dans la rue Carcans-Maubuisson qui allait vers la plage *Sunbeach 36* et prit sur la gauche dans celle de l'Union qui longeait le parc Alexandre Square et la place éponyme. Marc avait à peine le temps de voir les passants se retourner sur son passage tant il roulait à vive allure et faisait déraper son véhicule dans les virages. Puis il s'arrêta brusquement à proximité de l'hôpital La Samaritaine, ramassa son *talkie-walkie* et quitta le véhicule pour courir vers la rue Orion, plus au sud.

— Éric ! Vous êtes où ?

Une femme répondit :

— Intersection rues Castor et de Bordeaux !

— Visuel ?

— Aucun !

— *Merde* ! grommela-t-il avec hargne en traversant la chaussée à sa transversale pour se retrouver sur le trottoir de l'autre côté.

La rue Castor s'éloignait du stade olympique plus au nord-est et délimitait au sud les premières habitations et les commerces de proximité du quartier de la Cité Métallique, lequel s'élevait à l'ouest au-dessus de la ville en donnant la nette impression d'étirer *ad astra* le sommet de ses nombreuses tours.

— Il a dû aller sur les toits ! s'écria Marc à l'attention de ses collègues. Je monte !

— Reçu ! crachota le haut-parleur. Nous restons au niveau du sol !

Il s'empara d'une petite lampe torche qu'il portait à la ceinture et l'alluma avant de s'engouffrer dans une étroite ruelle adjacente à la voie qu'il quitta avec empressement. Aucun véhicule n'aurait pu s'immiscer dans ce passage que deux grands murs délimitaient, mais la largeur était bien assez importante pour qu'il puisse courir sans problème en se dirigeant vers les tours Nissan et Olivetti qui, loin devant lui, crevaient l'obscurité céleste de leurs enseignes lumineuses.

C'est alors qu'à trois-cents mètres de l'animation de la rue Castor dans laquelle des silhouettes et des éclats indistincts se mouvaient fantomatiquement, Marc aperçut enfin une échelle luire sur sa droite. Il l'escalada précipitamment avant d'arriver sur le toit où, accroupi sur le rebord, il dégaina son arme après avoir éteint sa torche.

La silhouette qui s'éloignait à près de quatre-vingt mètres vers la Cité Métallique se distingua furtivement sur le fond éclairé des lointains réverbères et il ralluma sa torche avant de se précipiter à ses trousses. Bien qu'elle se fût évanouie aussitôt qu'il l'avait vue, ne lui laissant aucune chance de pouvoir la tenir en respect, il estimait être certain de la rattraper.

— Cible vue sur les toits en direction de la rue de Châtillon. Je la prends en chasse.

— Nous ne sommes pas loin, Marc ! Sur site dans deux minutes !

— Vous n'en avez qu'une ; magnez-vous !

En se hâtant de prendre la même direction que le Marquis Noir, Marc se souvint soudainement l'avoir déjà vu : l'autre soir à l'entrepôt. La silhouette s'était volatilisée si vite qu'il aurait pu penser avoir rêvé, bien qu'il sût que tel n'avait pas été le cas. Elle s'était trouvée avec lui au milieu des containers et des caisses mais s'était vraisemblablement enfuie en comprenant qu'elle n'était plus seule et risquait d'être démasquée par l'agent de police intrusif. Il l'avait pris pour Max. Pour quelle autre raison que de voler de la marchandise entreposée le Marquis Noir y serait-il venu ?

Marc arriva à l'autre extrémité du bâtiment et regarda attentivement la rue en contrebas, détaillant les quelques passants qui déambulaient en toute insouciance sur les trottoirs diffusément éclairés. C'est alors que la voiture de police de Géraldine et d'Éric arriva par la droite dans un vrombissement assourdissant auquel la sirène ajoutait plus d'intensité sonore. Swift leur signala sa présence en faisant de brefs signaux lumineux à l'aide du faisceau de sa torche, la 405 farouchement vindicative dérapa sur le trottoir à cinq mètres sous la corniche du bâtiment et Marc sauta aussitôt sur le toit du véhicule qui s'enfonça légèrement alors que ses deux collègues s'en extirpaient.

— Il nous a échappé, remarqua-t-il avant que ces derniers n'ouvrent la bouche pour tenter vainement de faire passer la pilule de cet échec par des excuses éculées.

***

Si Suzanne n'avait pas eu le loisir de découvrir le paysage environnant de la plaine de Chronopolis au cours de la nuit en raison de l'obscurité, il n'en fut rien à cet instant où – portée par Pirène qui venait de profiter d'un étrange phénomène palingénésique – elle scrutait l'horizon tout autour d'elle d'une altitude qui lui avait donné un léger vertige au cours des premiers instants de vol, avant qu'elle ne se reprenne et appréhende mieux tout ce que sa présence sur le dos de sa monture requérait.

Le bleu azur qui éclairait graduellement la voûte des cieux à mesure que les lueurs jaunes du matin se fondaient dans cette lumineuse teinte aérienne s'étendait aux quatre coins de Diadem 13 dont les régions prenaient des couleurs qui s'animaient en changeant à chaque instant.

En tentant sporadiquement d'écarquiller les yeux pour visualiser plus encore le décor qui évoluait autour d'elle et pour s'en souvenir à tout jamais, Suzanne se repaissait du vent de renouveau que cette matinée naissante baignée par les rayons éblouissants d'Alnitak à l'est augurait.

Malgré son souhait de garder ses distances avec Stéphane et de les laisser, les autres et lui, s'occuper d'Antoine, elle avait ressenti un grand bonheur en les revoyant, ne serait-ce qu'un instant, et aux effets bénéfiques de ces amitiés qui n'en étaient encore qu'à leurs balbutiements s'était ajoutée la joie du retour à la vie de Pirène. Suzanne sentit – ou crut sentir – que son épopée dans ce monde hostile allait prendre une tournure différente de ce qu'elle avait laissé présager jusque là. Elle reprit espoir.

Ce n'est que parce que le cheval ailé amorça sa descente que

Suzanne sortit de ses pensées et remarqua Sleipnir, bien moins impressionnant et distinct à la lumière de l'aube. Pourtant, à une quarantaine de mètres en contrebas, en direction du sud, il semblait toujours aussi agressif qu'il l'avait été dans la nuit et, dans le maelström de la folie qui le contrôlait, il se cabrait violemment, tournait sur lui-même bruyamment dans le grondement de ses sabots enflammés, galopait brièvement en consumant avec fureur tout ce qu'il écrasait, faisait demi-tour sans raison, comme perdu dans une hyperactivité qui le privait de toute lucidité. Pourtant, le cheval flamboyant rouge sang n'était jamais autant lui-même qu'à ces instants où seul son instinct primitif guidait ses actes aussi irréfléchis qu'effrénés.

Pirène toucha le sol de la plaine quelques secondes après être entré dans le périmètre de hautes températures, galopa sur quelques dizaines de décamètres et s'approcha enfin en marchant au pas, laissant à Suzanne le temps d'observer les mille-quatre-cent-trente-trois kilos de muscles remuer spasmodiquement dans la brutalité de la force que chacun d'entre eux générait. Elle n'aurait su dire si Sleipnir avait remarqué leur présence.

Elle se demanda soudain, une fraction de seconde après avoir remarqué un mouvement sur sa gauche, par quel heureux hasard la licorne se trouvait toujours à proximité dès que les deux autres équidés n'étaient plus qu'à une courte distance l'un de l'autre. C'était comme si le faible éloignement qui les séparait alors s'élevait en un signal qu'elle recevait systématiquement à la minute près.

Ce qui était certain, c'est que Monocerüs était là.

À quatre-vingt mètres à l'est de sa position, le puissant cheval dont le pelage gris luisait à la lumière du petit matin galopait à vive allure vers Sleipnir tout en se rapprochant peu à peu de Pirène et elle. Il les doubla en faisant autant onduler la lancinante crinière de son cou que la beauté de sa queue qui filait dans l'air sur un mouvement gracieux, et baissa la tête pour charger sa cible sur laquelle il se jeta éperdument.

À présent, tous les éléments nécessaires à la mort du cheval de feu étaient à ses côtés et rien ne devait, cette fois-ci, entraver la bonne marche des évènements qui conduiraient la bête vers sa mort, se dit Suzanne en stoppant la marche de sa monture à une vingtaine de mètres du brasier. Elle mit pied à terre et passa devant Pirène dont elle prit la tête entre les deux mains, tournant le dos au nouveau face-à-face avorté dans la nuit. Collant son front contre le museau du cheval ailé auquel elle se sentait mentalement connectée, elle lui murmura quelques mots qu'il semblait accueillir dans son esprit avec la plus grande déférence. Puis il commença à hennir, d'abord timidement comme s'il s'échauffait les cordes vocales avant de pousser crescendo de véritables hurlements.

Le même problème que la veille se posa à nouveau : Monocerüs chargeait éperdument Sleipnir, mais ce dernier, plus galvanisé par son irrépressible besoin de tout brûler autour de lui que par les offensives continuelles de son adversaire, s'agitait si rapidement et de manière si imprévisible que même avec toute la volonté du monde, l'instant T conjuguant les profondes pénétrations de l'axe torsadé et les hennissements assourdissants ne risquait pas de venir de sitôt.

Il fallait neutraliser l'ennemi plus efficacement.

Suzanne ne pouvait approcher davantage en raison des températures caniculaires qui s'élèveraient assurément à mesure qu'elle viendrait au plus près. Elle savait donc qu'elle devait rester à distance, sans oublier qu'il lui fallait également veiller à ce que Pirène poursuive ses manifestations sonores, ce qui induisait de ne pas s'éloigner de lui, se disait-elle. Mais comment pourrait-elle seulement, dans ces conditions, parvenir à tenter de faire quelque chose pour faciliter la tâche qui lui incombait ?

Le seul pouvoir surnaturel qu'elle avait entre les mains – ces sphères destructrices dont elle s'était servi contre Polyphème – ne lui serait d'aucune utilité, non seulement parce que Sleipnir y serait insensible, mais également parce qu'elle risquerait de blesser la licorne. Et elle sentait encore au fond de sa gorge l'amertume d'avoir mortellement blessé Pirène, goût insupportable qu'elle souhaitait ne jamais plus avoir en bouche.

Pourtant, les hennissements qui s'élevaient dans toute la vallée en se perdant dans le lointain entre la région du manoir de Cardonthöl et les reliefs des monts de Sheeba n'avaient désormais rien à voir avec ce que Suzanne avait entendu dans la nuit. Et elle ne doutait aucunement qu'il suffisait désormais que Monocerüs fasse mouche une seule fois pour percer le centre du poitrail de la terrifiante créature maléfique et éteindre le feu intérieur qui se consumait en lui insufflant la vie.

Suzanne réfléchit, se creusant la tête pour imaginer tous les moyens dont elle pouvait user pour aider la licorne à remplir son office, mais rien ne lui sembla efficace : les redoutables flammes, la chaleur suffocante et les violents mouvements du cheval à huit pattes constituaient autant d'entraves au-delà desquelles elle se devait de passer.

Comment devait-elle procéder ?

La pierre.

— C'est ça ! s'exclama Suzanne en prenant ses distances par rapport à Pirène qui hennissait si fort qu'elle ne supportait plus de l'entendre.

Elle venait tout juste de se souvenir être parvenue à faire rouler une petite pierre dans sa cellule juste avant de perdre connaissance lorsqu'elle avait fait exploser le sol pour créer une excavation afin d'y enterrer Barbara. Il lui sembla qu'elle avait réussi cet exploit par sa simple volonté mais considéra aussitôt qu'il ne pouvait en être ainsi : cela lui sembla trop simple. Pourtant, elle n'avait rien fait d'autre que de désirer ardemment la faire bouger.

Finalement, son rôle dans la démarche d'amener Sleipnir à une mort certaine pouvait-il être autre chose que de rassembler les trois équidés et de veiller simplement à ce que Pirène pousse le hennissement le plus retentissant qui soit ? Oui, et cela semblait logique. Elle devait également tenter d'immobiliser le fabuleux cheval incandescent.

La pétulance n'était pas uniquement un pouvoir destructeur qu'elle pouvait canaliser dans sa main et utiliser à volonté : il s'agissait plutôt, en fait, d'une force, d'une énergie à proprement parler, et non d'une arme limitée dans ses usages. Les possibilités qui lui étaient accessibles s'avéraient ainsi bien plus nombreuses que ce qu'elle s'était imaginé.

En définitive, la pétulance, qu'elle avait pensé n'être qu'un pouvoir destructeur, fonctionnait davantage comme un nouveau membre, comme si elle avait une troisième main qui pouvait autant pousser, tirer, désigner quelque chose ou le briser en mille morceaux. Preuves en étaient la possibilité de créer des boules d'énergie comme celle que Max avait lui aussi créée lors de sa rencontre avec elle dans le couloir des prisons, et le pouvoir de se téléporter tel que celui de Silène qui avait théoriquement ramené Antoine à la résidence par sa simple volonté.

La volonté.

Suzanne jeta un œil à Pirène qui hennissait en redressant la tête dans un mouvement courbe, puis observa Monocerüs qui poursuivait ses brutales attaques à l'encontre de Sleipnir, lequel, perdu dans sa propre folie, semblait ne pas souffrir de ses blessures, focalisé sur d'irrépressibles instincts qui mettaient en sommeil toute lucidité. Elle ne le quitta pas des yeux en souhaitant entraver ses mouvements. *Concentre-toi*, pensa-t-elle pour elle-même, *et soumets-toi à ma volonté*, poursuivit-elle pour lui.

Pour mieux se concentrer, Suzanne s'exhorta à ne pas détacher son regard de Sleipnir, ne prenant pas la peine de cligner des yeux tant elle était effrayée à l'idée de perdre l'effet qu'elle souhaitait obtenir.

Soumets-toi. Pourtant, elle dut battre des paupières pour faire couler la sueur qui, de son front ruisselant, s'était suspendue à ses cils en grosses gouttes. C'est alors qu'une céphalée se mit lentement à prendre le contrôle de sa boîte crânienne en lui adressant des signaux de douleur au niveau des tempes et de la nuque. Elle se crispa en serrant les dents et ses yeux s'étrécirent naturellement tandis que les veines et les artères qui couraient sous la peau devant et au-dessus de ses oreilles se gorgeaient plus encore de sang. Elle réprima un hurlement au moment où l'une des veinules de son front creva en libérant une infinitésimale coulée d'hémoglobine.

Suzanne remarqua aussitôt que Sleipnir commençait à lui apparaître en double, lui donnant l'impression de bouger alternativement à gauche et à droite dans un mouvement trop rapide pour être naturel. Son image empreinte d'un psychédélisme aussi insondable que malsain semblait même clignoter de plus en plus étrangement et rapidement à mesure que le mal de tête qui s'était déclaré gagnait en intensité, rendant par là même Suzanne nerveuse. Sa vision périphérique s'embua d'un voile flou tandis que la zone de mire dans laquelle se trouvait la créature qu'elle ne perdait pas des yeux devint si nette qu'elle aurait pu croire recouvrer la vue après des années de cécité. Les contours de Sleipnir, parfois cachés par la silhouette musclée et racée de la licorne qui fondait sur lui par intermittence, devinrent rapidement des traits épais qui s'élargissaient de plus en plus.

Suzanne sentit les battements de son cœur résonner dans sa tête et se diriger vers sa nuque alors que des taches lumineuses circulant aléatoirement à la surface de ses cornées lui donnèrent l'impression que Sleipnir, qui semblait enfin perdre en mobilité comme s'il était pris dans un étau, était tourmenté par des créatures abstraites et difformes tournoyant autour de lui. Et ce n'est que lorsque la douleur de la céphalée qui la taraudait atteignit son cortex qu'il lui sembla entendre les hennissements assourdissants de Pirène, comme si elle avait perdu le sens de l'ouïe sans l'avoir remarqué et pouvait à nouveau entendre.

Sleipnir fut enfin neutralisé comme si ses muscles avaient été pétrifiés et il se mit à cracher du feu pour exprimer son inextinguible haine dans laquelle baignait la détestable sensation de vulnérabilité qui martelait son âme. Monocerüs bondit sur lui, la pointe en avant.

Un puissant hurlement sans nom s'éleva, dilacérant la voûte céleste.

La corne torsadée se planta une énième fois dans le poitrail du cheval flamboyant. En plein centre.

Le hennissement de Pirène se poursuivait, déchirant en lambeaux le silence qui avait conquis les lointaines régions.

Suzanne, à bout de forces, tomba à genoux et libéra Sleipnir qui se cabra sur ses quatre pattes postérieures, obligeant la licorne à ôter sa pointe de la profonde blessure qui vomit sans délai d'abondantes gerbes de sang bouillant en vaporeuses effusions d'un intense incarnat.

Pirène observa enfin le silence à l'instant même où Monocerüs reculait pour se tenir à l'écart. Suzanne releva lentement la tête et posa son regard sur le fabuleux cheval flamboyant qui semblait maladroitement piétiner le sol de ses huit pattes en hennissant tout bas. Les flammes qui consumaient son corps soumis de naissance à sa propre ignifugation qui l'en protégeait dansèrent progressivement en se privant elles-mêmes de leur ardeur et disparaissant à mesure qu'elles perdaient de leur superbe. Les magnifiques étincelles qui n'avaient cessé de prendre brièvement vie sous les sabots de Sleipnir comme de furtifs feux follets s'amenuisèrent tandis que la chaleur vivace conservée depuis toujours dans ses poumons crevés s'évacuait par la mortelle blessure dans un souffle brûlant, lui ôtant progressivement la vie. Déjà, les yeux pers qui avaient brillé avec une sombre lueur ardente ne parvenaient plus à voir quoi que ce soit. Sleipnir trébucha dans un hennissement rauque et saccadé, s'écroulant lourdement sur son flanc dans les affres de son désespoir à l'instant même où le brasier qui avait toujours recouvert son corps comme une seconde peau s'éteignait à tout jamais. Il tenta de redresser la tête dans un ultime effort, mais son cœur cessa de battre sans lui laisser quelque espoir de survie ; il ne parvint qu'à reposer doucement sa tête sur la terre qu'il avait piétinée de son vivant en baissant ses paupières sur ce monde qui ne voulait plus de lui.

Sleipnir était mort.

Le profond soupir que poussa Suzanne, laquelle se sentait exsangue de toute la sève qui lui avait donné la force d'accomplir cet exploit, n'avait d'égal que le soulagement qu'elle avait ressenti à la mort de Polyphème. Deux des gardiens que sa mission l'obligeait à terrasser avaient succombé par la conjugaison des choix prolifiques ou de la nature propre de Barbara, Pirène, Monocerüs et d'elle-même. En un sens, Max y avait participé en renvoyant le titanesque cyclope blessé dans le couloir des prisons mais elle ignorait qu'il en était responsable. Et Bérénice lui avait prodigué de précieux conseils et des encouragements peu négligeables. Suzanne était consciente de leur devoir beaucoup à tous.

Se redressant sur ses jambes, elle constata, lorsqu'un vent frais vint caresser son visage ravagé par l'épuisement, que les températures avaient considérablement chuté pour revenir progressivement à la normale.

Pirène s'approcha fièrement d'elle à une allure de passage dans un mouvement alliant élégance et orgueil, dodelinant légèrement la tête relevée bien haut pour asseoir sa majesté, avant de s'arrêter à deux pas d'elle au piaffer. Pendant ce temps, la licorne s'évertuait à manifester son bonheur en galopant librement, tournant autour de Sleipnir qui, déjà, se décomposait, et elle ne lui témoigna aucune attention, ne se contentant que d'imprimer un tracé circulaire autour de la bête couchée sur le flanc.

Suzanne caressa le chanfrein de Pirène et posa ses lèvres dessus.

— Merci, mon grand. Tu m'as été d'un grand secours. Mais maintenant, il est temps pour moi de te laisser vivre ta vie, décida-t-elle en reculant. Va !

Pirène opina du chef à deux ou trois reprises avant de se retourner et de commencer à trotter puis à galoper tout à fait, se dirigeant vers le soleil qui poursuivait sa course vers le sud. L'instant d'après, il déploya ses ailes, les battit lentement pour s'élever majestueusement dans les airs et disparut à l'horizon dans un hennissement que Suzanne n'oublierait jamais.

Monocerüs cassa le cercle qu'il dessinait autour de Sleipnir et, à son tour, sans autre forme de procès, s'éloigna vivement au galop, partant en direction du nord vers une nouvelle étape de son destin. Clairement farouche, la licorne n'avait jamais eu l'envie ni le besoin de se laisser domestiquer par la jeune femme investie d'une mission qui avait requis son concours, et elle exprimait encore son caractère sauvage en s'en allant sans lui témoigner un quelconque intérêt.

***

C'est dans un état d'épuisement total que Clotho parvint à la tanière de Magdalena, éprouvée par l'effort physique qu'avait été l'ascension du mont de Sheeba méridional depuis le labyrinthe du Dedalesk. Elle eut, ce faisant, le temps de regretter d'avoir exagérément usé de sa pétulance pour tout déplacement qu'elle avait eu à faire par le passé, au détriment de ses muscles qui, par manque d'exercice, martelaient son corps de courbatures. Loin de s'imaginer ce que pouvait être la vie d'une vieille femme marquée par des années de mauvaise santé, à guérir d'un mal pour aussitôt en voir apparaître un autre aux premiers signes de rémission, elle aurait pu, sans qu'elle ne s'en doute un seul instant, mettre sur un pied d'égalité la souffrance que son corps lui imposait avec celle des êtres humains aussi valétudinaires que la créature affaiblie qu'elle était au-delà des apparences.

Au moment de frapper à la porte, celle-ci s'ouvrit sur le large sourire que le visage de la sorcière au teint sombre exprimait face à sa visiteuse.

— Je ne pensais pas que tu aurais assez de courage pour oser venir ici quémander mes services, Clotho.

— Ne me rends pas les choses plus difficiles qu'elles ne sont ; c'est déjà assez humiliant de requérir tes soins. Laisse-moi entrer, souffla-t-elle en se glissant à l'intérieur sans attendre d'injonction.

Magdalena arqua largement la lèvre supérieure de sa bouche charnue et volontaire en un rictus plus amusé encore, referma la porte et se retourna pour observer l'anthropophage percluse qui commença à se déshabiller dans la pénombre de l'habitation, juste à proximité d'un châlit en vieil acajou qui semblait tout droit sorti d'un passé anonyme.

— Capella attend ton rapport, Clotho ! Tu aurais mieux fait de garder tes forces pour te présenter à lui sans délai plutôt que de venir ici.

— J'irai après ! De toutes manières, j'ai tout lieu de croire qu'il me châtiera, que je le fasse attendre ou pas. Antoine est encore en vie et Silène m'a attaquée par surprise avant de l'emmener ailleurs.

— Je sais ! Ils sont retournés en France.

S'approchant de la paillasse sur laquelle elle avait soigné Wilfried et Max tantôt, Magdalena s'empara d'un bol de gelée jaune et stoppa son geste avant de se tourner vers la blessée qui terminait de se dévêtir.

— Ah oui, c'est vrai ! s'exclama-t-elle en ricanant. Tu ne peux pas le savoir vu que Silène a pris soin de te blesser là où il était sûr de te priver de ta pétulance. Plus de télépathie, plus de psychokinésie, plus de...

— Arrête ça, tu veux !? s'énerva Clotho avec véhémence. Sache qu'il a pris mon visage pour cible et c'est moi qui ai bêtement tourné la tête.

— Montre-moi ta tempe ! ordonna la sorcière après avoir posé ce qu'elle avait dans les mains et être venue à côté de sa patiente qui dégagea ses longs cheveux d'un côté pour exhiber sa plaie ouverte. Je n'aimerais pas que tu meures chez moi ; ça ferait désordre.

— Comme tu peux le constater, ma blessure n'est pas mortelle !

— Je ne sais pas si je dois prendre cela comme une bonne ou une mauvaise nouvelle, railla Magdalena.

Le sang de Clotho ne fit qu'un tour. Elle se déroba aux mains qui examinaient sa plaie suintante et ramassa aussitôt ses affaires posées sur un meuble supportant une bouteille de liqueur translucide et un bol artisanal contenant une abondante ripopée bleuâtre qui refroidissait inexorablement.

— Je n'en peux plus de tes sarcasmes ! Je ferais mieux de m'en aller !

— Ne fais pas l'offusquée et viens t'allonger ici ; je ne supporterais pas d'être la cause de ta défaite contre Suzanne.

— N'en as-tu donc pas terminé avec tes affabulations ? siffla Clotho en se ravisant. Suzanne a eu de la chance de pouvoir vaincre Polyphème, mais la roue finira par tourner.

— Alors va dire ça à Sleipnir, si tu le peux !

— Et pour quelle raison irais-je lui en parler ?

— Tu auras du mal à le convaincre de ce coup de chance : il vient de mourir il n'y a pas dix minutes, précisa Magdalena.

Une lueur d'inquiétude fit briller les yeux de Clotho qui, dépossédée de tout vêtement, détourna la tête et s'allongea sans plus de formalités afin d'être soignée.

Les deux femmes n'échangèrent plus un mot pendant les trois quarts d'heure qui suivirent, le temps d'en finir avec ce qui justifiait pour toutes deux d'être rassemblées en cet endroit alors qu'elles auraient préféré être à distance l'une de l'autre. Magdalena, avec la maestria d'une chirurgienne expérimentée doublée d'une alchimiste assagie par la maturité et la rigueur que lui avaient apporté des années de pratique, parvint à restaurer les facultés mentales de sa patiente en procédant à une régénérescence minutieuse des tissus du cerveau qui avaient été arrachés par l'attaque. La plaie avait éventré la boîte crânienne, mettant à nu les artères et les veines méningées, faisant suinter le pie-mère et le dure-mère grisâtres dont certaines parties étaient déchirées en petits morceaux recourbés en bordure de blessure, noyant les racines capillaires dans le sang libéré qui avait eu le temps de former des croûtes brunâtres à la base des cheveux.

Néanmoins, Magdalena ne put rien faire pour les mèches qui avaient été calcinées par la sphère de pétulance et lorsque Clotho se redressa enfin pour se rhabiller, elle portait la trace de l'impact sur sa tempe gauche, bien que la sorcière fût parvenue à provoquer la réparation de la surface crânienne, de l'épicrâne et du galéa aponévrotique. Plutôt qu'une cicatrice, elle n'avait plus qu'une large surface circulaire de peau de quatre centimètres de diamètre où plus un seul cheveu ne repousserait jamais.

— Je reconnais être maladroite pour toutes les marques de savoir-vivre, Magdalena, reconnut-elle en terminant de remettre ses vêtements. Mais je te suis reconnaissante.

— Ne souhaites-tu pas te regarder dans un miroir ?

— Non, je n'en ai pas le temps... et puis ce n'est pas important. Il vaudrait mieux que j'aille de suite affronter le courroux de notre Seigneur.

— Très bien... Alors bonne chance...

— Je n'oublierai pas la dette que j'ai encore envers toi, Magdalena. Je te suis redevable.

— Non, tu ne me dois rien...

— Puissions-nous mieux nous entendre à l'avenir.

— Nous n'en aurons pas le temps, souligna Magdalena avec un sourire désolé.

— Alors dans une prochaine vie.

Cette fois-ci, ses lèvres s'élargirent plus franchement et ce visage de la sorcière fut celui dont Clotho emporta l'image au moment où elle exerça sur elle-même sa pétulance pour désagréger ses propres atomes et les déplacer dans l'espace.

***

Le bruit percutant des pas sur le sol de l'Ostium, amplifié dans l'obscurité qui contrastait au loin avec les lueurs diffuses des coulées de magma ruisselant sur les murs de granit, suffirent à sortir Sidonie de la torpeur dans laquelle la fatigue et l'insupportable chaleur l'avaient plongée. Assise dans un angle de la cage qui l'avait accueillie quelques heures plus tôt, elle se redressa, fébrile sur ses jambes suintantes, et s'approcha lentement du côté d'où le son venait. Son corps lui parut être la synthèse d'un organisme à l'article de la mort, d'un squelette noueux aux os madrés comme du bois et d'un épiderme aux glandes sudoripares exultant d'interminables sécrétions. Se tenant aux barreaux qui lui semblaient s'être refermés sur elle pour l'éternité, elle dégagea son visage noyé de sueur, recouvert de mèches humides de transpiration, et tenta de discerner la silhouette qui approchait. Mais le flash jaunâtre qui l'aveugla un bref instant l'obligea à faire une nouvelle mise au point sur ce qu'elle avait devant les yeux ; elle remarqua la sphère d'un puissant canari qui l'avait éblouie contenue dans le creux de la main d'une femme en contrebas.

— Vous avez faim ?

Sidonie concentra le peu de salive qu'elle avait encore en bouche et déglutit après s'être raclé la gorge et avoir réveillé ses cordes vocales.

— Oui... Donnez-moi à boire... et à manger...

Elle s'écroula sur les genoux, prisonnière d'une enveloppe charnelle affaiblie à un point tel qu'elle se sentit trépasser, et parvint néanmoins à se maintenir fermement aux barreaux pour éviter de s'affaisser brutalement.

— Vous tiendrez-vous tranquille si je vous libère un instant ?

Sidonie, en proie à une fatigue qui avait atteint des hauteurs si zénithales qu'elle doutait de pouvoir faire ne serait-ce qu'un seul pas, assaillie par de nombreuses douleurs occasionnées par le Foëhn qui l'avait balayée et emportée comme une vulgaire poupée de chiffon lors de sa rencontre avec Suzanne, ne parvint plus qu'à geindre pour se manifester.

C'est alors que la cage se mit à descendre, la lourde chaîne métallique qui la soutenait tournant autour d'une poulie usée qui grinçait à chaque maillon qui s'enroulait autour en montant avant de basculer. Le sol tonna et résonna longuement dans les galeries et les cavités lorsque la cage atteignit la surface du roc. L'inconnue, en s'approchant, révéla à la blonde son apparence à la faveur de l'énergie qu'elle générait. Les cheveux raides coupés au carré et partagés en deux par une raie au centre de cette courte chevelure s'exhibaient sommairement dans une teinte d'un vermillon qui, malgré la lumière d'un jaune vif, contrastait avec celui de ses yeux verts, lesquels ressortaient bien plus encore sur le visage pâle d'un blanc crayeux. La large bouche aux lèvres épaisses, semblant elle-même se perdre dans la couleur virginale d'une carnation exceptionnellement claire, paraissait comme scellée à tout jamais et Sidonie se demanda, en jetant un regard à ses oreilles pointues, si elle l'avait véritablement entendue lui parler.

La porte de la cage s'ouvrit sans que la geôlière ne lève le petit doigt et elle entra à l'intérieur pour aider Sidonie à en sortir.

— Je m'appelle Nectarine et je suis une elfe. Capella m'a chargée de m'occuper de vous. Je vais vous donner à boire et à manger, et vous allez également pouvoir vous laver. Venez.

La blonde suivit l'elfe, ne se déplaçant qu'intuitivement, se sentant si faible qu'elle s'estimait incapable de prendre une quelconque décision ; ainsi, elle se laissait guider par les injonctions de Nectarine qui la conduisit à travers un tortueux couloir de pierre semblable à un boyau sombre dont le sol était séparé en deux par un ruisseau aux rives formant un étroit chemin de chaque côté. La déesse, tout en tenant fermement Sidonie par le bras, l'emmena patiemment dans l'obscurité vacillante à la lueur de fanaux de bois et de fer forgé anarchiquement fixés sur les côtés, toutes deux bercées par le ruissellement d'une eau limpide et cristalline qui, fraîche et abondante, semblait appeler la soif. Et c'est au bout d'une dizaine de minutes que le corridor s'élargit considérablement avant de finir par une large excavation. Ici, le ruisseau, déjà, était devenu une véritable rivière.

D'emblée, aussitôt sorties, le somptueux paysage qui se dévoila devant elles plongea profondément dans les yeux de Sidonie qui dut les étrécir pour ne pas être aveuglée par les couleurs chatoyantes dont la vivacité pénétrante jouissait, à trois-cents mètres, de l'abondante lumière que dispensait Alnitak dans le dos des deux femmes. Deux immenses champs de fleurs s'étendaient sur près de cinq-cents mètres vers l'ouest dans le prolongement du cours d'eau qui les empêchait de ne faire qu'un, et s'étendaient au nord et au sud pour former deux prairies triangulaires de même taille. La rivière disparaissait dans le bleu du ciel qui semblait s'arrêter à distance, engloutissant de sa teinte céruléenne ce qui se trouvait au-delà, comme un néant invisible dissimulé par la lumière du jour. À droite et à gauche des deux prairies symétriques juxtaposées se dressait une paroi qui remontait abruptement vers des terres, lesquelles, en hauteur dans le dos des deux femmes, se couvraient progressivement de jeunes arbrisseaux d'abord avant de laisser place, au-dessus de l'entrée de la cavité et bien au-delà, à une véritable forêt de végétaux ligneux adultes.

— Où sommes-nous ? demanda Sidonie qui sentait son corps se réveiller progressivement.

— Nous sommes en contrebas de la forêt de l'Âme Blanche, juste au-dessus de nous, répondit Nectarine en montrant du doigt les nombreux arbres. En fait, nous sommes devant l'entrée de l'Ostium.

— L'Ostium ? Mais qu'est-ce que c'est ?

— La région de Diadem 13 la plus à l'ouest. C'est aussi là que vit notre souverain à tous, Capella, Notre Seigneur et Maître.

— Est-ce qu'Antoine est retenu prisonnier ici, lui aussi ?

— Déshabillez-vous et prenez donc un bain au lieu de poser des questions, exigea l'elfe qui stoppa leur marche au bord de la rivière. Pendant ce temps-là, je vais aller vous chercher de quoi manger.

Nectarine ne fut pas plus longue à trouver des fruits et des légumes que Sidonie à se laver au bord de l'eau qui s'écoulait doucereusement vers une destination qui disparaissait dans les distances dissimulées par le voile azur à l'ouest. L'elfe déposa les victuailles sur un coussin d'herbe exempt de fleurs sur la rive au moment où sa captive s'emmitouflait vivement dans la cape propre qu'elle avait laissée à sa disposition tout près d'elle. Celle-ci frissonna en s'approchant des aliments, se sentant mieux au contact du vent tiède qui soufflait dans son visage, et s'agenouilla pour saisir une étrange poire rosée recouverte d'une curieuse pelure.

— Nous n'avons rien de semblable chez nous, souffla tout bas Sidonie en commençant à l'éplucher pour découvrir une chair violacée dont la texture lui fit penser à de la mangue.

— Ce sont des nastuves. Elles sont gorgées de protéines et constituent l'un des fruits les plus désaltérants qui soient.

Elle croqua dedans sous l'œil intrigué de l'elfe.

— En France, votre prénom désigne un fruit, souligna la blonde après avoir avalé un bon morceau. Et pas le plus mauvais.

— Je sais. Max m'en a déjà parlé.

— Ce blond méprisant et condescendant ? fit-elle en se souvenant de l'attitude du dieu lorsque Wilfried et lui étaient venus à la résidence.

Nectarine sourit, nullement surprise ni courroucée d'entendre ces propos qu'elle estimait justifiés.

— C'est cela ! Il y a bien longtemps désormais qu'il a pris l'habitude de faire des allées et venues entre Diadem 13 et la Terre. Et il connaît très bien les aliments que l'on peut trouver chez vous autres, humains. C'est de cette manière qu'un jour, il m'a ramené des nectarines.

Sidonie, laissant les épluchures à côté des autres fruits, termina de consommer sa nastuve avant de se saisir de sa stola et de s'en vêtir en ôtant précautionneusement la cape que l'elfe lui avait prêtée. Nectarine s'en saisit pour l'étendre sur un lit de fleurs.

— Pourquoi êtes-vous venue ?

La question de Nectarine chuta au milieu d'un silence comme un cheveu sur la soupe. Sidonie ne s'y était pas attendue et prit la peine de réfléchir quelques instants avant de répondre :

— L'homme que j'aime est ici, quelque part, et je dois le retrouver et le ramener chez nous, ainsi qu'une colocataire qui est venue avec lui.

— Vous n'avez pas l'air de douter de votre réussite, Sidonie...

— Au vu de ma captivité, vous devez sans doute penser, pourtant, que mon espoir est illusoire.

L'elfe vint derrière la blonde et la poussa légèrement d'une main dans le dos pour lui intimer de prendre la direction de la cavité. Sidonie revint donc sur ses pas en direction de l'Ostium, suivie de sa geôlière.

— Je ne suis pas loin de penser cela, en effet... Mais ce n'est que parce que nous autres, citoyens de Crépusculaire, sommes assez peu pourvus en notions typiquement humaines que nous ne comprenons pas encore bien ce genre de motivation. De plus, tout ce qui découle du lien qui unit les membres d'une même famille nous est étranger : nous ignorons ce que sont les liens fraternels et filiaux.

— Pourtant, vous êtes suffisamment curieuse et ouverte d'esprit pour tenir une conversation désintéressée avec moi. Pourquoi ça ?

— Parce qu'il est indéniable qu'il y a une part d'être humain en nous, ne serait-ce que parce que notre morphologie est pratiquement identique. Et puis je ne suis pas native d'ici ; je suis née sur Voyelle 9½ ?

— Voyelle 9½ ?

Les deux femmes, à présent dans la grotte qui se resserrait progressivement en un couloir de plus en plus sombre, n'étaient plus éclairées que par les fanaux suspendus sur les parois latérales du boyau frais dans lequel l'air devenait toutefois de plus en plus chaud à mesure qu'elles approchaient du cœur de l'Ostium, s'enfonçant dans les profondeurs inhospitalières sous la surface de la forêt de l'Âme Blanche.

— Je croyais que seuls les dieux de Diadem 13 étaient pourvus de pouvoirs surnaturels, remarqua Sidonie.

— Vous sous-entendez sans doute que nous sommes pourvues de pétulance. Votre raisonnement se tient mais vous avez tort : le pouvoir dont nous disposons en tant qu'elfes est plus faible que la pétulance des natifs de Diadem 13, mais il est suffisant pour vous inquiéter, vous, les humains. En dehors de Capella, des sept dignitaires, des dieux et des déesses, seules quelques créatures hybrides résidentes de la dimension Yf-6 disposent également de pétulance. L'énergie des elfes, elle, est appelée « substance ».

— Je ne m'y connais pas beaucoup en légendes, mais les elfes ne sont-elles pas supposées venir au monde dotées d'ailes ? Je ne comprends pas...

Nectarine rit tout bas en arrêtant de marcher et Sidonie resta également sur place, ne manquant pas de se retourner pour observer sa geôlière.

— C'est bien humain de vous exprimer en ces termes ! dit cette dernière. Vous parlez de venir au monde comme si la vie ne se limitait qu'à ce que l'on connaît à partir de la naissance. Pourtant, dites-vous bien qu'il y a une vie avant de naître. Une existence, aussi oubliée soit-elle dès la naissance effective, précède celle-ci. Bérénice ne me contredirait pas...

— Qui est Bérénice ?

— Elle est la romancière qui a imaginé Diadem 13... entre autres.

— De mieux en mieux ! persifla Sidonie.

— Ne soyez pas caustique, conseilla Nectarine avant de froncer les sourcils. On dirait que la nastuve a rempli son office : vous êtes visiblement plus en forme qu'il y a vingt minutes. Et pleine de suffisance.

L'intéressée ne dit rien, laissant l'elfe reprendre sa route, et la suivit comme son ombre.

— De même que vous autres humains aviez une couche de poils sur la peau pour vous protéger du froid il y a un-million-deux-cent-mille ans et une queue dont l'existence ne fait aucun doute dans l'évolution de la race humaine, aux dires de vos paléoanthropologues, les ancêtres des elfes étaient dotés d'ailes qui ont fini par disparaître par la force des choses. Moins ils s'en servaient, plus elles perdaient en réactivité et en efficacité et s'atrophiaient au fur et à mesure des générations. Il n'y a désormais plus que dans votre pensée collective que nous en possédons encore. Mais vos fables et vos légendes sont tout juste bonnes à amuser les adultes stupides et les enfants crédules... Votre imaginaire en est resté à l'âge de pierre, visiblement. Cela répond-il à votre question ?

— Plus que je ne l'aurais souhaité, fit Sidonie. Et quel est vôtre rôle sur Diadem 13 ?

— Mutine et moi sommes les deux seules elfes à avoir foulé Diadem 13 du pied, et nous faisons également partie des trois seules personnes à avoir déjà vu notre seigneur Capella de visu, avec Magdalena. Pourtant, s'il est vrai que nous sommes désormais citoyennes de Diadem 13, il n'empêche que nous nous intéressons toutes deux à la nature humaine, comme tous les virgiles et contrairement aux capellans, pour la plupart trop aveuglés par leur propre doctrine. Cette même nature humaine qui coule en partie dans nos veines et nous a prodigué des notions de goûts et des sentiments : c'est ce qui, en tant qu'elfes, nous rend différentes des déesses. Mutine et moi comprenons mieux que personne l'amour qui vous lie à votre bien-aimé tout autant que celui qui nous unit elle et moi.

Sidonie comprit enfin et se sentit bête de ne pas avoir lu entre les lignes.

— Vous êtes ensemble ?

— Dites-le comme vous voulez, Sidonie, mais l'amour saphique est notre dogme, oui. Plus qu'un sentiment que nous exprimons de manière physique, il s'agit d'une véritable dilection que nous ressentons l'une pour l'autre. C'est assurément ce qui nous donne un côté plus humain. Les natifs de Diadem 13 n'ont qu'entre 46,77 % et 51,02 % de code génétique typiquement humain, tandis que nous autres elfes en avons au moins 62,39 %. Les 37,61 % restants comprennent des aptitudes particulières telles que la substance que nous maîtrisons et des spécificités morphologiques comme nos oreilles pointues. Si des cellules minérales, végétales et animales coulent dans nos veines et ont fusionné avec celles du sang qui fait circuler la vie dans le corps des habitants de la Terre dont vous faites partie, il n'empêche que notre personnalité est elle aussi partagée entre deux natures, pas forcément opposés, d'ailleurs. Et je suis de nature respectueuse et communicative, ce qui explique mon attitude à votre égard.

— Si vous faites preuve d'autant d'ouverture d'esprit et de déférence à mon égard, pourquoi ne pas me libérer ?

Elles venaient d'arriver dans la cavité d'où elles étaient parties ; la cage posée au sol se devinait plus qu'elle ne se dessinait à la faveur des lueurs dispensées diffusément par les mares de lave en effusion et les lourdes coulées épaisses de magma bouillant.

— Parce que je veux vous garder en vie, Sidonie !

— Au prix de ma liberté ? s'énerva la blonde.

— Oui, répondit calmement Nectarine, au prix de votre liberté. Si je vous libérais, vous finiriez par tomber sur un dignitaire ou un dieu qui serait bien moins clément que je ne le suis en assurant votre sécurité ici. Vous seriez calomniée et exécutée sans préavis, pour l'exemple et le prix de votre impudence. Et je me retrouverais en porte-à-faux. Or, je tiens à rester dans les bonnes grâces de Notre Seigneur et Maître. Ici, vous ne risquez rien. Croyez-moi et faites-moi confiance.

En guise de réponse, Sidonie entra d'elle-même dans la cage et se retourna pour faire face à Nectarine qui la referma derrière elle.

— Vous me donnez l'impression d'être de mon côté, bien que vous me gardiez prisonnière de cette horrible cellule. Pourquoi ?

— Parce que nous sommes ainsi, répondit-elle en éprouvant d'une poigne tenace le scellement par substance de la porte à barreaux. Mutine et moi pensons que dans le fond, nos compatriotes nous considèrent comme des transfuges susceptibles de trahison, d'elfes non moins humaines qu'eux ; des impostures, en quelques sortes. Capella nous garde toutes les deux à ses côtés dans l'Ostium, soi-disant par respect, dit-il, mais nous nous doutons qu'il ne nous fait pas vraiment confiance et préfère plutôt garder un œil sur nous. C'est regrettable mais nous n'avons pas le courage nécessaire pour nous soustraire à cette aberration. Nous aurions aimé avoir la pugnacité, la détermination, l'obstination de Virgil. D'ailleurs, je déplore sincèrement que nous ne soyons pas du même camp, vous et moi...

— Qui est Virgil ? Et Magdalena ?

— Je suis désolée, mais je n'ai plus le temps de discuter ; je dois partir sur le champ, expliqua-t-elle avant de regarder la prisonnière par-dessus son épaule. Mutine et moi devons châtier une traîtresse !

Visiblement plus affectée par ce qu'elle venait de dire qu'elle n'avait souhaité le montrer, Nectarine tourna le dos à Sidonie et s'éloigna sans un mot pour disparaître dans l'obscurité.

***

— Et si je venais m'installer chez toi et te préparais de bons petits plats tous les jours, accepterais-tu de me garder avec toi ?

— Non, Stéphanie. J'en aime une autre et tu le sais pertinemment. Arrête s'il-te-plaît d'insister, demanda le jeune homme avec agacement.

— Sabine, hein ? As-tu déjà fait l'amour avec elle, Stéphane ? L'as-tu seulement embrassée ne serait-ce qu'une seule fois ? Je suis sûre que non.

— Tu n'as pas à poser ce genre de question ! Une petite fille n'a p...

L'adolescente se dressa d'un bond.

— Mais c'est ça que tu n'as pas compris ! Je ne suis pas une petite fille ! Et je peux t'en donner la preuve... Accepte de m'essayer jusqu'à ce que nous soyons rentrés à Sanlys-sur-Mer et tu verras à quel point je peux me montrer plus entreprenante et adulte que tu ne le crois. Cela restera entre nous. Je suis prête à me donner à toi, Stéphane. Tu seras ma première fois...

Il se leva à son tour.

— J'ai besoin d'aimer pour faire l'amour, et je ne t'aime pas, Stéphanie. J'en suis sincèrement désolé, mais tu ne sembles pas comprendre que les sentiments ne se commandent pas. C'est pourtant clair !

— Ton romantisme est ridicule. Profite plutôt de la chance de disposer de moi comme bon te semble, Stéphane. Je peux être ta cuisinière, ta femme de ménage, ta maîtresse si tu le souhaites, expliqua-t-elle avant de se blottir contre lui qui la repoussa aussitôt. Je peux même être ton enfant, si tu veux développer ton instinct paternel.

— Tais-toi ! s'énerva-t-il. Je ne veux plus t'entendre ! Tu es malsaine et dérangée. Tes sentiments te font dire et faire n'importe quoi.

— Je préfère être une adolescente malsaine et dérangée qu'un jeune homme romantique et utopique. Tu es pitoyable, Stéphane ! Je ne veux plus te voir ! cria-t-elle en s'éloignant.

— Attends ! ordonna-t-il en la suivant. Tu dois attendre avec moi !

Une silhouette apparut derrière Stéphane, lui faisant de l'ombre.

— J'arrive à temps, on dirait, remarqua la voix dans son dos.

Il se retourna et reconnut de suite Silène, visiblement bien reposé et tout sourire.

— Les femmes, même jeunes, qu'elles soient humaines ou natives de Diadem 13, sont souvent dures à comprendre, huh ?

— Je ne vous le fais pas dire. Comment vous sentez-vous ?

— Beaucoup mieux. Et Antoine aussi. Vos amis s'occupent de lui chez vous et Marc veille sur eux en mon absence. Il est rentré tout à l'heure dans la matinée, plutôt démoralisé, mais je lui fais suffisamment confiance pour savoir que vos colocataires sont entre de bonnes mains.

— Occupez-vous de la ramener, s'il-vous-plaît Silène, demanda Stéphane en se tournant vers la silhouette de la jeune fille qui s'éloignait. Je vais vous attendre ici.

— Très bien. Je serai très vite de retour, répondit le dieu en s'éloignant.

Silène la rejoignit et Stéphane les vit discuter pendant quelques brefs instants avant qu'il ne la prenne par la main. Et disparaisse avec elle.

***

Clotho posa un genou à terre au pied des marches qui menaient à l'abside où, au cœur de l'Ostium, était incrusté le miroir à la surface duquel apparaissait la lumière qui indiquait la présence de leur seigneur et maître à tous. Elle baissa la tête, plus pour cacher sa honte d'avoir failli à sa tâche qu'en témoignage de son allégeance. Capella se manifesta aussitôt, projetant son éblouissante lumière alentour, et l'anthropophage soumise à son propre sentiment d'échec put percevoir dans son champ de vision, à cinq mètres de chaque côté d'elle, les présences de Mutine et de Nectarine qui, soumises à leur propre substance, venaient tout juste d'arriver.

— Clotho De Calypso ! gronda la voix qui semblait faire corps avec toutes les pièces, les corridors et les escaliers dans lesquels elle résonna longuement. Tu t'es rendue coupable de haute trahison envers nous par insubordination. Tes multiples exactions depuis que tu es gardienne du labyrinthe n'ont jusqu'à présent jamais suscité mon courroux et j'ai toujours décidé, dans ma plus grande mansuétude, de t'accorder l'expiation de tes erreurs et de te laisser profiter des prérogatives que je t'ai concédées, car je savais que je pouvais te faire confiance. Mais tu as délibérément désobéi à mes ordres en ne supprimant pas le jeune homme que tu maintenais sous ton emprise alors que je t'y avais expressément exhorté. Je ne peux donc plus guère tolérer le moindre échec de ta part et suis désormais contraint de te soumettre au châtiment qui s'impose par lui-même.

Capella observa un silence pendant lequel Clotho put distinctement entendre dans ses tempes les battements de son cœur qui s'affolait. Bien que tous les stomates de sa peau transpiraient en raison des températures qui atteignaient les limites du supportable, elle se sentait dégager une peur irrépressible qui annihilait sa désagréable sensation due à la chaleur.

Attendant que son jugement soit rendu, elle ferma les yeux et se mit à jouer de sa langue avec un morceau de muscle d'Antoine qui s'était coincé entre deux dents. Ainsi, elle ne put réaliser que la lumière, l'espace d'un bref instant, était devenue rouge sang.

Ni ne put se douter que Mutine, sur sa gauche, comprenant le signal de son seigneur, venait de lui porter une attaque tandis qu'à l'opposé, Nectarine, usant également de sa substance, avait engourdi le corps de l'accusée pour l'empêcher de chercher à l'éviter. La minuscule sphère jaune la frappa à la tête à l'endroit même où Silène l'avait précédemment blessée et le flanc de sa boîte crânienne explosa sourdement, repoussant la tête sur sa droite et l'obligeant, tant par surprise que par douleur, à rouvrir les yeux.

— Trahi... son... beugla-t-elle en s'écroulant sur le côté tandis que d'abondants jets de sang fusaient dans l'anarchie des douleurs qui la taraudaient.

Les deux déesses s'approchèrent et la relevèrent en la tenant par-dessous les bras. Clotho poussa un hurlement en ressentant la douleur de ses longs cheveux noirs coincés entre ses aisselles et les mains qui la maintenaient sur ses jambes. Elle ne pouvait plus baisser la tête : les mèches étirées semblaient vouloir lui arracher le cuir chevelu dans l'indifférence la plus totale des deux elfes. Mutine tourna son visage sur sa gauche pour éviter les jets d'hémoglobine qui jaillissaient régulièrement de la plaie rouverte.

— Trahison, oses-tu dire ? Tu es la première à nous avoir trahis, Clotho, souligna Capella. En guise de punition et par voie de conséquence, je te condamne à demeurer aussi faible qu'une femme jusqu'à ce que mort naturelle ou non s'ensuive : tu n'es désormais plus digne de ma confiance, pas plus que tu ne méritais de naître déesse. Je t'ôte donc la pétulance que Cléo t'a octroyée à ta naissance, te prive également des privilèges que je t'avais accordés et vais te faire ramener dans ton labyrinthe que tu continueras à protéger au risque de ta vie. Cependant, si tu parviens à endiguer la menace qui plane sur notre monde en supprimant Suzanne au cas où elle franchirait les monts de Sheeba et atteindrais le Dedalesk, alors je consentirai à t'absoudre pour te faire accéder à l'Æther lorsque ta mort surviendra. Estime-toi heureuse d'être ainsi soustraite à la prophétie maudite du trépas des dieux annoncé par la naissance de Hans. Mais pour l'heure, je ne veux plus te voir. Jetez-la dans son labyrinthe !

— Il en sera fait selon votre désir, Mon Seigneur et Maître, assura Mutine.

S'en allant avec Clotho, complètement affaiblie par tout ce qu'elle venait de vivre, Nectarine et Mutine quittèrent la fournaise de l'Ostium pour retourner à l'extérieur. Il ne leur fallut pas plus de douze minutes pour se retrouver à l'air libre et se téléporter aussitôt entre les murs imposants du labyrinthe dont Clotho n'avait jamais pu ressortir qu'en se servant de sa pétulance. Comment ferait-elle désormais pour retrouver son chemin jusqu'à sa demeure à proximité de l'entrée ?

Les deux déesses la laissèrent retomber lamentablement sur ses genoux et elle ploya immédiatement sous son propre poids. Avachie, le dos courbé, les fesses sur les talons et les bras le long du corps, elle offrait un spectacle pathétique qui l'engloutissait inexorablement dans les tourbillons que sa honte et sa faiblesse avaient créés et que le regard de Nectarine et Mutine amplifiait impitoyablement. Du sang d'un écarlate que la lumière dispensée par Alnitak faisait ardemment briller coulait langoureusement en filets qui s'écrasaient sur ses cuisses tandis que le creux de son opulente poitrine semblait engloutir progressivement son menton qui s'y enfonçait à mesure qu'elle se laissait choir. Dans une demi-conscience, elle entendit un ricanement, puis perçut la disparition des deux sentinelles de Capella.

Clotho fut consciente d'être plus seule que jamais.

Tenaillée par sa faim qui provoquait curieusement, par un étrange rapport de cause à effet, une effervescence de sa libido, elle trouva la force de se relever, sans prêter attention à la bave mousseuse qui coulait à la commissure de ses lèvres, ni à son désir qui suintait entre ses cuisses.

Dès qu'elle parvint à tenir correctement sur ses jambes, elle dressa un regard vers le ciel qui mettait en lumière son intense état de faiblesse, et prit la direction, au hasard, d'un des trois passages qui s'offraient à elle avant de disparaître derrière un angle de mur, sans savoir où ses pas la mèneraient.

À ma mort, peut-être...

*

Chapitre IX
À L'AUBE DE LA MORT

L a vallée qui séparait les monts de Sheeba était bien plus large que ne se l'était figuré Bérénice et elle comprit que si cela semblait correspondre à la description qu'elle avait sauvegardée sur la disquette rouge, elle avait en revanche fait une erreur d'estimation des distances nécessaires pour son roman. Si elle avait mieux imaginé la réelle vastitude de cette séparation, les deux protubérances montagneuses seraient un peu plus proches l'une de l'autre et auraient également un diamètre moins important. Les personnages qu'elle avait pensé faire évoluer dans cet environnement hostile n'avaient jamais été créés mais elle avait eu l'idée de leur permettre de se déplacer à dos de pur-sangs arabes, puissants et augustes, mais surtout rapides et endurants. Dans la réalité, parcourir la vallée qui s'étirait vers l'ouest s'avérait être une entreprise qui, à pied, devenait naturellement épuisante, surtout dans le profond état de fatigue qui les accablait, Suzanne et elle. Elle regretta d'avoir donné vie à cet univers qui, par ironie du sort, semblait ne pas respecter la reconnaissance du ventre.

Elle regretta d'ailleurs bien plus de choses qu'elle n'aurait pu l'imaginer.

— Mais j'y pense, commença-t-elle en baissant les yeux sur les brins d'herbe qui commençaient à former une pelouse verdoyante dans la lumière de cette matinée.

— Quoi donc ?

Suzanne n'avait pratiquement pas dit un mot depuis qu'elles avaient quitté le lieu où s'était livré le terrible combat des trois fabuleux équidés, et Bérénice s'en était inquiétée sans pour autant avoir cherché à établir une conversation avec la brune devenue taciturne. C'est la raison pour laquelle elle soupira de soulagement en l'entendant lui poser cette brève question.

— Au cas où nous aurions besoin de communiquer avec tes amis, il existe non loin d'ici un lieu d'où l'on peut adresser des messages.

— Comment ça ? Qu'est-ce que tu veux dire ?

— Il y a quelques jours, alors que j'étais prisonnière de Sleipnir et qu'il m'avait enfermée dans son repaire au nord de la plaine, j'ai pu, pendant son sommeil, accéder à ce qui ressemble à un miroir de glace incrusté dans une sorte de petit menhir en pierre. Je crois même pouvoir dire que c'était de l'orichalque.

— Je n'ai rien à carrer de ce genre de détail, Bérénice. Viens-en aux faits.

— J'avais préalablement remarqué que Sleipnir recevait des instructions d'une voix qui s'adressait à lui et semblait venir de ce petit miroir qui irradiait une puissante lumière en même temps.

— Capella ?

— Je pense, oui. Du coup, je me suis débrouillée pour accéder à ce miroir et suis parvenue, sans que je comprenne vraiment comment j'ai pu réussir, à parler avec un homme qui devait être sur Terre.

— Antoine ?

— Non, il n'avait rien à voir. Celui qui a écouté mon message paraissait grand et large. Il portait un imperméable et avait de longs cheveux noirs.

— Je ne vois pas qui cela pouvait être. C'était il y a combien de jours ?

— Deux jours, peut-être trois.

— Antoine et moi étions déjà ici. Et qu'est-ce qui te fait penser que je connais cet homme à qui tu as parlé ?

— Rien de précis. Mais disons que, comme par hasard, un jour après avoir adressé un message de détresse via ce miroir qui, pour la première fois, m'a renvoyé l'image de quelqu'un, je te rencontre au cours d'une tentative d'évasion qui ne réussit que grâce à toi. Je ne peux donc m'empêcher de penser que tout cela est lié.

— Peut-être... Quoi qu'il en soit, vu que Silène nous permet de communiquer avec le monde extérieur, il ne nous est pas utile de chercher à faire autrement. Par ailleurs, rien de ce que nous pourrons apprendre de la part de mes proches, actuellement, ne nous sera d'une quelconque utilité pour se débarrasser de Capella. En plus, si ce miroir est dans la plaine, nous nous en éloignons inévitablement en poursuivant notre route vers l'ouest.

— Tu as sans doute raison... mais je tenais quand même à ce que tu saches que ce miroir existe.

— Délicate attention, grinça Suzanne. Dommage que tu m'en aies parlé un peu tard...

Bérénice s'arrêta de marcher.

— Mais qu'est-ce que tu as, à la fin ? s'écria-t-elle. J'ai la nette impression que tu me reproches quelque chose... Alors explique-toi !

Suzanne cessa à son tour de grimper et se retourna pour planter ses yeux dans ceux de la romancière. Des yeux fixes et froids comme les rivets d'une sombre et hideuse structure métallique industrielle. Puis elle radoucit soudainement son regard pour exprimer celui d'un ours en peluche aux pupilles brillantes et profondes : Bérénice y lut une stupéfiante tristesse mêlée à une extrême asthénie qui se voyait également sur son corps chancelant dont la démarche chaloupée trahissait les carences. Malgré sa faiblesse, Suzanne se rapprocha de Bérénice et lui mit la main sur l'épaule.

— Excuse-moi, commença-t-elle à dire. C'est juste que je ne sais pas si je vais avoir la force de continuer. Mes émotions sont en dents de scie et mon corps me donne l'impression de vouloir me planter un poignard entre les deux omoplates en menaçant de tomber d'inanition, je le sens.

Elles reprirent leur épuisante ascension à flanc de mont.

— Mais il n'y a pas que ça, poursuivit-elle. J'ai essayé... Vainement, j'ai essayé de garder mes distances avec Stéphane et son amie, tout à l'heure, pour ne pas souffrir de leur absence, mais je n'y suis pas parvenue.

Elle souleva le col du tee-shirt devant son nez et le renifla un instant. L'odeur de propre se déversa abondamment entre ses narines.

— Involontairement, Stéphane m'a trop rappelé à quel point Antoine et moi avions eu tort de jouer avec le feu, expliqua Suzanne en regardant le sommet du mont de Sheeba septentrional, sur sa droite. Tu as vu dans quel état il se trouvait lorsque Silène nous l'a amené ? Je n'ai presque pas réussi à reconnaître son visage tant ses traits étaient tirés dans tous les sens. On aurait dit le masque mortuaire d'un homme qui aurait immortalisé la terreur que lui aurait inspiré son bourreau ; c'était si malsain et effrayant que je me sens encore profondément marquée par cette expression d'effroi et d'épuisement sur le visage d'Antoine.

— On va essayer d'éviter que le tien ait la même expression, hein ? suggéra Bérénice. Je connais un endroit où l'on va pouvoir se reposer un peu et trouver à boire et à manger ; par contre, il faut encore marcher une bonne demi-heure. Y arriveras-tu ?

— Ai-je le choix ? demanda Suzanne.

Bérénice passa sa tête sous le bras droit qui se balançait nonchalamment à sa gauche et maintint ses doigts autour du poignet pour garder sa compagne d'infortune contre elle. Suzanne faisait de considérables efforts pour ne pas être un fardeau malgré sa démarche mal assurée, mais elle se savait fragilisée par une alimentation frugale qui lui rappela sa période d'anorexie, laquelle – au terme de deux mois à ne plus se nourrir que de manière épisodique – l'avait conduite en urgence à l'hôpital par voie express sans passer par la case départ ni recevoir les vingt-mille francs. Ses dix-sept ans avaient été marqués par ses quarante-et-un kilos pour son mètre cinquante-neuf. Une tentative de suicide par ingestion de médicaments psychotropes avait précédé cette difficile phase anorexique et une longue période de suivi psychiatrique rigoureux avec traitement de cheval à l'appui avaient soldé le problème avec succès. Mais les souvenirs et les sensations étaient encore là, tapis en elle dans des zones d'ombre, et ils s'offraient quelquefois l'audace de refaire surface à la moindre occasion. Suzanne s'en rendait compte tandis qu'elle était soutenue par Bérénice.

Toutes deux plongées dans leurs pensées en gravissant péniblement le mont de Sheeba méridional, aucune d'entre elles ne décela la lumière verte qui s'intensifiait dans leur dos à mesure que l'attaque remontait vivement vers elles. Mais soudainement, Suzanne haleta en sentant l'impact derrière elle et elle fut immédiatement projetée en avant, malgré ses efforts pour se rattraper. Tombant lourdement sur le sol incliné à quarante-cinq degrés, repoussée par le poids de sa charge qui, éventrée, laissa tomber un roller dont les roues étaient désagrégées, elle amortit sa chute du mieux qu'elle put tandis que Bérénice, soufflée par la légère déflagration qui ne fut pas suffisamment puissante pour la repousser, se retournait vivement pour comprendre ce qu'il venait de se passer.

— Coucou, les filles ! ricana Max.

Suzanne, agenouillée dans la pelouse qui, franchement pentue, s'élevait vers le sommet du mont, posa ses yeux sur les deux silhouettes qui, à quarante mètres en contrebas, ne laissaient aucun doute sur leurs intentions. Max, à droite de son complice, était déjà prêt à décocher une nouvelle attaque mais Wilfried leva un bras devant lui pour lui intimer de ne rien faire. Le jeune dieu fit disparaître son projectile, releva sa capuche sur sa tête et mit ses mains dans les poches de son long manteau noir.

Bérénice aida Suzanne à se relever sur ses jambes encore

tremblantes de surprise. Le sac à dos exhibant sur le devant une déchirure béante aux bordures racornies et fumantes vomit le second roller qui chuta lourdement au sol et tourna sur lui-même avant de s'immobiliser plus bas. Des lambeaux de papier kraft et de plastique bruni par des flammèches de pétulance verte qui avaient léché le contenu du sac tombèrent à leur tour.

— Suzanne ! s'écria Bérénice. La disquette !

La déesse par héritage se délesta de la charge qu'elle sentait à peine sur les épaules et observa avec une profonde hantise le sac que Bérénice n'avait plus besoin d'ouvrir pour en examiner le contenu. La disquette, réduite en charpie par une attaque trop injustement efficace, n'était plus qu'un puzzle incomplet dont les trous grossièrement formés avaient amputé de deux tiers le poids du support de stockage. Certaines parties ne tenaient plus les unes aux autres que par un long filet de plastique fondu puis durci et il devenait bien difficile de se dire que cette disquette avait été d'un bel écarlate. Elle n'était désormais plus que lambeaux noircis et malodorants.

Suzanne, l'air hagard, lâcha le sac à dos qui s'étala avec légèreté sur l'herbe, et fit quelques pas pour se rapprocher des dieux qui, plus bas, l'observaient dans une posture de triomphe.

— Capella sera fier de nous, pavoisa Max. Nous avons détruit la disquette et plus aucun étranger ne fera irruption ici.

— Tu as raison, fit Wilfried d'une voix posée. Mais il nous faut encore retrouver Silène et le neutraliser une bonne fois pour toutes.

Suzanne n'était plus qu'à une trentaine de mètres.

— Et que fait-on d'elles, Wilfried ?

— Elles ne sont plus une menace pour nous : nous allons traquer Silène, et sans son aide, elle ne pourra jamais vaincre Cerbère qui s'occupera d'elle sans que nous ayons à nous salir les mains. Et si elle devient pour nous une gêne, nous la supprimerons en temps et en heure, mais pour l'instant, notre priorité reste...

— Si nous décidons de supprimer Suzanne, tu me laisseras m'en charger ?

— Tu es mon égal, Max ! Je n'ai pas à te donner la permission de faire quoi que ce soit. J'espère juste que tu seras assez mature et loyal envers Notre Seigneur et Maître pour te débarrasser d'elle rapidement... et que ton intérêt pour elle ne te dissuadera pas d'en finir le moment venu.

— Je verrai ça...

Suzanne n'était qu'à quelques pas des dieux lorsque...

Silène. Il apparut soudainement à quatre mètres au-dessus de Max et Wilfried et fondit sur eux sans qu'ils aient le temps de réagir. Il les attrapa tous deux en ceinturant leur cou de ses bras et ramena violemment leur tête l'une contre l'autre : ils se cognèrent tandis que les lèvres de Silène s'élargirent en un rictus qui ressemblait à un sourire. Il n'évoquait pourtant aucun sentiment de réjouissance : Silène détestait la violence.

Sans délai, il disparut en emportant avec lui les deux dieux là où ils seraient trop loin de Bérénice et Suzanne pour les inquiéter.

***

Les Sanlymarins partaient souvent du principe que puisque la ville ne venait de fêter que son premier anniversaire et était donc la plus jeune de toute l'Aquitaine, tout se devait d'être intelligemment pensé et conçu, correctement fabriqué, efficacement mis en place pour assurer la pérennité des différents dispositifs, que ce soit au niveau des constructions, de la sécurité, de la pollution, des énergies et du traitement des déchets, entre autres choses. D'après la plupart d'entre eux, cette ville nouvelle semblait promise à demeurer propre, moderne et paisible en toutes circonstances. Après tout, d'aucuns ne considéraient-ils pas la ville comme le lieu le plus agréable de la Côte d'Argent ? Se pourrait-il toutefois que cette réputation soit usurpée ?

En effet, il arrivait parfois aux habitants d'être déçus : plus concrètement, les belles promesses proclamées par le maire le jour de l'inauguration de la ville étaient loin d'être honorées, surtout concernant la sécurité. Car les effectifs de la Police municipale, seulement douze personnes pour plus de quarante-cinq-mille habitants – une hérésie, venaient se joindre aux rangs des nombreux exemples de problèmes qui méritaient expressément de trouver une solution et sur lesquels les services municipaux se penchaient inlassablement sans parvenir toutefois à trouver les fonds nécessaires à la création de nouveaux postes et offrir ainsi de précieux contrats. Monsieur Lastaux et ses administrés s'y cassaient les dents, irrémédiablement. De toutes manières, le Conseil Régional d'Aquitaine, la Fonction Publique et le ministère de l'Intérieur adoptaient la technique de l'autruche, comme si subvenir aux besoins de fonctionnaires en poste pour assurer la sécurité à Sanlys-sur-Mer allait les amputer des jambes et des bras.

Angélique réfléchit à cela et se dit qu'il vaudrait mieux que les décisionnaires qui portaient la responsabilité de ce déviationnisme soient amputés de la tête. D'ailleurs, comble d'une ironie qui frisait le cynisme, Max et Wilfried avaient rendu les forces de l'ordre encore plus réduites : trois agents, Matthieu Pachard, Ernest Dupuis et Jérôme Legall, avaient cruellement été assassinés en l'espace de quarante-huit heures, laissant le commissaire Édouard Morgane, secondé du lieutenant Marc Swift, gérer la poignée de policiers qui avaient survécu à cette vague de meurtres : Éric Sanders, Boris Lascerpe, Cyrielle Norman, Thomas Lagritte, Francis Decherneau, John Sparkman et Géraldine Piron. Jamais, à eux neuf, ils ne parviendraient à faire régner l'ordre, ni à imposer le respect de la loi au sein de la ville.

C'est ce que pensa Angélique, se souvenant encore de l'acidité de la bile qui lui était remontée trente-six heures plus tôt aux Bains Publics, et n'ayant rien oublié du spectacle offert par Max aux clientes présentes ce soir-là. Lola resterait la martyre sacrifiée sur l'autel de la tragédie et venue allonger les rangs des dommages collatéraux les plus injustes. Ni le commissaire, ni Marc ne pouvait résolument opposer une résistance efficace face à Max Tegai, ni à Wilfried De Laval. Seul Silène pouvait les inquiéter. *Alors le maire, encore moins*, se dit-elle avec un sourire affable alors qu'elle entrait dans un ascenseur de l'extrémité nord de l'hôpital en se frayant un chemin entre chirurgiens, infirmières et autres employés, titularisés, intérimaires ou stagiaires du personnel de l'établissement, auxquels visiteurs, amis, collègues ou membres de la famille des patients, se mêlaient régulièrement.

Ne pouvant atteindre le bouton du troisième étage, elle demanda à une collègue au derrière proéminent proportionné à ses hanches d'appuyer dessus et l'intéressée s'exécuta sans rien dire, trop à l'étroit dans sa blouse blanche inadaptée à sa corpulence pour décoincer un sourire qui lui aurait écorché les fesses mais demeurait toutefois bloqué dans son palais. *Elle doit avoir un spéculum dans le derrière, celle-ci*, pensa-t-elle avec véhémence avant de la remercier avec aussi peu de plaisir et de chaleur que ce que la dinde aussi aimable qu'une porte de prison avait témoigné à son égard en accédant à cette infime requête. *Et un thermomètre dans le duodénum.*

Angélique se laissa transporter à destination en laissant encore ses pensées aller là où le tourbillon de ses réflexions les attirait. Contrainte à jouer des coudes pour sortir de la cabine, elle s'extirpa enfin de l'ascenseur, non sans mal et tout en s'excusant avec une lassitude qu'elle ne dissimula pas. Elle s'engagea ensuite dans le couloir sur sa gauche vers les vestiaires et la cafétéria, non sans se demander dans quelles circonstances cette jeune adolescente que Silène avait ramenée à la résidence avait connu Stéphane. Apparemment, elle s'appelait Stéphanie et s'était présentée comme l'une de ses amies, ce qui avait surpris Sabine vu qu'il ne lui avait jamais parlé d'elle. Jack, la reconnaissant, avait ajouté qu'elle était avant tout et surtout une cliente du Salon des Petits Pains. Exténuée, l'adolescente s'était endormie dans le fauteuil du salon où Silène avait pris la peine d'investir le canapé pour se reposer pendant une heure trente – *l'intervalle d'un train de sommeil*, avait-il dit en s'assoupissant – avant de retourner sur Diadem 13 dès son réveil. Mais le dieu n'était pas encore revenu alors qu'il avait dit aux colocataires qu'il en aurait pour dix minutes. Et en ce matin du mercredi 13 juin, Angélique avait trouvé Sabine affalée sur la table de la cuisine, morte d'inquiétude pour Stéphane que Silène ne lui avait toujours pas ramené.

Du coup, Sabine l'avait aidée à installer Antoine à l'arrière de la Seat pour qu'elle l'emmène à l'hôpital. Bien qu'il ait gardé les yeux ouverts, l'homme était resté incapable de parler et n'avait exprimé qu'une profonde apathie derrière un visage hagard au regard perdu dans le vague. Angélique avait insisté pour que Stéphanie s'en aille et lui avait proposé de la raccompagner chez elle, ce que l'adolescente avait fini par accepter, la mort dans l'âme, à condition qu'on l'appelle dès que Stéphane serait rentré. Angélique et Sabine s'étaient regardées, intriguées, et ni l'une ni l'autre n'avait vu d'inconvénient quelconque à la tenir informée.

Une fois Stéphanie déposée devant le trente-quatre de la rue du Puits et Antoine laissé aux soins du personnel de l'hôpital, Angélique était donc montée au troisième puis avait pris la direction du vestiaire où, à présent, elle se changeait, endossant sa blouse par-dessus un petit chemisier canari – sa couleur favorite – qui, malgré sa jupe d'un vieux marron qui dépassait de son vêtement de travail et lui donnait dix ans de plus, la faisait ressembler à un œuf sur le plat du fait du jaune entouré du tissu blanc immaculé de sa blouse. Un œuf sur le plat avec un jaune en forme de triangle isocèle et un blanc octogonal autour. Une forme d'œuf aussi improbable que la poule férue de géométrie qui l'aurait pondu d'un croupion en forme de trapèze. Angélique savait qu'on pourrait la trouver ridicule mais elle n'en avait que faire : elle venait à l'hôpital pour exercer une profession de foi et non pour plaire à qui que ce soit, collègues ou patients.

Après tout, elle n'avait pas eu à se couvrir plus que de raison : grâce à la voiture de Suzanne, Angélique n'avait pas eu à apparaître de trop en public sur le trajet entre la résidence et l'hôpital et elle avait donc pu se permettre de sortir légèrement habillée. D'habitude, dans les transports en commun, elle préférait être plus couverte, mais dans la Seat qui conservait bien la chaleur, elle s'était permis de rester légèrement vêtue, ce qui lui était plus confortable pour la conduite. Elle avait toutefois calé à deux reprises sur la route ; d'entrée de jeu, elle avait su, à la première coupure de moteur lors d'un redémarrage à un feu vert, que ses talons hauts de sept centimètres étaient coupables de haute trahison envers Christophe de Lycie, patron des voyageurs, et de négligence à l'égard des lois édictées par son éminence, le très vénéré Code de la Route. Il était certain que ses escarpins incriminés ne facilitaient guère la conduite. À chaque calage, Stéphanie avait fait des yeux aussi ronds que ceux de la digne progéniture d'un crapaud et d'une biche, mais elle avait aussi su tenir sa langue pour ne pas susciter l'agacement d'Angélique. Celle-ci, vu qu'elle avait passé une nuit courte et agitée à cause des soins qu'elle avait eu à prodiguer à Antoine, avait estimé qu'elle n'était plus à cela près : cette journée sentait les catastrophes à plein nez. Pour prévenir un nouvel incident, elle avait malgré tout pris la peine de conduire pieds nus après le second redémarrage imposé : l'adolescente avait accepté de garder ses escarpins le reste du trajet. Mais aucune des deux n'avait engagé un dialogue de circonstance pour crever l'abcès des questions que chacune se posait sur l'autre.

Après avoir laissé les souliers sur le siège passager qu'elle avait occupé, Stéphanie avait juste remercié Angélique en sortant complètement du véhicule, rue du Puits. *De rien*, avait-elle marmonné en redémarrant dix secondes après que l'adolescente ait disparu dans le hall d'immeuble dissimulé derrière une double-porte vitrée. *Quelle drôle de fille... et quelle journée bizarre...* C'était la première fois qu'Angélique conduisait pieds nus, d'autant plus qu'il s'agissait de la voiture d'une fille qu'elle ne connaissait tout juste que depuis une semaine ; sans lui avoir demandé la permission, de surcroît. Elle mit la radio, constatant qu'Antoine était toujours aussi amorphe, bien harnaché à la banquette arrière par sa ceinture de sécurité.

— Allez mon grand ! Tiens bon !

Lloyd Cole and the Commotions interprétaient allègrement *Forest Fire*, leur plus gros tube sorti en 1984, et l'espace d'un instant, Angélique repensa à un spot publicitaire diffusé quatre ans plus tard sur le petit écran [108].

Je ne la sens vraiment pas, cette journée.

Nous étions le treize, et bien qu'elle fût loin d'être superstitieuse, elle espéra qu'aucun fâcheux évènement ne vienne lui donner tort. Elle aurait assurément changé son fusil d'épaule si le treize avait été un vendredi : mais c'était mercredi. Pourtant, cette journée sentait vraiment mauvais.

Il va me falloir un café d'urgence, s'était-elle dit à ce moment-là.

Lorsque Valérie aperçut Angélique de loin à l'entrée de la cafétéria de l'hôpital, à 10 h 00 pétantes, elle s'empara de son sac à main et le posa sur la table avant de faire un signe de main qui ne passa pas inaperçu. Aussitôt, Angélique sourit et slaloma entre ses collègues attablés pour rejoindre son amie qui lui sembla étonnamment maussade.

C'était devenu un rituel entre elles : dès qu'elles commençaient à la même heure, elles venaient entre vingt et trente minutes avant leur embauche pour prendre un café et s'encourager l'une et l'autre afin de mieux faire face à la multitude d'humiliantes corvées qu'elles allaient devoir faire pendant leur service. Néanmoins, cette habitude faisait généralement bien plus office de prétexte pour se raconter leurs derniers potins et en rire que de moment passé à stimuler leur motivation.

Mais ce jour-là, Angélique – sentant que Valérie semblait peu encline à se laisser aller à la sempiternelle jovialité dans laquelle elles avaient coutume, conformément à leur personnalité agréable et optimiste, de baigner ensemble – s'installa sur son siège avec une amertume qu'elle sentit si intensément en elle qu'elle lui sembla même se propager sur sa langue. Elle déglutit en se mettant silencieusement à l'aise et demanda :

— Oh toi, tu n'es pas dans ton assiette... Bienvenue au club !

— J'ai de sérieux problèmes...

Angélique ne s'était pas attendue à ce que Valérie se livre à elle aussi facilement ; en principe, il fallait toujours lui tirer les vers du nez.

— Je t'offre un café, miss ?

Valérie, qui n'avait pas encore daigné lever la tête, se redressa pesamment et Angélique lui trouva effectivement une affreuse mine : ses grands yeux verts n'étaient plus aussi vifs qu'à l'accoutumée, son teint était affreusement plus pâle malgré quelques touches de fard qu'elle s'était mises à la hâte sur le visage, son mascara mal passé sur ses cils faisait de minuscules croûtes qui formaient des paquets çà-et-là et ses cheveux auburn en principe bien coiffés et ordonnés en une sculpture qui, d'ordinaire, asseyait son côté atypique, la rendaient si quelconque qu'Angélique dut poser ses yeux sur ses tâches de rousseur pour se convaincre qu'il s'agissait bien de sa collègue et amie ; c'est ainsi qu'elle remarqua les infimes gouttes de sueur sur ses joues et son front.

— J'en ai déjà pris trois. Je te remercie quand même...

— Dis-moi ce qu'il se passe. Tu transpires et tu n'as pas l'air en forme.

— J'ai un service à te demander, haleta-t-elle.

Angélique fronça les sourcils. Ne se sentant pas d'une complaisance exponentielle, elle était à mille lieues d'envisager faire des efforts aujourd'hui. Une nuit infernale, deux calages sur le trajet et un ascenseur bondé en compagnie d'une bécasse qui s'était fait greffer un thermomètre et un spéculum avaient consommé les dernières gouttes de cette énergie qui favorisait la moindre des concessions qu'elle faisait.

— Non, ça suffit maintenant ! Je n'en peux plus de tes secrets, Mata Hari [109] : tu dois me mettre dans la confidence ! J'en ai assez de t'entendre me parler à demi-mots. Si tu veux que je te rende un service, tu dois d'abord, avant de me confesser ce que tu souhaites que je fasse, me dire quels sont ces problèmes qui te poussent à solliciter mon aide !

Valérie mit sa main sur celle d'Angélique afin de la presser tendrement et, pour une fois, le faciès de teckel abandonné au bord de l'Autoroute du Soleil dont elle savait si bien jouer sembla étrangement sincère à son amie.

— Valérie ! Tu sais bien que quand tu me fais cette moue-là, je ne peux rien te refuser. Ce n'est pas *fair-play*.

— Je suis sérieuse... Je te promets de tout te dire ce soir, mais...

Angélique dressa un sourcil pour l'inviter à finir sa phrase.

— *Mais* ?

— Mais uniquement si tu me laisses dormir chez toi, finit-elle par dire.

— Dormir à la résidence ? Ah tiens !

— Je ne peux pas dormir chez moi ce soir...

Valérie détesta le soupir lourd de sens que poussa la jeune femme à la chevelure parfaitement coupée au carré. Mais elle ne dit rien et attendit une réponse qui lui sembla si longue à venir qu'elle craignit qu'elle soit négative. Pourtant, dans l'esprit d'Angélique, il était évident qu'elle ne refuserait jamais de l'aider : comme Stéphane, elle était trop sensible et généreuse pour cela. Heureusement, à force de travail sur elle-même, elle savait désormais pallier ces deux traits de personnalité – des faiblesses, d'après elle – par un esprit persuasif et intraitable.

Jack s'était déjà rendu compte qu'Angélique communiquait de manière détournée, par sa gestuelle, avec des faux-semblants, des sens cachés, implicitement, comme lorsqu'elle avait déchiré ses posters : tout ce qu'elle lui aurait dit pour lui faire comprendre ce qu'elle attendait aurait été bien loin d'être aussi éloquent que ce geste. Et Valérie aussi se rendait compte, à chaque fois qu'elles bavardaient ensemble, que la jeune infirmière s'assumait parfaitement et savait obtenir ce qu'elle voulait malgré ses propres défauts qu'elle connaissait, comme la communication qui n'avait jamais été son fort.

À ce propos, Angélique avait clairement remarqué que Suzanne était une fille torturée qui ployait sous le joug de ce que son passé lui avait infligé, et elle avait souhaité trouver les mots pour la pousser à faire un travail sur elle-même pour faire face à ses tourments et les mettre à mal l'un après l'autre plutôt que de se laisser accabler par ses maux.

Mais elle n'avait jamais eu l'occasion de parler avec elle entre quatre yeux.

Pas encore.

Et si Suzanne était plus forte qu'elle ne se l'imaginait elle-même, Angélique, pour sa part, avait cet esprit d'analyse qui lui permettait de décortiquer tout ce qu'elle souhaitait afin d'avoir une hauteur de vue maximale sur une situation donnée. Pour une objectivité panoramique.

Ce soir, elle écouterait donc ce qui tracassait Valérie et lui prodiguerait les meilleurs conseils, avec pertinence et clairvoyance.

— D'accord ! On se retrouve ici à la débauche de 17 h 00.

En entendant ces mots, Valérie se sentit relativement rassérénée mais au vu des tracas qui martelaient son esprit soumis aux piques acérées qui le transperçaient de part en part, elle se dit qu'elle était loin d'être tirée d'affaire. Angélique comprit plus clairement encore que son amie avait des problèmes plus proches de la menace de mort ou d'emprisonnement que d'autre chose.

Elle se leva et se tourna vers la machine à café tout en trifouillant son porte-monnaie glissé dans son sac à main.

— J'aurais encore bien besoin d'un café, finalement, constata Valérie.

Angélique stoppa net son geste : son pouce et son index n'avaient pas encore lâché la pièce de cinq francs dans la fente du distributeur.

— Je t'avertis que je suis crevée aussi, ma belle. Alors si tu ne parviens pas à t'endormir ce soir à cause d'une forte teneur en caféine, je t'envoie gérer ton insomnie toute seule dans la cabane à outils au fond du jardin.

— Pourquoi es-tu fatiguée ? Aurais-tu passé la nuit avec Jack à remettre au goût des années quatre-vingt-dix le *Kamasutra* [110] dans les grandes largeurs, en long, en large, en diagonale et surtout en profondeur ?

Angélique laissa tomber la pièce dans la machine et sélectionna un café court non sucré en essayant de ne pas tenir compte des deux questions qui venaient de lui être adressées. Elle aimait beaucoup Valérie. Vraiment : elle l'appréciait. Mais elle était souvent comme une petite fille qui aurait mal été éduquée par ses parents : insupportable, irrespectueuse et discourtoise.

— Laisse tomber, fit-elle avant de prendre le gobelet cartonné rempli d'un café chaud et parfumé dans le réceptacle et de le poser sur la table devant sa collègue. Je devrais plutôt m'estimer heureuse puisque l'un de mes colocataires porté disparu nous a été ramené cette nuit.

— Seule la dénommée Suzanne manque à l'appel, donc !?

— Non, répondit Angélique en choisissant un expresso. Sidonie, la compagne de celui qu'on a retrouvé cette nuit, est partie à sa recherche.

Valérie étrécit ses grands yeux verts en plissant son front et but précautionneusement une gorgée de café chaud avant de dire :

— Il se passe des choses étranges chez toi. Toutes ces disparitions...

Angélique s'assit à sa place à gauche de sa collègue.

— En fait, c'est un peu plus compliqué que cela ; ces disparitions ne sont pas fortuites, mais ce serait trop long à t'expliquer. Par contre, il faudra que l'on passe au commissariat sur le chemin du retour, ajouta-t-elle. J'ai une déposition à y faire sans attendre...

— Un rapport avec les disparitions ?

— En quelques sortes... Mais j'ai encore du mal à en parler...

Toutes deux observèrent un silence d'une vingtaine de secondes avant d'échanger un regard espiègle malgré leur fatigue et leurs soucis.

— Avec tout le café qu'on ingurgite et ce qu'il nous arrive, nous avons de quoi bavarder toute la nuit, conclut Valérie.

— On devrait acheter des actions Selecta, plaisanta Angélique, bien que ni l'une ni l'autre n'avait le cœur à rire.

Elles ne doutaient pas de ce qui les attendait : le pire restait à venir.

***

L'ascenseur en panne avait obligé Stéphanie à monter les deux étages à pied, ce dont elle se serait bien passée.

Il était rare qu'elle dorme ailleurs que chez elle. Les invitations qui lui avaient été faites par ses camarades de classe au début de l'année scolaire pour des samedis soirs festifs avaient, la plupart du temps, été refusées : Stéphanie ne se sentait pas en phase avec les jeunes de son âge et préférait la compagnie des adultes. En outre, elle avait systématiquement mal dormi les rares fois où elle avait découché, non seulement parce qu'elle n'avait jamais été aussi confortablement installée que chez elle, mais également du fait de ses constantes inquiétudes pour sa sœur aînée. Catherine, trop impulsive et inconsciente des réalités, se retrouvait fréquemment dans d'inextricables situations dont elle ne parvenait que trop rarement à se sortir d'elle-même : elle avait souvent requis le concours de Stéphanie qui, plus adulte que celle qui était née six ans avant elle, l'avait alors tirée d'un mauvais pas. L'adolescente souffrait constamment du tracas qu'elle se faisait à son égard et cette angoisse qui s'intensifiait lorsqu'elle ignorait où se trouvait sa sœur aînée et ce qu'elle faisait l'empêchait de trouver le sommeil. De plus, cette solitude qui la poussait à désirer ardemment un frère aîné n'arrangeait rien ; elle estimait que le destin lui avait joué un tour bien cruel en lui donnant une sœur aînée absente et immature à la place d'un grand frère présent et mûr.

Ainsi, ces problèmes ne lui laissaient ni répit ni repos, occasionnant des nuits d'insomnie si carabinée qu'elle ne prenait plus la peine d'essayer de s'endormir, restant éveillée et travaillant alors sur ses cours pour rattraper le retard que ses nombreuses absences injustifiées avaient occasionnées.

Alors comment pourrait-elle dormir du sommeil du juste au cours de ces soirées à faire la fête, entourée d'adolescents qui ne lui ressemblaient guère ? Même Stéphane, d'âge et de sexe différents d'elle, lui paraissait plus proche. Toutefois, dormir parmi ses colocataires n'avait pas été si reposant qu'elle se l'était imaginé. Ou plutôt qu'elle l'avait espéré.

Dans l'appartement, elle poussa un lourd soupir en refermant la porte contre laquelle elle s'adossa un instant en fermant les yeux, se concentrant sur le silence qui avait investi les lieux depuis quelques heures désormais. Catherine était visiblement sortie sans laisser un seul mot, comme à son habitude, si bien que Stéphanie n'envisagea pas de vérifier s'il y avait un *Post-it* collé sur le réfrigérateur ou sur la porte de sa chambre. Elle savait qu'elle était soit partie travailler, soit en vadrouille quelque part dans le centre-ville à commettre quelque larcin dont elle ne se repaîtrait jamais : dérober des sous-vêtements dans les magasins ou à la sortie des boutiques de lingerie, résultat d'une cleptomanie instituée par une monomanie incurable. *Il faut vraiment avoir un problème dans la caboche pour s'adonner à des vols de culottes, de soutien-gorges et d'autres dessous*, s'était souvent dit Stéphanie. *Un jour, elle se fera pincer et elle l'aura bien mérité.*

Elle retira ses chaussures dans l'entrée et les mit dans le meuble prévu à cet usage avant de s'emparer de ses chaussons et de filer dans sa chambre.

L'appartement spacieux, bénéficiant d'une forte luminosité du fait de ses ouvertures au sud-est et à l'ouest, instaurait naturellement une atmosphère reposante dont les sœurs avaient augmenté le charme avec une décoration chaude et douce aux couleurs chatoyantes et un design de style années soixante-dix : moquette jaune unie recouverte par endroits de tapis en longs poils de polyester ou en fausse peau de mouton, téléviseur Bristol importé de Pologne, blanc aux coins arrondis monté sur pied, papier-peint truculent aux motifs si abstraits et colorés qu'ils en étaient psychédéliques, meubles en bois clair traité aux lignes sculpturales, poufs en plastique et cuir d'un orange flashy installés autour d'une table basse centrée d'un Saint-Paulia de dix-neuf ans aux fleurs violacées, cendrier en porcelaine et encore une pléthore d'autres éléments aussi variés qu'hétéroclites. Tant le mobilier que la décoration faisaient de cet appartement de soixante-treize mètres carrés un havre de paix où Stéphanie aurait pu prendre le recul nécessaire pour faire face à tout ce qui la tracassait. Pourtant, ni les moments de présence de Catherine qui se laissait aller à une vie dissolue où la cigarette, la bière et la dépravation régnaient en monarques absolus, ni ses absences qui agressaient sauvagement la conscience de l'adolescente ne lui permettaient de jouir de cet environnement pourtant adéquat.

Stéphanie avait hâte de finir ses études de littérature et d'entrer dans la vie active pour quitter ce lieu corrompu par sa sœur. De plus, elle souhaitait cesser de profiter de l'argent que leurs parents, résidents à Biarritz, injectaient dans le loyer et dans les charges que leur coûtait ce pied-à-terre mis à la disposition de leurs filles. Là où Catherine se complaisait dans son oisiveté, vivant d'heures de ménage qu'elle faisait épisodiquement chez un couple fortuné de Soorts-Hossegor ou d'heures de baby-sitting chez de jeunes couples de Sanlys-sur-Mer, Stéphanie, elle, ne visait que l'indépendance et l'équilibre d'une vie enrichissante et épanouissante.

Alors qu'elle était affairée dans la salle de bain, Stéphanie entendit au loin la porte d'entrée s'ouvrir dans un bruit de clefs retentissant et comprit que sa sœur venait à son tour de rentrer. Catherine, parlant dans sa barbe, sembla lui reprocher de ne pas avoir verrouillé la porte derrière elle, ajoutant que n'importe qui pouvait pénétrer chez elles, et l'adolescente eut encore plus envie de s'enfermer dans un mutisme ou de s'enfuir de l'autre côté du globe pour ne pas avoir à supporter ces remontrances.

— Tu pourrais au moins me dire bonjour, fit Catherine derrière la porte.

— Je vais prendre une douche ; je ne suis pas présentable, mentit l'adolescente qui, meurtrie de douleurs, n'avait retiré que ses chaussettes, se hâtant néanmoins de se débarrasser du reste en pensant à Bérénice qui était toujours sur Diadem 13 et à qui elle avait prêté l'un de ses tee-shirts.

— Où sont tes rollers ?

— Je les ai perdus... Il faudra sans doute que j'en rachète une paire...

— Quoi ? Mais comment as-tu pu les perdre, Steph' ?

Stéphanie entendit les roues à billes des rollers de Catherine faire gronder sourdement la moquette et lui ordonna avec une surprenante véhémence de les retirer immédiatement. La seule réponse qu'elle obtint fut le tintement des petites bouteilles de bière qui, secouées les unes contre les autres dans la porte du réfrigérateur, s'éleva lorsque, parvenue dans la cuisine, Catherine l'ouvrit. Elle en saisit une, la décapsula, et Stéphanie sut d'office ce qui allait suivre : sa sœur allait laisser traîner la capsule sur le plan de travail, rouler jusqu'au salon pour pesamment s'affaler dans le canapé en cuir trois places de chez Conforama, mettre le téléviseur en marche et s'allumer une cigarette, sans prendre la peine ni d'ôter ses rollers, ni d'ouvrir la fenêtre pour aérer.

Le sacro-saint rituel atavique se déroula précisément comme elle l'avait prédit, à son grand dam.

Colérique, l'adolescente s'emmitoufla dans sa serviette, ouvrit la porte de la salle de bain et passa la tête dans le couloir où elle aperçut des volutes de papier et de tabac consumés disparaître diffusément dans le séjour.

— Arrête de faire ça, Cat !

— Je vais aller voir Papa et Maman pendant deux ou trois semaines, annonça Catherine dans un calme olympien. Tu voudras venir ?

— Non ! Je ne te supporte plus !!

Stéphanie alla pour claquer la porte et se ravisa aussitôt en entendant le séant de sa sœur se décoller du cuir du canapé et les roues de ses rollers faire gronder la moquette. Catherine apparut alors à l'extrémité du couloir.

La jeune femme qui se dressait à cinq mètres devant Stéphanie se présenta campée dans une désinvolture dégageant une assurance sans pareille, largement accentuée par la bouteille de Heineken et par la cigarette qu'elle tenait nonchalamment dans une main tandis que l'autre se trouvait fermement rivée à sa hanche. Mais ses lèvres remontées en un sourire plein de suffisance se présentaient comme la clef de voûte d'un tableau empestant une fatuité si effrontée que sa physionomie en était exacerbée, comme un masque de bois d'ébène dont l'artisan aurait accentué les traits. Pourtant, sous ses airs de maîtrise de soi demeurait une personnalité douce, insouciante et cartésienne qui se lisait sans mal au-delà de ses grands yeux noisette, pour peu que Catherine soit suffisamment en confiance pour laisser les autres lire à travers elle. Stéphanie connaissait bien sa grande sœur, ne doutant ni de sa grandeur d'âme, ni de son intelligence, mais dernièrement, elle faisait de sa vie une parodie d'existence et cela donnait plus l'impression d'une profonde et exécrable bêtise que d'un défaut faisant partie intégrante de son caractère controversé. Comme une élève ayant toutes les compétences pour être brillante mais se laissant aller à une stupidité sans égale. Du gâchis.

— Qu'est-ce que tu as encore à geindre ? demanda-t-elle comme si Stéphanie eût été la petite sœur la plus capricieuse que la Terre ait jamais portée. Tu es jeune, tu as les vacances devant toi, on vit ensemble sans que Papa et Maman ne nous prennent la tête et à Sanlys-sur-Mer sous un beau soleil, en plus. Qu'est-ce qu'il te faut pour que tu arrêtes de faire la gueule ?

— Une sœur digne de ce nom, c'est-à-dire raisonnée, respectueuse, présente, bref, normale !

— La nature humaine ne connaît pas de normes, Steph', fit-elle remarquer avant d'exhaler une bouffée de tabac. Où as-tu passé la nuit ?

— Chez un homme de six ans mon aîné, aboya-t-elle en faisant un pas hors de la salle de bain. Et on a couché ensemble, figure-toi !

— Ah oui ? s'exclama Catherine en venant auprès d'elle sans se soucier de l'épaisse moquette dans laquelle les roues de ses rollers laissaient des traces dans leur sillage.

Stéphanie se satisfit de susciter l'attention de sa grande sœur et se félicita silencieusement de ce mensonge sans en montrer un seul signe.

— Vas-y, raconte ! implora Catherine avec un grand sourire. Tu t'es protégée, j'espère ? Tu as trouvé ça comment ? C'était bon ?

L'adolescente, dans sa stupeur, sentit le sol se dérober sous le poids de son âme outragée ainsi que son écumante colère s'élever en impitoyable déferlante. Elle tenta de refréner cette fureur hyrcanienne qui charriait les vestiges d'une joie brisée en morceaux aussi subitement qu'elle était née, mais sa grande sœur remit une couche supplémentaire là où le courroux de la jeune fille avait déjà largement pris dans l'édifice de son désarroi.

— Et comment s'appelle l'heureux élu qui t'a prise au berceau et a osé tutoyer le détournement de mineure ?

— Cat ?

Stéphanie rentra son pied dans la salle de bain et recula légèrement la tête tout en regardant le visage intrigué devant elle.

— Quoi donc ?

Et l'adolescente claqua la porte.

Catherine, loin d'être surprise, clama :

— Bon écoute, je sais que tu n'as pas couché avec ce gars. Je voulais juste te faire une boutade, c'est tout, mais tu es décidément loin d'être dans ton assiette, ces temps-ci. En tout cas, mon invitation est sérieuse : je vais à Biarritz en fin de journée, précisa-t-elle, tout à fait consciente que Stéphanie suivait tout ouïe. Je n'ai pas d'autre choix que de faire profil bas pendant quelques jours, vu que je suis en plein dans le collimateur des *flicards*.

— Tu as encore craqué, aujourd'hui ? fit la petite voix derrière la porte.

— Bah justement, non ! M'est avis que les gens dans les rues et les boutiques commencent à me connaître et à être plus vigilants. Déjà que je me suis faite arrêter dimanche soir ; je ne dois ma liberté qu'à un inconnu qui ne m'a pas laissé le temps de le remercier. Je lui aurais bien offert l'un des soutien-gorges de mon butin de ce jour-là, tiens !

— Tout le monde n'est pas fétichiste comme toi, Cat ! Ni aussi taré !

— Peut-être. En tout cas, je vais me calmer pendant deux semaines.

— Pourquoi n'arrêtes-tu pas de piquer de la lingerie ? Tant les commerçants que leurs clientes ont sans doute travaillé dur pour pouvoir obtenir ce qu'ils ont et tu n'as aucun droit de le leur soutirer. Tu ferais mieux de prendre toute ta collection et d'aller la déposer anonymement devant le commissariat de police de sorte à ce que ces sous-vêtements soit rétrocédés à qui de droit. Tu pourrais peut-être bien t'en sortir sans mettre en péril ton casier judiciaire.

À mesure que Catherine avait entendu ces dernières phrases, son visage s'était changé en une moue ressemblant davantage à une grimace de guenon qu'au minois fermé d'une jeune femme contrariée par les propos de sa petite sœur. Pourtant, son irritation à l'idée de cesser ses méfaits était bien réelle. Elle argua :

— Hors de question ! Tu te rends compte ? Mon butin s'élève à...

— Je m'en fiche, Cat !

— Crois-tu vraiment que je vais me délester du fruit de tant de labeur ?

Stéphanie soupira derrière la porte.

— Mais je n'ai pas réussi à obtenir une seule nouvelle pièce de lingerie cette nuit, poursuivit Catherine. Du coup, je n'avais pas franchement le moral et j'ai préféré rester dehors. J'ai vagabondé de *Sunbeach 36* aux Rochers de la Morte où j'ai dormi. Après toi, je prendrai une douche, ferai une petite sieste, préparerai mes affaires pour Biarritz et je m'en irai enfin.

L'adolescente soupira une nouvelle fois puis ouvrit la porte, posant aussitôt sur Catherine qui, appuyée au mur et penchée en avant pour défaire les lacets de ses rollers, plongea ses yeux dans les siens.

— Tu ne vas pas travailler, aujourd'hui ?

— Je suis censée y aller pour onze heures, mais je vais appeler Edgar et Maryline pour leur dire que je ne suis pas en forme, fit-elle en posant sa bouteille de bière contre la plinthe du couloir. Et puis j'ai la flemme de faire la route jusqu'à Hossegor.

— Tu te moques de moi ? grimaça Stéphanie. C'est seulement à près de quarante kilomètres d'ici. Tu récupères la A63 après la sortie de Lesperon. Ensuite, c'est presque direct. Tu as fait l'aller-retour presque tous les jours depuis que tu as commencé à travailler pour les Cassegrain il y a huit mois.

— Je dois me reposer, conclut Catherine en se retournant, gardant sa cigarette au coin des lèvres, marchant en chaussettes et tenant ses deux rollers dans une main et sa bière dans l'autre. Prends ta douche rapidement et je prendrai la mienne ensuite...

Ses longs cheveux noirs d'un brillant si intense qu'elle donnait l'impression d'avoir vidé un pot entier de laque sur sa tête disparurent lorsqu'elle retourna dans le salon pour écraser sa cigarette dans le cendrier sur la table basse. Stéphanie poussa un énième et profond soupir d'exaspération et referma doucement la porte de la salle de bain.

***

Le froid avait fini par s'immiscer jusque dans la moelle de ses os, pensa Stéphane, et sans regretter d'avoir prêté son tee-shirt à Suzanne, il se dit qu'il aurait assurément pensé à s'habiller plus chaudement s'il avait décidé de venir de lui-même sur Diadem 13. Pourtant, au vu de ce dont il s'était rendu compte en regardant avec Émmanuelle la vidéo de l'expérience qu'avaient faite Antoine et Suzanne, tous deux avaient été délestés de leurs vêtements avant d'être précipités dans le coffrage du moniteur et d'être placardés sur des triangles. S'habiller chaudement n'y aurait donc rien changé : ses habits seraient restés devant le clavier du Goupil comme ceux de Sidonie qu'il avait lui-même récupérés. Ceci étant, ni Stéphanie ni lui ne s'était attendu, par le truchement de la disquette rouge, à se retrouver sur Diadem 13. Ils n'auraient d'ailleurs jamais dû être ici.

La matinée dans cette dimension, bien qu'elle n'augurait pas un froid digne des latitudes polaires, s'annonçait plus longue qu'il n'y paraissait. Silène ne semblait pas près de revenir le chercher, contrairement à ce qui était prévu, et l'impatience de rentrer à la résidence et de pouvoir s'y reposer le rendait frileux à un point qu'il n'aurait jamais imaginé.

Assis au pied d'un arbre étrange, appuyé contre son tronc noueux, Stéphane s'était placé face à ce soleil, Alnitak, qui poursuivait peu à peu son ascension dans les altitudes célestes de ce monde étrange dont il ne connaissait rien ; aussi se plut-il à constater qu'au moins, l'étoile qui rayonnait devant ses yeux dispensait une chaleur aussi agréable que celle à laquelle il avait toujours été habitué en Aquitaine, que ce soit à Morcenx où il était né et avait vécu avec ses parents ou à Arcachon où ils avaient tous trois déménagé en 1973 et résidé jusqu'à leur emménagement aux Colombes à Sanlys-sur-Mer l'année passée.

Sanlys-sur-Mer...

Reverrai-je la ville un jour ?

Il sentait très distinctement de nombreuses salves de vague à l'âme fouetter son esprit comme des lames de fond en perpétuel mouvement et les bras de cette mélancolie s'ouvrirent grand devant lui pour l'inviter à venir dans l'écrin chaud d'une émotion qu'il ne ressentait pourtant que très rarement. Il éprouva malgré tout l'envie de s'y blottir tendrement.

— Qui es-tu et que fais-tu là ?

Stéphane ressentit la surprise parcourir sa colonne vertébrale comme un frisson furtif. Il leva les yeux qui plongèrent dans le bleu foncé de ceux de la femme accroupie sur une branche d'arbre au-dessus, un poing contre la taille et l'autre main enserrant une branche. Sans lui laisser le temps de répondre, elle se laissa choir majestueusement pour retomber avec agilité sur ses pieds aux sandales dorées à talons mi-hauts et le toisa avec une animosité qu'elle assumait fièrement et complétait d'une suffisance ostentatoire.

— Antoine Sendai, commença-t-elle à dire à la grande surprise du jeune homme qui pensa aussitôt qu'elle faisait erreur sur la personne. Suzanne Labille, poursuivit-elle. Et Sidonie Mester. Ces noms te sont-ils familiers ? Réponds !

Intimidé, Stéphane tenta de se relever, mais curieusement, il ne parvint pas à décoller ses fesses du sol, ni son dos du tronc de l'arbre derrière lui. Décidant de ne pas exprimer sa surprise, il insista discrètement en poussant sur ses mains posées dans l'herbe de chaque côté de lui, mais rien n'y fit : il était comme pétrifié sur place. En caleçon, chaussettes et baskets, il ne se sentait pas des plus à l'aise ainsi vêtu et regarda autour de lui pour voir si quelque chose ou quelqu'un ne pouvait pas l'aider à se tirer de l'inconfortable situation dans laquelle il se savait être. Nul doute que cette créature ne faisait pas partie des cinq milliards d'êtres humains qui peuplaient la Terre et que ses origines n'étaient autres que les mêmes que celles de Max et Wilfried ; même sans avoir remarqué ses longues oreilles qui s'élevaient en pointe de part et d'autre d'une chevelure d'un roux flamboyant, il ne douta pas que cette créature ne fût pas humaine.

— Ce sont mes amis...

L'elfe fronça immédiatement les sourcils en entendant ces mots.

— Tes amis ? Peuh ! cracha-t-elle avec dédain. Tu ne les connais que depuis une semaine et ce sont déjà tes amis ? Comment peux-tu minimiser l'importance d'un sentiment qui, si j'en juge par ce que j'ai cru comprendre des humains, peut prendre des années à germer dans votre cœur ? Tu banalises complètement les notions d'amitié en en parlant avec tellement de légèreté que tu en deviens présomptueux et irrespectueux.

— Si vous pouvez lire dans mon esprit, pourquoi me poser des questions ?

— Ne joue pas à ce petit jeu-là avec moi, Stéphane Lucas ! éructa-t-elle en insistant sur son prénom. N'est-il pas coutume de se présenter courtoisement ?

Stéphane se sentait intimidé et imagina avec frayeur à quel point Antoine avait dû connaître l'enfer aux prises avec une créature peut-être aussi impressionnante et menaçante que celle qui lui faisait face. Finirait-il lui aussi par être aussi méconnaissable et affaibli que son colocataire ?

— De toutes manières, tu n'as rien à faire ici, poursuivit la jeune elfe en passant négligemment une main dans ses cheveux poil de carotte. Je m'appelle Mutine et je ne suis pas habilitée à te laisser ici alors que tu n'as aucun droit, pas plus celui de rester en liberté que celui de vivre.

Stéphane frissonna une nouvelle fois, mais ce coup-ci, il ne put cacher son effroi.

— Tu ne pourras pas m'attendrir avec ton air apeuré, ni avec ta faiblesse manifeste. La loi qui règne ici est celle du plus fort et j'aurais plaisir à te terrasser sans scrupules ni remords si j'en avais l'autorisation pour appliquer cette seule loi en vigueur ici. Néanmoins, je me dois de t'escorter là où tu seras retenu en captivité en attendant que soit décidé ton sort. Et le plaisir que tu auras à retrouver ton amie Sidonie, elle aussi captive, sera peut-être la dernière de tes réjouissances.

Relâchant l'énergie qui réduisait le jeune homme à l'immobilité, lequel se releva vivement, Mutine, en tunique blanche légère finissant en jupe ample qui, à mi-cuisses, ondulait légèrement comme balayée par un souffle aussi doux qu'une caresse, vint se positionner à côté de lui pour approcher son visage du sien et lui dire de manière très persuasive :

— Je ne suis certes pas la plus douée qui soit en ce qui concerne l'usage des pouvoirs dont nous disposons, mais crois bien que si tu tentes de fuir, j'aurai le temps et le loisir de briser toutes tes articulations jusqu'à ce que mort s'ensuive, quoi qu'il en soit. Je ne saurais donc trop te recommander de te tenir tranquille.

Mutine ne passerait aux actes pour rien au monde, ne souhaitant pas contrevenir aux ordres que Capella lui avaient adressés. Mais Stéphane, ignorant qu'il ne courait aucun danger, ne répondit rien et ne put qu'obtempérer lorsqu'elle se plaça derrière lui pour lui ordonner, en le poussant en avant d'une main brutale et sèche dont les ongles lui laissèrent des marques sur la peau, de commencer à marcher. Sans savoir pour autant quelle direction prendre, il avança donc dans un effort de docilité et ses pensées se laissèrent emporter par une spirale d'appréhension qui mettait à genoux tous ses espoirs.

Qu'elle avait été douce et paisible, cette année passée à Sanlys-sur-Mer.

Antoine et Suzanne, ainsi que Sidonie, avaient décidé de venir d'eux-mêmes sur Diadem 13 : tous trois n'avaient jamais souhaité vivre ce qu'ils y avaient vécu jusque là, certes, mais d'une manière ou d'une autre, ils avaient leur part de responsabilité dans les évènements dont ils avaient été les victimes. Ils avaient joué avec le feu et s'étaient brûlé les ailes avant de chuter dans le précipice de leur audace. Mais Stéphane, lui, n'avait jamais souhaité fouler du pied la plaine de Chronopolis, ni nulle autre région de ce monde. La disquette, par la force des choses, conjuguée à la sphère de pétulance projetée par Wilfried, l'avait sauvé en l'envoyant ici avec Stéphanie, mais n'était-il pas pour autant promis à une mort prochaine ? Les circonstances de son arrivée aux abords du lac du Mercator ne lui avaient-elles pas accordé un répit, tout au plus ?

Et savoir qu'il allait retrouver Sidonie n'était qu'un réconfort bien léger par rapport à la promesse de cette captivité qu'il redoutait et à la mort qui lui pendait au nez comme des stalactites prêtes à s'enfoncer puissamment dans son crâne.

Suzanne avait visiblement suffisamment de puissance et de témérité pour venir les sauver. Cependant, elle avait également une mission tout aussi urgente à accomplir et elle était bien loin d'être disponible pour leur porter secours à tous les deux.

Silène était leur seul espoir.

***

Les tuiles se brisèrent avec fracas au moment où les trois dieux réapparurent au nord de Sanlys-sur-Mer, au-dessus du toit d'un pavillon du Hameau du Bel Air, et s'effondrèrent lourdement avant de s'immobiliser brièvement dans un amas de poutres, de plâtre et de laine de verre. Silène cligna des yeux pour chasser la poussière de ses cils et fit une mise au point sur Max qui bondissait sur lui en tenant fermement une boule d'énergie verte dans sa main droite. Le sourire carnassier de l'assaillant se montrait ostensiblement éloquent et laissait deviner au-delà un outrageux plaisir à provoquer la souffrance. Silène para le coup sans aucun souci, ayant même le temps de voir sortir de chez elle la famille qui y résidait, mais comprit trop tard que Max n'avait été là que pour faire diversion ; Wilfried, se jetant vers lui sur sa gauche, lui porta une violente attaque qu'il ne put éviter, parvenant néanmoins à en minimiser l'impact en levant son bras devant ses yeux pour cacher son visage. L'avant-bras gauche absorba le pétulance dans une lumière qui devint rapidement blafarde avant de disparaître, et le muscle extenseur ulnaire du carpe implosa sourdement alors que le dieu, terrassé par une insupportable douleur et hurlant à la mort, retomba en bas sur l'herbe devant la façade du pavillon.

Meurtri par une indescriptible douleur, le dieu blessé réalisa à quel point il était en danger : il lui fallait s'isoler pour se soigner. Dans le tumulte de ses pensées taraudées par les géhennes qui l'accablaient, il ne douta nullement de l'urgence impérieuse de la situation. Naturellement, cet instant d'infortune lui rappela la chasse à l'homme instituée par Max et Wilfried dans la forêt de l'Âme Blanche quelques jours plus tôt. Virgil y avait sacrifié sa vie afin de permettre à Silène de fuir.

Fuir. La fuite n'était jamais qu'un pas en arrière, certes, mais susceptible de permettre d'en faire deux en avant, se dit-il.

À quatre mètres de lui, Max se relevait péniblement sur ses jambes, aidé par Wilfried qui le soulevait d'une main ferme autour de son bras. Silène exerça sa pétulance sur lui-même. Pour fuir. Max comprit. Il eut le temps de se jeter au-devant de lui afin de lui saisir la jambe. Les trois dieux disparurent dans la seconde.

Ils se retrouvèrent plus à l'est à proximité de la Résidence du Coucher de Soleil, dans le quartier des Tulipes où les pâles couleurs naissantes de cette matinée contrastaient avec les chatoyantes teintes des toits dont les tuiles faisaient chanter les verts, fondre les rouges et cristallisait les bleus. Pourtant, aucun de ces charmes n'était en mesure de faire diversion en anesthésiant la douleur qui arrachait des larmes à Silène au moment où il se redressa dans le jardin d'une grande propriété. Juste à côté de lui gisait Max qui s'était mal réceptionné à l'instant où ils étaient réapparus tous les trois : le blond demeurait immobile, les cheveux en bataille, allongé sur le ventre. À proximité, Wilfried, un genou à terre, s'élança au secours de son ami.

Se redressant péniblement, Silène se tenait fermement l'avant-bras comme s'il craignait qu'il ne se détache de son coude et observa Wilfried un bref instant. Le dieu capellan, sans lâcher Max, se dressa avec défi et fierté à trois mètres de son ennemi et le toisa. Silène put voir toute la haine qui bouillonnait dans le regard aux yeux verts qui creusait silencieusement dans son crâne le nid de sa méfiance. C'est alors que Max remua légèrement en reprenant peu à peu connaissance et son aîné se focalisa à nouveau sur lui. Silène commença à s'éloigner d'eux en titubant, bien incapable de se téléporter. Dans son dos, il entendit Max se blâmer lui-même.

— Je me suis fait avoir comme un cafard !

— Calme-toi, Max, lui dit Wilfried. Je vais t'emmener chez Magdalena.

— Il a délibérément fait en sorte de réapparaître à quelques mètres du sol seulement... pour ne pas qu'on ait le temps de se réceptionner, expliqua-t-il en reprenant son souffle, regardant Silène s'en aller dans la rue de l'Europe. Tu ferais mieux... de lui asséner le coup de grâce, Wilfried !

— Non, Max. Contrairement à ce qu'il veut nous faire croire, il a encore bien assez de ressources pour nous donner du fil à retordre, et même à deux, nous aurions bien du mal à nous débarrasser de lui. Il a peut-être même dépassé Virgil en puissance et en résistance. C'est pour cela que si nous reprenions la lutte, nous en aurions encore pour quelques heures, d'après moi ; or, tu es loin d'être en état de tenir le coup. Je t'emmène chez Magdalena et reviens ici de suite.

— Non !

Wilfried disparut avec Max, le déposa délicatement devant la tanière de Magdalena sans lui laisser aucun choix et revint aussitôt à l'endroit d'où il s'était volatilisé, ressentant dès son retour les affres d'une fatigue qui ne lui avait pas pesé depuis bien longtemps. Exercer sur lui sa propre pétulance lui avait toujours posé un étrange cas de conscience qui découlait d'une gêne certaine liée à sa peur de se cibler lui-même au moment d'activer ce pouvoir dont il se servait majoritairement pour tuer. Et les déplacements de ses propres molécules en devenaient inévitablement plus épuisants encore. Plus encore quand il emmenait quelqu'un avec lui. Mais il se reprit après un soupir de langueur et se lança vivement à la poursuite de Silène.

Il l'aperçut de loin, reconnaissant sa façon de marcher d'entre mille, et concentra une nouvelle attaque dans le creux de sa main droite en fixant hargneusement sa cible qui s'en allait effrontément au milieu des passants.

— Seigneur Capella... Je vous en prie...

Implorant l'aide de son souverain, Wilfried décocha son tir dans un mouvement preste et rapide et la vive lumière d'un vert radiant fila d'un trait comme une flèche qui ne devait jamais manquer sa cible. Néanmoins, un quinquagénaire se rapprocha du bord du trottoir pour traverser la rue de l'Europe à l'approche de la place Poncelet plus à l'ouest et l'homme s'écroula silencieusement au loin aussitôt que la pétulance l'atteignit à la nuque. Les gens alentour semblèrent s'affoler et Silène, incapable de se téléporter davantage, profita de la panique pour s'éclipser hâtivement.

Quelques instants plus tard, lorsque Wilfried atteignit enfin le cadavre gisant au sol, il ne porta aucun regard à sa victime, ignorant le trou béant que la sphère d'énergie avait creusé dans la boîte crânienne du passant, et regarda tout autour de lui ; par peur ou par dégoût, les passants avaient détalé comme des lapins. Également incapable de se servir de sa faculté de se déplacer dans l'espace en une fraction de seconde, il restait toutefois à Wilfried assez d'énergie pour exercer sa vision stéréoscopique, laquelle lui permettait de voir de près ce qui se trouvait à distance, comme s'il regardait à travers une paire de jumelles. Avec l'espoir de meilleurs résultats que lorsqu'il avait porté son attaque l'instant précédent, il scruta, à une cinquantaine de mètres de l'intersection, les abords de la place au centre de laquelle se dressait une immense colonne de quarante-six mètres de hauteur surplombée d'une allégorie de la vertu, figure féminine angélique aux longues ailes déployées, bras grands ouverts vers le sud, coulée en bronze, et observa une brève seconde les magnifiques détails de ce visage qui irradiait d'une bonté qui lui sembla aussi divine qu'incompréhensible.

Mais le temps n'était pas aux réflexions stériles ; la disquette était détruite et il ne leur restait plus qu'à se débarrasser de Silène pour avoir enfin accompli leur mission, à Max et lui. Son impatience d'en découdre lui intimait de ne pas perdre davantage de temps. Mais comment allait-il pouvoir retrouver ce fourbe dans cet état ? Au terme de nombreuses erreurs de stratégie, ils avaient épuisé toutes leurs ressources de pétulance et massacré des innocents au lieu de se focaliser sur leurs cibles réelles.

C'est à l'instant même où Wilfried allait à son tour traverser la rue de l'Europe qu'une silhouette s'interposa devant lui, apparaissant comme par magie sous le regard éberlué des rares passants qui déambulaient encore sur les trottoirs. L'homme, malgré la surprise, ne cligna pas des paupières et identifia cette présence familière avant même qu'elle ne se montre.

— Nectarine ! Qu'es-tu donc venue faire ici ?

Exhibant son dos alors qu'elle regardait l'animation qui régnait alentour, l'elfe prit enfin la peine de lui faire face et répondit :

— Je suis venue te chercher, Wilfried. Tu dois rentrer avec moi.

L'homme essuya la sueur qui perlait sur son front du revers de la main et ses franges châtain lui collèrent à la peau, retombant devant ses yeux verts qui ne se détachaient pas de la jeune créature aux cheveux rouges.

— Depuis quand Notre Seigneur t'envoie-t-il nous dire ce que nous avons à faire ? demanda-t-il, passablement contrarié.

— Ce n'est pas lui qui m'envoie. C'est de mon propre chef que je viens t'aider à mener à bien notre mission. Silène se cache quelque part dans le secteur, sans doute atterré et épuisé, mais tu ne l'inquiéteras pas dans ton état et tu le sais pertinemment. Viens avec moi : je t'emmène te faire soigner chez Magdalena. Grâce à toi, Max est en train de se faire remettre sur pied, mais tu ne dois pas présumer de tes forces : il te faut toi aussi te reposer.

— Je me reposerai une fois mort, cracha-t-il en reculant, balayant d'un revers de la main les propos de Nectarine. Je ne m'abaisserai pas à te suivre, toi qui n'es même pas originaire de Diadem 13.

— Est-ce vraiment ce que tu désires ? lui demanda-t-elle en redressant le menton pour balayer d'un coup l'offense qu'il venait de lui faire.

Wilfried ne prit pas la peine de piper mot, détourna les yeux pour jeter un regard vers la statue de bronze qui siégeait au sommet de la colonne et commença à s'éloigner.

— Wilfried !

Il s'arrêta de marcher, plus par curiosité que pour donner l'impression à Nectarine qu'il lui témoignait un quelconque intérêt.

— Que vas-tu faire ?

— Je vais ratisser le secteur jusqu'à ce que je tombe sur notre ennemi. Je le retrouverai, quoi qu'il m'en coûte, dussé-je y perdre la vie.

Il grimaça avant de sourire, les paupières baissées sur des yeux humides d'émotion.

— Oh, souffla-t-il tout bas. En fait, je l'ai déjà perdue.

Nectarine fixa ce dos qu'il lui montrait à son tour et, en observant les cheveux du dieu qui retombaient presque jusqu'au niveau de la taille, elle comprit à quel point il était bien plus exténué qu'il n'y paraissait.

— Comme tu voudras, fit-elle avant de se dématérialiser.

***

C'est affamée et dans un état avancé de fatigue que Suzanne gravissait la pente du mont de Sheeba méridional ; les protubérances géologiques qui semblaient être sorties de terre pour former ces deux dômes à la courbe trop arrondie pour être naturelle se dressaient dans toute leur superbe, laquelle leur conférait une majesté sans bornes autant qu'elle forçait l'admiration. Suzanne ressentait, à mesure qu'elle montait vers le sommet, une étrange sensation qu'elle ne put identifier, ni même interpréter.

La jeune brune s'arrêta de marcher, soulageant ainsi ses chevilles devenues douloureuses, et reprit son souffle en regardant par-dessus son épaule la frêle silhouette de Bérénice qui, à cent mètres en contrebas, se rapprochait péniblement. Bien qu'elle parla suffisamment fort, Suzanne ne put être entendue, ses mots se dispersant aux quatre vents sans que la romancière ne puisse les saisir ; cette dernière, tout en couvrant pesamment la distance qui les séparait, lui demanda de répéter ce qu'elle venait de dire.

— Je disais que malgré mon état, je ne me reposerai qu'une fois le gardien des monts de Sheeba mort ! Que sais-tu sur lui ?

Bérénice rejoignit enfin sa collègue d'infortune et elles poursuivirent cette conversation en reprenant leur éprouvante ascension.

— Je ne connais pas l'identité des sept gardiens ; ceux dont j'ai déjà entendu parler ou que j'ai rencontrés sont Sleipnir que tu as tué, ainsi que Clotho qui protège le labyrinthe du Dedalesk et Falken que je n'ai vu qu'une seule fois et qui vit dans une gigantesque tour. La seule chose que je connaisse de Cerbère, ton prochain adversaire, c'est que conformément à la mythologie grecque, c'est un canidé tricéphale absolument terrifiant qui fait réellement figure de chien de garde des monts : il est également le protégé de Capella et d'une dénommée Magdalena. Il pourrait nous tomber dessus à tout instant, sans crier gare, et nous déchiqueter sans que nous puissions y faire quoi que ce soit. Nous avons une chance sur deux pour qu'il soit au sommet de ce ballon ; si ce n'est pas le cas, il nous faudra redescendre et arpenter le flanc de l'autre plus au nord une fois reposées.

C'est à cet instant que Suzanne réalisa que plus rien ne semblait lui faire peur, ni même l'impressionner. Paradoxalement, cette indifférence l'effraya suffisamment pour la rendre soudainement très nerveuse, mais elle parvint aisément à dissimuler les tensions qui exacerbaient ses interrogations et Bérénice sembla n'y voir que du feu.

— Tu sais comment je peux le terrasser ? demanda Suzanne.

— Je n'en sais rien... Tout ce que je peux te dire, c'est que la pétulance lui est étrangère : il ne connaît que la force brute.

— Un peu comme Polyphème, si je comprends bien.

Finalement, elles décidèrent de faire une pause sur place, restant à flanc de colline, et s'allongèrent dans l'herbe pour se détendre et reposer leurs jambes mises à mal par ce mont heureusement de moins en moins pentu à mesure qu'elles le gravissaient.

À présent, le jour était bien levé et dispensait sur la région une lumière déjà plus franche qui rendait perceptible l'horizon qui se dessinait à l'est, de l'autre côté des deux collines d'où les jeunes femmes avaient un point de vue imprenable sur les prochaines régions qui les attendaient à l'ouest. Suzanne put même distinguer, dans le lointain, ce qui s'apparentait à une tour s'élevant derrière une construction triangulaire.

Se laissant porter par le silence et l'atmosphère de sérénité qui dominait, Suzanne fit un petit somme qui ne lui donna pas l'impression d'avoir récupéré une once d'énergie lorsqu'elle en sortit deux heures plus tard. Elle fut surprise de constater que Bérénice ne semblait pas avoir fermé l'œil un seul instant ; comme si elle n'avait pas bougé d'un iota, la romancière avait la même position assise qu'au moment où Suzanne s'était endormie et demeurait immobile, le regard perdu dans le vague.

— C'est la fameuse tour dont tu as parlé ? Celle de Falken ?

Bérénice se tourna vers sa compagne d'infortune qui semblait détailler la construction qui se dessinait légèrement en direction de l'ouest.

— Oui, dit-elle laconiquement en faisant une mise au point sur cette immense colonne de pierre qui se dressait sur leur droite. Mais avant d'y arriver, il nous faudra rallier le labyrinthe du Dedalesk, cette zone en forme de triangle. Et Clotho qui en est la gardienne risque de te donner du fil à retordre. Tu n'as pas idée, ajouta-t-elle comme pour parler à elle-même.

Elles reprirent leur marche : elles étaient pratiquement au sommet.

— Si, j'en ai idée, justement. N'est-ce pas elle qui a mis mon ami Antoine dans l'état pitoyable dans lequel Silène l'a découvert ?

La romancière déglutit et alla pour répondre quand Suzanne leva la main pour imposer le silence.

— Tu as entendu quelque chose ? demanda Bérénice.

— Si tu parles encore, je n'entendrai plus rien. Tais-toi !

Suzanne savait très bien que de nombreux changements en elle avaient débuté dès son arrivée sur Diadem 13 et se poursuivaient également à chaque instant qu'elle passait dans ce monde qu'elle ne connaissait pas. Elle se découvrait de nouvelles aptitudes et même des traits de personnalité inhabituels que les situations qu'elle vivait ici provoquaient ou modifiaient. La pétulance lui avait permis de faire exploser la cage thoracique et le crâne de Polyphème et d'immobiliser Sleipnir. Les cailloux, comme celui qu'elle était parvenue à faire rouler avant de s'évanouir dans les prisons du manoir de Cardonthöl, pouvaient désormais se briser entre ses mains. Pourtant, son ouïe qui semblait plus affûtée que le fil de la doloire la plus tranchante, Capellarys elle-même, ne s'améliorait pas en raison de la pétulance qui coulait dans ses veines et elle le savait. C'était plus une certaine forme de paranoïa doublée d'une attention toute particulière à cet environnement hostile dans lequel elle s'était retrouvée qui avait augmenté l'acuité de ses cinq sens ; bien plus qu'autre chose. Elle n'en était guère stupéfaite. Pour elle, la race humaine avait, il y a des milliers d'années, été bien mieux pourvue en aptitudes qui passeraient pour être surnaturelles aujourd'hui, et qu'elle aurait perdues à force d'évolutions technologiques et d'oisiveté.

Ce qui se produisait en elle asseyait sa théorie dans une sphère plus plausible.

— Quelqu'un rit au loin... et approche rapidement de nous. Il court.

— Viens !

Bérénice saisit le poignet de Suzanne et la contraignit à la suivre en direction du sommet où une habitation protubérante se dessinait au sol.

— Où m'emmènes-tu ? demanda-t-elle en se laissant entraîner. Ce logis est sans doute habité et il vaudrait mieux ne pas y pénétrer.

Bérénice réalisa alors que, contrairement à ce qu'elle avait pensé, Suzanne avait elle aussi remarqué cette tanière. Mais elle préféra taire sa surprise et se contenta de répondre :

— Je ne sais pas qui peut y résider, mais je n'ai pas envie de le savoir, on est d'accord. Nous allons simplement nous allonger aux abords du talus où l'herbe est plus haute.

Tenaillée entre de grands moments d'une conscience qui favorisait une maîtrise de soi à toute épreuve d'un côté, et d'autres où la perte de contrôle l'imprégnait tellement qu'elle en débordait, Suzanne se laissa entraîner par Bérénice, se sentant plus lasse qu'elle ne se l'était figuré. En regardant alentour, elle cherchait du regard d'où venaient les rires qu'elle seule entendait. Il lui sembla qu'il s'agissait d'un enfant, tant ces ris exprimaient l'insouciance d'une innocence juvénile, mais elle n'en était pas certaine et les bruits de leurs pas précipités dans les herbes hautes au sommet l'empêchaient d'isoler ces éclats de voix dans sa tête.

Bientôt, les deux femmes parvinrent aux abords de l'habitation qui semblait avoir été creusée par un être désireux de vivre autant au niveau du sol que dessous, et Bérénice, sentant que Suzanne venait d'entrer dans un état d'esprit de passivité extrême, lui poussa la tête vers le bas pour lui intimer de s'allonger tout à fait dans la luxuriante végétation qui bordait le talus sous lequel avait été aménagée l'habitation.

Malgré l'inaction de sa conscience, la jeune brune fut la première à voir, en se retournant, un spectacle qu'elle n'oublierait jamais : un enfant, complètement nu, s'approchait en courant, comme plongé dans une étrange béatitude qui anesthésiait toute pudeur, rapidement poursuivi par une bête féroce qui, malgré ses trois têtes dont les mâchoires béantes semblaient la démanger, paraissait respirer elle aussi le jeu et l'innocence que le jeune garçon exprimait.

Sentant que Suzanne s'était focalisée sur une source d'attention qui méritait que l'on s'y attarde, Bérénice se détourna également des hautes herbes dans lesquelles elles étaient toutes deux camouflées pour regarder enfin par-dessus son épaule.

— Mais qu'est-ce que c'est que ce délire ? souffla-t-elle pour elle-même.

L'espace d'un bref instant, Suzanne fit une mise au point sur le visage du garçon qui semblait ne se soucier de rien : son rire était si franc, venant d'un cœur qui ne pouvait être que pur, qu'il forçait l'admiration de ceux qui savaient lire au-delà de cette frasque paradoxalement si naturelle qu'elle ne pouvait qu'être sincère. Les boucles souples et courtes de sa chevelure ondulaient allègrement, faisant voler au vent leur bleu roi au rayonnement si puissant. La fragilité apparente de ce corps si frêle contrastait avec l'énergie déployée pour rester au-devant du chien tricéphale qui suivait l'enfant.

Les deux femmes, au sommet du talus formant le toit de l'habitation, jouissaient d'une position et d'une situation où elles étaient parfaitement dissimulées dans les hautes herbes tout en ayant vue sur le spectacle des deux intervenants qui approchaient à grands pas.

C'est alors que la porte de l'habitation sous elles s'ouvrit d'un coup sec qui fit ruisseler de poussiéreuses coulées de terre sèche et abondante devant la créature qui se tenait dans l'encadrement. Suzanne et Bérénice craignirent de s'enfoncer dans le logis sur lequel elles étaient allongées et s'agrippèrent fermement en plantant leurs doigts dans la terre. Magdalena, qu'elles ne purent voir que lorsqu'elle s'éloigna enfin de chez elle, bondit aussitôt qu'elle vit le garçon et le surprit en lui tombant dessus sans lui laisser une once de chance de s'échapper.

L'enfant hurla et se débattit avec une vigueur si surprenante que la sorcière alchimiste faillit desserrer son étreinte sous la surprise ; elle redoubla pourtant d'efforts pour le ceinturer, ressentant contre ses avants-bras la peau nue du tronc autour duquel s'agitaient les quatre membres. Le contraste de la carnation bronzée de Magdalena se révélait comme une harmonie merveilleuse avec la pâle blancheur du corps qu'elle maintenait contre elle. Cerbère se tint assis sur son postérieur en regardant le spectacle de l'enfant hurlant en se débattant et ne sentit pas la nouvelle présence arriver derrière lui. Pas plus que Bérénice et Suzanne ; cette dernière ne quittait pas du regard le quadrupède tricéphale qui, dans la noirceur de son pelage de chien-loup *american wolfdog* [111] et malgré sa position de soumission devant l'enfant qui semblait avoir huit ou neuf ans, paraissait dissimuler toute la puissance brute qu'elle devinait en lui.

Toutefois, cette puissance brute n'arrivait pas à la cheville de celle de la sombre et haute silhouette qui apparut progressivement en vaguelettes éthérées comme un hologramme noirâtre qui devint peu à peu opaque.

Magdalena relâcha aussitôt son étreinte et l'homme qui se tenait debout du haut de son mètre quatre-vingt-seize, à son tour, neutralisa aussitôt l'enfant dans une sphère d'énergie où il s'endormit sans délai, faisant planer dans les environs le calme d'un silence mortuaire qui contrasta intensément avec les rires puis les pleurs qui s'étaient élevés jusque là.

Suzanne était terrorisée. Ses yeux ne se détachaient plus de la créature altière qui venait d'apparaître.

Genou à terre, prosternée par souci d'allégeance, Magdalena s'exprima d'une voix posée et monocorde.

— Soyez le bienvenue, Mon Seigneur. Je ne vous attendais pas.

Bérénice faillit s'étrangler en s'exclamant :

— C'est Capella...

***

Lorsqu'il estima qu'il ne lui restait plus assez de forces pour affronter Wilfried, Silène se demanda où il pourrait bien aller se reposer afin de retrouver toute l'énergie dont il avait besoin pour reprendre la lutte. Se rendre à la résidence ne lui sembla pas être la meilleure des idées, non seulement parce qu'il devait certainement y être attendu, mais aussi parce que cela risquait de mettre en danger les colocataires. Par ailleurs, il ne se sentait pas suffisamment bien pour supporter la fatigue d'une téléportation sur Diadem 13 ; Stéphane devrait attendre qu'il ait récupéré. L'option qui lui parut la meilleure fut d'aller au commissariat de police où les agents pourraient opposer à Max et Wilfried une résistance au-delà de celle que les résidents pouvaient dresser contre eux, aussi infime et inutile soit elle.

Assis sur son grand manteau posé sur le sable, les jambes ramenées vers lui regardant au loin sur sa droite les Rochers de la Morte, il tentait tant bien que mal de se détourner des signaux de douleur que lui adressait son avant-bras gauche, mais surtout sa poitrine qui lui causait par moments les pires souffrances. Silène se souvint de l'instant où il avait reçu le coup ; il lui sembla que les exhalaisons de l'humus de la forêt de l'Âme Blanche lui caressaient encore les narines. Wilfried ne l'avait pas manqué au moment où Virgil avait poussé Silène dans le portail où il avait aussitôt été frappé par la sphère verte. Wilfried, perspicace, l'avait préparée et propulsée dès qu'il avait compris que Virgil l'avait ouvert pour son ami. Une attaque suffisamment faible pour ne pas créer de plaie ouverte, mais bien assez pour l'incommoder parfois, tant au niveau de la gestion de son souffle qui semblait en avoir pâti qu'en termes de souffrances à l'état pur.

Il se redressa sur ses jambes en ramassant son imperméable noir à capuche qu'il enfila malgré la chaleur et remonta vers l'est en direction du quartier de la Plage Nord. Ce faisant, il concentra son attention sur le commissariat et, dans un ultime effort, se dématérialisa pour s'y rendre. *Le commissariat*, pensa-t-il en sentant ses propres molécules se dissoudre dans le vent. *Le commissariat*.

Le vent. L'altitude. Le béton... Et la ville en contrebas.

Silène sentait encore ses molécules s'agréger les unes aux autres lorsqu'il réalisa qu'il était dans la Cité Métallique.

Au sommet de la tour Clairefontaine.

Bon sang !

Cette erreur due à son intense état de fatigue marqua son visage d'une grimace et il se tourna vers le nord pour observer la ville en contrebas du haut des cent-cinquante-deux mètres d'altitude où culminait l'enseigne lumineuse éteinte de la marque de papeterie. Virgil lui avait souvent répété qu'il n'était pas encore capable de se téléporter efficacement à chaque fois, et Silène mesurait à cet instant la pertinente véracité des paroles de son défunt compagnon.

Deux pas suffirent à l'amener au bord du parapet sur lequel il monta ; il hésita un instant à faire marche arrière pour redescendre au niveau du sol par un ascenseur. Se laisser tomber dans le vide ne comportait que bien peu de risque : il semblait encore lui rester une once de pétulance en réserve au fond de ce corps harassé et il s'en servirait dans sa chute pour se téléporter au commissariat dont il distingua le toit dans le tumulte des mouvements irréguliers qui insufflaient une certaine forme de vie au quartier.

Puis il ferma les yeux pour intensifier la paix qui, en lui-même, avait diminué en se dispersant aux quatre coins de son être. Silène ne se sentait plus lui-même depuis que Virgil avait été assassiné et à aucun moment il n'avait pris le temps de faire son deuil. Il sentit que l'heure était venue pour lui de faire face à ses démons. Mais la situation actuelle court-circuitait ses pensées : Wilfried, sans l'ombre d'un doute, était à ses trousses. Max se trouvait chez Magdalena qui lui administrait les soins les plus efficaces. Elle seule savait comment remettre sur pied les corps à l'article de la mort et les esprits brisés par les pires tourments. Mais plutôt que d'économiser le peu de pétulance qu'il lui restait, il se servit des soubresauts de ce pouvoir pour sonder les nombreux protagonistes auxquels le destin avait jeté un mauvais sort en les embarquant dans une aventure qui leur échappait totalement.

La jeune Stéphanie qu'il avait rencontrée un instant plus tôt était chez elle avec sa sœur répondant au prénom de Catherine : les tourments de l'adolescente l'intriguaient avec une vivacité qu'il n'aurait jamais soupçonnée. *Pour quelle raison diable souhaite-t-elle avoir un frère aîné ?* se demanda Silène sans laisser à son âme le soin de s'étendre sur le sujet.

Il passa à Sabine et réalisa alors que son entretien au Musée des Beaux-Arts la stressait plus qu'elle ne se l'imaginait elle-même. Si elle avait été lucide, elle aurait su qu'il n'y avait aucun souci à se faire : elle serait prise en contrat à durée indéterminée, cela ne faisait aucun doute. Mais elle était troublée par son attachement grandissant pour Stéphane, lequel – *par tous les diables !* s'exclama-t-il en lui-même – était aux prises avec Mutine qui venait d'arriver avec lui dans l'Ostium où elle était sur le point de l'enfermer dans une cage identique et proche de celle de Sidonie qui attendait d'être libérée. Ils n'étaient à présent qu'à quatorze mètres l'un de l'autre.

Ironiquement, Stéphane et elle s'étaient souvent croisés dans l'ascenseur de la tour Scylla des Colombes dans laquelle ils avaient tous les deux résidé, et désormais, chacun d'entre eux était à nouveau dans le même environnement que l'autre et confiné dans un lieu exigu. Abattus par leur situation désastreuse, ils ignoraient tout de ce qui les attendait, et Silène lui-même n'en savait pas plus qu'eux.

Marc, pour sa part, était en grande conversation avec le commissaire Morgane et la veuve de l'agent de police Jérôme Legall, dénommée Pamela, afin de la soutenir dans l'organisation du service funéraire de son défunt mari. La veuve était inconsolable et pleurait sans discontinuer à chaudes larmes tout le chagrin que la mort de son époux faisait remonter en elle.

Le violent coup de vent qui souffla sur la ville depuis l'Océan Atlantique sur sa gauche faillit faire chanceler Silène qui fut obligé d'interrompre ses visions et de redescendre tout à fait sur le toit de la tour, sautant d'un bond aussi petit que l'effort qu'il fournit pour quitter le parapet. Exténué, il se sentait également assoiffé, n'ayant pas pris le temps de boire une seule goutte d'eau au cours des dernières heures, bien que les températures déjà estivales missent tout en œuvre pour assécher les organismes. Transpirant à grosses gouttes, il fut contraint par son corps de se rendre au plus vite à l'ombre du bloc de béton dans lequel avait été intégré l'accès à l'intérieur de la tour par une lourde porte métallique qui grinça sur ses gonds lorsqu'il l'ouvrit, créant un courant d'air frais qui sembla lui passer au travers pour son plus grand bonheur.

S'ensuivirent un escalier et une brève enfilade de couloirs et le dieu arriva enfin à l'extrémité de celui qui permettait de prendre l'ascenseur. La cabine vint presque aussitôt qu'il pressa le bouton d'appel et il s'y engouffra vivement afin de s'appuyer de suite contre la paroi opposée à la vitre latérale. Il avait spontanément décidé de conserver le peu d'énergie qu'il lui restait pour parer à tout malencontreux imprévu. Silène devait s'intimer à la prudence.

Enfin, il ferma les yeux et se relaxa en respirant profondément. Bientôt, le voile opaque et épais que son état de débilitation tissait dans son esprit se déchira progressivement, comme un rideau tailladé dont les fibres lâchaient toute résistance au point de rupture ; des lueurs floues et colorées commencèrent enfin à apparaître dans ses visions abstraites au moment où il se concentra pour visualiser ce que faisait Jack. Ce dernier travaillait à la boulangerie-pâtisserie du Salon des Petits Pains et tentait vainement de ne pas se laisser aller à son péché-mignon, comme pour remonter dans sa propre estime, tout comme dans celle d'Angélique qui – Silène poursuivit en se focalisant sur elle – travaillait à l'hôpital en se demandant ce qui taraudait à ce point sa collègue et amie Valérie qu'elle emmènerait à la résidence après la débauche de fin de journée.

Aussi, Nectarine, revenue aux abords de l'Ostium, cueillait et ramassait des fruits et légumes en contrebas de la forêt de l'Âme Blanche pour subvenir aux besoins alimentaires des deux captifs. Elle y joignit d'ailleurs ceux que Sidonie n'avait pas consommés après sa toilette.

Pour sa part, Émmanuelle dévorait compulsivement un roman pour se détourner du deuil de sa sœur qu'elle ne parvenait pas à faire ainsi que de son inquiétude pour Antoine qui, dans sa chambre d'hôpital, oscillait dans un indescriptible état de léthargie profonde où ses rêves le mettaient aux prises avec une créature sans nom aux avants-bras et aux jambes mécaniques pouvant dégager une force herculéenne. Clotho, directement responsable des cauchemars du jeune homme, venait d'atteindre un endroit du labyrinthe qui lui sembla tout à fait adéquat pour y attendre Suzanne.

Suzanne...

Où en était-elle ?

Se pouvait-il que Bérénice et elle aient enfin vaincu Cerbère ?

Silène, le regard planté comme deux clous rivetés à la surface de son visage qui se reflétait dans le miroir de l'ascenseur, soudainement tenaillé par une soif de savoir que des litres d'eau fraîche n'auraient pu étancher, baissa les paupières et laissa sa vision se diriger avec force virulence sur la jeune brune, l'apercevant en vue plongeante de trois quarts, comme dans un film.

Après avoir remarqué, à sa grande surprise, que Bérénice et elle étaient allongées à proximité sous le couvert des herbes hautes dont l'apex atteignait facilement le bon mètre de hauteur pour mieux les dissimuler, il crut défaillir quand il vit le jeune garçon nu qui dormait dans une sphère translucide qui ne cachait rien du profond sommeil dans lequel il avait été immergé sans avoir la moindre chance de se soustraire à ce repos contraint et forcé.

Mais Silène fut bien plus horrifié encore quand il comprit quelle était l'identité de l'homme auguste et glorieux qu'il n'avait jamais vu que par le truchement d'un miroir majestueux au fin fond de l'Ostium. Pour confirmer ce qu'il venait malheureusement de comprendre, il aperçut ensuite Cerbère assis dans son dos et Magdalena prosternée devant lui.

Capella. Malgré sa position dominante qui aurait pu le ravir, le seigneur et maître de tous les capellans avait l'air courroucé.

Silène rouvrit les yeux et se précipita en toute hâte à l'extérieur de l'ascenseur pour, une fois dehors, prendre la direction du commissariat où il devait impérativement se reposer pour être à même de pouvoir au plus vite venir en aide aux deux filles embusquées dans les fourrés.

Capella savait pertinemment qu'elles étaient là.

***

C'est sans prêter aucune attention à Magdalena que Capella, drapé dans une épaisse aube liturgique noire, s'approcha de l'enfant d'une démarche qui semblait le faire glisser sur l'herbe. Suzanne, terrée au sommet de la butte sous laquelle avait été creusée l'habitation qu'occupait la sorcière, fut surprise et horrifiée de ressentir dans tous ses membres les frissons d'une terreur sans égale, inspirée par cet être qui dégageait une aura de mal à l'état pur. Bérénice, à côté d'elle, put très distinctement discerner la peur qui irradiait de sa voisine : la jeune brune était effrayée au plus haut point, assaillie par une panique qu'elle tentait vainement de contenir en elle en gardant fermement les poings serrés autour d'une touffe d'herbe enracinée, comme pour se contraindre à retenir un lien qui l'empêcherait de prendre ses jambes à son cou. Capella représentait pour elle l'archétype idéal de l'ennemi si dangereux que la mort eût été préférable à la perspective d'affronter un être aussi machiavélique. Et lorsque le seigneur se baissa devant Cerbère qui grognait continuellement, elle ressentit une irrépressible envie d'en profiter pour s'éloigner discrètement et s'en aller à l'autre bout du monde. Cependant, Bérénice le comprit et l'en dissuada aussitôt en plaquant une main dans le dos.

— Mon Seigneur et Maître, commença enfin Magdalena. Je suis ravie de votre visite, poursuivit-elle plus par courtoisie que par sincérité.

L'homme semblait s'entretenir d'une certaine manière avec le chien tricéphale qui finit par cesser de grogner, et il ne prit pas la peine de répondre. Seul le regard de méfiance qu'il posa sur elle lorsqu'il se redressa sur ses jambes et se retourna pour lui faire face exprimait une réaction. Visiblement, gardant le silence mais lui lançant un regard désapprobateur, il n'appréciait guère ces politesses hypocrites et elle se demanda depuis combien de temps son souverain avait commencé à changer. Magdalena porta cela au crédit de cette guerre fratricide qui opposait les virgiles aux capellans tout autant qu'à la fuite de Silène et à l'irruption de ces trois terriens dans leur monde. Peut-être la naissance de Hans, cet enfant qui dormait innocemment et qui n'en était pas moins le dieu suprême, le mettait-il également dans un état tel qu'elle ne le reconnaissait plus. En s'interrogeant ainsi, Magdalena posa sans un battement de cils ses yeux sur le jeune garçon endormi. Le temps semblait s'être arrêté pour lui.

Une atmosphère pesante alourdissait les environs, se disait Suzanne, et tous ces éléments dont elle faisait partie semblaient prêts à réagir les uns aux autres, comme des objets magnétiques qui auraient été contraints de rester à proximité malgré de puissantes forces latentes alors que tout les attirait vers les uns et les repoussait des autres. Prêts à entrer en collision.

Magdalena tremblait devant Capella, comme le faisait chacun des habitants de Diadem 13, qu'il soit dignitaire, dieu, déesse ou simple mortel, sympathisant de la cause virgile ou non. Mais ses frissons étaient justifiés : son chien tricéphale censé surveiller l'accès aux monts de Sheeba dont il avait la garde avait laissé pénétrer sur son territoire un enfant.

L'auguste seigneur baissa la tête d'un lent mouvement, posant les yeux sur le petit garçon qui sommeillait dans une profonde léthargie, et s'adressa à la sorcière.

— Il est aussi plein de ressources que tu ne le seras jamais, Magdalena.

Bérénice et Suzanne avaient une vue imprenable sur la scène. En revanche, elles étaient encore trop éloignées pour en profiter pleinement.

— Je n'ai pas entendu ce qu'il lui a dit, remarqua la première.

— Tais-toi...

Capella reprit :

— Mais cesse donc d'être apeurée telle que tu l'es actuellement devant moi et concentre-toi, ordonna-t-il en se tournant enfin vers Magdalena. Les as-tu senties ?

Elle hocha la tête.

— Elles sont là... Toutes les deux.

Suzanne, la sueur au visage, le teint blafard, se tourna aussitôt vers Bérénice.

— Nous sommes repérées, chuchota-t-elle en préparant une sphère de pétulance dans le creux de sa main.

— Quoi ??

Suzanne bondit d'un geste soudain et arma son tir. En désespoir de cause. Bérénice en resta bouche-bée tandis que Magdalena se retourna en fixant aussitôt la brune s'élancer à découvert. Capella ne bougea pas, ne se contentant que de la regarder retomber lestement sur ses jambes à six mètres de la sorcière. Suzanne décocha son attaque en hurlant de toutes ses forces, le regard hargneux fixé sur le seigneur, et vit un bref instant le rai de lumière orange filer droit vers le sombre silhouette. Un son assourdissant s'éleva sur les monts au moment où la sphère heurta Capella à la poitrine. Le choc dispersa de brefs éclairs dans toutes les directions avant que le point d'impact ne brille furtivement pour s'éteindre comme une lueur qui n'aurait jamais scintillé.

Suzanne, terrifiée, recula d'un pas. Le seigneur n'avait pas bougé.

Nullement blessé, pas même surpris, il tançait la brune. Immobile, à l'image d'une statue imposante que rien ne pouvait faire vaciller, il n'avait à aucun moment décroché ses yeux de l'assaillante.

— Est-ce donc tout ce dont vous êtes capable ? grinça-t-il dans un sourire affable dont la légèreté était inversement proportionnelle à la tonitruante grandeur de sa voix grave et inquiétante. Ce n'est pas encore suffisant pour m'inquiéter, jeune présomptueuse. Comment osez-vous m'attaquer de front alors que vous demeurez chétive et mentalement affaiblie, et de surcroît sans avoir pris la peine de vous opposer aux cinq dignitaires vivants qui assurent encore mon invulnérabilité ?

Effrayée, Suzanne ne parvint plus à tenir debout sur ses jambes et ploya sous son poids, tombant en arrière et se retenant de justesse pour ne pas offrir à Magdalena, Cerbère et Capella le spectacle d'un abattement évident doublé d'un aveulissement qui tailladait sa volonté à grands coups de serpe. Résignée par peur, ses pensées n'étaient plus que cendres et débris.

Bérénice sortit enfin des hautes herbes qui les avaient à peine dissimulées aux regards de leurs ennemis présents et vint auprès d'elle. Capella et Magdalena observaient ce pathétique spectacle sans rien dire. Cerbère, lui, ne détachait plus ses yeux de l'enfant endormi.

— Comment te sens-tu, Suzanne ?

— Mal...

La romancière l'aida à se relever, péniblement.

Jamais Capella n'avait ressenti une pitié si puissante pour qui que ce soit. Il avait bien parfois été taraudé par une légère commisération pour les dignitaires et les dieux qui tremblaient devant lui, mais à aucun moment il ne s'était senti plus mal qu'en cet instant. *Quels putrides amibes, à peine assez dignes d'intérêt pour me faire perdre mon temps ainsi*, se dit-il. Regardant avec un réel dégoût les deux femmes qui se tenaient l'une à l'autre, il annonça :

— Je n'ai pas davantage de temps à vous consacrer. Si vous souhaitez être digne de m'affronter, alors ne vous présentez devant moi que si vous parvenez à vous débarrasser de mes dignitaires, et avec une volonté et une soif de vaincre à l'image de vos seigneurs de guerre. Les Spartes, les Mongols, les Vikings, les Mamluks et même les guerriers aztèques, les samouraïs et les soldats de la légion romaine que l'Histoire de votre monde a connus doivent se retourner dans leur tombe. Vous ne seriez pas en mesure de les inquiéter si vous vous présentiez devant eux. Alors me faire face... Quelle plaisanterie !

Il se tourna vers Cerbère.

— Je te laisse t'occuper d'elle, brave créature. Éprouve sa pugnacité et son instinct de survie jusqu'à son point de rupture et massacre-la si elle montre quelque signe de faiblesse. Quant à la génitrice, sa mort n'est pas souhaitable, Magdalena, ajouta-t-il en se tournant vers la sorcière.

Suzanne, plongée dans un trouble émotionnel profond, fut ramenée à la surface de sa conscience.

— Qui sait ce que pourrait devenir Cléo si notre génitrice mourait ? poursuivit Capella. Je te charge donc de contacter Simbelmynë pour qu'elle vienne la chercher et qu'elle la ramène dans l'Ostium dès que possible.

— Pour quelle raison ne souhaitez-vous pas que Mutine ou Nectarine s'en occupe, Mon Seigneur ?

La grande cape noire que portait le souverain, balayée de temps à autres par le vent, se mit soudainement à s'agiter plus rapidement. Les longs cheveux ondulèrent dans le même intervalle de temps et une aura rougeâtre entoura brièvement la large et sombre silhouette.

— Je n'ai pas à me justifier, Magdalena ! Obéis !

S'excuser n'aurait servi à rien : elle le savait. Elle se contenta de rester prostrée dans une position de soumission. Et entendit Capella lui dire :

— Je vais ramener Hans au Sacrarium. Je t'attends pour ton rapport dès que Simbelmynë, Bérénice et Max seront repartis d'ici.

— À vos ordres, Mon Seigneur.

Capella se retourna, jeta un dernier regard à Suzanne par-dessus son épaule et disparut en même temps que la bulle d'énergie dans laquelle l'enfant était endormi. Une brise balaya aussitôt l'atmosphère pesante qui s'était élevée à l'arrivée du souverain.

Magdalena jeta un regard à Cerbère avant d'entrer nonchalamment dans sa demeure sous les yeux de Suzanne qui se tourna vers Bérénice :

— Cette femme... C'est celle qui a le pouvoir de guérir les dignitaires... Il nous faut impérativement la supprimer. Je vais te laisser t'occuper d'elle pendant que je me charge de...

Soudain, Cerbère se jeta sur Suzanne comme un projectile que rien ne devait entraver et tenta de planter ses crocs dans sa gorge. Heureusement, par réflexe, elle repoussa Bérénice à l'écart pour la mettre hors de danger et se décala sur le côté dans la foulée. Le chien retomba derrière elles sans avoir pu faire quoi que ce soit et revint à la charge.

Magdalena, ayant surestimé la puissance de Cerbère qu'elle avait cru capable de tuer Suzanne d'une morsure bien placée, ressortit de sa tanière, vivement surprise. Par télépathie, elle demanda aussitôt à Simbelmynë de venir dès que possible et s'approcha de la romancière d'un air déterminé sur un visage patibulaire. Sans détour, elle saisit Bérénice à la gorge, la relevant fermement à bout de bras et, la seconde qui suivit, elle lui décocha un direct du droit dans le ventre. Encaissant la douleur en retombant, Bérénice se débarrassa de sa stupeur et s'exhorta à puiser au fond d'elle-même l'énergie du désespoir pour se relever d'un bond et projeter en retour un uppercut retentissant dans le menton de son adversaire. La sorcière fut aussitôt projetée en arrière et, à son tour, retomba lourdement au sol, tenaillée par une souffrance qu'elle n'avait jamais connue.

Bien que Magdalena soit née déesse, sa pétulance ne lui servait en rien dans une situation de combat : son pouvoir ne lui permettait que de soigner les blessures. En un sens, elle en était devenue jalouse de Clotho qui, non seulement avait les connaissances et les aptitudes pour se défendre et mettre à terre tout ennemi de leur doctrine capellane visant à l'extermination des virgiles, mais elle savait également effectuer des soins de première nécessité, voire plus complexes comme ce fut le cas pour Antoine dont elle avait guéri l'hypermétropie. La sorcière qu'était Magdalena, elle, était la plus à même d'effectuer tout type d'opération chirurgicale, mais elle ne disposait d'aucune compétence en combat. Et alors qu'elle se relevait péniblement en voyant Bérénice se jeter sur elle, elle le regretta amèrement.

Il sembla à Suzanne que Cerbère était étrangement insensible aux incessantes attaques qu'elle lui adressait avec dextérité et opiniâtreté. Les copieuses salves qu'il recevait de plein fouet n'avaient pas l'air de l'affaiblir le moins du monde. Tout au plus avaient-elles pour effet de le repousser quand il se jetait corps et âme sur elle en montrant des rangées anarchiques de crocs acérés. Mais le tenir à l'écart sans lui faire le moindre mal desservait Suzanne, elle s'en doutait : elle gaspillait son énergie dans ces tentatives stériles de l'inquiéter. D'ailleurs, au cours de son combat contre Polyphème, elle s'était bien rendu compte qu'elle ne pouvait se servir indéfiniment de sa pétulance et savait donc que la plus grande parcimonie pouvait faire la différence. Cependant, le temps de trouver une solution à cette situation qui lui semblait inextricable, elle n'avait d'autre choix que de poursuivre ses efforts pour retarder l'instant où il parviendrait à l'atteindre.

Dans ses réflexions, elle réalisa que l'enchaînement des combats contre les dignitaires suivait une suite logique, une évolution tout autant qu'une synthèse des méthodes précédemment utilisées. Le titanesque cyclope, tout en force brute, avait été sensible à ses attaques, alors que son combat contre Sleipnir l'avait obligée à apprendre à se servir de la psychokinésie qu'elle avait utilisée pour immobiliser le cheval fou. À présent, elle savait donc créer des boules d'énergie et limiter les mouvements de ses ennemis.

Que lui faudrait-il faire cette fois-ci ?

***

Une atmosphère de tragédie digne des plus grandes œuvres théâtrales avait investi depuis déjà vingt minutes les locaux du commissariat de police. Boris – fort d'un mauvais caractère qui faisait de lui un agent si désagréable dans ses relations humaines que son coéquipier Jérôme l'avait plusieurs fois remis à sa place – regardait la scène avec un œil détaché : les trois femmes effondrées et le commissaire, debout à proximité, semblaient figés dans l'immobilisme et la rigidité de statues qui auraient pris forme sous le joug de la gorgone Méduse. Boris avait beau connaître Pamela Esteves pour avoir plusieurs fois été invité à déjeuner chez son défunt collègue et elle, il n'en demeurait pas moins apathique et trouvait cette mielleuse sentimentalité exagérément puérile. Il détourna les yeux vers la salle dans toute sa grandeur, passa à côté de Cyrielle qui prenait les appels devant son bureau bien ordonné, et s'en alla dans les vestiaires se mettre en uniforme. Cette monstration du deuil dans toute son horreur le débectait.

Les larmes limpides coulaient comme d'intarissables ruisseaux tiédis dont la source donnait la désagréable impression de garantir le chagrin le plus inextinguible qui soit, comme si le caractère mortifère de l'être humain donnait injustement vie à une affliction immortelle. Les souvenirs du passé qui ne seraient pas plus partagés avec leurs instigateurs que les moments de bonheur ne seraient vécus à l'avenir envoyaient dans l'esprit des trois veuves éplorées des flashes qui nourrissaient d'un terreau fertile les réminiscences des meilleurs moments vécus. Cet outrage pernicieux grandissait dans leur âme polluée par les vapeurs de la tristesse, créant une farouche rancœur vis-à-vis d'un prétendu dieu qui avait réduit à néant l'avenir de trois familles unies en leur sein. Déférées devant le juge d'une injustice mordante et impitoyable, ces femmes n'avaient d'autre choix que d'accueillir avec résignation leur sentence, laquelle leur promettait de croupir dans un deuil sans fin dans la cellule de leurs existences où la froideur et la dureté de leurs tourments leur paraîtrait égale à celle des murs qui les emprisonneraient dans leur traumatisme.

Rien ne serait plus comme avant.

Et les trois matricules P413, D904 et L885 ne seraient plus utilisés par quelque représentant des forces de l'ordre de la ville. Jamais.

Édouard avait refusé de détailler les circonstances de la mort de Matthieu, décapité par Max, à son épouse, Marianne Ducastel, vingt-cinq ans, devenue madame Pachard deux ans plus tôt. Cependant, il n'avait pas pu lui mentir et avait stipulé à mots couverts que son mari n'aurait jamais dû se retrouver en uniforme et faire son enquête seul et sans en informer qui de droit, surtout pendant son jour de repos. Marianne l'avait interprété à l'avantage de feu son époux : un policier zélé qui ne comptait pas ses heures et avait donné sa vie pour sa vocation. C'est sans nul doute le joli conte de fées qu'elle narrerait à ses deux enfants pour qu'ils puissent porter en estime leur papa décédé et garder de lui une image positive malgré l'ignominie de son trépas. Et l'horreur de son chemin de croix.

Marianne, elle, se voilait la face, se doutant pourtant bien que son mari n'avait pas suivi les consignes préalablement déterminées mais préférant ne garder que l'illusion du meilleur au détriment d'une vérité pire que tout. Cela la détournait de la sourde colère latente qui, derrière un barrage, menaçait de céder sous les pressions d'une mort qui n'avait aucun sens. Cependant, Édouard voyait dans la ferveur de cet homme qui était passé de vie à trépas pour des raisons qui n'appartenaient qu'à lui une évidente insubordination qui n'avait rien de professionnel, ni même de vertueux : Matthieu avait désobéi, outrepassant ses prérogatives par des exactions rédhibitoires qui, s'il y avait survécu, lui auraient valu un avertissement en bonne et due forme ou une mise à pied de circonstance. En lieu et place de cela, Édouard irait lui botter le cul en l'invectivant en lui-même au moment où il assisterait à son inhumation à venir. Il s'en serait bien passé. Surtout que Matthieu ne serait pas le seul de ses subordonnés qu'il enterrerait.

Assise à côté de Marianne, une Vietnamienne de trente-sept ans, Muy N'Guyen, qu'Ernest avait épousée lorsqu'elle en avait vingt-huit, soutenait sa tête comme si sa peine était trop lourde à porter. Le coude posé sur l'accoudoir de la chaise dans laquelle on l'avait invitée à s'asseoir, elle donnait l'impression de vouloir s'arracher la peau du front, tant les plis marquaient ce visage crispé par la mort de son mari. Les services du médecin-légiste avaient eu bien du mal à mettre dans la housse la dépouille mortelle désarticulée du fait d'une colonne vertébrale et d'une cage thoracique absentes, lesquelles semblaient avoir été extirpées *comme par magie*, avait considéré Édouard. Et on avait refusé à Muy de porter un dernier regard sur son défunt mari : elle ne devait garder que l'image d'un époux amoureux et souriant dont les deux fossettes qui creusaient ses joues l'avaient faite craquer quand ils s'étaient connus sur les bancs de la fac.

De fait, si le corps de Muy semblait la pousser à s'arracher le visage pour mettre fin à ce masque de tristesse qui faisait de sa physionomie une allégorie du chagrin, son esprit, lui, souhaitait sombrer dans une apathie qui l'aiderait à relativiser : là-haut, Ernest vivrait par-delà la mort et ne souffrirait plus d'un corps dont les chairs mises à mal avaient représenté une fragile demeure pour une âme bienveillante qui en avait été libérée dans l'exercice de ses fonctions.

Chacun gère son deuil comme il le peut, pensa Édouard avant de faire glisser son regard sur la troisième femme, laquelle ne parvenait pas plus à sécher ses larmes que les autres. *Mais Pamela aura sans doute plus de mal que Marianne et Muy à s'en remettre*. La fiancée demeurait inconsolable. Muy en arriva même, malgré sa propre affliction, à prendre la main de sa voisine pour la serrer entre ses doigts et lui témoigner son soutien. *Peut-être pourront-elles devenir amies et s'entraider dans cette terrible épreuve*. Ce serait dur pour Virginie aussi, la sœur de Jérôme, également meurtrie depuis qu'elle avait appris la mort de son frère. Elle demeurait cloîtrée chez elle à Albi. Et devait désormais accepter d'être fille unique.

Âgée de vingt-cinq ans, Pamela, la jeune Portugaise qui était toujours restée d'une jovialité sans égale, n'avait eu de cesse de soutenir son compagnon dans toutes les situations. Objective, réactive et d'une intelligence extrême, elle avait immédiatement plu à Jérôme qui l'avait connue à Biarritz en 1988 lors d'une soirée organisée par la Police nationale où une soixantaine de titulaires, de cadres et de fonctionnaires de toute l'Aquitaine avaient côtoyé des élus locaux et le préfet de police. Insignes, armes de service, menottes et uniformes avaient laissé place à des costumes bien taillés qui rendaient les hommes séduisants tandis que les robes de soirée faisaient des femmes de sémillantes créatures. Pamela, déjà veuve d'un autre agent de police à l'époque, était venue s'immerger dans une atmosphère qu'elle connaissait bien et qui lui avait manquée. Et bien qu'elle n'avait pas souhaité s'investir à nouveau dans une relation sentimentale qu'elle aurait craint de perdre une fois encore, elle s'était laissée courtiser par ce bel homme de plus d'un an son aîné. Ainsi, décédé à son tour, Jérôme laissait dans le cœur de sa fiancée la saveur amère d'une vie qu'elle ne vivrait au pluriel que parce qu'elle était enceinte de trois mois et demi : prévu pour fin novembre, cet enfant serait tout ce qu'il lui resterait de l'homme qu'elle n'aurait de cesse d'aimer. Encore lui faudrait-il conduire cette grossesse à terme, et avec le chagrin inhérent au deuil et la solitude qui risquait de saper son moral jusqu'à ce que rien de sa joie de vivre ne subsiste, ce ne serait pas gagné. Mais Édouard la soutiendrait, elle aussi.

Cyrielle se leva aussitôt après avoir raccroché son téléphone et s'approcha du commissaire qu'elle emmena à l'écart dans un angle pour lui parler tout bas. Lui annonçant qu'ils venaient de recevoir un appel d'une dame qui, résidente d'un appartement de la rue Bleue, n'avait aucune nouvelle de son voisin avec lequel elle prenait habituellement son café chaque matin chez lui, Cyrielle ajouta qu'elle avait demandé à Éric et Géraldine de se rendre sur place pour voir ce qu'il en était.

Édouard soupira d'exaspération. Sa ville allait à vau-l'eau depuis quelques semaines : une cleptomane en rollers et d'incessants cambriolages d'entrepôts et de réserves de magasins leur donnaient bien assez de fil à retordre chaque jour, en plus de petits incidents occasionnels et de larcins sans gravité aucune. Mais les morts qui s'étaient succédé ces derniers jours donnaient à penser au quinquagénaire que Sanlys-sur-Mer était assurément entrée dans une ère de ténèbres où la moindre chose anormale dissimulait des problèmes plus graves. La disparition de trois locataires de la résidence de monsieur Barnier corroborait cet état de fait.

Le commissaire demanda à Cyrielle de le tenir informé et la remercia sans la regarder ; il repensait au meurtre de la rue des Mathurins.

En novembre 1989, une femme nommée Natalia Kercheval avait été retrouvée morte sous une pluie battante à l'aube, gisante à côté d'un container à poubelle. L'autopsie avait révélé qu'elle avait été violée et égorgée ; le médecin-légiste avait assuré à Marc que cela avait de fortes chances de s'être produit dans l'ordre inverse. L'homme avait visiblement creusé un profond sillon d'une oreille à l'autre en passant par la gorge, sectionnant profondément la carotide et les deux veines jugulaires internes à l'aide d'un scalpel, avant de s'adonner longuement aux vices d'un nécrophile psychopathe. Il avait pris son temps et, en un sens, il eût mieux valu pour cette femme qu'elle ait rendu l'âme avant plutôt que d'endurer les horreurs qu'il avait commises ensuite avec elle. D'après les analyses, l'homme n'était pas connu des services de police à l'échelle nationale. À l'époque, Édouard avait estimé qu'il serait judicieux que le ministère de l'Intérieur mette en place une base de données du code génétique de chaque citoyen français. Mais il n'avait aucun pouvoir d'instaurer quelque système de reconnaissance de l'ADN de presque cinquante-sept millions de Français [112]. Pourtant, cela eût notablement facilité le travail des autorités, autant pour la Police nationale qu'au niveau des municipalités. *Mais qu'est-ce qui merde dans ce pays ?* se demanda-t-il en admettant qu'il ne parvenait résolument plus à administrer efficacement sa ville, ses hommes et l'ordre qu'ils étaient censés y faire régner.

Il se tourna vers les trois femmes et sans les quitter des yeux, s'approcha du gros distributeur d'eau pour leur servir un rafraîchissement. La canicule continuait d'imposer sur la région la pression perpétuelle de ses températures tropicales dont l'humidité exacerbait la sudation de la populace. Et malgré les ventilateurs dont les pales rotatives brassaient un air à peine frais, il faisait encore trop chaud dans les locaux du commissariat.

C'est sans crier gare qu'un homme aux cheveux bleus pénétra soudainement dans le bâtiment, avec pertes et fracas, se présentant exténué dans une sombre tenue hors-saison, déboulant dans le hall sous les yeux ébahis de Boris qui sortait du vestiaire et de Cyrielle que le boucan des portes s'écartant violemment avait mise sur le qui-vive. Édouard Morgane, blasé, apporta leur verre d'eau fraîche à chacune des trois veuves sans même regarder l'intervenant et ne les releva que lorsqu'il entendit Boris hurler :

— N'avancez plus !

L'agent de Police municipale avait inconsciemment essayé de rivaliser avec Lucky Luke [113], le héros de sa jeunesse, et tenait encore le dieu en respect lorsque Édouard s'approcha pesamment.

— Je m'appelle Silène Dorthos, commissaire, dit l'intervenant dans un soupir en tendant la main.

— J'espérais bien que vous viendriez, répondit le quinquagénaire en obligeant Boris à baisser et à rengainer son arme d'un geste ferme. Marc m'a parlé de vous... et il semble que nous n'ayons d'autre choix que de travailler ensemble pour maintenir cette ville un tant soit peu sereine. Nous allons en parler dans mon bureau, ajouta-t-il en lui offrant une bonne poigne avant de désigner la porte ouverte d'une petite pièce attenante à la salle principale. Un verre d'eau ?

— Volontiers, répondit le dieu qui dégageait une désagréable odeur de transpiration.

Marianne posa son verre d'eau vide au pied de sa chaise et s'accorda la liberté de s'allumer une cigarette sans prendre la peine de demander la permission à qui que ce soit. Puis elle regarda étrangement le commissaire Morgane et Silène entrer dans le bureau où ils s'enfermèrent et détourna ensuite les yeux pour offrir du tabac à ses deux voisines. Seule Pamela accepta la proposition. Cyrielle, voyant cela, se hâta de prendre le cendrier posé sur le bureau de Marc tout à côté, de le vider sans ménagement dans la corbeille à papier et de le tendre à l'épouse de Jérôme. Celle-ci ne daigna pas remercier la policière pour cette attention.

Tandis que Pamela était venue d'elle-même, Édouard avait dû appeler Muy et Marianne en début de matinée pour les inviter à passer au commissariat récupérer elles aussi les affaires personnelles de leurs maris, leur présenter ses condoléances au nom de la Police municipale et parler avec elles de l'organisation de l'enterrement de chacun d'eux. Mais le temps devenait long et si Édouard avait souhaité leur exprimer tout son soutien en étant attentionné et à leur écoute, il n'en était pas moins que sa présence dans ces locaux commençait à peser à Pamela. Elle se leva, écrasa nerveusement sa cigarette dans le cendrier qu'elle tenait dans les mains et le donna à Marianne sans autre forme de procès. Elle considéra un instant les deux femmes qui levèrent leurs yeux humides, leur souhaita bonne chance, et se dirigea vers le couloir sous les yeux du commissaire qui l'aperçut à travers la vitre du bureau. Il en sortit précipitamment et la rappela, mais elle ne se contenta que de s'arrêter sur le palier, la main sur la poignée de porte, et de le regarder par-dessus son épaule pour lui dire qu'elle repasserait une autre fois. Il hocha la tête, n'ajoutant pas un mot de plus, et la laissa partir.

Alors que le regard de Muy se perdait droit devant elle sur le plan d'évacuation des lieux placardé au mur, Marianne porta le sien sur le commissaire qui refermait la porte de son bureau. Puis elle décala son point de mire sur Silène, se demandant si cet homme connaissait l'assassin responsable de la mort de son mari. C'est ce qui semblait être, se dit-elle en son for intérieur. *Pourrait-il venger Matthieu pour moi ?*

***

Aussi féroce que Suzanne aurait pu l'imaginer dans ses cauchemars les plus traumatisants, Cerbère ne lui laissait aucun répit, revenant sans cesse à la charge avec de nouvelles attaques toutes griffes dehors. Plus qu'acérés, ses crocs affûtés comme des lames de rasoir lui avaient déjà fait de belles entailles aux bras et aux jambes, parvenant même à la mordre au poignet gauche. *A priori*, la blessure restait superficielle mais s'avérait toutefois assez douloureuse pour la déconcentrer lorsqu'elle créait une sphère de pétulance. C'est pour cela qu'elle avait décidé de s'accorder un instant de répit en neutralisant la bête pour la figer sur place. L'énergie que requérait la fixité de son ennemi, par psychokinésie, prenait sa source dans tous ses membres et elle savait que cette trêve de quelques dizaines de secondes risquait de lui coûter aussi cher que ce qu'elle récupérait en forces. Mais elle n'avait d'autre choix que de faire une pause. Elle n'en pouvait plus.

À une quinzaine de mètres d'elle, Bérénice et Magdalena se battaient au corps à corps comme deux tigresses que rien ne pouvait atteindre. Couchées au sol dans les herbes qui couvraient le sommet de la demeure de la sorcière, elles semblaient vouloir former un agrégat de corps humains fusionnés en un seul se mouvant avec l'énergie du désespoir, comme une créature hybride ayant huit membres gesticulant spasmodiquement pour assurer sa survie. Suzanne pouvait bien essayer d'aider la romancière à se débarrasser de cette femme maléfique qui semblait être infatigable, bien qu'elle ne parût guère des plus méprisantes, mais elle n'ignorait pas qu'aussitôt qu'elle relâcherait l'emprise qu'elle détenait sur le chien-loup tricéphale qui grognait furieusement à dix mètres, il se jetterait sur elle sans aucune hésitation pour la dévorer.

Magdalena tira les cheveux rouges de Bérénice qui hurla, laquelle se reprit rapidement pour planter ses dents dans la jambe de la sorcière. Celle-ci cria à son tour, desserrant les doigts qui tenaient le cou glissant de sueur et rougi par la pression, et Bérénice, de la pointe des pieds, lui porta un coup d'estoc dans le ventre. Magdalena, rejetée en arrière, s'effondra sur la bordure qui surplombait la porte de sa demeure et tomba lourdement en contrebas devant l'entrée. Bérénice se releva et se jeta sur son adversaire qui bondit avec souplesse pour se décaler sur le côté. De là, elle porta un coup de poing magistral à la romancière au niveau du cœur. Bérénice hurla de douleur, crut défaillir, tint bon, fit un pas et s'écroula de tout son poids.

Alertée, Suzanne relâcha un instant son contrôle sur Cerbère, créa avec colère une boule d'énergie d'un orange vacillant et la projeta sur Magdalena qui fut atteinte à la jambe gauche. Le membre explosa immédiatement dans une gerbe de chairs charcutées et dispersées dans le vent tandis que la sorcière, dans un cri assourdissant, croulait sous le poids de son corps soumis à une douleur indicible. Elle crut tourner de l'œil. Enfin libéré, Cerbère fondait déjà sur Suzanne au moment où elle reporta son attention sur lui, et n'eut que le temps de voir les gueules béantes s'ouvrir devant son visage avant que l'une d'entre elles ne tente de se refermer sur elle. Elle recula d'un brusque mouvement de tête, se décala, et les mâchoires se refermèrent l'une sur l'autre, sectionnant par là même la langue pendue qui chuta subrepticement au sol dans des éclaboussures de bave et de sang. La bête gémit de douleur et, retombant derrière Suzanne, s'en alla à l'écart.

Vainement, Magdalena essaya de se soigner : la souffrance physique qui la taraudait envoyait à son cerveau des signaux de géhennes si puissants qu'elle ne pouvait se concentrer pour traiter sa blessure. Et la vision de son pied et de la moitié de jambe sectionnée gisant à quelques mètres était plus douloureuse encore que la blessure elle-même. Au-delà de son pantalon ample déchiré et brûlé, elle pouvait deviner les reliefs de son péroné et de son tibia cassés. L'extrémité des os formait des pointes blanchâtres couvertes de sang et de morceaux de chairs et de muscles aux veines et aux artères ruisselantes d'un bel écarlate. À la lumière d'Alnitak, l'hémoglobine scintillante contrastait avec la peau bronzée et mate de Magdalena.

Les trois gueules de Cerbère fondirent à nouveau sur Suzanne. Si elle parvint à en écarter deux en leur envoyant des crochets bien placés, la troisième, elle, atteignit sa poitrine et les crocs se refermèrent, cette fois-ci, sur son sein droit. Les rondeurs de la chair glissèrent sous la pression que le tissu atténuait et la gueule se referma sans rien avoir emporté. Mais quatre sillons avaient lacéré le tee-shirt et la peau, laissant des traces rouges légèrement piquetées de sang. Suzanne sentit, malgré la douleur, qu'elle devait s'estimer heureuse qu'il en soit ainsi.

Cette fois-ci, le monstre se jeta sur elle à hauteur du visage, et Suzanne l'empêcha *in extremis* de l'atteindre en le retenant par le cou. Les autres gueules, de chaque côté, tentaient de mordre furieusement ses avant-bras pour qu'elle n'ait d'autre choix que de relâcher son étreinte, mais ils demeuraient hors de portée et tant que la déesse par héritage maintenait fermement la bête à distance dans cette position, elle ne pouvait être inquiétée.

Mais le mieux était encore de l'étrangler.

De toutes ses forces, Suzanne serra, encore et encore, et alors que les deux pattes antérieures de la bête s'agitaient frénétiquement avec une énergie folle, le cou, lui, semblait céder sous la pression exercée par les deux mains de la brune. Elle appuyait de plus en plus fort, rapprochant ses doigts les uns des autres alors que la tête de Cerbère était coincée comme prise au cœur d'un nœud coulant. Debout sur ses jambes, elle soutenait le chien qui s'appuyait sur elle, lui imposant une force supplémentaire qu'il lui fallait absorber en se maintenant droite.

Son épuisement, ses blessures au poignet gauche et à la poitrine pesaient lourdement sur ses épaules peut-être devenues trop étroites pour elle, et à ces douleurs dont elle tentait de se détourner s'ajoutèrent celles de ses avant-bras que les menaçantes griffes taillaient sans discontinuer. Elle souffrait, silencieusement. Religieusement. Suzanne la martyre.

Malgré cela, elle serrait encore. Toujours plus fort.

Cerbère paniquait, désormais, et ses deux gueules donnaient des coups de dents dans le vide ; la troisième qu'étranglait Suzanne ne cherchait plus que la survie. Ne pouvait plus que lutter contre l'asphyxie.

Ses deux yeux d'un bel orange profond jetaient sur le monde un regard fixe sur le bleu immaculé du ciel mais le cerveau n'en percevait déjà plus la beauté. La vie quittait peu à peu cette tête qui semblait s'affaisser de plus en plus sur l'épaule gauche de la femme qui sentait l'odeur et la douceur des poils de la bête contre son cou.

Et qui serrait encore...

Dans son désarroi, Cerbère poussa des hurlements aigus et plaintifs comme pour demander à son assaillante de relâcher son étreinte. Mais Suzanne ne devait pas céder, malgré les gémissements de la bête.

Déjà, le sang, n'irriguant plus son cerveau, privait l'organe de l'oxygène dont il avait besoin pour vivre.

Cependant, Suzanne continuait de serrer ses mains autour du cou qu'elle tenait fermement et, lorsqu'elle finit par s'écrouler en arrière dans un état d'épuisement indicible, elle hoqueta sans pour autant relâcher la pression qu'elle imposait. Cerbère chuta lourdement avec elle.

C'est alors que la tête cessa de s'agiter. Les deux autres, elles, tentaient de la mordre. Suzanne déplaça rapidement ses mains, la première sur le poitrail de la bête pour la tenir à l'écart tandis que l'autre se plaqua sur la deuxième tête dont les yeux ne la quittaient pas d'un iota. Au moment où elle généra une sphère de pétulance dans la droite, les doigts de la gauche, eux, commencèrent à rentrer dans les orbites dont les globes oculaires vitreux crevèrent dans un hurlement qui ne ressemblait à rien. Poussant son pouce et son majeur plus loin encore dans le crâne, elle écarta les sinus frontaux et sentit ses ongles creuser des sillons dans le cerveau. Cerbère gémit. Puis elle projeta son attaque dans l'encolure de la bête qui décolla violemment dans une sourde explosion d'une couleur de crépuscule, s'arrachant aux doigts qui s'étaient immiscés dans le deuxième crâne, lequel renfermait désormais des chairs en bouillie. L'ennemi retomba neuf mètres plus loin à côté de Magdalena qui, allongée dans l'herbe devant la porte de sa demeure, ne parvenait pas à accepter la douleur. Suzanne, elle, s'effondra sur les genoux après s'être essuyé les mains sur le tee-shirt.

Deux des trois têtes avaient été anéanties. Mais elle n'en pouvait plus. Suzanne se promit, d'une manière ou d'une autre, de prendre le temps de se reposer quelques heures une fois que le dignitaire avec lequel elle était aux prises serait mort. Il lui semblait impossible d'enchaîner de la sorte des combats à mort sans avoir un seul instant de repos.

Bérénice, sur le flanc du talus sous lequel se trouvait la demeure de Magdalena, gisait au sol en gesticulant dans tous les sens, la main sur le cœur. La sorcière lui avait porté un mauvais coup qui l'empêchait de respirer correctement. Suzanne se releva et s'approcha lourdement de sa collègue d'infortune, non sans perdre des yeux ni le dignitaire, ni la déesse. L'un comme l'autre bougeaient lentement, et si le premier gémissait dans ses soupirs, la seconde, elle, hurlait tout ce qu'elle pouvait en tentant vainement d'appliquer sa salive sur le moignon sanguinolent de sa jambe charcutée par une attaque qu'elle n'avait pas vue venir.

— Bérénice... soupira Suzanne. Bérénice, est-ce que ça va ?

Elle n'obtint aucune réponse et s'approcha davantage de la romancière qui, allongée sur le dos, gardait une main contre sa cage thoracique dans laquelle son cœur mis à mal tentait de se remettre du coup de poing qu'il avait reçu de plein fouet. Magdalena n'y avait pas été de main morte.

— Dis-moi quelque chose...

Bérénice ouvrit les yeux où des larmes de douleur perlaient, menaçant de couler sur ses tempes trempées de sueur, et elle regarda la brune avant de déglutir pour répondre.

— Ça fait un mal de chien, *putainnnn*...

Suzanne l'aida à s'asseoir sur les fesses, la regarda droit dans les yeux et dit avec malice :

— Tu ne m'avais pas encore habituée à ce genre de langage, dis-moi.

Un sourire fut la seule réponse que Bérénice lui accorda. Toutes deux laissèrent passer un séraphin en reprenant enfin leur respiration avant que de nouvelles paroles s'élèvent enfin, chassant l'ange au loin.

— La prochaine fois que je créerai... un monde virtuel, je m'assurerai qu'aucune créature haineuse ne puisse y vivre impunément.

Les yeux de Suzanne s'étrécirent et elle observa le ciel vers l'est en direction de la paroi de granit qui dissimulait le manoir de Cardonthöl.

— Assure-toi d'abord que ce monde virtuel le reste ; ce sera déjà pas mal.

***

C'est sous les yeux intrigués de Muy que Marianne se leva pour aller frapper à la porte du bureau dans lequel Édouard et Silène s'entretenaient, comme tous deux isolés dans un monde où le silence apparent permettait les raisonnements, l'éloquence et la perspicacité les plus efficaces. Aussitôt, l'épouse de Matthieu vit, à travers la vitre, le commissaire lui faire signe d'entrer en se levant de son fauteuil et arriva près d'elle dès qu'elle fut tout à fait dans la pièce. Mais la femme se tourna vers le dieu à l'instant où elle referma la porte dans son dos.

— Est-ce que vous connaissez... ? commença-t-elle en hésitant avant de se reprendre. Est-ce que vous connaissez celui qui a tué mon époux ?

Silène, d'abord étonné, jeta un coup d'œil à Édouard qui n'eut aucune réaction. Le dieu répondit :

— Oui madame. Je le connais...

Il ne savait pas à quoi s'attendre et demeurait prudent. Ayant perdu son meilleur ami Virgil quelques jours plus tôt ainsi que la déesse qu'il avait aimée et qui avait été écrasée puis ensevelie à cause d'un séisme survenu en germinal de l'an crépusculaire II, il savait que le deuil pouvait être une très longue période au cours de laquelle ceux qui le portaient pouvaient être imprévisibles et plus spontanés que jamais, agissant de manière aussi brute qu'un diamant encore pris dans son gisement naturel de kimberlite.

— Excusez-moi de vous aborder comme ça... de but en blanc... mais j'aimerais comprendre ce qu'il s'est passé, en savoir plus sur cet homme et vous aider à le mettre hors d'état de nuire.

Les larmes de Marianne avaient séché et semblaient laisser place à une sourde colère, mais le dieu n'ignorait pas quelles étaient les émotions qui chamboulaient la jeune femme. Il n'avait pas besoin de lire dans son esprit : tout était clair et limpide comme les pleurs qui avaient coulé sur ses joues, aussi amers que le décès de son mari, aussi salés que les profondeurs abyssales de la Mer Morte dans laquelle elle aurait souhaité se noyer si cela lui eût assuré de retrouver son bien-aimé. Les Orphée et Eurydice [114] des temps modernes. Mais elle n'y croyait pas. Elle devrait rester en vie pour ses enfants et lui, à défaut de vouloir lui survivre pour elle-même.

— Vous nous aideriez plus efficacement si vous restiez en-dehors de ça, madame.

— Appelez-moi Marianne.

En d'autres circonstances, Silène se serait imaginé qu'elle tentait de se rapprocher de lui dans un but de séduction : il était bel homme, grand, exprimait la vie qui battait en lui à travers ses yeux d'un vert cristallin. Elle n'aimait pas beaucoup ses cheveux d'un bleu clair qui lui allait pourtant bien. Mais elle semblait deviner les contours d'un esprit bienveillant et le dieu s'en rendit immédiatement compte : elle était prête à lui accorder une confiance hors du commun. Il comprit aussi que la démarche de Marianne lui demandait beaucoup, mais réalisa très objectivement que c'était un effort qui lui coûtait bien moins que de rentrer chez elle en espérant passivement que son désir de vengeance, sans qu'elle y prenne part personnellement, soit assouvi sous peu.

Édouard intervint.

— Pour l'instant, Silène a davantage besoin de repos que d'autre chose, Marianne. Il ne pourra pas lutter efficacement s'il ne prend pas quelques heures pour récupérer.

— Alors venez vous reposer chez moi, répondit-elle sans porter un seul regard au commissaire qui dressa un sourcil de circonspection.

— Marianne, trancha Édouard. La situation se complique et tout est en train de s'accélérer. Silène n'aura pas beaucoup de temps pour se reposer. Vous ignorez tout de ce qui est en train de se tramer à l'heure actuelle, mais il vaudrait mieux pour vous que vous restiez à l'écart : n'oubliez pas que vous avez deux enfants...

— Qui sont actuellement chez ma mère, fit l'intéressée qui s'alluma nerveusement une cigarette. Écoutez commissaire : si cet homme est la seule personne qui puisse inquiéter le responsable de la mort de mon époux, alors il vaudrait sans doute mieux ne pas sous-estimer son état de fatigue et lui proposer un endroit où il pourra dormir et récupérer dans les meilleures conditions plutôt qu'un vieux canapé des années soixante, précisa-t-elle en regardant sur le côté. Vous ne pensez pas ?

Comme Pamela et à l'inverse de Muy qui demeurait discrète, Marianne avait régulièrement pris l'habitude d'aller chercher son époux au commissariat après son travail. Lorsqu'ils n'avaient pas de réservation de table pour un dîner en tête-à-tête dans le restaurant chic Au Dindon Farci de la rue Boréale, elle prenait parfois le temps de bavasser quelques minutes avec son mari et Édouard dans le hall du commissariat. Aussi avait-il fini par remarquer que Marianne était une femme dotée d'une force de caractère sans pareille, décidée, volontaire et obstinée.

C'est ce dont il se souvint à cet instant.

— Silène, qu'en dites-vous ? lui demanda-t-il en se tournant vers le dieu qui détestait se retrouver en porte-à-faux.

— Eh bien... Indépendamment du meilleur confort que vous proposez de mettre à ma disposition chez vous, Marianne, commença Silène en faisant contraster sa gêne apparente avec le regard franc qui ne quittait pas la veuve, je pense que je peux répondre à vos interrogations sur... sur ce qu'il s'est passé. Si je pouvais vous aider à écourter votre deuil, alors je m'en ferais une joie, sincèrement.

— Très bien. Alors allons-y.

— Si vous permettez...

Silène se détourna d'elle pour dire à Édouard :

— Vous devriez vous reposer, vous aussi, commissaire. Vous ne ferez rien de bien dans votre état, éreinté et inquiet. Elle a raison : nous devons tous être concentrés et en forme pour faire face aux problèmes qui nous entravent. Alors prenez le temps de souffler et déléguez vos responsabilités à vos subordonnés le temps de reprendre du poil de la bête. Pour ma part, je reviendrai ici dans quelques heures...

— Comme vous voudrez, Silène. Mais prenez soin de vous, vous aussi.

— Ma priorité est de prendre soin d'elle, répondit le dieu en désignant d'un coup de menton la femme qui avait atteint les deux portes de l'entrée du commissariat et faisait chuter les résidus brûlés de cigarette dans le cendrier. Puissent mes réponses l'aider à atteindre un état de quiétude.

— Alors à plus tard.

— Oui, à plus tard...

*

Chapitre X
VENGEANCE

L e drame s'était produit le 16 mars 1966 sur la route des Lacs, dans la commune de Soorts-Hossegor. Émmanuelle n'avait jamais su pour quelle raison la nourrice qui conduisait son véhicule, une rutilante Citroën 2cv de 1956, en avait perdu le contrôle et était venue s'encastrer de plein fouet dans un arbre après être montée sur le talus du bas-côté où pas une seule trace de freinage n'avait été relevée. Mais ce qui était certain, c'est que cette conductrice, dénommée Isabelle Méoris, avait été tuée sur le coup, n'ayant manifestement pas eu le temps de ressentir une once de douleur tant la collision avait été violente, projetant le bloc moteur de quatre-cent-vingt-cinq centimètres cube dans ses genoux et réduisant son bassin en charpie. Néanmoins, on ignorait encore ce qu'il était advenu de la petite Sophie Hormeaux qui, pas même âgée de deux ans, se trouvait sur la banquette arrière. Nulle trace de rehausseur, ni de siège bébé. Pas une ceinture, pas un harnais.

La petite avait disparu.

L'ironie du sort, comme une malchance aussi rieuse que moqueuse, avait imposé à Émmanuelle une date de naissance précédant la commémoration de la mort de celle qui aurait dû être sa grande sœur. En effet, depuis sa venue au monde le 15 mars de l'année 1967, la jeune rousse célébrait son anniversaire avant de fêter celui de la disparition de Sophie le lendemain. Naturellement, elle n'avait jamais eu goût à ce genre de manifestation, bien que sa famille et ses amis, malgré leur compréhension, l'aient maintes fois encouragée à marquer le coup de cette année qui ajoutait à son âge un peu plus de distance avec celui qu'avait eu Sophie lors de l'accident ; sans succès.

Quant à ses ex, ils avaient été si nombreux qu'elle ne s'était jamais suffisamment attachée à eux pour avoir besoin ou envie de leur confier ses tourments ; ils n'avaient été là que pour une histoire aussi éphémère qu'une soirée ou une semaine pendant laquelle ses ébats sexuels lui avaient fait oublier, le temps d'un soupir, ce qui la poussait dans les bras d'une existence asphyxiante. Seule sa relation avec Jack avait été digne d'intérêt.

Refermant son livre d'un geste presque irrespectueux pour l'auteur du roman qui n'était pas parvenu à faire diversion, elle se redressa tout à fait sur son lit et regarda le mur de sa chambre sans le voir. Elle pensait à Isabelle, cette ordure qui avait brisé autant de vies qu'il y avait eu de membres sous le toit des Hormeaux.

Dans la famille des victimes, je voudrais le père, la mère et les deux sœurs.

Un arrière-goût d'amertume, comme la caudalie d'un vin de basse extraction, lui remonta de l'estomac. Elle se leva brusquement pour se pencher en avant tandis que ses yeux se mirent à verser des larmes sans qu'elle n'y puisse rien. Une boule de haine déjà concentrée se gonfla d'un flux supplémentaire de mépris en repensant à cette assistante maternelle qu'elle aurait souhaité faire souffrir mille morts avant qu'elle ne trépasse.

Sale connasse...

Son aversion pour Isabelle lui donnait envie de vomir, mais elle n'y parvint pas. Elle passa le revers d'une main sous ses paupières pour en évacuer ces particules humides qui témoignaient d'un chagrin inconsolable et vint s'agenouiller devant sa grande commode noire à quatre tiroirs dont elle ouvrit celui du bas pour en extraire religieusement un album photo. Qu'elle ouvrit dès qu'elle le posa sur la moquette et regarda longuement. Là, les visages qui se reflétaient dans ses yeux, faisant écho à des souvenirs dissimulés dans une partie de sa mémoire avec laquelle elle avait rompu toute connexion, se présentaient comme des étrangers sans nom ni histoire.

Émmanuelle avait grandi avec cet insupportable vide que la disparition d'êtres chers laisse dans la vie des proches qui leur survivent ; mais pour elle, cette survivance avait plus des allures de malédiction qui faisait d'elle une martyre que de bénédiction qu'elle aurait accueillie à bras le corps.

Si elle avait pu mourir avec sa sœur, elle aurait d'elle-même précédé Sophie pour monter dans la Citroën.

Elle aurait voulu mourir à sa place.

Mais non. Elle n'était pas encore née ce funeste jour de fin d'hiver.

Les forces de l'ordre avaient rapidement conclu à un accident, bien que la nourrice n'ait pas freiné. Émmanuelle se demandait souvent si elle avait ne serait-ce que tenté de stopper sa 2cv. Pour elle, cette jeune femme qui avait récemment reçu son agrégation de la Protection maternelle et infantile au terme d'une formation professionnelle qui avait commencé en 1963 et avait duré deux ans, n'avait jamais été des plus stables sur un plan psychologique. Jean-Jacques et Monique Hormeaux avaient toujours dit, les rares fois où ils en étaient venus à parler d'elle avec Émmanuelle, qu'Isabelle avait parfois eu une étrange lueur dans le regard et qu'elle leur avait souvent semblé triste, malgré des sourires factices et des paroles enchanteresses. Se pourrait-il qu'accablée par son pessimisme, cette femme ait décidé d'en finir avec la vie, emportant avec elle une petite fille de dix-neuf mois ? Et si Sophie avait vraiment péri dans l'accident ou le suicide de la nourrice – cette seconde éventualité parut toujours la plus plausible à la rousse mannequin en devenir, où donc était passé son corps ? L'enquête, qui avait brièvement suivi l'incident, malgré des traces de pas inhabituelles sur le talus du côté droit du véhicule et l'absence de corps de l'enfant, avait été classée sans suite. Les parents, trop affligés pour tenter de relancer l'affaire, ne serait-ce qu'en remettant en question la conclusion du dossier, s'étaient donné pour priorité de faire leur deuil. Soutenus par leurs proches, ils s'étaient sentis le devoir de retrouver goût à la vie, alors que tout les poussait à se donner la mort pour rejoindre leur fille.

Pourtant, galvanisés par leur entourage, le couple endeuillé avait fini par survivre : ils en étaient d'ailleurs sortis plus proches l'un de l'autre qu'ils ne l'avaient jamais été. Ainsi, ce fut dans les mois qui suivirent qu'ils passèrent une inoubliable nuit pendant laquelle ils conçurent Émmanuelle. Ils ne s'y étaient guère attendu car ils n'en avaient pas parlé au préalable. Mais chacun d'entre eux avait souhaité cet enfant plus que tout.

La sonnerie du téléphone, s'élevant dans le silence de ce milieu d'après-midi pour se répercuter dans toute la résidence, brisa le train des pensées d'Émmanuelle qui, seule en ces murs où pas âme ne semblait vivre, se releva et sortit dans le couloir pour descendre précipitamment l'escalier et rallier la pièce où l'appareil retentissait. Elle crut que la personne qui, à l'autre bout du fil, la dérangeait, n'aurait pas la force d'attendre qu'elle décroche, tant l'attente qu'elle lui imposait lui parut longue. Il n'en était rien. Angélique, dont la pureté et l'innocence de l'esprit pouvaient être comparées à celles d'un séraphin et qui portait son prénom mieux que quiconque, était d'une patience d'archange.

— Je te dérange ? demanda-t-elle sans autre forme de procès.

— Non... Pas franchement, répondit la rousse en tentant de revenir dans le présent. Tu as des nouvelles d'Antoine ?

— C'est pour ça que je t'appelle ; je savais que tu serais là et je ne pouvais pas attendre d'en parler ce soir au dîner. Il s'est enfin réveillé.

— Et comment va-t-il ? Tu lui as parlé ? A-t-il dit quelque chose ?

— Non, Émmanuelle, et c'est bien là que le bât blesse. Il n'a pas décroché un mot et ses yeux sont perdus dans le vague. Je ne suis même pas sûre qu'il ait été ne serait-ce que conscient de ma présence. D'après mes collègues, il n'a absolument aucun souci, physiquement. De nombreux examens nous ont d'ailleurs révélé qu'il était vraiment en excellente santé, mais nous en saurons plus lorsque sa mère nous aura apporté de nouveaux éléments : le carnet de santé d'Antoine est incomplet et nous avons besoin d'en savoir davantage. Elle ne devrait pas tarder à arriver d'Antibes.

— Tu penses qu'il a eu un traumatisme ou quelque chose comme ça ?

— Cela me semble fort probable, fit Angélique en grimaçant, mais je ne suis pas qualifiée pour poser un diagnostic qui ne serait, par moi, que subjectif. Le plus urgent est de le faire sortir de cet état végétatif : il doit communiquer avec le monde extérieur et exprimer ce qui l'a rendu ainsi afin de s'en débarrasser. Il restera en observation tant qu'il sera comme ça.

— Suzanne et lui ont eu tort d'aller là-bas, et quand j'y pense, Sidonie a été encore plus stupide de s'y rendre en sachant que quelque chose de terrible l'attendait.

— Peut-être, mais cela ne sert à rien de revenir là-dessus, trancha Angélique : ce qui a été fait ne sera pas changé et il vaudrait mieux nous concentrer sur les solutions, non sur les raisons ou les regrets. D'ailleurs, à propos, nous allons nous changer les idées ce soir : nous avons une invitée.

— Ah tiens ! s'exclama Émmanuelle. Et qui aurons-nous l'honneur d'accueillir sous notre toit ? poursuivit-elle avec curiosité. Ton amant ?

— Tu es bête, pouffa-t-elle gentiment. Non, c'est Valérie, une amie que j'ai rencontrée au travail. Elle restera dormir à la maison cette nuit.

Émmanuelle laissa passer un instant en soupirant, et finit par dire tout bas :

— Ça nous fera peut-être du bien de voir une nouvelle tête pour un moment.

Angélique sentit que quelque chose n'allait pas.

— Tout va bien ? Tu as l'air toute bizarre...

— Non, *tout va très bien*, merci.

L'infirmière s'était toujours dit que quelqu'un qui disait que tout allait « très bien » ne le pensait pas le moins du monde, mais c'était peut-être sa nature sceptique qui lui faisait voir les choses sous cet angle. Elle décida de garder ses réflexions pour elle.

— Antoine est dans le couloir C, chambre 37. Je pense que ça lui ferait du bien de nous voir : il aura besoin de tout notre soutien, ajouta-t-elle.

— Je n'ai rien de particulier à faire, déclara Émmanuelle. Je me prépare et viens dès que possible. Si tu emmènes directement ton amie ici ce soir avec la voiture de Suzanne, je rentrerai avec vous. Ça m'évitera les transports en commun.

— Bien sûr.

Angélique sentit soudainement le poids de cette curieuse situation. La colocation d'abord et tous ces mystérieux évènements ensuite obligeaient ces huit personnes pratiquement étrangères les unes pour les autres à composer dans des contextes particuliers alors que tout les opposait. Ils étaient résolument tous des inconnus, conclut-elle avec une certaine amertume. Pourtant, Suzanne et Émmanuelle lui avaient sauvé la vie et elle s'était juré de ne pas l'oublier. Mais elle ne parvenait plus à passer outre une certaine distance qui l'éloignait des autres. Elle se sentait si différente d'eux tous, si éloignée qu'elle se demandait si elle allait vraiment rester sous le toit de la Résidence du Coucher de Soleil une fois que tout serait rentré dans l'ordre. À cet instant, elle n'en avait aucune envie.

Après une brève salutation, Angélique raccrocha enfin le combiné et se tourna vers Valérie qui, à côté d'elle dans la salle de repos de l'hôpital, avait tout suivi à l'aide de l'écouteur du Socotel mural qu'elle avait gardé contre son oreille pendant toute la durée de la conversation.

Angélique détesta l'étrange lueur qu'elle aperçut brièvement dans le regard de son amie.

***

Il ne sembla guère surprenant à Suzanne que Cerbère ait désormais plus de mal à se déplacer qu'en temps normal : les deux têtes dans lesquelles le sang ne circulait plus gigotaient lourdement, retombant pesamment et se tournant à gauche et à droite à mesure que les quatre pattes de la bête s'activaient pour réduire la distance qui la séparait de sa proie. Suzanne s'éloigna de Bérénice pour ne pas risquer de la désigner pour cible et se tint prête à parer une nouvelle offensive du dignitaire avec une boule d'énergie qu'elle prépara dans la paume de sa main.

— Allez, viens...

Au-delà des grognements qui brisaient le silence, Suzanne poursuivit :

— Bérénice !... Essaie de nous débarrasser de l'autre pendant ce temps-là ! Tu ne devrais avoir aucun mal à la mettre hors d'état de nuire !

L'intéressée se tourna aussitôt vers Magdalena qui gémissait de douleur en secouant la tête dans un lent mouvement presque sensuel tout en bougeant lentement son unique jambe. La déesse glissa ses yeux sur la menaçante romancière qui venait de déloger du sol une énorme pierre qui devait bien mesurer quarante centimètres de diamètre. Bérénice la débarrassa de terre humide pour ne pas qu'elle lui glisse des mains, avança lentement comme si chacun de ses pas lui eût coûté la vie, et la sorcière ressentit une peur dont elle n'aurait jamais imaginé être victime.

— N'avance pas !

Mais Bérénice n'allait pas se laisser dicter sa conduite de la sorte : elle avait passé ces deux dernières années à ruminer sa vengeance, à ne rêver que du jour où elle pourrait enfin rendre les coups, et bien que Magdalena ne lui ait jamais porté préjudice personnellement, ses compétences curatives capables de soigner les dignitaires de Diadem 13 constituaient une entrave sérieuse à la réussite de la mission de Suzanne. Elle voulait qu'elle obtienne la doloire afin de sortir de cette dimension ensemble. Elle ne souhaitait plus que retrouver son père aux Pays-Bas, à Harlingen.

Suzanne para un nouveau coup de griffes à la suite duquel Cerbère tenta de la mordre au niveau du flanc. Mais elle le reçut copieusement d'un coup de coude qu'elle lui asséna verticalement. La bête chuta lourdement au sol, se releva presque aussitôt et, sans faire attention à la brune, décida de ne pas riposter. Au contraire, le dignitaire s'éloigna vivement vers Magdalena au moment où Bérénice s'arrêta devant elle à trois mètres. Le chien-loup tricéphale s'interposa en grognant.

La sorcière avait perdu de sa superbe, sa grâce naturelle s'en étant allée au moment même où sa jambe avait implosé, tiraillant les traits de son visage en une physionomie qui annihilait toute beauté naturelle. Un filet de sang coulait de la commissure de ses lèvres crispées, ses *dreadlocks* dispersées autour de sa tête comme des antennes de satellite la rendaient curieusement ridicule et son manteau ressemblant à un duffle-coat dont la coupe différait singulièrement était parsemé de brins d'herbe et de taches de terre brunâtre. Enfin, sa position de soumission, assise sur son séant, les coudes plantés dans le sol derrière elle, les cuisses écartées et la jambe éclatée, achevait de faire du spectacle qu'elle offrait à Bérénice et Suzanne une pathétique tentative de les pousser à la prendre en pitié.

Sans détour, Suzanne arriva à la hauteur du dignitaire qui, dans un grognement rauque, lui sauta aussitôt à la gorge.

— Cerbère, non !! s'écria Magdalena qui sentait que la brune risquait d'en finir avec son chien tricéphale.

Mais ayant anticipé, Suzanne attrapa avec une impressionnante dextérité les deux mâchoires de la bête en plein saut et les empêcha de se refermer sur son cou. Elle retomba lourdement au sol avec Cerbère qui, au-dessus d'elle, tentait de la dévorer sauvagement. Or, un mouvement dans son dos attira son attention et lorsqu'il tourna la seule et unique gueule qu'il lui restait, il réalisa que Bérénice se tenait au niveau de sa maîtresse et avait levé au-dessus d'elle la lourde et menaçante pierre qu'elle avait ramassée. Ses deux pieds étaient rivés au sol de part et d'autre des hanches de Magdalena et le simple fait de lâcher le projectile qu'elle maintenait entre ses mains aurait suffi à lui fracasser le crâne en tombant dessus.

Magdalena allait mourir. Assise à la droite du seigneur Capella, elle passerait l'arme à gauche. Et Cerbère aussi.

Suzanne tourna sur elle-même et fit passer la bête sous son corps pour avoir l'avantage et la bloquer au sol. Bérénice, pour sa part, hésitait ; elle allait tuer quelqu'un de sang-froid. Jamais elle n'avait imaginé devoir en arriver là : tuer quelqu'un. Magdalena, elle, ne pensait qu'à son chien-loup.

— Laissez-le partir, Suzanne ! Je vous en prie !

La brune, maintenant toujours les deux mâchoires dans ses mains, commença à les écarter l'une de l'autre. De toutes ses forces.

— Nooooon !

Pour seul tort, Magdalena n'avait que celui d'être venue au monde avec les connaissances et les aptitudes lui permettant de remettre sur pied les sept dignitaires de Diadem 13. De loin la meilleure spécialiste de la dimension en médecine générale, elle avait soigné en six minutes la blessure à l'avant-bras gauche que Clotho avait faite à Max ; pas une de plus n'avait été nécessaire. Et la cicatrice particulière en forme de mâchoire aux dents inversées n'était qu'un bien faible tribut à payer pour ne pas mourir de douleur ou se vider de son sang.

Et si la chirurgie n'avait plus aucun secret pour Magdalena, la psychiatrie non plus.

En effet, en nivôse de l'an crépusculaire IV, Polyphème, qui ne fut jamais capable de s'exprimer par la parole, non content de laisser pourrir dans son manoir des femmes condamnées à mort pour prosélytisme à la cause virgile et suspicion de trahison, s'en était pris à des citoyens qu'il avait massacrés dans leur sommeil en détruisant leur domicile dans le village qui ceinturait la tour de Falken ou en leur marchant délibérément dessus. Les pauvres victimes avaient été retrouvées littéralement écrabouillées, si bien qu'il avait été impossible de les identifier. Là encore, Magdalena avait su trouver les mots et prodiguer les soins les plus à même de rétablir un tant soit peu de sens et d'équilibre dans l'esprit du titan.

Dans la confidentialité du secret que Capella lui avait demandé de garder jalousement, c'était elle qui, en observant les plantes héliophiles au sommet de la tour de Falken, s'était rendu compte que le dieu suprême, lequel ne portait pas encore le prénom de Hans, allait naître dans les jours à venir. D'ailleurs, elle l'avait compris bien avant que le temps ne s'arrête momentanément. C'était elle qui avait accueilli le jeune enfant lorsque sa fleur-porteuse, à point, avait montré tous les signes d'une naissance imminente. Magdalena avait alors prélevé la plante et l'avait aussitôt emmenée dans le Sacrarium, la pièce la plus chaude et humide de l'Ostium, afin d'aider le végétal à mettre au monde ce nouveau natif. Elle y avait retrouvé Capella. Elle avait assisté la plante en l'aidant à ouvrir ses boutons floraux et à écarter les cinq pétales encore plissés et fragiles afin que l'ovule translucide et visqueux retenu par les étamines et le pistil puisse enfin se séparer du cœur de sa plante maternelle. Les gaz s'étaient libérés dans une belle vapeur écarlate. Elle avait ensuite vu cet ovule fécondé tomber, lourd et flasque, sur le lit de terreau composé de tourbe, de sphaigne et de terre avant qu'il ne grossisse. Puis observé le fœtus se former dans cet œuf de sève et de méristème jusqu'à ce que ses matières durcissent et craquent au moment où l'enfant s'était étiré pour la première fois de sa vie, détruisant la prison naturelle dans laquelle il s'était développé. Et enfin, elle était retournée chez elle après avoir juré à Capella que personne ne saurait jamais qu'elle avait été là lors de la naissance de Hans.

Magdalena était une déesse qui était intervenue au moins une fois dans la vie de tous les natifs de Diadem 13 : Stenkhil, le frère du dignitaire Falken, avait eu des problèmes qui avaient occasionné de vives douleurs. Tous les tissus de son corps dilataient étrangement, le faisant gonfler progressivement. Faisant de la rétention d'eau, il n'avait eu d'autre choix que de régurgiter l'humidité excédentaire sous forme de liquide étrange qui mêlait bile, sueur, urine, salive, sucs gastriques et liquide séminal : un vrai cocktail. Le problème venait du calcaire qui s'était accumulé dans ses stomates particulièrement petits de naissance. Deux semaines de traitement les développèrent irréversiblement et Stenkhil se porta bien mieux.

Il semblait normal à Magdalena d'être née déesse, au vu des services qu'elle rendait à ses citoyens. Elle s'était toujours félicitée de ne pas être dignitaire : endosser la responsabilité de l'une des sept régions de la dimension n'avait pour elle rien d'attirant. Mais elle n'avait eu de cesse de détester sa position délicate qui la forçait à s'occuper des virgiles autant que des capellans et avait craint, à juste titre, de se retrouver un jour menacée par les sympathisants de l'une ou l'autre des doctrines antagonistes.

Idéalement, elle aurait voulu être une simple citoyenne. Cela lui aurait sans nul doute évité d'être sur le point d'avoir le crâne fracassé par une femme qui avait créé le monde dont elle était originaire. Déchirée entre l'urgence d'empêcher Bérénice de la massacrer et celle d'éviter à Cerbère d'avoir les mâchoires arrachées, Magdalena ne savait plus que faire.

Les chairs de la bête, tendues à l'extrême au niveau des muscles masséters qui joignaient les deux mâchoires derrière la peau des joues, commencèrent à craquer comme un vieux sac de toile de jute usé.

— Arrêtez Suzanne ! Laissez-le, je vous en prie !

La brune ne relâcha pas les pressions contraires qu'elle exerçait, bien qu'elle s'entaillât la paume des mains sur les crocs incisifs. Cerbère poussa un gémissement aigu qui arracha des larmes à Magdalena. Bérénice, elle, observait la scène calmement, sans pour autant baisser la lourde pierre qu'elle maintenait dressée au-dessus de sa tête. Sous les feux d'Alnitak, l'ombre du projectile plongeait dans l'obscurité le visage de la déesse qui ne quittait pas Suzanne des yeux. Les deux têtes inertes ballottaient de part et d'autre de la gueule écartelée de la bête, les griffes remuaient avec frénésie en creusant les avant-bras de la femme qui ne fléchissait pas, immuable dans son seul but de réduire au silence ce troisième adversaire.

Enfin, les muscles et les tendons cédant à la pression, Cerbère poussa un dernier hurlement, et les deux mâchoires éclatèrent dans une effusion de sang, repoussant le crâne en arrière. La maxillaire charcutée qui ne tenait plus en place que par les chairs à moitié arrachées et par la peau détendue se laissa entraîner lentement vers le sol dans le sillage de la tête et du corps de la bête qui se retrouva couchée sur le flanc, inerte.

C'était fini.

Pour la troisième fois, Suzanne avait réussi à se hisser au-delà d'elle-même dans sa croisade pour la doloire. Cerbère avait rendu l'âme.

Recouverte de sang, de lourdes gouttes d'un rouge intense coulaient à la pointe du nez et sur le menton de Suzanne. Méconnaissable, elle s'isola dans une solitude et un état catatonique qui la privaient de toute réaction, et resta debout et immobile alors que la bête gisait à ses pieds. Les filets d'hémoglobine sur son visage chutaient sur Cerbère, se perdant dans son pelage noir choyé par le vent dont il ne ressentait plus les caresses.

Stupéfaite, Magdalena ne bougeait plus ; son regard ne parvenait à se détacher du cadavre de Cerbère. Bérénice, comme Suzanne, redescendait en pression, et elle finit par balancer sur le côté la grosse pierre qu'elle avait ramassée quatorze minutes plus tôt avant de se jeter sur sa camarade qu'elle prit dans ses bras. Le duel au sommet était enfin terminé.

Le vent soufflait lentement et Alnitak luisait puissamment en altitude en imposant à la région des monts de Sheeba de chaudes températures que de furtives brises tièdes adoucissaient de temps à autres. Bérénice sentit très distinctement le cœur de Suzanne battre contre le sien, et le rythme effréné reprenait peu à peu une cadence plus naturelle et régulière. Mais elles ne ressemblaient plus à rien : elles étaient épuisées, hors d'elles-mêmes comme dans un état second, couvertes de sang et de sueur, marquées par des blessures éparses qui faisaient de leurs corps les œuvres d'art d'un sculpteur torturé. Le burin et le couteau se seraient adonné à un travail d'anéantissement de l'harmonie qu'auraient pourtant promis les épreuves originelles. Les deux outils en auraient brisé, tailladé, percé, segmenté toute la beauté qui aurait pu naître sous leur coupe. Suzanne et Bérénice se sentaient ainsi : privées de tout sens, de tout intérêt. Deux femmes-objets qui n'existaient pas plus, dont le cerveau fonctionnait au ralenti, qui ne savaient plus qui elles étaient elles-mêmes et qui auraient fait n'importe quoi pour comprendre comment l'existence pouvait leur imposer des moments aussi difficiles.

Magdalena et Cerbère. Ils avaient toujours été ensemble.

D'aussi loin que la sorcière se souvienne, il avait déjà été présent quand elle-même était née le 17 vendémiaire de l'an crépusculaire I. À l'époque, Capella et son chien-loup étaient les deux seuls êtres vivants sur Diadem 13 ; même le Foëhn ne s'était encore jamais montré. Capella avait alors délégué la responsabilité de la plaine de Chronopolis à la créature tricéphale, mais avait refusé à la jeune femme – venue au monde comme tous les natifs avec son corps actuel mais dont la pétulance était trop faible – de lui octroyer la garde de l'une des sept régions. Pour lui, elle ne serait jamais capable de faire le poids face à quelque envahisseur que ce soit. Magdalena avait déploré cette injustice ; subséquemment, Capella lui avait concédé le soin de s'occuper de Cerbère et avait donc permis à la sorcière de réaménager la tanière souterraine originellement destinée au canidé pour s'en faire un habitat. Cela tombait bien : Cerbère passait ses jours et ses nuits à l'extérieur sur l'un des deux dômes ou dans la vallée qui les séparait. Et nul d'entre Magdalena et Cerbère n'était le maître de l'autre : ils demeuraient sur un pied d'égalité et ne s'étaient jamais quittés.

Mais cette époque n'était plus, désormais. Il avait fallu que la disquette de sauvegarde de la romancière qui avait créé la dimension où ils étaient venus au monde se retrouve entre les mains d'intrus qui l'avaient utilisée pour faire irruption dans leur quotidien, semant le chaos et la terreur dans l'équilibre qui avait jusque là régné en maître absolu sur Diadem 13.

Et Cerbère venait de mourir.

La colère s'éleva dans l'esprit de Magdalena comme un raz-de-marée charriant tout ce qui se trouvait sur sa trajectoire, se dirigeant rapidement vers la côte où étaient érigés les murs qui protégeaient son objectivité, sa vigilance, la maîtrise d'elle-même. En un déclic fatal et inéluctable, les édifices furent balayés, rasés, réduits à néant comme s'ils n'avaient jamais existé. À présent, pour elle, rien n'était plus important que de se venger.

Les deux femmes, pesamment blotties l'une contre l'autre, se séparèrent enfin et s'approchèrent pesamment, dans un silence religieux, de la porte de la bâtisse que la sorcière avait investie depuis sa naissance. Elle les regarda s'approcher et ouvrir la porte dans un grincement avant de disparaître à l'intérieur. En proie à une douleur insupportable qu'elle ressentait vivement dans tout son corps depuis sa jambe sectionnée, Magdalena trouva malgré tout la force de se traîner à leur suite.

Suzanne, aussitôt dans l'étrange tanière qui se dévoilait autour d'elle, vit immédiatement le corps allongé sur le lit, recouvert d'une couverture épaisse et dont le visage marqué par des mèches blondes exprimait une profonde sérénité. Cela faisait quelques heures que le dieu avait été plongé dans l'inconscience après avoir reçu de Magdalena les soins les plus à même de pouvoir le remettre rapidement sur pieds. Mais il lui fallait désormais se reposer longuement.

En aurait-il seulement le temps ?

— C'est Max, souffla Bérénice qui se tenait à l'épaule de Suzanne.

— Je sais.

— Tu sais aussi que c'est un ennemi. Nous devons le tuer...

— Tu ferais mieux de te tenir à l'écart ; il pourrait nous jouer un vilain tour, Bérénice.

Obéissant à Suzanne, la romancière ne se fit pas prier et recula de quelques pas pour se protéger au cas où Max se dresserait d'un bond avec la mauvaise idée de leur porter un coup. Mais, comble de l'ironie du sort, Bérénice s'approcha ainsi de la porte d'entrée où elle était à portée de Magdalena, laquelle, appuyée d'une main sur le chambranle en vieux bois, tenait dans l'autre un seau cerclé d'une lame de métal finement travaillée.

Bérénice ne sentit pas le coup venir et hurla de douleur avant de s'effondrer au sol de tout son poids. Aussitôt, Suzanne, dans une colère noire, se retourna et projeta une boule d'énergie orange qui atteignit Magdalena au ventre. L'attaque transperça le corps déjà bien diminué, la déesse hoqueta quand elle sentit ses entrailles se liquéfier, tenta de dire quelque chose mais rien d'autre qu'une puissante salve de sang d'un rouge carmin ne sortit d'entre ses lèvres. Derrière elle, la plaie béante comme une excavation digne des plus grands chantiers de terrassement débordait de chairs, vomissant des agrégats destructurés de muscles dorsaux dans une anarchie organique des plus totales. La sorcière, encore debout, regardait Suzanne dont la paume de la main détenait déjà une nouvelle sphère de pétulance, et se mit à sourire avant de s'effondrer au sol, retombant sur le côté dans un grondement sourd.

La brune s'approcha d'elle et la regarda. Magdalena, yeux fermés, le visage tiraillé par les douleurs qui l'avaient assaillie sans relâche, gisait à terre sur le plancher de sa demeure. Immobile dans une mare de sang.

Suzanne désintégra son attaque, se précipita sur Bérénice et remarqua une plaie ouverte qui faisait saigner sa nuque. Elle prit son pouls au niveau de l'artère carotide et, contrairement à ce qu'il s'était passé pour Barbara, sentit immédiatement les pulsations.

Bérénice était vivante.

Son rythme cardiaque semblait sensiblement plus élevé que la normale mais la femme n'était visiblement pas en danger de mort.

Suzanne s'accroupit et la prit par les aisselles pour l'installer au sol contre le mur attenant à l'entrée, à côté du corps de Magdalena, afin de l'asseoir. Bérénice reviendrait à elle en temps et en heure. Pour le moment, une autre priorité se présentait devant Suzanne.

— Elle a raison, murmura-t-elle pour elle-même. Je dois profiter de l'inconscience de Max pour le tuer.

Elle retourna devant le lit et se sentit prise d'un vertige. Fébrile, Suzanne n'avait rien mangé depuis de nombreuses heures désormais, et il lui fallut s'appuyer à la table située derrière elle pour se tenir sur ses jambes. Ce faisant, elle contracta sa main, ses tendons s'étirèrent entre son coude et son poignet blessé, et elle envoya un signal à son cerveau qui concentra une lueur d'énergie destructrice dans sa paume. La sphère scintillait lentement d'une couleur qui semblait donner vie à des petites billes colorées dans cette boule d'un orange translucide, lesquelles se mouvaient très lentement les unes et les autres, se mélangeant, fusionnant, s'activant à mesure que l'intensité de son pouvoir tentait de se stabiliser à pleine puissance. Mais elle était encore trop faible.

Tant pis. Elle chercherait quelque chose à se mettre sous la dent une fois que ce dieu qui, comme Polyphème, Sleipnir et Cerbère, constituait une menace sérieuse, serait mort.

La sueur et le sang formaient une pellicule humide sur son visage.

— Je me reposerai juste après.

Suzanne leva le main au-dessus du blond. Il lui sembla que son état d'épuisement lui adressait un message urgent qu'elle ne souhaitait pas entendre. *Trouve-toi quelque chose à manger, assieds-toi et reprends des forces.* Mais elle n'en fit rien. Pourtant, le sol commença à se dérober sous ses pieds. Son poignet la lançait, les morsures sur sa poitrine lui faisaient un mal de chien et elle ne put rester consciente plus longtemps. La boule d'énergie s'éteignit diffusément. Le cerveau de la femme ne lui obéissait plus. Son corps non plus : son centre de gravité la fit basculer sur le côté, la lumière dans la pièce devint diffuse, le courant d'air entre la porte ouverte et une minuscule fenêtre à flanc de talus plus lointain. Suzanne s'effondra sur la table en la repoussant lourdement, et les bouteilles en verre auparavant dressées chutèrent sur le sol en même temps qu'elle.

Max n'était pas seul, il en était convaincu. Ne pas voir celui ou celle qui se tenait à proximité ne l'empêchait pas de sentir sa présence dans la pièce. Sortant des limites reculées d'une torpeur qui lui avait redonné force et vigueur, il sentit qu'il aurait pourtant du mal à ouvrir les paupières. Mais dans son esprit désormais alerte, il avait exercé sa pétulance sur la personne qui se dressait à ses côtés afin de découvrir ses intentions. *Je dois le tuer tant qu'il est encore à ma merci*, avait-il perçu comme si cette pensée s'était jetée sur sa conscience. Poussant ses investigations cérébrales plus en avant, Max comprit qu'il s'agissait de Suzanne et apprit qu'elle venait de tuer Cerbère.

Que Magdalena, mortellement blessée, respirait encore. Mais elle n'en avait plus que pour quelques minutes. Il n'y avait plus d'urgence : il ne pourrait plus la sauver. L'aurait-il fait s'il avait pu ?

Max garda les yeux fermés et comprit que Suzanne ne parvenait plus à trouver l'énergie pour demeurer consciente. Peut-être par curiosité, assurément par amour, il lui adressa un message télépathique. *Trouve-toi quelque chose à manger, assieds-toi et reprends des forces*. Mais elle ne réagit pas. Il eut envie d'ajouter « Tu me tueras après » mais n'en fit rien. Suzanne tournait de l'œil. La concentration de pétulance que Max avait sentie dans l'obscurité de ses paupières baissées s'éteignit sans laisser aucun choix à son instigatrice. Il entendit les pieds de la table grincer contre les lattes de bois, les bouteilles basculer, rouler et tomber dans un grondement qui lui indiqua que Suzanne venait elle aussi de choir de tout son poids sur le sol.

Max ouvrit enfin les yeux.

Le temps que sa vue s'habitue à la lumière, il se demanda ce qu'il allait faire d'elle et se redressa ensuite, assis sur la couche, avant de poser ses yeux en contrebas sur sa gauche. Suzanne gisait là, immobile, inconsciente.

Max prit le temps d'observer le décor de l'antre de Magdalena qui s'étendait sur sa gauche. C'est ainsi qu'il vit le corps de la sorcière, étendu de tout son long, et distingua le trou béant que Suzanne avait provoqué en lui portant une attaque mortelle. Derrière elle, la porte ouverte laissait entrer un peu plus de lumière, mais le ciel semblait davantage illuminer la pièce depuis la fenêtre creusée à flanc de talus.

Ce n'est qu'en avançant un peu plus la tête qu'il vit le corps de Bérénice, posé contre le mur.

Rejetant la couverture en peau de smilodon sur le côté, Max dévoila à ses yeux sa propre nudité et se leva promptement. Il se sentait merveilleusement bien : son corps semblait détenir les pleins pouvoirs sur toutes ses facultés. En lui-même, la pétulance dissimulée majoritairement dans son cerveau et imprégnant tous ses membres par petites particules éparses promettait la puissance la plus extrême, les compétences les plus à même d'écraser les cafards les plus récalcitrants.

— Se pourrait-il que je sois même devenu plus fort que Wilfried ? murmura-t-il dans la béatitude des sensations grisantes qui l'enveloppaient.

Cherchant du regard ses vêtements, Max les trouva lavés, séchés et pliés sur l'étagère d'un grand vaisselier en bois de chêne et d'épicéa où des grimoires et des manuels en tous genres remplaçaient les assiettes. Sans perdre une seconde, il enjamba le corps de Suzanne et alla les chercher pour prendre le temps de s'habiller.

Puis, enfin vêtu, il se rendit dans un angle de la pièce unique de cette tanière et ouvrit les portes d'un meuble bas devant lequel il s'accroupit. Il en extirpa une assiette contenant trois beignets de farine de manioc fourrés à la viande de pénimacre, un animal rare originaire de Voyelle 9½, et mordit dans l'un d'entre eux avant de trouver un reste de poisson grillé séché recouvert de poivre noir : une voubrène, sans doute pêchée dans les profondeurs du lac du Mercator par Clotho, Stenkhil ou Nectarine. Derrière lui sur une chaise, un saladier en obsidienne remarquablement bien taillé et poli présentait une nature morte aux nombreux fruits : dranelles vertes et bleues, nastuves juteuses, clîmes pédonculés bien charnus et grains de bristaflelles parfumés constitueraient un formidable dessert. Max sentit qu'il comprenait cette brute épaisse qu'avait été Polyphème lorsqu'il avait été tenaillé par la faim : il aurait lui aussi dévoré de la chair humaine s'il n'avait eu d'autre choix.

Mais le titanesque cyclope était mort, tué par Suzanne, laquelle gisait à quatre mètres.

Et Max, lui, était en vie. Plus que jamais.

— Apocatastase, murmura-t-il en soupirant de plénitude. Toutes mes cellules originelles sont à leur place. On dirait que j'ai réintégré mon corps dans son état le plus parfait.

Il se tourna vers Suzanne, revint sur ses pas en l'enjambant à nouveau et s'assit sur le lit avec toutes les victuailles qu'il avait trouvées pour se restaurer confortablement après avoir posé le saladier et l'assiette sur la table.

Quelques instants plus tard, après avoir mangé copieusement, il sortit du talus pour aller voir Cerbère qui gisait dehors, non sans prendre avec lui la voubrène dont il recrachait parfois quelques arêtes. S'accroupissant devant la bête allongée sur le flanc, les trois têtes posées en vrac l'une sur l'autre, le dieu offrit la tendre caresse d'une main attentionnée sur le pelage noir du chien-loup. Il pensa à Suzanne. *L'air de rien, elle est parvenue à venir à bout de Polyphème, Sleipnir et Cerbère. Je suis convaincu que Capella commence à prendre au sérieux la menace qu'elle fait planer sur nos régions. Et sur nous.*

Seul avec quatre corps inertes dans son périmètre, Max regarda au loin en direction de la tour de Falken au-dessus de laquelle dominait Alnitak de ses puissants rayons. Et sortit ses réflexions de son esprit en murmurant :

— En tout cas, à sa place, je commencerais à me poser des questions. D'ailleurs, je n'aurais jamais cru moi-même qu'elle parviendrait jusque là. Polyphème était à moitié mort lorsque je l'ai renvoyé au manoir, certes, mais Sleipnir et Cerbère étaient en pleine possession de leurs moyens et Suzanne était exténuée lorsqu'elle s'est battue contre eux. Et bien que Pirène, Monocerüs et Bérénice l'aient considérablement aidée, elle ne doit ses victoires qu'à elle-même.

***

Le trajet en voiture dans les artères de la ville baignée par les lumières de cette matinée avait été des plus étranges pour Silène. Marianne n'avait pas décroché un traître mot et le dieu en était arrivé à se demander pour quelle raison il avait accepté l'invitation de cette femme qui semblait aussi perdue et mal à l'aise que lui. Mais il n'avait pas cherché à briser la glace et s'était plutôt résolu à la laisser poursuivre sur sa démarche vis-à-vis de lui : nul doute qu'elle se sentait meurtrie et déboussolée dans une existence qui ne l'avait pas préparée à vivre seule avec ses deux enfants.

Cependant, elle ne s'attendait pas à ce qu'il lui dise que son mari était mort pour une cause noble et juste, qu'elle s'en remettrait, qu'elle était suffisamment intelligente et séduisante pour refaire sa vie lorsqu'elle serait prête, et d'autres choses aussi alambiquées qu'inutiles. Silène ne pouvait de toutes manières pas lui tenir de tels propos : il ne la connaissait pas et ne pouvait être sûr de rien. Le destin n'était pas écrit, l'avenir demeurait imprévisible et elle aurait toujours le libre-arbitre nécessaire à ses propres choix, en tout état de cause. Elle resterait décisionnaire de ce qu'elle jugerait le plus adapté et envisageable pour le bonheur de ses enfants. Et le sien.

Par contre, Marianne était à mille lieues de savoir gérer le deuil. De quelle manière faisait-on face à l'absence du disparu ? Comment pouvoir passer à autre chose comme si nos espoirs n'avaient jamais été amputés de l'être qui nous avait appris à les nourrir, à demeurer optimiste ? N'était-il pas plus libérateur, au moins pendant une courte période, de noyer ses pensées amères dans les grisantes sensations inoculées par l'alcool, la drogue, le sexe ou même les sports extrêmes, afin de créer une reposante diversion ? Et pour quelle raison l'Éducation Nationale conservait-elle obstinément des notions d'histoire ou de mathématiques dans ses programmes au détriment d'enseignements qui, plus pertinents, permettraient de mieux appréhender la disparition d'un proche ? De savoir à quelle date et de quelle manière Robespierre [115] avait perdu la vie n'aiderait jamais personne à faire front devant les affres causées par la disparition de son mari qui avait perdu la sienne, pas plus que le théorème de Thalès, d'ailleurs [116].

Les yeux rivés sur le verre d'eau fraîche qui trônait sur la table basse du salon, Silène engagea la conversation de manière brutale et cassante.

— J'ai perdu mon meilleur ami il y a quelques jours.

Marianne écarta les longues mèches écarlates et raides qui tombaient devant ses yeux et les passa derrière ses oreilles avant d'observer avec étonnement le visage de cet inconnu qui, à sa droite, semblait vouloir lui accorder ses confidences.

— Je suis désolée...

— Il a été assassiné.

Elle regarda la main gauche de Silène, posée sur la surface du canapé bleu pétrole en tissu chiné, et fut tentée d'y apposer la sienne.

Elle se lança. Sans succès. Le dieu, ayant perçu les intentions de Marianne, se leva aussitôt du canapé, dégageant sa main du coussin tiédi où celle de la femme, trop tardivement, se posa à la place. Leurs doigts, comme une caresse furtive, eurent toutefois le temps de s'effleurer.

S'approchant de la fenêtre, Silène se laissa envahir quelques instants par le tumulte de la ville. Du quatrième étage, les gens paraissaient faibles et insignifiants, déambulant dans toutes les directions vers un but qui ne l'intéressait pas. Les cyclistes et quelques piétons semblaient se déplacer plus vite que les voitures et les bus, bloqués dans une circulation difficile qui, à cette heure de pointe, demeurait l'une des certitudes absolues. Comme la déliquescence du patrimoine naturel de la planète et l'éternité de la mort, les embouteillages faisaient partie des réalités immuables de la vie. C'est ce que se dit Marianne en le regardant.

— L'un d'entre eux est également responsable de la disparition de votre époux, souffla Silène sans qu'elle s'y attende.

Il se retourna et planta ses yeux dans les siens. Elle se leva à son tour et le rejoignit à la fenêtre, non sans détourner le visage pour cacher ses larmes.

— Comment s'appelle cet homme ? sanglota-t-elle.

Silène lui mit la main sur l'épaule.

— Max... fit-il dans un chuchotement alors que tout en lui bouillonnait de colère. Max Tegai.

***

C'est d'une démarche très assurée que Max retourna dans la maison. Il ne savait que faire. *Capella ne nous a demandé que de détruire la disquette et de retrouver Silène pour le supprimer. J'ignore quels sont les ordres qu'ont reçu les autres, mais je ne prendrai pas l'initiative de tuer cette femme moi-même. Je me demande d'ailleurs ce que me conseillerait Wilfried... Mais où peut-il être ?*

Ses yeux se posèrent immédiatement sur Magdalena. Bien qu'il ne l'ait jamais appréciée, il ressentit une pointe de compassion pour elle et se demanda s'il ne devait pas abréger ses souffrances en lui portant le coup de grâce, comme un cheval grièvement blessé qui n'attendrait que la mort pour être délivré de ses maux. Mais il décida, finalement, de ne rien faire.

Debout dans le chambranle, il regarda Bérénice et s'accroupit pour mieux la détailler. Le tee-shirt ample que Stéphanie lui avait prêté dévoilait les bretelles d'un soutien-gorge blanc craqué par endroits et maculé de taches de crasse et de sang. Bien qu'il laissât deviner les courbes de la poitrine de la romancière, celle-ci ne dégageait rien de sensuel malgré une silhouette svelte et une peau qui exprimait douceur et tendresse sous les salissures, au-delà des blessures. Mais ses seins, pris dans les balconnets tailladés, le provoquaient outrageusement par leur rondeur et leur vallée attirante. Toutefois, ses sentiments pour Suzanne le rappelèrent à l'ordre depuis les tréfonds de sa conscience tout autant qu'à la surface de son cœur. Tiraillé entre le confort d'être cynique et cruel et l'inconfort de sentiments nouveaux qui lui posaient un cas de conscience, Max se redressa et créa un portail qui emporta Bérénice, la faisant disparaître hors de sa vue.

Puis il se retourna pour passer au-dessus de Magdalena et revenir près du lit au pied duquel Suzanne était encore inerte. S'accroupissant, Max passa ses mains sous les cuisses et dans le dos de la femme pour la soulever cérémonieusement afin de la prendre dans ses bras et de l'allonger délicatement sur le lit où il avait été soigné tantôt. Même inconsciente, elle avait les traits du visage tirés. Il refusa de la déshabiller pour la mettre plus à l'aise, de peur d'avoir des pulsions innommables en la voyant nue, et rabattit plutôt la couverture sur elle pour qu'elle conserve sa propre chaleur corporelle : les nuits étaient fraîches sur les monts, surtout sur les flancs septentrionaux et à leur sommet. Et même en fermant fenêtre et porte, les températures risquaient de décroître en soirée. La tanière de Magdalena demeurait le minimum pour être à l'abri de la fraîcheur de la nuit à venir.

C'est alors qu'il sentit qu'il agissait mal, comme si Capella lui ordonnait mentalement de se débarrasser de Suzanne. *Tue-la*. Oui, il devait débarrasser Diadem 13 de sa présence. Elle était une réelle menace pour tous ses citoyens, et surtout pour les dignitaires dont les trois premiers avaient déjà été vaincus. Polyphème, Sleipnir et Cerbère s'en retourneraient dans leur tombe s'ils savaient que Max, ce dieu qui avait toujours été cruel, nourrissait des sentiments humains à l'égard de celle qui les avait massacrés. Et ils auraient raison d'être révoltés.

Max avait asséné le coup de grâce à Virgil, le meilleur ami de Silène, et il s'en était fièrement félicité. Il avait obéi aux ordres, respectant les principes politiques de Capella auxquels il avait systématiquement adhéré avec ferveur et passion. Wilfried avait toujours été plus nuancé que lui, choisissant parfois de transiger, d'accorder le bénéfice du doute, de négocier ou même de contrevenir aux ordres qu'il avait reçus. Quelquefois, Max avait senti qu'on ne disait de lui qu'il était mauvais que parce qu'il utilisait toutes ses ressources pour exécuter les ordres sans délai, de manière impartiale et expéditive. Et si Virgil avait été le souverain de Diadem 13 en lieu et place de Capella, alors Max aurait été l'un de ses subordonnés les plus efficaces : toute son énergie, toutes ses forces auraient été orientées vers l'accomplissement des missions de vertu qui lui auraient été confiées.

Or, ce n'était pas le cas. Suzanne était une ennemie. Elle venait d'un autre monde. Elle n'avait rien à faire ici. C'était une étrangère. Un intrus.

Et pourtant...

Max s'agenouilla à côté d'elle et la regarda. L'espace d'un instant, il se sentit, sans en être conscient, comme un enfant qui allait vivre son baptême du feu en embrassant pour la première fois sa petite camarade qui aurait fait chavirer son cœur. L'innocence de la jeunesse, la pureté des émois d'adolescents, la naïveté des rêves des plus petits ruisselaient dans ses veines comme dans un fleuve n'ayant pour objectif que de se jeter dans l'océan de l'exaltation sentimentale. En proie à d'intenses et vives émotions qu'il n'avait jamais ressenties, il ignorait ce dont il s'agissait mais éprouvait un certain malaise mêlé à de la tristesse, à une envie de s'allonger contre Suzanne. En filigrane, un indescriptible bonheur le hissait dans les hauteurs d'une euphorie inédite et exclusive. Il avait envie de lui faire l'amour pour mieux communier avec elle. Pour mieux entrer et se fondre en elle. Il voulait *être* elle. Mais comment s'y prenait-on ?

Les mèches noires de la créature humaine qui était parvenue à faire fleurir un sentiment qui avait à peine germé en lui par le passé marquaient un visage qui semblait à présent exprimer la sérénité d'un somme éternel et profond. Sa physionomie tiraillée par l'asthénie et la démoralisation se radoucissait peu à peu, laissant place à un minois exprimant l'allégresse d'une paisible léthargie. Et bien que la jeune femme ne se soit pas lavée depuis trois jours, elle ne dégageait aucune mauvaise odeur, pas plus qu'elle n'exprimait davantage la fatigue qui l'avait précédemment rongée à vif jusqu'au sang.

Quant à ses lèvres...

La bouche légèrement entrouverte lui donna l'impression d'appeler au désir, de quémander la douceur d'un baiser. Et si Max n'avait jamais aimé embrasser ni Simbelmynë, ni Clotho qui lui avait parfois laissé un goût fort de viande avariée dans la bouche, il sut à cet instant que ce baiser serait différent. Semblable à nul autre.

— Traître !

Surpris, Max se retourna brusquement.

— Je vais tout de suite en informer notre Seigneur !

Il eut à peine le temps de voir Simbelmynë qu'elle disparut aussi furtivement qu'elle était apparue. Mais il n'eut aucune réaction quant à la venue de cette déesse : elle n'en valait pas la peine. Rien ni personne ne l'empêcherait de porter au pinacle cet instant ultime.

Il posa tendrement ses lèvres sur celles de Suzanne, passa subrepticement sa langue entre, garda sa bouche contre elle le temps d'apprécier l'osmose qui lui donnait l'impression de goûter aux joies de l'Æther et resta immobile encore quelques instants avant de se relever.

— Je le savais...

Le dieu regarda une nouvelle fois par-dessus son épaule et vit Magdalena qui, bien qu'elle fût mortellement blessée, demeurait encore vivante et fixait Max avec un sourire victorieux.

— Je te l'avais dit... Tu n'es plus aussi perfide et pugnace qu'avant...

Elle toussa, crachant une salve de sang qui l'obligea à déglutir pour réprimer la suivante. Le dieu fit comme s'il n'avait rien entendu et, se tournant vers Suzanne, remarqua qu'elle commençait à transpirer sous la lourde couverture de poils épais. En conséquence de quoi il la rabattit sur les jambes de la femme pour qu'elle soit plus à l'aise.

— De mieux en mieux, Max...

— Tais-toi, Magdalena ! Tu gaspilles tes dernières forces.

Sans comprendre sous quelle impulsion il agit de la sorte, il créa une minuscule sphère de pétulance à l'extrémité de son index droit et commença à consumer précautionneusement le tee-shirt en partant du col, passant le long de la couture du trapèze, atteignant l'épaule et poursuivant jusqu'à l'extrémité. Puis il lui souleva le bras gauche de Suzanne et reprit son geste en découpant comme au fer à souder le tissu, continuant au niveau de l'aisselle et redescendant jusqu'à la taille.

— Qu'est-ce que tu fais, dis donc ?

— Je croyais t'avoir demandé de la fermer !!

Max fit la même chose de l'autre côté et put enfin dégager ce qui avait dissimulé la nudité de Suzanne. Lentement, il souleva le devant du tee-shirt crasseux et le lâcha derrière lui, le faisant retomber à proximité de la sorcière. Puis il détailla le spectacle du corps qu'il rêvait d'investir, qu'il brûlait de connaître sous toutes les coutures, qu'il espérait conquérir comme les territoires vierges d'une contrée inconnue à indexer. Religieusement, il approcha sa tête du ventre plat et chaud en se penchant en avant, tourna son visage sur le côté, rivant son regard sur la blancheur de la gorge de la brune avant de poser sa tête à hauteur du nombril.

— Décidément, je m'étais trompée... Tu es encore plus démoniaque et malsain que je ne pensais ! cracha la voix dans son dos.

Max voyait de manière floue, en premier plan, la poitrine libérée de Suzanne et, au-delà, son menton exhibant la gorge qui faisait comme une entrave infranchissable.

Il se releva brusquement, se retourna vivement, bondit au-dessus de Magdalena et se jeta à l'extérieur.

Il n'en croyait pas ses yeux.

— Mais alors... commença-t-il.

Inopinément, une présence apparut à deux mètres du sol à l'ouest et à quelques encablures de Max qui lui fit aussitôt face, malgré la surprise. Aveuglé par les rayons d'Alnitak, il n'eut pas le temps de distinguer la silhouette qui fondait sur lui. Pas plus qu'il ne vit la magnifique et puissante sphère orange s'approcher.

— Non ! hurla-t-il dans un hoquètement.

Le coup le frappa violemment. De plein fouet. La partie supérieure du sternum, là où les deux clavicules convergeaient, fut réduite en lambeaux avant d'être transpercée. Max crut s'étouffer avec son sang qui noyait sa gorge tandis que le coup pulvérisa sa colonne vertébrale, emportant au passage ses omoplates dont les morceaux cisaillèrent les chairs dans son dos avant d'être propulsés à l'extérieur de son corps. Éclatés, le tee-shirt sans manches et l'imperméable noirs exhibèrent un large trou aux bordures effilées en bouts charcutés alors que la sphère termina sa course à distance, filant au loin en contrebas vers la plaine de Chronopolis et disparaissant dans les teintes céruléennes. La capuche, trouée, précéda le corps qui s'affaissa lourdement dans les brins verts d'une nature généreuse.

Visiblement, son instigateur avait voulu en finir avec Max.

Silène. Lequel retomba lestement sur ses pieds, sans piper mot. Max le regarda nerveusement.

— Po~our... qu~uoi~i... ?

Mortellement blessé à son tour, il n'avait adressé sa question à personne d'autre que lui-même. Les deux plus longues mèches cursives de ses cheveux blonds s'exhibaient tachées de sang devant son visage, mais il n'eut aucun mal à faire une mise au point sur le dieu qui l'avait attaqué.

— Je va~ai~is... m~ou~ri~i~i~ir...

Silène, malgré la haine qui venait d'exploser en son for intérieur, demeurait gagné par un calme olympien qu'il exprima avec désinvolture.

— Oui, tu vas mourir, Max. Mais ta mort ne sera jamais suffisante pour laver l'affront que tu as fait à toutes tes victimes froidement assassinées.

— Po~our~quoi~ii~i d~doiiis-j~je mo~ou~rir main~tena~ant ?

Intrigué, Silène ne comprit pas où son adversaire voulait en venir.

— Po~our~quooi~i, poursuivit Max, fa~au~ut-il que~e je meu~ure au~ujourd'hui, a~au faaîte de ma glo~oire, sans avoir~r eu le te~emps de~e me ra~chete~er, d'ex~xpier mes cri~imes, de dev... veni~ir me~eilleu~ur ?

Les larmes lui montèrent aux yeux, et dans la flamboyance des teintes chaudes qu'Alnitak imposait sur Diadem 13, elles se mirent à briller avec un éclat scintillant puisant son sens dans les regrets d'une vie trop courte où seule l'envie d'aimer lui avait manqué.

C'est en venant s'accroupir auprès de lui que Silène lui annonça :

— Marianne, la femme du policier Matthieu Pachard que tu as tué, t'adresse son bon souvenir... Et à elle se joignent celles d'Ernest Dupuis et de Jérôme Legall. Elles sont effondrées. C'est comme si tu les avais aussi tuées. Tu t'en repentiras en croupissant pitoyablement dans le Neither !

Silène se releva et se détourna du dieu afin d'aller examiner le corps de Cerbère quelques instants. Puis il entra dans la demeure de Magdalena, laquelle était allongée sur le flanc, le corps transpercé d'une plaie béante d'où ruisselaient encore des coulées de sang, lentement et inexorablement. Il la retourna prudemment pour l'allonger tout à fait sur le sol. C'est là qu'il comprit qu'elle ne souffrirait jamais plus. Il était trop tard. La sorcière, malgré ses yeux ouverts, ne voyait plus. Elle avait rendu son dernier soupir.

Ce n'est qu'en se relevant qu'il aperçut le corps nu de Suzanne qui semblait encore inconsciente. Il se précipita auprès d'elle en scandant son prénom, l'emmitoufla dans la chaude couverture auparavant repliée sur ses jambes et, n'obtenant aucune réponse, procéda à un check-up complet en la sondant du regard.

Première nouvelle : elle était vivante. Mais privée d'une alimentation saine depuis trois jours, elle était tenaillée de carences en fibres, en fer, en magnésium et en calcium. De plus, elle était déshydratée et risquait d'avoir la diarrhée si elle ne se nourrissait pas correctement au cours des vingt-quatre prochaines heures. Épuisés, ses membres engourdis étaient en proie à des courbatures et elle portait des plaies et des blessures éparses sur la peau. Sa poitrine se découvrait marquée par quatre traces de crocs qui avaient creusé des sillons superficiels, mais ses avants-bras, eux, s'avéraient profondément griffés. En outre, son poignet gauche souffrait d'une déchirure de ligament carpien palmaire. Ses voies respiratoires, irritées, risquaient d'occasionner de sérieuses et douloureuses quintes de toux. Pour achever ce tableau inquiétant, son hygiène intime délaissée risquait d'avoir prochainement de néfastes répercussions sur sa sexualité à venir : elle ne lubrifiait plus suffisamment.

Après cet examen complet, Silène s'activa ici-et-là dans la demeure creusée sous le talus de la cime du mont de Sheeba méridional afin de trouver des aliments et de l'eau pour l'obliger à reprendre des forces. Il récupéra également des vêtements propres qu'il mit de côté sur la table.

Un peu plus tard, mi-consciente, Suzanne eut du mal à mâcher et à avaler, mais elle parvint malgré tout à s'alimenter avec l'aide du dieu qui la maintenait redressée d'une main. Puis au bout de quelques minutes à faire de gros efforts pour s'alimenter, elle leva ses yeux gonflés vers lui.

— Bérénice ?

— Je ne sais pas, répondit Silène. Elle n'est pas ici, c'est tout ce que je peux certifier.

— Magdalena... Où est-elle ?

— Juste là... mais elle n'a pas survécu... Suzanne : vous êtes mal en point. Je vais vous laisser dormir pour digérer correctement et reprendre des forces, mais à votre réveil, il faudra que je vous soigne du mieux que je pourrai et que vous vous laviez. Vous devez impérativement prendre soin de vous si vous voulez aller jusqu'au bout de votre mission. C'est entendu ?

La jeune brune déglutit et ferma les yeux en se soustrayant à la main qui la supportait pour s'allonger tout à fait sur la paillasse.

— C'est d'accord...

Silène, accroupi à ses côtés, se releva et lui dit :

— Je vais vous laisser dormir, maintenant. La nuit tombe. Je dois aller chercher à manger dans les environs ; il n'y a plus grand-chose ici. Mais je reviendrai assurer votre protection dès que possible. Je devrai avant tout m'assurer que ni Wilfried, ni personne ne puisse vous créer de problèmes. Reposez-vous, c'est tout ce qui compte pour l'instant, termina-t-il en s'éloignant vers la porte ouverte.

— Attendez, entendit-il dans son dos.

Il la regarda de côté.

— Qu'en est-il de Max ?

Surpris, Silène répondit :

— Il est là, dehors... Il n'en a plus pour longtemps, vous savez : je lui ai réglé son compte.

— Je veux le voir...

Le dieu revint près d'elle.

— Pour quelle raison souhaitez-vous le voir ? Je ne comprends pas...

Elle n'eut pas à répondre : pour s'assurer de savoir la vérité, il lut dans son esprit et y décela un étrange intérêt pour Max ainsi qu'une compassion désintéressée.

— C'est bon, vous avez trouvé la réponse ?

— Comment ça ? demanda-t-il avec étonnement.

— Vous avez lu dans mes pensées, non ?

— Comment le savez-vous ?

— Je n'en sais rien. Cette idée que vous étiez peut-être en train de me sonder est venue en moi aussitôt que vous m'avez posé la question sur mes motivations quant à voir Max.

Silène lui mit la main sur l'épaule par-dessus la couverture.

— Auriez-vous développé des compétences en télépathie ?

Suzanne le regarda avec une certaine malice dans les yeux et son léger sourire en accentua l'expression.

— Si vous avez effectivement porté une attaque mortelle à Max aussitôt que vous êtes apparu dehors et qu'il est en ce moment bel et bien en train de regretter l'existence qu'il a eue, alors je pense que oui, j'ai développé certaines compétences en télépathie. Mais c'est encore assez étrange et diffus... et pas franchement facile à interpréter en mots.

À son tour, Silène marqua son visage d'un sourire.

— Même dans votre état, vous parvenez à utiliser la pétulance après l'avoir développée et apprivoisée. C'est stupéfiant !

Suzanne se releva à nouveau sur son séant, cette fois-ci toute seule, et la couverture préalablement remontée jusqu'à son cou retomba lourdement sur ses jambes, dévoilant son corps des épaules à la taille. Elle l'agrippa aussitôt en tirant dessus et remarqua que le dieu avait déjà tourné la tête.

— Max... Emmenez-moi le voir, exigea-t-elle. Prenez-moi dans vos bras...

Il s'approcha. Elle ajouta :

— Mais pas comme vous avez porté mon ami Antoine sur les épaules ce matin. Je ne suis pas un sac de pommes de terre, hein ?

— À votre convenance...

Silène la souleva, saucissonnée dans la couverture épaisse qui semblait sans honte faire d'elle la farce d'un rouleau de printemps, et sortit de la maison tranquillement. Il s'agenouilla ensuite à proximité de Max qui, yeux fermés, paraissait concentré sur l'indicible douleur qui taraudait son organisme afin de mieux la supporter. Mais il releva les paupières lorsque Suzanne prononça son prénom.

— SuzAnNE, souffla-t-il dans un soupir. C'eSt TOiii...

Ses larmes avaient séché et ses yeux bleus, exempts d'un voile humide, exprimaient néanmoins une profonde sincérité qui fut toutefois bien loin d'émouvoir Silène. Max se racla la gorge, libérant une coulée de sang.

— Je t'aTtEendAis, poursuivit-il avant d'en cracher une puissante salve qui fouetta l'herbe sur presque soixante centimètres. Je voulais te dire que... que je ne désirais que te tuer... quand je t'ai vue pour la première fois... dans le sous-sol du manoir de... Je le voulais... mais je n'ai pas pu... J'en ai été incapable parce que... parce que je...

Suzanne sortit une main en-dehors de la couverture qui protégeait son corps et la fit glisser sur la front du dieu, dégageant les deux longues mèches qui revinrent naturellement à leur place.

— Je sais...

— Non... gémit-il. Laisse-moi te le dire...

Silène soupira. Cette scène était d'un pathétique consternant et il aurait volontiers laissé ces deux-là seuls s'il n'avait pas été aussi vertueux, patient et complaisant.

— Suzanne...

Les larmes remontèrent à nouveau dans le regard azur du dieu.

— Je...

Max ne put pas finir sa phrase.

Merci...

Jamais il ne le pourrait. La vie n'avait plus voulu de lui : elle le rejetait.

Il avait rendu cette âme qui n'avait jamais été lui, ni ne lui avait appartenu. Mais dans les derniers moments de cette existence qui venait de s'éteindre à tout jamais comme un poste de télévision, il avait découvert et goûté à ce sentiment qui pouvait faire chavirer les sens. L'Amour.

Après avoir passé sa vie à haïr et à distribuer copieusement la mort sur sa route, il avait connu les regrets d'une vie qui s'arrête, la force galvanisante de son envie de vivre et l'incommensurable joie de sentir son cœur battre à la simple évocation d'un être aimé.

Aussi, la présence de Suzanne, à cet instant ultime d'achèvement, avait été comme une bénédiction pour lui. Et s'il avait objectivement estimé qu'il aurait été plus justifié qu'un être cruel comme lui meure seul, il venait clairement de mesurer à quel point il avait été chanceux qu'il n'en soit pas ainsi. Celle qu'il aimait, à défaut d'avoir entendu sa déclaration de vive voix, avait compris avec perspicacité qu'il nourrissait un sentiment fort pour elle. De plus, elle avait recueilli son dernier soupir. Et, elle l'avait compris, un témoignage de sa gratitude. *Merci*, lui avait-il soufflé par télépathie.

Le dieu ne se l'était pas clairement dit, mais concrètement, s'il y avait réfléchi, il aurait réalisé que mourir pour aller dans l'Æther ou le Neither n'avait désormais plus aucune importance pour lui. Il avait ressenti l'Amour. Cela lui suffisait.

Max était mort heureux.

***

Quatre heures. Quatre heures de décalage avaient obligé Sabine à s'adapter à une situation à laquelle elle ne s'était pas attendue. Une fois encore. Mais cette fois-ci, les aléas de la vie, plutôt que de faire d'elle le gibier de choix d'une chasse à l'homme nocturne, furent bien loin de la mettre en danger de mort.

Au petit matin, le téléphone de la résidence avait sonné, Jack avait décroché et l'interlocuteur lui avait demandé à parler à mademoiselle Faure. Exténuée par son inquiétude pour Stéphane et par le manque de sommeil en conséquence, la jeune femme avait dû se reprendre d'une voix claire et posée au moment où l'homme en ligne s'était présenté en tant que D.R.H. du Musée des Beaux-Arts de la ville. Invoquant un empêchement de dernière minute dans son planning qui l'obligeait à annuler l'entretien de Sabine prévu à 14 h 30, il lui avait proposé de venir pour 10 h 30 afin de ne pas repousser cette entrevue à une date ultérieure. Prise de cours mais excitée et ravie, elle avait accepté sans hésitation. Aussitôt le combiné raccroché, elle avait repris le contrôle de son esprit pour demeurer lucide et organiser correctement ses préparatifs : les quatre heures de décalage ne seraient qu'une piqûre de rappel afin de l'exhorter à toujours se tenir sur le qui-vive et destinée à éprouver son adaptabilité.

Pendant toute la durée de son entretien, Sabine avait été bien plus à l'aise qu'elle ne l'avait imaginé, et lorsqu'elle quitta les bureaux de l'établissement, elle eut l'intime conviction que rien ne pourrait entraver la signature de son contrat de travail. Le D.R.H. qui l'avait accueillie et avec lequel elle s'était entretenue pendant vingt minutes avait semblé convaincu par les arguments pertinents que la jeune Néerlandaise avait mis en exergue lors de la joute verbale qui n'avait eu pour but que de la déstabiliser avec de nombreuses questions-pièges.

Ainsi, contrairement à ce qu'elle s'était figuré avant de s'y rendre, elle avait fait montre d'une grande maîtrise de soi, ne se laissant aucunement dérouter par l'attitude froide et opaque de son interlocuteur, et la poignée de main qu'ils avaient tous deux échangée avant de prendre congé avait confirmé ses impressions positives sur l'issue de cet entretien. Elle serait prise, indubitablement ; c'est sans nul doute ce qu'il lui annoncerait par téléphone en fin de journée, aux environs de 19 h 00, avait-il promis.

C'est pourquoi elle afficha un large sourire quand elle poussa, un peu plus tard, la porte de la boulangerie-pâtisserie pour en parler avec Jack. Ne tenant plus en place dans le bus qui devait la ramener à la résidence, elle en était descendue pour prendre sa correspondance et aller le voir afin de partager sa joie avec son meilleur ami.

Pourtant, la moue qu'il fit en la voyant s'avancer vers lui qui, l'instant d'avant, était affairé à nettoyer les tables hautes de dégustation, lui fit ravaler son enthousiasme. Il était maussade, et nul doute que de nombreuses choses le taraudaient, bien qu'il se refusât à l'admettre. D'abord, il s'inquiétait pour Stéphane qui se trouvait sans doute encore sur Diadem 13, bien que Silène leur ait promis à tous de le ramener sain et sauf. L'état dans lequel ils avaient vu Antoine ne cessait d'ajouter à ses tourments ; bien que Stéphane et lui ne se connaissaient que depuis peu, Jack s'était déjà considérablement attaché à lui, d'autant plus que son petit frère Émeric lui manquait et il transposait sur son employé cet amour fraternel qu'il avait toujours ressenti pour son jeune cadet. Par ailleurs, il se faisait également un sang d'encre pour Suzanne et, surtout, pour Sidonie avec laquelle il n'avait jamais été tendre sans qu'il n'y ait de raison légitime à cette attitude controversée. Enfin, parviendrait-il seulement à conquérir le cœur d'Angélique ? Il n'était pas un mauvais bougre, en définitive, bien qu'il ait souvent eu des attitudes le faisant passer pour un mufle et un obsédé sexuel. Au contraire, il avait un bon fond, indéniablement, et Émmanuelle avait certainement été la première à réaliser qu'il n'avait été aussi mauvais que pour se donner un genre.

C'était la première fois que Sabine venait sur le lieu de travail de Jack, mais elle ne prit pas la peine de regarder autour d'elle dans quel environnement professaient son meilleur ami et celui dont elle était amoureuse ; d'emblée, elle lui mit une main très amicale sur l'épaule avant de le serrer contre lui. Elle ne dit rien pendant un bref instant, profitant de cette proximité physique pour recharger elle aussi ses accus, et le fixa ensuite dans les yeux après s'être détachée de lui.

Elle l'informa qu'Antoine s'était réveillé, mais qu'il ne semblait pas encore en état de parler, bloqué derrière le mur que Clotho, dont ils ne connaissaient pas l'identité, avait érigé tout autour de lui, rendant les colocataires aussi isolés de lui que s'il eût rendu l'âme. Jack se demanda alors comment il réagirait si Stéphane se retrouvait lui aussi dans cet état végétatif et ses pensées dérivèrent spontanément sur des questions de morale et d'éthique relatives au coma et à l'euthanasie. Mais Sabine avorta le train de ses réflexions en lui annonçant qu'ils auraient une invitée à dîner et cette nouvelle sembla redonner le sourire au jeune homme qui, naturellement, se demanda si cette amie d'Angélique lui plairait. Avant de chasser aussitôt cette interrogation à l'instant où le visage courroucé d'Angélique lui apparut en mémoire. *Tu vas devoir me montrer que tu peux être un homme formidable car je veux croire que tu peux l'être*, lui avait-elle dit.

Au moment où Sabine quitta le Salon des Petits Pains, elle soupira en se disant qu'elle aurait bien aimé que Jack puisse fermer son commerce pour aller avec elle à l'hôpital afin de rendre une petite visite à Antoine ; mais elle savait qu'il n'avait pas non plus la liberté de modifier ses horaires à sa convenance et que ses responsabilités lui intimaient d'être disponible pour ses clients. Ces derniers avaient déjà du mal à s'habituer à Stéphane qu'ils ne connaissaient encore que trop peu au terme d'une semaine de travail ; en ces circonstances, il aurait été bien mal venu à Jack d'adopter une attitude fantaisiste en étant quelquefois absent sans raison : les chalands s'y perdraient, sans nul doute.

Sabine décida donc d'aller à La Samaritaine seule, non sans passer à la résidence pour prendre une douche et se changer avant de ressortir. Émmanuelle avait indubitablement déjà dû emprunter les transports en commun pour aller voir Antoine et il ne lui était à présent plus nécessaire de se dépêcher pour la rattraper et y aller ensemble. Elle prendrait son temps et, pour une fois, leur domicile à tous les huit n'allait être, l'espace d'un instant, que pour elle seule en l'absence des autres. Il lui fallait bien un peu de calme et de solitude.

Dans le tourment de ses pensées, elle réalisa qu'elle avait oublié de demander à Jack de ramener un gâteau pour le dessert de ce soir. Qu'à cela ne tienne : elle appellerait à la boulangerie une fois rentrée à la maison. Elle se figurait que Jack ne penserait pas de lui même à avoir cette attention gourmande. Et elle n'avait pas tort.

Oscillant entre colère, inquiétude, tristesse et désinvolture, Jack n'avait que peu d'attention à prêter à ce genre de manifestation. *Un gâteau*, se serait-il dit. *Peuh !* Canalisé sur cette désinvolture dont il usait et abusait allègrement dès qu'il se retrouvait dans une situation face à laquelle il ne pouvait rien faire, il estimait que le plus simple pour lui, dans ce cas-là, était un détachement allant jusqu'à un je-m'en-foutisme qui lui servait à relativiser. Mais la colère, tout aussi présente, charriait puissamment les énergies qui tentaient vainement de s'y opposer ; découlant de ces circonstances qui avaient semé le trouble depuis que Suzanne avait trouvé la disquette, le ressentiment qui semblait irriguer les veines de Jack et inonder son esprit ne lui permettait pas de retrouver une once de lucidité. Au contraire, il sombrait dans une anxiété et une mélancolie qui, mêlées l'une à l'autre, le privaient d'optimisme et d'objectivité. Et il détestait ce sentiment d'impuissance. En proie à un mal insupportable, il se dit qu'il avait besoin de pratiquer une activité physique pour se changer les idées et décida d'aller courir dès le lendemain midi autour du petit lac situé dans le quartier du Premier District. Quelques tours du bassin ne pourraient pas lui faire de mal et il se sentait le besoin de rentrer en communion avec son corps en évacuant un trop-plein d'énergie.

En attendant, il descendit dans le fournil sans finir de nettoyer les tables et alluma le transistor Panasonic RX-1220 que son petit frère lui avait acheté avec ses économies pour ses vingt ans, trois ans plus tôt en 1987. Aussitôt, le poste, posé sur une étagère, cracha de son unique haut-parleur *My Life* de Billy Joel [117]. Et tandis que ce single résonnait dans cet environnement sombre et chaud, Jack se posta devant la petite lucarne qui, à un mètre quarante de hauteur dans le mur, donnait sur le sol du trottoir ouest de l'avenue Leclerc. Il se pencha inconfortablement en attendant qu'une passante en jupe déambule devant ses yeux incisifs.

Il n'eut en retour de sa patience que le spectacle consternant d'un chien qui urina sur la vitre de la lucarne. Il s'en détourna et piocha dans le tiroir d'un meuble ancien en bois contreplaqué un vieux numéro de *Newlook* daté de 1987 [118] : une sulfureuse brune armée d'un pistolet s'y exhibait en couverture. Il s'installa sur un minuscule tabouret et le feuilleta négligemment, passant d'un cliché de blessure à la main faite par un crotale à un décor du Paris-Dakar, puis revenant sur les photos accrocheuses d'une dénommée Columba avant de refermer le magazine et de le jeter dans la corbeille à papier où relances et devis formaient un agrégat parodique de paperasses stériles.

Comme un enfant perdu dans une situation sur laquelle il n'avait aucun contrôle, il se décida à faire appel à sa mère et lui téléphona.

Deidre Saïyes saurait trouver les mots.

— Qu'est-ce que cela fait ?

— Quoi donc ? De déplacer ses molécules dans l'espace ?

Après avoir ramené Suzanne sur la paillasse qui avait fait office de lit pour Magdalena pendant près de quatre ans et l'avoir bordée comme un père borde sa fille, tout en lui assurant qu'il reviendrait la voir bientôt, Silène était aussitôt revenu chez Marianne, réapparaissant dans la cuisine alors que la femme, qui venait de s'allumer une énième cigarette, se servait un verre de vin. Elle l'avait remarqué aussitôt apparu comme s'il eût été un fantôme. Shakatak interprétait *Night Birds* [(119)] à la radio.

La femme qui survivrait à son époux portait de longs cheveux raides qui descendaient merveilleusement bien jusqu'à mi-dos, se séparant en deux de chaque côté d'un visage grave dont les pupilles brillaient d'un magnifique orange au-dessus d'un nez convexe. Les lèvres, à peine roses, donnaient l'impression d'avoir été scellées à tout jamais, conférant à ce faciès singulier une expression de fermeté et de sévérité. Mais lorsque les dents blanches se montraient au centre d'un sourire, alors le temps s'arrêtait pour exprimer l'éternité d'un minois jovial.

Toutefois, la question qu'avait entendu Marianne, en réponse à la sienne, l'avait figée sur une mine sceptique.

— Non, bien sûr ! D'avoir tué un homme.

— Qu'est-ce qui vous fait croire que j'ai tué un homme ?

Sans porter une quelconque attention à la gêne que la fumée de la Benson & Hedges lui faisait ressentir, Silène s'approcha d'elle. Marianne, campée sur des escarpins à hauts talons, enrobée dans une courte jupe de coton d'un mauve uni assorti aux rayures de son petit chemisier à manches longues, but trois gorgées de Cabernet Sauvignon de 1988 dans un épais verre à scotch avant de tirer sur sa cigarette et de répondre :

— En tant que psychiatre, j'ai dû apprendre pendant de longues années le cœur de mon métier. Me l'approprier. Mais au-delà de ça, je sais également voir clair à travers les expressions du visage et les postures du corps de mes patients. Et vous avez tout de l'homme qui a fait quelque chose de grave, de condamnable, de répréhensible. Vu la hâte avec laquelle vous vous êtes volatilisé comme si vous n'aviez jamais été là, et compte tenu de la teneur de ce dont nous avons parlé avant votre départ, j'en conclus que vous avez fait justice en vengeant votre ami et mon mari. Je me trompe ? Votre air soulagé, bien que vous soyez visiblement éreinté, me confirme que vous ressentez un certain bien-être – je dirais même une euphorie – en vous présentant ainsi. J'en déduis donc que vous avez accompli quelque chose qui vous tenait à cœur depuis longtemps... mais je peux me tromper.

— Vous ne vous trompez pas, Marianne. Très bon esprit d'analyse...

— Alors qu'est-ce que ça fait de tuer un homme ?

Incommodé à la longue par la fumée de cigarette, Silène s'éloigna d'elle pour venir dans la salle de séjour à proximité d'une grande étagère sur laquelle trônaient des témoignages de la vie familiale qui avait enveloppé pendant quelques années les locataires de l'appartement. Une époque désormais révolue.

— Les premières fois, c'est effrayant...

Marianne le rejoignit.

— Ce n'était donc pas la première fois ?

— Non... Là d'où je viens, je tiens un rôle prépondérant qui exige de moi que je me salisse les mains. Je suis donc très familier avec la lourde responsabilité de donner la mort. Mais rassurez-vous, je n'ai fait que rendre justice : votre époux peut désormais reposer en paix.

Cette nouvelle ne fit pas sourciller Marianne. Elle avait tout de suite su que la mort de l'assassin de Matthieu ne le ramènerait pas, et ne considérait donc l'exécution de Max que comme une formalité qui servirait bien plus les éventuelles victimes qu'il aurait encore faites que l'épreuve de son deuil. Celui-ci n'en serait pas plus simple pour autant.

Pendant que la femme demeurait là, debout dans son immobilité, laissant tiédir son vin et se consumer sa cigarette dont la carotte incandescente se changeait en cendres fragiles, Silène ferma les yeux et sonda les environs du nord de la ville où il avait échappé à Wilfried. Il ne le trouva qu'au bout de quelques secondes dans l'avenue de la Plage à hauteur des dunes. Silène ne put pas lire dans l'esprit de son ennemi car outre le fait que cela lui était interdit, il lui était impossible d'exercer sa télépathie sur l'esprit d'un autre dieu situé à plus de quarante mètres. Néanmoins, il n'eut pas à réfléchir pour comprendre que Wilfried était si exténué qu'il n'avait même pas ressenti la mort de Max. Le pire restait à venir : il entrerait dans une fureur sans égale aussitôt qu'il l'apprendrait.

Creusé à l'ouest de Diadem 13 sous la forêt de l'Âme Blanche, l'Ostium n'était accessible que par son entrée qui s'enfonçait vers l'est par le biais d'un boyau creusé dans le granit formant une écorce de parois rocheuses de huit ou neuf mètres d'épaisseur. Plus bas, la mésosphère magmatique constituée à la fois d'obsidienne et d'ignimbrite anarchiquement réparties formait la plus grande partie du manteau de la dimension. Et nul ne savait ce qu'il y avait encore plus bas. Mais aucun natif n'ignorait que seul Capella avait le pouvoir de se téléporter directement au cœur de l'Ostium. Tout autre natif ne pouvait, au mieux, que déplacer ses molécules par l'extérieur jusqu'à l'entrée du boyau. Pas à l'intérieur. Silène ne pourrait donc pas délivrer Sidonie et Stéphane en se rendant directement sur place : il devrait, s'il voulait leur venir en aide, s'engager à pied dans le conduit sombre et vaincre Nectarine qui surveillait les prisonniers. Et quand bien même il parviendrait à supprimer l'elfe qui s'opposerait à lui et userait de sa substance sans états d'âme, nul doute que Capella interviendrait à son tour. Or, Silène n'était pas en état d'affronter Nectarine, pas plus qu'il n'était capable, au meilleur de sa forme, d'inquiéter le souverain de Diadem 13.

Seule Suzanne avait une chance de le défaire.

— Vous devriez prendre une douche et dormir un peu.

Silène rouvrit les yeux. Marianne avait écrasé sa cigarette dans le cendrier et se resservait un verre de vin dont elle avait été chercher la bouteille dans la cuisine pour la garder à proximité sur la table basse. Elle ne le regardait pas.

— Volontiers, Marianne.

***

Les yeux égarés dans le lointain, Wilfried se souvint des amitiés qui l'avaient étreint pendant des années. Appuyé contre le muret qui longeait l'avenue de la Plage et en séparait le trottoir de la large étendue de sable qui se perdait plus bas dans l'océan, il laissait son regard dériver à l'horizon où la froideur du vent qu'il imaginait souffler au loin contrastait dans son dos avec le puissant éclairage du soleil qui invectivait de sa chaleur le tissu de son manteau noir. Comme attiré par l'humidité des flots du Golfe de Gascogne, il se redressa soudainement et s'avança lentement vers le rivage tandis que ses pensées semblaient l'entraîner vers son passé, à l'époque où Virgil et Silène étaient encore amis avec Max et lui. Or, une cinquantaine de mètres plus bas, il fut interrompu dans sa marche par un enfant de sept ans qui, assis sur les fesses devant un tas de sable moitié moins haut que lui, avait l'air de vouloir en faire un château fort ressemblant à celui de Bonaguil [120]. Wilfried, se posant des questions sans importance, ne décolla pas ses yeux de lui, lequel, malgré l'ombre qu'il dressait au-dessus de lui, ne leva pas ses yeux, trop concentré sur son édifice. Plus bas, les vagues mousseuses caressaient les coquillages qui, peu à peu, s'enfonçaient inexorablement dans le sable. Mais le dieu n'y prêtait plus guère attention, pas plus qu'il ne voyait l'enfant : son esprit était retourné en 1986.

Virgil avait été le premier des quatre à venir au monde : né le 20 vendémiaire de l'an crépusculaire I, il avait quitté l'Ostium, titubant sur ses jambes encore fébriles, tournant le dos à Magdalena et Capella qui avaient assisté à sa naissance. *Tu t'appelleras Virgil Dorthos*, lui avait dit l'auguste seigneur après avoir jeté un regard sur une tablette d'obsidienne, laquelle avait été plongée comme par enchantement dans le magma bouillant qui avait laissé comme des lettres de feu à la surface quand elle en avait été ressortie. *Ainsi en a décidé Cléo.*

Errant à l'extérieur de l'Ostium, il avait poursuivi vers l'ouest. Ses pas l'avaient mené à un précipice où le bleu du ciel laissait place, privé de la lumière d'Alnitak, à une ténébreuse obscurité. Après avoir fait demi-tour, il avait traversé un champ triangulaire de fleurs et s'était ensuite baigné dans une rivière afin de se débarrasser de la couche de sève et du liquide sirupeux verdâtre qui recouvrait son corps. Revenu aux abords de l'entrée du boyau, il était passé sur le côté pour escalader la pente et s'enfoncer dans une forêt qui n'avait pas encore de nom. Bien plus loin, Virgil était tombé sur un village bâti autour d'une gigantesque tour où il avait passé la nuit.

Le lendemain, Magdalena lui avait rendu visite pour lui donner des vêtements et l'exhorter à apprendre à utiliser sa pétulance : *Notre Seigneur et Maître Capella a de grands projets pour toi*, lui avait-elle dit avant de s'en aller en laissant l'homme perplexe. *C'est donc ainsi que se nomme cette énergie que je sens couler en moi ?* s'était-il dit tout bas. *La pétulance ?* Il avait repris sa route vers l'est jusqu'aux monts de Sheeba où un chien-loup à trois têtes, hostile à son égard, l'avait empêché d'aller plus loin. Silène avait rebroussé chemin et, pour apprendre à maîtriser son pouvoir, s'était entraîné des heures durant à côté d'une construction qui donnait l'impression d'être un inextricable labyrinthe. Il y avait passé la nuit et avait été réveillé le lendemain par un inconnu qui venait de naître.

C'était lui : Wilfried De Laval.

Il poursuivit la rétrospective qu'il tissa dans sa mémoire malgré les mauvais tours du temps qui avaient, jusque là, tenté d'effacer ce qu'il avait vécu. Pourtant, Wilfried se souvint, malgré la brume cendrée qui tentait d'engloutir son passé dans le néant d'un gris opaque.

Très vite, Virgil et Wilfried nouèrent d'excellents rapports et se plurent à s'entraîner ensemble. Bien qu'ils aient un corps d'adulte dont les cellules ne vieillissaient pas comme celles des humains, ils étaient encore vierges dans leur esprit, innocents. En ce 22 vendémiaire, alors qu'en Grande-Bretagne sortait le tout nouveau quotidien *The Independant*, donc daté du 7 octobre 1986 [121], Virgil et Wilfried inscrivaient en capitales d'imprimerie dans l'Histoire de Diadem 13 les premiers articles d'une amitié sincère et désintéressée. *Nous serons toujours frères*, se promirent-ils.

Trois et quatre jours plus tard, l'Âme Blanche et Sleipnir naquirent respectivement et, comme Cerbère, obtinrent la garde d'une région. La première veillerait sur la forêt, dernier rempart avant d'arriver sous les latitudes de l'Ostium, et le second aurait tout le loisir de galoper fièrement dans les deux-mille-six-cents hectares de la plaine de Chronopolis qui séparait le manoir de Cardonthöl des monts de Sheeba. Virgil et Wilfried, eux, attendaient toujours de savoir quel serait leur rôle.

Le jour où les frères jumeaux Falken et Stenkhil naquirent, le 29 vendémiaire, Virgil et Wilfried furent conviés à se rendre dans l'Ostium pour une entrevue collective avec Capella. C'est ainsi qu'il leur expliqua à tous deux qu'ils seraient les mains qui châtieraient les transgresseurs et les envahisseurs. Car de nombreuses naissances avaient eu lieu au cours de la semaine passée et une grande majorité des récents natifs était totalement dépourvue de pétulance : ainsi, ils ne représentaient ni plus ni moins que des citoyens de basse extraction qu'il fallait maintenir dans un espace confiné, estimait Capella. Il les appelait les « serfs » et partait du postulat que ces natifs, jaloux de la pétulance et des prérogatives de ceux qui en bénéficiaient, finiraient par se liguer contre lui pour le détrôner et renverser son gouvernement. Et il n'y tenait pas. Wilfried et Virgil seraient donc les émissaires garants de l'équilibre qui devait demeurer sur Diadem 13.

Mais les dissensions n'épargnaient personne, pas même les dieux, aussi émissaires fussent-ils. Les deux amis connurent leurs premiers désaccords à cette époque, alors qu'ils devaient agir ensemble pour retrouver et recenser tous les serfs dans le but de les parquer ensuite dans la cité au pied de la tour dont Falken obtint la garde ce jour-là.

Wilfried et Virgil écumèrent pendant neuf heures d'affilée les sept régions de leur monde à la recherche du moindre petit citoyen qui, de gré ou de force, serait consigné dans un secteur dont il ne devrait jamais sortir, ni vivant, ni mort. Tandis que l'aîné, dont la personnalité semblait empreinte d'une grandeur d'âme, ressentait avec empathie la détresse de ceux qui ne souhaitaient qu'avoir le droit de vivre comme ils le concevaient, le cadet, lui, exécutait les ordres sans sourciller et n'hésitait pas à user de pétulance pour neutraliser les rebelles. Tous deux, en cette fin de journée, avaient fini par échanger sur le sujet mais ils n'étaient pas parvenus à s'entendre.

Trois jours plus tard, le 2 brumaire de cette première année crépusculaire, Clotho De Calypso était venue au monde et s'était vue octroyer la garde du labyrinthe du Dedalesk.

Le surlendemain, c'est Simbelmynë qui, à son tour, vint au monde. À l'instar de Stenkhil qui, contrairement à son frère jumeau, était né sans pétulance, la nouvelle-née, malgré ses pouvoirs, n'obtint aucun rôle défini. Stenkhil et elle, disponibles pour vivre leur existence comme ils l'entendaient, devinrent très proches, malgré des personnalités différentes : tandis que Simbelmynë était une déesse qui n'aimait que la vie et respectait son prochain, Stenkhil, lui, était l'image même de l'égoïsme incarné. L'homme ne pensait qu'aux plaisirs de la chair et qu'aux sensations procurées par les hédiparves noires qui poussaient à l'orée de la forêt de l'Âme Blanche et qu'il faisait sécher chez lui avant de les réduire en poudre et de les fumer dans un calumet qu'il avait lui-même fabriqué en cèdre. Virgil et Wilfried eurent l'ordre formel de ne pas considérer Stenkhil comme un serf, en regard des liens qui l'unissaient à un dignitaire, ni d'importuner Simbelmynë, bien qu'aucun rôle ne lui ait été attribué. Elle n'en était pas moins une déesse et demeurait donc leur égale. Virgil n'y vit aucun inconvénient, et encore moins Wilfried qui se sentait attiré par cette créature qui lui avait autant tapé dans l'œil que dans le cœur.

Le lac du Mercator fut alloué au Kraken, une monstrueuse créature amphibie qui naquit le 6 brumaire. Ridiculement petit à sa naissance, il s'était vu doubler de volume en une demi-heure et Capella décida de le faire transporter d'urgence dans ce plan d'eau profond situé à l'est de la forêt de l'Âme Blanche avant qu'il ne soit trop imposant pour être emmené sur place. Stenkhil, Wilfried et Virgil l'amenèrent à l'extérieur de l'Ostium, mais une fois dehors, ils durent faire appel à Magdalena et Simbelmynë pour leur prêter main forte : la pétulance de la plupart d'entre eux était encore trop faible et le Kraken avait atteint des dimensions considérables qui exigèrent à tous de conjuguer leurs efforts. Il fut balancé dans son lac et souleva des trombes d'eau avant de s'enfoncer en zig-zag dans les sombres profondeurs de son logis.

Bien qu'il ne restât plus que le manoir de Cardonthöl qui exigeât qu'on le mette sous la responsabilité d'un dignitaire, Améthyste n'en obtint pas la garde lorsqu'elle naquit le 8 brumaire de l'an crépusculaire I. Trop petite avec sa taille ne s'élevant que jusqu'à 1,64 m, elle ne semblait pas capable d'en assurer la protection. Loin d'en être contrariée, elle avait rejoint le binôme de bons vivants que formaient Stenkhil et Simbelmynë pour, au contraire, profiter de cette vie qui commençait.

Enfin, cinq jours plus tard, le 28 octobre 1986, lequel correspondait au 13 brumaire, vint au monde une créature humanoïde qui, sans atteindre des dimensions dignes de rivaliser avec celles du Kraken, demeurait bien plus imposante que tous les êtres bipèdes nés dans le Sacrarium au cœur de l'Ostium. Doté d'un seul et unique œil et privé de pétulance, il naquit avec une taille déjà bien avancée et avait pour lui l'avantage de la force brute qu'il maîtrisait mieux que quiconque. *Il sera parfait pour le manoir de Cardonthöl*, s'était exclamé Capella avec force enthousiasme. *Va donc vers ton destin, brave Polyphème.* Il s'en était allé sans délai après avoir grogné un son inintelligible que le souverain ne chercha pas à interpréter.

Mes sept dignitaires sont au complet, à présent. Pendant que Capella jubilait et sentait l'extase du pouvoir parcourir son corps, le titanesque cyclope traversait presque toute la dimension d'ouest en est pour rallier son territoire. De plus, né dans la soirée, il ne bénéficiait plus de la lumière d'Alnitak et son œil unique eut bien du mal à s'habituer à cette obscurité.

Épuisé à mi-chemin après être sorti de la cité de Falken, il fut surpris par un visage blafard dont les traits s'étaient vaguement formés sur la tenture du ciel obscur et qui sembla maîtriser les vents. Les souffles puissants soulevèrent Polyphème comme un semi-remorque pris dans une tempête et il fut emporté au loin pour se retrouver une vingtaine de kilomètres plus à l'est aux abords de la paroi rocheuse au cœur de laquelle se trouvait le manoir de Cardonthöl. Celui que Cléo appela le Foëhn, à la grande surprise de tous les habitants de la dimension, et surtout de celle du principal intéressé, était venu en aide au titan afin qu'il regagne ses pénates sans encombres.

Les naissances, à partir de la mi-brumaire, se raréfièrent enfin et la démographie de Diadem 13 se stabilisa.

Virgil et Wilfried étaient enfin parvenus à rassembler tous les serfs dans la cité de Falken et seuls, à quelques exceptions près, les dieux, les déesses et les sept dignitaires pouvaient circuler dans les régions sans entrave. Cet état de fait s'était avéré être une véritable satisfaction pour Capella, lequel avait été si réjoui qu'il avait félicité les deux dieux instigateurs de cette paix.

Mais Virgil, l'esprit effervescent du fait de cette mascarade qui n'avait pas de raison d'être, s'en voulait d'avoir extrait les serfs à leur liberté et d'avoir participé à leur isolement dans la cité. Pour lui, consignés dans ce secteur sous la gouverne de Falken, les natifs dénués de pétulance n'en devenaient ni plus ni moins que des prisonniers que Capella claustrait afin de mieux les dominer. Des esclaves. *De quel droit ces êtres inférieurs à peine plus dignes d'intérêt que leurs propres excréments auraient-ils le privilège de disposer d'eux-mêmes alors qu'ils sont sous-évolués ?* s'était insurgé le souverain. L'absence de pétulance les rendait incapables d'élever leur corps dans les airs et cela indignait quelquefois Capella qui, sournoisement, se moquait d'eux.

Wilfried, loin d'en rire lui aussi, laissait pourtant faire les choses. Mais Virgil voulait agir et en parla à son ami qui lui intima de ne pas s'opposer à leur souverain. Wilfried ajouta que malgré leur amitié indéfectible qui n'avait souffert aucune violence ni physique ni verbale, il n'hésiterait pas à en référer à Capella et à user de la force pour faire comprendre à Virgil qu'il ne tolérerait aucune trahison. La conversation s'arrêta là, mais plus que l'amitié, ce fut l'amertume qui les unit dans une même déception, ce jour-là. Ils n'en parlèrent jamais, mais chacun savait que quelque chose s'était brisé entre eux.

Les évènements s'accélérèrent le 18 brumaire avec la naissance de Silène qui, d'entrée de jeu, était venu au monde avec des notions et des points de vue bien arrêtés sur toute chose. Son rôle d'émissaire fit de lui le troisième à avoir pour obligation d'obéir aveuglément aux ordres de Capella comme le devaient Virgil et Wilfried. Le fait que Silène soit né plus récemment, et soit donc plus jeune que ses deux complices, n'avait aucun impact sur la maturité de sa personnalité : chaque être vivant natif de Diadem 13 venait au monde avec un caractère singulier qui ne laissait aucune place à des différences propres à leur jeunesse ou à leur vieillesse. Les derniers-nés n'étaient pas particulièrement moins assagis ni plus naïfs que leurs aînés. D'ailleurs, les opinions de Silène et sa philosophie étaient si immuables et arbitraires que les premières conversations qu'ils eurent tous trois mirent systématiquement en évidence la fermeté dont il faisait preuve dans ses points de vue. Virgil y voyait une certaine clairvoyance secondée d'une intelligence sans bornes due à des capacités d'analyse démentielles qui permettaient à Silène de tirer des conclusions justes et pertinentes en moins de temps qu'il n'en fallait pour les formuler. Wilfried, en revanche, ne le voyait que comme une mule psychorigide qui refuserait toujours de changer de direction, même consciente de l'impasse dans laquelle elle se trouverait. Par espoir d'un sentiment d'unité qui retrouverait ses plus beaux atours, Wilfried fournit toutefois de beaux efforts pour maintenir un minimum d'harmonie avec ses deux amis ; Virgil et Silène, comme deux frères, consentirent également, implicitement, à taire les sujets de discorde pour ne pas augmenter l'importance du clivage qui, déjà, avait malgré tout bien entamé leur lien avec lui.

Les choses se rééquilibrèrent et, paradoxalement, empirèrent cinq jours plus tard avec la naissance de Max, le 23 brumaire. D'emblée, celui auquel Capella octroya, pour la quatrième et dernière fois, le rôle d'émissaire se démarqua par une attirance extrêmement puissante pour la cruauté. Le jour de sa naissance, après avoir retrouvé ses trois complices dans la cité de Falken et avoir été longuement briefé, Max décida de faire le tour des habitations occupées par des serfs afin de lire dans leur esprit quels étaient leurs projets : anticiper sur une trahison avant qu'elle ne soit commise était pour lui le moyen le plus sûr de s'assurer qu'aucun transgresseur ne vive dans l'impunité de ses pensées impies. C'est ainsi qu'il obligea, sous la torture, les futurs rebelles à avouer leurs plans consistant à se dresser contre des lois discriminatoires qui faisaient de tous les serfs des citoyens embastillés dans une cité dont ils ne devaient absolument jamais sortir.

Finalement, sous le regard consterné de Virgil et Silène, le jeune dieu aux cheveux blonds emmena les transgresseurs, avec l'aide de Wilfried, jusqu'en bordure du précipice qui ceinturait Diadem 13. Là, il leur brisa les genoux et les jeta dans le vide. Ce jour-là, près de soixante-et-un natifs de Diadem 13, des hommes qui n'avaient eu que le tort de vouloir être libres, trouvèrent la mort. Les quarante-huit femmes, serves elles aussi parmi lesquelles quelques compagnes des natifs supprimés par Max, furent emmenées par Stenkhil, Simbelmynë et Améthyste jusqu'au manoir de Cardonthöl où Polyphème, prenant le relais, les enferma dans les cellules souterraines afin de faire d'elles ce que bon lui semblerait. Il disposerait d'elles à sa convenance : leur sort ne concernait plus ni Max, ni Wilfried. Virgil et Silène, eux, s'encouragèrent mutuellement à ne pas se mettre en porte-à-faux. Mais ils se vengeraient de Capella et de Max. Malgré la cruauté de ce dernier et la passivité de Wilfried, le vrai responsable de cette conflagration demeurait leur souverain.

Il paierait, tôt ou tard.

Mais le plus tôt serait le mieux.

Le troisième jour de frimaire de cette première année crépusculaire naquit une déesse qui fut appelée Barbara Caterpens, conformément à l'identité qui avait été inscrite sur la tablette d'obsidienne trempée dans le magma puis ressortie sous l'influence du pouvoir psycho-kinésique de Capella. Celui-ci, ne sachant que faire d'elle, la laissa disposer de sa vie, à l'image de Kyrielle De Beatrix et Muriel Aspen-Dunör, respectivement nées quatre et six jours après Barbara.

Ainsi, Polyphème était responsable du manoir de Cardonthöl, à l'extrême est de la dimension, Sleipnir veillait sur la plaine de Chronopolis tandis que Cerbère protégeait les monts de Sheeba. Plus à l'ouest, le labyrinthe du Dedalesk demeurait sous la garde de Clotho, la tour marquant le centre de la cité populaire par Falken, le Kraken demeurait la figure emblématique qui faisait autorité sur le lac du Mercator et l'Âme Blanche régnait en maîtresse absolue au sein de la forêt où elle demeurait discrètement. Capella avait donc ses sept dignitaires et avec Virgil, Wilfried, Silène et Max, ses quatre émissaires, il avait sous son égide une armée de pions prêts à faire face à toute menace potentielle, qu'elle vienne de l'intérieur ou de l'extérieur de Diadem 13. Barbara, Kyrielle et Muriel, elles, disposeraient donc, comme Stenkhil, Simbelmynë et Améthyste, de leur vie comme elles le souhaitaient. Magdalena, enfin, prenait soin de tout ce petit monde et dispensait à tous les habitants les soins les plus à même de préserver leur santé, autant les serfs que les personnalités insignes.

Malgré leurs différences, les quatre complices parvinrent à trouver un équilibre dans leur amitié. Max et Silène n'avaient jamais été les meilleurs frères d'armes qui soient, certes, mais les moments de repos qu'ils s'octroyaient leur permettaient de gommer leurs différences d'opinion et de mettre de l'eau dans leur vin, d'autant plus que Virgil et Wilfried, moins fougueux et plus taciturnes, leur avaient demandé de calmer leurs ardeurs.

Leur vie était loin de n'être qu'une succession d'ordres de Capella qu'il leur fallait exécuter : ils avaient su profiter de leur temps libre pour nager tous les quatre dans les eaux claires du lac du Mercator sous le regard intrigué du Kraken, pour s'exercer à la pétulance et au combat au corps à corps, pour flemmarder au soleil dans la plaine ou pour jouer aux cartes et aux échecs dans la taverne de la cité.

Pendant près de deux ans, l'existence devenue prévisible et immuable ne changea aucunement : plus aucune naissance n'eut lieu et chacun savait ce qu'il avait à faire. Les massacres dont Max avait été l'instrument n'étaient plus devenus qu'un vague souvenir. En revanche, on ignorait à quoi Capella passait son temps. Les seuls privilégiés qui avaient eu l'opportunité de le voir en chair et en os avaient été Magdalena et Cerbère : nul autre ne savait à quoi il ressemblait. Depuis ce qui leur semblait être l'aube des temps, les dignitaires, les émissaires et les autres dieux et déesses ne l'avaient jamais rencontré que par le truchement d'un étrange miroir qui dégageait une puissante lumière aussitôt qu'il se manifestait par sa présence et par son impressionnante voix sépulcrale.

Cependant, trois évènements majeurs eurent lieu au cours des années suivantes et brisèrent le quotidien de chaque existence évoluant dans ce microcosme parallèle.

La premier se déroula au cours de la deuxième année crépusculaire, allant sous les latitudes terrestres du 16 septembre 1987 au 15 septembre 1988.

En effet, le 26 germinal (11 avril 1988), un séisme se déclara très tôt dans la matinée et dura si longtemps que nombre de natifs crurent que la fin de Diadem 13 était arrivée. Bien que la tour de Falken ne s'écroulât guère, ses fondations furent profondément éprouvées et certains murs de la cité la ceinturant se fissurèrent. Les deux tours et le donjon du manoir de Cardonthöl, lequel ressemblait bien davantage à un château fort qu'à une grande bâtisse de haute stature, furent si fortement ébranlés que des tuiles glissèrent sur le flanc de leur toit conique et s'écrasèrent au sol près de soixante mètres plus bas. Trois prisonnières moururent écrasées par des éboulements de plafond et la grille de l'une des cellules bascula de tout son poids, libérant les femmes rapidement neutralisées et ramenées dans une autre prison par Polyphème. Un profond tourbillon se forma dans les abysses du lac du Mercator et le Kraken n'eut d'autre choix que d'en sortir pour attendre patiemment sur le rivage que les eaux retrouvent leur calme.

On déplora un décès important : Kyrielle, l'avant-dernière déesse à être venue au monde, fut écrasée dans son sommeil par l'effondrement de sa maison qui avait ensuite été emportée dans une faille, laquelle avait éventré les environs de la tour de Falken. C'est pour elle que l'on commença à enterrer les morts dans un petit cimetière en périphérie nord de la cité : personne n'avait souhaité laisser son corps mutilé dans la crevasse. Et certainement pas Silène.

De nombreuses personnes qui s'étaient interrogées sur les origines de ce phénomène géologique et météorologique se mirent à accuser le Foëhn d'être l'instigateur de ce tremblement de terre et les quatre émissaires, conscients qu'il n'en était rien, se rendirent dans l'Ostium pour en informer Capella. Le souverain, loin d'être inquiet, nourrissant une confiance aveugle dans ce monde qu'il gouvernait d'une main de fer, consulta donc l'oracle du bain de magma qui révéla sur la tablette d'obsidienne un message stipulant que deux nouveaux mondes venaient d'être créés dans l'espace-temps Crépusculaire BKX 9352. Leurs noms : Yf-6 et Voyelle 9½. Virgil, Wilfried, Silène et Max retournèrent dans la cité de Falken et demandèrent à ce dernier de rassurer la population, ce que le dignitaire fit sans délai en se rendant lui-même dans la taverne où le message fut rapidement passé de bouche à oreille.

Les semaines qui suivirent, on vit débarquer d'étranges créatures sur Diadem 13 : des mutants mi-homme mi-bête, des androïdes de métal aux articulations en latex, des dryades qui tentèrent de s'installer dans la forêt de l'Âme Blanche, des golems qui essayèrent de prendre asile dans le manoir de Polyphème, des créatures difformes et gélatineuses anonymes, des femmes nues qui ne pensaient qu'aux plaisirs éphémères de la chair, du sommeil, de l'alcool et d'une alimentation dépravée. Et bien d'autres êtres vivants encore, aussi peu identifiables les uns et les autres.

Ce fut ce que Cléo nomma « La Grande Incursion ».

Une armée de puissances et de vertus [122] aux ailes immaculées s'en vinrent coloniser la plaine de Chronopolis et se retrouvèrent nez-à-nez avec Sleipnir qui les massacra sans délai en leur crachant des langues de flammes. Les anges périrent dans d'atroces souffrances sans avoir pu profiter un seul instant de cet environnement qu'ils pensaient vierge de toute présence. Clotho, pour sa part, dévora les femmes nues qui, comme dénuées d'intelligence, passaient leur temps, en gloussant à quatre pattes, à se frotter la croupe sur les arêtes des murs de son labyrinthe. Elles furent mutilées à grands coups d'ongles incisifs et de mâchoires affamées avant d'être consommées sans aucune modération, tout comme d'autres créatures indésirables. Les émissaires s'occupèrent des êtres mécaniques et électroniques qui avaient l'air d'être issus d'un monde futuriste. Ces androïdes avaient des armes au laser et au plasma qui, par chance, ne firent aucune blessure aux dieux, bien suffisamment entraînés pour ne souffrir aucune faiblesse. Les carcasses furent désintégrées, projetées ailleurs par portail ou balancées dans le vide qui bordait l'ensemble des sept régions. Pendant les six jours de La Grande Incursion, Diadem 13 fut la cible d'intrusions de tous côtés, et le calme ne revint qu'à l'aube du septième jour.

Le deuxième évènement fut l'arrivée, sans qu'aucun natif ni Capella lui-même ne comprenne pourquoi, d'une femme qui venait de la planète Terre, c'est-à-dire d'un endroit inconnu qui se trouvait à l'extérieur de l'espace-temps Crépusculaire. Comment un être humain avait-il pu traverser seul le voile qui séparait les deux continuums parallèles ? Si, par un miracle de technologie, de temps et de chance, elle avait pu atteindre le triangle qui errait sans fin dans la nébuleuse M42 localisée à 0,41 kiloparsec [123], soit 1340 années-lumière de la Terre, elle se serait immédiatement retrouvée sur le territoire du manoir, rejoignant les prisonnières natives de Diadem 13 qui croupissaient insidieusement dans les cellules souterraines. Or, ce n'était pas le cas : cette étrangère s'était échouée dans la forêt, à deux kilomètres seulement de l'entrée de l'Ostium. Dépossédée de ses vêtements, elle s'était réveillée seule en matinée au moment même où une créature longiligne squelettique ressemblant à une femme rachitique engoncée dans une grande robe de couleur rappelant la neige immaculée des sommets des Pyrénées était arrivée à ses côtés : l'Âme Blanche elle-même. Effrayée par cette vision fantomatique, l'inconnue était aussitôt tombée dans les pommes pour ne se réveiller que neuf heures plus tard dans la plaine de Chronopolis, à proximité du logis d'un cheval à huit pattes qui dégageait une chaleur étouffante : Sleipnir.

Nul ne savait qui elle était. Seul un mot se dévoila sur la tablette d'obsidienne que Capella immergea dans le bassin de magma.

Mater [124].

Il n'en revenait pas. Il la replongea une nouvelle fois.

Մայր [125].

Encore une fois.

Màthair [126].

Tous ces mots n'avaient qu'un seul et unique sens : mère.

Ne comprenant pas ce que l'âme de Diadem 13, Cléo, lui disait, Capella se déplaça en personne chez Magdalena au sommet du mont de Sheeba méridional où reposait la femme que l'Âme Blanche lui avait ramenée. Avant que cette étrangère ne soit confiée à Sleipnir, le souverain exigea de prendre le temps de lire tout ce qu'il pourrait dans l'esprit endormi. Lui seul savait se connecter au cerveau pour en lire la quintessence contenue dans toutes les zones de l'organe et à tous les niveaux de conscience.

Elle était la romancière qui avait créé Diadem 13 ainsi que les deux mondes additionnels récemment conçus et ajoutés dans l'espace-temps Crépusculaire BKX 9352. Elle avait manifestement perdu conscience aussitôt après avoir sauvegardé la description de ces deux univers sur une disquette. Ce mystérieux processus s'était produit quelques heures plus tôt, la veille de ce premier jour de prairial de l'an crépusculaire II. Le 16 mai 1988 sur la Terre.

Dès qu'elle s'était évanouie chez elle, son corps inconscient s'était apparemment dématérialisé de là-bas pour réapparaître sans raison à l'aube sur Diadem 13.

Elle s'appelait Bérénice Barnier.

Elle était donc la génitrice, la créatrice du monde dont Capella était le souverain. Craignant que la mort de cette femme ne provoque l'anéantissement de sa dimension, il avait exigé de Sleipnir qu'il la garde en captivité tout en s'assurant qu'elle ne risquait pas de mourir. L'équidé avait henni en se cabrant pour exprimer son assentiment.

Le troisième et dernier évènement majeur fut, d'une certaine manière, lié aux deux premiers. Trois mois et demi après l'adjonction des deux autres dimensions imaginées par Bérénice et qui avaient vu le jour dans l'espace-temps Crépusculaire, et bien qu'aucune invasion n'eût plus lieu, une elfe parvint à s'introduire dans l'Ostium et à intervenir en pleine réunion entre les quatre émissaires et Capella.

D'emblée, la femme fut appréhendée avec surprise et Max et Wilfried vinrent au-devant d'elle. Apparemment, elle se prénommait Mutine De Myrte, venait de naître sur Voyelle 9½ et ne se sentait pas en adéquation avec son monde d'origine : elle aspirait à de grandes responsabilités et avait décidé de venir chercher audience et clémence auprès du souverain même de Diadem 13. Virgil et Silène s'étaient lancé un bref regard lourd de sens tandis que la lumière du miroir, devenant rouge sang à l'apparition de la gêneuse, changea progressivement pour un bleu clair. Dans son immense bonté, Capella reconsidéra le refus qu'il n'avait pas encore formulé et souligna l'audace et les qualités d'infiltration de la jeune elfe qui finit par obtenir ce qu'elle voulait : car l'Ostium, qui demeurait sous sa garde, restait un lieu accessible à tout envahisseur aussitôt que Capella était occupé à quelque affaire que ce soit, comme ce fut le cas à ce moment-là, et il avait bien besoin d'une sentinelle, voire de deux, pour surveiller l'entrée et les premières salles du secteur. Mutine le remercia chaleureusement de sa confiance et jeta un regard amusé plein de mépris à Max et Wilfried qui grincèrent des dents devant sa suffisance.

Ainsi, ce 14 thermidor de l'an crépusculaire II, une étrangère à Diadem 13 fut-elle élue gardienne du lieu le plus influent de la dimension. Elle eut ses quartiers dans l'Ostium et s'octroya avec le culot d'une petite fille effrontée le droit de vie ou de mort sur les serfs. Wilfried, quelques jours après son arrivée, la mit en garde : elle devait se montrer discrète et ne pas se jouer de leur jalousie. Elle n'était dans les bonnes grâces de Capella que parce qu'elle avait profité d'une faiblesse d'organisation, ce qui demeurait, dans l'absolu, passible de la peine de mort. Fanfaronner devant ses trois complices et lui-même la pousserait inexorablement vers une limite à ne pas dépasser. Mais Mutine n'en avait que faire : elle avait compris le message dès le début et s'en amusait.

Et deux mois plus tard jour pour jour, soit le 14 vendémiaire de l'an crépusculaire III, elle obtint la compagnie d'une compatriote de Voyelle 9½. L'arrivée de cette deuxième elfe, Nectarine Von Stuck, fit pavoiser Mutine encore plus qu'elle ne l'avait fait jusque là et les quatre émissaires préférèrent ne pas réagir pour ne donner aucune importance à ces simagrées. Mutine se permettait également de se déplacer librement dans les différents domaines des dignitaires sans qu'elle n'en soit inquiétée. Ainsi, Nectarine, dernière recrue, excellente en survie et en combat au corps à corps, devint la véritable préposée à la surveillance des premières salles de l'Ostium tandis que Mutine, dont les qualités de perception de tout être vivant intrusif étaient supérieures à celles des autres natifs dans leur ensemble, devint celle qui scrutait la dimension dans sa globalité afin de parer à toute intrusion intempestive et indésirable.

L'enfant se mit à hurler et ramena brutalement Wilfried dans le présent. En 1990.

Les vagues venaient de lécher un mur du château de sable qui s'affaissa sans laisser au petit une once de chance de maintenir le monticule en place. Il fut prit de hoquètements tandis que de lourdes larmes commencèrent à couler sur ses joues lisses et roses. Le dieu fit encore un pas pour se retrouver à côté de lui, l'enfant leva ses yeux plissés par la lumière afin de le regarder et sa perplexité stoppa ses pleurs.

Wilfried lui apparaissait démesurément immense.

Ce grand monsieur tout en noir pouvait-il être en mesure d'empêcher son œuvre d'être rayée de la surface de la plage ? Apparemment oui. Car sous son regard étonné, une douve d'une profondeur avoisinant la taille du Big Jim [127] posé à côté de lui sur le sable se creusa comme par enchantement sans que personne ne se serve de la pelle jaune en plastique qu'il avait entre ses jambes devant lui.

Ce monsieur était-il un magicien ? Le garçon n'en savait rien, mais il sentit que l'homme n'était pas étranger à ce miracle qui reléguait le Père-Noël au rang des enfants de chœur sans envergure. Les vagues, elles, se déversèrent régulièrement dans la travée creusée sur quatre mètres avant que l'eau ne pénètre dans le sable humide et frais sans plus détruire l'édifice.

C'est alors que la mère du petit, ayant accouru de loin en entendant les pleurs de son fils, les rejoignit enfin et jeta un regard courroucé à Wilfried avant de s'accroupir devant son bambin et de lui demander ce qui n'allait pas. Le visage d'un enfant bienheureux s'illuminant d'un sourire béat fut la réponse qu'il lui accorda avant de se focaliser à nouveau sur le château de sable. La femme lui passa une main bienveillante et tendre dans les cheveux tout en observant furtivement la douve que son fils n'aurait jamais pu creuser seul. Elle se releva alors, se montrant avec toute la magnificence intrinsèque d'une mère aimant son enfant et il sembla à Wilfried qu'elle irradiait d'une beauté qui allait au-delà de celle que son corps enjolivé d'un maillot de bain deux pièces exprimait.

— Veuillez pardonner ma maladresse, monsieur, fit-elle avec une gêne évidente.

Il lui sourit.

— Ce n'est rien, madame.

Il se pencha pour passer à son tour une main délicate dans les cheveux de l'enfant qui riait pour des raisons qui n'appartenaient qu'à lui et s'en alla sans autre forme de procès. Dans l'esprit du dieu, plus rien n'avait de sens. Un simple petit garçon, baignant dans une insouciance aussi noble et fragile que sa jeunesse, s'était laissé envahir par une joie spontanée qui avait marqué son minois d'un sourire radieux.

Mais lui. Depuis combien de temps Wilfried n'avait-il pas souri ? Les dernières fois qu'il avait lu le plaisir sur un visage, c'était sur celui de Max au moment où il assassinait ses victimes. Non, cela n'avait plus aucun sens. À quel moment Wilfried lui-même avait-il commencé à déraper ? Quelles avaient été ses dernières sources de contentement ?

Il se souvint. Les moments qui leur avaient apporté le plus de bonheur à lui et aux trois autres émissaires furent ceux qu'ils avaient partagés avec une femme. L'amitié avait exacerbé leur fraternité tandis que l'amour avait stimulé leur sentimentalité. Et une fois de plus,

Wilfried n'avait pas été le premier à découvrir ces plaisirs.

Bien que les natifs ne craignaient guère les faibles températures hivernales qui sévissaient, Virgil avait toujours préféré passer les semaines de froids intenses bien au chaud chez lui, à quelques encablures de la maison de son meilleur ami Silène. Mais la personne qui, à partir de brumaire de l'an crépusculaire II et de ses premières pluies, avait passé le plus clair de son temps à l'abri dans l'intimité du logis du dieu fut Améthyste. Ni l'un ni l'autre n'avait pensé qu'ils seraient un jour aussi proches qu'ils le furent à cette époque, mais leurs rapports somme toute humains, à l'origine limités au strict minimum, avaient fini par évoluer en une complicité à travers laquelle chacun d'entre eux exprimait à demi-mots un sentiment qu'ils n'osaient évoquer ensemble. Et ce fut à cause d'une vilaine blessure que Virgil s'était faite tout seul chez lui que les choses se précipitèrent entre eux.

Trois gouttes de sang churent sur le plancher. Quelqu'un toqua à la porte au même moment.

— Entre, répondit-il en sachant très bien de qui il s'agissait. Je ne suis guère surpris de ta venue.

Améthyste apparut devant lui après un grincement de gonds métalliques, vêtue d'une longue robe en flanelle que d'humides bourrasques de vent derrière elle au-dehors faisaient virevolter autour de ses bottes en cuir de pénimacre. Sa chevelure ondulée d'un mauve qui descendait naturellement en vagues dans son dos s'en trouvait prise par le souffle qui l'attirait vers l'extérieur. Menue et potelée, elle déplaça avec légèreté et joliesse son mètre soixante-quatre sans prendre la peine de refermer la porte, s'arrêtant brutalement devant Virgil avant de mettre un genou à terre et de prendre son avant-bras droit entre ses mains, les yeux d'un jaune profond rivés sur la plaie ouverte de quatre centimètres.

— Comment t'es-tu fait ça ?

— Tu vas salir ta robe ; relève-toi, Améthyste.

— Au diable les salissures. Je vais m'occuper de toi ! décida-t-elle en se relevant soudainement. Cette sorcière Magdalena va sans doute vouloir encore te garder chez elle toute la nuit si tu y vas, et je n'y tiens pas. Tu resteras chez toi avec moi.

— Signifies-tu que nous allons passer la nuit ensemble ?

Leurs regards se croisèrent. Ils jouaient l'un avec l'autre comme ils l'avaient toujours fait, mais se retrouvaient et se comprenaient dans ce travestissement qui cachait des enjeux plus profonds. Par malice, il ajouta :

— Je sais me débrouiller, tu sais...

Améthyste, plusieurs fois venue rendre visite à Virgil depuis qu'ils se fréquentaient régulièrement et disposant d'une mémoire eidétique [128] exceptionnelle, connaissait l'emplacement de tout ce qu'il y avait dans la pièce. Elle ne tarda pas à revenir s'agenouiller devant le dieu, lequel était assis sur le bord de son lit. Dans les mains de la déesse, une bobine de fil, une aiguille et une bouteille d'alcool de clîmes.

— Bois ça !

Il prit la bouteille qu'elle lui tendait, mais elle la lui arracha soudainement des mains l'instant d'après pour porter le goulot à ses lèvres et basculer sa tête en arrière.

— J'en ai besoin, fit-elle après avoir avalé de grosses goulées.

— Plus que moi, on dirait.

Ils étaient connectés. Depuis toujours. Mais ils l'avaient longtemps ignoré. Rien, en apparence, ne les destinait l'un à l'autre. Et pourtant.

Le clîmel, ce breuvage fait à base de zeste et de jus de clîmes fermenté culminant à dix-huit pour cent de teneur en alcool, n'avait pas pour but de faire passer une quelconque douleur qu'aurait pu ressentir Virgil pendant qu'Améthyste le recousait. Implicitement, la boisson n'était là que pour les hisser tous deux dans un état de désinhibition totale afin de précipiter ce qui devait être inéluctable : le début d'une idylle, avec ses emportements, son enthousiasme, ses eurythmies, son excitation, ses extases et ses espoirs. Accessoirement, ils trinqueraient avec pour fêter leur amour.

En rompant avec ses dents le fil qui avait permis de faire sept points de suture à l'avant-bras de Virgil, Améthyste se mit accidentellement sur la joue, à deux centimètres de sa bouche, du sang de la blessure qui suintait légèrement. Elle ne s'en rendit pas compte. Il le lui signala avec un rictus espiègle. Faussement gênée et vraiment amusée, elle passa sa langue sur ses lèvres en détournant le regard. Dans un élan d'audace à peine maîtrisé, Virgil la saisit par le menton. La bobine de fil tomba des mains d'Améthyste pour rouler au sol. Elle se laissa faire quand il l'embrassa. Elle n'avait eu de cesse de le souhaiter. Et lui aussi. Ils s'étreignirent amoureusement comme deux moitiés d'un tout séparé à la naissance et qui se retrouvait enfin uni comme il le devait.

Leurs vêtements finirent sur le sol, vides comme s'ils eurent été morts, privés des êtres vivants qui avaient donné un sens à leur existence.

Virgil et Améthyste étaient Virgil *et* Améthyste. Les deux natifs de

Diadem 13 ressentirent leur amour fusionnel plus puissamment encore que leur pétulance qu'ils auraient sacrifiée sur l'autel de l'innocence. De là, la nudité virginale de leur corps sortit de leur anonymat comme un Christ renaissant et ils surent qu'ils toucheraient du doigt des bonheurs si purs et singuliers qu'ils en demeureraient indicibles. Ils tutoieraient les étoiles, s'abreuveraient dans toutes les fontaines de jouvence du monde, gèleraient le temps pour vivre ensemble dans l'éternité de leur communion. Pour des siècles et des siècles.

Mais pour tout cela, il ne fallait faire qu'un.

Alors ils ne firent qu'un.

Tous les natifs de Diadem 13 venant au monde par le biais des plantes héliophiles, ils n'avaient ni cordon ombilical, ni appareil génital. Si Suzanne avait trouvé incroyable que Polyphème n'ait pas d'organes reproducteurs, il n'en demeurait pas moins que ce n'était pas un cas isolé. Tous étaient nés à l'identique, malgré des détails morphologiques inhérents aux genres masculin ou féminin de chaque être vivant : les hommes et les femmes de Diadem 13 étaient morphologiquement similaires, dans leur ensemble, à leurs homologues terriens. La seule différence notable était l'absence de poils pubiens chez les hommes, leurs bas-ventre et entrecuisse faisant place à une peau aussi imberbe que celle d'un enfant. Ils n'avaient pas de sexe.

Les dignitaires faisaient exception : Clotho, portant des avant-bras et des jambes étrangement épais malgré un corps grand et mince, était la seule des natives à avoir un véritable sexe de femme humaine. Cette différence singulière expliquait l'insigne tolérance dont faisait preuve Capella vis-à-vis des grands appétits sexuels qu'elle nourrissait, l'essentiel pour lui étant qu'elle reste en forme pour protéger efficacement l'accès au labyrinthe dont elle avait la responsabilité. Et puis sans doute le fait d'être pourvue d'un sexe de femme terrienne rendait-il naturel celui d'avoir autant besoin d'orgasmes. Combien de fois l'avait-on surprise en train de se jouer d'un pied de chaise ou d'un cierge ? Par deux fois, elle fut même prise la main dans le sac en train de batifoler avec un pénimacre qu'elle avait ensuite dévoré. Cette dignitaire, profondément différente de toutes les figures féminines de Diadem 13, n'avait pas son pareil pour se laisser aller avec dépravation à ses plaisirs nymphomanes qui, à force de les pratiquer par envie, en devinrent des besoins dont elle ne pouvait plus se passer.

Aussi les dignitaires assimilés aux animaux comme Sleipnir et Cerbère n'étaient pas moins asexués que l'Âme Blanche, si maigre qu'un appareil génital humain de femme n'aurait jamais eu la place de rentrer dans son bas-ventre, l'espace entre ses deux hanches n'ayant une circonférence que de près de trente-six centimètres, semblait-il. Mais personne, pas même Capella, ne savait quelle était la morphologie exacte de la gardienne de la forêt, sa grande robe dissimulant horriblement bien le corps qu'elle recouvrait. On n'avait pu estimer sa largeur qu'en fonction de ce qui semblait être, sans pouvoir confirmer ou infirmer quoi que ce soit.

Aucune certitude concernant le Kraken n'avait pu être établie non plus : il était énorme, lourd, gras et hideux et jamais personne sur Diadem 13 n'avait eu la curiosité de s'interroger sur la sexualité de cette créature répugnante et poisseuse.

Quant à Falken, le fait que ce soit le seul dignitaire mâle de taille humaine ne l'empêchait pas d'être identique à son frère et aux autres dieux, émissaires compris. Nul appareil génital. Nulle pilosité pubienne.

Ainsi, les relations charnelles que deux êtres de Diadem 13 pouvaient partager ne pouvaient donc nullement être sexuelles. Mais une certaine forme d'orgasme pouvait être atteinte par les doigts : la sensibilité de leur peau y étant trois fois supérieure à celle de la moyenne des êtres humains, tout contact tactile comme une caresse sur une surface particulière ou un appui du bout d'un index sur le corps de l'autre pouvait générer des sensations voluptueuses qui propulsaient l'esprit dans un état de béatitude jubilatoire, les battements du cœur s'accélérant, la température du corps augmentant irrépressiblement et le cerveau, privé de sa conscience et de son inconscient endormis, se laissant quelques instants hissé dans les altitudes reculées d'une euphorisante subconscience. D'une certaine manière, la masturbation au sens propre du terme, voire la manustrupation, consistait peut-être en la seule et unique forme d'acte charnel qui soit sur Diadem 13. Principalement la recherche du plaisir par les mains.

Et Améthyste et Virgil s'en donnèrent à cœur-joie. Pendant près de deux heures, ils se touchèrent, se caressant toutes les parties du corps. Il glissa trois doigts dans sa bouche, elle les lui suça longuement et profondément pendant qu'il lui mordillait les tétons turgescents gonflés de sève et de sang qui faisait rougir le rose. Les ballets de langues qui ponctuaient ces élans de désir venaient les faire flirter avec l'exhaustivité de ce que deux natifs de Diadem 13 pouvaient partager. Ils usèrent à outrance de tout ce que leur imagination leur donnait comme idées d'échanges, avec délectation et respect, et ne surent jamais, par la suite, chiffrer le nombre d'orgasmes qu'ils s'étaient donnés l'un et l'autre. L'hapax de leur rencontre ne donnerait jamais qu'une seule fois lieu à une communion originelle de leurs corps.

Améthyste et Virgil étaient encore en couple ce funeste 20 prairial de l'an crépusculaire IV. Le 5 juin 1990 sur Terre. Silène et lui avaient été pris en chasse à la sortie ouest de la cité de Falken. En quittant au petit jour celle qu'il aimait plus que sa propre vie, Virgil ne s'était guère douté qu'il ne la reverrait jamais plus dans cette vie. Mais il avait vécu heureux avec elle et elle le retrouverait le moment venu dans l'Æther.

Ce n'est qu'en l'an crépusculaire III, c'est-à-dire entre 1988 et 1989, que Wilfried connut enfin, à son tour, les plaisirs de la communion du cœur et de l'esprit. Simbelmynë. Il se souvint. Ce jour-là, il avait eu le même sourire radieux que celui de l'enfant qui, dans son dos, demeurait assis sur le sable à une distance qui augmentait à mesure que ses pas l'emmenaient vers les douches de la plage. Il avait besoin de se laver. De se débarrasser de tout ce mal qui imprégnait son corps et son âme. De ce rôle tragique d'émissaire qui avait fait de ses souvenirs insouciants un bonheur qui ne serait jamais vécu à nouveau. Ses pensées le ramenèrent au 17 juillet 1989.

Appelons-le plutôt le 2 thermidor de l'an crépusculaire III.

Ce jour-là fut le premier au cours duquel on entendit parler d'une rumeur stipulant que les dignitaires et les dieux seraient en danger de mort dès que le dieu suprême naîtrait. Cette naissance ultime sur Diadem 13 scellerait à tout jamais le trépas certain des natifs les plus influents, c'est-à-dire celles et ceux pourvus de pétulance ainsi que les dignitaires.

Dans un premier temps, la simple évocation d'un être supérieur fit planer un léger vent de terreur, particulièrement chez les dieux et les déesses qui avaient toujours pensé qu'ils étaient les natifs les plus puissants qui soient, exception faite de Capella qui, d'ailleurs, n'entrait visiblement pas en ligne de compte dans cette rumeur. Apparemment, les deux elfes, Mutine et Nectarine, n'étaient pas concernées non plus puisqu'elles étaient des transfuges nés sur Voyelle 9½. En revanche, Virgil, Max, Wilfried, Silène, Polyphème, Sleipnir, Cerbère, Clotho, Falken, le Kraken et l'Âme Blanche ainsi que Magdalena, Stenkhil, Améthyste, Barbara, Simbelmynë et Muriel seraient condamnés à une mort inéluctable dans les trois semaines qui suivraient la naissance de cet être supérieur. Jamais il ne fut possible de savoir quelle avait été la personne qui avait lancé ce pavé dans la mare. En tout cas, d'après les conversations des serfs dans la taverne et sur le marché de la cité de Falken, toute la populace exempte de tout pouvoir surnaturel s'estima chanceuse de ne pas être née avec cette fameuse pétulance : une épée de Damoclès [(129)]. Chacun de ces citoyens espérait bien survivre aux sommités influentes de Diadem 13. Les plus faibles vivraient encore lorsque les plus forts mourraient.

Capella demanda à Max et Silène de faire leur enquête sur les origines de cette rumeur le soir-même de cette chaude journée ; ils ne se firent pas prier. C'est alors qu'ils remontèrent jusqu'à la taverne de la cité de Falken où Barbara avait l'habitude de prendre son verre de clîmel à chaque fin de matinée et en début de soirée. Mais étrangement, ce jour-là, elle n'y était pas. Max et Silène n'avaient eu aucune idée de ce qu'ils étaient venus chercher dans cet endroit, mais l'absence de la déesse leur sembla des plus suspectes. Ni une ni deux, ils décidèrent de partir à sa recherche.

En principe, Barbara, avant de rentrer chez elle manger, s'offrait un apéritif parmi les serfs pour laisser fureter ses dons de télépathie et écouter les conversations désintéressées des petites gens. User de sa pétulance ainsi était de manière très paradoxale une façon de se rapprocher de la condition de villageois, ou tout du moins de natifs sans pétulance. Et peu lui importait la teneur vicieuse ou vertueuse de ce qui entrait librement dans son esprit ; elle n'interviendrait jamais dans la vie des autres. Mentalement forte, Barbara savait qu'elle aurait été capable d'être heureuse même en étant parquée dans la cité. Et elle aurait volontiers pris la place d'un citoyen incapable de supporter cette captivité déguisée. Cet amour que Barbara avait des gens modestes la rendait complètement déconnectée de son statut de déesse. Elle n'avait d'ailleurs que très peu d'échanges avec les autres, même avec Virgil et Silène qui avaient déjà essayé de faire sa connaissance et de passer un moment avec elle. En vain. Il s'étaient cassé les dents sur une personnalité solitaire qui n'aimait pas les rangs supérieurs de dignitaires ou de dieux. C'était pour cela qu'elle ne s'aimait pas elle-même.

Cela faisait déjà quelques temps qu'elle réfléchissait à offrir à un serf sa pétulance, pouvoir transmissible que nombre de gens de la classe populaire basse auraient souhaité avoir à la naissance. Elle désirait plus que tout *vivre comme tout le monde*, disait-elle : de lecture, de jeux, de chasse, de pêche, de conversations interminables avec les amis, du travail de bois, d'entretien des espaces naturels, de réfection d'habitats de la faune locale. *Une petite vie minable*, comme disait souvent Stenkhil en parlant de l'existence des serfs.

Mais Barbara ne savait pas si elle allait réellement franchir le pas : si la rumeur se révélait juste alors qu'elle aurait fait don de sa pétulance, cela signifierait qu'elle aurait offert la mort à son receveur. Et elle n'y tenait pas.

Isolée, incompatible avec sa condition de déesse, Barbara devint naturellement suspectée d'avoir inventé cette rumeur pour semer la panique et générer des inquiétudes qui feraient regretter aux classes hautes d'être privilégiées par un pouvoir dont la présence dans leur cerveau sonnerait, par ironie du sort, le glas d'une mort prématurée.

Après une heure de recherches, Silène et Max trouvèrent Barbara à l'extrême est de la dimension, de l'autre côté du manoir de Cardonthöl à proximité de la bordure du précipice où le vide engloutissait le regard dans une cécité qui rendait les visions bleues puis noires dans le lointain. Désireuse de trouver des plantes pour les ramener chez elle et enjoliver son intérieur, Barbara avait décidé de se rendre là pour trouver des spécimens de végétaux qui ne poussaient nulle part ailleurs : des plantes friandes de la douce lumière du soleil levant et qui se plaisaient à conserver leur rosée toute la journée à l'ombre de la paroi rocheuse qui dissimulait les murs du manoir et masquait Alnitak, plus au sud puis à l'ouest en fin de journée.

Max et Silène s'approchèrent de la déesse, prêts à en découdre avec elle.

Barbara fit un bond prodigieux vers le bleu profond de cette nuit naissante, au nez et à la barbe des deux dieux qui ne s'y étaient pas attendu. Ils levèrent aussitôt les yeux vers elle et aperçurent le Foëhn qui apparut vaguement dans le dos de la déesse. La blancheur de l'éblouissante lumière qui irradiait du visage aveugla momentanément les deux hommes qui ne la virent pas retomber.

— Pensiez-vous vraiment que j'allais me laisser prendre aussi facilement ? entendirent-ils à une vingtaine de mètres devant eux.

Recouvrant la vue bien qu'ils ne l'aient pas perdue, ils la virent arriver vers eux, se déplaçant vivement comme un lézard et slalomant entre les attaques oranges et vertes qui dressaient dans l'obscurité de ce lieu excentré des rideaux de lumière. Silène disparut. Max, surpris de se retrouver si vite nez-à-nez avec Barbara, ne vit pas le coup arriver. Elle lui décocha un uppercut retentissant qui le fit décoller du sol.

C'est alors que Silène réapparut à gauche de Barbara et lui envoya un direct du droit dans la tête sans qu'elle puisse l'éviter. La tempe gauche absorba le coup, la douleur s'éleva brièvement dans son crâne et la déesse sentit que quelque chose ne serait plus comme avant à l'instant même où elle s'écroulait dans l'herbe.

Max se releva et rejoignit Silène devant la présumée traîtresse.

— Tu n'es qu'une paria, Barbara ! cracha Max.

— Qu'est-ce que tu m'as fait ? demanda-t-elle en regardant le sang qu'elle avait au creux de la main qu'elle avait passée dans ses cheveux vert foncé.

— J'ai tout simplement neutralisé ta pétulance en te portant un coup bien précis au niveau du lobe temporal gauche de ton cerveau, expliqua Silène. J'affecte ainsi tes fonctions cognitives. Si tu avais davantage vécu parmi nous, tu aurais su que notre tempe gauche est notre point faible.

— Pourquoi vous en êtes-vous pris à moi ? demanda-t-elle en se relevant péniblement, aidée de Max qui la retint bien contre lui. Je me doutais bien que mon mode de vie à l'écart de vous tous me retomberait dessus un jour, mais je ne m'y attendais plus. Vous avez tardé, ajouta-t-elle en ricanant.

— Cela n'a rien à voir avec ton mode de vie. Tu es suspectée d'être responsable de la rumeur stipulant que la naissance d'un dieu suprême sonnerait le glas de la mort prochaine de nous autres, détenteurs de pétulance et dignitaires.

— Et on n'aime pas les traîtresses, ici ! ajouta Max en la secouant brutalement avant de cracher un morceau de prémolaire sanguinolent.

Barbara se tourna vers lui.

— Recommence ça une fois et je te casse le nez, Max !

Il la secoua par provocation. La sang de Barbara ne fit qu'un tour. Elle pivota vivement sur elle-même en levant et pliant ses avant-bras et décocha un magistral coup de coude par retour de force centrifuge dans le crâne de Max qui, une nouvelle fois, s'effondra trois mètres plus loin. Puis elle alla pour lui éclater la tête à grands coups de talons afin de le réduire au silence à tout jamais mais fut interrompue dans son geste par Silène qui la ceintura. Max demeurait inconscient.

— Si tu penses que c'est moi qui suis l'instigatrice de cette rumeur stupide, Silène, pourquoi ne pas t'en assurer en lisant dans mon esprit, suggéra Barbara.

— Max et moi avons reçu un ordre de Capella : t'emprisonner dans les prisons du manoir de Cardonthöl où tu seras à la merci de Polyphème. Est-ce que tu te tiendras tranquille si je te lâche ?

— À toi de voir...

— Je ne plaisante pas, Barbara !

— Mais moi non plus, assura-t-elle avec mépris.

Il desserra son étreinte et se précipita auprès de Max qu'il releva.

— Comment te sens-tu ?

Le dieu était visiblement bien assommé mais il revint à lui. Silène l'aida une nouvelle fois à se relever.

— Laisse-moi ! Je n'ai besoin de personne pour me tenir debout !

— Comme tu voudras.

Barbara attendait sur le côté en les regardant.

— Alors Silène ? Vas-tu lire dans mon esprit ou dois-je me laisser emprisonner sans résistance parce que tu n'oses pas faire face à la vérité ?

— Je l'ai déjà sondé.

— Peuh ! cracha-t-elle avec une outrecuidance qu'elle ne chercha pas à cacher. Vous allez donc tous deux me tenir à l'écart en me donnant aux bons soins de Polyphème ? Sachant bien que je suis innocente ?

Max bondit pour venir devant elle. Tout près. Leurs visages n'étaient qu'à six centimètres l'un de l'autre. Barbara ne bougea pas d'un iota, par défi. Elle n'avait pas peur. Elle ne craignait rien. Elle n'avait jamais craint quoi que ce soit. Cette pétulance était un fardeau. Débarrassée de ce pouvoir, elle serait plus heureuse encore, dût-elle croupir dans les cellules pestilentielles creusées sous le manoir de Cardonthöl dont la silhouette obscure s'élevait à neuf-cents mètres de là.

Les franges courbes et vertes de Barbara entrecroisaient les mèches blondes du dieu devant leur front couvert de sueur.

— Exactement ! s'exclama-t-il. Tu croupiras dans les ténèbres immondes de ces prisons jusqu'à ce que mort s'ensuive. Ou jusqu'à ce que notre cher Polyphème se repaisse de toi : tu seras dévorée vive.

Il rit de bon cœur et Barbara eut pitié de lui et de sa cruauté. *Pauvre homme*, se dit-elle. Le caractère de Max semblait dissimuler d'importantes carences en bonté. Mais elle avait bien mieux à faire que de s'intéresser à lui : détenue sous les latitudes et les profondeurs de la région de Cardonthöl, elle allait être en proie, elle s'en doutait, à une horreur sans fin.

Max et Silène se dématérialisèrent ensemble, emportant avec eux la déesse qui n'y opposa aucune résistance. Réapparaissant de suite dans le vaste couloir qui donnait sur les cellules, ils appelèrent Polyphème qui arriva sans délai, ayant senti leur présence aussitôt sur place. Le géant se traînait lourdement au loin à l'extrémité de la galerie et semblait tenir quelque chose à la main. Il émit un grognement lorsqu'il arriva à vingt mètres du trio qui attendait en le détaillant. Silène, Max et Barbara remarquèrent ainsi le cadavre en pièces suspendu à la poigne ferme de son poing gauche. La victime, morte seulement depuis quelques minutes, était tenue par une jambe et son corps nu balançait à l'envers. Toute la partie supérieure du tronc manquait : le cyclope lui avait arraché le buste et les viscères libérés pendaient négligemment par l'abdomen sectionné dans une cascade de sang chaud et scintillant à la lumière des torches.

Silène grinça des dents en voyant ce spectacle qu'il aurait préféré pouvoir ignorer et Barbara plissa les yeux en détaillant le corps gigantesque de Polyphème. Max, lui, ne semblait incommodé ni par les odeurs nauséabondes, ni par ces visions morbides.

— Nous t'offrons une surprise, lança-t-il. Elle s'appelle Barbara Caterpens et est une déesse. Rassure-toi, cette traîtresse n'a plus toute sa pétulance et il ne lui en reste qu'une infime quantité qu'elle serait de toutes manières incapable d'utiliser pour te nuire.

Polyphème s'approcha et les deux dieux s'écartèrent.

— Elle est à toi, ajouta Max. Fais-en ce que tu veux. Capella ne veut plus jamais entendre parler d'elle. Et nous non plus.

Il regarda son complice. Silène avait un visage fermé, figé dans un hermétisme qui ne laissait transpirer que son dégoût. Mais il regarda enfin Max l'instant d'après et ils hochèrent la tête en même temps. Pour disparaître. Barbara, blessée, était seule avec le dignitaire.

Qu'à cela ne tienne, se dit-elle. *S'il doit en être ainsi...*

Polyphème lui montra ses dents déchaussées gâtées par l'absence de soins et émit un grognement. Il était heureux. Une déesse serait un met de choix dans le panel de prisonnières qui formait son garde-manger. Il s'interrogea sur le goût qu'elle aurait en temps et en heure : la pétulance donnerait-elle une douceur supplémentaire ? Un ton acide ?

Il ignorait alors qu'elle apporterait à son existence un goût amer.

Silène et Max, eux, réapparurent sur la grande place qui ceinturait le pied de la tour de Falken. À cette heure tardive qui semblait annoncer une longue nuit, pas un seul villageois n'errait dans les rues. Bien qu'aucun couvre-feu n'ait officiellement été instauré, il demeurait pour tout le monde bien préférable de ne pas se trouver à l'extérieur de leurs chaumières à partir du crépuscule qu'Alnitak imposait chaque jour en disparaissant à l'ouest.

Autour d'eux, les habitations de pierre et de torchis aux portes en vieux bois maladroitement travaillé se dévoilaient à la lumière des flammes qui brûlaient au sommet de mâts de granit formés de carrés superposés sur une hauteur de trois mètres. Parfois, une brise passagère courbait les flammèches qui ployaient en dansant plus rapidement encore.

— Que vas-tu faire ? demanda Silène. Tu rentres chez toi ?

— En quoi ça te regarde ?

Max était agacé ; il était contrarié d'avoir été frappé par Barbara.

— C'est bon, détends-toi.

— Et ne me donne pas de conseils !

— Arrête, Max. Toi et moi sommes dignitaires et nous devrons parfois travailler ensemble, comme nous venons d'ailleurs de le faire. Je sais bien que tu ne m'apprécies pas et...

— Je n'aime pas tes manières ! s'exclama-t-il pour l'interrompre. Tu n'as pas l'air d'apprécier les ordres de Notre Seigneur et Maître et tu me donnes l'impression de trop de tolérance, de magnanimité. Je déteste ta compassion pour nos ennemis tout autant que la grandeur d'âme de Virgil.

— Peut-être, répondit Silène en regardant les quelques lumières qui demeuraient vives dans les habitations alentour. Mais qu'est-ce que tu en as à faire puisque Virgil et moi exécutons les ordres.

Max se racla la gorge, concentra un mollard dans sa bouche, souffla et fit avancer sa langue baignant dans la salive visqueuse qu'il avait préparée. Un crachat fut projeté dans un claquement de lèvres. Il passa un revers de la main sur son menton et dit :

— J'y vais...

— Tu vas voir Clotho ? lança-t-il sur un ton interrogatif pour masquer l'affirmation de ce qu'il savait.

Courroucé, Max prit son complice par le col de son long manteau noir.

— Tu as lu dans mon esprit, Silène ! Tu n'en as pas le droit !

— Allons allons. Ce n'est pas la peine de te mettre dans cet état. C'était pour parler d'autre chose.

— Ne recommence jamais ça ou il t'en cuira ! C'est compris ?

Max le lâcha en le regardant avec dédain et disparut.

— Ne t'inquiète pas... J'ai bien compris, oui...

Et Silène rentra chez lui.

À sept kilomètres plus à l'ouest, les lueurs qui perçaient la tour de Falken sur toute sa hauteur faisaient comme une colonne de lucioles placardée sur la tenture du ciel obscur en arrière-plan. Wilfried les regardait se refléter à la surface du lac du Mercator. Assis sur le rivage, il exprimait un calme impressionnant qui contrastait avec l'effervescence de ses méninges. Il ne savait que faire. Ou plutôt comment faire. Personne ne lui avait appris. Nulle notice à disposition, ni aucun mode d'emploi.

— À quoi penses-tu ?

Assise à sa droite, Simbelmynë l'observait intensivement comme si elle cherchait à percer le regard d'un émeraude scintillant de Wilfried. Autour de ce visage féminin, une chevelure blanche tissée de très longues mèches raides et soyeuses rendait plus blafard encore la physionomie étrange dont la peau d'une couleur mystérieuse se fondait avec le jaune foncé de ses pupilles. Magnifique dans son chiton soyeux d'un bleu clair noué à l'épaule gauche par une pince en orichalque assortie à sa large ceinture, Simbelmynë semblait tout droit sortie d'un roman d'*heroic fantasy* ou d'une légende de la mythologie grecque. Tout en elle exprimait la noblesse.

Mais son apparence détrompait ceux qui voyaient en elle la blanche colombe pure et juvénile : Simbelmynë dissimulait des ambitions qu'elle chérissait et protégeait comme une louve couvant ses petits.

— À rien de bien particulier, répondit Wilfried.

— Alors pourquoi as-tu bloqué l'accès à ton esprit pour ne pas que j'y lise tes pensées ?

— Parce que je suis pudique.

— Tu y crois à cette rumeur ?

Il ne s'était pas attendu à cette question.

— Non...

— Et pourquoi ça ?

Wilfried laissa passer quelques secondes. Combien de fois avait-il souhaité se retrouver un jour seul avec Simbelmynë ? Il avait cette étrange impression d'avoir réfléchi cinq-cent millions de fois à ce qu'il lui dirait en pareille circonstance. Et maintenant qu'il y était, il se sentait plus loquace sur des sujets autres que sur le sentiment qu'il nourrissait pour elle depuis quelques mois.

— Nous ne savons pas qui a lancé cette rumeur. Nous ne pouvons donc pas lui donner une quelconque importance. Pour moi, l'anonymat de la source de cette information la discrédite. Il n'y a pas lieu de s'inquiéter.

Elle se dressa de toute sa grandeur et vint s'approcher plus encore du rivage. Le dieu regarda ses jambes qui s'éloignaient en emportant avec elles deux magnifiques pieds dotés de sandales dorées à talons hauts. Elle se retourna et Wilfried se crut dans un rêve.

— Moi au contraire, je pense que l'anonymat de la rumeur lui donne toute son importance. C'est l'absence de source connue qui me fait penser qu'elle est vraie, que cette rumeur est prophétique. Sinon, si cela était une pure fumisterie, non seulement elle n'aurait pas pris des proportions aussi considérables, mais de plus, l'auteur se serait fait connaître. Lâcher un pavé dans la mare par sens de l'humour me paraît tout à fait ridicule là où je pourrais comprendre que la gravité d'une telle prophétie pousse la source à ne pas se dévoiler.

Wilfried se leva et fit apparaître dans le creux de sa main droite une sphère qui fit le jour sur l'espace dégagé qui s'étendait derrière eux vers la forêt. Mais il garda ses yeux rivés sur l'énergie vacillante qui s'activait en petites boules translucides vertes au cœur de cette concentration de pétulance.

— Ainsi donc, ce pouvoir que nous avons pourrait, d'après toi, sceller notre destin dans une prophétie qui nous promettrait la mort ?

Dans un silence mortuaire, Simbelmynë revint jusqu'à lui.

— La mort nous est promise, quoi qu'il en soit, rectifia-t-elle. Mais je pense, oui, que la naissance du dieu suprême annoncera notre trépas dans les semaines qui suivront sa venue au monde.

La sphère disparut soudainement et ils se retrouvèrent tout proches dans l'obscurité.

— Tu as peut-être raison, oui, conclut-il.

Elle se blottit contre lui dans l'isolement de leur intimité.

— Alors ne perdons pas de temps, lui souffla-t-elle à l'oreille.

Il lui sourit, et bien qu'elle ne voyait pas son visage, elle savait qu'il était heureux.

Et elle aussi.

Un frisbee, venant s'échouer dans le sable aux pieds de Wilfried après avoir doucement percuté ses jambes, le sortit de ses souvenirs. Le jeune homme torse nu en maillot de bain bleu vif vint le ramasser en s'excusant dans un sourire et retourna auprès de ses amis pour poursuivre leur jeu sous un soleil de plomb.

Le dieu mit un certain temps à revenir à Sanlys-sur-Mer dans la réalité ; tous ses sens le tiraient vers cette inoubliable nuit du 2 thermidor de l'an crépusculaire III. Mais nous étions le mercredi 13 juin 1990 : le 28 prairial de l'an IV. Plus à l'est, les cloches de la chapelle Saint-Syd avaient élevé leur chant dans le secteur pour annoncer midi. C'était quelques instants plus tôt.

Mal à son aise sous ce soleil assassin, demeuré trop longtemps absent, assoiffé et en proie à une virulente impression d'être sale, Wilfried reprit la marche qu'il avait naturellement arrêtée sur la plage aussitôt qu'il s'en était allé dans son passé et retira son long manteau noir qu'il laissa choir sur le sable derrière lui. Se dirigeant vers les douches, il s'assit ensuite à proximité sur le petit muret de pierre et de béton et ôta l'intégralité de ses vêtements pour se laver. Autour de lui, les gens déjà bien intrigués par ce personnage qui ne semblait pas comme les autres avec ses longs cheveux châtains et sa grande stature, s'interrogèrent en constatant qu'il n'avait pas l'air d'avoir d'appareil génital : son slip avait l'air vide. Sans faire attention à ce qu'il se passait autour de lui, Wilfried ôta enfin le dernier rempart qui occultait encore son bas-ventre et le laissa tomber sur les autres, dévoilant une entrecuisse aussi imberbe que privée de tout appareil génital.

Une femme hurla, attirant l'attention des plagistes qui n'avaient pas encore remarqué l'homme mystérieux, lequel mit en marche la douche en actionnant la tirette suspendue au-dessus de lui. Rapidement, c'est un attroupement qui vint l'encercler.

N'avons-nous pas fait les mauvais choix depuis le début ?

— Monsieur, s'il-vous-plaît ! Veuillez vous rhabiller !

Se pourrait-il que le bonheur soit autre chose que la supériorité que nous avons toujours revendiquée ?

— Cet homme n'est pas normal.

— Éloignez vos enfants ! conseilla vivement un père accompagné de sa progéniture qu'il repoussa à l'écart.

— Je n'y croirais pas si je ne l'avais pas vu...

Finalement, n'aurions-nous pas mieux fait de considérer les serfs comme des personnes dignes d'intérêt nous montrant la voie d'une vie peut-être plus simple et austère sans pétulance, mais plus authentique aussi ?

Sous les effets de la douche fraîche qu'il prenait, Wilfried se sentait plus lucide encore. Paradoxalement, il allait plus loin dans ses interrogations.

— Maman, fit une petite fille. On dirait Ken... Et moi, je suis Barbie [130], poursuivit-elle avec joie tandis que sa mère l'emmenait à l'écart.

— Moi, je le trouve attirant et sexy. Je me demande ce que ça donnerait, une nuit avec lui...

— Il attend certainement une greffe d'un généreux donateur.

Indubitablement, Wilfried ne pouvait plus ignorer ce que sa raison avait refusé de voir là où son cœur hurlait à tout rompre sa soif d'authenticité.

Les sentiments ne sont-ils pas la quintessence même de ce qui définit les bonheurs les plus purs ?

— On ferait mieux d'appeler la police.

— D'un côté, Rocco Siffredi [131]. De l'autre, ce gars. Le jour et la nuit !

Il faut que j'en aie le cœur net !

La mère de l'enfant au château de sable arriva derrière l'attroupement avec son fils et se fraya un passage pour se mettre au-devant des badauds. Son petit garçon avait dans les mains sa pelle et son râteau ainsi que son Big Jim. Il eut le temps de poser ses yeux sur Wilfried avant qu'elle ne le maintienne soudainement derrière elle.

— Taisez-vous et laissez-le ! hurla-t-elle à la foule en se demandant elle-même comment cet homme pouvait être asexué.

Ses injonctions demeurèrent lettre morte.

Il faut que Max et moi demandions audience à Capella.

Wilfried disparut.

***

Il y avait urgence : Valérie n'en pouvait plus. La douleur la lançait terriblement et elle ne parvenait plus à se concentrer sur son travail. Ses patients attendraient. Il lui fallait d'abord désinfecter les plaies et remettre des compresses propres à la place des anciennes. Puis faire un bandage autour de la taille. Mais elle n'ignorait pas qu'elle devrait accepter que ses collègues lui administrent de vrais soins. Sûr que les questions qu'ils lui poseraient exigeraient des réponses. Un rapport serait adressé aux services de police pour expliquer ce qu'il s'était passé, et elle serait à coup sûr convoquée au commissariat.

— Chaque chose en son temps, marmonna-t-elle en entrant à la dérobée dans la petite pharmacie de l'hôpital.

En refermant la porte, son regard embrassa les étagères et les vitrines dans lesquelles des boîtes de médicaments s'amoncelaient. Tendant l'oreille un instant pour s'assurer que personne ne l'ait vue s'immiscer dans la pièce où elle n'avait aucun droit d'accès, elle retira hâtivement sa blouse qu'elle jeta sur un meuble où trônaient des appareils qu'elle n'aurait su nommer. Puis elle retira son chemisier de coton crème pour se retrouver en soutien-gorge et observa aussitôt sa blessure. Puis, frénétiquement, elle se servit ici-et-là afin d'avoir ce dont elle avait besoin pour nettoyer ses plaies et œuvra avec maestria comme si elle eût été une infirmière née. Avant de remettre une compresse stérile de gaze hydrophile, elle se badigeonna le contour des blessures d'une pommade antiseptique. Enfin, elle déroula autour de sa taille un bandage qu'elle fixa avec une épingle à nourrice.

Rapidement, elle se sentit mieux, comme si le simple fait de savoir qu'elle s'était soignée avait anesthésié sa douleur. Elle se rhabilla avant de tout remettre en ordre. Elle prit quelques feuilles de mouchoirs pour s'éponger le front, les tempes et les joues trempées de sueur due à l'excitation et les mit en boule dans sa poche. Pour ne laisser aucune trace de son passage dans la pièce, elle les jetterait à l'extérieur.

Elle ouvrit la porte, hasarda un œil au-dehors dans le couloir où défilaient collègues, patients et membres de leur famille.

Puis, au moment le plus opportun, elle sortit avec un air détaché.

À l'angle sur la gauche, Angélique apparut et la vit refermer la porte.

— Hé ! s'exclama-t-elle. Valérie !

Prise de cours, la femme se tourna vers son amie avec un naturel feint qui ne trompa pas la colocataire de la résidence.

— Toujours d'accord pour ce soir ? demanda Valérie pour détourner les soupçons.

— Bien sûr ! Qu'est-ce que tu fabriquais dans la pharmacie ? Encore une question à laquelle tu ne peux pas répondre ?

— Mais non. Je crève de chaud et il me fallait des mouchoirs.

— C'est vrai que tu as l'air de ressentir les effets de la canicule plus que toute autre personne, c'est clair. Tu transpires sacrément, ces temps-ci ! C'en est presque inquiétant. Tu vas finir par fondre...

— Ne t'inquiète pas. J'ai des origines irlandaises, tu sais bien, souligna Valérie. Dans mon pays, on a plus l'habitude des saisons fraîches et des vents impitoyablement froids que des températures clémentes et chaudes. Du coup, je suis sans doute plus sensible à la chaleur que la normale, mentit-elle.

— On dirait bien ! Bon, on se retrouve tout à l'heure à la cafet' ?

— Oui ma belle ! Dans un peu moins de cinq heures...

— Allez, courage ! s'exclama Angélique.

Mais son amie s'en alla rapidement sans rien dire.

*

Chapitre XI
L'OFFENSIVE DES ÂMES

Mystérieux. Insondable. Telles étaient les épithètes les plus utilisées pour qualifier le labyrinthe du Dedalesk. Là où le manoir de Cardonthöl ne faisait figure que de château fort étrangement engoncé dans le flanc d'une montagne qui se fondait avec lui, et alors que les monts de Sheeba brillaient par leur beauté presque sensuelle et par leur énigmatique forme demi-sphérique, le secteur triangulaire d'un aspect fort géométrique, lui, impressionnait par l'architecture surnaturelle qui régnait en ses murs.

À trois reprises par le passé, Clotho s'était rendue dans le labyrinthe. La toute première fois, le jour de sa naissance, elle y était allée pour découvrir l'endroit dont Capella venait de lui confier la garde ; elle s'y était engagée à pied. Venue au monde quelques heures plus tôt seulement, elle avait été bien loin de maîtriser ses sens et avait eu quelques soucis pour revenir à l'entrée. Malgré la faiblesse de sa pétulance, elle était parvenue à en sortir en usant de son pouvoir pour regagner sa maison à deux pas du dédale.

Les deuxième et troisième fois, c'était pendant La Grande Incursion. Si Clotho avait eu la bonne surprise de ne pas se retrouver en face de créatures robotisées, d'ectoplasmes intrusifs et de mutants venus d'Yf-6, il n'en demeurait pas moins que les êtres originaires de Voyelle 9½, eux, avaient tenté de s'emparer du labyrinthe pour y paresser. C'est ainsi que Clotho s'était retrouvée devant un *troupeau* panurgique de femmes nues et stupides qui s'étaient mises à glousser comme des dindons. Tout juste bonnes à se complaire dans une sexualité primitive, se déplaçant tantôt à quatre pattes, tantôt sur leurs deux jambes, elles n'avaient opposé aucune résistance digne de ce nom à la féroce dignitaire.

Charcutées à mort, dépecées, mutilées, démembrées, ces femmes ridiculement hilares étaient passées de vie à trépas en riant pour des raisons étranges. Clotho avait dévoré tout ce petit monde avant de passer aux fées espiègles, aux harpies affamées et aux nains obèses et paresseux enclins à jouer ensemble dans les corridors de la construction : ils venaient tout juste d'arriver. Clotho avait massacré ces intrus, faisant pleuvoir les cadavres. Ainsi avait-elle accompli sa mission de sauvegarde de ses terres ; en se rendant dans le labyrinthe pour exterminer les envahisseurs. Mais c'était il y a bien longtemps.

Maintenant que je n'ai plus de pouvoir, ne suis-je vraiment plus une déesse ?

Taraudée par des questions existentielles, Clotho se sentait inspirée par des réflexions fertiles qui pouvaient peut-être lui apporter des réponses.

Auquel cas suis-je vraiment à l'abri de la prophétie ?

Elle s'était remise à marcher au hasard de son instinct, de ses envies, dans les corridors dont elle n'avait jamais maîtrisé le plan, bien qu'elle soit la gardienne du labyrinthe où, pour son plus grand malheur, elle avait été laissée par les deux elfes Mutine et Nectarine.

À présent, les rayons de lumière d'Alnitak commençaient à faire de leur couleur habituellement jaune et éblouissante une teinte plus nuancée prenant des tonalités de tangerine à l'horizon alors qu'un orange gomme-goutte investissait les cieux à la verticale de Diadem 13.

Hans Murdock. Quelle identité étrange pour un enfant qui nous survivra.

La naissance du dieu suprême, la prophétie en conséquence, la présence impensable et inadmissible d'êtres humains sur Diadem 13 et la mort des deux premiers dignitaires, vaincus par une dénommée Suzanne, venaient se joindre à sa découverte de l'orgasme sexuel pour chambouler le train de pensées de Clotho. Elle ne parvenait plus à mettre de l'ordre dans sa tête. Et pour couronner le tout, elle se sentait nostalgique de l'époque où Max et elle avaient partagé leurs quotidiens.

Elle l'aimait encore autant qu'elle avait prétendu le haïr.

La prophétie semblant se confirmer avec la mort de Polyphème et de Sleipnir, Max risquait de rendre l'âme, lui aussi.

Elle espéra avoir une chance de le revoir une dernière fois avant qu'il ne meure. Ou le rejoindre dans le Neither. Elle ignorait, bien malgré elle, qu'il s'y trouvait déjà. Et que Cerbère aussi.

***

Elle avait eu envie de le rejoindre sous la douche, mais Marianne n'avait finalement pas osé et Silène avait pu se laver sans être entravé par une présence qu'il n'aurait pas souhaité avoir avec lui dans la cabine. Sentant bien qu'elle était si affectée par la mort de son mari qu'elle aurait pu faire n'importe quoi pour s'octroyer un instant de bonheur fugace, il avait développé un pan de sa conscience afin d'atteindre un autre niveau d'existence astrale lui permettant d'accéder à l'esprit de la veuve qui lui avait offert l'hospitalité.

En sortant de la salle de bain, juste après avoir soigné du mieux qu'il avait pu sa blessure à l'avant-bras, Silène, la serviette de bain nouée autour de la taille, était tombé sur elle. Elle l'avait attendu afin de lui expliquer que ses vêtements étaient encore dans la machine à laver qui terminait son cycle et qu'elle devrait ensuite les passer au sèche-linge. Précédant la question qui allait suivre, Marianne avait enchaîné en disant que tout serait prêt dans un peu plus d'une demi-heure. Il l'avait remerciée. Elle lui avait ensuite proposé de dormir un peu avant de se rhabiller, de se restaurer quelque peu et de s'en aller pour reprendre le cours de sa vie. Opinant du chef, il l'avait suivie dans la chambre à coucher dont les stores baissés laissaient filtrer un peu d'air frais venu de l'extérieur par les deux battants ouverts. L'obscurité aidant, Silène ne vit aucun inconvénient à retirer sa serviette de toilette en lui tournant le dos et se glissa dans le lit qu'il trouva bien plus confortable et grand que celui de sa maison au cœur de la cité de Falken. Marianne le laissa seul et tira la porte derrière elle en sortant de la pièce.

Néanmoins, alors que cela faisait vingt minutes qu'il s'était endormi, il l'avait sentie entrer à son tour dans le lit et se coller à lui. Nue. Il l'était aussi. La peau fraîche et parfumée de Marianne s'était avérée semblable à une couverture agréable qui lui fit du bien. Elle avait envie de lui : bien plus naturellement qu'en lisant dans son esprit, il l'avait senti. Pour se détourner du sentiment de culpabilité qui lui donnait l'impression de ne pas mériter d'être en vie, Marianne souhaitait entrer dans une dynamique d'auto-mutilation en bafouant elle-même sa propre image. Ses qualités disparaîtraient pour laisser le champ libre à l'expression de ses défauts. Les séraphins purificateurs et les saints intercesseurs de la vertu chancelleraient devant la toute puissante armée de démons de l'immoralité et de boucs blasphémateurs. Alors, Marianne ne mériterait plus que la mort qu'elle finirait par se donner elle-même pour se débarrasser d'une existence que même Tantale aurait refusé d'échanger contre son destin [132]. Croyant rejoindre Matthieu dans la mort, elle n'y trouverait que le néant empli de vacuité où tout ne serait jamais rien.

La situation devenant dangereuse, Silène s'était tourné sur le côté pour n'offrir que son dos à Marianne qui, silencieusement, avait fait glisser ses mains sur la peau du dieu avant de la descendre sur les fesses et de passer devant entre ses cuisses. De tâter, de chercher. Pour trouver. Pour masser, pour tripoter, pour caresser. Pour exciter. En vain ; il n'y avait rien. Déçue et incapable de réagir à cette anomalie qu'elle n'avait pas cherché à comprendre, elle s'était relevée et avait une nouvelle fois quitté la chambre.

Silène, lui, avait fini par s'endormir l'instant d'après.

Maintenant, alors qu'il se réveillait, il se demanda où pouvait se trouver Marianne. Sondant les environs comme acteur d'un voyage astral, il la localisa dans le salon, allongée sur le canapé devant la table basse sur laquelle siégeait le cendrier plein à ras-bord et la bouteille de vin aussi vide que le verre à pied renversé. Et cassé. Elle dormait.

Ce n'est que lorsqu'il se redressa qu'il remarqua, sur la chaise attenante au lit, ses vêtements pliés, aussi propres que lorsque Magdalena les lui avait remis le jour de sa naissance. Il s'habilla tout en repensant à Sabine qu'il avait complètement oubliée. Dès qu'il partirait dans quelques instants, il irait la retrouver pour la rassurer du mieux possible.

Puis il sortit de la pièce et se rendit dans le salon où Marianne se réveillait lentement, remuant sur les trois assises molletonnées du canapé qu'elle avait investi un peu plus tôt. Les cheveux en bataille, vêtue d'un short de sport et d'un tee-shirt qui avaient appartenu à son époux, elle paraissait étrangement disgracieuse. Elle posa enfin ses yeux sur lui et demanda, comme si la réponse eût pu être différente de l'évidence :

— Vous êtes réveillé ?

Il s'agenouilla devant elle et sentit, lorsqu'elle soupira, les vapeurs d'alcool qui avinaient encore le cerveau de la femme. Et son haleine.

— Je vous remercie pour votre hospitalité, dit-il après lui avoir mis la main sur l'épaule. Mais je ne vais pas vous déranger davantage. Je dois y aller.

— Votre mission ?

— Oui. Elle n'est pas terminée. Il reste encore beaucoup à faire.

Les seins menus de Marianne remontaient sous son tee-shirt, laissant deviner des tétons durcis. Silène savait très bien à quoi cela était dû : Marianne avait envie de lui. Elle remarqua le regard intrigué du dieu mais ne dit rien pour ne pas l'incommoder.

Et se leva.

— Vous avez faim ?

— Non, je vous remercie.

— Cessez donc de me remercier, souffla-t-elle avec lassitude avant de s'en aller vers l'entrée. Vous me rappelez mon mari.

— Je suis désolé.

— Et cessez aussi de vous excuser.

Silène eut l'impression que Marianne, partie dans la cuisine, était contrariée qu'il s'en aille. Il n'eut guère envie, pourtant, de s'en assurer en lisant ses pensées. Après tout, elle avait bien le droit d'avoir ses raisons et de les conserver pour elle-même. Mais il ne souhaitait pas s'en aller comme ça. Il voulait l'aider, par empathie, par générosité, par grandeur d'âme. Après tout, peu lui importaient les raisons pour lesquelles il désirait à ce point l'aider à rester dans le droit chemin.

Il le voulait. Point.

Marianne revint dans le salon avec une cigarette dans une main et un nouveau verre de vin dans l'autre.

— Écoutez... commença-t-il.

— Quoi donc ?

Il lui attrapa le bras pour la retenir avant qu'elle ne s'éloigne.

— Asseyez-vous, Marianne.

Interloquée, elle le regarda un instant et comprit qu'il n'avait pas la tête à plaisanter. Lui, de son côté, était chamboulé : elle lui rappelait tellement Kyrielle. Il l'avait aimée, mais n'avait jamais osé le lui dire. Il avait fallu qu'elle meure sous les débris et les gravats de sa maison à cause de l'adjonction d'Yf-6 et de Voyelle 9½ pour qu'il regrette de ne pas lui avoir déclaré sa flamme.

Soudainement bouleversé par le manque que la mort de Kyrielle lui faisait ressentir, Silène eut envie de répondre au besoin de tendresse, de perdition et de diversion de Marianne. Mais il savait qu'il ne franchirait jamais le pas. Ce n'était pourtant pas l'envie qui lui manquait. Mais tout en la prenant par la main pour l'obliger à s'asseoir à côté de lui, il tourna le dos à ses démons et se focalisa sur ce qu'il allait lui dire.

Lorsqu'ils furent enfin assis côte à côte, il ne la laissa pas languir plus longtemps et lui expliqua :

— Pour l'instant, vous vous sentez déchirée au sein d'un paradoxe dont les deux pôles attractifs ont pour différence de s'opposer avec contradiction là où ils tentent tous deux de vous entraîner dans une déperdition émotionnelle.

— Je ne comprends rien. Qu'est-ce que vous me racontez ? Pourquoi me dites-vous cela ?

— Marianne...

Il inspira profondément et elle réalisa à quel point il était difficile pour Silène de lui parler. Mais elle ignorait le trouble profond qui tailladait son âme en fines lamelles.

— Je vous dis cela parce que je sens votre détresse et que je la vis avec vous, ayant moi-même été dans le même genre de situation que vous. Votre souffrance est singulière et vous pousse dans vos derniers retranchements, ce à quoi vous n'êtes pas habituée et ne vous habituerez peut-être jamais. Mais vous devez reprendre le cours normal de votre vie et vous détourner de votre envie de sombrer dans les excès qui vous attirent : la cigarette, le vin et l'amalgame qui vous étreint en vous poussant à vous rapprocher de moi.

— Ne croyez pas que...

— Laissez-moi finir ! s'exclama-t-il avec un étrange écho dans la voix. Vous laisser aller à tous les excès ne vous aidera jamais à faire le deuil de votre mari. Aussitôt sortie de l'ivresse de l'alcool, aussitôt réveillée le matin aux côtés d'un inconnu, que croyez-vous qu'il se passerait ?

— Je regretterais... ? supposa-t-elle avec la honte d'une petite fille consciente d'avoir fait une bêtise.

— Oui, vous regretteriez. Et ce serait pire que tout, car court-circuitée par ces regrets, vous seriez handicapée pour vous atteler au travail de reconstruction de votre vie. Plus mal lotie encore qu'avant. Vous noyer dans des plaisirs malsains et stériles pour un bonheur d'une seule heure vaut-il le coup d'être encore plus blessée que vous ne l'êtes actuellement ?

Silène fit une pause. Marianne redressa le verre cassé sur son pied et prit délicatement le morceau posé sur la table basse pour le mettre dedans.

— La première chose est l'acceptation. Vous devrez accepter d'être seule avec vos enfants et de refaire des projets avec eux sans votre mari. Accepter d'avoir mal pour mieux affronter votre douleur. Car on ne peut vaincre la souffrance que si l'on accepte d'admettre qu'elle existe. Accepter de vous sentir anéantie pour mieux pouvoir vous reconstruire. Et considérer que lui survivre ne veut pas dire que vous le trahissez. Au contraire, vous honorez sa mémoire. Car vous seuls, ses collègues, ses amis, sa famille, vos enfants et vous êtes en mesure de le hisser là où il mérite d'être. Et si vous pensez avoir perdu votre moitié, reconsidérez la question et dites-vous simplement que Matthieu est toujours présent dans votre vie, mais à un autre stade d'existence, comme s'il était là dans cet appartement, mais dans la pièce d'à côté. Mais cette pièce d'à côté, elle n'est pas là, précisa-t-il en montrant le mur contre lequel se trouvait le canapé, mais ici, ajouta-t-il en désignant d'un index incisif la poitrine de la femme.

Puis Silène se leva lentement, s'approcha d'un buffet bas où des plantes vertes rivalisaient d'importance et de présence avec une petite collection de boules à neige. Et de cadres photo.

— Et là, dans leur mémoire et dans leur cœur à eux aussi, fit-il avec emphase en prenant dans sa main un cliché exhibant, sous une plaque en verre, un garçon de cinq ans et une petite fille de trois ans et demi.

Il revint se présenter devant elle, s'agenouilla à côté de ses longues jambes et lui donna la photo qu'elle prit cérémonieusement et regarda en la tenant à deux mains.

— Il va falloir vous battre pour eux. Vivre pour eux. Et pour vous. Vous allez devoir refaire votre vie.

— Mais je ne sais pas si j'y arriverai... Je ne m'en sens pas capable...

Marianne pleurait. Les mots de Silène avaient fait mouche. Et il la trouva plus belle encore. Non, elle ne lui faisait plus penser à Kyrielle. Elle était plus touchante encore que la déesse à laquelle il survivait. Lui aussi avait ses propres blessures, ses combats quotidiens. Mais il était question de Marianne. Pas de lui.

— Ce ne sera pas facile. Vous connaîtrez également peut-être des moments plus difficiles que d'autres. Certains jours, vous penserez que vous êtes enfin parvenue à gérer le décès de votre époux alors qu'il n'en sera rien. Vous verrez des couples heureux dans la rue et en ressentirez de la jalousie. De la colère aussi. Vous sentant abandonnée, vous en voudrez à votre époux. Vous en voudrez à la police, aussi. Mais au fond, le seul responsable, c'est Max. Et il est mort !

Il la regarda dans les yeux et ne put s'empêcher de lui dire ce qu'il avait voulu taire.

— Vous êtes belle, vous êtes jeune, attirante...

— Vous plaisantez, pouffa-t-elle en versant de nouvelles larmes, prise entre le rire et les pleurs. Je dois être méconnaissable. Et horrible !!

— Mais non, je ne plaisante pas. Et vous êtes forte ! C'est pour cela que je ne m'inquiète pas pour vous, mentit-il. Vous y arriverez, j'en suis convaincu. Et vous referez votre vie.

— Non, je ne pense pas, assura Marianne.

— Ce que vous pensez aujourd'hui n'a pas de valeur : vous parlez sous l'émotion. Un jour, vous rencontrerez quelqu'un et saurez trouver les mots pour le présenter à vos enfants. Vous reprendrez le contrôle de vous-même, de votre vie. Et quelque part, là-haut, Matthieu sera heureux de voir que vous êtes convoitée. Cela valorisera ses goûts, ses sentiments pour vous et il sera fier.

Il se releva.

— Je dois y aller, à présent.

Il se pencha pour lui caresser la joue. Il le pouvait. Elle savait qu'il n'y aurait jamais rien entre eux. Qu'elle n'y verrait aucune volonté de profiter de la situation. S'il avait voulu abuser de sa faiblesse, ils seraient tous deux encore dans le lit conjugal, à cet instant. Au contraire, la tendresse de Silène se voulait désintéressée, spontanée, naturelle et sincère.

— Attendez ! implora-t-elle.

Elle lui prit la main et la maintint fermement entre les siennes.

— Est-ce que je vous reverrai un jour ?

Marianne le voulait sincèrement. Elle sentait qu'elle aurait besoin de lui à l'avenir, qu'il pourrait l'assister dans sa reconstruction. L'aider. Et devenir un ami cher à son cœur. Pourrait-il être plus que cela ?

Comment cet homme qui vient d'ailleurs peut-il être plus humain que nous autres, plus honnête que nos politiques, plus généreux que nos parents, plus intelligent que nos scientifiques ?

Elle n'en revenait pas. Cet homme dont elle ignorait encore le prénom cinq heures plus tôt avait vengé son mari, l'avait réconfortée et lui avait donné les meilleurs conseils qui soient pour faire face au deuil.

— Je ne pense pas, répondit-il dans un soupir en se retournant pour aller vers l'entrée où ses bottes l'attendaient.

Prenant le cadre photo qu'elle avait posé sur le canapé à côté d'elle, elle se redressa et vint le remettre à sa place pendant que Silène se chaussait.

— Non pas que je ne le souhaite pas, Marianne...

Il la regarda par-dessus son épaule.

— Mais je pense que je n'en aurai pas le temps.

Il était condamné. La prophétie ne lui laisserait aucune chance d'échapper à sa mort prochaine. Il le savait. Cette pensée le rendit amer. Il aurait bien aimé pouvoir se soustraire à cette malédiction, quitter Diadem 13 définitivement et venir s'installer en ville. Peut-être rencontrer les enfants de Marianne. Sans doute pas remplacer Matthieu car cela n'aurait eu aucun sens même s'il l'avait pu. Mais proposer à sa veuve une autre vie amoureuse. Une autre expérience. Peut-être l'aimer. Prolonger leur vie de famille à quatre.

Dommage, se dit-il avec regrets.

Elle le rejoignit devant la porte d'entrée de l'appartement et lui dit timidement :

— Je vous remercie pour tout, Silène.

— C'est moi qui vous remercie.

Il la prit dans ses bras et elle se lova littéralement contre lui. Le corps de l'homme épousa celui de la femme : aucun courant d'air n'aurait pu circuler entre eux. Comme deux siamois.

— Je vous aime, fit-elle.

Elle pensait être sincère. Elle ne l'était pas. Et Silène comprit que ses propos n'avaient pas été aussi efficaces qu'il l'avait espéré. Il desserra son étreinte et leurs corps se séparèrent comme arrachés l'un à l'autre.

— J'ai une dernière question à vous poser.

Il ne s'y était pas attendu.

— Je vous écoute.

— Comment s'appelait-elle ?

Son sourcil frétilla discrètement mais elle s'en rendit compte.

— Pardon ! dit-elle.

— Kyrielle.

Elle comprit qu'elle n'aurait jamais dû lui poser la question. Pour se rattraper, elle ajouta :

— Matthieu et Kyrielle, ensemble quelque part dans un autre monde, veillent sur nous.

Silène lui fit un sourire amer. Et s'effaça.

***

Parti dans la nuit, Silène avait promis à Sabine qu'il lui ramènerait Stéphane sans délai. Mais il n'était toujours pas réapparu et elle ne comprenait pas ce qui avait poussé le dieu à trahir sa promesse. Il avait semblé si sincère qu'elle supposa qu'il ait eu un empêchement.

N'en pouvant plus de rester à la Résidence du Coucher de Soleil, Sabine s'était hâtivement préparée, comme prévu, pour aller en bus à l'hôpital retrouver Angélique et son amie Valérie. Une correspondance dans le Premier District, à hauteur du carrefour où l'avenue Leclerc croisait les boulevards des Platanes et Jules Verne, l'avait obligée à descendre du véhicule pour prendre une nouvelle ligne. Et maintenant qu'elle attendait patiemment avec d'autres voyageurs sous l'abribus localisé de l'autre côté du trottoir bordant le restaurant Le Sunset, le train de ses pensées reprenait sa course folle. C'est ainsi qu'elle réalisa que son plaisir d'avoir passé avec brio cet entretien dont l'issue semblait prometteuse contrastait avec ses interrogations concernant Stéphane et Silène. Et sur ces horribles dessins.

Elle trouvait ça hideux : les graffitis.

Ceux qui avaient été gribouillés en haut de la vitre de l'abribus derrière un vieux monsieur ressemblant à un curieux et improbable mélange de Paul Verhoeven [133] et de Dick Maas [134] semblaient ne rien vouloir dire. D'ailleurs, avaient-ils besoin d'avoir un sens pour être dignes d'intérêt ? Le but était-il seulement d'être esthétique ? De se faire connaître avec une supposée fierté ? De dégrader le mobilier urbain ? Sabine n'en avait aucune idée et, après tout, elle n'avait pas envie de comprendre les raisons pour lesquelles on pouvait tracer ces horreurs au marqueur ou à la bombe sur toute surface qui, de toutes manières, était toujours moins adaptée qu'une feuille de papier. En revanche, ces graffitis généraient en elle un malaise qu'elle ne s'expliquait pas. Elle se souvint alors avoir ressenti le même pincement au cœur lorsqu'elle avait vu d'autres *tags* sur les murs attenants à la voie ferrée à l'approche de la Gare du Nord quand elle était arrivée en train dans la capitale. L'obscurité avait dissimulé les graffitis exagérément caricaturaux, mais elle en avait deviné les contours et avait exécré au plus haut point ce sentiment d'être loin de son petit cocon familial de Harlingen.

En fait, Sabine se voilait la face. Elle savait pourtant bien au fond d'elle-même qu'elle était encore une petite fille impressionnable. Elle demeurait pleutre, malgré son âge. Elle détestait les portes de placards ouvertes dans les chambres, les films d'horreur, les créatures comme les vampires et les loups-garous. Elle frissonnait dans les trains-fantômes et les ascenseurs, haïssait les clowns et les couteaux, avait peur des souris et des effraies, restait suspicieuse devant les miroirs et avait toujours refusé de regarder les actualités télévisées chez ses parents aux Pays-Bas, incapable de faire face au mal qui sévissait dans le monde, estimait-elle. Et malgré les faibles taux de criminalité dans le pays qu'elle n'avait jamais quitté jusqu'à ce qu'elle vienne vivre à Sanlys-sur-Mer, elle s'était une fois imaginée être en danger de mort le jour où ses parents et elle avaient visité « la grande ville ». Amsterdam. Elle n'avait eu que vingt-et-un ans à l'époque. Influencée par une œuvre du Septième Art dont lui avait parlé son amie Marielle, un film du nom de *Amsterdamned* [135], elle avait pensé à la possible présence d'un tueur en tenue de plongée dans les canaux et les bas-fonds de la ville. Ce même jour de l'année 1988, alors qu'elle faisait du tourisme local avec ses parents dans le quartier Amsterdam-Oost de la capitale néerlandaise, elle avait aperçu des graffitis sur un mur et avait frissonné en imaginant que les auteurs ne fussent soucieux que de marquer leur territoire. En arriveraient-ils un jour à uriner sur les murs ? Ces *tags* annonçaient-ils une guerre des gangs ? Pour elle, « graffiti » rimait surtout avec « gribouillis ».

Le bus numéro quarante-cinq de la R.D.T.L. [136] arriva au bout de neuf minutes de psychose ; Sabine s'en sentit soulagée. Il était 15 h 14 lorsqu'elle monta avec les autres voyageurs dans le véhicule et alla s'appuyer contre la vitre latérale gauche en se tenant à la barre métallique horizontale qu'elle avait dans le dos, préférant rester debout : le trajet ne durerait qu'une petite dizaine de minutes. Les gens vinrent s'approcher d'elle à mesure qu'ils s'accumulaient et elle détesta cette odeur de transpiration qui l'agressa sauvagement. Le type de l'abribus qui lui avait fait penser aux deux réalisateurs néerlandais Verhoeven et Maas un instant plus tôt, juste à côté d'elle, saisit une poignée suspendue et s'y agrippa fermement. Loin d'être conscient d'incommoder Sabine dont le visage était à trente centimètres de l'aisselle ruisselante de l'homme qui en avait mouillé sa chemise à manches courtes, il bascula plus près d'elle encore lorsque le bus démarra. Mais, quelque part au fond d'elle-même, elle relativisait en se disant qu'il valait mieux se retrouver bloquée dans cette populace étouffante qui semblait ne plus vouloir lui laisser une once d'intimité que de se sentir seule dans la nuit, poursuivie par Max et Wilfried. L'isolement qu'elle avait ressenti trente-six heures plus tôt en fuyant pour sauver sa vie était une impression plus détestable encore que tout ce qui agressait ses cinq sens dans ce bus.

Quelques minutes plus tard, à l'arrêt « Hypermarché » du boulevard Alexandre Dumas, de nouveaux voyageurs, visiblement intrigués par quelque chose qui venait à l'instant de les surprendre, s'agitèrent à l'avant du véhicule.

— Rassurez-moi, vous l'avez bien vu comme moi ?

— C'te dégaine *chelou*.

— Incroyable ! Il est apparu par l'opération du Saint-Esprit.

Sabine, intriguée par cette dernière remarque, se dressa sur la pointe des pieds pour voir de qui il s'agissait. Seuls Max et Wilfried étaient capables d'attirer l'attention de la sorte. Elle se mit à trembler comme une feuille morte. Morte de peur. Mais elle fut rapidement détrompée et se rasséréna quand elle parvint à apercevoir la tête aux cheveux bleu clair qui se frayait un passage pour s'approcher d'elle. Silène arriva enfin en repoussant légèrement le sosie des réalisateurs de cinéma.

— Excusez-moi du retard, fit-il simplement en s'appuyant contre la vitre panoramique.

— Silène ! s'exclama Sabine en lui faisant un peu plus de place. J'étais morte d'inquiétude ! Je vous ai attendu toute la nuit !

— J'en suis désolé. J'ai eu plus à faire que je ne pensais.

— Où est Stéphane ?

Au moment même où elle posa cette question, Sabine remarqua que Silène avait l'air d'être plus en forme qu'au cours de la nuit. Il lui fit un léger sourire.

— Il va bien, rassurez-vous. Mais je n'ai pas pu le ramener ici.

— Que s'est-il donc passé ?

Pour ne pas davantage attirer l'attention sur leur conversation que quelques voyageurs indiscrets avaient l'air d'écouter, Silène poursuivit par télépathie.

— *Sabine... N'ayez pas peur. C'est moi, Silène.*

Elle le zieuta, interloquée. Lèvres serrées, il semblait s'exprimer avec ses yeux fixés droit dans les siens comme deux pinces crocodiles sur un gros condensateur électrolytique de circuit imprimé. Un courant semblait même passer dans son regard.

— *Je vous parle d'esprit à esprit*, poursuivit-il. *Je vais vous faire un clin d'œil pour vous prouver que vous ne rêvez pas.*

Il s'exécuta.

— *D'accord*, pensa-t-elle.

— *Stéphane n'est pas en danger de mort, dans l'immédiat.*

— *« Dans l'immédiat » ?*

— *Il est prisonnier dans un endroit où je ne peux actuellement pas me rendre car il est sous surveillance. Mais il est en bonne santé. Et il n'est pas seul : votre amie Sidonie est avec lui.*

Sabine sentit comme un vertige. Son esprit n'était pas habitué à recevoir des ondes cérébrales si brutes. Ses rêves, ses interrogations, ses espoirs, ses réflexions et ses intuitions avaient déjà bien suffisamment mis à mal son attention : son cerveau n'avait jamais eu l'habitude d'être investi et court-circuité de l'intérieur. Silène, percevant distinctement le manque de confort qui avait pris en embuscade l'esprit de la jeune femme, se décida à finir.

— *Je le ramènerai aussitôt que je le pourrai. Pour l'heure, partez simplement du principe qu'il ne craint rien. Sachez aussi que Wilfried est désormais le seul et unique adversaire direct que nous ayons ici : je nous ai définitivement débarrassés de Max.*

— *Vous l'avez tué ?* demanda Sabine dans un dernier effort.

— C'est ça, répondit Silène à voix haute, reprenant le fil d'une conversation naturellement orale. Voici donc une bonne chose de faite.

La dissipation soudaine du mal-être de Sabine la soulagea profondément et elle soupira.

— Où allez-vous ?

Elle eut l'air de réfléchir à sa réponse.

— Je file à l'hôpital retrouver Angélique, ma colocataire. Antoine, que vous nous avez ramené, y a été emmené ce matin et il s'est visiblement réveillé tout à l'heure. Mais il semble être enfermé dans un silence inquiétant. On espère que le fait de nous voir le fera réagir.

Le bus s'était légèrement vidé au cours des dernières minutes et Silène avait intuitivement pris ses aises en s'écartant un peu de la vitre. Pourtant, dans la rue de l'Union qui longeait le parc Alexandre Square, un groupe de jeunes filles monta et investit chaque siège vide et chaque espace au sol. Elles étaient sept. Sabine n'osa pas les regarder lorsque l'une d'entre elles s'approcha, tournant le dos à Silène.

— Qu'est-ce t'as ? Tu flippes, *pétasse* ?

Le dieu, prêt à en découdre, la regarda du haut de son mètre quatre-vingt-un. La fille ne faisait pas le poids avec ses vingt-huit centimètres de moins. Et son air intrigué.

— Et toi, l'croque-mort ! Tu veux mon poing dans la *gueule* ?

— *Qu'est-ce qu'on lui fait ?* demanda immédiatement Silène par télépathie.

Sabine, aux côtés du dieu, se sentait forte. Elle avait envie de profiter de la situation pour lui demander de rabattre le caquet de cette pauvre gueuse.

— *Si vous le souhaitez*, fit-il.

— *Non !*

Elle avait hurlé, mentalement.

— *Je n'ai fait que le penser. Laissez-la. Je n'aime pas la violence.*

La fille en question aurait pu être du genre à gribouiller des graffitis, se dit Sabine en feignant la décontraction par un passage d'une main leste dans ses longs cheveux bleus. Malgré sa faible taille de seulement un mètre cinquante-trois et son poids plume de quarante-cinq kilos, cette personne agressive qui ne lâchait pas Silène de ses yeux bleu vif avait un *look* impressionnant : vêtue tout en noir, cette inconnue portait à la narine gauche un piercing argenté qui faisait ressortir celui qu'elle avait plus haut sur l'arcade sourcilière. Ses cils peu nombreux mais étrangement espacés répondaient à la couleur corbeau de ses cheveux de jais, malgré une longue mèche mauve qui retombait devant son visage d'un blanc crayeux et cassait l'obscurité qui se dégageait d'elle. Une poitrine menue traçait la ligne de profil d'un corps qui, engoncé dans un chemisier et une mini-jupe noirs, exhibait des jambes gainées de bas résille. Enfin, une paire de bottines assorties en simili cuir ainsi que des boucles d'oreilles et des bagues en argent achevaient d'un coup de pinceau au tracé incisif le panorama humain de cette jeune femme qui n'avait pas l'air d'avoir froid aux yeux.

— Vous avez rien dans l'*froc*! cracha-t-elle dédaigneusement à l'attention de Silène et Sabine.

En constatant de loin que son amie avait l'air répugné par le grand homme et la jeune femme qui se trouvaient à côté d'elle, une autre fille de la bande s'approcha, rapidement rejointe par les autres. Les voyageurs s'en allèrent vers le fond du bus.

— Qu'est-c'qui s'passe, Sibille ? demanda celle qui avait des cheveux longs d'un bleu un peu plus clair que celui de Silène.

— Ces deux-là... On dirait bien deux *merdeux*, expliqua l'intéressée en désignant d'un coup de tête la Néerlandaise et le dieu. Et j'aime pas l'odeur d'la *merde* !

— Hé ! s'agaça le chauffeur du bus. Vous vous tenez tranquille !

— Toi, tu vas la fermer, *sale con* ! répliqua celle d'entre elles qui venait de s'allumer une cigarette. Sinon, j'te crame les yeux !!

— Nous réquisitionnons c'bus, vous tous ! On va aller faire un tour au Porge !

— Ça ne va pas !? s'exclama l'homme. Ce n'est pas sur mon trajet ! C'est à une soixantaine de kilomètres d'ici !

— Moi, je dois descendre à la prochaine station, signala un retraité d'une belle élégance. Je dois aller voir ma femme à l'hôpital.

L'une des filles de la bande, une jolie châtain coupée au carré, vint au-devant de lui et lui lança :

— Rest' tranquille, papi, ou tu pass'ras pas l'printemps !

C'en était assez. Silène disparut du centre du bus pour réapparaître à l'avant.

— *Putain*, c'est quoi c'mec ? entendit-il dans son dos alors qu'il se tournait vers le chauffeur. Il est pas clair, les filles !

— Arrêtez-vous comme prévu à la prochaine station, lui dit-il. Ces sept femmes vont descendre ici.

— Bien, monsieur. Merci...

Les voyageurs, médusés, lançaient toutes sortes d'interrogations et d'exclamations comme le public d'une émission de jeu télévisé. Silène se téléporta cinq mètres plus à l'arrière du bus pour se retrouver en plein milieu des sept filles. Les clameurs s'élevèrent plus fort encore. Sabine, qui n'avait pas bougé, regardait la scène avec circonspection.

Le dieu se tourna vers la dénommée Sibille.

— Si tes amies et toi avez assez de cran pour descendre de ce bus et régler ça toutes les sept avec moi à l'écart de la foule, alors...

— C'est moi qui suis la chef des Panthères !

Celle qui venait de parler n'était ni plus ni moins que la femme qui s'était teint les cheveux en bleu clair. Elle planta ses yeux roses dans ceux de Silène aussitôt en face de lui. Et le toisa avec une arrogance mêlée d'orgueil et de curiosité.

— J'm'appelle Déborah et c'est moi qui décide de c'qu'on fait !

— Alors vas-tu choisir de continuer à agacer ces pauvres voyageurs ou oseras-tu essayer de me botter le *cul* ?

Le bus s'arrêta enfin et Silène fit signe à Sabine de le suivre pour descendre. Elle ne se fit pas prier, lâcha un timide « pardon » en se frayant un passage entre les sept filles stoïques et sortit du véhicule. Sur le trottoir, il se tourna vers elles, demeurées immobiles en haut du marche-pied. Déborah, dans son imperméable beige qui faisait d'elle une fille de mauvais goût, n'arrivait plus à le quitter du regard. Elle se décida enfin.

— Allons donner une raclée à c'*fils de pute*, les filles !

Elles descendirent les unes après les autres et Sabine les observa. Aucune d'entre elles n'avait une apparence harmonieuse et elles n'avaient pas non plus l'air de rouler sur l'or. Pendant que les soi-disant « panthères » rejoignaient Silène, elle en conclut qu'elles vivaient modestement et que chacune d'entre elles avait certainement un casier judiciaire. Pour Sabine, les choses étaient si simples et évidentes que cela. Le bus redémarra enfin.

— Alors, *ducon* ?

Sans aucun regard à Sabine, Silène s'en alla vers l'est, en direction du stade et de la piscine olympiques ; les Panthères lui emboîtèrent le pas.

— *Je m'occupe d'elles. Le plus important était d'isoler ces filles et de ne pas les laisser importuner les voyageurs. Je vais de ce pas leur donner une petite leçon. Vous, rendez-vous auprès d'Antoine et veillez sur lui.*

— *Vous reviendrez nous voir ?*

Silène n'avait pas l'habitude d'autant de sollicitations : Marc avait eu besoin de lui, ainsi que le commissaire Morgane. Et Stéphanie. Puis Marianne avait exprimé son souhait de le revoir. Et maintenant Sabine.

— *Bien sûr... Je vous ramènerai Stéphane bientôt.*

— Merci !

Sabine le vit tourner dans une petite rue discrète dont elle n'avait pas remarqué l'entrée. Suivi par les sept Panthères, il laissa à l'esprit de Sabine l'intimité de ses pensées.

***

Lorsque Suzanne se réveilla, elle eut un mal de chien à rassembler ses esprits pour se souvenir de ce qu'il s'était passé avant qu'elle ne sombre dans son sommeil. Sa rencontre avec Capella et son combat contre Cerbère lui revinrent en mémoire sans problème, mais le coup qu'elle avait porté à Magdalena et son envie de tuer Max ne réintégrèrent ses pensées qu'après s'être redressée en équerre sur la paillasse. Au cours des dernières heures, Suzanne, écorchée vive qu'elle était par essence, avait dû se débarrasser de toutes ses carapaces, de tous les masques qu'elle avait longtemps gardés en elle et, par la force des choses, sous les latitudes des trois régions qu'elle avait traversées, elle s'était retrouvée contrainte et forcée de composer en étant presque aussi démunie que son corps était nu. Malgré cela, elle fut réjouie de trouver une pile de vêtements posée sur la table. Ceux prêtés par Stéphane, eux, traînaient au sol dans un angle de la pièce ; ils étaient sales et déchirés. Inutilisables. Elle lui en achèterait d'autres.

Le jour était à son déclin. L'astre solaire qui, depuis presque quatre ans, avait quotidiennement déployé ses ailes de lumière éblouissante sur Diadem 13, chutait progressivement à l'ouest, se rapprochant de ses deux sœurs Alnilam et Mintaka [137] de la constellation d'Orion. D'un rayon vingt fois plus important que celui du soleil, Alnitak, malgré les tons bleus de supergéante qu'il générait, dispensait copieusement, près de dix-huit heures par jour en moyenne, une clarté d'un puissant jaune qui accentuait les tons chauds des sept régions de la dimension. Ainsi, ce début de soirée baignait dans une luminosité subtile et singulière, changeante à chaque soupir, à chaque battement de cœur, à chacune des fractions de seconde qui rapprochait inexorablement les natifs de la nuit à venir.

Les murs impressionnants du manoir de Cardonthöl tiédissaient en emportant dans la pierre le souvenir de la chaleur qui y avait résidé tandis que le limbe des feuilles bleues qui marquaient l'apex des longues tiges qui s'élevaient dans la plaine de Chronopolis s'habillait progressivement d'une robe mauve, se rapprochant peu à peu de la teinte désormais rose qui recouvrait la peau azur des fruits qui poussaient sur les arbrisseaux à proximité. Dans les monts de Sheeba, Max, baigné par cette lumière d'un puissant orange, semblait plongé dans une bienveillante léthargie, comme un *Dormeur du val* [138], serein dans le linceul d'un camaïeu tendre et confortable alliant le vif écarlate à l'ocre sablonneux. De légères brises fraîches faisaient courber l'extrémité des *dreadlocks* de Magdalena, allongée dans le courant d'air qui traversait la tanière, et caressaient tendrement le pelage de Cerbère, couché à l'extérieur. Ils étaient tous endormis pour l'éternité.

Visiblement bien ragaillardie par son sommeil réparateur, Suzanne sortit tout à fait du lit et s'habilla sans tarder en constatant, à la lumière crépusculaire qui traversait la pièce d'un bel orange flamboyant, que les habits correspondaient exactement à ses mensurations : ils lui allaient comme un gant. Se souvenant de la visite de Silène avant qu'elle ne se recouche quelques heures plus tôt, elle comprit alors qu'il s'agissait d'une tenue empruntée à Magdalena, laquelle avait d'ailleurs porté le même genre d'accoutrement quand elle l'avait vue auparavant.

Le corps de la sorcière sauta aux yeux de Suzanne aussitôt qu'elle se tourna vers l'entrée. Prudemment, elle s'approcha et comprit, devant les yeux ouverts qui ne voyaient plus l'intérieur de la pièce vers laquelle elle était tournée, qu'elle ne respirait plus. La profonde blessure qui avait transpercé son ventre ne ruisselait plus du liquide vital qui, déjà, avait coagulé en fines croûtes brunâtres autour des chairs déchirées. Baignant ainsi dans une mare de sang séché sur le plancher, Magdalena avait trépassé des suites de ses blessures. Suzanne, regardant son œuvre macabre, s'accroupit pour baisser les paupières de la sorcière.

Dans un angle de la pièce, un grand psyché en bois d'acajou finement travaillé prolongeait l'espace de la pièce par la surface réfléchissante qui renvoyait l'image de l'intérieur du logis aussi anarchique qu'hétéroclite. Suzanne se détourna du corps de Magdalena et vint se poster devant le miroir. Qu'y verrait-elle ? Une déesse aguerrie ? La victime d'une destinée bien capricieuse ? Une étrangère ?

D'entrée de jeu, ce qui lui sauta aux yeux fut son horrible mine : les traits tirés qui avaient investi la peau de son visage faisaient de son minois au regard naturellement expressif une allégorie de la tragédie. Dans ses pupilles, le vide du néant qui régnait entre ses paupières donnait à son visage une dimension profonde qui tutoyait la froideur d'œuvres sculpturales. Elle se fit elle-même penser aux douleurs et aux pleureuses qui pullulaient dans le cimetière du Père Lachaise [139] dont traitait un grand et beau livre relié qu'elle s'était acheté l'année dernière. Les marques de ses combats passés, plaies ouvertes, griffures et ecchymoses témoignaient des impitoyables épreuves qui avaient jalonné les jours précédents.

Paradoxalement, elle se sentait en forme et comprit à cet instant que les vêtements qu'elle portait, incroyablement confortables et majestueusement esthétiques, s'imprégnaient d'elle pour lui faire comme une seconde peau.

Bien qu'elle ne portât pas de soutien-gorge, le tee-shirt à manches courtes qu'elle avait passé sur elle enrobait fermement sa poitrine qui remontait si harmonieusement qu'elle eut l'impression d'avoir pris deux tailles de bonnets et, paradoxalement, d'avoir bien perdu en masse adipeuse. Les deux larges bandes bordeaux superposées en parallèle comme le signe « égale » semblaient désigner, dans l'espace les séparant, la pointe de ses seins. En effet, d'une matière à la fois élastique et compacte, le vêtement d'un jaune foncé uni épousait son corps naturellement afin d'être au plus près d'elle tout en lui laissant assez d'aisance pour ne pas la gêner et pour que sa peau respire. Plus bas, le pantalon ample en cuir couleur lit-de-vin, bouffi au niveau des cuisses, ressemblait à un amoncellement de pliures pleines de volume et de drapés cursifs et tendres. Resserrées par une très large ceinture de nubuck dont la boucle ronde en fer forgé contrastait avec le tee-shirt mat et opaque, les braies se trouvaient interrompues sous les genoux par une paire de bottes noires de style pirate dont le revers était maintenu à l'extérieur par un large anneau en argent pur. Pourvues d'un talon de près de cinq centimètres de haut, elles en étaient si belles qu'elles luisaient comme si elles eurent été conçues en vinyle, bien qu'elles fussent confectionnées en peau de pénimacre tannée puis vernie. Pour finir, Suzanne portait un long manteau noir, lourd et chaud, orné d'une très large capuche bordée de mousse jaune qui lui retombait dans le dos. Sur chacun des pans, du haut de la poitrine à la taille, des rangées de broderies assorties au pantalon venaient prolonger les deux lignes du tee-shirt et se terminaient en superbes passementeries. Deux autres bandes jaunes, au niveau des manches, apportaient une homogénéité plus intense encore et renforçaient le visuel de la tenue qui ressemblait à une combinaison complète. Ornements bordeaux et jaunes ponctuaient le tout pour casser la couleur noire dominante : sangles, lacets, boutons, cordages et autres détails rivalisaient de présence pour s'imposer dans le miroir. Suzanne s'en trouvait resplendissante.

Soudain, un éclat rouge passa en diagonale dans le reflet.

Elle recula.

Une lumière écarlate surgit aussitôt du miroir, aveuglante et pénétrante, et Suzanne ploya sur ses genoux en levant un bras au-devant de ses yeux pour ne pas en être éblouie. Elle vit comme des vaguelettes de fumée rougeoyante courir dans la fine épaisseur du verre sans qu'elles ne se diffusent à l'intérieur de l'antre de Magdalena. Dans le miroir, elles se désagrégeaient vivement ou s'évaporaient diffusément pour laisser place à d'autres arabesques de brume ou de gaz.

Puis, au terme de quelques secondes, la lumière disparut et laissa à nouveau place à son reflet.

Suzanne se redressa, fit deux pas en avant, tendit le bras et plaqua sa main à la surface de la glace. Brûlante. Elle ne put la laisser davantage.

— Mais qu'est-ce que ça veut dire ? s'entendit-elle demander d'une étrange voix.

Elle n'aurait aucune réponse dans l'immédiat : elle s'en doutait. Décidant de mettre ce mystérieux incident dans un coin de sa mémoire pour se focaliser sur ses priorités, elle se détourna du miroir. Jetant un dernier regard à l'intérieur du logis dans lequel Magdalena avait vécu au cours des quatre années de sa courte vie, Suzanne réalisa que rien de ce qu'il y avait ici ne pourrait lui être d'une quelconque utilité. Et sa mission de déesse l'appelait vers son destin. Il lui fallait s'en aller.

Lorsqu'elle poussa la porte entrouverte de la tanière donnant sur l'extérieur où le coucher de soleil apportait une teinte surréaliste à la région, le corps de Max fut la première chose que vit Suzanne. Mue par un sentiment qu'elle ne s'expliquait pas, consciente qu'il était mort, elle s'agenouilla dans l'herbe à côté de lui et passa une main délicate sur son visage. Elle éprouva un profond sentiment de respect pour lui. D'après les réactions de Silène quand il l'avait emmenée le voir dehors, Max n'avait jamais montré la plus belle grandeur d'âme qui soit. Et pourtant, aux derniers instants de sa vie, il avait exprimé, à sa manière, le plus beau sentiment qui soit.

Se relevant sur ses jambes, Suzanne se tourna vers l'ouest. Elle se sentait bien. Mais ce bien-être demeurait illusoire, elle le savait : les récents efforts qu'elle avait fournis depuis son arrivée sur Diadem 13 avaient corrompu son cœur et son âme, et son corps, meurtri par les limites qu'elle avait eu à repousser, en était marqué au fer rouge dans ses chairs les plus profondes.

Le vent souffla comme la caresse de l'aile d'un geai des chênes, léger et doux. Elle n'en sentit nullement de froideur. Ses vêtements la protégeaient.

Influencée par les couleurs qui tapissaient d'orange le panorama qui se dévoilait, exultant d'un sentiment de béatitude passagère découlant du repos qu'elle avait pris, Suzanne se sentit comme le phœnix, cet oiseau de feu mythologique qui, renaissant de ses cendres, en était immortel. Et si elle s'était sentie à l'aube d'une nouvelle vie lorsqu'elle était sortie de son lit au matin de la première nuit passée à la résidence, les sensations qui l'avaient parcourue à cet instant-là étaient sans commune mesure avec son bien-être actuel. Suzanne, en un sens, venait de se réincarner en déesse.

L'absence de Bérénice ne l'inquiéta pas. Suzanne savait qu'elle n'était plus là ; Silène le lui avait dit. Soit elle était dans une autre région de Diadem 13, soit il avait décidé de la ramener à Sanlys-sur-Mer. Curieusement, la pétulance qui coulait dans ses veines semblait développer son instinct. Ainsi, s'interroger sur ce qu'il était advenu de la romancière ne servait à rien. Suzanne avait d'autres chats à fouetter.

Les trois premiers dignitaires étaient morts. Il lui en restait quatre.

Bérénice avait évoqué deux d'entre eux : Clotho qui protégeait un labyrinthe et Falken qui vivait dans une tour. Apparemment, ces deux endroits étaient les prochains qu'elle allait devoir traverser : elles avaient vu la construction triangulaire en arrivant au sommet du mont de Sheeba méridional et la tour plus loin en direction de l'ouest.

C'est par là qu'il lui fallait aller. Vers le soleil couchant.

Suzanne se tourna vers Cerbère et Max et remarqua la jambe sectionnée de Magdalena qui gisait dans l'herbe mousseuse. Puis elle regarda une dernière fois la tanière creusée sous le sommet et dans laquelle la sorcière gisait. Elle ne pouvait plus rien faire pour eux. Les habitants de Diadem 13, eux par contre, s'occuperaient de leur offrir une sépulture décente.

Il n'y avait plus une seconde à perdre.

Suzanne ramena son regard devant elle vers l'orbe Alnitak qui n'était pas loin d'atteindre l'horizon rougeoyant au ponant. Elle commença à redescendre le flanc en direction du labyrinthe dans le lointain en bas. À quelle altitude pouvaient donc culminer les monts de Sheeba ? Elle se figura se trouver à deux-mille mètres au-dessus du sol de Diadem 13. Or, la distance qui séparait le sommet du plancher de la dimension à sa verticale en était presque le double : trois-mille-huit-cent-cinquante-huit mètres d'altitude.

À présent, le ciel d'un rouge incandescent donnait aux paysages qui se perdaient dans le lointain une étrange atmosphère d'incendie. De tragédie. En direction de l'horizon à l'ouest, le triangle du labyrinthe semblait disparaître dans le néant d'un brasier inexorable tandis que la tour de Falken, plus loin, ne ressemblait plus qu'à un fil brûlé, parti en fumée, presque invisible. Ténu.

Aussi ténu que la limite entre la réalité et le fictionnel. Une limite qu'Antoine et elle avaient franchie.

**

Dans l'obscurité de sa cécité, Capella parvint à repousser les frontières de ses réflexions qui, derrière le rideau noir de ses paupières baissées, allaient encore plus loin que lorsqu'il avait les yeux ouverts. Et quand bien même ne furent-ils pas fermés, ils n'auraient pu voir qu'un mur opaque d'une noirceur sans égale. Allongé dans un cercueil de branchages ligneux et de feuilles issues de tiges qui exhibaient à leur base des racines torturées, il était bien loin de se reposer.

Au contraire, il travaillait. Son esprit n'était jamais aussi fertile que lorsqu'il demeurait enfermé sous un couvercle formé d'agrégats de matières végétales : sève, fibres de bois, résine et lignine réagrégés.

Ainsi, Suzanne est parvenue à vaincre les trois premiers de mes dignitaires et, de surcroît, a même tué Magdalena. Max est mort, lui aussi, vaincu par Silène.

Le corps de Capella, désolidarisé de son âme, ne bougeait pas d'un iota. Il était comme mort dans son cercueil. Mais ses pensées, elles, étaient en réelle effervescence.

Je n'aurais jamais pensé qu'elle irait si loin. Barbara, cette rebelle, a dû sentir dès leur première rencontre que Suzanne était différente des autres bien avant qu'elles n'échangent le moindre mot. Cette traîtresse n'a jamais cherché à faire de sa pétulance une arme de combat pendant sa courte existence et son niveau était si bas qu'elle était sans doute la plus faible des déesses. C'est Suzanne qui a su faire fructifier ce patrimoine. Mais je me demande jusqu'à quel niveau elle pourra encore l'élever.

Capella marqua un temps d'arrêt. Et reprit :

Reposée et restaurée, elle se sentira plus en phase avec elle-même, plus harmonisée du fait de cette pétulance, mais également en vertu des vêtements de Magdalena que Silène lui a préparés. Je dois reconnaître qu'ils lui vont comme un gant.

Sa concentration fut interrompue sans délai, inopinément : l'un de ses subordonnés était là, dans l'Ostium, au-dessus du Sacrarium dans lequel il avait ses quartiers. Capella résidait dans la salle où se situait également, prise dans une structure en cristal, la précieuse doloire : Capellarys. Et un étage plus haut était localisée la grande pièce souterraine comprenant la nef où se présentaient les dieux qui, prosternés au pied de l'escalier majestueux qui menait à l'abside où se trouvait le grand miroir, demandaient audience.

Wilfried, complètement nu, un genou à terre, attendait une réponse. Mais il attendrait encore : Capella avait d'autres chats à fouetter.

Sa prochaine étape sera le labyrinthe, reprit-il en poursuivant ses réflexions relatives à Suzanne. *Et j'ignore encore comment réagira Clotho face à elle. Privée de pétulance, trouvera-t-elle l'énergie nécessaire à sa victoire, quitte à y perdre la vie, ou au contraire sera-t-elle trop affaiblie par son handicap pour avoir une chance de mener à bien la mission qui lui incombait en tant que dignitaire ? Auquel cas ne devrais-je pas lui rendre son pouvoir ?*

Une nouvelle fois, Wilfried interrompit son souverain, cette fois-ci en l'appelant à voix haute. L'impatience du dieu semblait transpirer dans les parois rocheuses de l'intégralité de l'Ostium, peut-être même jusqu'aux racines des arbres de la forêt de l'Âme Blanche plusieurs dizaines de mètres plus haut. Il voulait de toute urgence avoir des réponses claires. Mais Capella ne pouvait supporter d'être dérangé.

Le souverain projeta sa conscience hors de son corps comme un somnambule dont seule l'enveloppe charnelle exprimait la vie. Il regagna à nouveau le miroir de l'abside qui communiquait avec tous les miroirs de la dimension et la vitre projeta une vive lumière écarlate que Wilfried aperçut. Bien avant qu'il ne puisse se mettre en position de défense, il fut violemment projeté en arrière, percuta brutalement le mur de granit dans son dos et cracha une salve de sang avant de retomber lourdement.

L'éclat rouge disparut de l'Ostium et retourna dans le Sacrarium à l'intérieur de la bière à côté de laquelle Hans dormait à poings fermés.

Même si elle parvient à se débarrasser de Clotho, Suzanne ne fera jamais le poids face à Falken, reprit Capella.

Ouvrant enfin les yeux, il poussa le couvercle qui bascula sur le côté du cercueil. Les couleurs chaudes dispensées par les mares de magma en fusion alentour entrèrent aussitôt dans le contenant et dessinèrent de traits oranges et de halos rouges la silhouette du souverain. Se redressant, il regarda l'enfant endormi et fit glisser ensuite ses yeux sur la doloire.

Jamais elle ne s'en emparera.

Debout dans le cercueil, il fit un bond et retomba sur ses jambes en faisant voler dans son dos les larges pans de son aube liturgique noire.

— Jamais, répéta-t-il à voix haute.

Lui seul pouvait l'entendre. Mais lorsque son rire sarcastique s'éleva entre les murs du Sacrarium, c'est tout l'Ostium qui eut l'air d'être ébranlé.

***

Wilfried se releva, sonné. Il ne s'était pas attendu à ce que Capella le reçoive de la sorte. Décidément, quelque chose n'allait pas : jamais il ne s'en était pris ainsi à quelque subordonné que ce soit. Jamais.

Notre Seigneur et Maître semble être dans tous ses états... Nul doute que les morts de Polyphème et Sleipnir doivent le mettre hors de lui.

Trop éreinté pour ressentir le vide qu'avaient laissé les disparitions de Cerbère, Magdalena et surtout de Max, Wilfried était loin de s'imaginer quelles étaient les raisons pour lesquelles Capella s'était énervé en le repoussant comme un fétu de paille. Mais, comme une réponse, il entendit.

Un rire.

Le rire de Capella. C'était lui, il le savait. Il reconnaissait sa voix. Et ce ne pouvait être *que* lui.

Wilfried revint vers l'escalier, s'arrêta en bas de la première marche et se prosterna. Il attendit. Et ce n'est que lorsque le rire cessa de retentir dans les salles et les corridors caverneux de l'Ostium que la lumière dans le miroir apparut. Capella était là.

— Pour quelle raison te présentes-tu ainsi devant moi, Wilfried ?

La voix sépulcrale exprimait le courroux.

— Mon Seigneur et Maître, commença Wilfried sans relever la tête. Permettez-moi de m'entretenir avec vous quelques instants.

— La prochaine fois, tu tâcheras de te présenter avec des vêtements et de demeurer dans le silence ! Ne m'interromps jamais plus, tu entends ?

— Il en sera fait selon votre désir, Mon Seigneur et Maître.

— Bien ! Je t'écoute !

Wilfried, contrairement aux précédentes fois où il avait eu une conversation avec son souverain, n'était pas du tout impressionné, cette fois-ci. Quelque chose s'était cassé en lui. Sa fidélité ? Son allégeance ? Sa foi ? Il n'en savait rien, mais Capella le sentit très distinctement. Il n'en dit rien et le laissa s'exprimer.

— Pardonnez par avance la maladresse de mes mots, Mon Seigneur et Maître, mais je commence à avoir de sérieux doutes sur la justice de notre cause.

— Comment ça ? Explique-toi !

— Eh bien...

De nombreuses scènes traversèrent l'esprit de Wilfried comme des diapositives se succédant sans relâche : le sacrifice de Virgil pour sauver Silène, la beauté farouchement effrontée d'Émmanuelle, l'instinct de survie de Sabine au cours de la chasse à l'homme nocturne et le sourire de l'enfant de la plage alternaient dans le tumulte des pensées du dieu qui tenta de s'en détourner pour trouver ses mots.

— Nous sommes les enfants de Cléo...

— Non ! Je suis l'enfant de Cléo et vous êtes les enfants de Diadem 13, rectifia Capella.

— Diadem 13... Cléo ne doit son existence qu'à l'imagination d'une habitante de la Terre, Bérénice Barnier. C'est une simple femme, sans aucune pétulance, comme nos serfs qui en sont privés eux aussi, faible comme une créature qui n'aurait jamais appris à se battre ni à se défendre. Et pourtant, elle est celle grâce à laquelle nous existons. Car si elle n'avait pas créé notre dimension, donné vie à nos sols fertiles, jamais nous ne serions venus au monde.

— Qu'essaies-tu de me dire, Wilfried ? Dois-je en arriver à te sonder pour savoir ce que tu as dans la tête ?

— Non, Mon Seigneur et Maître. Mais j'aimerais que vous reconsidériez la question des serfs en leur accordant une existence digne de ce nom à l'image de ce qu'ils souhaitent en faire.

— Peuh ! *Une existence digne de ce nom*, dis-tu ? Tu parles comme le faisait Virgil. Honte à toi, Wilfried ! Tu sous-entends donc que nous devrions leur rendre leur liberté ?

— Oui... Car Bérénice nous a prouvé que même les êtres les plus faibles sont capables des miracles les plus beaux, des actes les plus braves, des sacrifices les plus nobles. Et depuis que nous avons isolé tous les serfs il y a quatre ans, nous avons eu l'occasion, Max et moi, de nous rendre compte de la grande valeur qu'ils pouvaient apporter au monde. En fin de compte, nous pouvons tous ensemble échanger des savoirs, des philosophies, des sentiments et des émotions qui nous enrichiraient les uns les autres et nous permettraient, par là même, de vivre dans la plus parfaite des harmonies. Car si nous libérons les serfs de la cité de Falken et apprenons également à essayer de comprendre le point de vue des sympathisants virgiles pour nous ouvrir l'esprit à d'autres approches, je pense que non seulement, nous pourrions tous augmenter et faire durer le patrimoine qui survivra à notre mort, mais en plus, nous pourrions tous, dans le cadre de la prophétie de notre trépas institué par la naissance du dieu suprême, accéder à l'Æther.

Les températures qui sévissaient dans cet environnement volcanique, pareilles à celles qu'avait pu connaître Suzanne lors de son combat contre Sleipnir, demeuraient étouffantes lorsque l'on y était soumis plus de trois minutes. Déjà, le dieu passablement fatigué se sentait plus encore accablé par la canicule qui régnait continuellement ici que par ses précédents affrontements. Et ce bien qu'il fût nu. Et sa peur qui revenait sans crier gare n'arrangeait guère les choses. Jamais il n'avait osé s'adresser à Capella en mettant en doute le bien-fondé de sa politique.

Mais il attendait une réaction : l'éclat rouge qui irradiait du miroir et exprimait sa colère, une attaque impromptue comme l'instant précédent, des propos courroucés.

— Wilfried...

— Oui, Mon Seigneur et Maître.

— En as-tu parlé à Max ?

Wilfried, une fois de plus, se maudit : il était si perdu dans ses doutes qu'il n'avait pas pensé à retourner dans l'antre de Magdalena pour attendre que Max se réveille et qu'il lui en parle. Et sa pétulance affaiblie ne lui permettait plus de ressentir la présence de son complice.

— Non... Je ne lui en ai pas parlé. Je pensais me rendre sur les monts de Sheeba pour le retrouver et... et, dans mon trouble, je n'ai plus pensé qu'à me téléporter ici.

— Cela n'est pas grave...

Capella, à ces mots, avait l'air de dissimuler quelque chose. Tous les sens de Wilfried étaient en alerte. Son souverain savait quelque chose qu'il ignorait. Qu'en était-il ? La lumière d'un blanc puissant projetant sur les murs de granit des reflets oranges et jaunes s'assombrit soudain, comme si l'auguste entité seigneuriale de Diadem 13 exprimait la ruse, et Wilfried sembla se recroqueviller, ressentant l'esprit sournois de son souverain.

— Je te comprends...

Tout cela sonnait faux. Capella manigançait quelque chose. Wilfried espéra qu'il ne le sondât pas pour observer ses pensées.

— Tu vas te rendre sur le mont de Sheeba méridional et te reposer quelques heures à la place de Max que tu enverras dans la cité de Falken afin qu'il puisse s'imprégner des serfs. De cette manière, il pourra se faire une idée peut-être plus juste de ce qu'ils valent. Ensuite, il te rejoindra et vous reviendrez tous deux ici me faire votre rapport. Cela te convient-il ?

Capella avait pour coutume d'imposer ses ordres. Rien dans son attitude complaisante n'était naturel.

— Oui, Mon Seigneur et Maître. Il en sera fait selon votre désir.

— Bien ! Alors va !

Le dieu, taraudé par une crainte viscérale qui ne le rassurait guère, se releva et s'en alla. Sans avoir respectueusement salué Capella. Dans son dos, un nouveau rire, aussi franc que puissant, s'éleva dans l'Ostium.

***

Se reconnaissant bien et assumant son côté femme coquette qui ne peut sortir sans être apprêtée, Émmanuelle avait mis un temps fou à se préparer pour se rendre à l'hôpital La Samaritaine. Incapable de faire autrement que de mettre quatre minutes fermes à choisir ses sous-vêtements et deux fois plus à décider de son rouge à lèvres, la rousse avait également pris une douche : la pollution et les ultraviolets du soleil risquaient d'abîmer sa peau et elle tenait à la garder indemne aussi longtemps que possible afin d'avoir toujours l'impression d'être jeune et pour pouvoir profiter des hommes pendant les cinq prochaines décennies encore. Au moins.

Stéphane demeurait introuvable et Silène ne l'avait toujours pas ramené à Sanlys-sur-Mer, visiblement. Jack travaillait encore au Salon des Petits Pains et Antoine les attendait, Angélique, Sabine et elle, à l'hôpital. Suzanne et Sidonie, sur Diadem 13 pour leur part, ne pouvaient donner aucun signe de vie. L'agent de police Marc Swift au matricule K912 aussi étrange que singulier, semblait être retourné au commissariat et la jeune fille nommée Stéphanie s'en était allée chez elle.

Lorsqu'elle sortit de la salle de bains où elle aimait prendre son temps, ses pensées revinrent naturellement se focaliser sur sa sœur. Émmanuelle réalisa qu'elle n'avait jamais accepté sa mort parce qu'au fond d'elle-même, elle ne pouvait pas avoir disparu. Une mort aussi cruelle, accidentelle ou non, ne faisait montre d'aucune justice. Il ne pouvait y avoir aucun dieu dans un monde où les enfants étaient projetés à quatre-vingt-dix kilomètres heure contre un pin maritime. Sophie était toujours en vie, quelque part, sans doute incapable de se souvenir de sa prime jeunesse. Se pourrait-il qu'elle ressente elle aussi, dans son âme et son cœur, l'absence du lien sororal qui, pourtant, avait peut-être existé avant qu'il ne soit brisé ? Était-il possible qu'elle détecte l'horrible manque de ses racines ? Comment avait-elle pu grandir sans savoir d'où elle venait, sans se douter que sa famille biologique se faisait un sang d'encre si indélébile qu'il avait marqué au fer rouge sa mémoire profonde à laquelle, à force de temps et d'expériences de la vie, elle n'avait plus accès ?

Émmanuelle décida d'appeler ses parents, sans vraiment savoir ce qui ressortirait de cette conversation. Sans savoir elle-même ce qu'elle dirait.

Une fois habillée dans sa chambre, elle descendit dans le salon, s'empara du téléphone posé sur le petit meuble en bois mélaminé blanc et l'emmena avec elle jusqu'au canapé où elle s'assit cérémonieusement avant de poser l'appareil sur ses cuisses. Puis composa le numéro qu'elle connaissait par cœur. Il était précisément 16 h 19 lorsque Monique Hormeaux, chez elle dans l'appartement de la rue Olympique, décrocha.

— Allô ?

— Bonjour maman. Je ne te dérange pas ?

— Aaah, bonjour ma petite loupiote ! fit la femme de quarante-six ans qui avait toujours estimé que sa fille, désormais seule enfant, en était devenue une lumière qui scintillait toujours dans *la nuit de la vie*, comme elle disait. Non, tu sais bien que tu ne me déranges jamais. Comment vas-tu depuis samedi dernier ? Es-tu bien installée, maintenant ?

— Oui, ça va, je suis bien. Mes colocataires sont adorables et comme Jack vit avec nous, je me sens moins dépaysée.

— Qu'est-ce qu'il devient ? Toujours égal à lui-même ?

Émmanuelle pouffa.

— Oui, toujours le même. Il ne changera jamais. Mais il a rencontré quelqu'un et il a l'air assez épris d'elle. Elle vit avec nous.

— Et toi ? Parmi tes colocataires... Tu as rencontré quelqu'un ?

— Non, maman. Et puis je n'ai pas beaucoup de temps pour ça.

— Ah oui, c'est vrai qu'on va te retrouver chez La Redoute.

— Les 3 Suisses, maman. Les 3 Suisses.

— Oui, c'est pareil ! fit Monique alors que sa fille se souvint qu'elle n'avait jamais non plus été à ce genre de détail près.

— Maman... J'ai regardé les photos...

La femme au bout du fil soupira comme si elle avait retenu sa respiration depuis le début de la conversation. Et dit :

— Est-ce que tu veux qu'on se prenne un café toutes les deux ici ?

— Non, maman...

— Si tu préfères, on se prend un verre en terrasse du côté de la plage.

— Et j'ai repensé à Isabelle, confessa Émmanuelle.

— Isabelle est elle aussi décédée dans l'acc...

— Pourquoi *elle aussi* ? Sophie n'est pas morte !

— Émmanuelle... Ton père et moi en avons parlé ce week-end. Nous pensons que maintenant que tu démarres une nouvelle vie sociale et professionnelle, il serait bon pour toi que tu profites de cette belle occasion pour te pardonner. Nous, nous nous sommes pardonnés. Fais-en autant.

— Mais elle est en vie ! s'écria-t-elle.

— Oui, bien sûr... Dans nos cœurs...

La rousse s'impatientait d'être comprise. Déjà, elle fulminait.

— Maman !! Je la sens ! Je sens qu'elle est quelque part dans ce monde !

— C'est parce que tu n'as pas encore fait ton deuil, ma chérie. Tu dois la laisser partir !

— Mais non ! Tu ne comprends pas !

— Sophie n'était pas ta sœur jumelle, Émmanuelle ! Elle était ta sœur aînée. Tu ne peux pas parler de liens aussi forts que ça !

— Ne me dis pas ça, maman ! Sophie est là ! sanglota-t-elle.

— Tais-toi !

Dans le tourment des larmes qui montaient aux yeux d'Émmanuelle, elle n'avait pas remarqué que sa mère venait de l'appeler par son prénom. Elle savait pourtant que cela n'augurait rien de bon : Monique Hormeaux était elle aussi dans tous ses états. Sa fille était parvenue à mettre à vif ses émotions. Calmement, elle reprit :

— Tu veux vraiment qu'on ait cette conversation au téléphone ? Là, maintenant, comme ça ?

— Je veux que tu me soutiennes, maman !

— D'accord. Alors je vais te poser une question. Une seule question, et tu vas me répondre franchement.

— Je t'écoute...

— Dis-moi quelles sont les meilleures années de ta vie ? À quelle époque de ton passé as-tu été la plus heureuse ?

Où sa mère voulait-elle en venir ? Émmanuelle n'en savait rien. Prudemment, elle réfléchit silencieusement et répondit :

— Quand j'étais enfant...

— Sois plus précise !

Agacement. Réflexions. Déglutition. Elle répondit enfin :

— En cours préparatoire... Ce sont peut-être mes meilleurs souvenirs.

— C'est bien ce que je pensais, fit la mère.

— Quoi donc ?

— Tu me parles d'un lien que tu ressens pour Sophie, mais tes souvenirs les plus beaux sont ceux que tu as vécus alors que ton père et moi ne t'avions pas encore parlé d'elle. Nous te l'avons dit alors que tu avais neuf ans !

— Et alors, maman ? Qu'est-ce que ça prouve ?

— Cela prouve simplement que, comme par hasard, dès qu'on t'en a parlé, tu as commencé à évoquer ce lien que tu aurais avec elle et que, soi-disant, tu ressens encore maintenant. En fait, je pense que lorsque nous t'avons révélé la naissance et le décès de Sophie, tu t'es conditionnée et as imaginé un manque illusoire pour tisser un lien avec elle. Concrètement, si nous ne t'avions rien dit, tu n'aurais jamais souffert de ce manque que tu n'aurais, de toutes manières, jamais ressenti. Et tu aurais avancé dans la vie comme toute fille unique.

— C'est faux, maman ! C'est faux et tu le sais !

— Viens passer ta soirée à la maison et nous poursuivrons cette conversation, implora la mère. Là par téléphone, je ne peux pas te parler les yeux dans les yeux.

— J'ai à faire ce soir, maman ! Je dois aller à l'hôpital, et en plus, nous avons une invitée.

— Pour toi ? Qu'est-ce que tu vas faire à La Samaritaine ?

— Voir l'un de nos colocataires.

Monique soupira.

— Ne veux-tu pas t'occuper de toi-même et faire ce travail d'acceptation de deuil ? Tu ferais mieux de t'y atteler au lieu de t'occuper des autres.

— Maman ! Ne m'as-tu pas dit tout à l'heure que tu souhaitais que je me consacre à ma vie sociale ? Antoine est un ami.

— Que tu ne connais que depuis une semaine !

— Ce n'est pas le propos, maman. Et puis Sophie, je ne l'ai même pas connue.

— Alors justement ! Cesse de la laisser régir ta vie alors que tu n'as jamais vécu avec elle. Laisse-la partir, bon sang !

— C'est toi que je vais laisser, maman...

— Non, ne raccroche pas comme ça. Pas maintenant.

— Tu en es pourtant responsable...

Émmanuelle, entendant les sanglots de sa mère à l'autre bout du fil, ne réalisa même pas qu'elle pleurait elle-même à chaudes larmes.

— Pardonne-nous, ma petite loupiote...

— Excuse-moi, maman... Embrasse papa pour moi.

— Non, attends !

— Je rappelle bientôt... Je vous aime...

Elle reposa délicatement le combiné.

***

Tiens ? Mais on dirait Stéphanie.

Sabine grimaça en voyant la jeune fille devant l'entrée de l'hôpital qui s'ouvrait sur une large place où des bancs en béton et en bois, des poubelles en métal et de jeunes arbres rivalisaient pour occuper l'espace. Les gens entraient et sortaient par les larges portes vitrées, créant un flot vivifiant. Mais la silhouette de Stéphanie, immobile contre le mur, semblait chercher à contrecarrer les mouvements de la vie qui s'animait autour d'elle. Visiblement, elle s'était changée et portait une minuscule jupe en jean bleu sous un petit chemisier blanc et des chaussures de ville vernies noires. Ainsi vêtue, elle paraissait encore plus jeune et fragile que lorsqu'elle l'avait vue à la résidence au cours de la nuit. Pourtant, son regard plein d'assurance chargé d'une tristesse presque naturelle semblait indiquer son âge. Surtout lorsqu'elle regarda Sabine s'approcher d'elle.

— Qu'est-ce que tu fabriques ici ? lui demanda-t-elle.

— Je me doutais que l'un d'entre vous se rendrait ici, mais je ne savais pas qui, expliqua Stéphanie. Mais finalement, le hasard fait plutôt bien les choses : c'est vous que je voulais voir.

— Ah oui ? Et pour quelle raison ?

— Stéphane est-il rentré ?

— Non... Le jeune homme qui nous a ramené Antoine...

— Silène ?

— Oui, Silène. Il est venu me voir il y a quelques instants et m'a rassurée. Stéphane est toujours là-bas, certes, mais il est en bonne santé.

— Vous lui faites confiance ?

— À Silène ? Bien sûr ! Pourquoi ne lui ferais-je pas confiance ?

— Il peut lire dans l'esprit des gens.

— Tu n'as pas tort. Et alors ? demanda Sabine comme si elle demandait des comptes à l'adolescente.

— Comment va Antoine ?

— Il s'est réveillé mais reste silencieux. Tu veux venir le voir avec moi ?

— Non... Vous me le proposez par politesse. Stéphane vous manque ?

— Bien sûr. Mais je suppose que tu n'en as rien à faire !

— Qu'est-ce que vous ressentez pour lui ?

Sabine s'appuya à son tour sur le mur contre lequel son interlocutrice faisait comme un arc-boutant de cathédrale.

— Tu réponds toujours à une question par une autre ?

— Répondez, Sabine !

— Qu'est-ce qui m'y oblige ?

— Un rapport de bonnes rivales !

Sabine s'esclaffa et Stéphanie sut à cet instant qu'elle ne l'apprécierait jamais. Stéphane, d'une certaine manière, la faisait se sentir femme alors que cette pimbêche aux cheveux bleus ridicules la rabaissait au rang de pré-adolescente. *De quel droit ?* se demanda-t-elle.

— Je l'aime, vous savez ?

— Non, je ne sais pas, répondit Sabine avec causticité.

— Il va se renseigner pour moi. Sur ce qu'il faut faire pour adopter quelqu'un.

— Quel bonheur ! Bon, j'ai à faire.

Sabine fit un pas pour rentrer dans l'hôpital.

— Attendez !

Elle s'arrêta et se tourna vers Stéphanie, sur sa droite.

— J'aurai Stéphane, que ça vous plaise ou non !

L'adolescente ne manquait pas de toupet.

— Indépendamment de la différence d'âge qui vous sépare, commença Sabine, lui as-tu seulement demandé ce qu'il en pensait ? C'est encore le mieux, non ? Tu lui en as parlé ? Qu'est-ce qu'il t'a dit ?

Stéphanie fronça les sourcils : elle détestait faire face aux réalités les plus amères.

— Il m'a dit qu'il vous aimait.

Sabine ne s'en réjouit nullement. Dans l'absolu, elle était heureuse que les sentiments qu'elle avait senti germer en elle soient partagés, ce dont elle se doutait, mais d'un autre côté, elle détestait avoir le mauvais rôle. Elle sentait bien, d'ailleurs, que pour l'adolescente, elle était le catalyseur qui recevait le dégoût et la rancœur qu'elle ressentait. Sabine symbolisait l'ennemie jurée, la rivale dans toute son horreur.

— J'en suis désolée... Sincèrement...

Stéphanie la regarda et s'en alla.

— Pas autant que moi, grommela-t-elle.

Patiemment, Sabine la regarda partir.

***

Trois jours que Marc avait boudé les dossiers en nombre qui trônaient honteusement en piles désordonnées sur son bureau. Prenant son courage à deux mains, revigoré pour quelques instants par le moment qu'il avait passé avec Nathalie puis passablement agacé devant son échec face au Marquis Noir, l'homme avait souhaité noyer ses émotions dans les paperasses afin de faire diversion. Tant de pensées circulaient dans l'anarchie la plus totale de son esprit : Bérénice et Sandra, bien sûr, mais également Catherine la cleptomane, Max et Wilfried ainsi que Silène, se mêlaient à ses trois collègues décédés, à leurs veuves dans la détresse, tous les six sous l'égide du commissaire qui avait dressé un sourcil en voyant son subordonné s'atteler à la lourde tâche administrative qu'il avait repoussée d'un coude vigoureux entre son téléphone et un calendrier trois jours plus tôt.

Mais en ce mercredi, Marc avait eu envie de faire contre mauvaise fortune bon cœur et s'était lancé dans ce travail administratif. Parfois dérangé par un appel ou un collègue, il n'en était pas moins parvenu à traiter toutes les plaintes qui avaient jonché son poste de travail au cours de cette dernière semaine.

À présent, il en avait marre. Alors il se leva, ramassa son *talkie-walkie*, passa devant un panneau d'affichage placardé au mur derrière son bureau sans même jeter un regard à Cyrielle et attrapa son imperméable gris et poussiéreux qui fit s'élever le tintement du trousseau de clefs dans une poche quand il le passa par-dessus son épaule.

À l'extérieur, Marc, d'une démarche lourde sous l'influence de la fournaise, rallia sa voiture de police garée à proximité. De suite, l'étuve de la 405 dont le pare-brise avait pris la chaleur pour la retenir dans l'habitacle l'agressa quand il s'y installa. Les ressorts du siège hurlèrent sous son poids. Le barda négligemment balancé à côté de lui, il claqua enfin la portière et démarra sans tarder : il avait besoin d'air. Il ouvrit les vitres et s'extirpa sans délai du parking réservé aux autorités en faisant une rapide marche arrière.

L'homme résidant dans la rue Bleue dont le silence avait éveillé l'inquiétude de sa voisine de palier, laquelle avait appelé au commissariat en matinée, était mort. Éric et Cyrielle l'avaient trouvé dans sa cuisine, baignant dans une mare de sang devant son réfrigérateur. La tempe droite éclatée avait libéré la cervelle qui s'était copieusement répandue sur le carrelage : la boîte crânienne avait été brisée de l'intérieur. Nul mobile, nulle arme de crime, pas d'effraction ni de vol. Les objets de valeur étaient encore là. On avait juste remarqué que le poste de télévision avait implosé sans que l'on s'explique quelles pouvaient en être les raisons. Les deux collègues de Marc, circonspects, l'avaient contacté pour lui demander son avis. Il devait s'y rendre de suite. Ils l'attendaient sur place.

Si Sanlys-sur-Mer n'avait rien d'une grande ville, malgré un quartier des affaires digne de ce nom et une fréquentation touristique toujours croissante, il n'en était pas moins que la circulation dans les artères de la ville demeurait problématique. Se déplacer en voiture ou même en transports en commun ne faisait aucune différence : il fallait souvent presque dix minutes, dans les secteurs les plus fréquentés, pour parcourir deux kilomètres. Le plus simple était encore de se déplacer à pied et d'en profiter pour joindre l'utile à l'agréable. Faire de l'exercice, malgré les rejets de gaz carbonique et la canicule, permettait de ne pas s'interroger sur son heure d'arrivée. Même en rollers, le trajet serait toujours plus constant qu'en véhicule motorisé.

C'est ce que se dit Marc en jouant des trois pédales et du levier de vitesse. Et il en vint spontanément à penser à Catherine.

Qui était-elle ? On n'en avait aucune idée. On n'avait réussi qu'une seule fois à l'appréhender mais Max l'avait libérée et s'était bien assuré qu'elle ne puisse pas être inquiétée quand elle s'en était allée. Éric et Matthieu l'avaient faite monter dans leur voiture sur la banquette arrière mais le dieu était intervenu. Et pendant que le premier demandait aux badauds de s'écarter, le second avait fait une fixation sur Max, lequel s'en était débarrassé pour ne plus être gêné.

Marc n'avait aucune envie de se demander pour quel motif cette femme, Catherine, s'amusait à dérober de la lingerie fine. Il considérait qu'aucune raison valable ne pouvait expliquer une telle attitude.

Dans les boulevards, il eut l'impression de la voir partout. Ne se déplaçant qu'en rollers, elle se démarquait donc forcément des piétons qui déambulaient sur les trottoirs, dans les magasins, partout dans la ville. Sur sa droite, une femme de dos semblant correspondre à son signalement discutait avec quelqu'un d'autre en attendant de traverser la rue. Cheveux longs noir corbeau, silhouette élancée, jeune, sa description avait l'air de coïncider mais, chaussée de bottines à talons, elle jurait complètement avec l'objet de ses recherches.

Une autre femme dont la description correspondait, mais également à pied, sortit de la droguerie. Marc l'observa attentivement, elle aussi.

— Bon sang !

C'était elle. Immédiatement, Marc, bien qu'il ait prévu d'aller en face, mit son clignotant de droite, redémarra et tourna dans le boulevard en faisant klaxonner les conducteurs des voitures alentour.

En entendant le brouhaha qui s'élevait dans son dos, Catherine se retourna et vit la voiture de police qui, à trente mètres, s'approchait dangereusement d'elle. Son conducteur venait la chercher, elle le savait. Elle avait senti le vent tourner et avait souhaité faire une pause dans ses agissements interlopes, avait-elle dit à sa sœur. Mais il était trop tard. L'agent de police ne la lâcherait pas. Prise à la gorge, elle se mit aussitôt à courir vers l'est pour échapper à Marc ; ayant troqué son accoutrement habituel contre une robe blanc cassé à fleurs printanières, avec des sandales écru et un sac en papier kraft qui donnait l'impression d'être aussi léger que vide, elle s'éclipsa à grandes enjambées en se fondant dans la masse.

— Il n'y a plus aucun doute, maintenant ! s'écria Marc pour lui-même.

Catherine, non contente d'être rapide sur des rollers, était également très véloce à pied. Elle courait comme une furie, filant entre les passants comme une anguille glissant entre les obstacles d'un cours d'eau, faisant onduler autour de ses longues jambes charnues de mollets musclés les fleurs de sa robe comme une guirlande de couleurs. Dans son sillage, sa chevelure souple et brillante à la lumière du soleil s'étirait comme les gaz incandescents d'un chalumeau, pris dans la vitesse qui faisait de ses mèches une queue noirâtre presque fantomatique. Sur son chemin, les gens s'écartaient : elle hurlait comme une créature folle en proie à une crise passagère qui anesthésiait sa lucidité.

Cette fille est dingue, pensa Marc en la doublant.

Parvenue à l'angle du parking du cinéma Sigma 9, elle alla pour traverser le passage piéton de la rue Cassiopée lorsque son poursuivant tourna à gauche au carrefour en T pour remonter dans le nord, lui barrant le passage. Ni une, ni deux, Catherine s'élança sur le capot de la voiture, le temps sembla s'arrêter, leurs regards se croisèrent l'espace d'une fraction de seconde, elle glissa harmonieusement sur la tôle dans la foulée et retomba sur ses pieds de l'autre côté avant de s'immiscer subrepticement dans l'aire de stationnement.

— *Putain* ! cracha Marc en tapant du plat de la main sur le volant.

Il redémarra et s'engagea à son tour dans le parking découvert.

De son côté, Catherine, accroupie entre deux voitures, sentait son cœur battre à tout rompre dans ses tempes trempées de sueur. Dans sa nuque, ses cheveux lui collaient à la peau. Elle crevait de chaud.

Juste au moment où j'avais décidé de faire profil bas. Comme par hasard...

Sa voiture était là, garée à proximité de la droguerie. Elle y avait été pour acheter des allume-feux pour le barbecue que ses parents avaient prévu de faire pour dîner. Harushi et Armelle Genyôsai avaient beaucoup à faire d'ici l'arrivée de Catherine prévue pour 18 h 30 et ils n'auraient pas le temps de s'en procurer eux-mêmes. C'était elle qui, par téléphone quelques heures plus tôt, leur avait proposé d'en prendre en chemin. Ravis que l'une de leurs filles vienne passer quelques jours chez eux à Biarritz, ils avaient exprimé leur souhait de fêter l'évènement avec de bonnes grillades et une succulente bouteille de rouge : un Languedoc de 1985. Catherine en avait profité pour acheter des pansements, du merbromine et un désodorisant pour chasser l'odeur des cigarettes qu'elle fumait chez elle, au grand dam de Stéphanie. Bien qu'elle ait prévu de passer chez elles pour déposer la bombe aérosol et dire au revoir à sa petite sœur, elle sut à cet instant que le contre-temps imposé par cet officier de police l'obligerait à faire l'impasse sur ce passage à l'appartement. Elle prendrait trop de retard et le flic qui la poursuivait ne semblait pas près de vouloir la laisser tranquille.

La Ford Fiesta jaune de 1978 était de l'autre côté du parking. Catherine devrait le traverser à sa diagonale pour rallier son véhicule. Une fois qu'elle l'atteindrait, elle entrerait discrètement dedans et s'allongerait sur les sièges avant, le temps que la menace soit écartée. Des coups d'œil intempestifs à l'extérieur, sans se faire voir, lui permettraient de prendre la température. Mais elle n'en était pas encore là : Marc tournait dans les allées de voitures et jetait des regards inquisiteurs ici-et-là afin de la débusquer.

— Où a pu se planquer cette cinglée ?

Toutes vitres baissées, roulant au pas, Marc se servait de tout ce qui pouvait l'aider à la trouver. Il se rappela d'ailleurs de ce qu'il avait appris lors de son service national : FOMBECTO. Formes, Ombres, Mouvements, Bruits, Éclats, Couleurs, Traces et Odeurs. Tout ce sur quoi il fallait porter son attention lorsque l'on cherchait à localiser une personne dans un environnement inconnu. Ou, au contraire, quand on souhait se fondre soi-même dans le décor. Ainsi, Marc regardait si le reflet de Catherine n'apparaissait pas dans une aile ou une portière, si son ombre sur le sol ne trahissait pas sa présence, si son parfum ne s'élevait pas dans les airs, si rien ne bougeait de manière inhabituelle.

Mais rien. Même les passants semblaient ne pas se soucier de ce qui se tramait dans le parking de cent-vingt-deux mètres de long sur quatre-vingt-treize de large, coincé entre le boulevard Alexandre Dumas, les rues de Paris et Cassiopée et les habitations au nord.

Catherine était parvenue à se rapprocher de sa petite citadine trois portes, mais elle demeurait encore trop loin et la distance qui l'en séparait présentait une zone à risques : il lui faudrait traverser l'allée.

Elle était effrayée. Elle ne voulait pas aller en prison. Elle ne voulait pas se retrouver devant les tribunaux ni être jugée. Elle ne désirait pas non plus figurer dans les faits divers de l'édition de demain d'*Ouest France*.

Dans l'esprit de Catherine, les grillades se faisaient désirer.

***

Poussant la porte de la chambre, Angélique fut de suite éblouie par le soleil qui projetait vivement ses rayons à l'intérieur de la pièce. Dans le lit, le patient, qui bénéficiait d'un bel éclairage caressant la couverture qui le recouvrait jusqu'au menton, semblait endormi.

— Alors, monsieur Malot, comment vous sentez-vous, aujourd'hui ?

Elle souleva le porte-document suspendu au pied du lit sur la barre transversale, regarda deux-trois informations à la dérobée et se campa en face de lui.

— Ne faites pas semblant de dormir. Je sais que vous êtes réveillé.

— Et comment ?

Le retraité ouvrit les yeux et ses pupilles vinrent directement se poser sur l'infirmière.

— Je vous ai bien eue !

— Vous ne m'aurez jamais, monsieur Malot.

— Ce n'est pas ce que je voulais dire... même si j'aurais aimé que vous puissiez être à moi.

Angélique se décala et zieuta la bouteille d'eau sur la table de nuit.

— Je ne suis à personne ! Vous avez beaucoup bu, aujourd'hui. C'est bien...

— Pas même à votre petit ami ?

— Qu'est-ce qui vous fait penser que j'en ai un ?

L'homme avait l'air affaibli. Tout du moins paraissait-il diminué : un voile mat recouvrait le bleu de ses yeux. Malgré cela, il exprimait une malice qu'Angélique lui connaissait bien.

— Depuis le début de la semaine, je vous trouve plus belle encore. Et seul l'amour d'un jeune homme peut faire pétiller vos yeux de la sorte et marquer votre minois d'un sourire béat.

— Je n'ai pas de sourire béat, dit-elle en allant dans la petite salle de bain pour remplir d'eau fraîche la bouteille vide.

— Avez-vous déjà fait l'amour avec lui ?

Angélique retint un gloussement qui resta derrière ses lèvres étirées d'un sourire mal réprimé.

— Avoir la réponse à vos questions indiscrètes ne fait pas partie de vos prérogatives de patient. Avez-vous besoin d'autre chose ?

— Si je vous dis non, vous partirez aussitôt ?

— Si vous me disiez oui, je ne pourrais pas rester davantage non plus ; je termine mon service dans quelques minutes.

— Quand donc accepterez-vous de répondre à mes avances ?

Elle remit correctement son oreiller derrière sa nuque, réduisant l'espace qu'il y avait entre eux. Pour meubler le silence, elle lui dit :

— Votre état s'est amélioré, monsieur Malot. Vous rentrerez chez vous dans trois jours.

— Pourquoi ne pourrais-je pas rester davantage ? Je ne vais pas si bien que cela et mes crises sont toujours aussi violentes.

— Nous avons besoin de votre lit.

— Seriez-vous heureuse si je mourrais, Angélique ? Quelqu'un d'autre pourrait reprendre la chambre.

Après avoir correctement bordé son patient, la femme se redressa et fronça les sourcils. Son regard était dur. Gilles Malot comprit qu'il avait dépassé les bornes et voulut s'excuser. Angélique le devança :

— C'est aussi pour cela que je ne répondrai jamais à vos avances, monsieur Malot. Parce que vous êtes un idiot.

Elle fit le tour du lit, vivement, jeta un rapide coup d'œil à la pièce pour s'assurer que tout soit en ordre.

— Excusez-moi, ma douce...

— Je suis d'une douceur, oui, fit-elle en sortant dans le couloir. Mais cette douceur dissimule de tranchantes aspérités.

Et elle ferma la porte.

L'instant d'après, elle inséra sa carte de présence dans la pointeuse située onze mètres plus loin à l'extérieur du vestiaire et entra ensuite dans la pièce pour se changer. Il était 17 h 00 pile. Son service était fini et elle n'en pouvait plus de ces journées à rallonge qui ne lui laissaient guère de temps pour souffler. Entre son travail *et* cette nouvelle vie dans la résidence à laquelle elle devait se faire *et* sa relation avec Jack *et* le départ inopiné de Sidonie *et* l'absence de Suzanne et de Stéphane pour lesquels elle s'inquiétait *et* les soucis qu'avait l'air d'avoir Valérie, Angélique se sentait prise dans l'étau d'une existence qui avait tout l'air de vouloir la compresser dans le cycle infernal d'un quotidien de suppliciée.

Une collègue en tenue civile entra avec grand fracas dans le vestiaire à son tour. Angélique se tourna vers elle dès qu'elle put la voir à l'extrémité de la rangée de casiers et la créature légèrement enrobée exprimant malgré tout une certaine grâce s'excusa platement pour la porte qu'elle avait claquée en arrivant. Elle n'était qu'une jeune infirmière qui venait d'arriver récemment en ville et avait emménagé chez son nouveau petit ami, lequel travaillait lui aussi à La Samaritaine, mais en neurochirurgie. Angélique, en finissant de s'habiller, conclut que les bruits de couloir et les conversations entendues à la dérobée semblaient résolument se baser sur des informations authentiques et non sur des mensonges. *Votre vie privée reste en-dehors de l'hôpital*, avait dit un jour la directrice des infirmières de l'établissement à ses subordonnées. *Personne ne s'intéresse ni à votre Jules, ni au taux de votre crédit immobilier, et encore moins à votre tout nouveau mascara ou à votre marque de tampons. Ici, vous n'êtes que des infirmières et les gens dont vous vous occupez ne sont que des patients, pas des amants. Quand vous êtes ici en blouse blanche, vous n'êtes que du personnel. Votre vie, c'est votre travail.* Angélique avait détesté ce discours de sa supérieure. Et Valérie, qui n'avait jamais sa langue dans sa poche et avait entendu des choses sur le compte de cette directrice sévère et antipathique, avait failli lui répliquer qu'elles aussi n'en avaient que faire de savoir qu'elle s'était acheté le tout nouveau coupé de BMW, la 850i [140]. Mais elle n'avait rien dit.

Lorsque Angélique referma la porte de son casier métallique auquel elle n'avait jamais pris la peine de mettre un cadenas, Valérie entra dans le vestiaire à son tour, passa à côté de la dernière recrue du service qui enfilait un pantalon noir uni qui affinait ses jambes dodues et afficha un sourire franc dès l'instant où elle posa les yeux sur son amie. Elle s'embrassèrent rapidement aux creux des lèvres et Valérie s'effondra sur le banc.

— Alors miss ?

— Je n'en peux plus. Ce sont les journées comme celles-ci qui me font douter des raisons pour lesquelles j'ai souhaité faire ce métier.

— Comment ça ? demanda Angélique.

Valérie avait l'air harassé.

— Bah, c'est que je ne suis pas vraiment motivée, ces temps-ci.

— J'avais remarqué. Allez, change-toi. En attendant, je vais descendre faire un saut à l'accueil voir si ma colocataire est arrivée. On se prendra ensuite une collation fraîche à la cafétéria avant de rendre une petite visite à Antoine tous ensemble.

— C'est un bon programme, lança Valérie en soupirant.

***

Cette chambre lui était étrangère. Encore une. L'espace d'un instant, Antoine se demanda s'il rentrerait un jour chez lui. Pas à la Résidence du Coucher de Soleil ni même dans son appartement qu'il avait loué au trente-sixième étage de la tour Clairefontaine jusqu'à ce qu'il s'installe avec les sept colocataires aux Bégonias. Mais chez lui avec sa famille à Antibes. Ses parents, son frère de onze ans, Laurent, et sa sœur Marjorie, née en 1975. Ils lui manquaient horriblement.

Mais Sidonie, elle, était loin dans sa mémoire. Il ne pensait plus à elle. Il avait honte. Honte d'avoir pris du plaisir avec une autre. Avec celle dont le nom ne le quittait plus, comme si elle avait inoculé en lui un peu d'elle-même. Et qu'elle avait investi son âme pour la coloniser et prendre possession de lui. Clotho. Elle avait pondu ses œufs en lui.

Elle avait souhaité le déguster avec gourmandise mais, dérangée par Silène, elle ne l'avait pas pu. Néanmoins, d'une certaine manière, elle le dévorait malgré tout, insidieusement. Elle était là, tapie en lui, et les troupes armées de cette nymphomane vorace envahissaient déjà tout son être pour le conquérir à petit feu. Un peu ici. Et là aussi.

Elle était là, en lui, dans cette chambre d'hôpital aussi impersonnelle que lui-même. Car Antoine n'était plus qui il avait été. Il n'était rien de plus qu'un hôte dans lequel Clotho vivait et grandissait. Elle se développait dans ses chairs, emplissait de sa présence chaque molécule, chaque particule de son corps qu'elle connaissait par cœur.

Mieux que lui-même.

Il ne se connaissait plus. Tout ce qu'il parvenait à comprendre, c'est qu'il s'en voulait, qu'il se détestait, qu'il ne serait jamais plus le même.

Antoine était né à Nice. Ses parents, deux Japonais expatriés, Tadeshi et Kyôko, nés dans l'archipel, respectivement en 1939 et en 1941, s'étaient connus en 1962. Tous deux employés dans une grosse société nipponne basée à Osaka, Matsushita, ils avaient décidé de s'offrir un mariage traditionnel en grande pompe avant de préparer leur déménagement dans un pays dont la culture les passionnait : la France.

Six mois après leur union, ils avaient quitté la société, au grand dam de leurs collègues qui les avaient félicités avec la plus grande des hypocrisies et de leurs patrons qui voyaient là partir deux excellents éléments. Arrivés à Paris avec toutes leurs économies, ils y avaient passé deux mois de déconfitures avant de tenter leur chance sur la Côte d'Azur.

C'est là, à Nice, que les avait attendu leur destin. Ils purent s'y installer tous deux et se faire embaucher ensemble dans l'antenne régionale d'une compagnie d'assurances réputée, l'U.A.P. [141].

Très vite, Antoine s'était avéré être un enfant discret, timide et cérébral : il lui fallait constamment avoir quelque chose à penser, à analyser, à décortiquer, à développer, à synthétiser, à démontrer ou à remettre en question. Pas seulement assoiffé de savoir, il voulait parvenir à avoir ses propres raisonnements. L'astronomie et la chimie dans les années soixante-dix puis l'électronique et l'informatique au cours de la décennie suivante avaient fait de lui un grand scientifique dans l'âme. Cette érudition qui l'attirait inexorablement vers les livres et les manuels, mais aussi vers tous types d'appareils et de machines aussi diverses que variées, l'éloignait d'une enfance et d'une adolescence plus conventionnelles.

Souvent rejeté par ses camarades parce qu'il portait des lunettes et parce qu'il avait fréquemment été le meilleur élève de sa classe qui suscitait la plus virulente des jalousies, il s'était plus encore détourné de l'être humain pour n'accorder son temps qu'à ses passions qui l'avaient ainsi emmené jusqu'à l'obtention d'un DEUG d'analyste-programmeur qu'il avait obtenu à vingt ans.

Mais ses parents, entre-temps, avaient divorcé.

Tadeshi était retourné vivre au Japon à Osaka tandis que Kyôko était restée dans les Alpes-Maritimes pour leurs enfants, et particulièrement pour les deux derniers : lors du divorce prononcé le 18 mars 1985, Marjorie Sendai n'allait que sur ses dix ans tandis que Laurent, plus âgé, avait quatorze ans. Si leur mère avait elle aussi fait le choix de retourner dans leur pays natal, tous deux auraient eu de grandes chances d'être en échec scolaire une fois là-bas. Et Antoine n'aurait sans doute pas pu rester en France non plus et serait assurément passé à côté du poste de développeur software dans une société conceptrice de logiciels.

Il était entré chez Éditel Soft [142] en septembre 1987 et avait partagé sa joie avec Sidonie qu'il avait connue trois mois plus tôt dans un centre sportif à Antibes. Néanmoins, deux ans plus tard, il avait décidé de tout plaquer pour louer un somptueux appartement dans cette nouvelle ville qui finissait de sortir de terre sur la côte Aquitaine. Amoureux des livres qui étaient ses premières amours, il avait trouvé un poste à la librairie Hippolyte, sous la direction du gérant David Jecker, mort dans la nuit du 11 au 12 juin dernier. Paix à son âme.

Réveillant des instincts qui ne l'avaient jamais vraiment conquis, même au cours de la puberté, Clotho avait ouvert dans l'esprit d'Antoine les vannes de sa libido. Sidonie, blonde plantureuse qui avait connu quelques brèves histoires de cœur ou, au moins, de passion, avait été celle qui lui avait fait découvrir ce qu'était une femme en se servant de son expérience des hommes. Vierge jusqu'à la troisième nuit qu'il avait passée avec elle, Antoine avait fini par faire contre mauvaise fortune bon cœur en considérant avec davantage de respect le plaisir qu'il lui apportait durant leurs ébats que ses propres ressentis. Pourtant, ce n'était pas faute de lui avoir fait connaître une sexualité aux plaisirs aussi variés que les manières d'atteindre l'apothéose. Antoine était parvenu à vivre avec elle une vie sexuelle qui lui avait apporté, de son avis, les joies les plus vives.

Mais cela n'avait été que peu de chose face à ce qu'il avait connu avec Clotho. Il se sentait déchiré entre le désir de la revoir et celui, au contraire, de ne jamais recroiser le chemin de cette vamp qui lui avait dérobé l'ignorance qui avait entretenu son idée que Sidonie était plus à même que nulle autre de le hisser dans la béatitude d'une osmose charnelle aussi parfaite que les orgasmes étaient éphémères.

Il alluma le petit transistor Radiola posé sur la table de nuit à proximité et entendit aussitôt Camel [143] interpréter *The Sleeper*.

The Sleeper. Comme par hasard...

Le hasard ? Rationnel, il n'y croyait pas. Se pourrait-il que la diffusion de cette chanson à cet instant T soit autre chose que du hasard ? Sidonie et lui avaient enregistré sur cassette audio quelques-unes de leurs chansons préférées issues des vinyles qu'ils possédaient, afin de toujours avoir avec eux, à tout instant, les morceaux qu'ils aimaient écouter ensemble. Et *The Sleeper* était la première de la face A. Il se demanda si ce n'était pas un signe l'exhortant à réhabiliter Sidonie et l'amour qu'ils avaient partagé pendant trois ans.

Pour se détourner de ses interrogations, Antoine se saisit du dernier *Science et Vie* [144] qu'il avait laissé au sol au pied du lit. Il observa la couverture sans exprimer quoi que ce soit et lut le principal titre : « Un "OVNI" démasqué ».

On peut bien y croire, se dit-il. *Si un monde parallèle peut exister, alors pourquoi pas un ovni ?*

***

Wilfried atteignit la sortie de l'Ostium, son regard se rivant aussitôt sur les taches de lumière qui irradiaient à l'ouest où Alnitak disparut dans les secondes qui suivirent. Il ne subsistait plus qu'un trait horizontal très étroit dont la couleur orange foncé trahissait la fin du crépuscule.

Et le début de la nuit.

Le dieu exerça sa pétulance sur lui-même et libéra cette énergie qui dissout ses molécules dans l'air comme un furtif nuage de fumée et les reconstitua à vingt kilomètres de là, plus à l'est et en hauteur, au sommet du mont de Sheeba méridional. Wilfried apparut dans le noir et créa aussitôt une sphère lumineuse verte dans le creux de sa main droite, laquelle mit en lumière les contours de tout ce qu'il y avait alentour.

— Max !!

Dès lors, l'éclat de puissance émeraude avait dessiné les reliefs du corps du dieu sur lequel Wilfried se précipita immédiatement. Posant un genou à terre, il mit son autre main sur le visage de son complice qui semblait dormir. Tel n'était pas le cas. Il était froid. La peau durcie contrastait avec les traits reposés du trépassé. La rigidité cadavérique semblait indiquer une mort survenue dans l'après-midi.

Wilfried s'en voulut. Il n'avait rien senti.

— Max...

La plaie au thorax, béante, trahissait une attaque de pétulance d'une étonnante intensité. Wilfried jeta un regard alentour, serra les dents et son visage crispé se figea dans une expression d'amertume exponentielle.

— Qui lui a fait ça ?

Il remarqua, un peu plus loin, le cadavre de Cerbère. Il se redressa sur ses jambes et s'approcha. Le chien-loup tricéphale était mort, de toute évidence : l'une des gueules avait les yeux crevés qui débordaient de cervelle et la mâchoire inférieure de l'une des autres têtes était pantelante.

Il retourna auprès de Max.

Sa mort n'avait aucun sens. Comment avait-il pu se faire tuer comme un chien ? Pourquoi Suzanne se serait-elle débarrassée de lui ? Et si elle était responsable de sa mort, qu'avait-il bien pu dire ou faire encore pour qu'elle en vienne à le frapper mortellement ? Ou alors, serait-ce plutôt Silène ? En tout cas, tout cela ne changeait rien au fait que Max était mort. On ne lui avait laissé aucune chance : le coup porté devait faire mouche et lui arracher les voies circulatoires et respiratoires. Personne n'aurait eu la moindre chance de survivre à une telle attaque. Pas même un dieu.

Max est mort, se dit Wilfried en regardant le cadavre de celui qui, pendant presque quatre ans, l'avait quotidiennement côtoyé, secondé, épaulé, obéi et parfois même diverti ou agacé. Suzanne était manifestement parvenue à massacrer Cerbère. En avait-elle profité, une fois son combat contre le troisième dignitaire terminé, pour tuer Max dans son sommeil ? Auquel cas, que faisait-il à l'extérieur de la tanière de Magdalena ?

— Magdalena !

Wilfried réalisa qu'il n'avait pas senti la présence de la sorcière non plus. Se pourrait-il qu'elle aussi ait trépassé ? Il se dirigea avec appréhension vers la porte entrouverte qui menait sous le sommet du mont de Sheeba. Et vit l'horreur. La sorcière était là, dans une mare brunâtre de sang qui avait teint d'une couleur rouille les lattes du plancher en bois. Elle avait une jambe sectionnée et une plaie ouverte de près de quinze centimètres de diamètre dans le ventre. Elle avait souffert. Elle n'était pas morte sur le coup. Son corps était plombé par une fermeté qui faisait de sa peau l'écorce d'un corps où la sève aurait épaissi et s'était figée dans ses veines.

En proie à un dégoût qu'il ressentit comme une inextinguible nausée, Wilfried ressortit à l'extérieur. Les yeux scintillant d'une rangée de larmes qui criblaient ses rétines comme des balles de revolver libérèrent enfin la pression des flots de ce chagrin. Ils débordèrent de ses paupières inférieures pour finir par couler.

Il décida de prendre le temps, dans cette obscurité ténébreuse, de pleurer son ami de toujours, et de lui offrir une sépulture décente. Max n'avait jamais compris que l'on puisse souhaiter enterrer ses morts et vouloir de temps à autres se recueillir sur leur dernière demeure ; c'est ce qu'il avait lui-même évoqué lorsqu'ils avaient tous deux été devant la tombe de Barbara dans les souterrains du manoir de Cardonthöl. Mais peut-être pourrait-il comprendre, où qu'il fût, que l'inhumation était également une manière de dire au revoir au disparu. Un moyen de revenir le voir dans un souci de recueillement. Et une cérémonie d'adieu.

Un adieu. Car s'il était certain que Max était à présent dans le Neither, cet endroit sordide où, dans les religions virgile et capellane, échouaient les natifs de Diadem 13 indignes de bénéficier d'une existence astrale éternelle dans les sphères célestes de l'Æther, il n'en était pas moins que Wilfried, conscient d'être un peu plus vertueux que son complice, ignorait ce qui l'attendrait une fois qu'il aurait trépassé. Il n'était donc pas certain qu'ils se revoient un jour.

Tournant le dos à la sourde colère qui grandissait en lui, Wilfried se lança : il allait devoir enterrer Max et Magdalena dans la petite nécropole située au nord de la cité de Falken. Mais dans un premier temps, il lui fallait des vêtements. Et creuser une tombe pour Cerbère, ici, au sommet du mont de Sheeba où avait vécu celle qu'il avait côtoyée toute sa vie durant.

Alors seulement il réfléchirait à sa vengeance.

***

J'aurais mieux fait de mettre un autre short que d'enfiler cette jupe qui est tout ce qu'on veut, sauf pratique, pensa Catherine en essayant de se rapprocher de sa Ford qui lui faisait de l'œil à une petite quarantaine de mètres. *Il faut que j'y arrive.*

Marc, de son côté, en avait assez d'attendre.

Si elle avait encore été là, je l'aurais débusquée, cette chienne.

Il sortit complètement du parking et tourna à droite pour s'arrêter tout de suite au feu qui, orange deux secondes auparavant, était passé au rouge. Catherine, voyant cela par-dessus le capot d'une Lada 1200 Combi [145] verte derrière laquelle elle était accroupie, se déplaça vivement en longeant la poupe de toutes les voitures qui, alignées en bataille, l'avaient tenue à l'écart de la sienne qu'elle atteignit enfin. Mais elle devait rester vigilante. En effet, au vu de leur localisation à tous les deux, Marc pouvait encore distinguer Catherine d'où il était en observant avec attention sur sa droite en direction du nord ; en regardant à travers les vitres des véhicules garés entre eux, il l'aurait débusquée. Et elle n'y tenait pas.

Elle glissa sa clef dans la serrure en se détournant de l'odeur d'essence qui se dégageait du volet de réservoir sur l'aile arrière gauche de la Fiesta et tira la poignée. La portière s'ouvrit et elle l'écarta lentement et suffisamment pour pouvoir se glisser à l'intérieur. Pliée en quatre, complètement courbée en avant, elle la referma derrière elle sans la claquer et attendit quelques instants. Puis elle leva la tête de quelques centimètres derrière le volant et réalisa que la voiture de police n'était plus là. Le feu était passé au vert et Marc s'en était allé dans la folle circulation de ce mercredi après-midi.

Catherine se rasséréna en se lovant dans le dossier de son siège, soupira, mit la clé de contact qu'elle tourna et fit démarrer le moteur sans attendre. Sans perdre davantage de temps non plus, elle se dirigea à son tour vers la sortie du parking du cinéma à allure réduite pour ne pas risquer de heurter les gens qui circulaient à proximité de leur véhicule. Et se faufila aussitôt dans la circulation.

Décidément, la menace qui planait sur elle était bien pire que ce qu'elle s'était imaginée : elle ne pouvait désormais plus se balader tranquillement en ville sans risquer d'être repérée et prise en chasse. Stéphanie avait raison : il aurait mieux valu qu'elle arrête sa collection de sous-vêtements, qu'elle dépose anonymement le tout devant le commissariat et qu'elle se fasse oublier pendant quelques temps afin de dissiper l'attention que lui portaient les forces de l'ordre.

Ignorant quelle direction avait prise Marc, Catherine n'avait aucun moyen de savoir si celle qu'elle choisirait la rapprocherait de lui ou l'en éloignerait. En conséquence de quoi elle décida de laisser faire les choses et s'en alla vers l'ouest dans le boulevard Alexandre Dumas qui devait l'emmener jusqu'à l'intersection de l'avenue Félix Faure dans laquelle elle devrait ensuite poursuivre droit vers le sud pour sortir de la ville et rouler vers Vielle-Saint-Girons.

Elle franchit donc le feu vert du carrefour et s'engagea tout droit.

Une sirène de police s'éleva aussitôt sur sa droite. Effrayée, elle vit redémarrer, dans la rue de Cassiopée, la Peugeot break garée sur le trottoir à cinquante mètres d'elle. Marc se faufila entre les voitures qui s'étaient arrêtées ou avaient fait un écart pour s'approcher dangereusement. Et rapidement.

Catherine s'exclama d'un juron qui résonna dans l'habitacle et s'immisça par-dessus *Oh Yeah* qui, interprétée par Yello [146], se diffusait dans la petite Ford jaune depuis les haut-parleurs de la radio. Mettant un coup d'accélérateur, elle fila en direction de la plage *Sunbeach 36* où les habitants convergeaient encore, comme à chaque instant, afin de profiter des premiers instants du coucher de soleil à venir qui se déverserait sur l'océan. Elle envia l'insouciance des plagistes et se maudit elle-même de s'être fourrée dans ce pétrin.

Ses regrets prenaient autant d'ampleur dans son esprit que le tohu-bohu du signal sonore de la voiture de police qui, dans son sillage, se rapprochait un peu plus à chaque instant.

Marc ne la lâcherait pas, elle le sentait. La sirène la suivait. Comme les compagnons d'Ulysse dans l'*Odyssée* d'Homère [147], Catherine était menacée par les sirènes qui tentaient de l'attirer dans les profondeurs de son déclin. Tout du moins, par une seule sirène : la police.

***

Ayant eu peur de déranger Angélique pendant son travail, Sabine, enfin arrivée à l'hôpital après sa rencontre avec Silène puis Stéphanie, n'avait pas osé aller plus loin que le hall d'entrée de l'établissement. Depuis qu'elle avait trouvé une place assise sur une chaise à proximité des portes vitrées, entre un immense *Ficus elastica* [148] et une porte fermée et verrouillée avec un digicode en lieu et place de poignée, on lui avait proposé à deux reprises de s'occuper d'elle ; elle avait simplement répondu qu'elle attendait une amie. L'infirmière qui s'était adressée à elle en premier, puis dix minutes plus tard, l'homme mûr qui avait bien eu l'air d'être un éminent chirurgien proche de la retraite, n'avaient pas insisté et s'en étaient allés prestement.

La Néerlandaise fut incroyablement ravie de reconnaître de loin sa colocataire Angélique qui, vêtue de manière disgracieuse, s'approchait à l'autre bout du couloir et semblait bavarder vivement avec une autre femme qui marchait à sa gauche. Elle se leva et les deux infirmières la virent de loin, l'une souriant tandis que l'autre semblait exprimer le scepticisme le plus irrespectueux. Elles se rejoignirent enfin.

Les sourires furent timides, les poignées de main moites et les propos quelconques. On eût dit trois retraitées qui parlaient de la pluie et du beau temps pour éviter les commérages de voisinage.

Angélique n'avait jamais été des plus faciles à comprendre et se sentait toujours mal à l'aise lorsque des proches de deux univers différents se rencontraient autour d'elle. Valérie, elle, possessive et exclusive, voyait dans la femme aux longs cheveux bleus que son amie lui présentait une rivale qui risquait de l'accaparer. Par ailleurs, agacée par sa blessure et ses tracas dont elle avait promis de parler à Angélique dans la soirée, l'infirmière aux cheveux auburn était d'humeur aussi mauvaise que la mine qu'elle avait. Enfin, la prétendue rivale en question, Sabine, n'avait pas l'habitude des relations humaines qui ne s'étaient jamais cantonnées, aux Pays-Bas, qu'au strict minimum. Malgré ses qualités d'adaptation et l'expérience des autres qu'elle avait acquise ces derniers jours, il lui restait encore beaucoup de travail sur elle-même à accomplir.

Plutôt que de rester dans l'entrée à tenir un semblant de conciliabule et à déranger tout le monde dans le passage, elles décidèrent de monter à la cafétéria pour prendre une boisson en attendant qu'Émmanuelle les rejoigne. Angélique donna aux préposés de l'accueil des consignes pour qu'elle puisse les rejoindre sur place.

Ce qui ne se fit pas attendre : quatre minutes après leur arrivée dans la grande salle de pause à l'étage, Émmanuelle y pénétra à son tour et slaloma entre les tables hautes, les tabourets et le personnel pour les rejoindre avec un grand sourire. Les trois femmes n'avaient eu que le temps de s'installer et de prendre à boire au distributeur de boissons fraîches. Dans le fond de l'air, quatre haut-parleurs dissimulés dans les angles de la cafétéria crachaient à un volume des plus bas *Hold me now* des Thompson Twins. Après les présentations, Émmanuelle s'installa avec Angélique, Sabine et Valérie.

— J'adore cette chanson ! s'écria-t-elle tout de go. La voix de Tom Bailey est sensuelle comme tout. Ce morceau est THE *single* de 1984 [149].

— Je ne te savais pas mélomane, fit Sabine.

— Le mélomane est avant tout un individu qui aime la musique classique avec passion, ma chère.

— À l'origine, oui, mais maintenant, le mot s'est démocratisé et concerne tout passionné de musique, expliqua la Néerlandaise.

— Quelle répartie ! remarqua Valérie qui était restée discrète jusqu'à cet instant.

— Là, c'est plus de la *new wave*, ajouta la rousse.

— Tu as l'air en forme, toi.

— Si tu savais ! La journée était plutôt mal partie et puis un homme fort séduisant m'a accostée dans le bus et m'a fait un compliment. Ça a le mérite de faire plaisir. Alors c'est toi, l'amie d'Angélique qui vient trouver asile ce soir sous le toit de notre Résidence du Coucher de Soleil ? demanda-t-elle en se tournant vers Valérie.

— Oui, c'est moi. J'espère que ça ne vous dérange pas...

— Meuh non... Tu es la bienvenue !

— Merci !

— Au fait, tu prends quelque chose à boire ? demanda Angélique.

Émmanuelle sembla les regarder toutes les trois avec un esprit d'analyse surprenant et répondit :

— Non merci ! Je ne peux pas me permettre de boire n'importe quoi. Il faut que mon teint reste beau et pur pour donner un meilleur rendu à mon visage sur les photos. Quoique toi...

Elle se redressa et se pencha en avant pour tendre sa main vers le visage de Valérie, assise en face d'elle, et lui caresser la joue. L'intéressée eut un léger geste de recul et, d'un regard, appela Angélique à la rescousse. Mais l'infirmière dont les cheveux coupés au carré dégageaient un cou d'une couleur claire et crémeuse, ne lui concéda qu'un haussement de sourcils.

— Ta peau est magnifique, fit Émmanuelle. Qu'est-ce que tu mets pour l'entretenir ? Tu utilises une crème de nuit ? Un gel matifiant ? Une mousse démaquillante qui respecte la peau ? Tu fais des masques ?

— Rien de tout ça, finit par répondre Valérie en passant outre sa surprise. Je ne me sers que d'eau de ville et d'un authentique savon de Marseille. Jamais aucun soin particulier dédié au visage. Je suis très soucieuse de ma santé, c'est certain, mais également de mon apparence.

— C'est sans doute pour ça que ta peau n'est pas abîmée. Tu es la preuve vivante que toutes ces crèmes sont moins bénéfiques qu'on ne le pense. Sans doute pleines de produits chimiques !

— J'essaie aussi d'avoir une hygiène de vie saine : sport pour évacuer le stress du travail et entretenir la forme, alimentation à base de vitamines, de fibres et de nutriments en quantité raisonnable, ni sel, ni sucre ajoutés, cinq trains de sommeil par repos si possible...

— Si tu ne prends rien, on va voir Antoine ? trancha Sabine.

— Oui, allons-y !

Les quatre femmes se levèrent en même temps dans un seul et même grincement de tabourets contre le carrelage, récupérèrent leurs affaires, jetèrent leurs gobelets et leurs canettes vides dans une poubelle et s'extirpèrent de la cafétéria pour aller voir Antoine.

**

Ses yeux s'étant curieusement habitués à l'obscurité, Suzanne n'avait aucunement besoin de lumière. Si elle en avait senti la nécessité, elle aurait généré une sphère d'énergie dans la paume de sa main gauche pour y voir plus clair. Mais tout ce qu'elle avait besoin de distinguer se situait au loin devant elle, à une portée de près de six kilomètres en contrebas. Malgré la distance, elle apercevait très nettement une lueur d'un rose étincelant qui faisait comme une nitescence contrastée sur le rideau sombre de l'obscurité qui couvrait les régions vers l'ouest. Bien qu'elle ignorât ce que c'était, elle se doutait qu'il s'agissait de sa prochaine étape : l'endroit marqué par cette faible lumière qui devait briller d'un éclat éblouissant de près ne pouvait être qu'un lieu important qui faisait comme un phare dans le noir, désignant par sa présence la direction à prendre pour s'en approcher.

Ce panorama lui rappela ce qu'elle avait connu la nuit précédente lorsqu'elle avait vu Sleipnir qui, passablement éloigné d'elle, s'était démarqué dans la nuit en irradiant d'une lumière presque irréelle. Impressionnée par le cheval à huit pattes dont les mouvements de sabots sur le sol avaient créé des flammes aussi éphémères que son pelage incandescent avait semblé immortel, Suzanne en avait frissonné d'angoisse et d'appréhension. Mais les émotions qui étreignaient son cœur et son âme en cet instant, alors qu'elle descendait le mont de Sheeba méridional pour se diriger vers le labyrinthe du Dedalesk, étaient sans commune mesure. Galvanisée par un bien-être si jouissif qu'elle s'en sentit vierge, elle ne ressentait que hâte et excitation d'un nouveau combat. Pour la première fois depuis son arrivée sur Diadem 13, ayant fini par intégrer dans son subconscient que son destin était désormais d'être une déesse, elle ressentit, plus que la pétulance, le feu ardent de sa condition d'élue.

L'élue, lui avait dit Barbara. À présent, plus que de l'être devenue, elle avait l'impression de l'avoir toujours été. Une pensée positive effleura son esprit si souvent habitué aux déceptions et aux tragédies.

En un sens, si tout ce que j'ai pu vivre depuis ma naissance, les bons comme les mauvais moments, avaient pour objectif de m'amener à cet instant de ma vie, alors ils méritaient d'être vécus.

Suzanne s'accepta enfin, telle qu'elle était, envers et contre tout.

La chrysalide écorchée vive, blessée à mort sur l'autel sacrificiel, exsangue de la sève qui l'avait empoisonnée, avait enfin laissé place au papillon qui, touché par la miséricorde divine et salvatrice, pouvait enfin, lavé de ses péchés, absous de la victimisation qu'elle avait entretenue, prendre son envol dans les cieux éternels dans la plus extrême des béatitudes.

Pour ne pas prendre de risques en descendant le flanc du mont de Sheeba méridional, trop pentu, ni trop solliciter ses quadriceps par des contractions excentriques trop répétées et énergivores, Suzanne avait décidé d'effectuer un tracé en zigzag afin d'éviter une ligne droite qui, avec un dénivelé de près de quarante-et-un degrés au maximum, aurait exigé plus d'efforts. Ce trajet, par contre, rallongea considérablement le temps qu'elle mit pour atteindre le bas de la côte. Néanmoins, elle finit par sentir que le sol s'aplanissait petit à petit et décida enfin de reprendre une route directe vers la lueur qui, à présent, se distinguait bien mieux que lorsque, une demi-heure plus tôt, elle avait regardé dans sa direction pour maintenir son cap. Bien qu'une distance de près de deux kilomètres la séparât de la source de lumière qui semblait dévoiler sur la gauche les contours d'une habitation, elle ne pouvait désormais que comprendre de quoi il s'agissait et n'eut plus aucun doute. Dix-huit minutes plus tard, arrivée à destination, Suzanne en eut la confirmation : elle était devant l'entrée du labyrinthe du Dedalesk. Mais l'éclat qu'elle avait vu depuis le sommet du mont, lequel était à présent dans son dos, avait pour origine non pas un brasier, mais deux.

À gauche de l'ouverture qui marquait le centre d'un mur qui semblait s'étendre à l'infini de chaque côté se tenait une première œuvre sculpturale. Représentée statufiée dans un minéral qui ressemblait trait pour trait à du marbre blanc, la licorne Monocerüs se dressait dans toute sa splendeur sur ses deux pattes postérieures, de beauté et de proportions identiques à la réalité. La ressemblance respectait la fidélité à un point tel que Suzanne en frissonna d'admiration : le travail de sculpture était parfait et ne laissait place à aucun défaut visible d'où elle était, à cinquante mètres et quelques. Un piédestal en pierre hissait la statue à une hauteur qui lui faisait atteindre huit mètres par la tête dans cette position cabrée. Et un feu y brûlait, faisant comme une couronne aux tons allant du rose bruyère au jaune vif.

Sur la droite, à équidistance de l'ouverture qui s'enfonçait dans le labyrinthe, la créature haineuse et perdue dans la folie furieuse de son incandescence instinctive était elle aussi érigée. Si Sleipnir n'avait jamais inspiré aucune forme de vie à Suzanne, cela n'était rien en comparaison de l'expression de mort figée que dégageait la créature en marbre blanc. Dans son ton virginal, il contrastait avec le formidable embrasement qui lui avait fait comme une peau de feu et dont elle se souvenait encore de l'intensité et du rendu visuel. Seules les couleurs des flammes virevoltant vers le haut pour disparaître au-dessus de l'équidé à huit pattes contrastaient avec cette blancheur et accentuaient sur sa tête les nuances du brasier qui lui faisait comme une crinière flamboyante.

Les deux piédestaux libéraient, dans l'espace de huit mètres qui les séparait, un accès vers l'intérieur du labyrinthe qui, pentu à 23 % vers l'ouest, semblait engloutir le sol dans une inquiétante obscurité. Pourtant, dans l'esprit de Suzanne, l'appel de l'intérieur insistait comme pour l'exhorter à y pénétrer sans délai. Il lui faudrait naturellement s'y laisser guider par son instinct et, surtout, par son souhait de retrouver Sidonie et Bérénice et de les ramener chez elles après avoir vaincu les quatre derniers dignitaires. Et leur souverain.

Devant elle, les murs latéraux de l'allée centrale qui, au bout de deux-cent-cinquante-cinq mètres déjà, présentait une intersection, avaient l'air de s'écarter pour l'attirer vers son trépas au cœur d'un dédale qui n'était là que pour mener à leur perte les intrus. Mais l'heure n'était pas encore venue de s'y engager ; la petite bâtisse qui se présentait juste sur sa gauche l'intriguait.

Suzanne s'approcha de la façade plongée dans la pénombre et franchit l'obscurité où elle était hors de vue des deux statues surmontées d'un brasier. Elle fit naître dans sa main gauche une petite sphère de la taille d'une balle de tennis. Dégageant une vive lumière orange, la pétulance leva le jour sur une porte en bois d'érable faite de cinq larges et épaisses planches accolées les unes aux autres, inclinées verticalement, reliées entre elles par trois pentures noir mat qui finissaient en charnière. Nulle poignée.

Pourtant, ce qui attira le regard de Suzanne fut la baie située plus sur sa gauche. Tout du moins, ce qu'il en restait. Les croisillons, les vitres, les meneaux, les parcloses, tout avait volé en éclat. Seuls les traverses haute et basse et les dormants témoignaient de l'existence d'une fenêtre dans le mur. Quelques paumelles également étaient encore présentes mais demeuraient inutilisables ; elles s'avéraient désormais tordues, fondues ou complètement brisées.

Que s'est-il passé ici ?

L'intérieur de la maison qu'elle avait découvert en regardant par l'ouverture béante ne révéla rien de bien particulier quand elle y entra en poussant la porte d'une main assurée.

Pas âme ne vivait ici.

Quelques meubles grossiers dont une table et un lit défait recouvert d'un linge qui ressemblait plus à un rideau qu'à un drap, des objets dont l'utilité semblait si peu évidente que l'on ignorait comment les décrire, une cheminée pleine de bûches calcinées en cendres, de la vaisselle en cuivre, en bronze ou en fer forgé, des aliments inconnus. Une odeur organique mélangeant la transpiration à des relents d'épices si fortes qu'ils rendaient l'air presque irrespirable terminait de s'évacuer à l'extérieur.

Sur le tissu qui recouvrait le très épais matelas se démarquaient des tâches et des éclaboussures de ce qui ne pouvait être que du sang. En s'approchant pour inspecter la surface plus minutieusement, Suzanne remarqua quelques longs cheveux noirs.

À qui sont-ils ?

S'approchant de l'âtre de la cheminée, elle remarqua également de nouvelles traces de sang qui avaient dégouliné et quelques morceaux gluants et écœurants à regarder qui lui rappelèrent la cervelle de Polyphème. Elle fut confortée dans ce rapprochement quand elle trouva, sur le sol, de minuscules bris ensanglantés de boîte crânienne blanc cassé, comme si on avait blessé quelqu'un à la tête.

Mais qui donc ?

— Non !!

Les lunettes d'Antoine.

Elles étaient là, sur le niveau le plus élevé d'une étagère. Suzanne n'aurait jamais pu les décrire de tête si on le lui avait demandé, mais le simple fait de les voir lui rafraîchit la mémoire. Cela ne faisait aucun doute. La paire de lunettes d'Antoine était là, d'un noir uni, les branches repliées. L'un des supports pour le nez manquait à l'appel et un verre était fêlé. Elle la ramassa et la glissa dans l'une des poches de son manteau en espérant pouvoir lui rendre bientôt.

Sa chevalière était-elle là, elle aussi ? Suzanne chercha, mais ne trouva rien de plus. Elle escomptait bien retrouver le bijou de son ami tôt ou tard. Elle souhaita de tout son cœur que le sang et les petits bouts d'os ne soient pas ceux de Bérénice. Ou de Sidonie.

Où peuvent-elles bien être ?

Ces nombreux fragments donnent vraiment l'impression d'être ceux d'un crâne qui aurait été fracassé, se dit-elle, inquiète, en ressortant de la tanière.

Aussitôt revenue devant l'entrée, Suzanne fut parcourue par un frisson qui lui remonta le long de la colonne vertébrale pour atteindre son cerveau où il fut spontanément interprété comme un message qu'on lui aurait adressé. *Ne va ni à droite, ni à gauche, Suzanne.* Elle sourcilla, perplexe. *Entre dans le labyrinthe.* Quelque chose ou quelqu'un s'adressait à elle, clairement. Elle n'eut aucun doute là-dessus. Cette voix féminine résonnait dans sa tête. *Tu ne pourras pas contourner le labyrinthe. Alors n'hésite pas : entres-y.* Elle irait, quitte à entrer dans le lacis de couloirs au tracé mystérieux et à s'y perdre. Elle sentait qu'elle ne pouvait faire autrement.

Elle leva un dernier regard aux deux statues sur leur piédestal avant de franchir le seuil du labyrinthe.

Suzanne fit apparaître une nouvelle source de lumière dans sa main et avança prudemment. Dans son dos, l'entrée du labyrinthe semblait se faire happer par la gueule affamée des ténèbres qui, déjà, la dissimulaient derrière un rideau de noirceur opaque, malgré les quelques lueurs vacillantes des deux brasiers qui s'amenuisaient à mesure qu'elle s'en éloignait. Les murs de plus de quatre mètres de hauteur, parfaitement d'aplomb de chaque côté d'elle, la mettaient si mal à l'aise qu'elle aurait pu croire que des milliers d'yeux l'observaient discrètement. Et avec le dénivelé qui descendait doucement vers l'ouest, Suzanne se sentait plus encore petite, exposée et seule, comme si elle prenait la direction d'un piège qui se révélerait sous ses pieds ou qu'elle risquait d'être prise en embuscade.

Ces murs ne me disent rien qui vaille.

N'entendant que sa respiration régulière et ses pas sur le sol dur et compact jonché de bouts de rochers épars, de grosses pierres, de cailloux et de terre sèche, Suzanne n'entendait que les bruits que sa présence dans cet environnement hostile élevait au cœur d'un silence de mort.

Mais était-elle seule ?

Tournant à gauche par intuition lorsqu'elle arriva au carrefour en T, elle se retrouva aussitôt dans un nouveau corridor qui menait à un croisement.

Le labyrinthe du Dedalesk n'avait jamais laissé sortir vivants ses hôtes. Même les dieux et les déesses ne pouvaient s'y téléporter, pas même Clotho qui en était la dignitaire ni Capella lui-même. Pour les déplacements, la pétulance ne fonctionnait pas en ses murs. Comme dans l'Ostium, seule la substance des transfuges de Voyelle 9½, Mutine et Nectarine, n'était pas sujette à la neutralisation du pouvoir de dématérialisation instantanée. Elles seules pouvaient se rendre sur place et en disparaître aussitôt. Clotho en avait fait les frais.

Suzanne s'y perdrait-elle ?

***

— Salut Antoine !

Les quatre filles entrèrent dans la chambre, poussées par le silence intrigant qui avait été la seule réponse obtenue lorsqu'elles avaient frappé à la porte dans le couloir. Antoine, occupé à lire son magazine, ne prit pas la peine de dresser un sourcil sur les intervenantes qui investissaient outrageusement la pièce sans avoir de considération pour l'homme qui semblait exprimer, par son apathie, la plus fervente des désapprobations.

— On te ramène une invitée.

Sabine et Émmanuelle firent le tour du lit pour se mettre à droite du patient, tournant le dos à la fenêtre, tandis qu'Angélique et Valérie restèrent sur sa gauche. Antoine ne daigna lever les yeux sur aucune d'entre elles.

— Bonjour ! Je m'appelle Valérie.

Aucune réaction. L'homme était absorbé par un article qui interrogeait sur un éventuel rapport de cause à effet entre la lecture et la myopie. Lui n'était pas myope mais hypermétrope. Du moins, il ne l'était désormais plus : il avait été soigné par Clotho.

Clotho...

— Antoine... Sidonie a fait la même expérience que Suzanne et toi. Elle est partie à ta recherche. *Là-bas*...

Les mots de Sabine, incisifs, firent mouche. Ce prénom. Sidonie. Il planta ses yeux dans les siens et lui répondit :

— Je sais...

C'étaient ses premiers mots depuis son retour à Sanlys-sur-Mer. La brèche était ouverte. Angélique s'y faufila.

— Antoine, nous t'avons transporté à l'hôpital pour un examen complet qui a révélé que tu n'avais rien. Tu n'es plus ici qu'en observation. Mais tu es libre de partir si le cœur t'en dit. Moyennant quelques paperasses.

Il roula le magazine et poussa le verre d'eau avec sur la table de chevet. Les quatre femmes se lancèrent un regard intrigué. Puis il regarda vers ses pieds, balayant l'espace sur lequel la couverture qui le recouvrait était posée, et jeta un rapide coup d'œil à hauteur de son bas-ventre. Ses parties dessinaient une très légère protubérance. C'était dans cette position, allongé dans un lit, que Clotho avait été le serpent qui l'avait poussé à croquer la pomme. La Golden dorée d'un sombre péché véniel. La Gala d'un adultère mondain mais superficiel. La plus amère des Granny Smith.

— Tu veux nous parler de ce qu'il s'est passé *là-bas* ? proposa Sabine qui espérait que Stéphane allait aussi bien que Silène l'avait prétendu.

Au fur et à mesure des minutes, Antoine semblait se remettre en marche comme un vieux moteur diesel qui n'aurait plus tourné depuis des lustres. Il reprenait des couleurs, clignait des yeux, bougeait un peu plus dans son lit : la vie reprenait son cours. D'une certaine manière, il avait rencontré une autre femme avec laquelle il avait lui aussi eu envie d'avoir des rapports sexuels, aussi singuliers fussent-ils. Il avait trompé Sidonie. C'était aussi simple que cela. Devait-il continuer à s'apitoyer sur son sort et à rester isolé dans les méandres de son esprit ? Il ne le pensait pas.

Tout du moins, il ne le pensait plus.

Il devrait faire face aux conséquences du parjure adultérin : l'accepter lui-même, le révéler à Sidonie, travailler ensemble sur la confiance et sur les raisons pour lesquelles il en avait tiré du plaisir, et enfin s'obliger à ne jamais plus recommencer. En lui-même, le mot « viol » était peut-être sorti trop vite à la surface de sa conscience. Oui, il avait été sexuellement abusé contre sa volonté dans un premier temps, mais il y avait pris goût par la suite et devait se l'avouer. Il le savait au fond de lui-même : si Clotho était là devant lui, il est pratiquement certain qu'il ne résisterait pas à l'envie d'avoir des rapports sexuels avec elle. De lui faire l'amour. Un amour sauvage.

***

Il lui fallait quitter la ville : Catherine n'avait pas le choix. Marc était bien trop insistant dans cette circulation dantesque qu'il connaissait bien pour ne pas en tirer avantage. Elle par contre, ne se déplaçant qu'en rollers la plupart du temps, n'avait pas franchement l'habitude d'évoluer dans cette tourmente à bord d'un véhicule. Elle ne connaissait ni les impasses, ni les sens interdits et encore moins les rues en travaux. De fait, la sirène de police que l'agent K912 utilisait continuellement pour se faire une place de choix dans le sillage de la Ford Fiesta et gagner du terrain lui serait bien moins utile en rase campagne, sur les départementales qui filaient vers Moliets-et-Maa ou Castets. Et rouler droit vers une destination dans un environnement moins familier pouvait s'avérer plus décourageant pour lui.

Cependant, Catherine n'était pas parvenue à semer son poursuivant, pas plus qu'elle n'avait pris la direction du sud. Au hasard des voitures qui l'avaient empêchée de tourner où elle l'avait prévu, des piétons qu'elle n'avait pas voulu risquer de percuter et des cyclistes qui s'étaient avérés être de formidables obstacles, elle s'était retrouvée aux abords du théâtre Le Bec de Lune et filait à vive allure vers le nord.

Mais qu'est-ce que je fabrique, bon sang ?

Dans les problèmes jusqu'au cou, pressurisée par Marc à ses trousses dont l'image semblait s'être figée dans son rétroviseur intérieur, Catherine réalisa l'ampleur de ce qu'elle avait fait. Tout s'était passé si subrepticement.

D'origines belge par leur mère Armelle et japonaise par leur père Harushi, Catherine et Stéphanie étaient nées au Japon : l'aînée à Tôkyô, la cadette à Kushirô. C'est dans la banlieue ouest de la capitale nipponne, à Ogikubo, qu'elles avaient toutes deux grandi.

En 1974, alors que Stéphanie avait un an et que Catherine allait sur ses huit ans, cette dernière, entrant dans une puberté précoce, avait vu s'opérer très rapidement les changements morphologiques dus à cette période de croissance : développement de la pilosité, apparition des premières règles, début de mue dans la voix. Mais surtout développement des seins. Ses parents, très surpris de ces phénomènes, estimant que la nécessité faisait loi, lui avaient acheté dès lors des soutien-gorges adaptés.

Catherine, enfant imaginative et espiègle, avait énormément souffert de cette différence, surtout par rapport à ses camarades de classe qui l'avaient laissée déracinée à l'écart des jeux auxquels elles s'adonnaient pendant les récréations sans l'inviter à les rejoindre. Elle avait constamment été moquée, rejetée et considérée comme une fille bizarre : seule une « gaijin » [150] pouvait avoir une poitrine aussi bien pourvue à son âge, à l'image des actrices européennes ou américaines qui jouaient dans les films étrangers diffusés au Japon. *C'est pas une vraie Japonaise parce que sa mère est belge*, avaient clamé les autres élèves de son école. *C'est pour ça qu'elle a déjà des lolos.* Et finalement, l'échec scolaire en était devenu le corollaire le plus inéluctable de cet isolement. De cette discrimination.

L'adolescente, par voie de conséquence, avait refusé de se divertir avec des jeux de son âge qu'elle avait boudés, au grand dam de ses parents qui priorisaient à cette époque l'éducation de Stéphanie, leur plus jeune fille, et ne pouvaient s'occuper de leur aînée comme ils l'auraient souhaité, comme il aurait fallu. Les patins à roulettes, dont Catherine avait obtenu sa première paire en cadeau d'anniversaire pour ses cinq ans, puis les rollers, s'étaient métamorphosés en accessoires grâce auxquels elle avait entretenu sa condition physique exceptionnelle : développement musculaire, gestion du souffle, fonte des graisses. Tout était bon pour se maintenir en forme. Aussi, la solitude qu'elle avait été contrainte d'accepter était devenue le vecteur de sa maturité ; très rapidement, la transfiguration que son corps subissait aidant, Catherine s'était changée en femme.

C'est ainsi qu'était née sa passion pour la lingerie : les sous-vêtements avaient été un exutoire symbolisant l'acceptation de sa précocité. De grande taille, armée d'un tour de poitrine qui avait asséné de puissantes charges de honte ou d'envie aux jeunes Japonaises adultes, elle avait soigné sa plastique et son look avec rigueur et détermination. Et bien que le premier soutien-gorge qu'elle ait porté ne fût pas des plus affriolants, il demeurait la pierre angulaire d'une longue collection qui érigeait sa différence au panthéon de ses allégories : celle de la force dont elle était pourvue. Elle l'avait précieusement gardé ; il en était devenu le premier de sa collection.

D'une certaine manière, si Samson avait puisé toute sa force dans ses cheveux, Catherine avait tiré sa puissance et sa résistance de sa poitrine. Sa collection lui permettait de protéger et d'enjoliver cette source d'énergies.

Pourtant, la déviance due à sa cleptomanie n'était pas une fatalité, mais une facilité. Catherine n'aurait pas démérité si elle avait acheté ses dessous à grands coups d'huile de coude plutôt que de céder à des exactions. Mais non. Il avait fallu qu'elle les vole. Quarante-trois culottes, six strings, treize slips brésiliens, trente-deux porte-jarretelles, dix-neuf caracos et cinquante-cinq soutien-gorges. Trouble psychique ciblé sur une monomanie que ses parents n'avaient jamais cherché à comprendre, la cleptomanie de Catherine en était devenue si naturelle et addictive qu'elle avait entraîné son hôte dans une voie extrême. Dont le retour imposerait des sacrifices.

Maintenant qu'elle réalisait l'ampleur du problème et qu'elle était acculée à une situation qui lui échappait complètement, Catherine se sentait taraudée de regrets.

Trop tard.

Marc, toujours dans son rétroviseur, filant à soixante-dix kilomètres heure vers le sud dans la rue Amand Brault, s'était juré de ne pas la laisser lui glisser entre les doigts.

Il avait un compte à régler avec elle.

***

L'attitude taciturne d'Antoine n'avait rien d'un échec pour Angélique. Il présentait des signes encourageants qui prouvaient que la coquille qu'il avait dressée autour de lui s'effritait progressivement. Il ne gardait le silence que par choix délibéré, et non soumis à un quelconque traumatisme. Il sortirait de son mutisme en temps et en heure. Et peut-être *en* parlerait-il. C'est ce qu'elle espéra en redémarrant au feu qui venait de passer au vert.

Sabine, Émmanuelle, Valérie et elle seraient arrivées à la résidence dans les vingt prochaines minutes. Si la circulation le voulait bien.

Valérie, assise sur le siège passager de la petite Seat Ibiza de Suzanne, serrait contre elle un sac de voyage blanc Vuitton dans lequel elle avait rangé son linge de rechange et ses effets personnels. Depuis qu'elles avaient toutes les quatre quitté le parking de l'hôpital, elle n'avait plus rien dit, ce qui éveilla la suspicion d'Angélique qui mit cela sur le compte du terrible secret qu'elle allait lui révéler dans la soirée.

Et de la fatigue. Depuis quelques jours, toutes deux n'arrêtaient pas d'enchaîner les heures sans compter. Angélique aussi était éreintée. La nuit passée à s'occuper d'Antoine, ajoutée aux inquiétudes que tout le monde se faisait pour Stéphane, Sidonie et Suzanne, ne lui avait laissé aucun répit.

Et la soirée promettait d'être longue.

Sur la banquette arrière, Sabine et Émmanuelle semblaient autant plongées dans la contemplation de la ville qui s'activait autour d'elles qu'immergées dans leurs pensées. Malgré les propos rassurants de Silène, Sabine nourrissait de fortes inquiétudes pour celui qui, sans s'en douter un seul instant, avait conquis son cœur. Et la rousse n'était pas rassurée non plus pour son amie Suzanne.

Angélique franchit un nouveau feu vert et s'engageait dans le carrefour au moment où, sur sa gauche, elle entendit au loin une sirène de police s'approcher.

Elle regarda à travers sa vitre : un bolide jaune venait à toute allure dans sa direction. Elle freina en jurant.

— *Put...* !

La Seat pila.

La Fiesta fit un brusque écart en faisant crisser ses pneus pour l'éviter, faillit renverser deux passants en dérapant sur le goudron et repartit de plus belle dans la rue sur la droite alors que le véhicule des forces de l'ordre dont le signal sonore avait attiré l'attention des quatre femmes traversait à son tour le croisement, filant droit devant au cœur d'une agitation à laquelle s'ajoutèrent de nombreux coups de klaxons et une pléthore d'injures.

— C'était moins une ! s'exclama Sabine en regardant Angélique qui reprenait de la vitesse.

— Tu m'étonnes, répondit-elle. En tout cas, les flics n'ont pas l'air de vouloir lâcher le morceau.

— Le conducteur du coupé jaune non plus, ajouta Émmanuelle.

— Voilà qui va donner du grain à moudre aux flics...

Valérie, elle, ne pensait qu'à une seule chose : sa blessure. La douleur la faisait souffrir. Elle devait pourtant ne rien montrer. Personne ne devait savoir qui elle était.

Pas maintenant. Pas encore.

Bientôt.

***

Le périmètre qui faisait office de nécropole, situé au nord de la cité de Falken, était délimité par une enceinte rectangulaire de près de quatre-vingt centimètres de hauteur faite de plaques d'ardoise superposées sur deux-cent-quarante mètres linéaires : deux côtés de quatre-vingt mètres, un de quarante-deux mètres et le dernier de trente-huit mètres. Au centre de ce cimetière formant un quadrilatère orienté sud-nord se dressait une colonne constituée de plaques cylindriques de deux mètres cinquante-sept de diamètre qui alternaient deux couleurs et deux minéraux bien distincts : le bronze d'un vert passé et l'orichalque à la robe jaune foncé. Tout autour, sur le flanc courbe du monument, des runes celtiques anarchiquement gravées faisaient comme des scarifications aussi mystérieuses qu'hétéroclites. L'un de ces symboles, fait d'un trait vertical sectionné par un trait court en diagonale, revenait souvent. Naudhiz [151]. Symbole du sacrifice, de l'épreuve, de la purification. Les natifs enterrés dans cette nécropole, sacrifiés sur l'autel de la vie, ayant passé l'épreuve du trépas, en avaient-ils atteint une certaine forme de purification ? Wilfried n'en savait rien. À la lumière du feu qui brûlait ardemment au sommet de la colonne, il venait d'enterrer Magdalena, la sorcière de Diadem 13. Une consœur.

Et Max qui fut lui aussi rendu à Cléo. Cendres il fut, cendres il redeviendrait.

Loin d'être un confrère, le dieu qui avait rendu son âme au profit d'un sentiment qui, d'une certaine manière, avait donné un sens à sa mort, avait toujours été pour lui un frère. Un frère de sang.

La question de la mort des dignitaires n'avait jamais été évoquée ; personne n'aurait pu supposer qu'ils perdraient la vie un jour, même en vertu de la prophétie. Que l'un d'entre eux meure, jusqu'à présent, aurait relevé de la fiction. Polyphème, Sleipnir, Cerbère, Clotho, Falken, le Kraken et l'Âme Blanche, dans l'imaginaire de tout natif, avaient demeuré comme immortels, et jamais aucun doute ne serait jamais émis, s'étaient-ils dit inconsciemment. En conséquence de quoi on ignorait ce qu'il en était de la sépulture de chacun d'entre eux. Mais pour Wilfried, le titan et le cheval de feu à huit pattes, morts dans la région qu'ils avaient toujours protégée des envahisseurs, devaient y reposer : tel lui semblait être le meilleur choix, car tels étaient leurs fiefs et tel se devait d'être leur destin. C'est la raison pour laquelle il avait laissé le corps de Cerbère dans les monts de Sheeba.

Il finit d'adresser une dernière pensée à Max et se détourna aussitôt des deux nouvelles tombes pour s'en aller vers la sortie. Dans la nuit, le vent semblait plus fort encore que lorsqu'il soufflait à des heures diurnes. Pris dans le courant, ses longs cheveux châtains ondoyaient harmonieusement. Le vent, puissant et libérateur, chassa ses larmes.

L'heure n'était plus au deuil. Mais à la vengeance.

— Arrête de te cacher, Mutine ! Sors de là ! Je sens ta présence.

L'elfe apparut au sommet de la colonne, juste à côté du brasier qui projetait la lumière de l'existence sur tout le périmètre. Dans la pénombre, son visage n'exprimait rien. Mais ses yeux bleus brillaient avec ardeur. En contrebas, Wilfried, avec ses vêtements neufs, lui tournait le dos.

— Te voici donc amputé de ta moitié, fit-elle avec amusement. Que vas-tu faire ?

— Perverse lesbienne ! cracha-t-il. Aussi indigne d'être ici que les serfs.

Elle se dématérialisa et, dans un silence profond, réapparut au niveau du sol à trois mètres à droite du dieu. Son visage, enfin, exprimait quelque chose.

Le mépris. Mais elle garda cela pour elle.

— Savais-tu que Simbelmynë avait vu Max quelques instants avant sa mort. Apparemment, il avait l'air d'être tombé sous le charme de Suzanne. Elle était dans le lit de Magdalena et dormait quand il s'est approché d'elle et...

— Ferme-la, ignoble *gougnotte*. Tu as décidément la langue bien pendue.

— Ce n'est pas Suzanne qui a tué Max. C'est Silène. Par contre, c'est elle qui est responsable de la mort de Magdalena. Simbelmynë ne te l'a pas dit ? Et tu ne l'as pas senti non plus ?

— Cela fait plusieurs jours que je n'ai pas vu Simbelmynë, fit Wilfried en commençant à s'éloigner. Et non, je n'ai rien senti. Merci pour les informations, Mutine. Maintenant, laisse-moi. J'ai à faire !

— Suzanne est arrivée au labyrinthe du Dedalesk. Elle vient d'y entrer. Et Silène n'est pas sur Diadem 13. Il se peut qu'il soit parti se cacher sur Yf-6 ou Voyelle 9½, mais le connaissant assez, je parierais qu'il est là-bas, à Sanlys-sur-Mer, précisa Mutine en élevant la voix pour être entendue de Wilfried qui continuait de s'éloigner. Je ne saurais trop te conseiller de t'y rendre.

— Mutine ! Va trouver Notre Seigneur et Maître et dis-lui que le problème Silène sera bientôt résolu.

Il disparut.

Tu lui diras toi-même, pensa-t-elle.

***

La température était considérablement plus basse qu'à l'extérieur de la petite chapelle Saint-Syd, et Silène frissonna lorsqu'il y pénétra. Il avait un besoin ardent de réfléchir calmement dans un lieu où il ne risquait pas de mettre la vie d'autrui en danger. Et à cette heure-ci, il n'y avait visiblement personne dans la maison de Dieu.

Avançant dans la nef, seul, il évoluait religieusement dans le vaisseau central, baigné par les lumières divines du crépuscule qui traversaient allègrement les vitraux du flanc ouest, sur sa droite, et atteignit la croisée des transepts où il s'arrêta, les yeux caressant les contours, les reliefs et les couleurs de l'autel sur lequel s'élevaient deux cierges blancs marqués d'une croix rouge carmin et une bible ouverte posée au centre.

Silène s'agenouilla en levant les yeux sur une immense représentation du Christ immolé sur sa croix, dressée au-delà du chœur, dans l'abside éclairée d'une ribambelle de bougies qui se consumaient paisiblement sur des supports, comme des esprits dociles et bienveillants présents pour intimer à la vertu. Au recueillement.

À la paix intérieure.

Puis il baissa le visage et ferma les paupières tandis que des bruits au loin résonnaient sur sa gauche dans le transept.

Virgil, je t'en prie, mon frère.

Un requiem (152) retentit, brisant le silence religieux qui avait demeuré jusque là. L'harmoniumiste venait de s'installer devant ses claviers et jouait de son instrument, travaillant les compositions qui seraient jouées lors des prochains offices. Pour célébrer les morts. L'ambiance changea du tout au tout. On eût dit que l'apocalypse menaçait d'investir le monde. Mais la prière de Silène ne vacilla pas.

Fais que je dispose d'assez de temps pour débarrasser le monde de Wilfried et de tous ceux qui nous entraveront. Fais que Suzanne parvienne à vaincre les derniers dignitaires et Capella et qu'elle puisse, avec ses amis, revenir dans leur ville. Préserve ses habitants, les forces de l'ordre, leurs épouses, les résidents et leurs proches. Prends soin de nos compatriotes, virgiles ou capellans, qu'importe. Fais qu'il n'arrive rien à Marianne ni à ses enfants. Fais-le, je t'en conjure, mon ami. Mon frère...

— Il est trop tard, Silène !

Le dieu se redressa d'un bond et se retourna. Devant la lumière éblouissante qui scintillait à l'extérieur entre les deux vantaux restés ouverts, une silhouette en contre-jour se dessinait, positionnée en plein centre de la nef. L'identité de l'intervenant ne faisait aucun doute.

— Wilfried ! Tu as lu dans mon esprit. Tu n'en avais pas le droit.

Un étrange grognement à peine perceptible s'éleva par-dessus les harmonies qui s'élevaient jusqu'à la charpente : Wilfried fulminait.

— Je me suis octroyé tous les droits depuis que tu as tué Max. Et te connaissant, je ne pouvais te trouver qu'à la résidence, au commissariat, dans le parc ou ici, dans un lieu de culte. J'avais résolument vu juste.

Il commença à approcher de Silène avec un plaisir qu'il exprima d'un sourire carnassier. Loin d'être visible, son rictus se devinait dans l'obscurité. Wilfried canalisait sa colère derrière une jouissance pourtant non feinte. Il allait massacrer cet ennemi qui, depuis trop longtemps, le narguait sans relâche, se mettait en travers de son chemin. Et il vengerait Max.

— Tu sais bien qu'il devait mourir, souligna Silène en se mettant sur ses gardes. Il était son propre ennemi. Il était condamné, bien au-delà de la prophétie de la naissance de Hans.

Un silence.

— C'est la maison de Dieu, poursuivit-il. Nous n'allons pas nous battre dans ce lieu sacré, Wilfried. Consacré !

Mais Wilfried se mit à courir. Enfin. Et hurla :

— Le seul et unique dieu que tu dois respecter est celui qui va t'ôter la vie.

Il bondit et créa une sphère d'énergie dans sa main.

— Moi !!!

Silène se décala sur le côté pour ne pas recevoir l'attaque au moment où Wilfried fondait sur lui. Mais ce dernier, ayant prévu le coup, retomba au sol sur un pied, amortit sa chute en une légère génuflexion et envoya son autre jambe sur le côté en direction de son adversaire. Silène, pris de court, reçut le coup à la taille et fut violemment projeté à huit mètres dans les bancs d'église qui cédèrent à la pression que son corps exerça sur eux. Comme un tremblement de terre qui éventrait le sol et réduisait en charpie tout ce qui se trouvait sur sa trajectoire, le corps de Silène créa ainsi une travée dans le mobilier liturgique et les morceaux de bois volèrent en éclats dans un vacarme assourdissant au moment même où l'harmonium cessait de pleurer les mélodieuses notes de son requiem. Wilfried projeta enfin sa sphère de pétulance afin d'achever Silène qui ne pouvait être qu'à terre. Une explosion s'éleva autour du sol à l'endroit de l'impact et résonna dans toute l'aire de la chapelle. Un vitrail se brisa en confettis multicolores.

Wilfried se précipita au milieu des débris.

Silène n'y était pas.

— Montre-toi, ordure !! Tu ne pourras pas te téléporter indéfiniment !

Caché au fond de la chapelle dans le déambulatoire qui marquait l'arrière de l'édifice, Silène avait l'impression que son corps était un fruit dont on avait fait de la marmelade. Il se sentait brisé de l'intérieur, désarticulé.

— Il faudra pourtant bien que tu affrontes ta propre mort, mon enfant, ricana Wilfried, au loin, avec la plus sincère des condescendances. Æther ou Neither, qu'importe où tu iras ! Mais ta mort me rendra justice !

La blessure à la poitrine que Wilfried lui avait faite plus d'une semaine plus tôt au moment où Virgil l'avait projeté dans le portail le lançait parfois, bien qu'il n'y ait rien de cassé. Silène était parvenu à en faire abstraction. Mais le mauvais coup qu'il venait de recevoir avait ravivé cette blessure.

Wilfried a raison. Je ne pourrai pas constamment repousser mon affrontement avec lui. Il me faudra bien lui faire face, un jour ou l'autre.

*

Chapitre XII
MAUDITS

S *uis-je bête... Je suis sûre que si je rapplique chez papa et maman avec les flics au cul, ils ne me le pardonneront jamais. Il vaudrait mieux que je me rende là où je ne serai pas susceptible d'envenimer ma situation... Il ne me semble y avoir qu'un seul endroit au monde où je pourrais, malgré mon sursis, essayer de me faire oublier de la Police municipale. À Soorts-Hossegor, chez les Cassegrain.*

Sortant tout juste du centre-ville de Léon, Catherine s'engagea sur la D652 et, à vive allure, s'extirpa des intersections qui la ralentissaient. Le demi-jour l'invectivant de ses rayons éblouissants, elle baissa son pare-soleil pour ne pas être davantage aveuglée et appuya sur le champignon après avoir passé la quatrième puis la cinquième. La harde de quarante-cinq chevaux qui galopaient sur l'asphalte hennirent dans le moteur qui en amplifia le volume. Le pied de Catherine qui enfonçait la pédale de droite faisait rugir la Fiesta. Sous les arches de roues, les pneus tournoyaient sur eux-mêmes à une vitesse démentielle. Tout autour d'elle, les propriétés ceinturées de verdure défilaient sans discontinuer, mais elle n'en discernait que de vagues formes : Catherine ne souhaitait que rester concentrée sur la route. À cent-vingt-quatre kilomètres heure sur une départementale limitée à soixante-dix, les risques d'accident demeuraient permanents.

Catherine et Stéphanie avaient emménagé très rapidement dans cet appartement de la Plage Nord lorsque leurs parents leur avaient dit neuf mois plus tôt qu'elles pouvaient s'y installer de suite : ils l'avaient loué pour elles. Les deux filles qui avaient vécu chez eux à Biarritz avaient sauté de joie. Deux semaines plus tard, elles prenaient leurs quartiers à Sanlys-sur-Mer au trente-quatre de la rue du Puits, deuxième étage, porte numéro six. Le père avait cédé à Catherine sa vieille Ford Fiesta de 1977 pour qu'elles aient un véhicule sur place. Stéphanie avait manqué les premières semaines de cours en seconde au lycée Henri Poincaré, certes, mais elle était parvenue à refaire son retard sans problème. Catherine, elle, ne sachant que faire de son temps, avait passé les premiers jours de cette nouvelle vie entre sœurs à sortir à la plage et en discothèque, ainsi qu'à continuer sa collection de sous-vêtements commencée à Ogikubo au Japon et poursuivie à Biarritz. Quant à ses soirées, elle avait passé la plupart d'entre elles à domicile sur Minitel [153]. Inscrite sur des messageries de rencontres pour adultes, Catherine ne s'était guère lassée de correspondre avec des hommes qui, sous le couvert de pseudonymes attrayants, devenaient des dandies, des Don Juan [154] ou des dominateurs pervers, narcissiques et sadiques.

C'est ainsi qu'elle avait rencontré les Cassegrain.

Sur 36-15 Ulla [155].

Les Cassegrain étaient un couple de trentenaires beaux et fortunés propriétaires d'une magnifique villa située route des Lacs à Soorts-Hossegor. Edgar et Maryline. Lui travaillait dans la finance, elle dans le commerce, tous deux à des postes très importants qui leur assuraient une confortable et paisible retraite. Un domestique officiait à leur service, Valentin, et trois chiens : des dobermans répondant aux noms de Castor, Pollux et Hermès. En guise de voiture au quotidien, une Peugeot 504 coupé vert bouteille [156], une Lada 4x4 Niva 1 bleu pétrole [145] pour les sorties du week-end à la plage, à la campagne ou dans les Pyrénées, et une Lamborghini Countach LP500S [157] blanche pour la collection.

En somme, le couple Cassegrain, sans enfants, n'avait besoin de rien. De rien d'autre que de divertissement pour tromper l'ennui. Très libertins, ils avaient été en quête de partenaires pour des jeux coquins et étaient tombés sur Catherine. « Jaguar » avait ainsi rencontré « Sauvageonne ».

Elle s'était rendue chez eux pour un premier rendez-vous fixé par téléphone. Mais finalement moins à l'aise dans les frasques sexuelles qu'elle ne l'avait imaginé elle-même, Catherine s'était avérée incapable de se laisser aller aux merveilleuses fantaisies sado-masochistes que le couple lui avait proposées, ni aux rôles outrageux qu'ils avaient souhaité qu'elle endosse. La déception des Cassegrain avait été telle qu'ils lui avaient demandé, afin qu'elle ne soit ni venue pour rien, ni qu'ils ne l'aient inutilement attendue, de faire du repassage et de nettoyer les vitres, ordres qu'elle avait exécutés avec brio. Edgar et

Catherine en étaient donc venus à conclure un nouvel accord. Ainsi, depuis ce jour, elle avait pris l'habitude de se rendre presque quotidiennement chez eux pour y faire deux ou trois heures de tâches domestiques. Elle en était systématiquement et grassement rétribuée.

Mais Marc tombait mal. Ce matin, Catherine, inquiète et désireuse de prendre des vacances pour se faire oublier quelques temps, avait appelé Edgar pour les prévenir, sa femme et lui, qu'elle ne viendrait pas aujourd'hui et qu'elle prenait trois semaines de vacances. L'homme avait rouspété en arguant qu'elle aurait pu les prévenir quatre ou cinq jours plus tôt afin qu'ils aient le temps de prendre leurs dispositions, mais elle s'en était sincèrement excusée sans plus d'explications. Intransigeant et ferme, il lui avait cependant laissé deux semaines de congé. Pas un jour de plus. Si elle n'était pas revenue travailler le mercredi 27 juin à venir, elle perdrait son poste. D'autres jeunes femmes seraient ravies d'être payées cent-soixante-quinze francs de l'heure pour faire du ménage et du repassage. Catherine avait accepté puis raccroché en se confondant encore en excuses.

Et là, comme si le fait de mettre Edgar et Maryline dans l'embarras ne lui suffisait pas, Catherine allait en remettre une couche en débarquant chez eux, risquant par là même d'attirer l'agent de police jusqu'à eux. Un comble ! Mais elle n'avait plus le choix.

J'y suis !!

Elle venait enfin de franchir le panneau d'entrée dans la commune de Soorts-Hossegor et n'avait pu que le deviner sans pouvoir le lire tant elle allait vite. Mais elle dut ralentir dans ce secteur urbain et son compteur se stabilisa ensuite aux environs des quatre-vingt-dix kilomètres heure. Marc en profita. Il prit le risque de ne pas freiner autant qu'elle l'avait fait, passa à plus de cent kilomètres heure au niveau de l'avenue des Charpentiers et la doubla en dérapant au frein à main pour s'arrêter devant elle entre deux arbres. Elle jura. Mit un coup de volant à droite, glissa sur le bas-côté dans la terre, braqua sur la gauche, revint sur l'asphalte et laissa derrière elle la voiture de police. Catherine, presque heureuse, repartit de plus belle sur la route des Lacs en direction du sud. Marc, pour sa part, mit un temps fou à manœuvrer pour repartir.

— Elle s'est bien jouée de moi, la *salope* !!

Il n'en pouvait plus. Stressé, il en était arrivé à en perdre ses moyens. Aucun de ses collègues à qui il avait demandé du renfort n'avait été disponible. Il était seul. En revanche, s'il parvenait à rattraper cette cleptomane sans cervelle, tout juste bonne à ne pas se rendre compte du pétrin dans lequel elle s'était fourrée, alors ce serait une belle victoire qui le ferait à nouveau briller de ses plus beaux feux. Il retrouverait un peu de l'estime de lui-même qu'il avait perdue. Il lui fallait la coincer, cette fois-ci.

— Tu ne t'en sortiras pas comme ça ! cria-t-il au-dessus de la sirène qui n'arrêtait pas de hurler. Je vais te clouer dans ta cellule !

La fugitive, elle, vira à droite et remonta vers l'ouest en direction du lac d'Hossegor, talonnée de près par l'agent de police qui revenait rapidement, resserrant l'écart qui s'était creusé entre eux et mettant la pression à celle dont il était dans le sillage. Sur leur route, les automobilistes colériques qu'ils croisaient ou doublaient dangereusement klaxonnaient furieusement, conscients des dangers que représentaient les conducteurs de la Ford Fiesta et de la berline Peugeot qui ne la lâchait pas d'une semelle. Les pins maritimes de la grande forêt des Landes filaient sur leur droite tandis qu'à gauche, le soleil leur mordait le visage de ses rayons qui frappaient puissamment leurs yeux. L'ombre des arbres se couchait sur leur route à leur perpendiculaire et alternait vivement l'obscurité et l'éclairage de cette fin de journée. Mais Catherine n'y prêtait guère attention : elle arrivait à destination. Et enfin, au terme de quelques minutes passées à flirter avec les cent-vingt-cinq kilomètres heure, elle freina vivement et s'engagea dans une petite route à droite qui serpentait dans un paradis vert dont le parfum de sève lui chatouillait les narines.

Catherine n'en pouvait plus. Elle avait perdu. Elle le savait. C'était trop. Rien ne l'avait jamais préparée à endurer si longuement la peur et le stress imposés par une course-poursuite. Elle avait atteint ses limites.

Sur sa gauche, un muret en pierre, au-dessous d'une haie, se présentait marqué en son centre par une grille blanche à côté de laquelle se trouvait un petit portail assorti. Une poubelle municipale trônait sur le trottoir à côté d'un véhicule tout terrain de marque Lada, garé en créneau. Catherine freina et vira pour s'arrêter. Mais dérapa comme sur du verglas ; la Fiesta ralentit à peine, les pneus crissèrent. Inévitablement, les feux avant et la calandre de la voiture du constructeur russe, immobile sur ses quatre grandes roues, volèrent en éclats quand elle la percuta, les débris hurlèrent en s'éparpillant, la tôle jaune se froissa et la poubelle, repoussée contre le muret, fut compressée par la proue quelques millièmes de seconde avant qu'un choc violent ne secoue Catherine dans son habitacle. La Fiesta s'était immobilisée. Elle coupa le moteur, fébrile, et sortit en courant pour entrer dans la propriété où elle fut accueillie par les trois chiens.

Les jambes en guimauve, le cœur battant la chamade à tout rompre, la sueur imprégnant ses vêtements, Catherine ne ressemblait plus à ce que Castor, Pollux et Hermès avaient l'habitude de voir. Mais ils sentirent son odeur familière et se mirent à lui tourner autour en aboyant. Au loin, la sirène de police se rapprochait. Tout comme le couple Cassegrain qui sortit précipitamment de la magnifique et majestueuse demeure de trois étages.

L'homme, grand aux cheveux d'un vert foncé, campé entre de larges épaules, mince et réellement séduisant, jouissait d'un impressionnant charisme que sa chemise blanche ornée d'une cravate olive au-dessus d'un pantalon à pinces bordeaux accentuaient. Malgré ses yeux profondément enfoncés dans son crâne sous des arcades sourcilières marquées de deux traits de poils sombres, on distinguait bien ses pupilles dont la couleur mauve ressortait ostensiblement. La femme, elle, était à mille lieues d'avoir l'âge que le gris de ses longs cheveux fins et soyeux indiquait. Au contraire, assumant une belle trentaine, elle se déplaçait avec une grâce sans pareille, prise captive dans un ensemble deux pièces en polyester vert empire assorti qui lui donnait l'air d'un rôti de bœuf saucissonné, mais dont les lignes, sveltes, réduisaient cette comparaison en miettes.

Edgar et Maryline devaient faire partie des hommes et des femmes les plus élégants et naturellement séduisants qui soient. La réalité dépassait la mythologie grecque : Apollon et Aphrodite avaient quitté l'Olympe pour venir vivre dans les Landes.

— Catherine ! Que faites-vous là ? demanda Edgar en la prenant contre elle avant qu'elle ne chancelle. Vous avez esquinté mon 4x4 et réduit en bouillie ma poubelle. Et votre Fiesta.

— Edgar, regarde… commença à dire Maryline en se tournant vers la route devant chez eux. Ce sont les flics…

En effet, la voiture de police de Marc crissa des pneus sur l'asphalte et s'arrêta net sur le bas-côté. Il coupa la sirène mais laissa tourner la lumière des gyrophares. Sortant de sa voiture, il dégaina sans délai ni sommation son Colt Elite, tira le chien en arrière et le pointa vers Catherine en entrant dans la propriété. Maryline s'écarta et Edgar s'énerva en tenant la jeune femme contre lui dans son dos, exténuée.

— Que vous soyez de la police ne vous donne pas le droit d'entrer comme ça chez les gens et de les tenir en respect ! fit-il d'une voix aussi posée que menaçante.

— Écartez-vous d'elle, monsieur ! Je dois emmener cette jeune femme au commissariat, que vous le vouliez ou non !

— Mais de quoi l'accusez-vous ? s'écria Maryline.

— Cette fille cumule de nombreux chefs d'accusation, madame ! Délit de fuite, fuite devant un agent de la paix dans un véhicule à moteur, extorsion, vol avec récidive, ainsi que de nombreuses infractions au Code de la Route : chevauchement d'une ligne continue, circulation sur chaussée à double sens, gêne ou entrave à la circulation, refus de priorité, excès de vitesse, non respect des distances de sécurité. Et j'en passe !

L'image de Sandra, de Bérénice et de Nathalie fit comme un flash dans l'esprit de Marc. Il se radoucit en désarmant le chien et rangea lentement son arme dans son holster. Et ajouta, en chassant leur visage de son esprit :

— Je dois l'emmener ! Monsieur... ?

— Monsieur Cassegrain !

Catherine se sépara d'Edgar qu'elle remercia d'une voix faible et chevrotante. Et se tourna vers lui.

— Je suis désolée, mon cher « Jaguar »...

Il sourit imperceptiblement. Mais Catherine, qui le connaissait bien, remarqua ses yeux rieurs.

— Mais je n'ai pas fait de belles choses, croyez-moi, ajouta-t-elle.

Elle tendit les mains en avant, poignets serrés. Marc sortit les menottes.

— Je suis désolée pour votre voiture... Je l'ai bousillée...

— C'est la poubelle que vous avez bousillée, répondit-il en regardant l'agent de police lui passer les bracelets aux poignets. Ce n'est pas problématique. Il y a plus grave. Mais rassurez-vous : Maryline et moi allons vous sortir de là !

— Ça m'étonnerait qu'elle sorte de cellule dans les deux prochaines années ! clama Marc en tenant fermement Catherine par l'avant-bras.

— On verra bien ! Et vous, vous êtes ?

Edgar était très remonté. Il détestait la « flicaille racaille » comme lui-même l'appelait. Ces agents de police qui se prenaient pour des caïds, jouant les cow-boys, roulant des mécaniques avec leur arme de service et leur insigne, et pourtant incapables d'être moins corrompus par leurs vices que les gens qu'ils mettaient en cabane ou traînaient devant les tribunaux.

— Marc Swift, matricule K912, lieutenant de la Police municipale de Sanlys-sur-Mer. Et si vous avez un problème avec moi, je serai ravi de m'entretenir avec vous et de vous sortir le Code Pénal sous les yeux pour vous rafraîchir la mémoire.

Edgar fit un rire moqueur, plein de suffisance et de mépris. Marc haït encore plus cet homme qui avait l'air de tout avoir sans rien devoir.

— Non, monsieur Swift. Votre bonne volonté, avec la plus grande des motivations, ne pourra rien face à mon armée bien rodée d'avocats. Et, pour vous prendre au mot, je vous assure que Catherine sera libérée bien avant la fin de l'année. Elle passera très certainement Noël avec sa petite sœur et ses parents.

Cet homme est résolument bien sûr de lui, pensa Marc. *Peut-être un peu trop...*

— Morgane appelle K912, crachota la radio au loin. Tu me reçois ?

Maryline et Edgar, blottis l'un contre l'autre, regardèrent avec une certaine amertume l'agent de police embarquer Catherine sans faire attention à l'appel du commissaire. Leurs trois dobermans les suivirent jusqu'à ce qu'ils atteignent le portail et s'assirent en regardant Marc la faire entrer à l'arrière du véhicule en lui baissant la tête.

— Sauvageonne ! s'écria Edgar.

Catherine, le moral à plat, en quête de tout encouragement qui pourrait la rassurer, se tourna vers lui au moment où Marc refermait la portière. Edgar commença à parler mais elle ne put entendre ce qu'il lui dit du fait de la vitre levée. Pour couronner le tout, la sirène de police se mit à retentir à cet instant précis. Marc, qui venait de la réactiver, ricana. Catherine n'entendit rien et les paroles d'Edgar moururent dans l'air couvert par le signal sonore continu.

Qu'ils aillent tous au diable.

— Marc ! Est-ce que tu me reçois ?

— Je vous écoute, commissaire, fit-il en décrochant son *talkie-walkie*.

— Où es-tu ?

— Je suis à Hossegor. J'ai pu *choper* la fille en rollers.

— Catherine ??

— Oui, je vous la ramène. Qu'est-ce que vous vouliez !

Édouard sembla réfléchir un instant. Il savait pourtant très bien ce qu'il avait à dire. Mais il ne trouvait pas les mots. Il se lança malgré tout.

— Marc... Deux dieux sont actuellement en train de s'affronter dans la Cité Métallique. On dirait que Virgil est l'un d'eux. C'est du délire ! Les trente-huitième et trente-neuvième étages de la tour TDK sont détruits. On déplore près de vingt-six morts et une centaine de blessés. On est débordés, incapables de les appréhender. On a besoin que tu reviennes. Amène-toi !

Marc redémarra aussitôt sur les chapeaux de roues.

— J'arrive de suite !!

***

Le bureau bascula sur le côté, le micro-ordinateur Olivetti M24 [158] pencha dangereusement en direction du casier à dossier attenant au meuble et finit par tomber lourdement sur la moquette, entraînant dans sa chute un pot de crayons et de stylos, une calculatrice et un téléphone. L'écran ne se brisa pas mais le coffrage se déboîta et une touche du clavier céda. Silène, lui, émergea en lieu et place du capharnaüm localisé qui venait se joindre au paysage de dévastation qui avait investi les locaux. L'entreprise qui avait paisiblement siégé jusque là, au trente-neuvième étage de la tour TDK dont la façade vitrée éventrée laissait entrer un puissant courant d'air qui venait tourner les pages des classeurs à documents épars, ne pourrait plus occuper les lieux avant des mois de travaux pour tout reconstruire, réparer, réinstaller, reconfigurer.

Le soleil se couchait dans un ciel embrasé d'un rouge incandescent, la journée touchait à sa fin.

Mais pas le combat qui opposait les deux dieux.

Wilfried voulut créer une attaque dans le creux de sa main. Mais aucune énergie ne s'y concentra.

— Tu ne disposes plus d'assez de pétulance, railla Silène.

Le dieu qui lui faisait face émit un rire.

— Peut-être, oui. Mais tu n'en as pas davantage que moi, avorton. Tu es parvenu à m'échapper une fois dans la chapelle tout à l'heure en me faisant croire que tu t'étais téléporté ailleurs alors que tu te trouvais tout proche. Malheureusement pour toi, j'ai senti ta présence. Qui croyais-tu berner ainsi, imbécile ?

— Alors nous nous battrons jusqu'à la mort !

Wilfried s'élança en avant et décocha un direct du droit à son adversaire qui fut repoussé en arrière et trébucha sur des fils électriques avant de tomber.

— En tout cas, jusqu'à la tienne, Silène !! Tu as eu tort de tuer Max !

— Et lui de tuer Virgil. N'as-tu donc jamais eu de considération pour les natifs qui sont nés sans pétulance ?

— Pour les serfs ? Jamais !

— Tu mens ! Il y a du bon en toi, Wilfried. Tu ne me l'avoueras jamais parce que tu es fier, mais si ce n'était pas le cas, une femme comme Simbelmynë n'aurait jamais nourri de sentiments pour toi.

— Ne prononce jamais son nom !

Silène, une fois encore, ne vit rien venir. Son adversaire avait bondi et s'était élancé dans sa direction le pied devant. Le talon l'atteignit violemment au niveau de la tempe droite et la tête fut repoussée sur le côté, emportant avec elle le corps dans lequel la douleur investissait chaque partie. Retombant lourdement contre une cafetière, il renversa les gobelets en plastique et les touillettes en bois qui s'éparpillèrent au sol. Wilfried ne lui laissa pas le temps de se relever et le maintint contre la moquette d'un pied vigoureux contre la poitrine qu'il avait lui-même blessée. Silène hurla à en mourir.

— Cette douleur te rappelle quelque chose ?

Poussé dans ses derniers retranchements, Silène saisit la jambe de son ennemi et la poussa dans le sens inverse de l'articulation, le genou vers l'arrière. Le dieu se tordit de douleur et se recula vivement, laissant à Silène la liberté de se relever et de reprendre son souffle. Devant lui, Wilfried se massait le bas de la cuisse sans perdre son opposant des yeux.

— Qui est-elle ?

— Qui donc ? s'étonna Silène.

— Tu penses à une femme. Et ce n'est pas Kyrielle...

— Laissons les femmes où elles sont et viens donc m'affronter, Wilfried. Puisque tu as juré allégeance et fidélité à Capella et que tu es incapable d'admettre que malgré cela, tu aspires à une vie plus vertueuse que celle que ton souverain t'a accordée, tu n'as rien à faire ici. Retourne sur Diadem 13 et restes-y. Tout cela n'est pas tenu de finir dans un bain de sang. Tu vivras l'existence que tu souhaites, esclave de ton dictateur, jusqu'à ce que Suzanne le supprime et libère tous les serfs de son emprise. À ce moment-là seulement, si tu es encore en vie, tu vivras le reste de tes jours à expier tes crimes pour, peut-être, accéder à l'Æther afin d'y purger ton âme.

C'est très soudainement que la porte du bureau, bloquée par un morceau du plafond qui s'était effondré sous les attaques répétées des deux dieux qui avaient réduit en pièces deux étages de la tour, fut défoncée par une brigade de huit pompiers et un groupe de dix C.R.S. que le commissaire, avec l'accord du préfet de police, avait sollicité. Ils se déversèrent dans la salle sans délai et se mirent en position, les hommes en armure du corps spécialisé en rangée dos au mur, boucliers à la verticale, en ordre serré, tandis que les soldats du feu se dispersaient à la recherche de blessés ou de morts dans les décombres. Derrière les C.R.S., le quinquagénaire à la tête des forces de l'ordre, rejoint par Boris et Francis, prit le porte-voix que lui tendait ce dernier.

— Wilfried !...

Édouard ne put davantage parler ; Silène leva aussitôt un bras tendu avec l'index dressé pour intimer le silence. Les C.R.S., immobiles, gardaient Wilfried dans la ligne de mire de leurs fusils d'assaut. Les pompiers alentour sécurisaient les lieux, faisaient tomber les débris qui menaçaient d'écraser quelqu'un, éteignaient tous les appareils, coupaient les arrivées d'eau et les disjoncteurs électriques, tiraient un cordon de sécurité à deux mètres de la plaie qui avait éventré le mur et les fenêtres de la façade et qui risquait d'attirer dans le vide toute personne imprudente. Le dieu baissa enfin le bras et regarda Morgane avec un sourire triste.

— Je me charge de lui, commissaire...

— Alors je t'attends ! s'exclama Wilfried dans son dos.

Silène pivota vivement sur lui-même, à la grande surprise de son adversaire, et se jeta sur lui.

— Non, Silène ! s'écria Morgane qui sentait venir le pire.

Saisissant Wilfried pour le garder bien contre lui, Silène s'effondra avec lui sur le sol en arrachant le cordon de sécurité sous le regard stupéfait du commissaire et de ses hommes, et tous deux roulèrent violemment sur la moquette qui leur brûla la peau. Wilfried grogna. Le vide était là, tout près.

Améthyste, pensa Silène. *Donne-moi la force de le faire... Je t'en conjure...*

Agrippés l'un à l'autre, pris dans leur brutale énergie cinétique, les dieux se rapprochaient du bord. Trop vite. Le sort en était jeté.

Leurs corps basculèrent dans le vide.

Aussitôt, l'altitude fila dans leur sillage. Leur reflet dans les vitres de la tour TDK semblait sectionner les étages. Leur poids n'avait plus prise sur rien : seule la gravité les impactait. Le vent s'engouffrant dans leurs vêtements les privait de souffle pour respirer : une certaine forme d'asphyxie les paralysait davantage à mesure qu'ils se rapprochaient du sol. La mort leur tendait les bras.

— Tu vas mourir, Wilfried !!

Violemment fouetté par l'air qu'ils fendaient tous les deux, Silène tenta de se concentrer pour se sortir de cette situation désespérée en exerçant sur lui-même sa pétulance. Mais il avait du mal à focaliser son esprit sur son pouvoir : la chute, impressionnante de près de cent-vingt-six mètres d'altitude, court-circuitait ses pensées. Ses soixante-treize kilos, tout comme les soixante-dix-huit de Wilfried, se rapprochaient du sol à une vitesse si vertigineuse que l'impact semblait inévitable, à présent.

— Alors tu mourras avec moi !!

Tenant fermement Wilfried par le tee-shirt et le poignet, Silène lui jeta un regard à travers les longues mèches de cheveux marron qui ondulaient frénétiquement dans son visage. Puis il le lâcha, le salua pour le narguer en dessinant de l'index et du majeur un arc de cercle à côté de sa tempe.

Merci !

Et disparut. Silène avait transformé l'essai, miraculeusement, grâce à Améthyste. Il ne pouvait que la remercier.

Wilfried, lui, était plus seul que jamais.

***

Une bûche crépita dans les flammes. Améthyste l'entendit et sa conscience fut happée par le présent pour réintégrer son corps. Chez elle, au sein de la cité. Sous le regard intrigué de Simbelmynë, elle s'humecta les lèvres en buvant une grosse gorgée de clîmel et s'interrogea.

Ai-je bien entendu la voix de Silène ? M'a-t-il vraiment remerciée ?

Si Clotho avait pour différence notable d'être pourvue d'un appareil génital dont tout autre natif de Diadem 13 était privé, Améthyste, pour sa part, se différenciait de son peuple par une morphologie particulière. En-dehors du fait d'être la moins grande de tous, excepté Hans qui, avec son mètre cinquante-neuf, était plus petit qu'elle de cinq centimètres, elle avait également une silhouette enrobée. Bien que ses muscles puissants recouverts d'une couche de corps gras fissent culminer son poids à soixante-sept kilos, ils ne lui ôtaient toutefois aucun de ses charmes. C'est ce que se dit Simbelmynë en la regardant.

— Tu penses qu'elle parviendra à les tuer tous les sept ? lui demanda cette dernière après avoir bu une gorgée à la lumière du feu de cheminée.

— L'élue ? demanda Améthyste avant de réfléchir un instant. Je ne sais pas, mais d'après moi, elle en est bien capable. Aucun d'entre nous n'aurait jamais pu prévoir que Polyphème et Sleipnir périraient un jour sous les coups d'une étrangère.

— Cerbère aussi est mort.

— Je sais, mais en ce qui me concerne, je n'ai jamais considéré qu'il puisse inquiéter qui que ce soit. Ce n'était qu'un roquet.

Simbelmynë sembla offusquée de ce qu'elle venait d'entendre.

— Heureusement que tu n'as jamais dit ça à Magdalena ; elle t'en aurait tenu rigueur. Tu sais qu'elle l'aimait plus que tout.

— Là où elle est maintenant, elle ne peut plus me tenir rigueur de quoi que ce soit. Et puis je ne fais que dire ce qui était : Cerbère était un chien sans cervelle.

— Tu sembles oublier qu'il en avait trois.

— Trois cervelles qui ne lui ont pas servi au moment de faire face à l'élue. Il ne méritait pas d'être dignitaire ! affirma Améthyste.

— Virgil l'a pourtant craint le jour où il est né, rappela Simbelmynë en montant d'un ton. Il n'avait pas pu aller plus à l'est des monts de Sheeba, d'après ce qui se dit ; Cerbère lui aurait barré la route.

Améthyste avait invité Simbelmynë à venir chez elle passer la nuit : aucune d'entre elles n'était parvenue à s'endormir dans son logis respectif. Cette guerre exacerbait les angoisses les plus profondément enfouies, et toutes deux avaient préféré en parler. Mais Améthyste, à cet instant, ressentit une certaine antipathie pour sa consœur. Et argua :

— Virgil avait rebroussé chemin non pas par faiblesse, mais parce qu'il souhaitait respecter les desiderata de Cerbère. C'est aussi simple que cela.

— C'est ce qu'il t'a confessé sur l'oreiller ? Tu ne dis cela que parce que tu l'as aimé. Tu prends sa défense, et c'est normal.

— Je ne prends pas sa défense, Simbelmynë ! Je ne fais que dire les choses. Toi, tu es de religion capellane et moi virgile. Mais cela ne doit pas nous empêcher de nous respecter et de dire les choses sincèrement.

— Je suis d'accord, on peut se dire les choses sincèrement, Améthyste. Alors laisse-moi te dire ceci : je pense que tu es encore amoureuse de Virgil, bien qu'il soit mort, et qu'au fond de ton cœur, tu souhaites la victoire de sa cause. Je ne serais pas surprise que tu nourrisses des desseins de trahison, ni que tu souhaites la mort de nos trois derniers dignitaires, de Capella et de Wilfried.

— Stenkhil est mon ami, dois-je te le rappeler ? Crois-tu vraiment que j'oserais souhaiter la mort de Falken, le jumeau de mon vieil ami ?

Assise sur un petit tabouret devant la cheminée, Simbelmynë se releva et s'approcha de la table sur laquelle trônait patiemment la bouteille en verre remplie de ce breuvage que tous les natifs sans exception aimaient tant. Elle s'en saisit et la porta à ses lèvres avant de renverser sa tête en arrière, arquant son dos avec souplesse et laissant ses longs cheveux blancs chuter merveilleusement jusqu'à ses chevilles. Puis elle soupira après avoir avalé quatre bonnes gorgées et tendit vers la table le goulot de la bouteille afin de resservir son hôte. Mais Améthyste retira son verre vide et s'empara de la bouteille sans que sa consœur n'ait le temps de l'en empêcher. Pour y boire directement, elle aussi. Simbelmynë, d'abord surprise, la regarda avec perplexité et profita de ce silence pour répondre :

— Je pense que ton amour pour Virgil est plus puissant que ton amitié pour Stenkhil. Et que ton allégeance pour Capella.

Améthyste reposa avec force la bouteille qui fit frémir son verre sur la table en bois illuminée d'un cierge. Mais ses yeux n'avaient pas quitté la déesse qui se tenait debout devant elle, laquelle ajouta :

— Kyrielle, une virgile, a été écrasée dans sa propre maison qui s'est effondrée dans une crevasse il y a deux ans, et Virgil lui-même a péri sous les coups conjugués de Max et de Wilfried il y a plus d'une semaine. Barbara, sacrifiant sa vie pour offrir sa pétulance à l'élue, est morte elle aussi. On dirait bien que tous les natifs de confession virgile meurent tragiquement, les uns après les autres. N'as-tu pas remarqué ? C'est comme une malédiction !

Cette fois-ci, Améthyste se leva avec grand fracas.

— Les trois premiers dignitaires sont morts eux aussi, cracha-t-elle avec véhémence. Morts les uns après les autres, d'ailleurs. Et Max est mort, lui aussi ! Clotho n'est même plus dignitaire et Silène est toujours en vie. Alors quelle cause crois-tu la mieux lotie, Simbelmynë ?

— C'est bien toi qui as récupéré le cadavre de Virgil dans la forêt de l'Âme Blanche et qui l'as enterré dans notre nécropole à deux pas d'ici ?

Elles s'observaient encore. Derrière ses longs cheveux mauves ornés de jolies boucles brillantes à la flamme qui projetait une lumière diffuse, Améthyste ne détachait plus ses yeux jaune foncé du visage émacié de Simbelmynë dont le regard de même couleur brillait d'une profondeur et d'une intensité abyssales sous ses franges d'un blanc laiteux.

— Tu le sais très bien. Et alors, je ne vois pas le rapport !

Elles n'étaient pas les meilleures amies du monde. Loin de là. Mais Mutine et Nectarine avaient mieux à faire que de bavasser, Stenkhil était ivre mort dans la taverne de la cité, et Muriel, la dernière déesse à être venue au monde, n'avait donné aucun signe de vie depuis la période de La Grande Incursion, du 7 au 13 floréal de l'an crépusculaire II. Personne ne s'en inquiétait, d'ailleurs : Muriel Aspen-Dunör, comme Barbara Caterpens l'avait fait avant elle, menait une existence à l'écart de la cité de Falken et tout le monde savait qu'elle fuyait les autres natifs, quels que soient leur sexe, leur religion ou leur rôle. Elle vivait en ermite.

Simbelmynë réagit à ce que venait de lui dire Améthyste.

— Le rapport, c'est que tu n'as jamais fait pour ton ami Stenkhil la moitié de ce que tu as fait pour Virgil.

— Qu'est-ce que ça prouve ? Où veux-tu en venir ? Parle !

— Cela prouve à quel point tu aimes Virgil, et à quel point ton amour pour lui te poussera à nous trahir, tôt ou tard. Par amour pour lui, par haine pour Notre Seigneur et Maître.

— Par haine pour Notre Seigneur et Maître ? Tu te moques de moi !

Améthyste n'en pouvait plus de ces accusations. Elle s'approcha de son interlocutrice et, tout près d'elle, lui dit tout bas :

— Il est temps que tu partes, Simbelmynë. Il est bien tard...

— Je trouve aussi...

Améthyste lui ouvrit la porte qui dévoila le manteau sombre de la nuit et la fraîcheur de l'air qui s'engouffra dans la petite maison. Sur le seuil, Simbelmynë se retourna.

— Je suis certaine que tu nous trahiras un jour, Améthyste !

— N'en sois pas si sûre...

La longue chevelure blanche de la déesse qui, à présent, s'éloignait faisait comme une crinière blafarde qui virevoltait à chacun de ses pas dans la nuit noire et silencieuse.

— Merci pour le clîmel, Améthyste. J'aime toujours autant bavarder avec toi autour d'une bonne bouteille, mon amie.

— Tout autant que j'aime te démentir, ma chère. Bonne nuit...

— C'est ça, bonne nuit, sembla soupirer Simbelmynë dans le vent.

***

La Seat s'engagea dans l'allée de la résidence aussitôt que Sabine, descendue du véhicule pour ouvrir le grand portail, se décala sur le côté droit. Angélique avança à faible allure jusqu'à ce que la proue parvienne à deux mètres de la porte du garage et coupa le moteur. L'instant d'après, les quatre femmes pénétraient dans le petit hall.

— Voilà ! C'est chez nous, fit fièrement Sabine en refermant la porte, sans perdre de vue Valérie qui suivait les deux colocataires. Sois la bienvenue.

— Merci ! C'est gentil de m'accueillir pour la nuit.

Angélique devança Sabine en coupant l'herbe d'une éventuelle question embarrassante sous le pied.

— Ils font des travaux à côté de chez elle, mentit-elle, et vu les heures de travail qu'elle abat chaque semaine, je n'ai aucun doute sur ses besoins de passer une véritable nuit de sommeil. C'est que les ouvriers du B.T.P. commencent à travailler dès huit heures du matin, et vu qu'elle n'embauche qu'à treize heures demain, une grasse matinée ne lui fera pas de mal. Si tu n'y vois pas d'inconvénient.

— Bien sûr que non ! Tu pourras dormir dans le canapé du salon, dit-elle après s'être à nouveau tournée vers Valérie. Nous avons d'ailleurs eu trois invités à la maison, la nuit dernière, et il semblerait qu'ils y aient dormi comme des marmottes.

— Et puis tu dois faire attention à la fatigue pour ton teint, ajouta Émmanuelle qui rangeait ses escarpins dans le petit meuble de l'entrée.

Une fois déchaussées et débarrassées de leurs affaires qu'elles laissèrent sur le meuble, elles passèrent toutes les quatre dans la salle de séjour où le décorum avait pris les teintes chaudes du crépuscule à venir. Le soleil à faible altitude projetait ses rayons incisifs presque à l'horizontale dans toute la résidence par le flanc ouest et la lumière traversait les pièces pour se projeter sur les murs, les meubles, le sol, les éléments décoratifs qui, peu à peu, avaient investi le salon.

L'attitude particulièrement joviale d'Émmanuelle n'avait échappé ni à Sabine, ni à Angélique. Toutes deux prétextèrent d'aller préparer un apéritif en attendant le retour de Jack et s'isolèrent dans la cuisine.

— Tu as remarqué ?

— La bonne humeur d'Émmanuelle ? fit Sabine en sortant les bouteilles de Porto et de rosé du réfrigérateur. Bizarre, hein ? Je pensais être la seule à m'en être aperçue.

Angélique prépara un plateau avec de simples verres Duralex ; les ballons que Jack avait ramenés de chez lui étaient encore emballés dans l'un des cartons rangés dans un coin de sa chambre et ceux de Sidonie avaient cassé pendant le déménagement depuis les Colombes.

— D'après toi, c'est dû à quoi ? Tu penses vraiment que c'est le compliment de cet homme dans le bus...

— Je ne parierais pas là-dessus, répondit Sabine. Ça doit jouer dans son humeur joviale, bien sûr, mais pas que. L'entretien qu'elle a passé hier s'est bien déroulé aussi et ça ne peut qu'avoir un effet bénéfique sur son humeur. Peut-être est-elle aussi en train d'accepter de vivre un bonheur que sa grande sœur n'aura jamais connu. Peut-être qu'elle fait enfin son deuil. Et puis l'expérience de la colocation, de ne pas vivre seule au quotidien, d'être proche de Jack, son ami d'enfance, et de vivre gracieusement ici ne peut que mettre de bonne humeur.

— Tu as sans doute raison. Allons-y !

Toutes deux revinrent dans le salon et posèrent le plateau sur la table. Émmanuelle et Valérie découvrirent une nature morte faite de quatre verres disposés anarchiquement, chacun non loin de la petite coupelle en porcelaine qui, au centre, offrait de délicieuses cacahuètes grillées et salées.

— Porto et rosé ? Vu les températures caniculaires, ça va être vite vu !

— Pour moi, fit Valérie, la question ne se pose pas non plus. Porto.

— Moi, je parlais plutôt du rosé. Bien frais, il sera délicieux.

Angélique alla ouvrir les portes vitrées de la terrasse et la fenêtre du séjour pour rafraîchir d'un courant d'air l'atmosphère pesante. La fin de journée était chaude et humide, les moustiques s'en donneraient à cœur joie et il valait mieux essayer de se maintenir à une température respectable.

— Votre ami Antoine n'avait pas l'air bien...

Angélique, Sabine et Émmanuelle se lancèrent un regard de connivence que Valérie ne manqua pas de remarquer.

— Comme tu le sais, on l'a retrouvé ici cette nuit plus mort que vif, expliqua sa collègue. Sa mère est passée le voir cette après-midi, mais il ne lui a pas dit un seul mot : c'est tout juste s'il l'a regardée. Elle n'est pas restée longtemps et est partie s'installer à l'hôtel de la Gare en attendant de meilleures nouvelles. On lui a promis de l'y appeler pour la maintenir informée de l'évolution de l'état de santé de son fils.

— En tout cas, il est charmant, reprit Valérie. J'espère qu'il finira par aller mieux. Il a quelqu'un ?

— Oui... L'une de nos colocataires aussi : Sidonie.

— Et elle n'est pas là ? osa Valérie. Elle aussi est... *là-bas* ?

Ni Sabine, ni Émmanuelle n'avait la moindre idée de ce qu'Angélique avait pu dire à Valérie.

— Oui...

— Et toi sinon, commença Émmanuelle pour changer de sujet. Tu es célibataire ?

Valérie saisit quelques cacahuètes qu'elle prit la peine de grignoter longuement pendant que Sabine faisait le service. Puis elle répondit :

— Oui... Je n'ai pas le temps pour ça. J'ai vécu à Paris jusqu'à l'an dernier où j'ai décidé de quitter la capitale pour venir m'installer ici à Sanlys-sur-Mer. Mais avec le travail et le sport, je n'ai guère le temps pour une vie privée. En tout cas, pas depuis un an.

— Tu n'es donc pas des Landes ?

— Si. Je suis née à Soorts-Hossegor et j'y ai passé toutes mes vacances d'été. C'est pour ça que je connais bien le littoral landais. J'ai fait toute ma scolarité et ma « prépa » à Paris mais ma région de cœur, c'est l'Aquitaine.

— Et tu as toujours souhaité être infirmière ? demanda Sabine.

— Non...

Cette réponse peu loquace sembla appeler davantage de détails. Valérie, jeune femme qui souhaitait manifestement garder, comme Suzanne, une part de mystère en elle, réalisa que la question de la Néerlandaise exigeait pourtant un peu plus de précisions.

— J'ai toujours su que je voulais aider les gens, poursuivit-elle en regardant son verre de Porto. Mais je ne savais pas si je voulais être assistante sociale, psychanalyste, maître-nageur, infirmière...

— Valérie a le cœur sur la main ! remarqua Angélique.

— Alors trinquons aux femmes qui ont le cœur sur la main !

Émmanuelle leva son verre de rosé et elle fut bientôt imitée par toutes.

— À la nôtre !

***

Il était la dernière personne qu'elle s'imaginait revoir. Pourtant, lorsque Marianne ouvrit la porte sur laquelle on avait frappé à deux reprises quelques instants plus tôt, elle ne fut pas surprise de tomber sur Silène.

Elle se jeta aussitôt dans ses bras et le serra fort. Elle exulta des sensations que le corps chaud de l'homme qui était revenu vers elle lui prodiguait : chaleur, tendresse, plénitude et sentiment de sécurité.

Mais il était dans un sale état.

— Je n'en ai plus pour longtemps, Marianne...

Elle l'invita à entrer et à se mettre à l'aise tout en essayant de comprendre et d'accepter ce qu'il venait de lui dire. Le laissant s'installer dans le canapé du salon, elle alla dans la cuisine chercher un verre d'eau et ramena une bouteille de Soho et le cendrier qu'elle venait de vider dans la poubelle de la cuisine. S'asseyant à côté de lui dans le faisceau du jour déclinant, elle lui offrit à boire et se servit ensuite dans le même verre un fond de liqueur de litchi. Elle s'alluma une cigarette. Lorsqu'il fut certain qu'elle était encline à l'écouter, il se lança.

— Je ne vais pas vous mentir. Je me savais condamné.

Marianne était toujours aussi belle. D'une magnifique prestance, elle avait cette silhouette des femmes de publicités de la mode et du luxe. Si Émmanuelle plaisait par ses formes là où il fallait, avec une poitrine généreuse et une grande taille, Marianne, que certains qualifieraient de rachitique, n'en avait pas moins une certaine grâce du fait de proportions plus timides : rien ne dépassait. D'une taille de 1,74 m pour cinquante-sept kilogrammes, elle aurait pu être l'égérie de Dim [159], la muse de Lagarfeld [160], l'icône d'Yves Saint-Laurent [161], la figure de proue de Chanel [162]. Avec un tour de taille de cinquante-huit centimètres et des hanches de quatre-vingt-six de circonférence, elle en avait fait rêver plus d'un et rendu mortes de jalousie autant de femmes. Ses grossesses n'avaient eu aucun impact sur elle : Marianne semblait avoir un physique inaltérable que ses propensions à l'alcool et au tabac n'entravaient aucunement.

Mais ces deux derniers vices, malgré une hygiène buccale rigoureuse, faisaient de son haleine la pire cacostomie qui soit pour ses interlocuteurs.

— Expliquez-vous...

— Là d'où je viens, une prophétie stipule que tous les êtres dotés de pouvoirs comme les miens mourront très prochainement. Certains d'entre nous ont déjà péri de mort violente depuis, mais dans mon cas de figure, il semble que mon trépas à venir vienne progressivement, comme une maladie dégénérative qui me priverait à petit feu de mes facultés mentales, de mes aptitudes cognitives.

— Comment le savez-vous ? demanda-t-elle en lui prenant la main.

— Je viens de me battre à l'instant contre le complice de celui que j'ai tué cette après-midi. Et j'ai bien remarqué pendant notre affrontement que mon pouvoir était plus faible et s'épuisait plus rapidement. J'ai bien failli finir en morceaux après une chute de presque quarante étages, mais j'ai pu me téléporter un peu hasardeusement dans le secteur avant l'impact.

— Et lui, vous l'avez eu ? Êtes-vous hors de danger désormais ?

— Je ne peux hélas pas encore profiter de mes derniers jours. Je me doute que ce diable de Wilfried a dû puiser en lui l'énergie pour se tirer du mauvais pas dans lequel je l'ai... précipité.

— Alors pourquoi être revenu ?

— Parce que...

Silène comprit à quel point il ne savait rien. Malgré la pétulance qui lui donnait la force de briser une pierre entre ses doigts, de générer de la lumière et de la chaleur dans la paume de ses mains, de projeter de fulgurantes attaques, de lire dans les esprits et de se téléporter ailleurs, il ne savait rien de ce qu'il y avait d'humain en lui. Tout du moins, pas grand-chose. Il lui restait tant à apprendre.

— Parce que je pense que nous avons beaucoup à nous apporter.

— Soyons francs, Silène. Vous me plaisez et je ne vous laisse pas non plus indifférent.

Il comprit à cet instant que ce dont lui avait parlé le commissaire, dans son bureau en matinée, n'avait jamais autant été vrai : Marianne disposait d'une force intérieure qui lui permettait d'affronter les caprices de la vie avec résistance et combativité. Et si toutes les femmes dans sa situation ne se seraient pas laissé aller à l'alcoolisme à outrance et au tabagisme sauvage comme elle le faisait, seule une poignée d'entre elles aurait su et pu se dresser devant les obstacles pour faire front comme elle le faisait, avec obstination. Sa force de caractère lui permettait même d'être assez lucide pour mettre des mots sur les non-dits.

— Vous avez raison. Mais nous ne pouvons pas nous attacher.

— Et pourquoi ça ? fit-elle avec un ton évident de déception.

— Parce que, comme je viens de vous le dire, je vais mourir.

Marianne tira sur sa cigarette : la carotte incandescente s'allongea de quelques millimètres. Elle se servit deux décilitres de Soho en exhalant la fumée par les narines.

— Et alors ? Est-ce vraiment une raison légitime pour nous priver d'un instant de partage ?

Elle but son verre d'un trait et s'affala au fond du canapé, légèrement ivre. Son chemisier dont les trois boutons du haut étaient défaits s'écarta un peu plus. Silène demeura impavide ; il ne voyait plus que l'attirance que Marianne exerçait, dans son ensemble, sur lui. Tout en elle le fascinait.

— Ne devrions-nous pas, au contraire, profiter de ce que cette rencontre inattendue nous offre ? poursuivit-elle en se servant un nouveau verre. Si nous n'avons pas le droit de nous accorder des instants de répit lorsque tout va mal, alors dites-moi à quels moments les plaisirs éphémères vaudraient-ils plus le coup d'être vécus. Le pouvez-vous ?

— Marianne, lança-t-il dans un soupir. Vous avez perdu votre mari et devez désormais vous focaliser sur vos enfants et vous.

— Et ??

Elle s'énerva. L'alcool lui faisait perdre le contrôle de ses émotions.

— Dois-je pour autant mettre de côté ma vie de femme ?

— Ce n'est pas ce que je sous-entends.

— Écoutez Silène. Je suis censée retrouver mes enfants chez ma mère à Morcenx à 19 h 00 ce soir, s'écria-t-elle avant d'ingurgiter deux goulées de Soho. Et vu l'heure qu'il est, je serai certainement en retard.

Elle reposa le contenant sur la table basse et balança nerveusement sa cigarette dedans. Le fond d'alcool imbiba aussitôt la carotte qui s'éteignit.

— Si vous n'avez rien de plus à me dire, veuillez partir, s'il-vous-plaît !

Marianne se leva, enjoignant à Silène d'en faire de même. Il s'exécuta. Elle s'en alla vers la cuisine, une fois de plus, mais il tendit le bras pour lui saisir le poignet. Trop tard. Trop loin. Il fit une grande enjambée et, dans son dos, la saisit par la taille pour la ramener enfin contre lui.

— Arrêtez, Marianne. Je ne veux pas profiter de la situation.

Il sentait son corps chaud. Cette fois encore, leurs enveloppes charnelles se répondaient, communiquaient, s'harmonisaient. Mais leurs âmes, elles, se refusaient faussement encore l'une à l'autre.

— Et qu'est-ce qui vous permet de savoir ce qui est bon pour moi ?

Elle avait posé la question avec dureté. Une dureté qui contrastait avec les caresses que ses mains déposaient sur celles qui s'étaient jointes contre la chute de son ventre plat, la retenant ainsi contre lui.

— Voulez-vous vraiment faire partie de ces femmes qui cherchent à se perdre dans les bras du premier venu suite au décès de leur époux ?

— Vous n'êtes pas le premier venu !

Elle se retourna pour lui faire face et poursuivit.

— Vous avez vengé mon mari. Vous pourriez pourtant faire plus...

— Je vois à quoi vous faites allusion, Marianne. Mais vous savez que nous ne faisons pas l'amour de la même façon.

Elle se dégagea de la proximité troublante de Silène et se précipita sur le paquet de cigarettes qui attendait, sur la table basse, de distribuer la mort. Cinq pas lui suffirent à la rejoindre. Il retint sa main.

— Arrêtez avec ça, Marianne !

— Vous savez qu'il ne suffit pas d'être compatibles pour s'aimer. Ne sentez-vous pas à quel point je vous désire ?

— Je ne peux pas, déclara-t-il avec conviction.

— Je ne vous demande qu'une faveur, Silène. Donnez-moi ce que vous avez donné à celle qui vous a conquis... Ou ce que vous lui auriez donné...

Il la relâcha mais elle resta à côté de lui. Tout à côté. Et se rapprocha pour être encore plus près.

— Kyrielle, ajouta-t-elle dans un murmure.

L'image de la déesse évoquée lui revint en mémoire. Derrière ses paupières qu'il venait de baisser, le visage de cette femme qu'il avait aimée et pour qui il nourrissait encore des sentiments lui apparut comme en flash. Et quand il rouvrit les yeux, malgré la différence d'apparence entre Kyrielle et Marianne, le minois de cette dernière ne jura pas avec l'image de celle qu'il venait de visualiser. Au contraire, la veuve de Matthieu Pachard semblait mettre en exergue les points communs qui la liaient à la déesse : ces yeux expressifs avec une ferme détermination dans le regard, ce pli de bouche marqué quand elle était contrariée, sa manière de se tenir debout.

Silène bascula dans un amalgame qu'il sentit puissamment venir, avec toute la conscience dont il disposait.

Et il s'y jeta. Il la tira à lui par les épaules, elle se laissa aller, il resserra l'étreinte de ses bras dans son dos, elle se lova contre lui, inclina la tête et sa bouche devint un cœur qui appelait au désir. Le dieu y répondit, s'y joignit, s'y fondit avec envie et passion. Son esprit était comme un soleil qui irradiait comme mille étoiles. L'âme de la femme, pure comme la lune et blanche comme la neige, communia avec l'astre mâle et, dans l'ombre de l'éclipse qui projetait un disque d'intimité sur le voile de la Terre nourricière, ils s'unirent en une seule entité où la plénitude et la béatitude, plus que des mots, en devenaient des existences propres. Des vies astrales.

Le temps s'était arrêté pour eux. Là, dans le salon, sur le canapé, les doigts glissaient sur la peau comme les ailes du rossignol sur le manteau des alizées qui convergeaient vers l'équateur où s'élevait une osmose qui coordonnait les esprits et les corps. *Lèche ma vie et suce ma conscience pour en puiser la quintessence et la faire circuler en nous...* Transpirants de désir, pores et stomates excités s'ouvraient comme une corolle et respiraient un air sulfureux propice à la déchéance inexorable des sens. *Allume le feu qui brûle en moi...* Les mains allaient, revenaient, découvraient, écartaient pour accéder au noyau dur du désir, tandis que les lèvres et les langues, respectueuses d'une avidité compulsive mais douce et jouissive, déliaient les nœuds que le manque de tendresse et les carences en sensations corporelles avaient serrés à outrance. *Sodomise mes sens et fais jaillir dans mon être l'extase qui transformera la vacuité de mon corps en plénitude universelle.* Les respirations saccadées et les gémissements sonnèrent le glas d'une frustration dont la mise à mort libéra les plaisirs les plus inassouvis. *Glisse ta main entre mes cuisses, enfonce-toi jusqu'à l'épaule, saisis mon cœur à pleine main et transcende-le...* Dans le maelström de leurs émotions, l'être unique formé de deux corps soudés et imbriqués aux molécules dissoutes et recomposées les unes dans les autres se perdait dans la masturbation de deux alter ego qui, devenus siamois par harmonisation, s'offraient les plaisirs qu'ils recevaient. *Prends du toi et tu m'offriras du moi.* Tantôt masculine, tantôt féminine, la forme de vie gesticulait, se caressait, haletait, se suçait, fourrageait chaque parcelle de chair vierge dont l'éveil insufflait la vie. *Prends possession de mon corps. Envahis les contrées reculées de mon être et conquiers les paradis qui sont miens pour en faire nôtres...* Cette mélodieuse aria qui élevait des décibels d'extase lascive et des mélodies sensuelles changeait de rythme et d'octave à chaque nouvelle position, spontanément adoptée par la parfaite symbiose qui mettait au diapason les esprits de cette créature unique devenue mutante par le truchement d'une ardente frénésie. *Je suis nous et tu es moi...* La créature, dans son hermaphrodisme révélé par une rencontre qui n'avait rien de fortuit, se hissa dans les cimes d'un bonheur dont l'explosion imminente allait projeter des gerbes de fleurs parfumées dans leur indicible extase. *L'harmonisation de notre âme donne vie à la congruence de notre corps.* Le nectar de l'abricot fendu et écartelé dont le noyau toujours plus sensible durcissait à mesure qu'il était titillé n'en finissait plus de ruisseler comme une intarissable fontaine de jouvence. *Le yin et le yang : toi avec du moi en toi et moi avec du toi en moi ne sommes qu'un.*

L'âme gravit les échelons de l'ascension vers l'orgasme, à force de baisers humides, de fragrances corporelles intenses, de sollicitations érogènes. *Encore.* Plus haut. *Encore.* Plus loin. *Encore.* Plus fort. *Nous sommes la perfection faite union.* Au diapason. *Une allégorie de ce que nous n'étions pas : la dilection incarnée.* La lumière. Le corps frémit, vibra spasmodiquement de tout son être. *Nous sommes immortels.* Les quatre jambes s'étirèrent. Identité et altérité fusionnaient : l'harmonie. Les doigts se crispèrent. La jouissance. *Répands en nous l'hévéa qui irrigue nos fibres ligneuses afin d'alimenter le duramen de notre osmose...* Les nuages joufflus se déchirèrent pour révéler la lumière des cieux. *Encore...* Le plaisir se liquéfiait en eux. Sur leur peau, ruisselait. *Oh ouiiiii...* Se mêlait à la sueur. *Jouis en nous...*

Puis la chute. *Non.* La retombée. La tiédeur. *Pas maintenant !* L'envie d'en avoir plus. D'aller plus haut, plus loin. L'abdication des plaisirs. Puis la frustration. Et la séparation : l'apocatastase était terminée. L'unité devint floue, trouble, devint *nous*, double. Devint... *Toi et moi.*

Il leur fallut quelques longues minutes pour remettre les pieds sur Terre, pour revenir dans la réalité. Nus et épuisés sur le canapé, Silène et Marianne avaient été, ensemble, unis, aux antipodes du monde, expatriés dans un univers qu'ils n'avaient jamais connu, où leurs rêves, leurs espoirs et leurs fantasmes n'avaient jamais plané. Jusqu'à ce jour. Ils avaient réintégré ces corps que, d'une manière très rationnelle, ils n'avaient jamais quittés.

Ils étaient à nouveau eux-mêmes.

— Je vais appeler ma mère pour lui dire que je ne viendrai chez elle que demain matin, dit-elle pour s'obliger elle-même à revenir à des choses plus pragmatiques. J'en profiterai pour parler un peu avec mes enfants qui ne doivent pas encore être couchés à cette heure-ci. Vous, vous allez prendre une douche. Je vais aussi vous préparer quelque chose à manger. Puis vous vous reposerez un peu, ajouta-t-elle en lissant ses cheveux désordonnés.

— Vous n'allez pas chez elle ce soir ?

Silène, tout en se rhabillant lui-même, ne perdait pas une miette du spectacle de la merveilleuse nudité que la femme entravait elle aussi avec ses vêtements.

— Non. Il est trop tard et je ne suis pas en état. Mes enfants vont sans doute me réclamer mais ils sont entre de bonnes mains avec leur mamie. Peut-être même entre de meilleures mains que les miennes, actuellement. Ils n'ont assurément pas besoin de me voir dans cet état-là.

— Quoi ? Euphorique ?

— Arrêtez de me charrier, fit-elle en lui lançant son chemisier au visage.

Son sourire ne trompait personne. Et certainement pas elle-même. Loin de s'estimer heureuse, Marianne n'en avait pas moins tiré un plaisir certain et particulier, et elle se sentait bien en compagnie de Silène. Elle se faisait penser à elle-même quand elle avait été adolescente et avait connu ses premiers émois. Lorsqu'elle avait fumé ses premières cigarettes. Lorsqu'elle avait perdu sa virginité. Lors de sa première cuite.

Décidément, Silène était doué pour lui faire oublier les affres du deuil.

Si seulement il pouvait survivre et rester ici...

***

Certaine de ne pas avoir rêvé, Suzanne arrêta d'avancer dans les corridors du labyrinthe et tendit l'oreille en intensifiant la luminosité de sa sphère de pétulance afin qu'elle lève le voile d'obscurité nocturne qui engloutissait de noirceur opaque l'espace autour d'elle. Elle avait pourtant entendu un rire. Et attendit.

Rien.

Elle reprit sa marche.

— Ha ha ha ha...

Cela ne faisait plus aucun doute : elle n'était pas seule. Quelqu'un l'observait. Ce ne pouvait être que la gardienne des lieux. Une dénommée Clotho.

— Tu es bien impétueuse pour oser venir te perdre ici !!

La voix semblait venir de partout et de nulle part. Les murs faisaient caisse de résonance et empêchaient de pouvoir localiser la source de ces sarcasmes. Du fait de cette étrange acoustique, les mots couraient sur les parois de pierre et ricochaient encore dans toute l'aire du dédale.

Suzanne continuait d'avancer dans la nuit, à la lumière orange de sa pétulance qui brûlait ardemment dans sa main. Mais elle détestait les jeux de cache-cache.

— Eh bien alors, Clotho ? lança-t-elle vers les cieux noirâtres. Seriez-vous trop lâche pour vous montrer ?

Aucune réponse. Mais la silhouette qui apparut à l'angle qui lui faisait face sur la gauche était plus éloquente que tous les discours. Elle approchait d'elle, se montrait, s'exposait.

— Pas assez pour te laisser m'insulter ainsi, comme tu peux le voir !

Jamais une femme aussi mal proportionnée n'aurait pu naître dans les pires cauchemars de Suzanne. Grande et mince, elle souffrait d'avant-bras et de jambes démesurément musclés, tout aussi imposants que la poitrine qui précédait cette silhouette hideuse. Parée dans une robe de percale rouge qui partait de ses trapèzes et chutait en masquant ses seins par-dessus les deux triangles noirs de son soutien-gorge, elle portait une large ceinture qui serrait sa taille de guêpe de circonférence défiant les lois de la nature. Clotho affichait un regard vicieux sous deux rangées de cils démesurés qui maintenaient sa longue chevelure raide sur les côtés de ce visage au sourire carnassier. Campée dans des bottes qui la rendaient plus féminine que ce qu'elle dégageait de prime abord, elle semblait chercher à équilibrer son centre de gravité en se penchant légèrement en arrière, mais Suzanne comprit qu'elle cherchait surtout à l'impressionner. Les ongles longs de ses mains aux doigts crochus prolongeaient la courbe de ses bras écartés.

— C'est donc de vous que je vais devoir me débarrasser ?

— Non, répondit la créature. Tu n'auras pas à te donner cette peine.

— Comment ça ? demanda Suzanne sans cacher sa stupéfaction. N'êtes-vous pas la gardienne de ce labyrinthe ?

Clotho s'approcha d'elle. Suzanne se mit sur ses gardes.

— Si, je suis la dignitaire responsable de cette région de Cléo. C'est bien moi, Clotho. Clotho De Calypso.

— Et est-ce qu'on peut savoir qui est Cléo ?

L'anthropophage, soumise aux appétits sauvages que la chair tendre de Suzanne éveillait, s'arrêta à trois mètres d'elle pour ne pas se sentir frustrée d'une telle proximité, et répondit :

— Elle est l'âme de Diadem 13. Capella en est l'interprète.

— Ravie de l'apprendre. Et pourquoi ne devrais-je pas vous tuer ?

— Parce que cela ne te servirait à rien...

Tournant la tête en oblique, Clotho étrécit les paupières.

— À moins que tu ne veuilles venger ton ami Antoine...

Sous l'effet de surprise, Suzanne relâcha le pouvoir que l'hémisphère gauche de son cerveau exerçait sur sa concentration et les muscles de son avant-bras. La sphère lumineuse disparut. Elle la fit renaître. Clotho était là. Tout près. Suzanne recula vivement, se soustrayant au souffle fétide que la dignitaire expirait.

— C'est donc vous qui l'avez mis dans un état tel que j'ai eu du mal à le reconnaître hier ?

Clotho se détourna et s'éloigna vers le mur où elle sembla chercher quelque chose au sol. Accroupie, elle balayait du plat de la main les roches qui traînaient. Suzanne leva le bras pour que la lumière porte plus loin et la vit revenir avec une énorme pierre qu'elle reposa devant elle au centre du passage. La déesse l'invita à se mettre plus à l'aise en s'accroupissant et Suzanne, sur le qui-vive malgré les injonctions qui lui avaient été adressées, s'agenouilla devant la pierre. Clotho lui dit :

— Dépose ta pétulance au sommet de la pierre. C'est un alliage naturel de ponce et de carbonatite : elle se consumera naturellement et tu pourras économiser ton pouvoir.

Suzanne, perplexe, s'exécuta avec méfiance, se demandant ce que pouvait bien cacher cette complaisance douteuse. La sphère orange consuma le minéral poreux noir et jaune et de minuscules flammèches rougeoyantes crépitèrent avant de s'amplifier sur toute la roche pour devenir un véritable brasier. Elle relâcha sa pétulance en s'assurant que le feu prenait bel et bien et croisa les mains. Puis elle releva les yeux sur la créature qui avait rivé les siens sur elle. Elles s'observaient.

— J'ai trouvé ton ami Antoine dans la forêt de l'Âme Blanche il y a quelques jours et l'ai traîné chez moi pour le soigner et l'attendrir.

— *L'attendrir* ? Qu'est-ce que vous entendez par là ?

Suzanne ne voyait sincèrement pas ce que Clotho sous-entendait.

— Je crois que tu le sais très bien. Je ne pensais me servir de lui que pour mon propre plaisir, mais en définitiv...

Elle ne put pas finir sa phrase : Suzanne bondit en avant et elles retombèrent lourdement l'une sur l'autre. Clotho n'avait rien vu venir.

Quelle détente...

Fermement maintenue au sol par un avant-bras vigoureux qui, écrasant lourdement son cou, l'empêchait de relever la tête, Clotho ne tenta pas davantage de se dégager de l'emprise de Suzanne qui créa dans sa main gauche une attaque. Les lueurs orange projetèrent un vif éclairage alentour. Suzanne était furieuse ; elle venait de comprendre.

— Je devrais te tuer dès maintenant sans te laisser le temps de répondre à mes questions... *sale pute* !

— Alors ça y est, on se tutoie, maintenant ? railla Clotho.

La bordure éthérée de la sphère de pétulance, même à six centimètres de la poitrine de Clotho, lui imposait une température redoutable de soixante-cinq degrés Celsius. La peau, déjà roussie, devint brune en quelques dixièmes de seconde. La créature, ressentant la vive morsure de la douleur, hurla en se débattant comme une furie. Mais Suzanne tenait bon. Une partie du sein droit brûlait, racornissant le tissu cramoisi du soutien-gorge noir et de la robe écarlate, et se marquait continuellement d'une tache qui s'étendait à présent sur huit centimètres de diamètre. Clotho poussait un hurlement de douleur plus élevé qu'une armée de sirènes. Puis la chair crépita en petites bulles de tissu organique qui éclatait comme du magma en surface et durcissait aussitôt que les fibres sanguinolentes étaient mises à nu par l'épiderme calciné. Le cri ne faiblissait pas. Mais Suzanne y était insensible.

— Même la mort serait trop clémente pour ce que tu as fait à Antoine !

Le corps de Clotho gesticulait dans tous les sens, faisant ballotter sa poitrine. Elle avait mal. Une douleur à en mourir. Battant des cuisses avec vigueur, elle avait l'air de vouloir se soustraire à l'emprise des gigantesques tentacules d'une pieuvre géante qui essaierait de lui ceinturer les hanches. Mais elle était bien loin d'être dans les abysses d'un quelconque océan, pas plus qu'au fond du lac du Mercator. Elle était là, en plein cœur de ce labyrinthe dont elle avait la responsabilité et qui semblait vouloir être son ultime demeure. Sa tombe.

Elle crut sa dernière heure venue au moment où, à son grand étonnement, Suzanne la lâcha. Elle se dégagea pour se relever et reculer de quatre pas afin de s'asseoir. Les hurlements laissèrent aussitôt place à une respiration haletante. Clotho, allongée dans un linceul de vulnérabilité, respirait profondément. Des larmes de douleur avaient coulé sur ses joues, se perdant dans les longues mèches de ses cheveux emmêlés par-dessus ses oreilles et ses tempes humides de sueur.

— Tu es une créature méprisante, Clotho ! cracha Suzanne avec mépris.

La dignitaire se redressa enfin sans prendre la peine d'épousseter ses vêtements et souleva son sein droit bien en vue, manquant de le faire sortir du soutien-gorge qui ne le retenait plus que par quelques lambeaux de tissu. Elle examina sa peau noirâtre qui diffusait une odeur fétide de chairs brûlées et eut un haut-le-cœur qui fut accompagné de remontées acides qu'elle ravala. Puis elle laissa retomber le long de son corps ses mains ornées de doigts crispés et, sans rien dire, observa Suzanne.

La nuit silencieuse les enveloppait toutes deux dans la couverture sombre de l'isolement que l'obscurité, malgré la lumière du feu qui brûlait doucereusement à proximité, entretenait dans un périmètre au-delà d'un rayon de trente mètres. La légère fraîcheur qui régnait en-dehors de la circonférence que le halo de lumière éclairait ne parvenait pas jusqu'à elles. La chaleur leur faisait le plus grand bien. Le confort de la position assise de Suzanne, séant contre terre, radoucit sa méfiance et lui délia la langue. Mais c'est Clotho qui parla en premier.

— Ton amie Sidonie est actuellement emprisonnée dans l'Ostium... au-delà de la forêt de l'Âme Blanche où t'attendra d'ailleurs, si tu y arrives, le dernier des sept dignitaires. Et le jeune homme aux cheveux verts...

— Quoi, Stéphane ?

— Oui... Il est lui aussi retenu captif dans l'Ostium, précisa-t-elle avec dans sa voix le trémolo de la vive brûlure qu'elle avait encore l'impression de ressentir dans sa poitrine. Silène, bien qu'il ait joué de chance ce matin en m'attaquant par surprise, n'a pas pu le ramener chez vous : seule la jeune fille qui était avec lui a été sauvée. Stéphane, lui, n'a pas pu être ramené parce que Mutine, entre-temps, lui est tombée dessus et l'a fait prisonnier, lui aussi.

— Mutine ? Je vois très bien de qui il s'agit. Elle est donc bel et bien une déesse...

— Plus ou moins. En tout cas, elle sert notre cause...

Pour quelle raison cette créature aussi impressionnante dans son apparence prenait-elle le temps de lui parler ? Suzanne n'en avait aucune idée. L'heure était aux questions. Et surtout aux réponses.

— Pourquoi m'as-tu dit tout à l'heure que je n'aurai pas à me donner la peine de me débarrasser de toi ?

Clotho avait l'air prête à répondre à toutes les questions qui lui seraient posées. Et malgré le temps qui filait dans leur sillage comme les remous tourmentés des flots derrière la poupe d'un voilier, Suzanne tenait à glaner un maximum d'informations sur l'état actuel de la situation : cela pourrait lui permettre d'éviter de perdre du temps par la suite en décisions stériles.

— Parce que je ne suis plus dignitaire. Je n'ai malheureusement pas rempli les obligations qui m'avaient été données par Notre Seigneur et Maître et ai été punie pour cet échec. En termes de châtiment, j'ai été privée de pétulance. Paradoxalement, si j'en suis devenue aussi faible que toi à ton arrivée sur Diadem 13, il n'en est pas moins que cet état de fait présente l'avantage de me soustraire au processus garantissant son immortalité.

— L'immortalité de Capella ? Tu veux dire qu'il ne me reste que trois dignitaires à tuer, et non quatre ?

— C'est exactement cela.

Clotho s'assit, libéra les longues mèches de ses cheveux qui cachaient sa tempe gauche et lui montra l'horrible cicatrice qui avait emporté avec regrets sa pétulance. Suzanne détailla longuement la blessure qui avait vomi un sang devenu rouille par coagulation. La joue gardait encore des coulées sèches d'hémoglobine brunie par le souffle de l'air.

— Cette cicatrice est vilaine, tu en conviendras. Mais de ce fait, me tuer ne te servirait à rien. Telle est la blessure qui m'a privée de pétulance, et par là même, d'un quelconque lien avec l'immortalité de Notre Seigneur et Maître.

— C'est donc pour cela que tu sembles si faible !?

Clotho ne répondit pas.

— Pourtant, Barbara m'a bien certifié que je devais vaincre tous les dignitaires si je souhaitais avoir une chance de détenir la doloire, et Bérénice me l'a plus tard confirmé. Je suis donc tenue de te tuer...

— Non, c'est faux ! Ne comprends-tu donc pas ? Le fait de ne plus être détentrice de pétulance fait de moi une native aussi faible qu'un oisillon.

Suzanne s'esclaffa dédaigneusement.

— Un oisillon... Laisse-moi rire...

— Je n'entre désormais plus en ligne de compte dans l'affiliation aux sept dignitaires qui ne sont à présent plus que trois. Si tu es ici, c'est donc que tu t'es débarrassée de Cerbère, lâcha-t-elle pour détourner la conversation. Ton prochain combat t'opposera à Falken !

— J'ai également tué Magdalena.

— Quoi ??

Clotho n'en revenait pas. Non contente d'avoir vaincu les trois premiers dignitaires de Diadem 13, Suzanne, assurément élue en regard de son niveau de pétulance et de ses victoires en conséquence, s'était également débarrassée de la sorcière alchimiste qui, comme son chien tricéphale, avait vécu sur les hauteurs des monts de Sheeba.

— Et Max est mort, lui aussi.

Suzanne, sans réaliser l'ampleur de ce qu'elle venait de dire, avait asséné un coup de grâce magistral à son interlocutrice.

— Tu... Tu es parvenue... à tuer Max ?? bafouilla Clotho.

Sans pouvoir écouter la réponse à venir, elle se retourna et régurgita le peu d'aliments désagrégés que son appareil digestif n'avait pas encore assimilés. Suzanne la regarda attentivement vomir sans apercevoir les coulées grumeleuses qui tombaient au sol comme une intarissable cascade, et des idées, des thèmes, des parfums, des notions abstraites lui vinrent à l'esprit. Ces pensées furtives et éphémères apparaissaient si subitement dans sa tête qu'elle ne parvenait pas à toutes les saisir avant qu'elles ne se meurent diffusément sans laisser la moindre trace. Sans vraiment comprendre comment cela se pouvait, elle en déduisit qu'elle venait de lire dans l'esprit de Clotho.

— Tu as eu une liaison avec lui, n'est-ce pas ?

L'anthropophage nymphomane dont l'insatiable libido se trouvait anesthésiée par la nouvelle de la mort de Max se retourna enfin. Les yeux étaient injectés de sang, les joues couvertes de coulées humides de larmes.

— Avec Max ? Comment le sais-tu ?

— Je n'en sais rien. Je l'ai... deviné, je présume.

— Nooon ! beugla Clotho avec hargne. Tu viens de lire dans mon esprit, je l'ai senti. Comment as-tu fait ?

— Je n'en sais rien, mais cela n'a aucune importance à l'heure actuelle. J'ai également perçu ce qu'il s'est passé avec Silène. Tu ne m'as pas menti : il t'a bel et bien surprise.

— Que vois-tu d'autre ? s'inquiéta Clotho qui se savait condamnée à sa mort prochaine.

— J'ai vu ta préparation à base de chorizo et de châtaignes.

— Tu as donc lu bien plus que mes simples pensées présentes. Tu as même été sonder mon subconscient. Comment est-ce possible ?

— Je pense avoir très efficacement fait fructifier la pétulance que Barbara m'a léguée, c'est tout. De cette manière, je lui fais honneur, donne un sens réel à son sacrifice et remplis la mission qu'elle m'a confiée.

— Je vois ça...

Suzanne se leva. Clotho se redressa aussitôt sur ses jambes en s'essuyant le menton et demanda :

— Comment l'as-tu vaincu ? Max !

— Tu fais erreur. Ce n'est pas moi qui l'ai tué. C'est Silène.

Clotho cracha un filet de bile acide.

— Et maintenant ?

— Maintenant, tu vas être gentille et me dire tout ce que je veux savoir sur les trois dignitaires encore en vie. Et sur Capella. Si mes amis et moi pouvons rentrer chez nous sains et saufs, alors tu auras la vie sauve.

— Je ne sais pas comment les tuer tous, mais je peux te parler d'eux de sorte à mieux te préparer. Ce sera au moins ça. Par contre, je ne le ferai que si tu me jures de me laisser en vie.

— Tu trahirais sans scrupules ceux de ton camp ? Tu es vraiment une créature abjecte !

Clotho détestait cela. En plus de n'être de confession capellane que pour être du côté des plus forts, elle était si obsédée par sa survie qu'elle était prête à donner Capella et ses sbires en pâture à leur ennemie. Mais, si elle ne l'assumait pas vraiment, elle trouva la force de n'en rien montrer.

— Oui, je les trahirais. Capella m'a humiliée en faisant de moi une faible femme.

— Alors j'accepte, conclut Suzanne. Parle-moi de tout ceux qui se mettront en travers de mon chemin jusqu'à ce que j'obtienne la doloire, et je t'assure que je ne te tuerai pas.

Résignée, Clotho demanda :

— Ai-je le choix ?

— Oui. Vivre ou mourir.

***

Le commissaire Morgane avait une nouvelle fois contacté Marc sur son *talkie-walkie* pour lui dire que, finalement, le combat qui s'était déroulé dans la Cité Métallique s'était achevé par la chute puis la disparition des deux dieux qui s'étaient lancés dans le vide depuis le trente-neuvième étage de la tour TDK. Il n'y avait plus de menace, pas plus qu'il n'y avait d'urgence : les pompiers avaient sécurisé le périmètre et tous les Sanlymarins du secteur qui résidaient ou travaillaient dans les tours avaient été emmenés à l'écart. Les maisons voisines étaient actuellement évacuées dans une atmosphère post-apocalyptique d'exode de masse. La soirée s'annonçait longue et pénible pour toute la ville. Et Édouard s'inquiétait pour Silène.

Marc Swift, qui n'avait pas encore atteint Sanlys-sur-Mer au moment de cette communication avec son supérieur, avait pu éviter de faire un détour pour rien en passant par le boulevard du Pacifique Nord et, de retour de Soorts-Hossegor avec Catherine, avait filé droit jusqu'au commissariat où elle allait être mise en garde à vue avant qu'une enquête plus poussée ne soit diligentée. On procéderait à des perquisitions à son domicile dès le lendemain, un avocat lui serait commis d'office pour sa défense de fortune, elle passerait en jugement dans les prochaines semaines au Tribunal de Grande Instance de Morcenx et serait certainement incarcérée suffisamment de temps pour qu'elle ait le loisir de regretter ses forfaits. Sa peine serait assurément assortie de dommages et intérêts à cinq chiffres. Ni les forces de l'ordre de la ville, ni l'avocat de la partie civile et encore moins les jurés ne seraient tendres avec elle. Elle serait jugée pour l'exemple.

Le lieutenant de police descendit du véhicule garé devant le commissariat de la ville et ouvrit la portière arrière gauche pour intimer à Catherine, menottée dans le dos, l'ordre de sortir.

— Et tu ferais mieux de te tenir tranquille, sinon je te colle un pruneau dans les rotules. Vu ?

— C'est bon, dit-elle avec résignation en s'extirpant de la Peugeot. Je me sens déjà assez humiliée comme ça. Pas la peine d'en rajouter...

— Allez brunasse, amène-toi au lieu de me jouer ta complainte pour violons.

Il la maintint d'une poigne ferme par le bras et l'emmena à l'intérieur du bâtiment. Ils croisèrent aussitôt Géraldine et Éric qui repartaient pour s'assurer que tout se passe bien dans la Cité Métallique.

— Marc ! On t'a attendu.

— Désolé, lança-t-il en secouant Catherine avec beaucoup d'énergie.

J'ai ferré un gros poisson en ville et il m'a traîné jusqu'à Soorts-Hossegor. La pêche a été longue et pénible, mais la prise a été bonne. Et vous alors ?

— Le macchabée qu'on a retrouvé dans l'appartement du cinquième étage du six de la rue Bleue serait un certain William Gorky, cinquante-et-un ans, célibataire, sans enfants ni casier judiciaire.

— Il était caissier au Coq Étoilé, poursuivit Géraldine. On l'a retrouvé dans sa cuisine avec un trou dans le crâne de la taille d'une balle de tennis et un tiers de sa cervelle renversé sur le carrelage. Aucune arme de crime. Heure présumée de la mort : entre 19 h 30 et 20 h 00.

— Quoi, hier soir ?

— Non ! Dimanche dernier. Ça fait trois jours !

— Bon sang ! On a une idée de ce qu'il s'est passé ?

— Non, fit Éric avec désinvolture. D'après le médecin-légiste, le lobe temporal droit de son cerveau et une partie de sa boîte crânienne auraient explosé sans raison apparente.

— Alors on a une idée ! affirma Marc en repartant de plus belle.

Les deux agents de police H626 et F009 se lancèrent un regard entendu en sortant à l'extérieur : ils avaient compris ce que Marc avait voulu dire. Le passage de Max et Wilfried à Sanlys-sur-Mer laissait encore des traces. Mais pour combien de temps encore les cadavres pleuvraient-ils ?

— Tu conduis ? fit Éric en lançant le trousseau de clefs par-dessus le capot de leur voiture de service.

— Allez ! fit Géraldine en le rattrapant. Ce sera avec plaisir. Toi, tu conduis comme une gonzesse...

— Comme toi, alors !?

— Non, répondit-elle. Parce que moi, je conduis comme un gars !

— Tu es d'une logique, Géraldine...

— Tss... À qui le dis-tu ?

Sur le toit du commissariat, un homme vêtu de noir portant de longs cheveux châtains qui volaient allègrement au vent regardait les deux agents de police s'installer au volant du véhicule. Et s'en aller.

Puis, torse nu, le tee-shirt roulé en boule dans l'angle du parapet, il s'allongea en remettant sa nuque dessus et laissa son regard se perdre dans les cieux rouges obscurcis par le crépuscule à venir. Son œil droit d'un vert toujours aussi limpide et profond ne perdait aucune miette du coucher de soleil. L'œil gauche suintait de pus épais qui se mêlait au sang qui coulait comme une larme écarlate.

Le globe oculaire était crevé.

Silène... Tu vas me payer ça...

***

Les deux infirmières, enfermées à l'étage dans la chambre numéro quatre, étaient loin d'avoir pu entendre quelqu'un frapper à la porte d'entrée en bas. La chaîne hi-fi tissait le voile d'une atmosphère feutrée qui allait bien avec les couleurs chaudes de ce début de soirée. Empreinte d'une douce tiédeur aux teintes tamisées dans le clair obscur, la chanson de Caroline Loeb imprégnait les murs de la chambre qui, comme duveteux sous l'effet de la musique, avaient l'air de s'attendrir comme de la ouate [163]. Dans cette ambiance reposante, Angélique parlait de Jack à Valérie et la conversation très animée filait bon train. Il était 19 h 20 et l'homme devait être en train de préparer la fermeture du Salon des Petits Pains à cette heure-ci. Aussi toutes deux avaient-elles hâte de le voir rentrer. Jack, ce jeune homme de vingt-trois ans qui avait rendu amoureuse la ravissante mademoiselle Vanil, était attendu à son domicile par sa belle qui, de pied aussi ferme que son cœur était conquis, s'obligeait à la patience.

Valérie, qui n'avait jamais su ce qu'était l'amour, était intriguée par ce sentiment qu'elle n'avait jamais souhaité partager.

Au rez-de-chaussée, Sabine, occupée aux toilettes, hurla à Émmanuelle, en pleine séance de détente sur la terrasse, d'aller voir de qui il pouvait s'agir : la personne attendait sur le perron depuis vingt bonnes secondes. Mais la rousse n'avait résolument pas envie de lever son derrière du transat dans lequel elle était affalée. Sabine insista en s'égosillant la voix, si bien qu'Émmanuelle se demanda en capitulant si elle n'était pas dans une maison de dingues. Bon gré mal gré, elle s'arracha à cette chaise longue qui voulait la retenir et se traîna paresseusement jusqu'à l'entrée où, en ouvrant la porte, elle fut autant agressée par le soleil couchant que par la silhouette en contre-jour qu'elle reconnut de suite.

— Sabiiiiine ! hurla-t-elle par-dessus son épaule sans tenir compte de la faible distance qui séparait le hall d'entrée de la salle de bain.

— Qui est-ce ? demanda directement l'intéressée de l'autre côté de la porte.

— C'est la copine de chouchou !!

341

— La copine de... Quoi ? Qui ?

Quelques rotations de dévidoir à papier hygiénique et le tirage de la chasse d'eau précédèrent l'abaissement de l'abattant, quelques mouvements pour se rhabiller et le lavage consciencieux des mains. La serrure de la salle de bain tourna, la porte s'ouvrit en grand et Sabine se jeta dans le hall.

— Encore toi ?

Stéphanie était revenue. Cette fois-ci, Sabine lui montra clairement qu'elle en avait assez de l'avoir dans les pattes.

— Tu t'es perdue ?

— Pas la peine d'être aussi agressive ! fit l'adolescente dans un accès de consternation. Laissez-moi entrer.

Émmanuelle s'en alla, laissant les deux esprits s'échauffer, se dressant l'un contre l'autre. Elle retourna dans le salon, se resservit un verre de rosé, légèrement ivre, une fois de plus.

Une fois de trop.

La jambe de la rousse buta dans l'angle de la table basse, elle se sentit partir en avant, essaya de s'agripper dans un début de chute à ce qu'elle pouvait, mais l'air lui filait entre les doigts tandis que son verre rempli, jeté à l'abandon tout comme la bouteille à moitié vide, décrivait un arc de cercle en descendant dangereusement vers le sol, comme les débris de la navette spatiale Challenger qui avait explosé dans le ciel de Floride le mardi 28 janvier 1986, emportant la vie de sept astronautes [164]. La France, inconsolable, avait pleuré toutes les larmes de son corps. Émmanuelle, blessée, en avait versé une de douleur. Hurlant un « ah ! » qui semblait venir d'outre-tombe, elle plia le genou pour pencher sur le côté gauche vers le canapé et retomba lourdement dessus tandis que la bouteille fendit une dalle de carrelage avant d'exploser en particules au second rebond. Dans le même temps, le verre cassa dans une gerbe de rosé tiédi qui éclaboussa le pied de la table basse. L'effet de ralenti se dilua dans les sables du temps.

Avertie par l'interjection et par le bruit du verre pulvérisé, Sabine se précipita dans le salon, Stéphanie à sa suite. Émmanuelle, allongée sur la canapé, les jambes dépassant sur le côté, les cuisses sur l'accoudoir, la tête sur un coussin d'assise, se relevait péniblement.

— Et alors ? Est-ce que ça va ? fit Sabine en aidant la rousse à se relever.

— Oui... Je suis un peu... pompette...

Stéphanie s'accroupit et ramassa précautionneusement les bris de verre.

— Laisse ça ! ordonna Sabine en aidant sa colocataire à s'asseoir correctement. Tu vas te couper.

— Je ne suis plus une petite fille, vous savez ?

— Non, je ne sais pas !

— Je suis désolée, dit Émmanuelle en se frottant la jambe gauche.

— Vous voyez bien que vous avez besoin de moi !

Sabine, interdite, regarda la jeune adolescente pendant deux secondes et alla chercher une pelle, une balayette, une éponge et de l'essuie-tout.

— Comment ça, *besoin de moi* ?

— Qu'est-ce que... ?

Stéphanie, dont la main était sous le canapé, en extirpa une feuille poussiéreuse de papier froissé, se releva et la lut. Sabine, aussitôt qu'elle revint, s'en saisit à son tour après avoir posé son attirail. C'était la pétition relative aux tâches domestiques. L'adolescente lui dit :

— Cette colocation ne peut pas se dérouler correctement dans de telles conditions, vous le voyez bien ! Si vous n'êtes pas capable d'assurer la sécurité de vos résidents et de faire en sorte que tout se passe bien sous votre toit, allez vous installer ailleurs et laissez-moi prendre votre place. On n'a pas besoin de vous, ici !

— Sabine est la fille des amis du propriétaire, souffla Émmanuelle en tentant de faire une mise au point sur le grand téléviseur Grundig [165], éteint devant elle. Mais même sans ça, on ne veut pas qu'elle parte !

— Et alors ?

Stéphanie n'avait pas froid aux yeux.

— Qu'est-ce que cela change ? poursuivit-elle. Ne pas vivre ici ne vous empêchera pas d'administrer la résidence.

À son tour, Émmanuelle ressentit un profond agacement. Cette adolescente était intrusive, agressive et sans gêne.

— Il est hors de question que Sabine aille s'installer ailleurs, indépendamment du fait qu'elle soit la fille des amis de monsieur Barnier. Nous l'aimons tous et souhaitons qu'elle reste parmi nous. Toi par contre, tu n'as pas ta place ici ! Tu ferais mieux de rentrer chez toi et d'aller jouer à la poupée ou de regarder des dessins-animés !

Outrée et clairement piquée à vif, Stéphanie balança les bris de verre humides dans la pelle que Sabine avait posée au sol sans rien dire et lui arracha des mains le rouleau d'essuie-tout pour éponger les siennes.

— Puisque c'est comme ça...

Sans attendre, elle s'essuya les mains sur deux feuilles déchirées, balança les boulettes de papier et le rouleau sur la rousse qui se redressa d'un bond du canapé où elle s'était rassise bien droite, et s'en alla vers l'entrée. Là, Stéphanie s'empara de son petit sac de voyage qu'elle avait pris avec elle et monta à l'étage sous les yeux ébahis des deux femmes.

— Où vas-tu ? s'écria Sabine dans le dos de l'adolescente qui, déjà, avait gagné les escaliers au bout du couloir à gauche. Reviens !

Talonnée par la rousse, Sabine s'élança à sa poursuite. Stéphanie, cherchant la chambre de celui dont elle était éperdument tombée amoureuse, commença à ouvrir toutes les portes du premier étage : la numéro cinq d'Émmanuelle, la une de Sabine, la six d'Antoine, la deux de Sidonie, et enfin la sept de Stéphane dont elle reconnut le tee-shirt sur le dossier de chaise. Sabine n'eut pas le temps de l'empêcher de s'y enfermer.

— Stéphanie, ouvre cette porte !

— Non. Je n'en sortirai que quand Stéphane sera revenu !

Angélique et Valérie sortirent dans le couloir.

— Qu'est-ce que c'est que ce vacarme ?

Sabine continuait de taper sur la porte. Émmanuelle, bardée de rouge sang qui, sous le joug de l'alcool, dessinait les veines de ses yeux, et réprimant un hoquet qui avait commencé à investir sa gorge, répondit :

— C'est Stéphanie, l'amie de Stéphane. Elle s'est enfermée dans sa chambre. Et elle vient de dire qu'elle n'en sortirait qu'à son retour.

Les deux infirmières se regardèrent et Valérie dressa même un sourcil.

Sabine se tourna vers la porte.

— *Petite conne* !

***

Propre comme un sou neuf et restauré, Silène regardait, dans l'obscurité du jour déclinant, le plafond qui se dressait au-dessus de lui dans une robe grisâtre que les rideaux tirés devant la fenêtre de la chambre entretenaient. Marianne, allongée à côté, nue comme lui, caressait d'une main tendre son avant-bras blessé, soigné et bandé, les yeux perdus dans le vague.

— Tout le monde parle français... d'où tu viens ?

344

Le dieu, s'accordant des instants de bonheur volés, avait laissé un imperceptible sourire naître sur son visage depuis qu'il était sorti de la douche. Il s'élargit entre la commissure de ses lèvres à cette question.

— La femme qui a créé Diadem 13 est une Française. Du coup, il est naturel pour nous de nous exprimer dans cette langue. Mais nous pouvons aussi communiquer par télépathie, ce qui nous permet de transmettre des idées beaucoup plus brutes et donc plus éloquentes.

— Comment ça ? demanda-t-elle en le regardant avec passion.

— Vous autres, humains, utilisez des mots pour décrire un goût, un parfum, une sensation tactile, pour les partager. Mais ces mots ne seront jamais aussi précis que ces sensations elles-mêmes. Nous autres pouvons partager une odeur en agissant sur la zone corticale préfrontale du cerveau de notre interlocuteur pour éveiller en lui son sens olfactif qui va lui faire sentir cette odeur sans avoir besoin de passer par les muqueuses olfactives présentes dans ses narines.

— Excellent ! s'exclama-t-elle avec admiration. Et sais-tu parler une langue étrangère ?

— Comment ça, *étrangère* ?

— En anglais, en suédois ou en japonais, par exemple.

— もちろん !

— Motchi-quoi ?

— Ça se prononce « motchironn » et ça signifie « bien sûr » en japonais. Ce qui donne « of course » en anglais et « självklart » en suédois. Nos aptitudes en langues humaines font partie de notre patrimoine génétique. C'est quelque chose d'inné en nous. Un don.

— Tu m'impressionnes...

Marianne rapprocha son visage de la bouche de Silène et déposa un baiser sur ses lèvres.

— J'aime que tu me parles de toi et de ton monde... Les gens de chez toi sont donc plus évolués que nous autres, humains !?

Il se tourna enfin vers elle en relevant la tête.

— C'est une question ou une affirmation ?

— Disons plutôt une question, histoire de voir ta réaction.

— Si c'est une question, ma réponse est non.

— Non ? répéta-t-elle en relevant la tête. Tu es pourtant plus fort que nous. Plus de force, plus de résistance, plus d'intelligence, plus de connaissances. Tu peux également développer une énergie surnaturelle, rester en lévitation, lire dans les pensées, provoquer des sensations par voie télépathique... Tu peux même te téléporter. Tu es donc un être hautement évolué.

Il reposa sa tête sur l'oreiller et elle vint se lover dans le creux de son cou en regardant l'heure sur le radio-réveil. 19 h 46. Il soupira.

— Tu as tout à fait raison sur le principe, mais tu ne dis cela que parce que tu refuses de voir les choses dans leur ensemble.

— Mais non. Tu peux faire plus qu'un humain.

— Et moins dans certains cas. Je ne peux pas avoir votre belle fragilité qui rend votre vie si précieuse, ni les liens du sang : là d'où je viens, nous sommes tous orphelins et presque tous enfants uniques. Nous avons besoin de boire beaucoup d'eau chaque jour et supportons mal la sécheresse à un taux d'hygrométrie inférieur à 84 %. Notre civilisation n'a que quatre ans d'âge alors que l'homo sapiens que vous appelez « homme moderne » a près de trois-cent-mille ans d'âge, ce qui prouve que votre nature profonde, malléable et en constante évolution, peut s'adapter à des conditions de vie toujours en mouvement là où nous, issus d'un autre monde, sommes sans doute voués à nous éteindre dans les prochaines semaines, enfermés dans la prison de notre nature profonde figée dans notre Histoire et dans notre A.D.N.

Dans la pénombre de cette chambre où ils n'étaient qu'un homme et une femme, ils bavardèrent encore, sachant implicitement que dès l'instant où il aurait franchi la porte ou se serait dématérialisé pour se téléporter ailleurs, ils ne se reverraient plus. Jamais. Marianne se sentait amoureuse de Silène, très profondément dans ses chairs, mais elle était incapable de savoir si ce sentiment était authentique ou si elle ne le nourrissait que sous l'impulsion d'une impression qu'il fût réel. Elle ne voulait pas y réfléchir, souhaitant garder cette douce sensation de réconfort et d'unité.

Le dieu lui parla de ses plans : il lui fallait retourner dans son monde pour y délivrer deux captifs qu'il souhait absolument rendre à ses proches. Elle en ressentit une pointe de jalousie : deux autres êtres humains, dont une femme, avaient la priorité sur elle. Mais elle n'était ni en droit, ni en mesure de lui en faire le reproche. Silène était un homme de cœur, comme son compagnon Virgil qui avait été pour lui un mentor, et il distribuait le bien à grands coups d'abnégation. Silène s'oubliait et, paradoxalement, s'entretenait en faisant acte de vertu autour de lui.

Marianne pleura silencieusement dans le creux de l'épaule du dieu, et il la serra contre son corps pour qu'elle s'imprègne encore plus de lui et ait la force et le courage de poursuivre sa voie. L'arrachement de leur séparation l'obligerait à se remettre dans le train de ses impératifs : ses deux enfants, Roseline et Hervé, et l'enterrement de Matthieu, prévu dans deux jours, le vendredi 15 juin, dans le cimetière du nord-est de la ville. L'agent de police serait inhumé après une cérémonie en grande pompe au cours de laquelle il serait décoré, comme les agents Ernest Dupuis et Jérôme Legall, de la médaille de la Légion d'Honneur pour services rendus et mort pour la patrie dans l'exercice de ses fonctions.

Ce jour-là, le dieu serait déjà parti. Et peut-être même mort.

— Marianne...

La voix de Silène la tira de ses tourments, mais elle savait ce qu'il allait lui dire. Il était temps de se préparer.

— Je suis désolé, dit-il simplement.

Elle comprit et, courageusement, l'invita à s'habiller. Marianne avait cette force qui lui permettait de faire front devant les vicissitudes qui s'accumulaient au-devant d'elle, les unes derrière les autres. Mais elle se dressait de toute sa hauteur vers les cieux, vers l'horizon, et avançait avec ferveur vers son destin. Déterminée comme cent femmes, elle portait sa croix sans se plaindre, pas plus qu'elle ne s'interrogeait : la vie était comme ça. Le visage fouetté par les vents des caprices qui ne l'épargnaient pas, le corps martelé par les pressions et les crispations d'une existence qui, pour elle, n'en avait que le nom, Marianne portait les stigmates afférents aux conséquences de choix qu'elle n'avait pas faits. Jusqu'à présent, elle avait toujours plus subi sa vie qu'elle ne l'avait vécue. Martyre dans sa peau meurtrie de scarifications qui avaient lacéré son âme en fines lamelles, elle eut l'impression qu'elle attirait sur elle la malchance. Après tout, ses enfants se retrouvaient orphelins à cinq et trois ans et demi et son mari était décédé alors qu'il n'aurait jamais dû se rendre sur le toit des Bains Publics en cours de soirée. Elle en était devenue veuve et l'homme qui aurait pu l'aider à traverser cette période difficile allait partir vers sa propre mort. Marianne, en se tournant vers lui, eut l'impression de porter malheur à ceux qui l'entouraient. Telle était sa conclusion.

Elle souffla un murmure.

— C'est moi qui suis désolée...

***

Bien décidé à s'en aller sans perdre une minute, Antoine sortit du lit et prit ses affaires posées sur les étagères d'un petit meuble. Il fut surpris de trouver le sac de sport jaune et bleu qu'il avait eu le 3 janvier

1978 pour ses douze ans, alors qu'il avait commencé à faire du tennis une véritable passion quelques mois plus tôt. Nul doute que sa mère avait dû, à Antibes, retourner la chambre d'adolescent de son fils pour y trouver du change. Par chance, Antoine avait toujours été grand et mince, et les affaires qu'elle avait trouvées lui allaient encore, à peu de choses près, comme un gant.

Merci maman...

Portefeuille, trousseau de clefs, carnet de santé, magazine, étui vide de ses lunettes, rien ne fut laissé : Antoine prit soin de n'oublier aucun effet personnel dans la pièce et s'approcha de la porte. Il était bientôt 20 h 00 et on lui avait apporté son plateau pour le dîner une heure plus tôt. Il n'y avait pas touché. Une infirmière reviendrait incessamment sous peu pour le récupérer. Mais il aurait déjà quitté l'hôpital.

Il sortit de sa chambre et s'immergea dans la fourmilière qui déambulait dans tous les sens au cœur du couloir de l'étage. L'air très naturellement détaché qu'il prit n'attira pas les regards sur lui : un homme qui aurait quelque chose à se reprocher serait plus prudent, jetterait des regards alentour, marcherait discrètement en rasant les murs. Mais pas Antoine. Et il fut encore moins suspect lorsqu'il entra très spontanément dans une pièce qui, par heur providentiel, était ouverte. Là, il chercha rapidement quelque chose à se mettre sur le dos comme une blouse pour pouvoir sortir de l'hôpital sans être inquiété, mais – manque de chance cette fois-ci – il ne trouva qu'un stéthoscope neuf qu'il retira de son emballage d'origine et passa autour de son cou. Il ajouta, sur la poche de sa chemise blanche à manches longues, un badge patronymique vierge trouvé en vrac dans un tiroir et sur lequel un nom fictif était imprimé : JEAN DUPONT. Il poussa un rire et réalisa, tout en revenant vers la porte, à quel point il appréciait de faire ce qu'il souhaitait. Ici, il pouvait aller où il le voulait sans avoir peur pour sa vie. Il en exulta et ressortit dans le couloir comme si de rien n'était. Antoine Sendai, employé de commerce à la librairie Hippolyte, était devenu un infirmier ou un chirurgien du nom de Jean Dupont.

Dans l'ascenseur qui conduisait Antoine au rez-de-chaussée, un visiteur qui s'y rendait également, de près d'une trentaine d'années peut-être, sembla remarquer son accoutrement étrange. Pourquoi ce jeune homme que son stéthoscope et son badge définissaient comme un membre du personnel de cet hôpital n'avait-il pas sa blouse blanche de travail et tenait-il un sac de sport à la main ?

Lorsque les portes s'ouvrirent, l'homme sortit à l'extérieur et se jeta sur la première personne en blouse blanche qu'il vit sur sa gauche.

Antoine, qui avait senti le danger venir, s'élança sur la droite pour aller dans le couloir qui menait vers l'accueil où, loin devant lui, des formes floues se mouvaient dans le contre-jour de la lumière qui venait des larges portes vitrées de l'entrée principale. Dans son dos, il entendit des injonctions.

— Arrêtez-le ! C'est un patient. C'est un patient !

— Mais stoppez-le, bon sang !!

Devant Antoine, chaque personne qui se retourna vers lui devint soudainement, en lui-même, un ennemi potentiel dont il fallait se débarrasser sans plus attendre. Si l'expression de stupeur de certains d'entre eux était bien loin de l'inquiéter, ceux qui affichaient une détermination féroce en se dressant sur son chemin lui intimèrent la méfiance la plus sage. Ainsi, il évita les bras qui tentèrent de se refermer sur lui comme un étau. Bondissant, faisant de grandes enjambées, il esquiva majestueusement les obstacles qui se dressaient et exulta en sentant son corps se réveiller, sollicitant ses facultés sportives que près de douze ans de cours et de matches de tennis avaient développées.

Au bout du couloir, deux personnes, un visiteur quadragénaire et une infirmière bien enrobée au cœur d'une ceinture abdominale qui lui faisait comme une bouée de sauvetage, se tinrent prêts à le bloquer, comme deux gardiens de but qui protégeraient les mêmes filets. Antoine ouvrirait-il le score ? Sans se poser de question, il se saisit d'un brancard sur lequel une femme allongée semblait dormir du sommeil du juste, tout contre le mur à sa droite, et le poussa lourdement pour s'en servir de bélier.

La scène avait quelque chose de stupéfiant : les gens avaient l'impression d'être face à Hercule, héros mythologique, fils de Zeus et d'Alcmène, courant comme un athlète après la biche de Cérynie [166]. La femme et l'homme, dressés à la limite de l'accueil, ne firent pas long feu et furent violemment renversés par le coup de boutoir qu'Antoine leur asséna sans scrupules. Du personnel de la sécurité venant en renfort pour neutraliser ce patient qui présentait tous les signes de démence, il tourna avec son brancard sur la droite, balança son sac de sport sur le corps de la femme qui gémissait, et s'engouffra dans un autre couloir où pas âme ne vivait. Derrière lui, les deux agents le rattrapaient progressivement. Sans ralentir, il percuta sauvagement la double porte qui, repoussée d'un coup, claqua dans un grondement qui résonna longuement dans le parking obscur. Antoine, à l'extérieur, se mit à rire en slalomant entre les voitures. Mais il ne savait pas pourquoi. Il était content.

— Mais je vous... ?

La femme du brancard, recouverte d'une couverture, était réveillée et le regardait avec de grands yeux tirant sur le rose, où stupeur et appréhension faisaient luire ses iris. Visiblement estomaquée, elle ne pouvait finir sa phrase. Elle ne pouvait d'ailleurs que se demander de quel droit cet inconnu se servait d'elle ainsi pour son propre plaisir.

L'air frais qui circulait dans le parking qui se poursuivait en une sorte de préau à l'ombre du soleil couchant revigorait Antoine. Mais il était essoufflé et fut obligé de s'arrêter derrière une ambulance garée en marche arrière contre un mur. Le visage de la femme, peut-être à cause de ses cheveux écarlates, semblait reprendre davantage de couleurs que ce qu'Antoine avait brièvement vu dans les couloirs à la lumière des néons et des spots. À une trentaine de mètres, les deux agents de la sécurité qui venaient d'arriver eux aussi dans le parking couvert furent rejoints par un infirmier et par la chef du pôle accueil de La Samaritaine. De loin, Antoine et la femme écoutaient patiemment la conversation sans savoir qui parlait.

— Ils sont introuvables !

— On a quelque chose sur l'homme ?

— Non ! On n'a pas encore remarqué d'absence de patient, pour l'instant, mais on est sur les dents et passons les étages au crible.

— Et la femme sur le brancard ?

— On ne sait rien d'elle. Elle a été prise en charge à 16 h 15. Quelqu'un l'a trouvée à l'entrée de l'hôpital, toute seule, crasseuse et en petite tenue. Elle était inconsciente et n'avait aucun papier sur elle. On lui a fait une toilette et toute une série d'examens dont on attend les résultats. Ses jours ne sont pas en danger, mais on devra sans doute la garder en observation.

— Bon ! Vous me les cherchez ! Retournez tout le C.H.U. s'il le faut, la ville, même ! Je ne tolérerai jamais qu'un patient en kidnappe un autre. Et de quoi j'aurais l'air ? À tous les coups, ça va me retomber dessus. Et mettez deux brancardiers sur le coup : avec un peu de chance, ils vont retrouver leur outil de travail, ces *crétins* !

— On prévient les autorités, m'dame ?

— Hors de question, mon grand ! On ne va pas laver notre linge sale sur la place publique. On a beau tous avoir un cadavre dans le placard, j'aime autant que le nôtre y reste. Vous voyez les titres des journaux de demain ? « KIDNAPPING À L'HÔPITAL : DEUX DISPARITIONS ». Les gens vont nous rire au nez ! Et ils auraient tort de s'en priver. Mais ne lambinons pas. Allez ouste, au travail !

Les deux patients entendirent les pas s'éloigner et la double porte claquer en se refermant derrière les quatre protagonistes à présent hors de vue.

Depuis tout à l'heure, la femme regardait Antoine avec beaucoup de circonspection. De temps à autres, elle avait tourné la tête pour observer l'environnement tout autour d'eux, mais elle avait systématiquement replanté ses yeux sur lui. Et soudain, elle se mit à rire. Il s'en étonna et la fixa avec une certaine angoisse. Cette femme avait-elle perdu la raison ?

— Qu'est-ce qui vous prend ?

Elle s'esclaffa de plus belle. Pourtant, sous l'apparence de cette hilarité, il décela quelque chose de plus profond. Loin d'être rassuré, Antoine prêcha le faux pour avoir le vrai.

— Ne me dites rien ; vous rêviez de quitter cet hôpital vous aussi ?

Il n'était pas dans ce cas de figure. Il n'avait fait que mettre du temps à se décider autant à sortir de son mutisme que de cet hôpital. Mais aussitôt qu'il avait validé en lui-même le choix de s'en aller, il ne s'était plus senti la force d'y rester davantage. En outre, son bonheur d'être de retour en ville, hors de danger, et non dans la tanière de Clotho, avait-il exalté sa joie d'être en vie de même que son esprit d'enfant joueur et capricieux. Mais le sentiment qui l'étreignait devant cette femme se fendant d'un rire aigu qui élargissait son visage de lumière malgré un front fatigué n'en était pas moins de l'inquiétude. Clotho avait ri de lui en le maintenant captif pour mieux abuser de lui ; pour quelle raison cette femme riait-elle à son tour ?

— Oh non, fit-elle entre deux expirations. Je peux même vous dire que je suis très heureuse de me trouver ici.

Soudainement, une ambulance arriva depuis la rue Orion, au sud, et bifurqua vigoureusement pour entrer dans le parking couvert. L'instant d'après, un brancardier, une infirmière et un chirurgien sortirent de l'hôpital et se précipitèrent avec un brancard vers le véhicule qui s'arrêta à leur hauteur. Les portes arrière s'ouvrirent et l'ambulancier descendit avec une civière sur laquelle une housse mortuaire sombre contenant un corps enfermé derrière la longue fermeture Éclair était allongé, immobile.

— Qu'est-ce qu'on a ?

— Un homme, la cinquantaine, avec un trou béant dans le crâne. Son état semble indiquer qu'il est mort dimanche, dixit le médecin-légiste. Sa rigidité cadavérique a eu le temps de se relâcher depuis l'heure du décès.

— Ok ! On l'emmène en salle d'autopsie ! Allez !

Antoine et la femme ne bougeaient pas d'un iota. Leur immobilité était aussi parfaite que leurs sens étaient en éveil. Mais une excitation identique semblait les envelopper dans une sphère qui favorisait un état second. Leur ouïe analysait chaque phrase, chaque mot, faisant abstraction du vent confidentiel qui pénétrait sous le préau en sifflant. Et les yeux de l'autre sur lesquels étaient rivetés les leurs, grand ouverts, les paupières vacillantes, les cils écarquillés, étaient pour eux comme le centre du monde.

Les ambulanciers, l'infirmière, le chirurgien et le brancardier finirent par entrer tous les cinq dans l'établissement. Leur absence éleva dans le parking un calme que l'arrêt du souffle venteux accentua.

— Où sommes-nous ? demanda la femme.

— Comment ça, *où sommes-nous* ? À Sanlys-sur-Mer, bien sûr !

— On est le combien, aujourd'hui ?

Antoine fut intrigué et ne s'en cacha pas.

— *On est le combien* ? On est le 13 juin.

— 1990 ?

— Non, 2019, évidemment ! Bien sûr qu'on est en 1990 !

— J'ai donc bel et bien passé deux ans là-bas.

— Un coma peut durer bien plus que deux ans, fit Antoine sur un ton sec. Dans *Science et Vie*, il expliquent que l'on peut ne jamais se réveiller.

— Qui vous a parlé de coma ? Je ne vous parle pas de coma ! fit la femme en se redressant légèrement pour mieux le regarder, décollant sa nuque de la tête du brancard. Je vous parle de Diadem 13 !

Antoine, précédemment accroupi, tomba sur les fesses.

— Vous connaissez Diadem 13 ? Vous y avez été ?

— Je ne m'étais donc pas trompée, si j'en crois votre réaction. Vous êtes en meilleure forme que quand je vous ai vu hier ! Je dois vous avouer que j'ai eu bien du mal à vous reconnaître. Mais il n'y a plus de doute possible, à présent. Votre prénom, c'est Antoine, n'est-ce pas ?

Il se mit à genoux et approcha son visage de celui de la femme en s'appuyant sur le bord du matelas.

— Comment le savez-vous ? Mais qui êtes-vous à la fin ?

— Je suis celle qui a créé Diadem 13. Je m'appelle Bérénice Barnier.

***

L'entrée de l'Ostium, formidable excavation qui se dressait presque à l'horizontale dans les couches terrestres à travers lesquelles plongeaient et creusaient les racines des arbres pléthoriques formant la forêt de l'Âme Blanche, s'élevait sur près de trente-quatre mètres de hauteur, donnant le vertige tant en la regardant d'en haut qu'en contre-plongée.

Silène, dès qu'il apparut à l'angle de l'une des deux immenses et somptueuses prairies séparées par le fleuve Suffodio Suci, se sentit pris d'un instant de malaise en dressant le regard sur l'ouverture en forme de triangle isocèle particulièrement vertical comme un A bordé de corniches naturelles et grossières en granit. Mais cette sensation n'était due qu'à l'immense fatigue qui l'accablait, et ce malgré le repos qu'il avait pu prendre chez Marianne.

Son inquiétude pour elle et le moment d'intimité qu'ils avaient partagé l'obsédaient. En outre, il craignait de mourir sans avoir pu précipiter Wilfried dans le gouffre de son trépas. Si tel devait être le cas, il ne reposerait jamais en paix, fût-il dans l'Æther.

L'obscurité de la nuit jouait contre lui. Il devait impérativement délivrer Sidonie et Stéphane de leur geôle mais, ne pouvant exercer sur lui-même sa pétulance dans l'Ostium, il serait forcé de s'y infiltrer à pied, risquant de tomber sur Mutine ou Nectarine, embusquées dans un recoin qu'il n'aurait pu distinguer dans cette ténébreuse noirceur. Pourrait-il au moins sentir leur présence ? Ses pouvoirs de perception étaient-ils encore efficaces dans cet état d'épuisement ? Les fanaux où dansaient des flammes soumises au vent s'engouffrant dans l'immense cavité ne diffusaient pas une lumière assez puissante pour tout éclairer. Heureusement, la salle où se trouvaient les cages dans lesquelles les prisonniers étaient censés être enfermés ne se situait qu'à près de six-cents mètres de l'entrée. *A priori*, une formalité.

L'ombre de Silène sur les murs pivotait autour de lui à mesure qu'il s'enfonçait dans le boyau qui rétrécissait progressivement, les torchères projetant un négatif de sa silhouette qui tournait autour de lui tandis qu'il s'éloignait d'une source de lumière pour s'approcher de la suivante. Suant à grosses gouttes, assoiffé par la déshydratation que son corps subissait un peu plus à chacun de ses pas, il souffrait également du chant du fleuve qui devenait plus étroit à chaque pas, finissant par n'être plus qu'un ruisseau qui murmurait de sa voix fluide des mots frais et désaltérants qui faisaient écho à sa soif. N'y tenant plus, Silène prit la peine de faire une pause de quelques secondes pour se mettre sur les genoux sur la rive sud du Suffodio Suci et plongea sa tête dans le cours d'eau souterrain avant de l'en sortir et de la secouer vivement. Puis il se pencha une nouvelle fois et immergea le bas de son visage dans l'eau jusqu'aux narines pour boire davantage de gorgées qui lui firent le plus grand bien. Enfin, il se releva et reprit sa route.

Quelques instants plus tard, le dieu arriva enfin dans la salle au détour d'un angle rocheux derrière lequel il resta caché un moment. L'espace dégagé s'était formé sous une voûte granitique qui faisait un plafond situé à vingt-trois mètres de hauteur en moyenne, en fonction des quelques stalactites et fistuleuses épaisses et des irrégularités rocheuses qui dessinaient des arêtes saillantes. Au sommet des trois plus grands spéléothèmes volcaniques, un brasier aux flammes rougeoyantes diffusait un éclat incandescent et brûlant qui rivalisait de luminescence feutrée avec les mares et les bassins de magma en ébullition.

En hauteur, fixées à une poulie soutenue par un crochet métallique solidement fixé dans le plafond, trois cages s'exhibaient sous les photons projetés par les nombreuses sources de lumière environnantes. Nulle trace des deux elfes.

Silène quitta l'angle qui séparait le boyau de la salle et s'y engagea.

Je n'ai pas une seconde à perdre.

D'où il était, il demeurait incapable de discerner Stéphane de Sidonie. Sans réfléchir, il atteignit l'endroit où l'une des chaînes, redescendant depuis la poulie, s'enroulait autour d'un touret métallique en fer oxydé par l'humidité ambiante, transpercé en son centre par une manivelle qui servait à dérouler la ligne de lourds maillons enroulés autour de la bobine ainsi formée. Celle-ci, fixée par deux bras latéraux fermement pris dans une excroissance géologique de couleur rouille, n'attendait que d'être délestée du poids de la cage suspendue.

Pour économiser sa pétulance, Silène commença à manipuler la poignée à deux mains pour la faire descendre dans un grincement qu'il aurait tout fait pour étouffer : son pouvoir lui servirait le moment venu pour se téléporter avec le captif à la Résidence du Coucher de Soleil, comme promis à Sabine, ou pour affronter Wilfried : le duel, avorté lors de la chute dans le vide depuis le trente-neuvième étage de la tour TDK, reprendrait en temps et en heure. Et jusqu'à la mort de l'un d'entre eux. C'était inévitable.

La prison de métal descendait lentement tandis que Silène, qui actionnait la manivelle, regardait tout autour de lui pour s'assurer que ni le maître des lieux, ni les deux elfes ou quelque autre capellan que ce soit n'intervienne et le force à combattre.

Il avait fait une promesse à Sabine : lui ramener Stéphane sain et sauf. Il n'avait qu'une parole. Mais lorsque la cage atteignit enfin le sol, il comprit que la jeune Néerlandaise devrait encore attendre avant de retrouver son artisan boulanger : sous ses yeux, affalée dans le fond de sa modeste prison, Sidonie, à peine consciente, gémissait. C'est donc elle qu'il ramènerait en premier.

Honneur aux dames.

D'un index dans le trou du système de verrouillage de la cage, Silène fit sauter le loquet et tira la barre qu'il posa silencieusement à terre pour libérer la jeune femme qu'il releva tout à fait et prit contre lui. Trop longtemps tenue en échec, elle était trempée de sueur. Fébrile. Ses cheveux blonds humides faisaient des mèches collantes de transpiration qui lui retombaient dans le visage et dont il sentait la tiédeur dans son cou où la tête de la femme, tout juste consciente, roulait tantôt à droite, tantôt à gauche.

Appelant son prénom, Silène l'aida à sortir de sa demi-conscience et Sidonie, vêtue de la stola qui dissimulait sa nudité poisseuse et vérolée par les stigmates de sa captivité, leva enfin le visage vers lui.

— Qui... êtes-vous... ?

Sa question était née sur ses lèvres comme un soupir. En la sortant de la cage, il lui répondit :

— Je suis votre ami. Je m'appelle Silène. Je suis un dieu et je vais vous ramener chez vous auprès de Sabine et des autres. Mais pour cela, nous devons sortir d'ici. Arriverez-vous à marcher ?

Il eut la réponse à sa question en s'éloignant du centre de la salle après avoir mis la barre dans la cage qu'il avait refermée en tordant le loquet. Bien que Sidonie marchât d'elle-même, elle mettait un temps considérable à chaque pas et devait fondamentalement être épaulée. Il l'emmena à l'angle du boyau où il s'était dissimulé tantôt et l'assit par terre contre la paroi rocailleuse. Puis il essuya sur son pantalon ses mains trempées par la sueur de la femme et se tourna vers elle.

— Restez ici. Je reviens...

Silène retourna au niveau de la manivelle et décida de bloquer la cage en hauteur, là où elle était précédemment. Mutine et Nectarine auraient plus de mal, dans l'obscurité, à réaliser que personne ne l'occupait, et de toutes manières, en la laissant au sol, la cage interpellerait les elfes qui comprendraient aussitôt. Il fit tourner la manivelle dans le sens inverse et la cage quitta lentement le sol pour s'élever en hauteur. Les maillons hurlaient à mesure qu'ils s'enroulaient autour du touret métallique.

— Hééééé...

Silène s'accroupit d'un coup, surpris. Quelqu'un était là. La voix semblait venir de toute la pièce. D'où s'était-elle élevée ? Se pouvait-il que ce soit Capella ? Bien que la résonance ait donné l'impression que les murs et le plafond eux-mêmes avaient parlé, la voix avait semblé plus douce et peut-être plus jeune aussi.

— Héééé...

Silène comprit. Il se redressa sur les jambes et s'éleva en lévitation dans les airs pour venir à hauteur de la deuxième cage ; Stéphane, les poings serrés autour des barreaux, le visage collé contre deux d'entre eux, posa son regard sur Silène aussitôt qu'il arriva à sa hauteur en dressant un index levé devant sa bouche.

— Ne faites pas de bruit, Stéphane. Je reviendrai vous chercher tout à l'heure, comme je vous l'ai promis. Je suis désolé, je n'ai trouvé ni la force ni le temps de venir avant. Soyez encore un peu patient et tenez le coup.

— Vous deviez revenir me chercher plus tôt...

— Je ne vous laisserai pas tomber, Stéphane. Soyez-en sûr.

Le jeune homme avait encore l'air relativement en forme, mais Silène décela dans son regard une immense détresse. En caleçon, avec ses baskets et ses chaussettes, les jambes et les cuisses dénudées, le torse nu, il présentait tous les signes visuels d'un homme faible et vulnérable à l'article du désespoir le plus profond.

— Est-ce que ça va aller ? demanda Silène pour se rassurer.

La question était idiote. La réponse ne changeait rien au fait que Stéphane n'avait pas le choix : il devrait tenir le coup encore un peu et ne pas se laisser aller à une envoûtante et fatale déprime.

— Il le faudra bien... Comment va Stéphanie ? Et Sabine ? Jack ?

Le temps était loin d'être propice à une conversation en l'état. Mais Silène répondit :

— Bien. J'ai déposé la petite la nuit dernière chez vous. Mais ne vous en faites pas pour vos amis et elle. Pensez à vous. Je ramène Sidonie et je...

— Sidonie ? Elle est là ?

Stéphane rit nerveusement et les larmes lui montèrent aux yeux.

— Ma colocataire... Mon ex-voisine d'étage. Mon amie d'ascenseur... Alors elle était ici... Avec moi... ?

Silène perdait un temps précieux. Et l'énergie qu'il utilisait pour se maintenir en lévitation à seize mètres de hauteur lui coûtait cher.

— Je ne vous retiens pas, Silène... Allez-y, ramenez-la...

— Tenez bon...

Le dieu redescendit à pic et courut auprès de Sidonie qui n'avait pas bougé d'un iota. Il l'aida à se redresser sur ses jambes et commença à s'éloigner de la salle magmatique pour quitter l'Ostium avec elle.

***

L'amertume que ressentit Clotho en regardant Suzanne s'enfoncer plus loin dans le labyrinthe du Dedalesk lui parut si virulente qu'elle eut l'impression d'avoir dans la gorge le breuvage chaud qu'elle s'était préparé avec des graines brunâtres que Max lui avait un jour ramenées d'un pays sur Terre nommé Centrafrique et qu'elle avait trouvé amer. Du café. Ainsi se demanda-t-elle s'il n'en coulait pas actuellement dans ses veines autant que dans son palais.

Elle avait dit tout ce qu'elle avait pu à Suzanne qui avait tenu parole et l'avait laissée en vie. Sa mort n'aurait eu aucun sens, de toutes manières. Et si vraiment elle lui avait menti et que son décès eut pu avoir une réelle incidence sur l'invulnérabilité supposée de Capella, Suzanne pourrait toujours repartir à sa recherche et la supprimer. Mortelle privée de pétulance, l'anthropophage nymphomane serait loin d'être un obstacle insurmontable pour une femme aux pouvoirs grandissants.

De Falken, du Kraken et de l'Âme Blanche, cette dernière était la seule à imposer un procédé bien spécifique pour la mener à sa mort, à l'image de Polyphème et de Sleipnir. Clotho, étrangement, avait été des plus loquaces en donnant à Suzanne les moindres détails de ce qu'elle devrait faire pour se débarrasser de la dernière entrave à l'Ostium où la recevrait Capella.

D'une certaine manière, Clotho avait l'impression de s'être racheté une conduite, lavant sa conscience dans le sang des trois derniers dignitaires qu'elle avait trahis pour le bien de la mission dont Suzanne était investie. Pour quelle raison cette femme ne pourrait-elle pas tenter de tuer le souverain qui avait commandité la destitution de son rang ? Dignitaire elle-même jusqu'à la veille, Clotho avait aveuglément risqué sa vie pendant quatre années pour protéger l'une des sept régions de Diadem 13, obéissant aux ordres qu'il lui avait donnés sans chercher à remettre en question le bien-fondé des décisions qu'il avait prises seul. Bafouée du fait d'avoir failli à sa tâche au seul moment de sa vie où elle avait eu envie de hisser ses appétits gustatif et sexuel au rang de priorités, Clotho avait violemment été punie pour manquement à son devoir. Mutine et Nectarine n'avaient été que les instruments dont Capella s'était servi pour la châtier ; elles n'étaient nullement responsables. Lui seul devrait en assumer les conséquences. Et si Suzanne, dans sa croisade, pouvait venger l'honneur de Clotho, alors pourquoi l'en empêcher ?

Dès l'instant où Capella saurait que Clotho l'avait trahi, il la ferait exécuter sans délai ; elle en était convaincue. Ainsi, elle ne pouvait désormais plus rester ici sur Diadem 13. Les sept régions et l'Ostium ne disposaient d'aucun lieu où elle serait à l'abri d'une vengeance cuisante et inopinée qui surviendrait lorsqu'elle s'y attendrait le moins. Elle le savait. Il lui fallait partir.

Pratiquement tous les natifs s'étaient rendus au moins une fois dans les deux autres dimensions qui étaient venues se greffer dans l'espace-temps Crépusculaire BKX 9352. Par curiosité plus que par réelle envie. Quels étaient donc ces deux mondes dont l'adjonction au sein d'un même univers avait éventré toutes les régions de Diadem 13 ? Et avait tué Kyrielle ?

Yf-6 était un lieu qui n'intéressait pas Clotho. Dans un monde futuriste où une nuit interminable régnait en maître absolu au-dessus d'un décor de béton, de métal, de verre et de pierre, elle ne trouverait jamais sa place, d'autant plus que des êtres puissants vivaient dans chacun des quartiers de cette plate-forme froide et lumineuse bardée de néons dans une animation toujours plus tumultueuse. Avec son apparence, nul doute que Clotho serait prise pour cible par des chasseurs de prime et des mercenaires qui ne verraient en elle qu'une créature intéressante que de nombreux proxénètes chercheraient à obtenir avec convoitise. Elle ne tiendrait pas en liberté plus de deux heures là-bas. Si elle n'était pas massacrée puis disséquée pour des analyses, pour trafic d'organes ou tout simplement pour sa différence et donc sa rareté, elle y serait exploitée en tant qu'ouvrière en vertu des muscles aussi saillants qu'efficaces de ses jambes et de ses avants-bras, en tant qu'esclave sexuelle pour sa voluptueuse poitrine et sa sensualité stupéfiante, ou, dans le meilleur des cas, en tant qu'épouse transie et forcée de demeurer avec quelqu'un qu'elle crèverait d'envie de charcuter à mort. Clotho, mariée à un riche androïde ou à un puissant mutant, pourrait-elle vivre ainsi dans une prison dorée ? Non. Elle savait qu'elle ne le pourrait pas. Elle ne le supporterait jamais. Plutôt mourir.

Le dernier des mondes de Crépusculaire BKX 9352, après Diadem 13 et Yf-6, était peut-être le meilleur des trois partis pour Clotho : Voyelle 9½. Monde qui avait vu naître Mutine et Nectarine ainsi que de nombreuses autres elfes, il était totalement différent de ses deux voisins. Alors qu'Yf-6 était une société de consommation civilisée et futuriste où la technologie était aussi importante que la vie de ceux qui l'utilisaient quotidiennement, Voyelle 9½, *a contrario*, faisait plus figure de monde du passé, semblant couvrir toute la période allant de l'Antiquité à la fin du xixe siècle, avec ses maisons austères, ses espaces naturels vierges, sa science balbutiante. Et ce malgré la substance de certains de ses habitants. Mais Voyelle 9½ ne s'inscrivait ni dans une frise chronologique particulière, ni dans un lieu réel auquel elle pourrait s'apparenter. Tout du moins la notion qui pourrait s'en approcher serait un mélange du jardin d'Éden issu de la Genèse et d'endroits merveilleux de la mythologie grecque sur les bords de la Méditerranée. À quelques exceptions près.

La principale caractéristique de Voyelle 9½, ce à quoi tous ses habitants pensaient aussitôt qu'ils en parlaient, n'était autre que ses paysages qui faisaient réellement penser à un monde dédié aux enfants. Dans un environnement verdoyant de collines couvertes de pelouse rase donnant sur un littoral s'enfonçant dans une mer d'un bleu magnifique, le troisième monde était une île de trois-cent-treize kilomètres carrés bordée d'un littoral de soixante-cinq kilomètres de criques intimistes et de plages de sable blanc où les étoiles Alnitak et Alnilam ne se couchaient jamais. Des bourgs se dessinaient ici-et-là, peuplés de créatures étranges, nains, elfes, fées, dryades, naïades, anges, harpies, pénimacres, centaures et minotaures, qui vivaient dans de minuscules maisons en plastique multicolore ou en bois, décorées de cœurs, d'étoiles, avec des jouets divers et variés traînant un peu partout, et d'animaux aussi étranges les uns que les autres.

Chaque être vivant de Voyelle 9½ ne pensait qu'à se goinfrer de mets copieux et raffinés, qu'à s'enivrer d'alcool qui coulait en cascades dans certains lieux prisés des amateurs d'ivresse, qu'à s'adonner à de véritables orgies où l'orgasme était un objectif aussi précieux que les moyens utilisés pour l'atteindre. Le reste du temps, ils lézardaient paresseusement pour mieux se laisser aller à une mirifique léthargie.

Un tel monde d'oisiveté, d'hédonisme, de dépravation sans limites et d'interminable passivité était-il fait pour Clotho ?

De prime abord, oui. Elle y assouvirait ses nombreux appétits et ne serait pas inquiétée par Capella ou par l'un de ses sbires. Par ailleurs, même si un dieu ou une déesse se rendait sur Voyelle 9½ pour y châtier cette traîtresse, il ne pourrait utiliser sa pétulance, inutilisable sur place : seule la substance de quelques natifs de ce monde fonctionnait. Ce monde d'harmonie et de paix, parfois orné de temples grecs, de colonnes doriques et de magnifiques statues de pierre, intimait une quiétude telle qu'aucune arme, quelle qu'elle fût, ne pouvait y être utilisée. Les êtres qui y demeuraient ne décédaient que de mort naturelle au bout de huit mois, généralement moins et rarement plus. Avec une alimentation qui usait les appareils digestifs, avec une consommation d'alcool qui assassinait le foie, avec une sexualité excessive qui mettait à mal le cœur et les parties génitales et avec des phases de sommeil qui culminaient jusqu'à seize heures chaque jour, rien n'était plus naturel que cette vie horriblement courte qui avait au moins l'avantage d'être paisible à défaut d'avoir un réel sens.

Non. Finalement, Voyelle 9½ n'était pas un endroit pour elle.

Clotho irait vivre sur Terre. Et pourquoi pas à Sanlys-sur-Mer ?

C'était la solution. Aller sur Terre.

Max, qui avait pris l'habitude de s'y rendre au moins cinq fois par mois, lui avait beaucoup parlé des humains, de leurs modes de vie différents en fonction des pays. Elle en savait assez pour tenter.

Mais qui l'y emmènerait ?

Silène n'accepterait jamais et les autres virgiles non plus : aucun d'entre eux ne prendrait le risque de téléporter une ancienne dignitaire sur Terre, capellane de surcroît. Elle serait potentiellement dangereuse pour les populations. Wilfried, lui, renoncerait également pour ne pas tremper dans une affaire de haute trahison, pas plus que les autres dieux et déesses capellans. Par contre, malgré leur allégeance, les deux elfes Mutine et Nectarine accéderaient peut-être à sa requête. Elles n'étaient pas natives de Diadem 13 et avaient un côté humain qui pourrait adoucir leur méfiance. Par ailleurs, elles seraient plus susceptibles de comprendre quelqu'un souhaitant vivre à l'étranger.

Clotho devait essayer. Il lui fallait les trouver et le leur demander.

Déterminée à tenter de saisir l'opportunité d'une nouvelle vie, débarrassée d'une prophétie qui promettait la mort des dieux, des déesses et des dignitaires, Clotho se détourna de l'entrée du labyrinthe et marcha le long du mur d'enceinte du dédale en direction du nord : elle contournerait l'édifice en prenant un chemin qu'elle seule connaissait. Et irait demander à Nectarine, plus compréhensive que sa consœur, de l'emmener sur Terre.

Elle vivrait parmi les humains. Tel lui sembla être son destin.

Sabine s'agaça : cette prétendue Résidence du Coucher de Soleil était en réalité un vrai moulin à vent. Les gens rentraient et sortaient comme des meuniers. D'autres s'invitaient, comme Stéphanie. Et qui donc était ce nouvel intrus qui venait lui aussi de frapper à la porte ?

— J'y vais ! hurla-t-elle en se rendant dans l'entrée.

— C'est le flic, souligna Émmanuelle qui préparait le dîner dans la cuisine et venait de laisser tomber son omelette aux champignons pour regarder par la fenêtre. Mais on dirait que...

Sabine ouvrit la porte et manqua de tomber à la renverse. Elle se retint au perroquet qui bascula dangereusement et réprima un vertige. Marc était là, devant elle. Le corps qu'il tenait dans ses bras ne faisait aucun doute sur l'identité de la femme qui, à demi-consciente, gémissait tout bas.

Sidonie.

Sabine se décala aussitôt sur le côté sans détacher ses yeux de la femme qui avait l'air mal en point et Marc, sans rien dire, se faufila dans l'entrée avant d'aller vers les escaliers.

— Je l'ai trouvée allongée derrière votre voiture. C'est sans doute Silène qui l'a ramenée.

Elle referma la porte derrière lui avant de le suivre à l'étage. De suite, Émmanuelle les rejoignit et tout ce petit monde se dirigea vers la chambre de la blonde. Celle-ci était comme une star, un objet de curiosité qu'il fallait impérativement observer, détailler, toucher, dont il fallait décortiquer l'apparence, l'attitude. Elle était la première à avoir été dans un autre monde, à en être revenue et à pouvoir en parler. Que dissimulait cet univers dans lequel l'expérience de la disquette rouge l'avait plongée ?

Angélique prit la direction des opérations. Il fallait la déshabiller, la mettre à l'aise dans son lit, lui faire boire de l'eau et rester à son chevet jusqu'à ce qu'elle se stabilise dans un état de conscience ou d'inconscience. Soit elle s'endormirait, soit elle se réveillerait. Valérie, en infirmière professionnelle et consciencieuse, assista son amie et toutes deux restèrent au chevet de la blonde. Stéphanie, elle, demeurait enfermée dans la chambre de Stéphane : nul ne savait ce qu'elle y faisait. L'adolescente n'avait même pas daigné jeter un œil dans le couloir pour savoir ce qui expliquait ce charivari. Auquel s'ajouta soudainement une voix masculine.

— C'est moiiiiiii...

Jack. Émmanuelle descendit les marches quatre à quatre dès qu'il rentra tout à fait et se jeta dans ses bras pour lui faire une bise.

— Je suis contente de te voir. Tu as passé une bonne journée ?

— Eh bien !? Heureusement qu'Angélique n'est pas là, sinon elle m'aurait fait une scène de jalousie...

— Elle est en haut, fit-elle en desserrant son étreinte. Sa collègue et elle s'occupent de Sidonie dans sa chambre.

— Quoi ?? Sidonie est revenue ?

Il retira en toute hâte ses chaussures qu'il ne prit pas la peine de ranger.

— Précisément. Le flic l'a trouvée devant la maison. Il est dans le salon.

— Je monte !

Avant de laisser sa petite sacoche en bandoulière au sol, Jack posa délicatement le sac en papier kraft contenant une boîte cartonnée avec le dessert dedans. Il se précipita aussitôt à l'étage, suivi par la rousse à qui il demanda :

— Elle est consciente ?

— Plus ou moins.

Jack ouvrit la porte en trombe et entra brusquement dans la chambre où il fut accueilli par le regard noir d'Angélique et la mine intriguée de Valérie. Chacune d'entre elles était d'un côté du lit où Sidonie, comateuse, avait les yeux mi-clos et les cheveux blonds étirés en soleil sur l'oreiller.

— Jack !! Tu aurais dû entrer en faisant encore plus de boucan ! l'apostropha sa belle en le toisant.

Sans même jeter un regard à l'inconnue qui s'écarta du bord du lit pour le laisser s'approcher, il se prosterna et mit la main sur l'épaule de Sidonie.

— Pardonne-moi...

Lentement, elle émergea de son demi-sommeil et se tourna vers lui.

— Jaaaack... Tu es làààà... ?

— Je suis désolé, Sidonie. J'ai eu tort. Je n'aurais pas dû. Tu n'y étais pour rien. J'ai mal réagi. Pardonne-moi...

Angélique et Valérie ne disaient plus rien. Elles assistaient à un *mea culpa* comme elles n'en avaient jamais connu. Sidonie sourit à l'homme.

— Je n'ai plus rien... à te pardonner, Jack... Tu t'es déjà excusé... quand tu es venu me voir... et que j'étais... derrière l'écran... J'ai compris...

Par fierté, il se refusait à laisser couler les larmes qui faisaient comme une déferlante sur la ligne de ses paupières inférieures. Mais la femme ne s'y trompait pas : Jack lui parlait avec le cœur.

— Je vais te laisser et tu vas te reposer, mon amie, lui dit-il avant de se relever enfin. Tu es en sécurité, désormais.

Le sourire de Sidonie s'élargit. Angélique lui mit la main sur le front.

— Antoine est revenu, ma belle. Il est à l'hôpital. Rassure-toi, il est en bonne santé. On ira le voir ensemble demain lorsque tu iras mieux.

Sidonie rangea cette dernière information dans un coin de son esprit comme si elle souhaitait garder pour elle le bonheur que cette nouvelle lui procurait. Pour l'heure, tout ce qu'elle souhaitait, c'était dormir.

Jack alla jusqu'à la porte, les deux infirmières se lancèrent un regard entendu et se redressèrent pour le rejoindre. Et la laisser seule.

***

La coïncidence était trop invraisemblable pour n'être que le fruit du hasard. Antoine et Bérénice s'accordèrent à dire que, décidément, rien n'était fortuit, et certainement pas leur rencontre. Ils ne pouvaient pas en rester là. Ils avaient trop de choses à se dire.

De son côté, Bérénice souhaitait avoir sa version des faits concernant l'expérience de la disquette rouge. Immanquablement, les préparatifs et les évènements seraient les mêmes que ceux dont lui avait parlé Suzanne, mais le choix des mots pouvait lui apporter des éclaircissements supplémentaires. La disquette sur laquelle elle avait sauvegardé les textes descriptifs des mondes parallèles qu'elle avait créés l'y avait emmenée sans raison, puis s'était retrouvée à Sanlys-sur-Mer et avait elle-même généré un programme extrêmement évolué avec ses propres routines et ses algorithmes puissants, lesquels avaient proposé à ses utilisateurs de s'y rendre. Et les y avait expédiés.

Avec ses connaissances en informatique, Antoine avait toutes les chances de pouvoir décortiquer le phénomène avec rationalité et objectivité. Bérénice voulait comprendre. Et puis elle avait sympathisé avec Suzanne pendant les deux jours qu'elles avaient passés ensemble et derrière une personnalité difficile à appréhender, Bérénice avait senti toute la fragilité et les cicatrices qui faisaient d'elle une écorchée vive. Elle en avait été touchée et souhaitait en savoir plus sur elle.

Lui souhaitait avoir des détails sur Diadem 13, car en-dehors de la maison de Clotho où il avait été séquestré, Antoine ne savait rien de cette dimension. Emprisonné dans un intérieur de vingt-neuf mètres carrés pendant près de deux jours, il avait souhaité être si libre qu'il avait fait du monde extérieur auquel Clotho lui avait refusé l'accès un paradis où le simple fait de pouvoir courir sans entrave à ciel ouvert en était devenu un rêve. Et soudain, Antoine, revenu sous les latitudes terrestres, se retrouvait en compagnie de celle qui avait généré ce paradis, qui en était la mère.

En outre, inquiet pour Sidonie, il avait besoin d'être rassuré sur les conditions de détention dans lesquelles elle était captive. Pour lui, seule Bérénice connaissait suffisamment Diadem 13 pour lui assurer que sa blonde était encore en bonne santé.

Il eut une idée. La Renault 5 de sa mère se trouvait encore dans le parking souterrain de la Cité Métallique, sous la place des Colonnades où il s'était toujours garé à l'époque où il résidait encore dans la tour Clairefontaine. Il n'avait pas trouvé le temps de la ramener aux Bégonias. Puisqu'il avait sur lui son trousseau avec les clefs du véhicule, il allait la récupérer et s'en servir pour rentrer à la résidence avec Bérénice, laquelle allait l'attendre sagement un peu plus loin, rue Orion.

— Laissez le brancard ici. On va sortir de ce parking.

Trouvant l'idée excellente, elle descendit du chariot avec la couverture tout autour d'elle et sortit avec lui de l'aire de stationnement de l'hôpital. Naturellement, les passants qu'ils croisaient étaient intrigués par cette femme ainsi emmitouflée, mais ils ne prêtèrent pas plus attention que cela à ce couple atypique. Antoine, lui, ne fut guère surpris d'apprendre qu'elle n'était qu'en petite tenue ; Diadem 13 semblait cultiver l'art et la manière de mettre ses hôtes dans le plus simple appareil. Délesté de ses vêtements lors de l'expérience de la disquette rouge, Antoine avait ensuite passé le plus clair de son temps nu dans le lit de Clotho. Et là, Bérénice n'avait plus qu'un étrange tee-shirt ample sur un soutien-gorge, ainsi qu'une culotte. Mais elle le rassura en pouffant de rire.

— Je vous assure que je ne suis que la créatrice qui a imaginé Diadem 13, pas l'instigatrice responsable des lois qui régissent cette dimension.

— Je m'en doute, assura-t-il en remarquant un petit recoin où elle pourrait se cacher en attendant qu'il revienne avec la voiture. Attendez-moi là sagement. Je pense revenir dans les quinze minutes.

— Volontiers. Je ne bougerai pas d'ici. Mais faites vite !

***

La faim attire le loup hors du bois. Résolument. Et Stéphanie n'avait pas fait exception à la règle : affamée, ayant besoin de se sustenter, elle n'avait pas résisté lorsque Émmanuelle, de l'autre côté de la porte, lui avait dit que le dîner serait servi dans un quart d'heure et qu'elle pouvait rejoindre tout le monde à l'extérieur sur la terrasse si elle le souhaitait. L'instant d'après, Stéphanie avait fini par déverrouiller la porte et était sortie pour se joindre aux autres en bas.

Il était bientôt 21 h 00 et le soleil poursuivait sa course vers l'océan où il finirait par plonger, disparaissant au-delà de la ligne d'horizon, changeant à chaque instant les couleurs du ciel qui, à présent, se fondait d'un orange vif déchiré de nuages de chaleur étirés en altitude. Quelques coups de vent intempestifs fouettaient doucement les reliefs de la ville. La terrasse, dans l'ombre de la résidence qui entravait la lumière sur son flanc ouest, entretenait une douceur salvatrice dont les sept convives profitaient.

Récupérant une table de jardin pliée dans le fond du garage, Marc et Jack l'avaient sortie et installée à proximité de la piscine qu'Émmanuelle et Stéphanie avaient nettoyée. Sabine avait passé l'éponge dessus puis déplié une nappe aux motifs printaniers pour la mettre dessus. Angélique, occupée à dresser la table, s'était affranchie de sa tâche avec l'aide de Valérie. Faisant la navette entre la cuisine et la terrasse, Stéphanie apportait désormais les bouteilles de vin et d'eau fraîche, les assaisonnements et les plats que Sabine, revenue en cuisine, lui avait demandé d'apporter : salade composée et omelette aux champignons pour tout le monde. En dessert, tarte aux fraises tout droit venue du Salon des Petits Pains, ramenée par Jack. Il n'avait pas oublié.

Bien qu'il n'ait été invité que parce qu'il les connaissait presque tous, et aussi pour ne pas que les colocataires le mettent à la porte alors qu'il venait de les aider à installer Sidonie dans son lit, Marc fut placé en bout de table pour présider le dîner. À sa droite, Jack faisait face à son amie d'enfance Sabine à gauche de laquelle se trouvaient Valérie puis Angélique. En face d'elles, Émmanuelle avait vue sur les deux infirmières. Stéphanie se restaurait à l'autre extrémité de la table, à l'opposé du lieutenant de police. La présence de ce dernier s'avérait sans doute être une raison pour laquelle l'ambiance était étrange.

Personne ne parlait et seuls le bruit des couverts en argent sur la porcelaine et le son de la chaîne hi-fi du salon, où la radio s'époumonait sur *Sounds Like a Melody* d'Alphaville [167], brisaient le silence de cette fin de journée. Mais Valérie semblait mal à son aise et Angélique se demandait ce qu'elle cachait encore. Elle espérait bien avoir le fin mot de l'histoire dans la soirée, comme promis par l'intéressée. Sabine, pour sa part, s'interrogeait sur le lien qui unissait l'adolescente à Stéphane : pourquoi traînait-il avec cette gamine ? D'ailleurs, elle s'inquiétait pour lui, tout comme Émmanuelle qui, malgré cette angoisse latente, paraissait toujours aussi joviale.

— Rassurez-moi, commença Marc en reposant son verre de vin. Vous n'habitez pas tous ici ! La fille qui se repose là-haut et vous êtes de toute évidence chez vous ici, poursuivit-il en regardant Émmanuelle. Vous deux, le jeune homme du hall de la gare et la Néerlandaise qui doit tenir ses papiers d'identité à jour au plus vite, résidez également ici. C'est bien ça ?

— C'est exact, fit Sabine après avoir jeté un coup d'œil à Jack. Et sachez que mes papiers seront bientôt en règle. D'ailleurs, le D.R.H. du Musée des Beaux-Arts m'a confirmé ce soir par téléphone que j'étais embauchée.

— Grand bien vous fasse, railla Marc.

— Mes félicitations, miss ! s'exclama Émmanuelle. Tu as cartonné !

— Je vis moi aussi dans cette maison, précisa l'infirmière.

— Je me souviens de vous, à présent. C'est vous qui étiez aux Bains Publics lundi soir, n'est-ce pas ? Angélique, c'est bien ça ?

— Oui, c'est ça...

— Et vous, vous êtes ?

Marc avait posé sur Valérie un regard suspicieux.

— Je suis une amie et collègue d'Angélique.

— Vous avez l'air nerveuse.

Tout le monde s'arrêta de manger. Le vent tournait, comme précurseur d'un mauvais signe.

— Je suis exténuée et je n'ai qu'une hâte : dormir. La journée a été plus éprouvante que je ne le pensais.

— L'un de nos colocataires, Antoine, est à l'hôpital, précisa Angélique pour venir en aide à sa collègue. Il est revenu de *là-bas*, visiblement affecté.

— De *là-bas* ? répéta Marc. Vous voulez dire de l'endroit d'où viennent Max et Wilfried, dont est originaire Silène, où il y aurait cette plaine de Chronopolis et ce cheval nommé...

— Sleipnir, fit Sabine. Souvenez-vous de la pierre de Tjängvide.

— Oui, *là-bas*, fit Émmanuelle. Lorsque vous êtes venu nous voir avant-hier, Sidonie et moi, vous avez évoqué une fumée bleue que notre voisinage a remarquée la veille. Cette fumée n'est émise par l'ordinateur que lorsque quelqu'un fait l'expérience de la disquette rouge, celle que Max et Wilfried recherchent. Antoine y a été avec notre amie Suzanne. Et elle y est encore.

Marc se leva et se pencha au-dessus de son assiette pour se saisir de la bouteille de rosé qui tiédissait au centre de la table et se verser un verre. Émmanuelle lui tendit le sien : il le lui remplit sous les regards inquiets d'Angélique et de Jack.

— Et vous alors, vous êtes qui ? demanda-t-il en reposant la bouteille mais sans détacher ses yeux de l'adolescente qui lui faisait face.

— Je m'appelle Stéphanie et je suis une amie de la colocation.

— Disons plutôt une amie de Stéphane, rectifia Sabine.

— Et une cliente de la boulangerie ! ajouta Jack.

Marc remarqua l'étrange animosité qui opposait la Néerlandaise sur sa gauche à la jeune fille de l'autre côté de la table.

De pathétiques rivalités de bonnes femmes, pensa-t-il avant de boire son rosé d'un trait. Et de roter.

— Excusez-moi !

Il n'était désolé que pour la forme ; tout le monde l'avait bien compris. Ce lieutenant de police était décidément bien mal éduqué.

— Et vous, qu'est-ce qui vous amenait ici, au fait ?

La question de Sabine le surprit : il ne s'y était pas attendu et eut l'impression qu'elle lui demandait des comptes, ce qui le vexa.

— En l'absence de Silène, c'est moi qui dois assurer votre protection.

— Vous n'avez rien d'autre à faire ? osa Valérie.

Plutôt que de répondre, Marc prit une feuille de laitue de son assiette avec ses doigts et la glissa entre ses lèvres. Puis il sembla s'allonger dans sa chaise de jardin, étirant ses jambes sous la table et poussant ses fesses vers le bord de l'assise. Il empestait la désinvolture et la suffisance.

— Aujourd'hui, nous avons mis sous les verrous un gros poisson, expliqua-t-il avec une fierté ostentatoire. Une cinglée qui nous a donné du fil à retordre pendant des semaines. Une *putain* de cleptomane.

Il élargit son sourire, plissant ses joues et y creusant de profonds sillons.

— La ville se portera bien mieux sans cette névrosée obsessionnelle. Mademoiselle *Guéniousaille* ne volera plus personne !

— Quoi ?

Le seconde bouteille de rosé, vide, bascula sur la table mais ne tomba pas au sol. Tous les regards s'élevèrent vers un même point de mire. Douze yeux convergeaient vers le visage de Stéphanie, dressée sur ses jambes, sa chaise renversée derrière elle.

— Vous avez arrêté ma sœur ? Catherine Genyôsai ??

Marc, immobile, toujours affalé, sembla regarder l'adolescente avec une considération différente.

— Ah oui, fit-il en la détaillant. Il y a bel et bien un air de famille. Tu es sa petite sœur ?

— Exactement ! Et vous allez la libérer ! ordonna Stéphanie en venant se poster à côté du lieutenant de police, le toisant de haut.

— Décidément, le hasard est bien étrange... Mais il en est hors de question, petite peste ! Tu es aussi tarée que ta sœur pour t'imaginer que je vais gentiment la relâcher. Elle devra répondre de ses actes et passera devant le juge. Commence dès maintenant à te renseigner sur le prix des oranges : elle va passer quelques temps derrière les barreaux.

— Vous n'êtes que de la *merde* !

Stéphanie quitta le repas et alla s'enfermer dans la chambre de Stéphane. Ce coup de théâtre cassa l'ambiance. Mais la dégustation de la tarte aux reines des vallées ne serait que partie remise.

Sabine et Émmanuelle débarrassèrent la table tandis que Jack se mit à faire la vaisselle. Valérie et Angélique, elles aussi, se rendirent à l'étage pour bavarder dans la chambre de cette dernière. Marc, lui, n'avait pas bougé.

— Vous étiez obligé ? lui demanda Sabine entre deux trajets cuisine-terrasse.

— De ?

— De lui parler comme ça !

Marc regarda les flots de la piscine qui, sur sa droite, ondulaient langoureusement dans le bassin puis détourna davantage ses yeux pour les laisser se perdre dans les arbres qui s'enfonçaient à l'est de la propriété.

— Oui, dit-il enfin. Contraint et forcé. La complaisance de certains fonctionnaires de police est la gangrène qui vérole notre pays et augmente les récidives de la racaille qui pullule dans nos villes. Je ne me laisserai jamais aller à cette indulgence. Les criminels sont aussi impardonnables et dangereux que ceux qui les couvrent. Pour moi, c'est tolérance zéro !

Sabine le regarda par-dessus son épaule avant de rentrer dans le salon par la porte-fenêtre ouverte. Et comprit enfin.

— C'est peut-être parce que vous ne vous tolérez pas vous-même que vous ne tolérez pas les autres.

Marc cracha au sol.

***

— Mon Seigneur !

Le silence et l'obscurité rougeoyante de l'Ostium étaient loin d'être les réponses dont Wilfried pouvait se contenter. En ces heures difficiles de conflit, il souhaitait plus que jamais s'entretenir une nouvelle fois avec Capella. Mais le miroir restait désespérément sombre et vide.

— Mon Seigneur ! Pourquoi vous êtes-vous joué de moi ?

Le clapotis des bulles d'air qui remontaient à la surface des bassins de magma formés dans les roches volcaniques, seul, créait un étrange environnement sonore au pied des marches qui menaient à cette vitre triangulaire au cadre savamment travaillé. Mais Wilfried n'y avait jamais prêté aucune attention. De toutes manières, il n'avait jamais gravi les échelons de cet escalier de granit. Personne ne l'avait jamais emprunté. Pas même le souverain de Diadem 13.

Qui, enfin, se manifesta. La lumière irradia. Mais Wilfried, derrière ses paupières closes, ne voyait qu'un halo lumineux diffus. Prosterné comme à l'accoutumée, un genou à terre, il témoignait respect et allégeance par cette posture de soumission.

— Mais qui donc crois-tu être pour oser me demander de me justifier ? tonna le voix.

— Mon Seigneur. Max est mort.

— Je connais la situation, Wilfried. Et alors ?

Capella s'était effectivement joué de lui en l'envoyant retrouver Max dans la tanière de Magdalena alors qu'il ne respirait déjà plus depuis quelques heures à ce moment-là. Cependant, mettre son souverain dans l'embarras en lui demandant des comptes n'était certainement pas, finalement, la meilleure chose à faire pour demeurer dans ses bonnes grâces.

— Je ne sens plus la présence de Clotho. Et je me demandais si elle n'avait pas déjà été vaincue par Suzanne.

— Non, mon brave Wilfried. Rassure-toi, Suzanne est bien loin d'être une menace sérieuse pour nous. Clotho est encore en vie ; elle n'a pas été vaincue. Je l'ai simplement privée de sa pétulance.

— Comment ?...

Wilfried faillit déglutir de travers.

— Mais pourquoi ?

— Parce que cette créature n'est pas essentielle à notre survie. Elle ne mérite plus d'être hissée au rang de dignitaire. Elle a failli à sa tâche. Je l'ai donc rabaissée à la condition de serve et l'ai faite jeter dans son labyrinthe. Et visiblement, j'ai bien fait puisqu'elle nous a trahis, Wilfried. Elle a révélé à Suzanne, il y a quelques instants, des informations capitales sur Falken, le Kraken et l'Âme Blanche. Clotho a donné son âme au diable.

— Elle n'aurait jamais dû ! Souhaitez-vous que j'aille la retrouver pour vous la ramener ?

— Non... Je m'occuperai d'elle plus tard...

— Mon Seigneur. Polyphème, Sleipnir et Cerbère sont morts ; Suzanne les a vaincus. Magdalena a elle aussi été tuée par cette femme et Max a été assassiné par Silène. Nous avons détruit la disquette et détenons encore l'un des terriens. Silène est parvenu par chance à ramener la blonde chez eux, mais désormais, Mutine et Nectarine sont en faction directement dans la salle des cellules. Malgré cela, nous ne pouvons pas nous permettre de mettre sur la touche l'un de nos dignitaires. Si vous ne souhaitez pas châtier Clotho, je vous implore de lui rendre son pouvoir. Mandez Nectarine pour qu'elle aille à sa rencontre et la ramène ici afin que vous puissiez lui redonner sa pétulance. Suzanne est trop dangereuse pour que l'on prenne le risque de se passer d'un allié de taille. Et vous savez aussi que nous autres dieux et dignitaires sommes voués à une mort certaine dans les prochains jours. Qui d'autre que vous, si nous sommes tous morts, pourra s'opposer à Suzanne ? Non, Mon Seigneur, il faut procéder différemment. Avec tout le respect que je vous dois, je vous en conjure : réhabilitez Clotho et envoyez-la se battre contre Suzanne. Je vous en prie.

La lumière que dégageait la surface du miroir sembla faiblir légèrement, plongeant un peu plus dans la pénombre les parties les plus éloignées de l'Ostium, mais Wilfried ne le remarqua que parce que l'éclat du sol devant lui était moins puissant. Il gardait le visage baissé.

— Très bien. Nous allons faire à ton idée. Mais tu as l'air blessé ; retourne d'abord chez toi dans la cité de Falken afin de reprendre des forces. Je t'appellerai en temps et en heure. Dans l'immédiat, je vais m'entretenir personnellement avec Mutine et Nectarine.

— Je vous remercie, Mon Seigneur.

Wilfried se releva, fit le salut capellan et s'en alla au moment même où le souverain de Diadem 13 cessa d'émettre sa lumière du miroir. Il se dématérialisa hors de la vitre et projeta ses molécules à travers les murs, les plafonds et les sols des salles et des corridors de l'Ostium pour se rendre, non loin de là, dans la salle des cellules. Il apparut subrepticement dans le dos de Mutine qui se reposait pendant que Nectarine, en lévitation à hauteur de la cage où Stéphane était emprisonné, surveillait ses moindres faits et gestes. Ressentant la présence de son souverain, Mutine se retourna et se prosterna dans la seconde.

— Mon Seigneur et Maît...

— Mutine ! Épargne-moi ta pitoyable hypocrisie. Tu vas retrouver Clotho et la ramener ici. Ne perds pas ton temps et téléporte-toi aux abords du labyrinthe de suite. Je la veux ici dans la demi-heure.

— Il en sera fait selon vos désirs, Mon Seigneur et Maître.

L'elfe jeta un coup d'œil à sa consœur qui, de là-haut, hocha la tête avant de déporter son regard sur Capella.

Qui disparut aussitôt.

***

— Vas-tu me dire un jour pour quelle raison tu ne peux pas dormir chez toi ce soir ?

Toutes deux allongées sur le tapis de poils en acrylique au centre de la chambre, Angélique et Valérie écoutaient des disques que l'une ou l'autre choisissait alternativement parmi les nombreux quarante-cinq tours qu'elles avaient étalés au sol tout près d'elles. Elton John chantait I'm still standing [168].

— D'accord...

Valérie prit son inspiration en regardant le vinyle tourner. Elle s'était bien attendue à tout révéler un jour, mais jamais elle ne s'était interrogée sur la manière qu'elle emploierait.

— Je t'ai caché de nombreux aspects de ma personnalité, tu sais ?

— Bah non, justement. Je ne sais pas. Mais je t'écoute...

Cet instant avait quelque chose de solennel, Angélique le sentait. Une terrible révélation allait sortir de cette conversation. Comme une fleur qui éclorait d'un bourgeon qui aurait pris son temps. Jusqu'à maturité.

— Il y a un peu plus de deux ans, j'ai perdu mon père, décédé d'un cancer des poumons. Pour moi, d'aussi loin que je me souvienne, il a toujours fumé près de deux paquets de cigarettes par jour, mais je pense qu'il avait dû augmenter sa consommation quand il a eu un accident de chasse qui a mis en cause sa moelle épinière, le rendant paraplégique. J'avais six ans à l'époque. Je n'ai aucun souvenir de ma mère qui l'a quitté lorsque j'étais toute petite. J'ai bien plus de souvenirs de ma tante, Lutèce, vraiment adorable et qui venait si fréquemment voir son frère et moi que je l'ai naturellement perçue comme ma maman de substitution.

Une nouvelle fois, Valérie prit une profonde inspiration. Angélique comprit que de parler de son passé était pour elle un véritable crève-cœur. Cela lui coûtait. En revanche, elle ne comprenait pas pour quelles raisons Valérie remontait si loin dans son passé.

— La vie en fauteuil roulant a fait prendre conscience à mon père du point auquel il fallait profiter de chaque instant et respecter sa santé, poursuivit-elle. Bien qu'il ait été un mauvais exemple du fait de son addiction au tabac, il m'a encouragée à cultiver et à entretenir mon corps en faisant du sport. C'est donc à l'époque de mes six ans que j'ai commencé à faire de la danse et de l'athlétisme. Cette dernière discipline était une vraie profession de foi pour moi : j'étais si douée que j'ai eu un coach sportif personnel qui m'a prise en charge dès mes treize ans, et nous lorgnions tous les deux avec avidité et espoir les Jeux Olympiques. Mon père était très heureux de cette complicité entre mon entraîneur et moi. Par contre, cette excellence, cette hygiène de vie rigoureuse, cette passion pour l'harmonie du corps et de l'esprit présentaient de nombreux inconvénients : sentiment de détachement par rapport à l'école et au collège, isolement vis-à-vis de mes camarades de classe, jalousie des autres, maturité précoce... Et puis un jour, il y a trois ans, nous avons été cambriolés : téléviseur, magnétoscope, ordinateur, chaîne hi-fi, argenterie, bijoux, espèces, tout y est passé. Nous n'avions plus rien. Après l'accident qui avait estropié mon père des deux jambes et sa forte consommation de tabac, cet incident est venu se rallier au rang des sources d'angoisse pour lui. Il n'a jamais plus été le même depuis ce cambriolage. Et un an plus tard, il décédait...

— Tu m'avais parlé de ton père en fauteuil roulant et de son décès qui t'avait marquée, mais tu n'avais jamais été si loin ni si précise...

— J'ai toujours du mal à en parler... Mais ne m'interromps plus, s'il-te-plaît.

— Promis.

Après avoir lourdement dégluti, Valérie poursuivit.

— À la mort de mon père, Lutèce et moi étions les deux seuls sur son testament. Nous avons hérité, certes, mais suite à cela, nous nous sommes perdues de vue. Ou disons plutôt que je pense que nous avons choisi, consciemment ou pas, de ne plus nous voir. D'après moi, je lui rappelais trop son frère et ma seule présence dans sa vie lui évoquait sans doute son absence. En tout cas, pour ma part, c'est le raisonnement, ou plutôt le ressenti que j'ai eu. La revoir, c'était revoir mon père et en souffrir. C'était sans doute idiot... mais c'est tout ce que j'ai trouvé à l'époque pour me préserver d'une souffrance trop lourde à porter. J'allais sur vingt-quatre ans quand il a perdu la vie. Bref, Lutèce et moi avons eu beaucoup d'argent : mon père était très économe et prévoyant. Elle a tenu à me laisser la part de la maison qui lui revenait et j'y ai vécu quelques temps jusqu'à la revendre et acheter mon appartement ici, à Sanlys-sur-Mer. Bien sûr, j'ai laissé tomber l'athlétisme, au grand dam de mon coach qui en a été déçu, bien qu'il ait compris mes raisons. Résidente en ville, j'ai alors pris quelques semaines pour m'installer convenablement dans mon nouveau domicile avant de postuler en juillet dernier à l'hôpital. Et me voici donc infirmière interne à La Samaritaine.

— Quel rapport avec ton domicile ?

— J'y viens, justement. Quand je me suis installée ici, j'ai tenu à pouvoir vivre dans le confort le plus absolu, avec un maximum de signes de richesse, tels que ceux qui nous avaient été dérobés lorsque nous avions été cambriolés. J'ai donc pris le parti de m'acheter une grande télé, une chaîne hi-fi dernier cri, un ordinateur puissant pour pouvoir gérer mes comptes bancaires, etc. Et puis... Et puis j'ai développé une sorte de pathologie : plus j'en avais, plus j'en voulais. C'est là que j'ai franchi la ligne.

— Quelle ligne ?

Le disque tournait dans le vide. Au bout du bras rotatif, la pointe du diamant, immobile au-dessus du sillon, jouait depuis quelques instants une mélodie faite de craquements. Les particules versatiles de microscopiques poussières amplifiaient l'électricité statique naturellement chargée par le copolymère de chlorure et d'acétate de vinyle. Le *run-off* au centre du disque avait déjà été traversé par le stylet ; ses chiffres « 812 776-7 1 » désignant le numéro de matrice étaient comme gravés à l'aiguille chauffée à blanc et tournaient encore et encore.

— Je suis recherchée par la police.

— Tu plaisantes ?

Le ton interrogatif de la question d'Angélique avait laissé place à l'affirmation d'une interjection qui n'exigeait aucune confirmation ou infirmation. Elle n'attendait aucune réponse. Elle savait que Valérie lui parlait en toute sincérité.

— Ces trois derniers mois, je me suis rendue coupable d'une série de cambriolages de magasins...

— Quoi ? Tu es sérieuse ou tu te moques de moi ?

Angélique s'était attendue à quelque chose de cet acabit, mais sans y croire pour autant.

— Je suis sérieuse, ma belle. Grandes surfaces, petites boutiques de rue, entrepôts, réserves... C'était plus fort que moi. Quand je n'étais pas de service de nuit et que quelque chose me faisait envie, je sortais vêtue tout en noir pour passer inaperçue et m'infiltrer dans ces commerces...

— Fantômette [169], c'est toi ? plaisanta Angélique sans rire, déchirée entre stupéfaction et désinvolture.

— Arrête... J'ai eu beaucoup de chance dans l'ensemble parce que mes aptitudes de danseuse et d'athlète m'ont pratiquement toujours permis d'échapper à la Police municipale.

— Comment ça, *pratiquement* ?

— Bah... J'ai failli y passer il y a une dizaine de jours. Les flics m'ont prise en chasse et j'ai été touchée.

Valérie souleva son chemisier, le sortant de son pantalon qui l'avait emprisonné à la taille, et montra à son amie le large bandage blanc qui, devant et derrière, était centré de deux taches brunâtres de sang.

— Par chance, la balle est ressortie et aucun organe vital n'a été touché.

— Mais il faut soigner ça ! s'exclama Angélique sur laquelle Valérie se rua pour lui mettre la main sur la bouche alors qu'elle allait se dresser sur ses jambes.

— Ne crie pas comme ça ! ordonna-t-elle avant de se radoucir. N'oublie pas que le flic est en bas. Il pourrait nous entendre...

Elle ôta sa main et se rassit correctement pour se rhabiller sous les yeux médusés de son amie.

— La plaie est maîtrisée, rassure-toi. Je la nettoie et la désinfecte quotidiennement, en espérant que ça finisse par cicatriser. Mais je pense de toutes manières que je suis dans une très mauvaise situation. Je ne sais pas comment, mais la police est remontée jusqu'à mon immeuble. Je sais de source sûre qu'il est sous surveillance. Ils m'ont certainement repérée un soir que je rentrais chez moi, et s'ils ignorent qui je suis à l'heure actuelle, il ne fait aucun doute qu'ils finiront par me démasquer.

J'ai volé pour plus de cent-trente mille francs de marchandises, jusqu'à maintenant. Les journaux landais, et particulièrement La Petite Gazette de *Sunset City*, parlent de moi dans leurs colonnes sous le nom de « Marquis Noir ».

— C'était donc pour ça ? Les remplacements que tu me demandais, tes absences injustifiées, ta fatigue manifeste, ta nervosité de ces derniers jours. Mais c'est un truc de dingue !?

— Je t'ai menti et j'en suis désolée, Angélique.

— Mais pourquoi voler ? Tu ne manques de rien, tu as tout ce qu'il te faut, on gagne correctement notre vie et tu es déjà propriétaire de ton appartement. Alors pourquoi ?

— Ce n'est pas raisonné, crois-moi... Je pense avoir subi un genre de trauma dû au cambriolage, mais je n'ai jamais eu le cran d'accepter d'être suivie par un psychothérapeute ou je ne sais qui... Et puis sachant que je n'ai pas la tête de l'emploi, que j'ai des facilités de déplacement, que je porte un costume pour me dissimuler, que j'ai un goût pour le risque et que je supporte plutôt bien le stress, je me sentais bien loin d'être soupçonnée de quoi que ce soit.

— C'est le flic en bas, Marc, qui t'a tiré dessus ? C'est lui ?

— Non. C'était un autre gars que je serais bien incapable de reconnaître.

— Et maintenant alors ? Qu'est-ce que tu vas faire ?

Valérie se tourna vers la fenêtre. Le ciel s'était paré d'un bel orange feu.

— Je pense me rendre. Si mon appartement était perquisitionné demain, par exemple, il est certain que la police comprendrait qui je suis et d'où viennent tous ces biens. Je n'aurais aucun justificatif d'achat à leur montrer et ils n'auraient aucun mal à trouver mon costume. Alors plutôt que de repousser l'inévitable, autant assumer mes actes et payer une bonne fois pour toutes.

— Valérie... Arrête de cambrioler les magasins et jette ton costume. Avec un peu de chance, ils classeront cette affaire sans suite ou iront chercher ailleurs. Si tu veux te rendre, rends-toi pour de bonnes raisons.

— Justement ! Je veux me rendre pour de bonnes raisons. Franchement... J'ai volé des travailleurs honnêtes et je me suis mise en danger. Mon père aurait honte de moi, c'est clair. Je dois expier...

— Tu en es sûre ?

— J'en suis certaine... Et puis malgré tout ce que je pourrai dire, c'est une vilaine blessure que j'ai là et j'aimerais pouvoir être prise en charge pour me la faire soigner correctement.

— Je comprends... Alors qu'est-ce que tu vas faire ? Tu vas te rendre ce soir ? demanda Valérie en éteignant la chaîne hi-fi.

— Je ne sais pas. Mais garde ça pour toi, pour l'instant.

— Bien sûr. Je suis avec toi, ma belle...

Elles se relevèrent toutes deux et, très spontanément, se prirent dans les bras l'une de l'autre.

***

Agacée, Bérénice monta dans le véhicule lorsque Antoine se gara enfin le long du trottoir et lui ouvrit la portière.

— Qu'est-ce que c'est que cette tête ?

— On m'a donné trois francs soixante-cinq, dit-elle en montrant les pièces dans le creux de sa main. Je n'ai jamais été aussi humiliée, ajouta-t-elle en refermant la portière.

— Les gens vous ont prise pour une Sans Domicile Fixe avec cette couverture sur vous. Cela ne m'étonne qu'à moitié, fit-il avant de ricaner. Si vous voulez, je dois avoir des vêtements de tennis de rechange dans le coffre. On devrait peut-être faire un arrêt quelque part pour que vous vous changiez et soyez un peu plus couverte et présentable qu'en petite tenue. Ça me gênerait que mes colocataires vous rencontrent ainsi attifée...

— Vous avez sans doute raison, répondit Bérénice. Je vous remercie pour votre délicatesse. Mais vous avez mis du temps, dites-moi...

— Je suis désolé, mais c'est le bazar dans la Cité Métallique. C'est bourré de barrières, de badauds et de flics. Tous les accès sont bouchés. J'ai dû ruser pour récupérer ma voiture.

Antoine redémarra et fila vers l'ouest. Plus loin, près du parc Alexandre Square, ils firent une halte pour que Bérénice puisse se changer dans la voiture pendant qu'Antoine attendait derrière le véhicule.

Au cours du trajet, Bérénice eut largement le temps de dire à Antoine ce qu'elle savait et de lui détailler les deux années qu'elle avait passées sur Diadem 13 : le texte descriptif des trois dimensions de BKX 9352, son réveil dans la forêt de l'Âme Blanche, sa captivité, tout y passa. Elle ne manqua pas de lui narrer sa rencontre avec Suzanne ainsi que le moment qu'elle avait passé avec Silène, Stéphane et Stéphanie. Antoine fut surpris d'apprendre que son colocataire et qu'une de ses amies s'étaient retrouvés téléportés là-bas, tout autant qu'il eut du mal à imaginer Suzanne avec des pouvoirs. D'entendre qu'elle avait vaincu les premiers gardiens des régions de cet univers, un cyclope géant du nom de Polyphème, un cheval de feu appelé Sleipnir et un chien tricéphale nommé Cerbère, résonna à ses oreilles comme une révélation si inattendue qu'elle en paraissait incongrue.

Plus subtilement, elle évoqua Clotho et sous-entendit qu'elle se doutait de ce qu'elle lui avait fait vivre. Antoine avait manqué d'écraser un piéton en entendant le prénom de celle qui avait marqué son âme et son corps au fer rouge. Mais elle lui annonça que cette dignitaire serait logiquement tuée par Suzanne dans le cadre de sa mission ; Clotho serait la prochaine à mourir. Gardienne du labyrinthe à l'entrée duquel il avait été séquestré, elle serait vaincue comme les autres. Ainsi en serait-il vengé.

Avec force détails, Bérénice lui expliqua également que la disquette rouge avait été détruite par deux dieux, Max et Wilfried, et que Suzanne n'avait désormais d'autre choix que de tuer Capella, leur souverain, si elle souhaitait rentrer. Pour finir, Antoine eut du mal à croire qu'elle était la fille de monsieur Barnier et réalisa, cette fois encore, que rien ne se faisait au hasard. Cela lui fit repenser à la soirée organisée par Émmanuelle chez ses parents au cours de laquelle il avait été très sceptique devant la proposition de gracieuse colocation faite par Jack. Mais il avait finalement accepté de s'installer dans la propriété de Guy dont la fille, Bérénice, se tenait à sa droite sur le siège passager de la petite Renault 5 au moment où elle révélait l'identité de son père. Incroyable.

Antoine prit longuement le temps d'expliquer à Bérénice de quelle manière il avait connu les autres colocataires et corrobora ce que Suzanne lui avait dit quand elles s'étaient rencontrées : monsieur Barnier avait mis à disposition de la fille de ses amis et d'autres jeunes sa propriété du nord de la ville. C'est là que Suzanne avait trouvé la disquette que Guy n'avait pu se résigner à jeter. Antoine détailla également l'expérience avec la fumée bleue, la fonte de l'écran, la miniaturisation, les triangles qui étaient venus les chercher. Tout ceci était au-delà du dicible mais il n'oublia aucun détail.

Il revint de lui-même sur ce que lui avait fait Clotho et laissa donc sous-entendre qu'il avait sexuellement été abusé. À cet instant, Bérénice n'osa ni l'interrompre, ni le regarder, afin de le laisser trouver ses mots, son rythme. Mais étrangement, quand il s'exclama *cette créature est une vamp*, elle ne put s'empêcher de rire, ce qui le fit rire aussi et détendit l'atmosphère. Bérénice comprit alors que, curieusement, Antoine n'avait pas l'air d'avoir souffert plus que cela de sa captivité. Elle en déduisit que ce n'était qu'une façade : il devait sans doute intérioriser et dédramatiser à outrance pour ne pas souffrir alors que tout en lui hurlait sa détresse.

***

— Jamais nous ne t'emmènerons sur Terre ou sur Voyelle 9½. Pour qui nous prends-tu ?

— Ne réalisez-vous donc pas que Capella se sert de vous ? Croyez-vous vraiment qu'il accorderait sa confiance à deux transfuges d'une autre dimension, deux femmes homosexuelles dont il ne comprend pas les penchants ? Il se sert de vous et vous fera massacrer tôt ou tard.

— C'est faux ! s'exclama Nectarine. Il se méfie de nous, certes, mais de là à nous faire assassiner...

— Tu vas venir avec nous ! fit sa consœur. Tu n'as pas le choix !

Apparue seule trois minutes plus tôt, Mutine avait rapidement été rejointe par Nectarine à qui Capella avait demandé, contre toute attente, de la rejoindre : elles ne seraient pas trop de deux pour obliger Clotho à revenir un instant sous les latitudes de l'Ostium. Mais la dignitaire n'avait pas prévu de se laisser faire face aux deux elfes qui, dans la profondeur de la nuit, lui barraient la route : elle ne se laisserait pas prendre aussi facilement. Confiante dans ses projets de vivre sur Terre, elle atteindrait ce but ou mourrait en essayant, quoi qu'il en soit. Et puisque ni Mutine ni Nectarine ne semblait prête à l'y emmener pour qu'elle puisse y refaire sa vie, elle refuserait bec et ongle de reprendre ses responsabilités de dignitaire : être pourvue d'un pouvoir qui lui assurait une mort certaine, de même que se retrouver exploitée pour servir les noirs desseins d'un souverain qui l'avait trahie ne faisaient pas partie de ses plans. Elle s'opposerait à Mutine et Nectarine, quitte à y perdre la vie.

— Il en est hors de question ! clama-t-elle avec détermination.

Les deux émissaires de Capella étaient prêts à combattre : la substance qui, dans leurs mains, répandait sa lumière jaune sur une cinquantaine de mètres à la ronde, n'avait pas été générée dans un unique but d'éclairage. Elles se devaient d'être aussi persuasives que prêtes à en découdre.

— Écoute Clotho, commença Nectarine. Notre but n'est pas de nous dresser contre toi, crois-moi. Nous sommes dans le même camp. Nous voulons tous l'extermination de ces humains qui ont commis l'erreur de croire qu'ils peuvent venir chez nous et fouler impunément nos terres de leur présence. Tu dois te joindre à nous pour les empêcher de nous nuire. Viens avec nous : Capella te rendra ta pétulance, tout redeviendra comme avant et tu iras ensuite attendre Suzanne à la sortie du labyrinthe pour l'intercepter au cas où elle y survivrait. Il le faut, tu n'as pas le choix !

— Laisse tomber, fit Mutine en faisant un pas vers Clotho. Cette créature est irrécupérable. On ne peut plus lui faire confiance. Si elle refuse de nous suivre, c'est parce qu'elle a déjà fait son choix et qu'elle est prête à mourir pour s'y tenir. Je suis sûre qu'elle a toujours été de confession virgile, et que cette guerre qui nous oppose aux humains n'a fait que mettre en lumière sa pathétique philosophie d'une politique égalitaire où nous serions tous de même rang, sans dignitaires et sans serfs, dans la plus parfaite des anarchies... Ridicule !

— Au lieu de bavasser, Mutine, qu'attends-tu pour agir ? Râââh, c'est que tu as la langue bien pendue, hein ? Tu me diras, c'est bien normal pour une créature comme toi. Tu n'as qu'à venir me lécher le *cul* aussi !

L'elfe, courroucée, s'élança sur Clotho.

— Je te ferai ravaler tes sarcasmes !

— Je m'en délecterai avec plaisir, fit-elle en passant une langue avide sur ses lèvres, dévoilant les huit canines qui masquaient quatre incisives.

Mutine fit un bond, arqua ses bras et décrivit deux demi-cercles qui dessinèrent leur courbe jaune avant de finir en traits rectilignes. Les rais de lumière s'allongèrent dans le sillage des deux boules d'énergie qui, déjà, fonçaient sur l'anthropophage. Laquelle fit un saut en arrière. Trop lente, trop lourde, elle ne se décala pas assez rapidement ni assez loin pour être hors de portée. L'une des attaques frappa sa jambe droite dans une gerbe d'étincelles jaunâtres, Clotho hurla à la mort, les chairs gonflées explosèrent dans une effusion de sang et elle ploya sur les genoux en enserrant le membre charcuté dans ses bras.

Mutine s'approcha.

— Tu n'aurais jamais dû nous sous-estimer, cracha-t-elle avec dédain à la dignitaire en se penchant au-dessus d'elle.

— Mutine, méfie-toi ! conseilla Nectarine.

Trop tard.

Clotho se redressa sur sa jambe valide, bondissant en avant, le bras droit tendu et la main griffue acérée au-devant d'elle, et saisit Mutine à la gorge, enfonçant ses ongles dans les chairs derrière l'œsophage.

— Gargl... !

Le geste avait été trop rapide pour que Mutine ait le temps de faire quoi que ce soit. Clotho, elle, dans la même seconde, plaqua sa main gauche sur le visage de l'elfe pour maintenir sa tête en retrait, et tira sur son coude droit comme si elle décochait une flèche avec un arc imaginaire. Les doigts passés entre les fascias alaire et pré-vertébral arrachèrent tout ce qui se trouvait au-devant d'eux, et la trachée craqua comme du cartilage éclaté, tandis que la peau déchirée céda sous la traction qui l'avait sollicitée. Les muscles jugulaires libérèrent le sang qui jaillit jusqu'à deux mètres soixante de hauteur et retomba abondamment en averse qui fouetta Clotho. La tête de Mutine, maintenue par l'atlas qui dominait sa colonne vertébrale, en était privée du sang dont avait besoin le cerveau pour être irrigué, et le cou charcuté exhibant les chairs béantes faisait comme un bruit de succion dû à l'air s'évacuant de l'œsophage. L'elfe, morte dans les quatre secondes qui avaient suivi le geste fatal de Clotho, chuta en avant, l'obligeant à reculer de trois pas, et percuta le sol recouvert d'herbe tachetée de minuscules gouttes rouges.

— Mutiiiiiiine !!!

N'écoutant que ses émotions, Nectarine se jeta sur le cadavre encore chaud de celle qui lui avait insufflé la vie par l'amour qu'elle avait fait naître dans son cœur et qui lui avait été rendu au centuple. Empoignant les bras du corps sur lequel elle se crispait, elle libéra ses larmes de tristesse, la tête dans la poitrine de Mutine, les cheveux retombant sur sa peau, les pleurs se déversant inexorablement.

C'était lourd, trop lourd. Nectarine ne pleurait pas de chagrin. Elle pleurait par instinct de survie. Car jamais elle ne pourrait continuer à vivre en étant amputée de la présence la plus essentielle de son existence en portant le fardeau de larmes qu'elle garderait en elle. Jamais. Si elle souhaitait vivre, il lui faudrait d'abord se purger. Purger son âme. Laver son cœur souillé par le meurtre de celle dont le décès la privait de la moitié d'elle-même. La plénitude de son existence laisserait désormais place à la vacuité de son âme.

Sous les yeux de Clotho, Nectarine n'était plus rien et l'anthropophage qui en était arrivée à tuer l'elfe dédaigneuse qui lui avait barré la route et l'avait insultée comprit qu'elle devait en rester là, que la vie de Nectarine n'avait déjà plus aucun sens et que la tuer elle aussi serait inutile. Au contraire, maintenant que Mutine était morte, Nectarine accepterait-elle de l'emmener sur la Terre ?

Mutine était née la première, le 14 thermidor de l'an crépusculaire II. Elle était immédiatement venue sur Diadem 13 et était parvenue à obtenir un poste important dans l'Ostium. Audacieuse et motivée, elle avait tenté sa chance et obtenu gain de cause.

Lorsque Nectarine avait vu le jour deux mois plus tard, elle avait fait exactement le même constat que sa consœur : l'oisiveté, la paresse, l'hédonisme par la nourriture, l'alcool, le sommeil et le sexe n'avaient jamais fait écho à son paradigme et elle n'avait rien trouvé de mieux à faire que de décider de s'expatrier sur Diadem 13. Sauf qu'à la différence de Mutine, Nectarine avait eu bien moins de mal à trouver une place vu que Capella s'était rendu compte que deux personnes pour assurer la garde de l'Ostium et avoir une vision d'ensemble de ce qu'il se passait dans les sept régions était largement préférable à une seule.

Si Mutine n'avait jamais été loin d'avoir un mauvais fond, Nectarine, elle, était aux antipodes d'une personnalité corrompue par des vices rédhibitoires. Loin d'être parfaite, certes, elle n'en était pas moins investie, réfléchie et curieuse des autres. Nectarine s'était toujours sentie destinée à davantage qu'aux plaisirs simples autour desquels gravitait la vie sur Voyelle 9½, à de grandes causes qui donneraient un réel sens à sa vie. Les autres elfes comme elle s'y complaisaient à outrance et ces plaisirs aussi simples qu'austères lui étaient étrangers. Mutine avait trouvé en elle une compagne de vie : toutes deux avaient des idées bien arrêtées sur ce que devait représenter l'existence dans son absolu, et le peu de ce que Nectarine avait vu du mode de vie universel sur Voyelle 9½ l'avait dégoûtée, elle aussi.

Le quotidien ne pouvait-il vraiment se limiter qu'à des repas fastueux agrémentés d'alcool dont l'ivresse hissait les âmes à des altitudes où la béatitude était reine ? La quête de l'orgasme, quotidiennement assouvie par tous les moyens possibles et avec des partenaires toujours plus curieux des plaisirs de la chair, n'était-elle pas une croisade pour fuir la dure réalité d'une existence sans consistance ? Se plonger dans d'interminables léthargies n'était-il pas qu'une démarche destinée à endormir sa conscience afin de ne pas faire face au ridicule d'une vie aussi anarchique que décousue ? Cette vie vraisemblablement aussi insipide qu'elles se l'imaginaient n'était pour aucune d'entre elles.

Contrairement à Mutine, Nectarine n'était pas parvenue à se téléporter directement dans l'Ostium lorsqu'elle avait quitté Voyelle

9½ : elle s'était retrouvée sous les latitudes de la cité, en face d'un homme qui l'avait invitée à retourner d'où elle venait. *Vous n'avez rien à rien à faire ici*, lui avait expliqué Falken. *Ici, c'est mon domaine, et je ne suis pas en mesure de vous laisser investir les lieux. Déguerpissez.* Sans la prévenir, il avait créé un portail autour d'elle et elle avait été téléportée, se retrouvant à son point de départ. Toutefois, par ténacité, elle était revenue l'instant d'après. Falken, surpris par tant d'audace, avait dégainé son glaive et l'avait désignée avec. *Je ne vous le dirai pas deux fois. Allez-vous-en.* Nectarine, avant qu'il ne s'énerve, lui avait expliqué ses raisons. *Je sollicite audience auprès de ton seigneur. Emmène-moi jusqu'à lui, et s'il me refuse l'hospitalité, alors seulement je partirai. Ne m'oblige pas à lire dans ton esprit pour savoir où je dois me rendre.* À ce moment-là, elle avait créé une sphère de substance dans sa main avant d'ajouter : *ne m'oblige pas à faire couler ton sang.* L'homme avait ri de bon cœur avant de ranger son glaive en le glissant dans un épais fourreau. Loin d'être impressionné, il avait consenti à accéder à sa requête. *Très bien, vous avez gagné. Approchez et prenez-moi par la main*, avait-il demandé en tendant le bras dans sa direction. Nectarine s'était approchée prudemment. *N'ayez pas peur. Vous n'avez pas froid aux yeux et ça me plaît. Je vais vous emmener à l'entrée de l'Ostium et nous irons voir Mon Seigneur et Maître. J'ai hâte de voir votre tête lorsqu'il vous ordonnera de déguerpir.* Elle lui avait pris la main, abaissant par là même sa vigilance, et il ne l'avait pas trompée. Falken l'avait emmenée avec lui et ils s'étaient tous deux retrouvés à destination.

Quelques minutes plus tard, après une brève marche dans le boyau de l'Ostium en compagnie de Nectarine et son arrivée avec elle dans la salle de conseil, le dignitaire avait invoqué Capella qui avait aussitôt témoigné de sa présence par la puissante lumière émanant de la surface vitrée du miroir en haut des marches. Ainsi, sous les yeux intrigués de Falken, l'elfe s'était entretenue avec le souverain qui avait fini par lui octroyer l'hospitalité. Puis Capella avait aussitôt fait mander Mutine qui était arrivée immédiatement en se téléportant, et avait ordonné à Falken de la présenter à Nectarine. Les deux elfes s'en étaient trouvées émues et ravies : aucune d'entre elles n'avait imaginé un seul instant rencontrer une consœur si loin de chez elles.

Le dignitaire de la cité s'en était retourné dans sa tour et Mutine avait pris Nectarine sous son aile.

Indépendamment des prérogatives et du rôle que Capella leur avait concédés, Mutine et Nectarine avaient également pu s'octroyer des moments de détente pour elles aussi : non seulement pour leur repos et leurs loisirs, mais également pour battre le fer d'une relation qui devait toujours rester ardente et désintéressée. Elles s'étaient plu dès que leurs regards s'étaient croisés dans l'Ostium, mais elles ne s'étaient pas déclarées avant quelques semaines. Dès qu'elles l'avaient fait, elles s'étaient aussitôt aimées avec passion et fidélité, ouvertement. Leur amour avait naturellement vu le jour, comme si elles étaient nées pour être ensemble. Au-delà des mots qu'aucune d'entre elles n'avait jamais prononcés pour l'exprimer, leurs regards, leurs sourires, leur complicité et leurs sentiments, bien sûr, faisaient montre d'un amour qu'aucune de leurs compatriotes restées sur Voyelle 9½ ne connaîtrait jamais, s'étaient-elles dit.

Et au cours de la Grande Incursion, elles comprirent qu'elles étaient prêtes à donner leur vie l'une pour l'autre. La mort eût été préférable au deuil et à l'absence.

Plus récemment, elles s'étaient entretenues de leurs projets. *Si Notre Seigneur et Maître venait réellement à mourir des mains de Suzanne, alors cela signifierait que les sept dignitaires auraient péri sous ses coups. Si tel devait être le cas, les régions de Diadem 13 auraient fondamentalement besoin de nouveaux dignitaires. Et inévitablement, Hans prendrait sa suite en tant que souverain, c'est certain. D'ailleurs, même si Capella ne mourait pas, il faudrait remplacer les dignitaires qui seraient tombés. Nous pourrions d'ailleurs nous occuper des monts de Sheeba : toi responsable du dôme septentrional et moi du méridional. Ou l'inverse, qu'importe. Ce serait une formidable expérience et nous serions peut-être encore mieux considérées par Hans que par Notre Seigneur et Maître.*

Mais tout cela ne se ferait jamais.

Mutine était morte. Point final.

Tout cela à cause de Clotho, cette créature perfide qui aurait mieux fait de vivre sur Voyelle 9½ pour exacerber sa sexualité plutôt que d'avoir la responsabilité du labyrinthe. En un coup, en une seule seconde, elle avait anéanti tous les projets d'avenir que Nectarine avait rêvé de vivre avec Mutine.

Elle déposa un baiser passionné sur les lèvres de son alter ego, éclaboussées de sang, et releva ses yeux noyés de larmes en créant une boule lumineuse dans la paume de sa main.

Clotho n'était plus là.

Où es-tu, sale pourriture ?

Nectarine se redressa sur ses jambes et se retourna : l'ancienne dignitaire s'éloignait vers l'ouest, titubant à cause de sa blessure à la jambe. La haine que l'elfe ressentait pour Clotho, trop lourde, devait être délestée. Exprimée.

— Toi...

La fureur et la rancœur, en arrière-plan d'une acrimonie qui atteignait son paroxysme, prenaient leur source dans les larmes. Nectarine se sentit investie d'une énergie bouillonnante qui accroissait l'intensité de sa substance. La sphère prit de l'ampleur et elle dut lever les deux mains pour la maintenir au-dessus d'elle tant elle grossissait. La lumière irradiant plus loin, Clotho comprit ce qui se préparait dans son dos, s'arrêta et fit volte-face. De suite, la peur s'empara d'elle : l'attaque que Nectarine était en train de préparer serait redoutable, à n'en pas douter. Elle voyait à travers la teinte jaune de l'énergie qui s'accumulait dans la boule des milliers de petites molécules sphériques vaciller de plus en plus rapidement. Privée de pétulance, Clotho ne pourrait en réchapper.

— Clothooooo !! Tu vas mourir !!

Le visage de Nectarine s'exhibait comme une allégorie de la haine, à l'état pur. Sa physionomie lui était étrangère : jamais de sa courte vie elle n'avait ressenti pareille animadversion.

— Fais tes prières !

L'elfe repoussa légèrement ses mains en arrière pour prendre de l'élan et...

Une présence inopinée.

Une attaque.

Nectarine n'eut aucune chance de survie : Capella venait d'apparaître dans son dos et avait aussitôt projeté une lame effilée d'énergie verte de neuf mètres de longueur et un mètre quarante de largeur. Le projectile de pétulance passa à travers la boule de substance sans vaciller juste avant de percuter l'elfe au niveau de la taille. La lame pénétra le tissu, la peau, les chairs et les os sans aucune résistance. Comme dans du beurre. Nectarine fut tranchée en deux, net. La sphère jaune disparut aussitôt tandis que la lame ressortit par devant en des milliers de gouttes de lumière qui disparurent diffusément dans des éclaboussures de sang.

Capella, qui était apparu à huit mètres du sol, retomba sur ses pieds bien avant que le corps coupé en deux parties ne s'effondre dans l'herbe. L'obscurité s'éleva un bref instant avant que le souverain n'apporte à son tour la lumière sur les environs et s'approche du cadavre.

Morte sur le coup, Nectarine n'avait pas souffert. Avait-elle rejoint Mutine ? Se trouvaient-elles ensemble dans le Neither ? Dans l'Æther ? Elles seules le savaient.

Le corps sectionné de l'elfe, répandant son appareil digestif qui exhibait un gros intestin rosé aux épiploons jaunâtres recouverts de sang, vomissait également l'intestin grêle qui, sur le sol, s'était déroulé et faisait comme un serpent dans l'herbe. Une odeur nauséabonde agressa les narines de Clotho lorsque, arrivée devant son seigneur, elle se prosterna devant lui.

— Ô Mon Maître. Veuillez accepter mes remerciements, fit-elle en se dégoûtant d'elle-même.

— Clotho ! tonna-t-il. Dans ma mansuétude, je t'accorde en cet instant la possibilité de choisir ton destin. Soit tu ne m'es plus d'aucune utilité, auquel cas je te supprimerai sans vergogne dans la minute, soit tu promets de me servir. Dans ce dernier cas, je te rendrai ta pétulance et tu reprendras tes fonctions de dignitaire. Si tel est ton choix, tu devras donc te dresser au-devant de Suzanne et la supprimer sans délai. Y consentiras-tu ?

Sa blessure à la jambe la lançait affreusement. Tout ce qu'elle souhaitait pour l'instant, c'était d'arrêter de souffrir. Elle aurait donné sa vie pour ça. Clotho ne parvenait plus à réfléchir.

— Oui, Ô Mon Maître. J'y consentirai avec ferveur et fidélité.

— Qu'il en soit ainsi. Tu n'appartiens qu'à moi, Clotho. Entends-tu ?

— Je ne m'appartiens plus. Je ne suis plus qu'à vous. Je l'ai toujours été. Ordonnez et j'obéirai...

Capella lui mit la main sur la tempe un instant. Clotho ne ressentit que de la froideur à son contact. Il émit un gémissement rauque et la peau boursouflée où le sang avait coagulé luit d'un faible éclat verdâtre avant de reprendre sa couleur naturelle.

La pétulance, à nouveau, coulait dans les veines de la créature prosternée devant son souverain. Clotho était redevenue une dignitaire. Elle le ressentit aussitôt qu'il ôta sa main. Cette énergie chaleureuse ne trompait personne, et certainement pas elle-même. De fait, la douleur à la jambe, causée par des morceaux de muscles et des agrégats de chair brûlés autour du péroné lui devint plus supportable. Elle pourrait se soigner sans problème lorsque son souverain disparaîtrait.

— Maintenant, j'attends de toi que tu donnes ta vie pour accomplir ta mission. Suzanne ne doit pas atteindre la cité de Falken. Tu périras avec elle s'il le faut, mais tu rempliras ton office, Clotho.

— Je vous le promets, Ô Mon Maître.

— Je ne tolérerai ni échec, ni fuite. Je sais qu'au fond de toi, tu aspires à vivre parmi les humains, mais même là, je t'y retrouverais si tu tentais de te soustraire à mon allégeance. Tiens-toi-le pour dit.

— Je ne vous décevrai pas, Ô Mon Maître.

Capella disparut et Clotho se retrouva dans le noir. Elle resta ainsi agenouillée et visualisa dans son esprit l'endroit où devait se situer la tête de Nectarine. Elle avança sa main gauche dans la direction supposée et tomba sur l'épaule droite. D'un geste mesuré, elle déplaça ses doigts et atteignit le visage figé dans la mort. Doucement, elle en baissa les paupières.

— Je ne voulais pas que tu meures, Nectarine, pas plus que je ne voulais la mort de Mutine, murmura-t-elle dans la silence de cette nuit profonde. Mais toutes deux m'avez forcée à me défendre. Soyez maudites...

Enfin, Clotho se redressa et se retourna pour s'éloigner. Elle n'était qu'à trois-cents mètres du labyrinthe du Dedalesk dont l'enceinte du mur nord-ouest se situait sur sa gauche. Par souci d'économie de pétulance et pour maintenir son corps éveillé et ses muscles chauds, elle décida de faire à pied le trajet jusqu'à la sortie du dédale. Sa pétulance lui servirait là-bas.

— Mais rassurez-vous, reprit-elle à voix haute pour s'adresser aux deux elfes dont les corps gisaient derrière elle, vous ne serez jamais aussi maudites que moi. Mon destin ne m'appartient pas plus que le vôtre ne vous a appartenu.

Le souffle du vent caressait son visage et emportait dans le sillage de ses cheveux, au-delà du parfum que dégageait son corps, l'odeur de la mort.

Je m'appelle Clotho De Calypso, pensa-t-elle en s'enfonçant dans la nuit. *Et malgré ma pétulance, je mourrai avec le regret de ne pas être née humaine.*

Elle devrait tuer Suzanne, bien qu'elle lui ait promis de ne pas se dresser contre elle. Elle trahirait sa parole.

Encore un signe de faiblesse...

Je me hais.

*
*
*

TABLE DES MATIÈRES

*

ANNEXES

La reddition des références

Les points sur lesquels je fournis des explications dans les pages de la reddition des références de ce deuxième tome sont moins nombreux : quatre-vingt-dix-huit dans Les Damnés du pouvoir contre soixante-et-onze ici. Cela n'est dû qu'au fait que je n'apporte des précisions que lors de la première évocation de tel ou tel sujet : ainsi, les détails que je donne dans Les Écorchés vifs ne sont qu'inhérents aux références qui n'apparaissent dans la trilogie que pour la première fois.

Je vous laisse les découvrir ci-après.

(99) Page 11 : *single* de l'année 1985 figurant sur l'album *Once Upon a Time* du groupe irlandais Simple Minds, *Alive & Kicking* jouit du concours de Robin Clark, une vocaliste ayant également travaillé avec David Bowie (1947-2016) et qui accompagne ici Jim Kerr au chant. Le jeu de Michael McNeil au piano, évoqué pour sa chaleur, en devient d'autant plus intense et émouvant dans le vidéo-clip où il tisse un fond sonore mélancolique sur des images de coucher de soleil lointain dans les Catskill Mountains de l'est américain. Un vrai bonheur.

(100) Page 12 : éteindre un poste de télévision en pleine vidéo de *The Lost Opera* de Kimera and the Operaiders me semble inconcevable : j'essaie dans la mesure du possible d'attendre la fin d'une chanson avant de couper l'alimentation de l'appareil qui la diffuse. Bien que Marc soit l'un de mes personnages, je n'ai donc pas l'habitude de faire comme lui. Certes, Kimera (Kim Hong Hee, de son vrai nom) a une voix haut perchée dans les tessitures les plus célestes, mais je n'en ai jamais été agacé pour autant, c'est certain. Ce titre emblématique de 1984 n'est ni plus ni moins qu'un medley néo-rétro d'extraits d'opéras revisités avec une orchestration plus moderne. On pourrait sans doute dire que Rondò Veneziano est à la musique classique ce qu'est Kimera and the Operaiders à l'opéra : un artiste qui remet au goût du jour un courant musical historique et académique.

(101) Page 17 : très connue dans les années soixante-dix et quatre-vingt, la marque Chambourcy, rachetée par Nestlé en 1996, était spécialisée dans les produits laitiers. Chacun se souviendra sans doute, avec nostalgie, de ses spots publicitaires dont celui de 1987 où le serveur d'un restaurant apportait un « viennois » au chocolat à la table d'un couple dont la femme en avait commandé un. En tenant dans une main le plateau supportant le dessert, il dansait, sautait, faisait une roue et glissait sur les genoux pour arriver devant elle et lui donner un liégeois dont la mousse et la crème ne s'étaient pas mélangés. Pour la petite anecdote, la chanteuse britannique francophone Sandy Stevens avait enregistré un titre intitulé *J'ai faim de toi* suite au succès de la chanson qu'elle avait interprétée pour le slogan « Oh oui » des spots publicitaires de Chambourcy.

(102) Page 25 : ici, c'est une référence très personnelle. Cette chanson, *Souricette*, fait partie de celles présentes sur un livre-disque que j'avais moi-même à la fin des années soixante-dix ou au début de la décennie suivante. Trois chansons destinées aux enfants et trois histoires correspondantes s'enchaînaient sur les deux faces de ce 45 tours : *Les Pages* d'abord, *Le Petit Toutou, le joli chaton* ensuite, et *Souricette*. Bien que je n'aie désormais plus ce disque, je me souviens parfaitement des paroles de la chanson *Souricette*.

> Lorsque, le soir, tout est endormi,
> Une souris qui se croit tout permis
> Sort de son trou, la moustache en avant,
> Rasant les murs, avance en trottinant.
> Elle court, elle tressaille, s'arrêtant au moindre bruit.
> Elle explore chaque place : c'est la reine de la nuit.
> Gambadant dans la cuisine
> À l'affût d'un bon repas,
> Reniflant chaque terrine
> Qu'elle trouve sur ses pas.

J'ai également souvenance des paroles des deux autres chansons. Quoi qu'il en soit, c'est le genre typique de chansons dont on se souvient très facilement. Nul doute que Sabine et Jack ne les ont pas oubliées.

(103) Page 40 : l'Union des Républiques Socialistes Soviétiques, abrégée sous la forme « URSS » ou « U.R.S.S. », comprenait les quinze pays actuels suivants : l'Arménie, l'Azerbaïdjan, la Biélorussie, l'Estonie, la Géorgie, le Kazakhstan, le Kirghizistan, la Lettonie, la Lituanie, la Moldavie, l'Ouzbékistan, la Russie dont est originaire Marc Swift, le Tadjikistan, le Turkménistan et l'Ukraine. L'U.R.S.S. a été dissoute le 26 décembre 1991, soit un an et demi après la trilogie *Crépusculaire*.

(104) Page 64 : créé et diffusé pour la première fois en 1960 aux États-Unis, le dessin-animé *Les Pierrafeu* (connu sous le titre *The Flintstones* en VO) est passé dans l'Hexagone sur nos écrans en 1963. Narrant les aventures d'une famille vivant à l'âge de pierre, elle a énormément séduit le public et de nombreux produits dérivés ont vu le jour. Fruit de la société américaine Hanna-Barbera fondée par William Hanna (1910-2001) et Joseph Barbera (1911-2006), *Les Pierrafeu* viennent allonger la liste des nombreuses œuvres qu'ils ont produites : *Johan et Pirlouit*, *Les Harlem Globetrotters*, *Pac Man* et *Les Petites Canailles*, pour ne citer qu'elles.

(105) Page 64 : c'est *Le Journal de Mickey* qui, dès 1973, contribua très largement à faire connaître en France les histoires de *Hägar Dünor le viking*, réalisées par Dik Browne (1917-1989) et publiées en quatrième de couverture de l'hebdomadaire de Disney. Mettant en scène un viking bourru qui en devient le principal personnage de ce *comic-strip* et lui donne son nom, les planches dépeignent des scènes et des dialogues courts dans des décors épurés qui permettent d'aller à l'essentiel : le sens de l'humour.

(106) Page 96 : on peut parfois entendre parler de cette bière sous le nom *Seize*. À noter que « 1664 » ne se lit pas comme l'année seize-cent-soixante-quatre qui n'est ni plus ni moins que celle de la fondation de l'entreprise brassicole Kronenbourg, mais par paires de chiffres formant deux nombres : 16 et 64. On prononce donc « seize soixante-quatre », bien que dans le spot publicitaire de 1986, la voix off prononce « seize-cent-soixante-quatre ».

(107) Page 98 : le succès du premier *single* de l'album *The Age of Plastic* (1980), intitulé *Video Killed the Radio Star*, laissait présager celui du second titre phare de cet opus : *Living in the Plastic Age*. Personnellement, j'ai une très nette préférence pour ce second *single* plutôt que le précédent. Sur les percussions de ce titre, Trevor Horn souhaita réellement obtenir une touche très technique à l'image d'une boîte à rythme qui n'aurait aucune nuance, aucun feeling, afin de renforcer le côté froid et inanimé de la matière synthétique qu'est le plastique.

(108) Page 135 : si Angélique repense à un spot publicitaire de 1987 à l'écoute de *Forest Fire* de Lloyd Cole and the Commotions, c'est parce que, à juste titre, ce morceau de 1984 (album *Rattlesnakes*) a été utilisé cet été-là (1987) par Philips pour mettre en images sa gamme « sound machine » au sein d'un spot publicitaire dont nombreux se souviendront : sur une plage, un jeune homme allongé sur le sable, à côté de sa mini-chaîne Philips D8678, introduit une cassette audio dans l'un des lecteurs de son appareil tandis que plus loin, une femme, qui vient de laisser tomber sa bicyclette, joue dans les vagues mousseuses qui viennent tremper ses chaussures. Alors qu'elle s'approche de lui en arrière-plan avec, sur son épaule, un ersatz de radio-cassette D8892, elle se sert du reflet du soleil sur son lecteur CD pour éblouir le jeune homme. Elle s'accroupit près de lui, leurs visages se rapprochent, leurs bouches s'effleurent, se cherchent. Mais c'est un disque compact laser qui va caresser la peau de son visage. L'œil de la femme est coquin. Et il s'en amuse. Ils partent ensemble à bicyclette et il la prend dans ses bras pour la faire tourner avec lui tandis qu'elle jouit de la musique dispensée amoureusement par son D8892. Ils exultent.

(109) Page 137 : devenue l'agent H21, Margaretha Geertruda Zelle (1876-1917), plus connue sous l'identité de Mata Hari, était une espionne, danseuse et courtisane néerlandaise, née à Leeuwarden.

(110) Page 139 : contrairement à ce que les gens ont l'air de penser de nos jours, comme Valérie en 1990, le *Kamasutra* ne se limite pas à n'être qu'un recueil de soixante-quatre positions sexuelles que l'on peut prendre pour exemples. D'ailleurs, ces miniatures ne constituent qu'une infime partie de l'ouvrage datant du vi^e siècle, la plupart du contenu donnant, sous forme de textes, des informations et des conseils sur la séduction et la vie conjugale de l'Inde médiévale telle que celle qu'a connue Vâtsyâyana, auquel on attribue la paternité du recueil hindou. Il n'a peut-être pas souhaité être exhaustif dans la mine d'informations que l'on peut y puiser ; il aurait plutôt voulu faire un arrêt sur image sur les pratiques qui devaient être suivies pour que ses contemporains bénéficient d'une vie amoureuse harmonieuse.

(111) Page 158 : le chien-loup américain, appelé *american wolfdog*, se rencontre à l'état sauvage au Canada. C'est à l'ouest du pays, à Alberta, qu'un organisme appelé Yamnuska Wolfdog Sanctuary se consacre à eux à un point tel que les propriétaires en ont fait leur cœur de métier. Des visites y sont organisées afin de permettre à chacun de découvrir ces animaux et d'apprendre d'eux.

(112) Page 172 : ce dont parle Édouard Morgane avec lucidité et clairvoyance n'est ni plus ni moins que le Fichier National Automatisé des Empreintes Génétiques, abrégé FNAEG, et qui a été créé huit ans après *Crépusculaire*, en 1998, par le ministère de l'Intérieur.

(113) Page 173 : Maurice de Bevere, dit « Morris » (1923-2001), est le dessinateur de *Lucky Luke*, né en 1946. Devenu une référence de la bande-dessinée belge, ce cow-boy des plus solitaires n'en est pas moins accompagné de personnages récurrents tels que Jolly Jumper, son cheval, et le chien Rantanplan. On citera également les quatre frères Dalton : Averell, Jack, William et Joe (du plus grand au plus petit) qui font partie de ses ennemis jurés. L'œuvre de Morris, qu'il a poursuivie jusqu'à sa mort, a donné lieu à de nombreux produits dérivés : films, jeux vidéo, mais également jeux de société, figurines, plaques émaillées, tasses, montres...

(114) Page 179 : cette allusion fait référence à l'histoire d'Orphée et Eurydice, mettant ces deux personnalités de la mythologie grecque en juxtaposition avec, respectivement, Matthieu et Marianne. Elle aurait volontiers été se noyer dans les profondeurs abyssales de la Mer Morte si cela eût pu lui assurer d'y retrouver son défunt époux, tout comme Orphée qui, pour retrouver Eurydice qui avait péri des suites d'une morsure de vipère, se rendit dans le royaume des morts afin de la ramener sur Terre. L'histoire raconte que Perséphone, reine de ce monde souterrain, accepta de laisser repartir Eurydice à une seule condition : qu'Orphée ne se retourne pas pour la regarder avant qu'elle ne soit enfin sortie à l'air libre. Il y consentit et put repartir avec sa promise. Mais la remontée jusqu'à l'extérieur était longue et Orphée, marchant au-devant d'Eurydice, s'impatientait de la regarder. Au moment où il sortit de la caverne et fut baigné par les rayons du soleil, il fut envahi par tant d'allégresse qu'il se retourna pour la prendre dans ses bras. Hélas, trop tôt. Fatiguée par cette ascension et affaiblie par son court séjour dans le royaume des morts, elle n'avait pas encore franchi la sortie. Orphée, pour son plus grand malheur, la vit diffusément le regarder dans l'obscurité et disparaître sous ses yeux sans qu'il ne puisse rien faire. Il l'avait perdue à jamais.

(115) Page 199 : Maximilien de Robespierre (1758-1794), figure de proue de la Révolution française, était un homme politique et avocat français. Il est surtout connu pour les nombreuses controverses autour de lui, et pour son passage à la guillotine sur la place de la Révolution à Paris (actuelle place de la Concorde) le 10 thermidor de l'an II (28 juillet).

(116) Page 199 : philosophe grec né (circa -625) et mort (circa -547) à Milet, Thalès fut initié aux sciences égyptiennes et babyloniennes en Égypte et revint en Grèce avec des connaissances précises et évoluées qui lui permirent de maîtriser la géométrie à un point tel qu'il fut l'instigateur de nombre de calculs fondamentaux. On lui doit notamment ce que l'on appelle le théorème de Thalès qui stipule que, dans un triangle, une droite parallèle à l'un des côtés dessine, avec les droites des deux autres côtés, un nouveau triangle proportionnel au premier. Soit un triangle aux angles A, B et C et une droite aux extrémités D et E parallèle à la droite BC. On obtient ainsi un deuxième triangle ADE. Ainsi, ABC = ADE.

(117) Page 212 : un artiste, Billy Joel. Un album, *52ⁿᵈ Street*. Un titre : *My Life*. L'opus fut porté par ce *single*. Mais aussi un chiffre : deux millions. Il s'agit du nombre d'albums *52ⁿᵈ Street* vendus à sa sortie en octobre 1978 en l'espace d'une semaine.

(118) Page 212 : cette édition de *Newlook* est la numéro quarante-trois, vendue pour vingt francs à l'époque de sa sortie en mars 1987. La sulfureuse brune armée d'un pistolet se prénomme Alika et se présente nue dans les pages du magazine, la peau du corps recouverte de peinture argentée à l'exception des seins et du visage. Le style futuriste, instauré par une arme de poing digne du film de Ridley Scott *Blade Runner* (1982), est exacerbé par l'environnement étrange dépeint sur les clichés, mais surtout par cette poitrine qui semble sortir d'une solide armure d'acier. Je vous passe la description de la blessure à la main faite par un crotale en pages 78 et 79 dudit magazine. Quant à Columba, cette créature s'exhibe en tenue d'Ève dans une vieille Peugeot 403 pour faire allusion au célèbre inspecteur Columbo (cf. tome I référence n°49).

(119) Page 213 : faisant partie intégrante du second album de Shakatak auquel il a donné son nom en 1982, le titre *Night Birds* est un réel bijou de jazz-funk. Sur le même opus, on relèvera également la présence du morceau intitulé *Easier Said Than Done*. Citons enfin le single *Down on the Streets* de 1984 sur l'album éponyme.

(120) Page 216 : c'est au xiiiᵉ siècle que fut lancée la construction du château de Bonaguil, dans l'actuelle commune de Saint-Front-sur-Lémance, à l'extrême est du Lot-et-Garonne (47), à la limite du département voisin du Lot (46). Celle-ci s'acheva en 1510. Ce château fort qui jouit de treize tours majestueuses est l'endroit idéal pour les amateurs d'histoire médiévale qui y retrouveront tous les éléments afférents à leur passion.

(121) Page 217 : la toute première édition du journal britannique *The Independant* est effectivement sortie le 7 octobre 1986 sous l'impulsion de ses trois fondateurs : Sir Andreas Whittam Smith, Matthew Symonds et Stephen Glover.

(122) Page 224 : les puissances et les vertus font partie de ce que l'on appelle, en angéologie, la hiérarchie céleste. Cette dernière ne consiste ni plus ni moins qu'en un ensemble de neuf ordres classés en trois degrés incluant à chaque fois trois hiérarchies. Le premier degré comprend les séraphins, les chérubins et les trônes, le deuxième degré rassemble les dominations, les vertus et les puissances tandis que le dernier degré compte les principautés, les archanges et enfin les anges.

(123) Page 225 : le parsec, unité de mesure de distance utilisée en astronomie, équivaut à 3,26 années-lumière (une année-lumière équivaut à presque 9461 milliards de kilomètres). Le mot lui-même vient de « parallactic second » en anglais, soit « seconde parallactique ». Un kiloparsec (« kpc »), lui, revient à 3260 années-lumière.

(124) Page 225 : « Mater », en latin, signifie « mère ».

(125) Page 225 : ce mot, « Մայր », est issu de l'arménien et signifie lui aussi « mère ».

(126) Page 225 : quant à « màthair », il s'agit de gaélique écossais. Et la signification du mot est toujours la même : « mère ».

(127) Page 227 : jouets emblématiques des années soixante-dix et quatre-vingt initialement destinés aux marchés nord-américain et européen, les poupées Big Jim, équivalents masculins des Barbie (cf. référence n°130) dédiées aux filles, furent distribuées par Mattel jusqu'en 1986. Articulées, elles mesuraient à peu près vingt-cinq centimètres de hauteur et avaient presque toutes un bouton dans le dos qui permettait, quand on l'enfonçait, de faire frapper la figurine du bras droit. En plastique, Big Jim pouvait être habillé de vêtements en tissu et accompagné d'accessoires, inclus avec la figurine ou vendus séparément.

(128) Page 230 : il s'agit de ce que l'on appelle naturellement la mémoire photographique. Le mot « eidétique » vient du grec « eidos » qui signifie « image ». Son existence réelle et reconnue est encore controversée à ce jour.

(129) Page 234 : dans la mythologie grecque, Damoclès, prétendu roi des orfèvres, était un courtisan du tyran de Syracuse nommé Denys l'Ancien, lequel vivait au milieu de ses richesses dues à sa condition. Envieux, Damoclès flattait sans cesse son souverain qui, pourtant, ne voyait pas les choses sous cet angle. En effet, pour Denys, son quotidien n'était pas des plus sereins ni agréables. Pour le faire comprendre à Damoclès, il lui proposa de prendre sa place à la tête de son château le temps d'une journée : le courtisan s'en réjouit. Mais aussitôt qu'il fut assis à la place de Denys, Damoclès réalisa, en levant la tête, qu'une épée était suspendue au-dessus de lui, la lame vers le bas, et ne tenant que par un crin de cheval, ténu et menaçant de casser à chaque instant. Damoclès comprit ainsi que le plaisir que pouvait ressentir Denys à posséder toutes ses richesses et son pouvoir était bien peu de chose face à la menace perpétuelle d'une mort brutale. Ainsi, ce mythe est à l'origine de l'expression « épée de Damoclès » exprimant l'idée d'un danger connu pouvant survenir à tout instant.

(130) Page 242 : à l'instar des figurines articulées Big Jim (cf. référence n°127), les poupées Barbie et leurs homologues masculins appelés Ken sont des produits conçus par la société américaine Mattel. Née en 1959, âgée de soixante ans cette année 2019, la poupée Barbie est une réelle institution dans le monde, donnant lieu à des collections aussi incroyables les unes que les autres. Les mannequins Ken, depuis leur création en 1961, ont toujours eu les cheveux en plastique moulés dans la tête alors que leurs alter ego féminins, heureusement, n'ont jamais dérogé à la règle de la chevelure synthétique.

(131) Page 242 : on ne présente plus Rocco Siffredi (Rocco Tano, de son vrai nom), acteur de films pornographiques né le 4 mai 1964 à Ortona en Italie (à l'est de Rome, sur le littoral de la Mer Adriatique).

(132) Page 247 : issu de la mythologie grecque, Tantale, fils de Zeus, était un mortel proche des dieux, mais qui les haïssait singulièrement au plus haut point. Un jour qu'il lui fut proposé de les inviter à dîner chez lui, Tantale tua son fils Pélops quelques heures avant le festin et le cuisina en le faisant bouillir pour le servir en repas aux augustes dieux. Lesquels se rendirent compte de l'outrageuse abomination, refusèrent pour la plupart d'avaler un seul morceau du malheureux fils et s'en allèrent en jurant d'appliquer une sévère vengeance. Elle ne se fit pas attendre : Tantale fut condamné à être prisonnier du royaume d'Hadès, les pieds immobilisés au fond d'un ruisseau d'eau limpide et abondante, sous des branches de pommiers, de poiriers, de figuiers et de grenadiers (les arbres diffèrent en fonction des sources) dont les fruits lui faisaient bien envie. Son supplice fut celui de voir le niveau du ruisseau baisser dès qu'il se penchait pour boire, ne pouvant s'en abreuver, et les branches repoussées à l'écart par le vent dès qu'il tendait la main pour se saisir d'un fruit qui l'aurait rassasié. Ainsi, il était exposé à chaque instant à une abondance ostentatoire qui le narguait en demeurant inaccessible. Par antonomase, l'expression « supplice de Tantale » évoque donc un châtiment sévère et éternel dans lequel le sujet est puni en étant privé de ce qu'il a à disposition.

(133) Page 254 : Paul Verhoeven est un réalisateur néerlandais né en 1938 et à qui l'on doit une pléthore de films à succès : *Robocop* (1987), *Total Recall* (1990), *Basic Instinct* (1992), *Showgirls* (1995), *Starship Troopers* (1997) et *Hollow Man* (2000).

(134) (135) Page 254 : néerlandais comme Verhoeven, Dick Maas, né en 1951, est également réalisateur. Il est à l'origine de deux films d'horreur qui se sont bien exportés : *l'Ascenseur* (1983) et *Amsterdamned* (1988), deux œuvres dans lesquelles s'est illustré son acteur fétiche de la décennie des années quatre-vingt : Huub Stapel. Dans ce dernier film, la capitale néerlandaise est en proie à un psychopathe qui, avec tout un attirail de plongée, se sert des canaux pour se déplacer librement dans la ville et y commettre des meurtres sanglants.

(136) Page 255 : il s'agit de la Régie Des Transports Landais, devenue désormais la R.R.T.L. (Régie Régionale de Transport des Landes). Cette société fondée à Mont-de-Marsan en 1947 se partage désormais le réseau des transports du quarantième département avec la société Trans-Landes.

(137) Page 260 : Alnilam et Mintaka sont les deux autres étoiles qui, avec Alnitak, forment le baudrier d'Orion, au niveau de la ceinture de cette figure mythologique qui se détache dans nos cieux obscurs en hiver. Si Alnitak est l'étoile la plus à gauche quand on observe la constellation dans le bon sens (Bételgueuse et Bellatrix en haut), Alnilam, qui irradie d'une lumière bleue-blanche, est celle du centre. Enfin, à droite, Mintaka, qui s'illustre par sa lueur bleutée, elle aussi.

(138) Page 261 : poème des plus connus d'Arthur Rimbaud (1854-1891), *le Dormeur du val* est un sonnet de quatorze vers écrit en octobre 1870.

(139) Page 261 : le cimetière du Père Lachaise est la plus grande nécropole de la capitale, loin devant les cimetières de Montmartre et de Montparnasse qui n'ont respectivement qu'une superficie de onze et dix-neuf hectares, alors que l'ancien cimetière de l'est, situé dans le xxᵉ arrondissement, lui, couvre en tout et pour tout quarante-quatre hectares. On est bien loin de la surface au sol couverte par les treize tombes que comptait le Père Lachaise lors de son inauguration en 1804, petit site qui allait toutefois se développer jusqu'à maintenant en accueillant en son sein des personnalités aussi diverses que nombreuses, telles que Jim MORRISON (James Douglas MORRISON, 1943-1971), Héloïse (D'ARGENTEUIL, 1101-1164) et Abélard (Pierre ABÉLARD, 1079-1142), Modigliani (Amedeo Clemente MODIGLIANI, 1884-1920), Oscar WILDE (Oscar FINGAL O'FLAHERTIE WILLIS WILDE, 1854-1900), Marie LAURENCIN (1883-1956), Molière (Jean-Baptiste POQUELIN, 1622-1673), Alfred DE MUSSET (1810-1857) ou encore Achille ZAVATTA (1915-1993), Édith PIAF (Édith GIOVANNA-GASSION, 1915-1963), Frédéric CHOPIN (Fryderyk Franciszek CHOPIN, 1810-1849), Yves MONTAND (Ivo LIVI, 1921-1991) et Simone SIGNORET (Simone KAMINKER, 1921-1985), et Jean DE LA FONTAINE (Jean DE LA FONTAINE-PIDOUX, 1621-1685), entre autres.

(140) Page 282 : la BMW 850i, sortie à l'automne 1989, est le premier des coupés grand tourisme (série 8) du constructeur allemand. Également appelé E31, il est équipé d'un V12 et consomme entre douze et dix-sept litres aux cent.

(141) Page 284 : l'Union des Assurances de Paris fut une compagnie d'assurances fondée en 1968 et qui fusionna en juillet 1997 avec Axa assurances. Le nom U.A.P. disparut complètement de la raison sociale du groupe en 1999. Avec son slogan « numéro un oblige », l'U.A.P. était l'une des compagnies d'assurance les plus présentes dans le paysage national du secteur tertiaire des années soixante-dix et quatre-vingt. Son siège social se situait à Paris, place Vendôme, bien que la société anonyme avait également des bureaux dans la tour Assur à La Défense dans les Hauts-de-Seine.

(142) Page 285 : à l'époque où j'étais adolescent et m'intéressais à la programmation dans le but, à l'avenir, de concevoir des logiciels, j'avais imaginé que mon entreprise s'appellerait « Éditel Soft » ; j'avais même créé son logo. Cette firme fictive trouve dans *Crépusculaire* une vie propre en étant associée à Antoine.

(143) Page 285 : le groupe britannique de rock progressif Camel, formé en 1971 autour d'Andrew Latimer, son auteur-compositeur, interprète et guitariste, sortit en 1978 son sixième album intitulé *Breathless*. Huitième et avant-dernier morceau de l'opus, *The Sleeper* dure 7'08" et pourrait être traduit de l'anglais au français par « le dormeur », ce qui, pour un personnage comme Antoine qui a passé plusieurs jours dans un lit, que ce soit dans la maison de Clotho ou à l'hôpital La Samaritaine, se présente comme une drôle de coïncidence.

(144) Page 286 : en juin 1990 sortit le n°873 de *Science et Vie*, revue mensuelle dédiée aux thèmes évoqués dans son nom. La couverture dévoile également trois titres autres que cet « ovni » démasqué : « Avions d'amateurs : notre concours », « Ils ont choisi le sexe de leur enfant » et « La lecture rend-elle myope ? ». C'est ce dernier article qui, par un rapport de cause à effet, rappelle à Antoine que Clotho l'a guéri de son hypermétropie.

(145) Pages 289 et 310 : connue dans le monde pour être la marque automobile russe la plus répandue sur le marché international, Lada est devenue une propriété du groupe Renault en janvier 2017. Outre les berlines (modèle 2101) et les breaks à des tarifs abordables (comme le 1200 Combi, justement) qui envahirent nos boulevards à partir de la fin des années soixante-dix, la firme sortit le 4x4 Niva en

1977. Ce gros volume au design particulier eut tant de succès que le pilote automobile Pierre Lartigue fut l'un des sportifs à l'adopter. Ce tout terrain remporta d'ailleurs de magnifiques victoires d'étapes au Paris-Dakar.

(146) Page 290 : présent dans la bande originale du film *La Folle Journée de Ferris Bueller* (de 1986, avec Matthew Broderick dans le rôle principal), le single *Oh Yeah* de Yello (album *Stella* de 1985) se démarque de la musique contemporaine de son époque par son style particulier. Ce morceau du groupe franco-suisse s'inscrit dans la veine de la musique électronique et fait la part belle aux effets ajoutés aux voix. Fait intéressant concernant le film sus-cité : les amateurs de micro-informatique de l'époque y verront, dans le bureau du principal Ed Rooney (interprété par le formidable Jeffrey Jones), un IBM PC identique à celui que le père de Bérénice possédait et qu'elle utilisa en 1986 avec la disquette rouge.

(147) Page 290 : ce fut aux environs de la fin du viiie siècle avant Jésus Christ que le poète grec Homère composa l'épopée de l'*Odyssée* en vingt-quatre chants, lesquels narrent le retour chez lui d'Ulysse, roi d'Ithaque. L'*Odyssée* fait suite à l'*Illiade* et on y retrouve de nombreuses figures mythologiques : Poséidon, Calypso, Circé, Athéna, Hermès, les sirènes ainsi que les cyclopes. Polyphème, le premier des sept dignitaires de Diadem 13, en est également inspiré.

(148) Page 290 : du même genre que le *Ficus longifolia* que nous avions vu précédemment (cf. tome I référence n°55) au fond du couloir de la Résidence du Coucher de Soleil, le *Ficus elastica*, dont le nom vernaculaire est « caoutchouc », a l'avantage de présenter de grandes feuilles luisantes d'un beau vert qui vous offriront un bel aspect esthétique dans votre intérieur. Il ne peut qu'avoir sa place dans un hall d'entrée d'hôpital.

(149) Page 291 : Émmanuelle est passionnée par les Thompson Twins et, de son avis, il s'agit de l'un des meilleurs groupes de new-wave des années quatre-vingt. La voix de Tom Bailey a en effet de quoi séduire avec son ton grave et sa désinvolture apparente. Ce morceau, *Hold Me Now*, sortit en 1984 au sein de l'album *Into the Gap* qui se classa numéro un en Grande-Bretagne, pays d'origine du groupe.

(150) Page 300 : le terme japonais « gaijin » (prononcer « gaïdjine ») signifie « étranger », mais, en ce sens, porte une connotation péjorative. Alors que le mot usuel et respectueux pour traduire « étranger » est 外 国 人 (prononcer « gaïkokoudjine ») qui signifie littéralement « personne d'un pays de dehors », un grand nombre de Japonais l'abrègent en usant « gaijin » qui, privé du « koku » qui signifie « pays », prend le sens de quelqu'un dont le caractère étranger ne se limite pas qu'au pays. D'après ce que j'ai pu voir sur place entre 2007 et 2009 et comprendre à leur contact, les Japonais l'utilisent en général sans volonté manifeste de tenir à distance un ressortissant étranger. Pourtant, d'autres utilisent « gaijin » comme un moyen de rabaisser les étrangers, voire comme une injure. Le cas de Catherine n'est donc pas isolé, malheureusement.

(151) Page 304 : bien qu'elles soient souvent définies en tant que pierres, les runes n'en sont aucunement. En tout cas, pas à l'origine. L'amalgame ne vient que du fait que ces petits galets servent de supports aux runes en elles-mêmes. Car les véritables runes sont des idéogrammes que l'on peut effectivement trouver sur des pierres, lesquelles, par extension, en portent le nom. Elles sont au nombre de vingt-quatre, bien que l'on trouve communément, de nos jours, des runes vendues par vingt-cinq ; en effet, la dernière, blanche, peut également être interprétée. Leurs origines demeurent encore floues : on parle de runes celtes et de runes germaniques. La signification de chacune d'entre elles, dans l'ensemble, reste plutôt cohérente malgré la multitude de sources. J'ai moi-même un jeu de runes celtiques que j'utilise parfois pour mes propres séances introspectives. Ainsi, « Naudhiz » évoque un arrêt brusque, un blocage.

(152) Page 306 : ce requiem est un pur anachronisme motivé par égotisme. Le titre qui est interprété par l'harmoniumiste qui joue dans la chapelle Saint-Syd en ce mercredi 13 juin 1990 n'est ni plus ni moins que le seul de la bande originale de ce deuxième tome à ne pas être connu. Et pour cause : c'est moi qui en suis le compositeur. J'ai commencé à le composer en mai 2016 lorsque je travaillais sur un album de musique instrumentale et atmosphérique réalisé à l'aide d'un logiciel de création musicale et uniquement avec des instruments virtuels émulés. Ce requiem n'existait donc pas encore en 1990.

(153) Page 310 : le terminal informatique connecté au service français de Videotex que fut le Minitel (pour « Médium Interactif par Numérisation d'Informations TÉLéphoniques », bien que l'accent aigu du premier E de « téléphonique » ne se retrouve pas dans « minitel ») est né en 1980. Constitué principalement d'un clavier, d'un écran et d'un modem, raccordé au réseau téléphonique par la prise T et au réseau électrique par une prise secteur classique sans terre, il connut de nombreux modèles, au gré des constructeurs et des époques. Ainsi, monobloc à l'origine, la population française en eut des versions différentes, avec clavier séparé, téléphone intégré, lecteur de cartes, en version monochrome ou couleur, de Matra, d'Alcatel, de RTIC, etc. Distribué gratuitement sous forme de prêt (les Minitel restaient la propriété de France Télécom), il fut destiné à proposer des services pratiques comme l'annuaire téléphonique, la vente par correspondance, les banques, la presse, les messageries et fut amplement démocratisé et rendu célèbre pour les services de rencontres souvent coquines évoqués sous l'expression « minitel rose ». D'un graphisme sommaire, le Minitel, dont les services furent définitivement arrêtés le 30 juin 2012, n'en est pas moins, très souvent, considéré comme l'ancêtre d'internet. De nombreux nostalgiques en possèdent quelques exemplaires... et j'en fais moi-même partie.

(154) Page 310 : Don Juan, personnage fictif créé par Tirso de Molina (1579-1648) pour son œuvre *El Burlador de Sevilla y convivado de piedra* (« le Trompeur de Séville et le convive de pierre ») aux environs de 1630, devint un célèbre séducteur de femmes que Molière reprit et réadapta trente-cinq ans plus tard pour sa pièce de théâtre intitulée *Dom Juan ou le festin de pierre*.

(155) Page 310 : développé sur Minitel par le groupe AGL à la fin des années quatre-vingt, le 36-15 Ulla n'était ni plus ni moins qu'un service de rencontres coquines ou sérieuses (ou les deux) qui fut rendu célèbre par ses publicités aussi nombreuses qu'originales, parfois tout juste suggestives et mignonnes, souvent explicites. De la carte téléphonique à l'affiche d'abribus en passant par la page de magazine, sans oublier le spot télévisé de sponsoring, les campagnes de communication du 36-15 Ulla ont marqué les esprits.

(156) Page 310 : avec son dessin faisant clairement penser aux pony-cars (Ford Mustang, Chevrolet Camaro et Plymouth Cuda '71 en tête), le coupé 504 Peugeot est une voiture à traction avant sortie en 1969 et produite jusqu'en 1983. Dessinée par le designer italien Sergio Pininfarina (1926-2012), elle s'étendait sur une gamme de trois motorisations essence : 1.8 (1795 cm³) de 104 chevaux, 2.0 (1971 cm³) de 104 chevaux également et 2.7 (2664 cm³) de 144 chevaux.

(157) Page 310 : pour sa part, la Lamborghini Countach LP500S n'est une voiture ni russe ni française mais italienne. Si le premier modèle de cette supercar remonte à 1974, la 500S date de 1982 et jouit d'un moteur de 4,8 litres libérant une harde de 375 chevaux. Le tout premier modèle, la LP400, pouvait propulser son pilote à une vitesse de pointe de 309 km/h, ce qui était exceptionnel pour son époque.

(158) Page 316 : pour concurrencer les monuments historiques de la micro-informatique professionnelle des années quatre-vingt, la firme italienne Olivetti, fondée en 1908 à Ivrea par Camillo Olivetti (1868-1943) et victime de l'échec commercial du compatible PC M20 en 1982, mit sur le marché, deux ans plus tard, le modèle M24 fabriqué dans l'usine située à Scarmagno. Plus beau, plus puissant, plus ergonomique mais également plus cher, cette machine utilisait des disquettes qui étaient compatibles avec celles utilisées par l'IBM PC 5160 de Bérénice et par le SMT Goupil G4 de la Résidence du Coucher de Soleil : des disquettes 5¼ pouces. J'ai eu la chance de parvenir à en trouver un exemplaire très bien conservé en vente sur internet.

(159) Page 326 : c'est en 1953 que fut fondée l'entreprise Dim, bien que sa raison sociale de l'époque, « le Bas Dimanche », n'ait rien à voir avec ce nom. Spécialisée dans la lingerie, Dim est connue pour avoir révolutionné les années soixante-dix et quatre-vingt avec leurs collants novateurs, mais aussi pour ses grandes campagnes de communication réalisées par l'agence Publicis depuis 1963. Elles mettent toujours à l'honneur les gambettes de nos belles Françaises, sur une suite de six notes maintes fois réorchestrées pour les spots publicitaires de la marque, à l'origine signée Lalo Schifrin pour le film *The Fox* de 1967.

(160) Page 326 : Karl Otto Lagarfeld (1933-2019), de son nom complet, était un styliste et couturier allemand très connu, au physique et au look distinct d'entre mille : grand et mince, cheveux blancs attachés, lunettes de soleil, cravate, chaussures et costume noirs, chemise blanche à grand col, bijoux argentés de toutes sortes sur la poitrine, suspendus ou épinglés, et mitaines. Mais ce prince de l'esthétisme, au-delà de son style atypique des plus singuliers, était un créateur averti et aguerri qui collabora avec de nombreuses grandes marques de mode et de luxe telles que Dior et Chanel.

(161) Page 326 : pilier incontestable de la haute couture, Yves (Matthieu) Saint-Laurent (1936-2008) est l'un des plus célèbres couturiers du monde. Après avoir fait ses armes chez Dior entre 1955 et 1960, il fonda sa propre maison en 1961 dont le logo, dessiné par le graphiste Cassandre (1901-1968), devint l'une de ses marques de fabrique. Les trois lettres les plus influentes de la mode : « YSL ».

(162) Page 326 : fondée il y a plus d'un siècle par la grande Gabrielle Chanel (1883-1971), dite « Coco Chanel », l'entreprise de haute couture, d'accessoires, de parfums et de produits de luxe, est l'exemple même de la maison qui traverse les décennies sans faillir pour nous offrir le meilleur du patrimoine passé. Karl Lagarfeld (cf. référence n°160 ci-avant) reprit les rennes de la direction artistique de l'entreprise de 1983 à sa disparition au début de cette année 2019.

(163) Page 341 : interprète de *C'est la ouate* (1986), Caroline Loeb fut également, en partie, à l'origine des paroles. Ce *single* de 3'48" obtint une très belle renommée et demeura très longtemps dans les plus grands classements de ventes et de popularité de la seconde moitié des années quatre-vingt. L'audace des paroles, l'atmosphère feutrée, l'orchestration (un métronome, une boîte à rythme et un synthé), la mélodie, renforcée par le vidéo-clip, et la désinvolture de l'interprète en firent un hit du paysage musical de l'époque. On notera qu'un certain Dominique Farrugia était présent le jour de l'enregistrement et chantait parmi les chœurs.

(164) Page 342 : ils s'appelaient Ellison Shôji ONIZUKA (né le 26 juin 1946 à Kona dans l'archipel de Hawaï), Sharon Christa CORRIGAN McAULIFFE (née le 2 septembre 1948 à Boston dans le Massachusetts), Gregory Bruce JARVIS (né le 24 août 1944 à Detroit dans le Michigan), Judith Arlene RESNIK (née le 5 avril 1949 à Akron dans l'Ohio), Michael John SMITH (né le 30 avril 1945 à Beaufort en Caroline du Nord), Francis Richard SCOBEE (né le 19 mai 1939 à Cle Elum dans l'état de Washington) et Ronald Erwin McNAIR (né le 21 octobre 1950 à Lake City en Caroline du Sud). La conquête de l'espace leur coûta la vie, à tous les sept, impartialement. Le 28 janvier 1986, ils trouvaient la mort suite à l'explosion de la navette spatiale Challenger de la NASA (mission STS-51-L) à 16 h 39 mn, laquelle avait décollé de Cap Canaveral, en Floride. Après soixante-treize secondes de vol et une ascension de près de 14.000 mètres, la navette ne résista pas davantage à un défaut d'étanchéité de joint torique sur le propulseur d'appoint à poudre droit. Un simple joint torique...

(165) Page 343 : il ne s'agit ni plus ni moins que du modèle Grundig Monolith M70-390 Euro équipé de ses six haut-parleurs, du son stéréo 2 x 35 watts, de son écran plat de 70 cm de diagonale et, entre autres, de sa large télécommande des plus fonctionnelles.

(166) Page 349 : réputé au sein de la mythologie grecque pour les douze travaux qu'il dut accomplir afin d'expier les crimes qu'il avait commis en tuant sa femme Mégara et leurs propres enfants, Héraclès, plus connu sous le nom romain de Hercule, en est devenu le plus populaire des héros grecs. Il dut ainsi tuer le lion de Némée et l'hydre de Lerne, battre à la course la biche de Cérynie, vaincre le sanglier d'Érymanthe, nettoyer les écuries du roi Augias, débarrasser les abords du lac de Stymphale des oiseaux du mont Cyllène, attraper et ligoter le taureau de l'île de Crète, dompter les juments du roi de Thrace pour les ramener sans encombres à Tirynthe, rapporter la ceinture d'or d'Hippolyte, dérober un troupeau de bœufs au géant Géryon, rapporter les pommes d'or du jardin des Hespérides et enfin ramener Cerbère du monde des enfers. Là encore, en fonction des sources, l'ordre desdits travaux peut être différent.

(167) Page 366 : le groupe allemand Alphaville, mené de main de maître par son chanteur Marian Gold, sortit à l'automne 1984 son premier album, *Big in Japan*, intitulé ainsi en vertu du premier single du groupe, éponyme. En termes de succès, le second titre le plus apprécié du public fut sans conteste *Sounds Like a Melody*, issu du même album. À savoir qu'Alphaville obtint le concours de l'orchestre de l'Opéra allemand de Berlin (Deutsche Oper) lors de l'enregistrement de ce titre.

(168) Page 371 : avec un vidéo-clip tourné à Cannes devant le Carlton et à Nice en face du Negresco, entre autres, dans une ambiance estivale, colorée et pleine de joie de vivre, *I'm Still Standing* est le titre qui porte le plus l'album *Too Low for Zero* d'Elton John sorti au cours de l'été 1983.

(169) Page 374 : créée par Georges Chaulet (1931-2012) et publiée en 1961 dans la Bibliothèque Rose, la série *Fantômette* est une collection de livres destinée aux plus jeunes, mettant en scène une jeune fille prénommée Françoise, entourée de sa famille et de ses amis, et qui, en secret, mène une double vie en faisant elle-même ses enquêtes sur les affaires traitées par la police de Framboisy. Masquée, vêtue tout en noir et jaune, elle œuvre la nuit à l'insu de ses proches. Cinquante-deux romans virent le jour jusqu'en 1987. L'allusion faite par Angélique n'est pas légitime puisque Fantômette servait la justice alors que Valérie s'y oppose.

*

Bande originale
< Disque 2/3 >

13 pistes

< 1 > SIMPLE MINDS – *Alive & Kicking*
(Virgin Records) © 1985

< 2 > KIMERA & THE OPERAIDERS – *The Lost Opera*
(Red Bus Records) © 1985

< 3 > THE BUGGLES – *Living in the Plastic Age*
(Island Records Ltd) © 1980

< 4 > LLOYD COLE & THE COMMOTIONS – *Forest Fire*
(Polydor Ltd) © 1984

< 5 > BILLY JOEL – *My Life*
(CBS Inc) © 1978

< 6 > SHAKATAK – *Night Birds*
(Polydor Ltd) © 1982

< 7 > CAMEL – *The Sleeper*
(Decca Records co ltd) © 1978

< 8 > YELLO – *Oh Yeah*
(Polygram Records Inc.) © 1985

< 9 > THOMPSON TWINS – *Hold Me Now*
(Arista Records Ltd) © 1984

< 10 > **LOST IN LIFE** – *Anthem*
(Lost in Life) © 2019

< 11 > **CAROLINE LOEB** – *C'est la ouate*
(Barclay) © 1986

< 12 > **ALPHAVILLE** – *Sounds Like a Melody*
(WEA Musik GmbH) © 1984

< 13 > **ELTON JOHN** – *I'm Still Standing*
(Big Pig Music Ltd) © 1983

Le préambule des personnages

Les âges sont indiqués au 5 juin 1990.
Dans Crépusculaire BKX 9352,
les mois de trente-et-un jours n'en comptent que trente
et l'année commence le 16 septembre (1 vendémiaire)
pour se terminer le 15 septembre (30 fructidor) de l'année suivante.
Les lieux de résidence sont ceux de départ. Les fonctions aussi.

LES DIEUX, DÉESSES & DIGNITAIRES

Âme Blanche
Née le 25 vendémiaire de l'an crépusculaire I (vendredi 10 octobre 1986)
1,91 m – 68 kg – Réside dans la forêt de l'Âme Blanche
Dignitaire gardienne de la forêt de l'Âme Blanche

Améthyste ALKAÏD
Née le 8 brumaire de l'an crépusculaire I (jeudi 23 octobre 1986)
1,64 m – 67 kg – Réside dans la cité de Falken
Libre de ses droits

Barbara CATERPENS
Née le 3 frimaire de l'an crépusculaire I (mardi 18 novembre 1986)
1,68 m – 56 kg – Réside dans la cité de Falken
Libre de ses droits

Capella
Né le 16 vendémiaire de l'an crépusculaire I (mercredi 1er octobre 1986)
1,94 m – 84 kg – Réside dans l'Ostium
Seigneur de Diadem 13 et interprète de Cléo

Cerbère

Né le 17 vendémiaire de l'an crépusculaire I (jeudi 2 octobre 1986)
83 cm de hauteur – 67 cm de largeur – 1,82 m de longueur – 99 kg
Réside dans les monts de Sheeba
Dignitaire gardien des monts de Sheeba

Clotho DE CALYPSO

Née le 2 brumaire de l'an crépusculaire I (vendredi 17 octobre 1986)
1,79 m – 77 kg – Réside à l'entrée du labyrinthe du Dedalesk
Dignitaire gardienne du labyrinthe du Dedalesk

Falken

Né le 29 vendémiaire de l'an crépusculaire I (mardi 14 octobre 1986)
1,89 m – 89 kg – Réside dans la cité de Falken
Dignitaire gardien de la tour de Falken

Hans MURDOCK

Né le 27 prairial de l'an crépusculaire IV (mardi 12 juin 1990)
1,59 m – 48 kg – Réside dans l'Ostium
Dieu suprême

Kraken

Né le 6 brumaire de l'an crépusculaire I (mardi 21 octobre 1986)
4,54 m de hauteur – 16,31 m de longueur – 3,91 m de largeur – 32,7 tonnes
Réside dans le lac du Mercator
Dignitaire gardien du lac du Mercator

Kyrielle DE BEATRIX

Née le 7 frimaire de l'an crépusculaire I (samedi 22 novembre 1986)
1,75 m – 66 kg – Réside dans la cité de Falken
Libre de ses droits

Magdalena LAGARDÈRE

Née le 18 vendémiaire de l'an crépusculaire I (vendredi 3 octobre 1986)
1,71 m – 62 kg – Réside dans les monts de Sheeba
Guérisseuse

Max TEGAI

Né le 23 brumaire de l'an crépusculaire I (samedi 8 novembre 1986)
1,72 m – 61 kg – Réside dans la cité de Falken
Émissaire de Capella

Muriel ASPEN-DUNÖR
Née le 9 frimaire de l'an crépusculaire I (lundi 24 novembre 1986)
1,73 m – 64 kg – Réside dans la cité de Falken
Libre de ses droits

Mutine DE MYRTE
Née le 14 thermidor de l'an crépusculaire II (vendredi 29 juillet 1988)
1,68 m – 60 kg – Réside dans la cité de Falken
Préposée à la surveillance des régions de Diadem 13

Nectarine VON STUCK
Née le 14 vendémiaire de l'an crépusculaire III (jeudi 29 septembre 1986)
1,72 m – 64 kg – Réside dans l'Ostium
Préposée à la surveillance de l'Ostium

Polyphème
Né le 13 brumaire de l'an crépusculaire I (mardi 28 octobre 1986)
6,97 m – 458 kg – Réside dans le manoir de Cardonthöl
Dignitaire gardien du manoir de Cardonthöl

Silène DORTHOS
Né le 18 brumaire de l'an crépusculaire I (lundi 3 novembre 1986)
1,81 m – 73 kg – Réside dans la cité de Falken
Émissaire de Capella

Simbelmynë ARGOS
Née le 4 brumaire de l'an crépusculaire I (dimanche 19 octobre 1986)
1,68 m – 59 kg – Réside dans la cité de Falken
Libre de ses droits

Sleipnir
Né le 26 vendémiaire de l'an crépusculaire I (samedi 11 octobre 1986)
1,78 m de hauteur – 2,76 m de longueur – 1,09 m de largeur – 1433 kg
Réside dans la plaine de Chronopolis
Dignitaire gardien de la plaine de Chronopolis

Stenkhil
Né le 29 vendémiaire de l'an crépusculaire I (mardi 14 octobre 1986)
1,89 m – 96 kg – Réside dans la cité de Falken
Libre de ses droits

Virgil SYLPHE
Né le 20 vendémiaire de l'an crépusculaire I (dimanche 5 octobre 1986)
1,87 m – 79 kg – Réside dans la cité de Falken
Émissaire de Capella

Wilfried DE LAVAL
Né le 22 vendémiaire de l'an crépusculaire I (mardi 7 octobre 1986)
1,86 m – 78 kg – Réside dans la cité de Falken
Émissaire de Capella

LES PANTHÈRES

Amélie APONE
Née le 30 décembre 1967 à Argenteuil (Val-d'Oise, 95)
1,70 m – 63 kg

Déborah STIHL
Née le 24 septembre 1963 à Eysines (Gironde, 33)
1,69 m – 58 kg

Élisabeth CORD
Née le 16 avril 1967 à Oxford (ROYAUME-UNI)
1,73 m – 65 kg

Émeline HICKS
Née le 7 juin 1970 à Reykjavik (ISLANDE)
1,65 m – 56 kg

Fabienne MÉRICK
Née le 21 juin 1966 à Bordeaux (Gironde, 33)
1,67 m – 57 kg

Hortense DUTEL
Née le 12 mars 1966 à Soorts-Hossegor (Landes, 40)
1,71 m – 66 kg

Sibille VALET
Née le 13 juillet 1971 à Bruges (Gironde, 33)
1,53 – 45 kg

LES FIGURANTS

Angelo BOUGLIONI
Responsable de la résidence privée des Crocus

Donald RISOLUS
Directeur des Ressources Humaines des 3 Suisses

Grégoire BUCK
Directeur du service communication des 3 Suisses

Paulin CHANTREUIL
Photographe des 3 Suisses

Éric BRUN
Homme métis d'une quarantaine d'années

Rachel HERMANN
Cliente du Salon des Petits Pains

Soline SENDAI
Bébé de Sidonie MESTER et d'Antoine SENDAI

Thérèse LELIÈVRE
Dinde de l'hôpital La Samaritaine

Charles DABOSVILLE
Famille propriétaire de la maison des Bégonias, le père

Françoise DABOSVILLE
Famille propriétaire de la maison des Bégonias, la mère

Clara DABOSVILLE
Famille propriétaire de la maison des Bégonias, la fille

Fabien DABOSVILLE
Famille propriétaire de la maison des Bégonias, le fils

Benoît VAUTÉREAU
Quinquagénaire sur le trottoir de la rue de l'Europe

Marianne DUCASTEL
Épouse de Matthieu PACHARD

Roseline PACHARD
Fille de Marianne DUCASTEL & Matthieu PACHARD

Hervé PACHARD
Fils de Marianne DUCASTEL & Matthieu PACHARD

Muy N'GUYEN
Épouse d'Ernest DUPUIS

Pamela ESTEVES
Fiancée de Jérôme LEGALL

Virginie LEGALL
Grande sœur de Jérôme LEGALL

Geoffroy CARNOT
Ex de Pamela ESTEVES

Dimitri LEGALL
Enfant de Jérôme LEGALL et Pamela ESTEVES

Martine AGORY
Voisine de William GORKY

Natalia KERCHEVAL
Femme assassinée dans la rue des Mathurins en novembre 1989

Philippe PERRIN
Médecin-légiste

Exxos PRIDE
Meurtrier de la femme assassinée dans la rue des Mathurins
en novembre 1989

Walter McGREGOR
Enfant de la plage

Alcine SAMOS
Détenue des prisons du manoir de Cardonthöl
écrasée par un éboulement

Aphrodite KALYVÈS
Détenue des prisons du manoir de Cardonthöl
écrasée par un éboulement

Mélusine AIANI
Détenue des prisons du manoir de Cardonthöl
écrasée par un éboulement

Cynthia McGREGOR
Mère de Walter McGREGOR

Yann BIZOT
Jeune homme torse nu au frisbee

Jasmine KANI
Femme qui hurle sur la plage en voyant Wilfried DE LAVAL nu

Sébastien TENTÉ
Père accompagné de sa progéniture repoussée à l'écart

Xavier TENTÉ
Progéniture repoussée à l'écart par son père Sébastien TENTÉ

Coraline PIRON
Petite fille qui se prend pour Barbie

Christelle PIRON
Mère de Coraline PIRON

Maurice SAVARIN
Sosie de Paul VERHOEVEN et de Dick MAAS

Damien PERROCHON
Chauffeur de bus

Roberto MARTINELLI
Retraité de belle élégance qui doit voir sa femme à l'hôpital

Christine BARAT
Femme de dos qui discute dans la rue

Roger CHRÉTIENNE
Homme qui discute avec Christine BARAT dans la rue

Victoria BOUTIER
Collègue d'Angélique VANIL en tenue civile dans le vestiaire

Marilia PIRONA
Directrice des infirmières de l'hôpital

Bérengère DELACOURT
Infirmière qui s'adresse à Sabine FAURE dans le hall de l'hôpital

Placide SCHOSTECK
Homme mûr qui a l'air d'être un éminent chirurgien proche de la retraite

Brigitte CALET
Préposée à l'accueil de l'hôpital

Patricia BOUILLON
Préposée à l'accueil de l'hôpital

Vassago ALBIREO
Homme fort séduisant à l'origine du compliment fait
à Émmanuelle HORMEAUX

Denis PEUPLIER
Harmoniumiste

Edgar CASSEGRAIN
Employeurs et amis de Catherine GENYÔSAI, l'époux

Maryline CASSEGRAIN
Employeurs et amis de Catherine GENYÔSAI, l'épouse

Valentin GEORGIO
Domestique des époux CASSEGRAIN

Castor
Doberman des époux CASSEGRAIN

Pollux
Doberman des époux CASSEGRAIN

Hermès
Doberman des époux CASSEGRAIN

Clément GUENEZ
Homme dans l'ascenseur avec Antoine SENDAI

Cyril DECADI
Personne en blouse blanche à gauche de l'ascenseur

Joël LEJEUNE
Visiteur quadragénaire

Babette CATTAN
Infirmière bien enrobée

Jean-Pierre ZENOU
Personnel de sécurité venant en renfort

Henri CROLLOT
Personnel de sécurité venant en renfort

Valérian FARANDOLE
Infirmier

Blandine THORENS
Chef du pôle accueil de l'hôpital

Thierry MANZONI
Brancardier

Cassandre CORPUS
Infirmière

Alexandre SATURNIN
Chirurgien

Amaury CABARET
Ambulancier

Baptiste CINNAMON
Ambulancier

William GORKY
Cadavre dans la housse mortuaire sur le brancard

Darius PLAATJE-LAGARDÈRE
Père de Valérie DARNET

Lutèce LAGARDÈRE
Tante de Valérie DARNET

*

À vous tous qui poursuivez l'aventure avec moi...

Pour toute correspondance :
nyguen.rubernic@gmail.com

Dépot légal : juillet 2019.
© Nyguen Rubernic, 2019.

ISBN 978-2-9567082-1-6

v.12

www.ingramcontent.com/pod-product-compliance
Lightning Source LLC
Chambersburg PA
CBHW071641260626
47170CB00001B/182